I M

David Baldacci

volumi già pubblicati
in edizione Mondadori

David Baldacci

L'ULTIMO EROE

Traduzione di Tullio Dobner

MONDADORI

Questo libro è un'opera di fantasia. Personaggi e luoghi citati sono invenzioni dell'autore e hanno lo scopo di conferire veridicità alla narrazione. Qualsiasi analogia con fatti, luoghi e persone, vive o defunte, è assolutamente casuale.

www.mondadori.com/libri

ISBN 88-04-51788-3

L'ultimo eroe

A tutti gli ammirevoli insegnanti
e altri volontari che hanno contribuito
a fare del progetto All America Reads una realtà

Questo libro è inoltre dedicato alla memoria
di Yossi Chaim Paley
(14 aprile 1988 - 10 marzo 2001),
il giovane più coraggioso che abbia mai conosciuto

Un uomo accusato ingiustamente è sempre denigrato dalle masse ignoranti. Che spari a volontà, allora, qualcosa colpirà senz'altro.

ANONIMO

Velocità, sorpresa e violenza nell'azione.

MOTTO DELLA HOSTAGE RESCUE TEAM

1

Web London stringeva un SR75 semiautomatico fabbricato appositamente per lui da un armaiolo che era ormai una leggenda. L'SR non si limitava a dilaniare carne e ossa, ma le disintegrava. Web non sarebbe mai uscito di casa senza quel pezzo di artiglieria perché il suo habitat naturale era pieno zeppo di violenza. Era sempre pronto a uccidere, e lo faceva in maniera efficiente e infallibile. Dio gli era testimone che se mai si fosse preso una vita per sbaglio, si sarebbe mangiato la pallottola assassina per il rimorso. Era solo il suo modo un po' particolare di guadagnarsi il pane quotidiano. Non poteva dire di amare il suo lavoro, ma era un'attività in cui eccelleva.

Sebbene avesse praticamente un'arma incollata alla mano ogni giorno della sua vita, Web non era di quelli che coccolano il proprio arsenale. Ma anche se non considerava una pistola come un'amica, né la chiamava per nome, le armi erano comunque una parte importante della sua esistenza, qualcosa che, come gli animali selvatici, non si lasciava addomesticare con facilità. Persino i tutori dell'ordine più addestrati sbagliavano otto volte su dieci. Per Web un tasso d'errore così alto non solo era inaccettabile, ma suicida. Il suo carattere aveva molte peculiarità, ma il desiderio di morire non figurava tra esse. Parecchie persone desideravano farlo fuori e almeno una volta qualcuno ci era andato vicino.

Qualche anno prima si era trovato a un passo dal sonno eterno, riverso sul pavimento di una palestra scolastica disseminata di uomini già morti o agonizzanti, molti per mano sua. Dopo aver vinto la sua battaglia contro le ferite che gli avevano inferto, lasciando di stucco i medici che lo curavano, Web aveva cominciato a portare l'SR75 invece della mitraglietta che usavano i suoi colleghi. Somigliava all'M16, sparava piccoli proiettili calibro 308 ed era l'arma più adatta se lo scopo era l'intimidazione. Davanti a un SR tutti ti erano amici.

Attraverso il vetro fumé del Suburban, Web esaminava ogni capannello di persone agli angoli delle strade e ogni assembramento sospetto nei vicoli più bui. Più si addentravano in territorio nemico, più il suo sguardo si concentrava sulla via, dove sapeva che ogni veicolo poteva essere una bocca da fuoco travestita da vettura. Cercava occhi guardinghi, cenni della testa o dita furtive che pigiavano sui tasti di qualche cellulare animate da cattive intenzioni nei suoi confronti.

Il Suburban svoltò l'angolo e si fermò. Web si girò verso i sei uomini stipati insieme a lui. Sapeva a che cosa stavano pensando, perché pensava anche lui la stessa cosa: uscire con rapidità e decisione, prendere posizione, mantenere una buona visuale di tiro. Era un'equazione in cui non c'era posto per la paura; quanto ai nervi, invece, era tutt'altra cosa. L'adrenalina non era loro amica; anzi, rischiava di ucciderli.

Fece un respiro profondo, per calmarsi. Doveva portare le pulsazioni tra le sessanta e le settanta al minuto. A ottantacinque il calcio ti trema contro il petto; a novanta ti è impossibile premere il grilletto, perché il sangue denso nelle vene e i nervi tesi delle spalle e delle braccia pregiudicano gravemente la riuscita dell'operazione. Se i battiti poi superano i cento al minuto, si perde ogni capacità motoria e non si sarebbe in grado di colpire un elefante con un cannone a un metro di distanza; tanto varrebbe stamparsi sulla fronte la scritta AMMAZZAMI SUBITO, perché senza dubbio questo sarebbe l'esito finale.

Espirò aria, inalò pace e distillò calma dal ribollire del caos.

Il Suburban ripartì, svoltò un altro angolo e si fermò di nuovo. Per l'ultima volta, Web lo sapeva. Il silenzio radio fu interrotto quando Teddy Riner parlò nel suo microfono: «Charlie a TOC, richiesta autorizzazione a procedere e permesso di passare al giallo».

Web, sintonizzato sulla stessa frequenza, sentì il TOC, il Tactical Operations Center, rispondere forte e chiaro: «Ricevuto, Charlie Uno, aspettate». Nel linguaggio fiorito di Web, "giallo" era l'ultima posizione di copertura. Il "verde" corrispondeva alla posizione critica, il momento della verità, il passo definitivo. Attraversare lo spazio consacrato tra la relativa sicurezza del giallo e il momento della verità, il verde, poteva assumere risvolti drammatici. "Autorizzazione a procedere" ripeté mentalmente Web. Era solo un modo ricercato per chiedere la licenza di uccidere quando necessario, inoltrandola però come se si stesse chiedendo al principale l'autorizzazione a fare uno sconto di qualche dollaro sul prezzo di un'auto usata. Le comunicazioni radio furono interrotte di nuovo per lasciare campo libero al TOC: «TOC a tutte le unità: avete l'autorizzazione a procedere e il permesso di passare al giallo».

"Grazie di cuore, TOC." Web si avvicinò al portellone del Suburban. Lui era a destra e Roger McCallam in coda. Tim Davies era al centro e Riner in testa. Cal Plummer e gli altri due assaltatori, Lou Patterson e Danny Garcia, reggevano con calma olimpica il loro arsenale di MP5, pistole calibro 45 e granate. Una volta spalancate le porte del furgone, sarebbero rotolati fuori disponendosi a ventaglio, pronti a difendersi da eventuali minacce provenienti da qualsiasi direzione. Si sarebbero spostati muovendosi in punta di piedi, con le ginocchia piegate per assorbire l'impatto nel caso avessero dovuto fare fuoco. Impassibile, Web concentrò l'attenzione sul piccolo palcoscenico dove stava per svolgersi un fatto di sangue reale, senza che nessuno avesse dovuto pagare un biglietto costoso e indossare un abito da sera per assistere allo spettacolo. Da quel momento in poi sarebbero bastati i segnali visivi. Quando cominciano a volare le pallottole, la lingua si secca e comunque Web non era uno che parlava molto sul lavoro.

Guardò Danny Garcia che si faceva il segno della croce, come sempre. E disse ciò che diceva sempre quando Garcia si segnava prima che si aprissero le porte del furgone: «Dio è troppo furbo per farsi vedere da queste parti, Danny Boy. Siamo soli». Lo diceva sempre in tono scherzoso, ma era serissimo.

Cinque secondi dopo le porte si spalancarono e i componenti della squadra scesero dal furgone gettandosi a terra a una certa distanza dall'obiettivo. Normalmente si portavano molto vicini al bersaglio e aprivano subito il fuoco, ma lì la situazione logistica era complessa: c'erano vetture abbandonate, vecchi frigoriferi e altri oggetti voluminosi a nascondere l'obiettivo dalla strada.

Le comunicazioni radio furono interrotte di nuovo per una chiamata della X-Ray Team. C'erano degli uomini in un vicolo vicino, riferivano, ma non facevano parte del gruppo a cui Web stava dando la caccia, o almeno così ritenevano i tiratori scelti della X-Ray. Web e gli altri della Charlie Team si rialzarono da terra come un sol uomo e s'infilarono correndo nel vicolo. I sette membri della Hotel Team erano stati scaricati da un altro Suburban sul lato opposto dell'isolato, con il compito di attaccare il bersaglio dal lato sinistro. Le due squadre si sarebbero incontrate più o meno al centro di quel campo di battaglia travestito da quartiere urbano.

Adesso Web e compagni si dirigevano a est inseguiti da un temporale imminente. Tuoni, fulmini, vento e pioggia battente disturbavano le comunicazioni a terra, le manovre tattiche e lo stato psicofisico degli uomini, nel momento critico in cui era necessario che tutti operassero alla perfezione. Nonostante le loro magie tecnologiche, l'unica risposta possibile alla volubilità di Madre Natura e a una situazione ambientale sfavorevole era correre più veloce. Accelerarono l'andatura sulla striscia stretta di asfalto pieno di buche e immondizia. I muri e gli edifici che incombevano su di loro da entrambe le parti portavano le cicatrici di decenni di battaglie: alcune erano state tra buoni e cattivi, ma la maggior parte tra ragazzi che uccidevano altri ragazzi per conquistare il dominio su un territorio dove spacciare, per avere una donna o anche solo per capriccio. Lì una pistola ti faceva uomo, anche se magari eri ancora solo un bambino che il sabato mattina correva fuori dopo aver visto i cartoni animati in TV, convinto che fosse possibile squarciare senza danno il petto di un avversario con una revolverata, tanto poi si sarebbe rialzato per rimettersi a giocare con te.

Trovarono il gruppo segnalato dai tiratori scelti, un branco multietnico di neri, ispanoamericani e orientali, occupati a spacciare droga. Evidentemente gli sballi potenti e la promessa di facili guadagni facevano piazza pulita di tutte le rognose questioni di razza, colore, credo religioso o politico. Agli occhi di Web erano tutti a una sniffata, una pasticca o un buco dalla fossa. Non riusciva a credere come quel patetico campionario di veterani del vizio avesse l'energia o la lucidità necessarie per effettuare quella semplice transazione in contanti e procurarsi bustine di inferno cerebrale travestite da toccasana, i cui effetti benefici si sentivano, casomai, solo la prima volta che ti iniettavi quel veleno nelle vene.

Di fronte all'impressionante schieramento della Charlie Team, tutti i tossici all'infuori di uno si gettarono in ginocchio pregando di non essere uccisi o arrestati. Web osservò quello che era rimasto in piedi. Il fazzoletto rosso che gli cingeva la fronte a mo' di bandana lo identificava come membro di qualche banda. Aveva vita da vespa e spalle da toro. Sotto una maglia che gli pendeva sbilenca sul busto muscoloso, indossava un paio di cenciosi calzoncini da ginnastica con la cintola sotto l'ombelico. La sua espressione da uomo vissuto sembrava dire: "Sono più intelligente, più forte e non mi farò fregare". Web dovette ammettere che il suo atteggiamento strafottente riusciva a sembrare abbastanza persuasivo.

Ci vollero meno di trenta secondi per stabilire che, tolto Bandana Boy, tutti gli altri erano sballati e disarmati. Nessuno inoltre aveva un cellulare con cui dare l'allarme. Bandana Boy aveva un coltello, ma poco avrebbe potuto contro il Kevlar dei giubbotti antiproiettile e le mitragliette. Glielo lasciarono ma, mentre il resto della Charlie Team ripartiva, Cal Plummer inseguì il gruppo di tossici per qualche decina di metri, tenendo il suo MP5 puntato alla schiena del giovane bullo di quartiere, tanto per non sbagliare.

Bandana Boy gridò qualcosa a Web manifestando la sua ammirazione per il fucile che imbracciava e l'intenzione di comprarglielo. Glielo avrebbe pagato bene, urlò, e poi aggiunse che lo avrebbe usato per far fuori lui e tutti gli altri della squadra. Web alzò lo sguardo sui tetti circostanti, dove sapeva che erano appostati gli uomini della Whiskey Team e della X-Ray, già in posizione, con le loro micidiali armi puntate sulle nuche di quel branco di sfigati. I tiratori scelti erano i suoi migliori amici. Sapeva esattamente come lavoravano perché per anni era stato uno di loro.

Gli era capitato di restare immerso per mesi nelle acque fumanti di paludi infestate da serpenti poco amichevoli. O di nascondersi nelle crepe ventose di gelide montagne, con la bretella di cuoio del calcio del fucile contro la guancia, a sorvegliare una zona attraverso il mirino telescopico e trasmettere istruzioni alle squadre d'assalto. Da tiratore scelto aveva imparato molte cose, come pisciare in un recipiente senza far rumore, o preparare le provviste alimentari in piccole confezioni differenziate per potersi nutrire adeguatamente nel buio più fitto scegliendole solo con il tocco della mano, oppure sistemare le cartucce in modo da poter ricaricare le armi il più velocemente possibile, mettendo a punto una tecnica militare che aveva sempre dato prova della sua validità. Le sue erano abilità molto speciali che non avrebbe potuto sfruttare nel settore privato, ma era un'eventualità che comunque non si sarebbe mai presentata.

La vita di un tiratore scelto si spostava fulminea da un estremo all'altro. Il suo compito era quello di raggiungere la miglior posizione di tiro esponendosi il meno possibile, e spesso i due obiettivi erano incompatibili tra loro. Allora ci si rassegnava a fare del proprio meglio. Ore, giorni, settimane, persino mesi di noia, di quella che ti corrode il morale e intorpidisce le capacità operative, venivano spezzati all'improvviso da esplosioni di furia devastante, in un turbinio di pallottole e azioni concitate. E alla decisione di sparare corrispondeva la morte di qualcuno, e non era mai chiaro se la tua morte era inclusa o meno in questa equazione.

Questi ricordi erano così vivi nella sua memoria, che Web sapeva evocarli in un lampo. Quando il dito avesse premuto il grilletto, la molla sarebbe scattata dolcemente alla pressione di millecentotrentaquattro grammi e avrebbe liberato uno dei cinque proiettili a punta cava allineati nel tamburo, pronti a sfrecciare a una velocità doppia di quella del suono. Appena qualcuno avesse messo piede nella sua zona di tiro, Web avrebbe sparato e un essere umano si sarebbe accasciato al suolo, improvvisamente cadavere. Ciononostante i colpi più importanti della sua carriera di tiratore scelto erano stati quelli che *non* aveva sparato. Così andavano le cose nel suo mestiere. Non era roba per i deboli di cuore, gli stupidi o anche le persone di intelligenza media.

Rivolse un silenzioso grazie ai tiratori sui tetti mentre percorreva di corsa il vicolo.

Poco più avanti c'era un bambino di circa dieci anni, a torso nudo, seduto su un blocco di cemento, e nemmeno un adulto in vista. La perturbazione in arrivo aveva abbassato la temperatura di almeno una decina di gradi e la colonnina di mercurio continuava a scendere. Ma quel bambino era seminudo. Aveva mai avuto una maglietta? si chiese Web. Aveva visto molti casi di povertà e degrado. Sebbene non si considerasse un cinico, era realista. Provava compassione per quei bambini, ma non c'era molto che potesse fare per aiutarli. E tuttavia erano tempi in cui la morte poteva arrivare da ogni parte, così lo esaminò attentamente dalla testa ai piedi, in cerca di armi. Non ne vide e fu contento: non voleva sparare a un bambino.

Lui lo guardava diritto negli occhi. Nel cono di luce proiettato dall'unica, fioca lampada del vicolo misteriosamente sopravvissuta a mille sparatorie, i lineamenti del bambino erano come scolpiti. Web notò il corpo troppo magro e i muscoli delle spalle e delle braccia già tonici e compatti, a proteggere le costole sporgenti come un albero che ricopre di corteccia una ferita. Il taglio di una coltellata gli attraversava la fronte. Il foro che aveva sulla guancia sinistra, simile a una vecchia vescica, era senza dubbio la firma di una pallottola.

«Cuoci all'inferno» disse il bambino in tono stanco e poi rise, o per meglio dire sghignazzò. Quelle parole e quella risata risuonarono come un colpo di grancassa nella mente di Web e non aveva idea del perché; si sentiva formicolare la pelle. Aveva già visto dei bambini disperati, ce n'erano ovunque da quelle parti, eppure qualcosa gli sfuggiva. Forse faceva quel mestiere da troppo tempo, ma non era il momento giusto per mettersi a riflettere su quella circostanza. Con il dito a pochi millimetri dal grilletto, Web avanzò ancora di qualche passo, sforzandosi di cancellare l'immagine del bambino. I suoi movimenti erano elastici, resi agili dalla corporatura snella che nascondeva la poderosa forza delle braccia e delle dita e tutta l'energia delle sue spalle ampie. Era di gran lunga il più veloce della squadra e aveva una grande resistenza. Avrebbe potuto correre per una giornata intera. Avrebbe accettato in qualsiasi momento di misurare la sua rapidità e la sua resistenza contro chiunque. Una pallottola trapassa un muscolo con la stessa facilità con cui attraversa il grasso. Ma il piombo non può farti male se non ti colpisce.

I più avrebbero descritto Web London, con quelle sue spalle

larghe e il metro e novanta di statura, come un omone. Di solito però la gente finiva per essere morbosamente attratta dal lato sinistro della sua faccia, o di ciò che ne rimaneva. Web doveva ammettere suo malgrado che le tecniche di cui disponevano oggi i chirurghi estetici avevano del miracoloso. Con la luce giusta, cioè praticamente al buio, quasi non si notavano i segni dei trapianti di pelle e ossa che avevano ricreato la guancia spappolata. Un lavoro ammirevole, avevano decretato tutti in coro. Tutti eccetto Web.

In fondo al vicolo si fermarono di nuovo, tutti accovacciati. Accanto a Web c'era Teddy Riner. Attraverso il Motorola portatile, Riner comunicò al TOC che Charlie era al giallo e chiedeva l'autorizzazione di passare al verde, cioè il "punto critico" dell'obiettivo, una definizione un po' pretenziosa con cui indicare la porta d'ingresso. Con la mano libera, Web tastò la calibro 45 fuori ordinanza nella fondina che portava alla gamba destra. Teneva un'altra pistola identica appesa al giubbotto che gli proteggeva il petto e toccò anche quella, un gesto che faceva parte del suo personale rito propiziatorio prima di un attacco.

Chiuse gli occhi per visualizzare quali sarebbero state le mosse successive. Sarebbero piombati sulla porta correndo. Davies avrebbe guidato l'assalto al centro della formazione. Tutti avrebbero stretto nella mano libera una granata, tenendo l'indice dell'altra mano a debita distanza dal grilletto dell'arma da fuoco con la sicura disinserita... fino a che fosse arrivato il momento di uccidere. Davies avrebbe tolto le sicure meccaniche della scatola di controllo e avrebbe verificato il collegamento del detonatore alla carica, augurandosi che non insorgessero problemi imprevisti. Riner avrebbe comunicato al TOC le fatidiche parole: "Charlie, al verde". Il TOC avrebbe risposto come sempre: "Rimanete in attesa, tutto sotto controllo". Era una battuta che lo aveva sempre intrigato, perché chi diavolo aveva davvero il controllo durante le loro azioni?

In tutta la carriera Web non aveva mai sentito il TOC arrivare alla fine di un conto alla rovescia. Dopo il due, entravano in azione i tiratori scelti e una sventagliata di 380 sparati simultaneamente faceva un baccano d'inferno. Poi la carica sarebbe esplosa prima che il TOC dicesse "uno" e il boato seguente avrebbe polverizzato anche i pensieri. Si poteva addirittura sostenere che se il TOC avesse portato a termine il conto alla rovescia, allora la situazione sarebbe stata molto critica, perché evidentemente la carica non era esplosa. E quello era sicuramente il modo peggiore di cominciare una giornata lavorativa.

Dopo che l'esplosivo avesse fatto saltare la porta, Web e la sua squadra avrebbero invaso i locali lanciando granate, che avrebbero prodotto un lampo accecante e un botto da spaccare i timpani. Eventuali porte sprangate si sarebbero aperte al loro passaggio per il bussare indiscreto del fucile di Davies o grazie a una carica adesiva, che sembrava una striscia ritagliata da un copertone ma che conteneva un quantitativo di C4 al quale non c'era praticamente porta al mondo che sapesse resistere. Da lì in poi lo schema operativo era sempre lo stesso: le mosse avvenivano come su una scacchiera, le armi facevano fuoco con la massima precisione, le comunicazioni avvenivano a gesti. Si raggiungevano i punti chiave, si localizzavano gli ostaggi e li si portava via in fretta e vivi. La cosa a cui non si pensava mai era morire. Avrebbe sottratto troppo tempo e troppe energie alla preparazione minuziosa della missione e all'istinto e alla disciplina che gli uomini avevano sviluppato nel corso di anni di attività fino a farli diventare elementi costitutivi del loro carattere.

Secondo fonti attendibili, lo stabile nel quale stavano per fare irruzione ospitava l'intera struttura finanziaria di una delle principali organizzazioni di narcotrafficanti della capitale. Era più che probabile che quella sera si trovassero nella sede un buon numero di commercialisti e contabili, che sarebbero diventati preziosi testimoni per il governo se Web e i suoi fossero riusciti a tirarli fuori vivi. In questo modo i federali avrebbero potuto arrestare i pezzi grossi con una lunga serie di incriminazioni, penali e civili. Persino i signori della droga temevano gli attacchi frontali dell'ufficio del fisco, perché raramente pagavano le tasse allo zio Sam. Per questo motivo era stata impiegata la squadra di Web, specializzata nell'uccidere chi andava eliminato, ma anche molto abile nel proteggere chi doveva restare in vita… almeno fino al momento in cui avesse posato la mano sulla Bibbia, per poter deporre e contribuire a mettere in gabbia per molto, molto tempo, persone ben più pericolose.

Pochi istanti ancora e il TOC avrebbe cominciato il conto alla rovescia: "Cinque, quattro, tre, due…".

Web aprì gli occhi e fece mente locale. Era pronto. Pulsazioni a sessantaquattro, lo sentiva. "Okay, ragazzi, la festa sta per iniziare. Andiamo a divertirci." Udì di nuovo nell'auricolare il TOC che comunicava il via libera per l'attacco.

E in quel preciso istante Web London si paralizzò. Gli uomini della sua squadra uscirono allo scoperto piombando sul verde, l'obiettivo, ma Web no. Era come se braccia e gambe non appartenessero più al suo corpo, la stessa sensazione di quando ci si addormenta con un arto nella posizione sbagliata e poi ci si sveglia con la circolazione bloccata in tutta quella parte del corpo. Non poteva essere paura o voglia di scappare, erano troppi anni che faceva quel mestiere. E tuttavia non poté far altro che stare a guardare la Charlie Team dare l'assalto alla casa. Il cortile era stato classificato come l'ultima zona di pericolo prima dell'obiettivo e gli uomini accelerarono il passo ancora di più, attenti a eventuali segni di resistenza che si fossero manifestati da uno qualsiasi dei quattro punti cardinali. Nessuno si accorse che Web non era con loro. Madido di sudore, sforzando i muscoli contro la misteriosa forza che gli stava impedendo di muoversi, Web riuscì ad alzarsi lentamente e ad avanzare di qualche passo. Gli sembrava di avere piedi e braccia ingessati con il piombo, il corpo invaso dal fuoco e la testa sul punto di esplodere. Pochi metri più avanti raggiunse il cortile e lì stramazzò a faccia in giù mentre i suoi uomini se lo lasciavano alle spalle.

Alzò gli occhi in tempo per vedere la loro corsa forsennata, l'obiettivo ormai raggiunto, quasi che li stesse implorando di farsi sotto. Cinque secondi all'impatto. Cinque secondi che avrebbero cambiato per sempre la vita di Web London.

2

Teddy Riner fu il primo a cadere. Nella parte opposta dello schieramento Cal Plummer piombò a terra come se fosse stato stroncato dall'ascia di un gigante. Sotto lo sguardo impotente di Web, uno dopo l'altro i suoi uomini vennero falciati da colpi d'artiglieria pesante, proiettili che attraversarono Kevlar e carne come burro. Poi più nulla. Non sembrava giusto che dei bravi ragazzi dovessero morire con tanta facilità.

Prima che le armi cominciassero a sparare, Web era caduto sul suo fucile, che gli era rimasto incastrato sotto il corpo. Respirava a stento. Il giubbotto antiproiettile e le armi gli schiacciavano il diaframma. Aveva qualcosa sulla maschera. Non lo sapeva, ma erano parti del corpo di Teddy Riner, fatte schizzare dal mostruoso proiettile che gli aveva aperto nel giubbotto un foro grande quanto il palmo di una mano, proiettando pezzi del suo compagno su di lui, Web, l'ultimo della Charlie Team e, per ironia della sorte, il solo rimasto in vita.

Era ancora paralizzato, gli stimoli del suo cervello non bastavano a metterlo in moto. Aveva avuto un ictus a trentasette anni? Poi, all'improvviso, i colpi d'arma da fuoco lo riscossero dallo stordimento momentaneo e sentì che braccia e gambe riprendevano sensibilità. Riuscì a strapparsi di dosso la maschera e a rotolare sulla schiena. Vomitò una boccata d'aria fetida e lanciò un grido di sollievo. Stava guardando il cielo. Vide fulmini saettanti, ma nel baccano della sparatoria non riuscì a sentire i tuoni.

Avvertì, urgente e insensato, il desiderio di sollevare la mano per esporla al turbine che infuriava, forse per cercare conferma della presenza delle pallottole che gli sfrecciavano sopra, come un bambino che si sente ordinare di non toccare la stufa bollente e che, naturalmente, da quel momento non riesce a pensare ad altro. Staccò dal cinturone un astuccio, dal quale estrasse un visore termico. Anche nella notte più nera, avrebbe rivelato un intero mondo di solito invisibile a occhio nudo, reagendo alla fonte di calore, più o meno intensa, che identifica praticamente ogni oggetto al mondo.

Sebbene non riuscisse a individuarle nemmeno con il visore, percepiva senza difficoltà le scie di vapore del reticolo creato dalle traiettorie dei proiettili sopra di sé. Osservò che la fitta raffica di colpi giungeva da due direzioni diverse: lo stabile davanti a lui e una struttura diroccata che si trovava alla sua destra. Esaminò la costruzione attraverso il visore e non vide altro che cocci di vetro. Poi notò qualcosa che lo fece trasalire. Le vampate si accendevano contemporaneamente in tutte le finestre con i vetri fracassati. Era una sventagliata che si ripeteva a ritmo costante.

Web rotolò sul ventre e osservò attraverso il visore quello che era stato il loro obiettivo principale. Anche lì, dalla fila di finestre più basse, partivano sventagliate con la stessa sincronia. Questa volta però vide le lunghe canne delle mitragliatrici. Il visore termico le visualizzava color rosso mattone per il calore prodotto dalle munizioni. Nessuna forma umana, però, e se ci fosse stato un essere vivente nelle vicinanze, il visore lo avrebbe di certo trovato. Dunque doveva trattarsi di un sistema telecomandato. Adesso sapeva che la sua squadra era caduta in un'imboscata, senza che il nemico avesse rischiato la vita di un solo uomo.

Le pallottole rimbalzavano sui muri dietro di lui e alla sua destra e di tanto in tanto veniva colpito da pezzetti di metallo, come gocce di pioggia ghiacciata. Almeno una decina di volte i proiettili di rimbalzo avevano colpito il suo Kevlar, ma quando ormai avevano perso velocità e non potevano più essergli fatali. Teneva braccia e gambe ben aderenti all'asfalto, perché quelle non erano protette. Ma nemmeno il suo Kevlar avrebbe potuto resistere a un colpo diretto, perché le mitragliatrici calibro 50 sputavano proiettili lunghi dodici centimetri, probabilmente corazzati. Tutto questo Web lo deduceva dal crepitio supersonico prodotto dalle bocche da fuoco e dalle vampate che partivano dalle finestre. E anche la scia di vapore di un calibro 50 non era cosa da dimenticarsi facilmente. Si sentiva lo spostamento d'aria prima ancora di udire il sibilo del proiettile. Ti sollevava tutti i peli del corpo, come la folgore prima del colpo fatale.

Urlò a uno a uno i nomi dei suoi compagni. Nessuna risposta. Nessun movimento. Nessun gemito, nessun sussulto a segnalare che qualcuno era ancora aggrappato a un esile filo di vita. Ma Web li chiamò di nuovo tutti quanti, ripetendo il suo folle appello. Tutto intorno saltavano in aria i bidoni dell'immondizia, esplodevano vetri, i mattoni si sbriciolavano nei muri come le pareti di un canyon vengono erose dal turbinio dei torrenti. Quella era la spiaggia della Normandia, o peggio ancora la carica del generale Pickett a Gettysburg, e Web aveva appena perso tutto il suo esercito. I roditori del vicolo abbandonavano in massa la scena del massacro. Nessun intervento di derattizzazione dell'amministrazione cittadina avrebbe mai potuto ottenere il risultato che quella notte avevano conseguito le ritmiche sventagliate di pezzi calibro 50.

Web non voleva morire, ma ogni volta che guardava ciò che era rimasto della sua squadra, dentro di lui desiderava di unirsi a loro. Una famiglia combatte e muore unita. Il richiamo per Web era forte, sentiva i muscoli delle gambe tendersi per spiccare il salto nell'eternità, ma qualcosa di più forte ancora lo tratteneva. Morire voleva dire perdere. Cedere significava che tutti i suoi compagni erano morti invano.

Dove diavolo erano la X-Ray e la Whiskey? Perché non stavano venendo in loro soccorso? I tiratori appostati sugli edifici di fronte non avrebbero potuto scendere senza farsi fare a pezzi, ma ce n'erano degli altri sui tetti delle case lungo il vicolo. Loro avrebbero potuto calarsi con le funi. Ma il TOC avrebbe dato loro il semaforo verde? Forse no, se non sapeva che cosa stava succedendo… e come poteva saperlo? Nemmeno lui capiva bene in che cosa diavolo era finito eppure ci stava in mezzo. D'altra parte non poteva nemmeno restare lì ad aspettare che il TOC prendesse una decisione con il rischio che l'ennesimo proiettile decretasse lo sterminio definitivo della Charlie Team.

Anni di addestramento a combattere ogni genere di debolezza interiore non servirono a cancellare un lieve fremito di panico. Azione, doveva fare qualcosa. Avendo perso il microfono, si strappò dalla spalla il Motorola portatile. Premette il pulsante e ci gridò dentro: «HR quattordici a TOC, HR quattordici a TOC». Nessuna risposta. Si sintonizzò sulla frequenza di riserva e poi su un'altra per le trasmissioni di carattere generico. Niente da fare. Guardò il trasmettitore e provò una stretta al cuore: c'era caduto sopra, danneggiandolo gravemente. Strisciando per terra, raggiunse il cadavere di Cal Plummer. Quando cercò di prendergli il ricetrasmettitore, qualcosa lo colpì alla mano, costringendolo a ritrarla all'istante. Era solo un colpo di rimbalzo, in caso contrario gliel'avrebbe spappolata. Contò le dita, c'erano tutte e cinque, e il dolore intenso alimentò in lui il desiderio di combattere, di vivere, se non altro per farla pagare ai responsabili dell'eccidio, anche se in quel momento si sentiva privo di risorse. E per la prima volta nella sua carriera, Web si domandò se il nemico che stava affrontando in quel momento gli fosse superiore in termini di forza.

Sapeva che, se avesse smesso di ragionare, avrebbe corso ancora il rischio di ubbidire all'istinto, balzando in piedi e mettendosi a sparare al vuoto. Si concentrò dunque sulla situazione tattica. Si trovava in una zona di morte dai confini precisi, sotto un tiro automatico che proveniva da due direzioni diverse e creava un settore di distruzione dell'ampiezza di novanta gradi, a prova di qualunque controffensiva umana. Bene, quello era il quadro logistico. E che cosa diavolo avrebbe potuto fare, lui? In che capitolo del manuale c'era la risposta giusta? Quello intitolato "Quando ce l'hai nel culo"? Gesù, il frastuono era assordante. Non sentiva più nemmeno i battiti del cuore e aveva il respiro affannoso. Dove diavolo erano la Whiskey e la X-Ray? E la Hotel? Non potevano sbrigarsi? Ma che cosa avrebbero potuto fare, in ogni caso? Il loro compito era di abbattere bersagli umani a qualsiasi distanza. «Qui non c'è nessuno contro cui sparare!» gridò.

Subito dopo trasalì. All'imboccatura del vicolo era apparso il bambino che aveva visto poco prima. Si premeva le mani sulle orecchie. Se fosse uscito nel cortile, avrebbero portato via i suoi resti in un sacco mortuario… probabilmente due, perché i proiettili calibro 50 lo avrebbero quasi certamente falciato a metà.

Lo vide fare un passo avanti, avvicinandosi all'estremità del muro di mattoni, nel punto in cui si apriva il cortile. Forse la sua intenzione era di portare soccorso. Forse stava aspettando che il fuoco cessasse per recuperare oggetti preziosi dai cadaveri, raccogliere le armi da rivendere poi nelle strade. Forse era solo spinto dalla curiosità.

Le scariche cessarono e di punto in bianco calò il silenzio. Il bambino avanzò di un altro passo ancora. Web gli gridò di fermarsi. Lui si arrestò subito, evidentemente sorpreso nel sentire un morto che urlava a un vivo. Web alzò di qualche centimetro la mano, cercò di segnalargli che doveva restare indietro, ma le raffiche ripresero costringendolo a ributtarsi per terra. Allora strisciò sul ventre, sotto la traettoria delle pallottole, continuando a gridargli di tornare indietro.

Il bambino era immobile. Web lo teneva d'occhio, cosa non facile da fare strisciando per terra il più velocemente possibile senza alzare mai la testa di un solo centimetro, a rischio di farsela saltar via. Finalmente il ragazzino ubbidì e indietreggiò. Web aumentò l'andatura. Il bambino si girò per mettersi a correre e allora Web gli urlò di fermarsi. Incredibilmente, ubbidì.

Web era arrivato strisciando quasi all'imboccatura del vicolo, che stava cercando di raggiungere il più rapidamente possibile, perché adesso un nuovo pericolo incombeva sul piccolo. Durante la breve sosta delle raffiche di mitraglia, aveva udito in lontananza grida e passi sincronizzati. Stavano arrivando. Tutti, probabilmente, la Hotel e i tiratori scelti, nonché la squadra di rinforzi che il TOC teneva sempre in stato di allerta per le emergenze. E, quanto a emergenze, questa volta non c'erano dubbi. Sì, stavano venendo in aiuto, o così credevano. La verità era che correvano alla cieca, senza informazioni attendibili sullo scontro in corso.

Il problema era che anche il bambino li aveva sentiti arrivare. Era chiaro che sapeva benissimo chi erano, come uno scout che fiuta il terreno per stabilire dove si trovano le grandi mandrie di bisonti. Si sentiva intrappolato, e non a torto. Web sapeva che per quel ragazzino essere visto vicino a uno come lui equivaleva a una sentenza di morte. Era impossibile che non venisse scambiato per un traditore.

Web moltiplicò i suoi sforzi per accelerare, strisciando come un serpente di cento chili e seminando dietro di sé gran parte della sua attrezzatura. Sentiva il sangue che gli scorreva dai numerosi graffi su gambe, mani e volto. La mano sinistra gli bruciava come se lo avesse punto un migliaio di vespe. Adesso il giubbotto antiproiettile era diventato più pesante che mai e ogni metro di asfalto gli costava un'enorme fatica. Avrebbe abbandonato il fucile, ma sapeva di averne ancora bisogno. No, non si sarebbe mai separato dal suo dannato SR75.

Sapeva che cosa avrebbe fatto il bambino. Nell'impossibilità di tornare indietro, avrebbe tentato di attraversare di corsa il cortile, con la speranza di nascondersi in uno degli edifici sull'altro lato. Sicuramente sentiva anche lui il sibilo delle pallottole, ma lui non poteva vedere le traiettorie. Non poteva evitarle. Sicuramente ci avrebbe provato.

Il bambino scattò e Web si alzò da terra in tempo per impedirgli di fuggire. Il ragazzo lo prese a calci, lo colpì con i pugni al volto e al petto, poi le lunghe braccia di Web lo imprigionarono trascinandolo nel vicolo. Prendere a pugni il Kevlar doveva fargli male alle mani e di lì a poco il ragazzino desistette. «Io non ho fatto niente!» protestò. «Lasciami andare!»

«Se esci là fuori, finisci ammazzato!» gridò Web per farsi sentire nel fragore delle raffiche. «Io ho addosso un giubbotto antiproiettile e nemmeno io riuscirei a sopravvivere. Quelle pallottole ti farebbero a fettine» e alzò la mano per mostrargliela.

Il ragazzino si calmò guardando le ferite. Web lo portò lontano dal cortile e dalle mitragliatrici, dove potevano almeno parlare senza dover urlare. Agendo d'istinto, Web gli toccò la cicatrice sulla guancia. «Hai già avuto abbastanza fortuna una volta» commentò. Il ragazzino fece una smorfia e si divincolò dalle sue braccia. Si rialzò di scatto, prima che Web avesse il tempo di reagire, ruotò su se stesso e si preparò a correre per il vicolo.

«Se gli vai incontro al buio» lo ammonì Web «non avrai la stessa fortuna. Ti faranno a pezzi.»

Il ragazzino si fermò. Quando si girò, sembrò che mettesse per la prima volta a fuoco il viso di Web. Poi allungò lo sguardo verso il cortile.

«Sono morti?» chiese.

Per tutta risposta Web si fece scivolare il fucile dalla spalla al braccio. Il ragazzino indietreggiò di un passo, intimidito dall'arma.

«Ehi, signore, che cosa vuoi fare con quello?»

«Tu resta qui e stai giù» gli ordinò Web. Poi si voltò. Adesso le sirene annunciavano l'arrivo della cavalleria. Arrivava, come sempre, troppo tardi. La cosa più intelligente da fare era: niente. Ma a lui non bastava, sentiva di avere un lavoro da finire. Strappò un foglietto dal taccuino che portava alla cintura e scrisse un veloce messaggio. Si sfilò quindi il berretto che portava sotto il casco. «Prendi qui» disse al bambino. «Cammina, non correre. Tieni ben in vista il berretto e consegna questo messaggio agli uomini che stanno arrivando.» Il ragazzino ubbidì in silenzio. Web impugnò il suo lanciarazzi e lo caricò. «Quando sparo, vai. Cammina!» ribadì. «Non correre.»

Il ragazzino guardò il foglietto. Web non era sicuro che sapesse leggere, non era detto che in un posto come quello i bambini ricevessero l'istruzione di base come i loro coetanei dei quartieri meno degradati. «Come ti chiami?» gli chiese. Doveva aiutarlo a calmarsi. Le persone nervose commettono errori e sapeva che un qualsiasi gesto inconsulto gli sarebbe costato la vita.

«Kevin» rispose il ragazzino. Nel momento in cui pronunciò il suo nome, ritornò a essere il bambino spaventato di prima e Web si sentì ancora più in colpa per quello che gli stava chiedendo di fare.

«Va bene, Kevin. Io sono Web. Tu fai quello che ti dico e andrà tutto bene. Puoi fidarti di me.» Provò una fitta di rimorso ancora più intensa mentre puntava il lanciarazzi al cielo, rivolgeva a Kevin un cenno di rassicurazione e premeva il grilletto. Il razzo sarebbe stato il primo avvertimento. Il messaggio di Kevin il secondo. Il ragazzino s'incamminò, ma a passo sostenuto. «Non correre» gli gridò Web. Poi si girò verso il cortile e agganciò il visore termico alla culatta del fucile.

Il razzo insanguinò il cielo di una luce rossa e Web immaginò le squadre d'assalto e i tiratori scelti che si fermavano per valutare l'inatteso segnale. Così il ragazzino avrebbe avuto il tempo che gli serviva per raggiungerli. Kevin non sarebbe morto, non quella sera almeno. Al successivo intervallo tra le scariche delle mitragliatrici, Web uscì correndo dal vicolo diretto nel cortile, rotolò per terra e alzò il fucile mentre si metteva in posizione: piantò in terra il cavalletto e si premette il calcio contro la spalla. Il suo primo bersaglio erano le tre finestre che aveva davanti. Anche a occhio nudo vedeva le vampate, ma il visore termico gli dava la possibilità di puntare direttamente alle canne che facevano fuoco. L'SR75 ruggì e una dopo l'altra le mitragliatrici saltarono in aria. Web inserì un altro caricatore da venti colpi, prese la mira e premette il grilletto e altre quattro mitragliatrici furono finalmente zittite. L'ultima postazione stava ancora vomitando proiettili quando Web, strisciando avanti di qualche metro, le lanciò in bocca una granata. Poi scese il silenzio, fino a quando svuotò le sue due 45 sulle finestre ora ammutolite, mentre i bossoli consumati saltavano fuori come paracadutisti dal ventre di un aereo. Sparata anche l'ultima cartuccia, Web si piegò sulle ginocchia a riprendere fiato. Era molto accaldato. Poi le nubi si squarciarono e cominciò a cadere la pioggia. Scorse un assaltatore che faceva prudentemente capolino nel cortile e cercò di rivolgergli un cenno con la mano, ma il suo braccio non rispose, gli rimase penzoloni, inerte, lungo il fianco.

Contemplò il macabro spettacolo della sua squadra, tutti i suoi amici che sembravano annegati nel proprio sangue. L'ultima immagine che avrebbe ricordato di quella notte erano le gocce del suo sudore che cadevano nelle pozzanghere di pioggia, rosse di sangue.

3

Randall Cove era di stazza notevole; aveva una grande forza fisica e l'istinto di un autentico uomo di strada, che aveva affinato nel corso di molti anni. Agente dell'FBI, da quasi diciassette veniva impiegato in operazioni sotto copertura. Si era infiltrato in bande di spacciatori sudamericani a Los Angeles, in gruppi di messicani che operavano lungo la frontiera con il Texas e in organizzazioni di grossi narcotrafficanti europei in Florida. Quasi tutte le sue missioni si erano risolte in successi strabilianti e, a volte, senza precedenti. Portava una semiautomatica calibro 40 munita di pallottole a punta cava che, una volta entrate nel corpo, ne devastavano gli organi interni provocando spesso la morte. Aveva anche un coltello a lama seghettata con cui sapeva recidere le arterie vitali in un lampo. Si era sempre vantato di essere un professionista affidabile. Al momento qualche stupido lo considerava un crudele criminale che, per i suoi terribili peccati, meritava il carcere a vita se non la pena capitale. Cove sapeva di trovarsi in guai seri ma si rendeva anche conto di poter contare solo su se stesso per uscirne.

Accovacciato in macchina, osservò il gruppo di uomini che prendevano posto sui propri veicoli per andarsene. Appena furono passati, si alzò, attese qualche momento e li seguì in auto. Si sistemò il berretto sulla testa appena rasata dalle vecchie treccine rasta. "Era ora di farlo" aveva pensato. Quando gli altri si fermarono, fece altrettanto. Vedendo gli uomini scendere dagli automezzi, prese la macchina fotografica dallo zaino e si mise a scattare. Ripose la Nikon, afferrò un binocolo per la visione notturna e mise a fuoco. Poi cominciò ad annuire contandoli a uno a uno.

Mentre il gruppo scompariva in un edificio, inspirò profondamente e pochi istanti dopo esalò un'ultima, lunga boccata d'aria, trovandosi a ripercorrere in un flash i fatti salienti della sua vita. Al college, Cove era stato la versione più veloce e più muscolosa di Walter Payton; veniva dalla squadra dell'Oklahoma ed era un osannato giocatore della nazionale, al quale tutte le squadre della National Football League facevano offerte per ingaggi stratosferici. Poi, dopo essersi rotto i legamenti delle ginocchia, era tornato a essere, da eroe che era, un atleta qualsiasi, di quelli che nessun coach degnerebbe di un'occhiata. I milioni di dollari erano ormai relegati nel regno delle chimere e insieme ai lauti guadagni futuri era svanito l'unico modo di guadagnarsi da vivere che aveva conosciuto fino allora. Si era pianto addosso per un paio d'anni, cercando giustificazioni, mentre la sua esistenza precipitava in un abisso profondo. E lì aveva incontrato lei. Sua moglie era stata un dono divino, aveva sempre pensato, per il modo inaspettato in cui aveva ripescato dall'oblio la carcassa piagnucolosa che era ormai diventato. Con il suo aiuto era tornato a reggersi sulle proprie gambe e a testa alta aveva realizzato il sogno segreto di diventare un G-man, un agente federale.

Al Bureau aveva ricoperto svariati incarichi in un'epoca in cui le occasioni per gli uomini di colore erano ancora molto limitate. Era stato dirottato verso operazioni di copertura nel giro della droga perché i suoi superiori lo avevano informato senza troppi giri di parole che erano ambienti popolati quasi esclusivamente da gente della sua razza. «Tu, oltre al colore della pelle, hai anche le capacità per entrare perfettamente nella parte e farti accettare» gli avevano detto. E lui non avrebbe potuto obiettare. Il suo lavoro era abbastanza pericoloso da non essere mai noioso, uno stato d'animo, la noia, che Randall Cove aveva sempre mal sopportato. E in un mese aveva assicurato alla giustizia più criminali di quanti molti suoi colleghi erano riusciti ad arrestare in una vita intera, e i suoi erano tutti pezzi grossi, quelli che tiravano le fila e rastrellavano i profitti illeciti, non i poveracci agli angoli delle strade con le pezze al culo e un piede già nella fossa. Da sua moglie aveva avuto due splendidi figli e stava valutando seriamente se appendere la pistola al chiodo quando gli era crollato il mondo addosso e si era ritrovato senza moglie e senza prole.

Emerse dalle sue elucubrazioni quando gli uomini uscirono, montarono in macchina e ripartirono. Li pedinò. Aveva perso anche qualcos'altro che non avrebbe mai potuto recuperare. Sei uomini erano morti in seguito a un suo grave errore, una cantonata da pivellino. Il suo orgoglio ne era uscito ferito e il suo odio ingigantito. E il settimo membro della squadra che era stata spazzata via lo tormentava ancora. Lui era sopravvissuto quando avrebbe dovuto fare la fine dei compagni e sembrava che nessuno capisse il perché. Cove avrebbe voluto guardarlo diritto negli occhi e chiedergli: "Com'è che tu respiri ancora?". Non aveva il fascicolo di Web London e sapeva che non sarebbe riuscito a procurarselo tanto presto. Sì, Cove era un agente dell'FBI, e sì, senza dubbio tutti pensavano che avesse tradito. Gli infiltrati conducevano una vita particolare, lo sapevano tutti, sempre in bilico tra il bene e il male. Erano tutti svitati per definizione, giusto? Che lavoro ingrato era stato il suo, per tutti quegli anni, ma non aveva di che lamentarsi, visto che l'aveva fatto per se stesso e nessun altro.

Le auto si fermarono nel lungo viale d'accesso. Cove, fermatosi a sua volta a poca distanza, scattò qualche altra foto prima di andarsene. Per quella sera il suo compito era finito. Tornò all'unico posto dove si sentiva al sicuro, e non era certo casa sua. Mentre accelerava dopo una curva, vide apparire nello specchietto retrovisore due fari sbucati dal nulla. Non era un buon segno, non su una strada come quella. Svoltò e l'altra vettura fece lo stesso. Okay, era una faccenda seria. Accelerò di nuovo. E così il suo pedinatore. Cove estrasse la pistola dalla fondina e si accertò di aver tolto la sicura.

Guardando nello specchietto, cercò di stabilire con quante persone aveva a che fare, ma era troppo buio e non c'erano lampioni. La prima pallottola gli fece scoppiare la gomma posteriore destra, la seconda quella sinistra. Mentre lottava per mantenere il controllo dell'automobile, da una via laterale sbucò un camion che lo colpì nella fiancata. Se avesse avuto il vetro alzato, la sua testa ci avrebbe sbattuto contro. Il camion era munito di un cuneo spartineve anche se non era inverno. Accelerò, spingendo la macchina di Cove. Prima che si ribaltasse, la berlina fu catapultata oltre il guardrail che proteggeva una curva della strada dalla scarpata sottostante. La vettura rotolò per il ripido pendio e le portiere si spalancarono, quindi si schiantò sul fondo e prese fuoco.

L'auto che aveva pedinato Cove si fermò sul ciglio della strada. L'uomo che la guidava corse al guardrail e guardò giù. Vide il fuoco, assistette all'esplosione provocata dai gas del carburante e tornò di corsa alla sua macchina. Poi i due veicoli ripartirono di gran carriera.

Nello stesso istante Randall Cove si rialzò lentamente dal punto in cui era stato scaraventato quando lo sportello era stato strappato via dall'impatto contro il suolo. Aveva perso la pistola e aveva la sensazione di essersi incrinato un paio di costole, ma era vivo. Contemplò quel che restava della sua automobile, poi alzò lo sguardo al guardrail dietro il quale aveva visto scomparire uno dei due uomini che avevano cercato di ucciderlo. Infine, cominciò ad arrampicarsi, con le gambe trementi.

Web si stringeva la mano ferita. Gli sembrava che la testa stesse per scoppiargli. Si sentiva come se avesse ingollato tre bicchieri di tequila e fosse sul punto di vomitare. La stanza d'ospedale era vuota. Fuori c'era un uomo armato ad assicurarsi che non gli accadesse niente. Nient'altro.

Sdraiato a letto, per tutta la giornata e parte della notte aveva meditato sull'accaduto e non era riuscito a dare nemmeno una risposta agli interrogativi che lo assillavano dal momento in cui era stato ricoverato. Il suo comandante era già passato a trovarlo, con alcuni membri della Hotel e dei tiratori scelti della Whiskey e della X-Ray. Avevano parlato poco, angosciati e increduli che a uomini come loro fosse potuta accadere una cosa del genere. E nei loro occhi Web aveva scorto l'ombra del sospetto, il dubbio su quello che gli era successo sul luogo dell'agguato.

«Mi dispiace, Debbie» disse a voce alta pensando alla vedova di Teddy Riner. Lo stesso disse a Cynde Plummer, la moglie di Cal, anche lei vedova. E fece la lista di sei donne, tutte sue amiche. I loro mariti erano stati suoi compagni, suoi commilitoni; si sentiva lacerato dal dolore non meno di loro.

Allontanò la mano incolume da quella ferita, e con questa sfiorò la sponda metallica del letto. Che ferita ridicola! Nemmeno una pallottola lo aveva colpito, se non di striscio. «Neanche un colpo di merda sono riuscito a sparare in tempo» gridò al muro. «Neanche uno! Ti rendi conto di quanto è incredibile?» chiese rivolto all'asta che reggeva la flebo.

«Li beccheremo, Web.»

La voce lo colse di sorpresa, perché non aveva sentito entrare nessuno. Si sollevò per quanto poteva e vide il suo interlocutore, Percy Bates, seduto poco distante. Stava studiando il pavimento di linoleum come se fosse una mappa che potesse indicargli il luogo in cui erano celate tutte le risposte.

Si diceva che in venticinque anni Percy Bates non fosse cambiato di una virgola. Non aveva né perso né acquistato un grammo di peso, i suoi capelli erano ancora corvini senza un'ombra di bianco e sempre pettinati alla stessa maniera di quando era entrato all'FBI fresco di Accademia. Era come se fosse stato congelato fuori del tempo ed era un fatto straordinario in un'attività che faceva invecchiare la gente più che precocemente. Era diventato una sorta di leggenda al Bureau. Aveva interrotto i traffici di droga alla frontiera fra Messico e Texas, per poi scatenare l'inferno sulla West Coast dalla sede di Los Angeles. Aveva fatto carriera in fretta: attualmente era uno dei massimi dirigenti alla succursale di Washington, il WFO, come veniva chiamato da tutti. Aveva fatto esperienza in tutti i principali dipartimenti del Bureau e ne conosceva ogni anfratto.

Bates, che tutti chiamavano Perce, aveva modi pacati, eppure sapeva annientare un subalterno con uno sguardo, tanto da farlo sentire indegno di occupare mezzo metro quadrato di universo. Poteva essere il tuo miglior alleato o il tuo peggior nemico. Forse era così che si diventava dopo essersi portati addosso per una vita intera un nome come Percy.

Web era stato oggetto delle classiche strigliate che Bates dispensava di tanto in tanto ai tempi in cui lui era stato sotto il suo diretto comando. Molte delle critiche che aveva ricevuto erano meritate, perché aveva commesso la sua brava dose di errori mentre imparava il mestiere. Ma qualche volta Bates ricorreva alle strategie classiche di chi sta al potere e, come a tutti gli altri, anche a lui era capitato di cercare un capro espiatorio su cui riversare le colpe quando le cose andavano male. Per questo motivo Web non prese per buona l'affermazione che gli aveva appena sentito pronunciare. Né considerò il tono bonario come un segno di pace o solidarietà. Eppure la notte in cui Web aveva perso mezza faccia nella furia del combattimento, Bates era stato uno dei primi a presentarsi al suo capezzale, e questo Web non lo avrebbe mai dimenticato. No, Percy Bates non era una persona facile da giudicare, come del resto tutti loro. Non sarebbero mai stati compagni di bevute, ma Web non aveva pensato neanche per un momento che bisognasse essere culo e camicia con qualcuno per poterlo rispettare.

«So che ci hai già rilasciato una dichiarazione preliminare, ma avremo bisogno di un rapporto completo appena possibile» riprese Bates. «Senza fretta, s'intende. Prima rimettiti in sesto.»

Il messaggio era chiaro. Il disastro li aveva annientati tutti. Non ci sarebbero state rappresaglie da parte sua. Almeno non subito.

«Sono solo graffi» borbottò Web.

«Si parla di un colpo d'arma da fuoco alla mano. Tagli e lividi su tutto il corpo. I dottori dicono che sei ridotto come se ti avessero preso a legnate con una mazza da baseball.»

«Non è niente» insisté Web e si sentì sfinito per lo sforzo.

«Hai lo stesso bisogno di riposare. Poi penseremo al rapporto.» Bates si alzò. «E se te la senti, anche se so che sarà dura, sarebbe utile se potessi tornare laggiù e ricostruire esattamente come sono andate la cose.»

"E come sono riuscito a sopravvivere" aggiunse fra sé Web mentre annuiva. «Sarò in piedi prima di quel che pensi.»

«Con calma» ripeté Bates. «Non sarà facile. Ma ne verremo a capo.» Gli batté la mano sulla spalla e si avviò verso la porta.

Web cercò di alzare di più la testa. «Perce?» Nel buio vedeva di lui in pratica solo il bianco degli occhi. Erano come dadi sospesi nel vuoto, entrambi girati sul numero uno. «Sono tutti morti, vero?»

«Sì» confermò Bates. «Sei rimasto solo tu, Web.»

«Ho fatto tutto quello che potevo.»

La porta si aprì e si richiuse e Web fu solo.

In corridoio Bates parlò con un gruppo di uomini vestiti esattamente come lui, anonimo completo blu, camicia con i bottoncini sul colletto, cravatta sobria, scarpe nere con suola di gomma e pistole di grosso calibro in fondine agganciate alle cinture.

«Con i media sarà un incubo, lo sai» disse uno di loro. «Anzi, lo è già.»

Bates si mise in bocca una gomma da masticare, con cui sostituiva le Winston, visto che aveva smesso di fumare per la quinta e forse non ultima volta. «Le necessità di un branco di pompinari scribacchini non occupano il primo posto nella mia lista delle priorità» dichiarò.

«Devi tenerli informati, Perce. Se non lo fai, immagineranno il peggio e cominceranno a inventare. Su Internet circolano già notizie da non credere: che questo massacro è legato al ritorno apocalittico di Gesù sulla Terra o a un misterioso complotto commerciale cinese. Da dove tirano fuori poi queste stronzate, lo sa solo il cielo. Quelli delle pubbliche relazioni stanno diventando matti.»

«Io non riesco a credere che qualcuno possa aver avuto il fegato di fare una cosa del genere a noi» commentò un altro, che al servizio del suo paese era diventato grigio e grasso. Bates sapeva che in più di dieci anni non aveva mai visto altro che la sua scrivania, ma gli piaceva comportarsi come se fosse sempre stato in prima linea. «Né i colombiani, né i cinesi e nemmeno i russi avrebbero osato attaccarci in quel modo.»

Bates gli lanciò un'occhiata. «Si tratta di noi contro loro, ricordi? Noi non perdiamo occasione di metterglielo in quel posto. Tu credi che non abbiano voglia di restituirci il favore?»

«Ma per Dio, Perce, pensaci! Hanno massacrato un'intera squadra dei nostri. Sul nostro terreno» esclamò indignato l'altro.

Perce lo osservò e vide un elefante senza zanne sul punto di schiattare e finire in pasto ai carnivori della giungla. «Non sapevo che avessimo occupato quel quartiere di Washington» obiettò. Erano passati due giorni e una notte dall'ultima volta che aveva chiuso occhio e cominciava a risentirne davvero. «Anzi, io avevo proprio l'impressione che fosse casa loro e che noi fossimo la squadra ospite.»

«Sai che cosa volevo dire. Che cosa può aver motivato un attacco come questo?»

«Cazzo, non lo so, forse si sono incavolati per come le inventiamo tutte per mandare all'aria il loro bel giro d'affari da un miliardo di dollari al giorno, idiota!» Mentre aggrediva l'uomo verbalmente, Bates lo fece indietreggiare verso l'angolo del corridoio, ma poi decise che era troppo inoffensivo per meritare una sospensione.

«Come sta?» intervenne un altro, con i capelli biondi e il naso arrossato dal raffreddore.

Bates si appoggiò alla parete, masticò un po' la sua gomma e finalmente alzò le spalle. «Credo che sia più incasinato nella testa che nel corpo. Ma è comprensibile.»

«Un tipo davvero fortunato, mi sembra di poter dire» commentò Naso Rosso. «Come abbia fatto a venirne fuori tutto intero è un mistero.»

Bates impiegò meno di un secondo a pararglisi davanti. Evidentemente non era la giornata in cui se la sentiva di lasciar correre. «Tu chiami fortuna vedere con i propri occhi sei della tua squadra falciati senza la possibilità di reagire? È questa la cazzata che stai cercando di dire, figlio di puttana?»

«Ehi, non la intendevo in questi termini, Perce. Lo sai bene tu.» Poi Naso Rosso si fece prendere da un attacco di tosse, come se volesse far sapere a Bates che era indisposto e non poteva combattere.

Bates si allontanò disgustato da tutto il gruppo. «Ora come ora io non so un bel niente. No, rettifico, so che Web ha neutralizzato da solo otto nidi di mitragliatrici e ha salvato la vita degli uomini di un'altra squadra e quella di un marmocchio di strada. Questo so io.»

«Secondo il rapporto preliminare Web ha avuto una crisi di fifa.» L'affermazione veniva da un altro uomo che si era unito al gruppo, uno che evidentemente aveva più autorità di tutti loro. Alle sue spalle lo seguivano due angeli custodi dal volto di pietra. «E per la verità, Perce, tutto quello che sappiamo ce lo ha raccontato lui» aggiunse. Sebbene gli fosse chiaramente superiore di rango, era altrettanto chiaro che Percy Bates gli avrebbe volentieri staccato la testa dal collo se avesse potuto.

«London ha un sacco di cose da spiegarci» seguitò l'altro. «E noi affronteremo questa inchiesta con gli occhi non aperti, ma spalancati. La notte scorsa è stata una sciagura. Quello che è successo non accadrà mai più. Non finché ci sarò io.» Fissò Bates, e, con tono sarcastico, aggiunse: «E porta i miei migliori auguri a London». Ciò detto, Buck Winters, capo della sede dell'FBI di Washington, riprese la sua marcia seguito dai robot della scorta.

Lo sguardo di Bates gli vomitò sulla schiena tutto l'odio che provava. Buck Winters era stato uno dei principali supervisori operativi a Waco e, secondo Bates, aveva contribuito con la sua inettitudine all'eccidio finale. Dopodiché, grazie ai singolari meccanismi delle grandi organizzazioni, Winters aveva ricevuto una promozione dopo l'altra per la sua incompetenza fino ad arrivare al vertice del WFO. Forse il Bureau non aveva intenzione di ammettere di aver combinato un casino e riteneva che promuovere i maggiori responsabili del fiasco a Waco fosse il solo modo per far giungere forte e chiaro al mondo intero il messaggio che si considerava senza macchia. Alla lunga molte teste erano saltate dopo l'incendio texano in cui aveva trovato la morte David Koresh, ma la testa di Buck Winters era rimasta ancora saldamene attaccata al suo collo. Agli occhi di Percy Bates, Buck Winters rappresentava quanto di marcio esisteva in seno all'FBI.

Si appoggiò di nuovo alla parete, incrociò le braccia e prese a masticare la sua gomma così accanitamente da farsi venire male ai denti. Era sicuro che il vecchio Buck stava per incontrarsi con il direttore dell'FBI, il procuratore generale e forse persino il presidente. Facesse pure, purché si tenessero alla larga dai suoi coglioni.

Poco dopo se ne andarono anche quelli del suo gruppo e Bates si ritrovò solo con la guardia in divisa. Finalmente si avviò anche lui, con le mani in tasca e lo sguardo perso nel nulla. Prima di uscire sputò la gomma in un cestino. «Teste di cazzo e idioti» disse. «Teste di cazzo e idioti.»

4

In camice da chirurgo, con in mano una borsa contenente i suoi effetti personali, Web osservò il cielo limpido dalla finestra della sua stanza d'ospedale. Le bende sulla mano ferita lo irritavano, gli sembrava di indossare un guantone da boxe.

Stava per aprire la porta per andarsene, quando fu preceduto da qualcuno che entrava.

«Che ci fai qui, Romano?» sbottò sorpreso.

L'altro non gli rispose subito. Era sul metro e ottanta di statura, ben piantato, nerboruto, con capelli scuri ondulati. Indossava jeans, una vecchia giacca di pelle, un berretto da baseball degli Yankees. Alla cintura portava il distintivo dell'FBI e la fondina dalla quale spuntava il calcio della pistola.

Squadrò Web e indugiò con lo sguardo sulla sua mano bendata. «È quella?» chiese indicandola. «Quella sarebbe la tua ferita?»

Anche Web si guardò la mano. «Saresti più felice se il buco ce l'avessi in testa?» l'apostrofò poi.

Paul Romano era un assaltatore della Hotel Team. Non aveva un carattere molto accomodante, come d'altronde tutti i suoi colleghi. Non era mai stato amico di Web, principalmente perché mal sopportava un curriculum più eroico del suo.

«Te lo chiederò una volta sola, Web, e voglio una risposta precisa. Prova a farmi fesso e ti ammazzo con le mie mani.»

Web gli si avvicinò di un passo perché fosse più evidente la differenza di statura. Sapeva che anche questo gli dava fastidio. «Ehi, Paulie, mi hai portato anche dei cioccolatini e un mazzo di fiori?»

«Rispondimi, Web.» Fece una pausa, poi chiese: «Te la sei fatta sotto?».

«Eh già, Paulie, quelle mitragliatrici sono saltate in aria da sole.»

«Questo lo so. Parlo di quello che è successo prima. Quando hanno falciato la Charlie. Tu non eri con loro. Perché?»

Web sentì il calore salirgli al volto e se la prese con se stesso per quella reazione. Di solito non si lasciava condizionare da Romano, ma la verità era che non sapeva come rispondergli.

«Qualcosa è successo, Paulie, ma è successo nella mia testa. Non so che cosa. Ma nel caso tu abbia improvvisamente perso il lume della ragione e ti sia fatto venire dei dubbi infondati, non aveva niente a che vedere con l'imboscata.»

Romano scosse il capo. «Non stavo pensando che ci avessi tradito, Web, solo che ti fossi fatto prendere dalla fifa.»

«Se questo è tutto quello che hai da dirmi, allora puoi pure andartene.»

Romano lo squadrò di nuovo e Web cominciò ad avvertire un certo disagio. Senza dire una parola, Romano girò sui tacchi e uscì. Web avrebbe preferito che si fosse congedato con un ultimo insulto piuttosto che con quel silenzio.

Attese qualche minuto ancora, poi aprì la porta.

«Che cosa fai?» chiese meravigliato il piantone.

«I medici mi hanno dimesso, non ti hanno avvertito?»

«Nessuno mi ha detto un bel niente.»

Web gli mostrò la mano bendata. «Il governo non mi paga un'altra notte in ospedale per un graffio a una mano. E non sarò certo io a metterci la differenza di tasca mia.»

Web non conosceva la guardia, ma gli sembrava il tipo da sottoscrivere senza riserve una logica così ferrea. Non aspettò la sua risposta e s'incamminò per il corridoio. Sapeva che la guardia non aveva modo di fermarlo. L'unica cosa che poteva fare era comunicare il fatto ai suoi superiori, cosa che sicuramente sarebbe avvenuta di lì a pochi istanti.

Uscì da una porta laterale, trovò un telefono, chiamò un amico e un'ora dopo era a casa sua, una costruzione in stile ranch su vari livelli in un tranquillo quartiere periferico di Woodbridge, Virginia. Si cambiò e indossò una felpa blu, jeans e mocassini, poi si tolse la benda e la sostituì con un semplice cerotto. Non voleva commiserazione da parte di nessuno, non in un momento in cui all'obitorio erano allineati sei dei suoi migliori amici.

Controllò i messaggi. Nessuno che fosse di qualche importanza, ma sapeva che non sarebbe stato così in futuro. Dalla cassetta blindata delle armi recuperò la nove millimetri di riserva e la infilò nella fondina della cintura. Anche se tecnicamente non aveva sparato a nessuno, era stato sospeso dal servizio come sempre succede dopo uno scontro a fuoco, giacché aveva in ogni caso usato l'arsenale a sua disposizione. Gli avevano confiscato le armi, che per lui era come tagliargli le mani, e avevano raccolto una deposizione. Tutto secondo le regole, normale routine, ciononostante non aveva potuto fare a meno di sentirsi come un criminale. In ogni caso non sarebbe andato in giro disarmato. Era paranoico per natura e il massacro della sua squadra aveva acuito la sua mania di persecuzione, facendogli vedere minacce persino nelle carrozzine spinte dalle mamme.

Andò nel box, salì sulla sua Ford Mach One nera del 1978 e partì.

Web aveva due automezzi, la Mach e un vecchio Suburban con il quale aveva portato la Charlie Team a molte partite dei Redskin, sulle spiagge della Virginia e del Maryland, in parecchi locali e altre mete di svago lungo tutta l'East Coast. Ciascuno aveva il proprio posto a bordo del Suburban, assegnato in base ad anzianità e abilità, i principi in base ai quali Web compilava tutte le sue classificazioni. Quanti bei ricordi gli evocava quel pulmino! Ora si domandava quanto sarebbe riuscito a ricavarne, perché prevedeva di non servirsene mai più.

Prese l'interstatale 95 in direzione nord e lottò per districarsi nei dedali dello Springfield Interchange, che doveva essere stato progettato da un ingegnere fattosi di coca. Adesso che lo stavano ristrutturando, e la cosa sarebbe durata almeno dieci anni, chi ci si trovava a passare tutti i giorni poteva scegliere se ridere o piangere mentre guardava anni della sua vita scivolare via in un esasperante progredire da lumaca. Web attraversò il ponte, tagliò per il quadrante del Northwest dove si trovavano tutti i monumenti principali e i dollari dei turisti, e in breve fu in una zona della città non altrettanto solare.

Web era un agente speciale dell'FBI, ma si considerava soprattutto un operativo dell'HRT, la Hostage Rescue Team, la squadra di soccorso che interviene in presenza di ostaggi, l'unità di crisi d'élite del Bureau. Lui non indossava giacca e cravatta, e trascorreva il suo tempo quasi esclusivamente con colleghi dell'HRT. Web non arrivava sul luogo dei crimini dopo che avevano smesso di volare le pallottole. Di solito lui era lì fin dal principio, a correre, schivare, sparare, ferire e qualche volta uccidere. C'erano solo cinquanta effettivi dell'HRT, perché la selezione era rigorosa. Il periodo medio di assegnazione alla squadra era di cinque anni. Web era l'eccezione alla regola, ormai nell'ottavo anno di servizio. Da qualche tempo l'HRT interveniva sempre più spesso e nei punti caldi di tutto il mondo, in base a un nuovo protocollo che voleva gli uomini pronti e in partenza dall'Andrews Air Force Base entro quattro ore dalla chiamata. Be', sulla sua partecipazione a quello spettacolo era calato il sipario. Ora Web non aveva più una squadra.

Non aveva mai pensato di poter essere il solo sopravvissuto a una strage. Non era nella sua natura. Tutti ci scherzavano sopra, c'erano state persino morbose scommesse su chi sarebbe morto in una notte senza luna. Web era sempre stato uno dei primi della lista, perché era quasi sempre il primo a esporsi al fuoco nemico. Adesso lo torturava il pensiero di non capire che cosa lo avesse tenuto lontano dalla settima bara. E la sola cosa peggiore del senso di colpa era la vergogna.

Fermò la Mach al posto di blocco e scese a mostrare i suoi documenti ai poliziotti, tutti sorpresi di vederlo. Riuscì a infilare il vicolo prima che le schiere di giornalisti appostati si accorgessero di lui. Trasmettevano in diretta dai loro furgoni fin dal momento del massacro. Web aveva ascoltato alcuni dei notiziari in ospedale. Li aveva sentiti ripetere in continuazione le stesse ricostruzioni dell'accaduto, con l'ausilio di grafici e fotografie, sempre con la medesima espressione incupita, sempre con frasi del tipo: "Questo è quanto sappiamo finora. Ma restate con noi, avremo nuovi particolari più tardi, a costo di doverceli inventare di sana pianta. A dopo, Sue". Web percorse lo stretto passaggio quasi di corsa.

Il temporale della notte precedente si era spostato sull'Atlantico già da alcune ore e l'aria che soffiava era fresca come non lo era ormai da tempo in città. Costruita su un terreno paludoso, Washington tratteneva il calore e l'umidità più che il freddo e la neve.

A metà del vicolo s'imbatté in Bates.

«Che diavolo ci fai qui?» lo apostrofò il suo superiore.

«Hai detto che volevi un rapporto completo su quello che è successo e sono qui per dartelo.» Bates aveva abbassato lo sguardo sulla sua mano. «Mettiamoci al lavoro, Perce. Ogni minuto è prezioso.»

Web ricostruì le mosse della sua squadra dal momento in cui era scesa dal furgone. Al ricordo di ogni passo compiuto durante la manovra di avvicinamento all'obiettivo, sentiva crescere dentro di sé la collera e la tensione. I corpi non c'erano più, ma il sangue sì. Nemmeno la pioggia battente l'aveva lavato del tutto. Web rivisse nella mente tutte le mosse che aveva fatto, tutte le emozioni che aveva provato.

Le postazioni delle mitragliatrici venivano meticolosamente esaminate da una squadra di specialisti in grado di reperire indizi anche da frammenti microscopici. Altri setacciavano il cortile, chinandosi a scrutare, inginocchiandosi a raccogliere, etichettando, perquisendo e cercando risposte in oggetti che sembravano poco disposti a rivelarne. Osservandoli, Web si sentì meno fiducioso. Era molto improbabile che sulle armi fosse rimasta qualche impronta perfettamente leggibile per gli uomini della Scientifica. Chiunque avesse architettato quella complessa imboscata non aveva lasciato nulla al caso. Avanzò tra le chiazze di sangue come se stesse camminando in punta di piedi tra le tombe di un cimitero... e in fondo non era così?

«I vetri delle finestre erano stati verniciati di nero perché le mitragliatrici non potessero essere viste prima che cominciassero a sparare. Nessuna luce riflessa dalle canne, niente di niente» lo informò Bates.

«È bello sapere che siamo stati giocati da professionisti» commentò con amarezza Web.

«Le hai polverizzate» disse Bates indicando i pochi resti riconoscibili di una delle mitragliatrici.

«Grazie all'SR75.»

«Sono di progettazione militare, tipo Gatling a sei canne, montate su treppiedi imbullonati al pavimento per evitare che si spostassero. Erano collegate a nastri da quattromila proiettili ciascuno. La velocità di tiro era fissata a quattrocento al minuto, anche se potevano arrivare a ottomila.»

«Quattrocento bastavano e avanzavano. Ce n'erano otto, vale a dire tremiladuecento pallottole ogni sessanta secondi. Lo so perché mi hanno mancato tutte per pochi centimetri, a parte quella che mi ha preso di rimbalzo.»

«A una velocità così bassa avrebbero potuto sparare per un bel pezzo.»

«Lo hanno fatto.»

«Il sistema di controllo era elettrico e i proiettili erano corazzati.»

Web scosse la testa. «Avete trovato da dove è partito il contatto?»

Bates lo condusse a un muro di mattoni sul lato opposto a quello del vicolo da cui era arrivato Web. Apparteneva all'edificio disposto perpendicolarmente rispetto allo stabile abbandonato che era stato l'obiettivo della sua squadra ed era il punto di partenza della metà delle raffiche che avevano spazzato via la Charlie, con la sola eccezione di Web. Ciò che era invisibile al buio si scorgeva appena adesso, alla luce del giorno.

Web s'inginocchiò a osservare un congegno laser. In uno dei mattoni era stata praticata una piccola cavità nella quale era inserito un proiettore laser e la sua scatola di alimentazione. La cavità era abbastanza profonda perché, una volta sistemato all'interno, il congegno risultasse praticamente invisibile. Da dove si trovavano, i tiratori non avrebbero potuto accorgersene nemmeno se avessero cercato un apparecchio del genere, e peraltro i loro informatori non avevano dato indicazioni in merito, almeno per quanto ne sapeva Web. La traiettoria del raggio laser era all'altezza delle ginocchia.

«Quando il raggio viene interrotto comincia la sparatoria, che si arresta solo per qualche secondo alla fine di ogni ciclo di munizioni.» Web si guardò intorno perplesso. «E se fosse passato un cane o un gatto o anche una persona qualunque facendo scattare il meccanismo prima del nostro arrivo?»

Era chiaro dalla sua espressione che Bates aveva già considerato quell'eventualità. «Io credo che la gente sia stata invitata con la giusta discrezione a tenersi alla larga. Quanto agli animali randagi, il problema resta, perciò secondo me il laser è stato attivato con un telecomando.»

Web si rialzò. «Dunque hanno aspettato che noi fossimo nel cortile prima di far partire il segnale, ma questo vuol dire che c'era almeno una persona molto vicina.»

«Be', vi sente arrivare, o lo informano che state arrivando. Aspetta che abbiate svoltato l'angolo, attiva il laser e scappa.»

«Noi non abbiamo visto anima viva nel cortile e il mio visore termico non ha registrato nessuna presenza umana.»

«Forse erano dentro la casa... diavolo, una qualunque di queste case. Puntano il telecomando fuori della finestra, premono il bottone ed è tutto fatto.»

«E i tiratori scelti e quelli della Hotel non hanno visto niente?»

Bates scosse la testa. «Gli uomini della Hotel dicono di non aver notato niente di insolito finché non è apparso il bambino con il tuo messaggio.»

Sentendo menzionare la Hotel, Web ripensò a Paul Romano e il suo morale scese di un'altra tacca. In quel momento Romano era probabilmente a Quantico a raccontare a tutti che Web se l'era fatta sotto e aveva lasciato morire i suoi compagni di squadra per poi cercare di giustificarsi con la balla di un imprevisto corto circuito mentale. «E la Whiskey? La X-Ray? Devono aver pur visto qualcosa» insisté, alludendo ai tiratori scelti appostati sui tetti.

«Qualcosa hanno visto, ma questo non è il momento di discuterne.»

L'istinto consigliò a Web di soprassedere. Che cosa potevano aver riferito i tiratori scelti? Di averlo visto paralizzato? Di averlo visto guardare i suoi compagni lanciarsi all'attacco senza di lui, per poi buttarsi a terra mentre gli altri venivano uccisi? «E la DEA? Erano con la Hotel e c'era una loro squadra anche nei rinforzi.»

Si guardarono e Bates scosse la testa.

FBI e DEA non andavano propriamente d'accordo. Per Web la DEA era sempre stata come un bambino che si diverte a prendere a calci negli stinchi il fratello maggiore finché questi non reagisce, dopodiché scappa via frignando.

«Suppongo che dobbiamo sopportarli finché non verremo fuori da questa storia» commentò Web.

«Già. Nessuno di noi aveva binocoli per la visione notturna?»

Web capì subito la logica della domanda. In quel modo il raggio laser sarebbe stato individuato all'istante.

«No. Io ho usato il mio visore termico quando è cominciata la sparatoria, ma le squadre d'assalto non ce l'hanno. Se intercetti una fonte di luce mentre ce l'hai addosso, quando te lo togli per cominciare a sparare resti praticamente cieco. E dubito che i tiratori se ne siano serviti durante l'attacco. Quei visori impediscono di calcolare con sufficiente esattezza la profondità di campo.»

Bates indicò con un cenno gli edifici sventrati in cui erano state nascoste le mitragliatrici. «I tecnici hanno esaminato le armi. Tutte avevano un timer. Secondo loro è stato fissato uno scarto di qualche secondo tra il momento in cui la Charlie ha fatto scattare il laser e l'attivazione delle mitragliatrici, in maniera da essere sicuri che la squadra fosse bene a tiro. In un cortile così e con un angolo di fuoco tanto ampio, non potevano sbagliare.»

Web avvertì una vertigine improvvisa e appoggiò una mano al muro. Era come se stesse sperimentando di nuovo il momento di paralisi che lo aveva bloccato durante l'assalto fatale.

«Avresti dovuto prenderti un po' più di tempo per recuperare le forze» lo rimproverò Bates mentre gli infilava un braccio sotto l'ascella per sorreggerlo.

«Mi sono fatto ferite peggiori di questa con dei fogli di carta.»

«Non mi riferivo alla mano.»

«Anche la testa è a posto, e grazie della premura» tagliò corto Web. Poi si calmò. «Al momento ho voglia di agire, non di pensare.»

Nella mezz'ora successiva indicò vari punti del cortile e descrisse le persone che aveva visto quella notte e tutto ciò che ricordava da quando la Charlie aveva lasciato il furgone al momento in cui era stato sparato l'ultimo colpo.

«Pensi che qualcuno di loro potesse essere d'accordo con l'"obiettivo"?» chiese Bates alludendo alle persone che Web e i suoi avevano incrociato nel vicolo.

«Quaggiù tutto è possibile» rispose Web. «È evidente che c'è sfata una fuga di notizie. Può essere partita da chiunque.»

«Abbiamo davanti molte possibilità» commentò Bates. «Esaminiamone qualcuna.»

Web si strinse nelle spalle. «Non era un'operazione da tre otto» disse, facendo riferimento ai numeri che apparivano sul suo cercapersone con i quali si ordinava a tutti gli operativi dell'HRT di precipitarsi a Quantico. «La data dell'operazione era già stata fissata in anticipo, così ci siamo trovati tutti all'HRT a prendere l'equipaggiamento. La formazione delle squadre era già prestabilita e abbiamo dovuto fare solo una puntata a Buzzard Point per i preliminari e da lì abbiamo proseguito sul Suburban fino alla zona dell'attacco. Avevamo a disposizione un procuratore nel caso avessimo avuto bisogno di qualche mandato supplementare. I tiratori scelti erano già appostati. Sono andati sul posto in anticipo facendosi passare per operai della società incaricata di gestire gli impianti di riscaldamento e dell'aria condizionata e hanno detto di dover controllare le unità sul tetto di due degli stabili nelle vicinanze dell'obiettivo. Gli assaltatori hanno spianato la strada con la polizia locale come si fa sempre. Dopo che abbiamo lasciato l'ultima postazione d'attesa, Teddy Riner ha richiesto e ottenuto l'autorizzazione a procedere come previsto nei casi di ambiente ostile. Volevamo poter sparare liberamente se fosse stato necessario. Sapevamo che affrontare l'obiettivo frontalmente esponendoci al fuoco nel cortile era rischioso, ma non credevamo che ci stessero aspettando. E poi, data la posizione delle case tutt'intorno, non avevamo molta scelta. Abbiamo avuto il via libera per l'attacco finale e stavamo per ascoltare il conto alla rovescia del TOC. Avevamo preordinato un solo punto d'ingresso. Il piano era di dividerci appena giunti all'interno e colpire da due versanti, mentre quelli della Hotel e della DEA sopraggiungevano da dietro, con una unità di riserva e i tiratori scelti come fuoco di sostegno e copertura. Rapidi e incisivi, come sempre.»

Erano seduti su due bidoni dell'immondizia. Bates gettò la sua confezione di gomme da masticare, prese le sigarette e ne offrì una a Web, che rifiutò.

«Dunque la polizia sapeva qual era il bersaglio?» domandò.

Web annuì. «Più o meno, in maniera che potessero essere presenti, circoscrivere la zona e tenere gli estranei fuori del perimetro delimitato, e pizzicare eventuali complici che potessero fare la spia, cose di questo genere.»

«Con quanto preavviso potrebbero aver avuto la soffiata se c'è stata una fuga di notizie?»

«Un'ora.»

«Diavolo, nessuno può aver messo in piedi una trappola di morte come quella in un'ora.»

«Chi era l'infiltrato questa volta?»

«È sottinteso che ti porterai questo nome nella tomba.» Bates fece una pausa, forse per dare maggior peso al nome che stava per pronunciare, poi disse: «Si chiama Randall Cove. Un veterano, di quelli veri. Ha lavorato all'obiettivo dall'interno, e intendo giù fin nel buco del culo. Afroamericano, grosso come un armadio e in grado di dare lezioni al più scafato dei delinquenti. Ha sulle spalle un milione di operazioni come questa».

«E che cosa racconta lui?»

«Non gliel'ho chiesto.»

«Perché?»

«Non riesco a trovarlo.» Bates fece una pausa. «Tu sei certo che Cove sapeva dell'assalto?»

La domanda sorprese Web. «I vostri dovrebbero saperlo meglio dei miei. Io posso solo dire con certezza che noi non eravamo stati avvertiti della presenza di un infiltrato o di qualcuno dei nostri sul luogo dell'assalto. In questo caso, veniamo sempre informati durante la riunione preliminare. Così sappiamo chi sono, che faccia hanno, e possiamo portarli via ammanettati come tutti gli altri senza il rischio che qualcuno li faccia fuori intenzionalmente o per sbaglio.»

«Che cosa sapevate dell'obiettivo?»

«Centro finanziario di un giro di droga, e presenza di contabili del racket. Servizio di sicurezza a prova di bomba. Volevano i contabili come testimoni e avevamo l'ordine di trattarli come ostaggi. Impacchettarli per bene e tirarli fuori prima che qualcuno capisse che cosa stavamo facendo e li zittisse a pistolettate. Il nostro piano d'attacco era stato approvato, gli ordini erano stati messi per iscritto, ci siamo procurati la planimetria della casa e l'abbiamo ricostruita a Quantico. Ci siamo esercitati tanto da conoscere il posto centimetro per centimetro. Tutto nella norma, niente fuori dell'ordinario. Ci siamo vestiti, siamo saliti sul furgone e via.»

«Organizzate voi gli appostamenti prima degli attacchi, i tiratori sono muniti di binocolo e mirini telescopici» ricordò Bates. «È saltato fuori niente?»

«Niente di speciale, altrimenti ci avrebbero informati durante il briefing. A parte la necessità di far uscire vivi i testimoni, dal mio punto di vista era una normale irruzione in una casa di spacciatori. Gesù, ci siamo fatti le ossa con queste operazioni.»

«Se fosse stata una casa di spacciatori qualsiasi, non avrebbero avuto bisogno del vostro intervento, Web. Avrebbero mandato una squadra speciale SWAT.»

«Be', a noi hanno detto che la situazione logistica era alquanto delicata ed era vero. Inoltre sapevamo di avere a che fare con gente poco raccomandabile e dotata di armamenti contro i quali la SWAT difficilmente avrebbe potuto misurarsi. Per finire c'era la questione dei possibili testimoni. Ce n'era abbastanza perché fosse di competenza nostra. Ma nessuno di noi si aspettava otto mitragliatrici telecomandate.»

«Naturalmente erano tutte balle che noi ci siamo bevuti da perfetti imbecilli. A parte le mitragliatrici, nella casa non c'era un bel niente. Un tranello e basta. Niente contabili, niente documenti, niente di niente.»

Web passò la mano sui fori scavati dai proiettili nel muro di mattoni. Alcuni erano così profondi che si vedeva il cemento sottostante. L'unico aspetto positivo era che i suoi dovevano essere morti all'istante. «I tiratori devono avere notato qualcosa!» Sperava che avessero visto che cosa l'aveva paralizzato. Ma come?

«Non li ho ancora sentiti tutti» fu quanto gli concesse Bates al riguardo e di nuovo Web decise di non insistere.

«Dov'è il bambino?» Web dovette spremersi le meningi per ricordare come si chiamava. «Kevin.»

Bates esitò per un secondo. «Scomparso.»

«E come? È un moccioso.»

«Non sto dicendo che se la sia filata da solo.»

«Sappiamo chi è?»

«Kevin Westbrook. Dieci anni. Ha una famiglia da queste parti, ma buona parte è ospite dello Stato. Ha un fratello maggiore, che si fa chiamare Big F. Un pezzo grosso dello spaccio al dettaglio, alto come un gigante e svelto di cervello come un laureato ad Harvard. Traffica in metamfetamine, sinsemilla giamaicana, roba di prima qualità, ma noi non siamo mai riusciti a incastrarlo. Questa zona è più o meno terreno suo.»

Web distese le dita della mano ferita. «Strana coincidenza che il fratellino del tizio che dirige le operazioni in questa zona si trovasse seduto nel vicolo proprio quando siamo arrivati noi.» Mentre parlava del ragazzino, Web sentì qualcosa che gli si muoveva dentro, come se l'anima gli stesse scivolando fuori del corpo. Ebbe addirittura il timore di svenire. Cominciava a chiedersi se non avesse bisogno di un esorcista più che di un medico.

«Be', vive qui, no? E in base a quello che abbiamo scoperto, l'atmosfera in casa non è delle più esaltanti. Probabilmente preferisce di gran lunga la strada.»

«È scomparso anche il fratellone?» chiese Web appena ebbe ritrovato la lucidità mentale.

«Non ha una residenza fissa. Quando si è nel giro che bazzica lui, ci si sposta in continuazione. Non abbiamo nessuna prova che lo colleghi a un reato, neanche minore, ma puoi star certo che lo stiamo cercando con la massima diligenza.» Lo guardò negli occhi. «Sei sicuro di star bene?»

«Di preciso com'è che avete perso il ragazzino?» Web sottolineò la domanda con un gesto della mano.

«Non è ancora del tutto chiaro al momento. Ne sapremo di più dopo che avremo finito di setacciare il vicinato. Qualcuno deve pur aver visto arrivare le armi e quelli che allestivano le postazioni. Anche in un postaccio come questo era una cosa un po' esagerata.»

«Credi davvero che qualcuno degli abitanti di questa zona vi racconterà qualcosa?»

«Dobbiamo provare, Web. Ci basta un solo paio di occhi.»

Rimasero in silenzio per un po', poi Bates sollevò lo sguardo con un'espressione infelice.

«Web, cos'è successo davvero?»

«Di' quello che hai in mente. Come mai non sono finito in una cassa anch'io?»

«È quello che ti sto chiedendo.»

Web osservò il punto in cui era caduto nel cortile. «Sono

uscito dal vicolo in ritardo. Era come se non riuscissi a muovermi. Ho creduto che fosse un infarto. Poi sono piombato a terra un attimo prima che cominciassero le raffiche. Non so perché.» All'improvviso la mente gli si svuotò, ma fu solo un momento, come una televisione che perde il segnale per un calo di tensione. «È passato tutto in un secondo, Perce. Non più di un secondo. Capitato nel momento peggiore che si possa immaginare in tutta la storia del mondo.» Cercò di valutare la reazione di Bates alle sue parole. I suoi occhi socchiusi gli diedero tutte le informazioni che gli servivano. «Ehi, non starci male» l'apostrofò. «Non ci credo nemmeno io.»

Bates non commentò e Web decise di passare all'altro motivo che lo aveva portato lì. «Dov'è la bandiera?» chiese. Bates lo guardò stupito. «La bandiera dell'HRT. Devo riportarla a Quantico.»

In tutte le missioni dell'HRT, alla squadra veniva affidato lo stendardo. Completata l'operazione, doveva essere restituito al comandante dell'HRT dal membro anziano della squadra, che, allo stato attuale, era Web.

«Seguimi» disse Bates.

Poco distante era parcheggiato un furgone dell'FBI. Bates aprì lo sportello posteriore e dall'interno estrasse una bandiera ripiegata secondo il regolamento militare. Gliela porse.

Web la prese con entrambe le mani, guardò per un momento i colori mentre i particolari del massacro gli scorrevano di nuovo nella mente.

«È un po' bucherellata» osservò Bates.

«Come tutti» ribatté Web.

5

L'indomani Web si presentò alla sezione HRT di Quantico. Risalì la Marine Corps Route 4 passando davanti all'Accademia dell'FBI, la struttura in stile ateneo che ospitava sia le reclute del Bureau, sia quelle della DEA. Lui stesso vi aveva trascorso tredici settimane molto intense e faticose per imparare a essere un agente dell'FBI. In cambio aveva ricevuto una paga da miseria e abitato in un dormitorio con un bagno in comune, dov'era costretto a portarsi da casa persino gli asciugamani! Ma ci si era trovato benissimo e si era impegnato in ogni istante in quei mesi, deciso a diventare il primo del suo corso, per il semplice motivo che sentiva di essere nato per quel lavoro.

Era uscito dall'Accademia con la qualifica di agente speciale dell'FBI, fresco di giuramento e con una Smith & Wesson 357 a tamburo che per sparare richiedeva una pressione di quattro chilogrammi sul grilletto. Era raro che qualcuno si forasse accidentalmente un piede con quel cannone. Ora le reclute erano dotate di Glock semiautomatiche calibro 40, con caricatori da quattordici colpi e un grilletto molto più leggero, ma Web ricordava con affetto la sua Smith & Wesson con la tozza canna da sette centimetri e mezzo. L'estetica non era sinonimo di efficienza. Aveva passato i sei anni successivi a imparare il mestiere sul campo. Aveva scalato la famigerata montagna di scartoffie dell'FBI, aveva svolto indagini, spremuto informatori, ricevuto querele, eseguito intercettazioni, condotto servizi di sorveglianza per notti intere, raccolto prove incriminanti e arrestato persone che la società aveva tutte le buone ragioni per mettere dietro le sbarre. Era arrivato al punto di saper concepire un piano di battaglia in cinque minuti mentre guidava una macchina del Bureau, o una "Bucar", come la chiamavano gli addetti, a duecento chilometri l'ora, sterzando con le ginocchia mentre ricaricava la doppietta. Aveva imparato come interrogare gli indiziati, stabilendo dei punti di riferimento per poi aggredirli con domande appositamente studiate per confonderli e capire di conseguenza quando mentivano. Aveva anche imparato a deporre in tribunale evitando i trabocchetti degli avvocati difensori più scaltri, il cui solo scopo non era di scoprire la verità, bensì seppellirla.

I suoi superiori, incluso Percy Bates (quando, dopo alcuni anni nel Midwest, Web era stato trasferito alla sede di Washington), avevano infarcito il suo stato di servizio di elogi, impressionati dal suo impegno, dalle straordinarie capacità fisiche e mentali, dall'abilità di pensare durante l'azione. In certi momenti aveva operato fuori delle regole, ma erano eccezioni alle quali ricorrevano quasi tutti gli agenti veramente bravi, a suo avviso, perché alcune norme del Bureau erano semplicemente stupide. Era un'altra delle cose che gli aveva insegnato Percy Bates.

Parcheggiò, scese dalla macchina ed entrò nella squallida palazzina dell'HRT. Fu accolto a braccia aperte da uomini come lui, compagni che avevano visto più morti e pericoli di quanti qualsiasi cittadino comune riuscisse a immaginare. E avevano perso l'abitudine alla compassione, o quantomeno l'abitudine di manifestarla.

Restituì lo stendardo al comandante, un militare ancora in perfetta forma fisica nonostante i capelli brizzolati, che lo prese in consegna con la dignità del caso e una stretta di mano trasformatasi subito in un abbraccio nell'intimità del suo ufficio. Be', pensò Web, almeno lì non lo odiavano tutti.

La palazzina dell'HRT era stata costruita per ospitare cinquanta persone, ma ormai erano cento quelle che la consideravano una seconda abitazione. Poiché c'era una sola toilette, le attese per usare il bagno si prolungavano persino per l'élite delle forze federali. Dietro la reception c'erano piccoli uffici a disposizione del comandante, che aveva la carica di ASAC, cioè assistente agente speciale in capo, e dei suoi diretti subalterni, un supervisore per gli assaltatori e uno per i tiratori scelti. Gli effettivi della sezione avevano a disposizione piccoli locali disposti sui due lati di un corridoio, da una parte i tiratori scelti e dall'altra gli assaltatori. C'era una sola aula in tutta la palazzina, che serviva per le riunioni di briefing e le conferenze. Su una mensola fissata al muro di fondo erano allineate le tazze per il caffè. Tutte le volte che atterravano gli elicotteri, lo spostamento d'aria provocato dalle pale faceva vibrare le tazze. Era un rumore che Web aveva imparato ad associare a una sensazione di sollievo: segnalava il ritorno a casa dei membri della squadra.

Si fermò da Ann Lyle, che lavorava negli uffici. Ann aveva sessant'anni ed era molto più avanti nell'età delle altre donne che lavoravano all'amministrazione, una vera matriarca e chioccia ufficiale di tutti i giovani componenti del reparto. C'era una regola non scritta secondo la quale al cospetto di Ann nessuno poteva usare termini volgari o assumere atteggiamenti e fare gesti meno che decorosi. Chiunque la violasse, recluta o veterano, ne avrebbe presto pagato il prezzo, ritrovandosi della colla nell'elmetto, o costretto a una seduta di addestramento micidiale, di quelle che, alla fine, ti fanno temere di averci rimesso un polmone. Ann era all'HRT fin da quando la sezione era stata istituita, dopo molti anni di servizio alla succursale di Washington, periodo in cui era rimasta vedova. Non avendo figli, aveva dedicato tutta la sua vita al lavoro e ascoltava volentieri i giovani agenti scapoli e i loro problemi, elargendo a tutti i suoi saggi consigli. Svolgeva anche ufficiosamente funzioni di consulente matrimoniale e in più di un'occasione aveva aiutato a evitare un divorzio. Durante la degenza di Web in ospedale, quand'era in attesa dell'operazione al volto, era andata a trovarlo tutti i giorni, assai più spesso di quanto avesse fatto la madre di Web. Si presentava sempre in ufficio con qualche buon piatto cucinato in casa. Era anche nota come principale fonte d'informazioni per tutto quanto riguardava il Bureau e l'HRT. Come se tutto questo non bastasse, era una maga nel percorrere i labirinti burocratici delle assegnazioni e, tutte le volte che l'HRT aveva bisogno di qualcosa, grande o piccola che fosse, si poteva star certi che Ann Lyle gliel'avrebbe procurata.

Web la trovò nel suo ufficio, chiuse la porta e si sedette davanti a lei.

Erano alcuni anni ormai che aveva i capelli bianchi e il suo corpo si era appesantito, ma gli occhi erano ancora giovanili e il sorriso davvero brillante.

Ann si alzò da dietro la scrivania per stringere Web in un abbraccio affettuoso, di cui lui aveva senz'altro bisogno. Aveva le guance umide di pianto. Aveva sempre avuto rapporti particolarmente stretti con i componenti della Charlie Team, che le avevano sempre manifestato apertamente la loro gratitudine.

«Non hai una bella cera, Web.»

«Ho avuto giornate migliori.»

«Non augurerei quel che ti è successo a nessuno, nemmeno al mio peggior nemico» dichiarò Ann. «Ma tu sei l'ultima persona al mondo che lo meritava, Web. In questo momento non so che cosa mi trattenga dal mettermi a gridare.»

«Grazie, Ann, sei gentile come sempre» rispose Web. «Ma la verità è che ancora non so che cosa è successo. Non mi era mai capitato di trovarmi bloccato in quel modo.»

«Web, tesoro, hai passato gli ultimi otto anni a farti sparare addosso. Non credi che alla lunga resti il segno? Sei un essere umano.»

«È questo il punto, Ann, io dovrei essere qualcosa di più. È per questo che sono nell'HRT.»

«Hai solo bisogno di un periodo di riposo come si deve. Quand'è stata l'ultima volta che ti sei preso una vacanza? Te lo ricordi?»

«Quello di cui ho bisogno sono informazioni e per questo mi servi tu.»

Ann non commentò il suo brusco passaggio da un argomento all'altro. «Farò quello che posso, lo sai.»

«Un certo Randall Cove che opera sotto copertura. È scomparso.»

«Il nome non mi è nuovo. Mi pare di aver conosciuto un Cove quando lavoravo al Bureau di Washington. Dici che è disperso?»

«Era l'infiltrato nella mia operazione. O in questo massacro c'è il suo zampino, o si è fatto scoprire. Ho bisogno di tutto quello che riesci a trovarmi sul suo conto. Indirizzi, identità false, contatti noti, tutto quello che c'è.»

«Se lavorava a Washington, la sua residenza non può essere lì» ribatté Ann. «È consuetudine che gli infiltrati vivano almeno a cinquanta chilometri dalla zona di loro competenza. È meglio non imbattersi nel vicino di casa mentre sei in servizio. Per le missioni importanti è addirittura possibile che facciano arrivare un agente da qualche altro Stato.»

«Questo lo so, ma cinquanta chilometri non sono poi molti. Forse possiamo ottenere le registrazioni delle telefonate, le comunicazioni con la sede, cose di questo genere. Non so come ci riuscirai, ma ho bisogno che tu lo faccia.»

«Di solito gli infiltrati usano carte telefoniche prepagate. Si comprano in qualsiasi negozio, si consumano, si buttano via e se ne compra una nuova. Così non resta traccia da nessuna parte.»

Web sentì le sue speranze vacillare. «Allora non c'è modo di rintracciarlo?» Non gli era mai accaduto di dover cercare un agente che lavora sotto copertura.

Ann gli mostrò il suo splendido sorriso. «Oh, Web, un modo c'è sempre. Lasciami scavare un po'.»

Lui si guardò le mani. «Mi sento un po' come uno di quelli di Fort Alamo che i messicani hanno risparmiato per sbaglio.»

Ann annuì. «Ti capisco. Web, c'è del caffè áppena fatto in cucina e una torta di noci che ho portato io. Vai a prendertene una fetta. Sei sempre stato troppo magro.» Le parole che aggiunse poi lo indussero a rialzare la testa e incrociare il suo placido sguardo colmo di rassicurazione. «E guarda che qui bado io a te, caro, non credere che non stia in guardia. So come vanno queste cose, Web. Io sento tutto, quello che si dice in giro. E nessuno, e dico nessuno, ti farà lo sgambetto finché ci sarò io a occupare questa poltrona.»

Mentre usciva, Web si chiese se Ann Lyle avesse mai considerato l'idea di adottarlo.

Trovò un terminale libero e si collegò al data base dell'HRT. Si era domandato, come sicuramente avevano fatto anche tutti gli altri, se l'annientamento della sua squadra non fosse una semplice vendetta. Si dedicò quindi all'attento esame di casi che avevano richiesto l'intervento dell'HRT, resuscitando ricordi di gratificanti vittorie e dolorosi insuccessi. Il problema era che, mettendo insieme tutte le persone che avevano avuto problemi in seguito alle missioni dell'HRT, i loro familiari e amici, nonché quella frangia di pazzoidi che si imbarcano nelle azioni di rappresaglia più irragionevoli spinti da voci interiori, le possibilità diventavano migliaia. Concluse che avrebbe dovuto lasciar fare quel lavoro a qualcun altro, e del resto i computer del Bureau stavano già analizzando gli stessi dati.

Nel corridoio principale sostò davanti alle fotografie che celebravano le operazioni eseguite in passato dall'HRT. Lì c'erano le immagini di molti successi clamorosi. Il motto della Hostage Rescue Team era: "Velocità, sorpresa e violenza nell'azione", principi che il reparto metteva in pratica con rigore. Web osservò la fotografia di un terrorista che figurava nell'elenco dei maggiori ricercati e che era stato pescato in acque internazionali come un granchio in una buca nella sabbia e, dopo un processo, tradotto in un carcere a vita. C'erano le foto di una task force internazionale che aveva sbaragliato un'organizzazione di narcotrafficanti in un paese dell'America Latina. E per finire c'era l'immagine di una delicatissima situazione creatasi in un edificio governativo di Chicago. In quel caso tutti gli ostaggi erano stati salvati, mentre tre dei cinque criminali erano rimasti uccisi. Purtroppo non finiva sempre così.

Fuori della palazzina osservò l'albero solitario. Era una specie che cresceva nel Kansas, trapiantato lì in memoria di un membro dell'HRT rimasto ucciso in un incidente durante l'addestramento. Ogni volta che Web era passato davanti a quell'albero aveva pregato dentro di sé che rimanesse sempre solo. Alla faccia delle preghiere! Presto lì ci sarebbe stato un bosco intero.

Doveva fare qualcosa, qualsiasi cosa che non lo facesse più sentire un fallimento totale. Andò in armeria a prendere un fucile di precisione calibro 308 e delle munizioni. Aveva bisogno di calmarsi e, per quanto sembrasse assurdo, il modo migliore per lui era sparare, perché richiedendo precisione e concentrazione bloccava ogni altro pensiero, ogni turbamento.

Oltrepassò il vecchio quartier generale dell'HRT, alto e stretto, simile più a un silo per granaglie che alla sede di un reparto scelto. Quindi si fermò a contemplare la china disboscata dov'era stato allestito uno dei poligoni della base. C'era un nuovo settore per i fucili, di mille metri, e squadre di operai stavano abbattendo un altro tratto di bosco dove sarebbe sorto un nuovo complesso dell'HRT – le cui esigenze aumentavano di giorno in giorno – che, per le esercitazioni di tiro, avrebbe compreso anche una struttura al coperto. Oltre il poligono gli alberi erano rigogliosi. Web aveva sempre trovato bizzarro il contrasto tra gli splendidi colori della natura e il brullo tratto di terreno dove per tanti anni si era esercitato per uccidere meglio. Ma lui era dalla parte dei buoni, almeno secondo quanto diceva il suo distintivo, e non aveva motivo di provare rimorso.

Preparò i bersagli. Avrebbe giocato un poker per tiratori scelti. Cinque carte venivano disposte a ventaglio su un sostegno, in modo che di ciascuna si vedesse soltanto una porzione piccolissima. Lo scopo era colpire le carte con precisione. Se la pallottola scalfiva anche solo leggermente un'altra carta, quella a cui avevi mirato non valeva più niente. E avevi a disposizione solo cinque colpi. Il margine di errore era minimo. Era un esercizio in cui la tensione nervosa saliva al massimo, ma che poi ti lasciava completamente rilassato.

Web si piazzò a cento metri dai bersagli. Disteso per terra, collocò un materassino sotto il calcio del fucile e allineò il corpo in direzione del rinculo per ridurre al minimo il sobbalzo della canna; teneva il bacino appiattito al suolo, con le gambe divaricate, le ginocchia in linea con le spalle e la punta dei piedi allungata per ridurre l'area esposta, nel caso qualcuno lo stesse tenendo sotto mira. Fece quindi le dovute regolazioni nel mirino telescopico, calcolando anche il vento. Tutti i colpi che aveva sparato durante le missioni venivano riportati nel registro del suo stato di servizio. Era una fonte preziosa di dati sull'influenza degli effetti ambientali sulle traiettorie e serviva anche a spiegare il motivo per cui un tiratore mancava un bersaglio, l'unica occasione in cui si dedicava del tempo alle verifiche. Quando colpivi il bersaglio, avevi semplicemente fatto il tuo lavoro, non ti venivano consegnate le chiavi della città. Non esistevano particolari irrilevanti, quando si trattava di uccidere a grande distanza. Anche solo un'ombra nella lente del mirino telescopico poteva facilmente indurre un tiratore scelto poco attento a colpire un ostaggio invece del suo sequestratore.

Strinse l'impugnatura zigrinata. Tirò il calcio contro la spalla, vi appoggiò la guancia, aggiustò l'alzo e afferrò il materassino con la mano ferita per tener fermo lo stativo. Fece un respiro ed espirò. Non doveva interferire nemmeno il più piccolo muscolo. I muscoli erano inaffidabili, doveva unire osso a osso, perché le ossa non tremano. Quando sparava, Web ricorreva sempre alla tecnica dell'imboscata, per cui attendeva che il bersaglio entrasse in una zona predeterminata. Il cecchino guardava un punto appena davanti al bersaglio, poi contava i punti millimetrici del reticolo per calcolare distanza, angolo di incidenza e velocità. Bisognava anche tenere conto dell'alzo, del vento e dell'umidità, prima del momento fatale, come il proverbiale ragno sulla sua tela. Si sparava sempre alla testa per una ragione molto semplice: i bersagli colpiti alla testa non rispondevano mai al fuoco.

Osso su osso. Ritmo cardiaco a sessantaquattro pulsazioni. Web fece un ultimo respiro, poi il suo dito si fletté sul grilletto per lasciar partire cinque colpi con il movimento preciso di chi ha già compiuto la stessa operazione migliaia di volte. Sparò a raffica altre quattro volte, su tre bersagli posti a cento metri e sull'ultimo sistemato a duecento, il massimo della distanza per quel particolare genere di partita a poker.

Quando andò a controllare non riuscì a trattenere un sorriso. Su due mani aveva fatto una scala reale di picche, su altre due un poker d'assi e un full d'assi con re sulla mano a duecento metri; e niente segni su nessuna delle altre carte. Neanche uno dei suoi colpi era andato a vuoto. Dopo questo risultato si sentì in pace con se stesso per una decina di secondi, prima di cadere di nuovo in balia della depressione. Andò a restituire il fucile in armeria e continuò la sua passeggiata.

Nell'adiacente struttura riservata al corpo dei marine c'era la Yellow Brick Road, un terrificante percorso a ostacoli di undici chilometri con dislivelli di cinque metri da cui calarsi con le funi, trincee munite di filo spinato che aspettavano solo un piede messo in fallo e nude pareti di roccia. Durante il suo periodo di addestramento all'HRT, Web aveva compiuto quel percorso abbastanza spesso da impararne a memoria ogni singolo, schifoso centimetro. Ma c'erano state anche le corse di venticinque chilometri con più di venti chili di preziosa attrezzatura sulle spalle, come per esempio mattoni, che non dovevano mai toccare terra perché in tal caso tutta la squadra ne sarebbe stata danneggiata. E poi c'erano state le nuotate in acque luride e gelide, e scale a pioli alte quindici metri, e subito dopo il trekking all'"hotel del crepacuore", una gitarella di quattro piani, e per finire il salto, solo per chi desiderava farlo (come no), dal parapetto di una vecchia nave nelle acque del James River. Negli anni successivi l'"hotel del crepacuore" era stato un po' edulcorato, con l'aggiunta di guide, ringhiere e reti. Oggi era senza dubbio più sicuro ma, secondo lui, molto meno divertente. Rimaneva in ogni caso sconsigliato a chi soffriva di vertigini. A distinguere gli uomini dai ragazzini c'erano i salti dagli elicotteri nel folto di qualche foresta, quando, se sbagliavi il momento dello stacco, davi l'opportunità a una quercia di trenta metri di conoscerti "a fondo".

E in un momento imprecisato dell'addestramento tutte le reclute dovevano farsi un giro di giostra nella serra, che era una torre di cemento alta tre piani con scuri d'acciaio alle finestre, saldati al telaio. All'interno, i piani a graticcio facevano sì che un fuoco appiccato sul fondo invadesse di fumo tutta quanta la torre in pochi secondi. La sfortunata recluta veniva lasciata al terzo piano e doveva usare tatto, fegato e istinto per riuscire ad arrivare al pianterreno e mettersi in salvo. Per tutta ricompensa, se sopravvivevi alla prima prova, ti buscavi una secchiata d'acqua negli occhi per togliere il fumo e la grande occasione di riprovarci a distanza di pochi minuti, questa volta però appesantito da un fantoccio di settanta chili sulla schiena.

Negli intervalli tra queste edificanti attività c'erano da sparare decine di migliaia di pallottole, lezioni in aula che avrebbero fuso la materia grigia di un novello Einstein, allenamenti sportivi che avrebbero messo al tappeto un campione olimpionico e il continuo confronto con situazioni di crisi in cui prendere decisioni terrificanti in una frazione di secondo, fino a quando ti veniva voglia di lasciar perdere alcol e donne per chiuderti in una stanza imbottita e metterti a parlare con te stesso. E per tutto il tempo eri sotto gli occhi degli istruttori dell'HRT che valutavano ogni errore e ogni prova riuscita, facendoti vivere nella speranza e nell'ansia, perché nessuno di loro apriva mai bocca. Per loro eri feccia, una feccia che si stava spaccando il culo, ma sempre feccia. E sapevi che non ti avrebbero preso in considerazione prima del diploma. Probabilmente non sarebbero nemmeno venuti al tuo funerale se l'addestramento ti avesse ucciso.

Ma Web ne era venuto fuori e appena ottenuto il diploma alla NOTS, la New Operators Training School, era stato "reclutato" come tiratore scelto e aveva trascorso altri due mesi alla Scout Sniper School dei marine, dove aveva imparato le tecniche più raffinate di appostamento, osservazione, mimetismo. Oltre a impratichirsi nell'uccidere con fucile e mirino telescopico. Dopodiché aveva trascorso sette anni prima come tiratore scelto e poi come assaltatore, alternando periodi di noia mortale, spesso in uno stato d'animo di profonda prostrazione, a missioni in cui aveva sparato e si era fatto sparare addosso in tutti gli angoli del mondo da alcuni dei suoi cittadini più feroci. In cambio aveva avuto tutte le armi e le munizioni che aveva richiesto e uno stipendio che equivaleva a quanto avrebbe potuto guadagnare un sedicenne programmando software durante l'intervallo del pranzo. Nel complesso, un gran bell'affare.

Passò davanti all'hangar che ospitava gli elicotteri della squadra, i grossi Bell 412 e i più piccoli MD530, quelli che tutti chiamavano "gli Uccellini", perché erano veloci e agili e potevano trasportare quattro uomini all'interno e altri quattro sui pattini a centoventi nodi orari. Web era stato sugli Uccellini durante alcune delle sue missioni più spericolate, e quei piccoli elicotteri non lo avevano mai tradito, lo avevano sempre portato a casa, un paio di volte appeso a una fune.

In una zona recintata c'era il parco macchine. Web si fermò e si chiuse la lampo della giacca nel vento freddo. Il cielo si andava coprendo velocemente per l'arrivo di una nuova perturbazione, un fenomeno che si ripeteva spesso verso quell'ora in quella stagione. Entrò nel recinto e si sedette sull'unico mezzo corazzato da trasporto di proprietà della squadra, donato dall'esercito. Osservò i Suburban parcheggiati in file ordinate. Su tutti era stata montata una scala telescopica, grazie alla quale si poteva andare a bussare (sorpresa!) alle finestre del quinto piano. C'erano camion per il trasporto delle attrezzature, moto d'acqua, cucine mobili e un'imbarcazione a chiglia rigida con sponde gonfiabili, progettata dai SEAL della marina. Lo scafo era dotato di due Chrysler V-8 e l'effetto che facevano secondo Web poteva solo essere paragonato a quello di trovarsi all'interno di un edificio che veniva demolito a colpi di sfera d'acciaio. Ci era stato sopra in numerose occasioni… o per meglio dire ne era uscito vivo più di una volta.

Avevano tutto il necessario lì, da ciò che serviva per missioni nella giungla ai materiali adatti alle spedizioni artiche. Erano stati addestrati per ogni evenienza, mettevano nel lavoro tutto quello che avevano. Eppure c'era sempre il rischio di essere traditi da una coincidenza, di essere sconfitti dalla cieca fortuna di un avversario che ti è inferiore o da un piano ben progettato o dalle manovre proditorie di un traditore.

Cominciò a piovere, così Web entrò nel capannone dove si svolgevano gli addestramenti, un edificio che somigliava a un magazzino e che, all'interno, era suddiviso da lunghi corridoi che simulavano quelli degli alberghi, ma con pareti mobili rivestite di gomma. Sembrava uno studio di Hollywood. Quando avevano la fortuna di mettere le mani sulle planimetrie di un obiettivo, l'ambiente veniva ricostruito nel capannone, in modo che ci si potesse preparare alla missione con estrema precisione. L'ultima ricostruzione era stata fatta per l'operazione in cui la Charlie era stata annientata. Allora non aveva pensato neanche per un momento che non avrebbe mai visto le persone che stavano all'interno della casa. Non erano nemmeno arrivati alla porta d'ingresso. Si augurò che si liberassero al più presto di quella ricostruzione fittizia per sostituirla con qualcosa di nuovo e diverso. Non sarebbe potuta andare peggio di com'era andata.

I rivestimenti di gomma servivano per assorbire i proiettili, perché spesso lì dentro l'HRT si esercitava con munizioni vere. Le scale venivano costruite di legno perché non ci fossero rimbalzi, anche se si era scoperto, fortunatamente senza gravi conseguenze, che i chiodi presenti nel legno potevano far deviare un proiettile verso bersagli indesiderati. Passò accanto alla fusoliera che era stata costruita per le esercitazioni nei casi di dirottamento. Era appesa alle travi del soffitto e poteva essere sollevata o abbassata a piacimento.

Quanti terroristi immaginari aveva ucciso lì dentro? Ma erano stati allenamenti che avevano dato i loro frutti, perché gli era accaduto di entrare in azione nella realtà quando un ae-

reo di linea americano era stato dirottato a Roma. I terroristi
avevano fatto scalo in Turchia ed erano ripartiti per Manila.
Web e i suoi erano arrivati alla Andrews Air Force Base in meno di due ore dopo aver ricevuto la segnalazione. Avevano seguito le mosse dei dirottatori da un USAF C141. A Manila, mentre l'aereo faceva rifornimento, i terroristi avevano scaricato a
terra due ostaggi uccisi, entrambi americani. Uno dei due era
una bambina di quattro anni. Una dichiarazione politica, avevano annunciato con orgoglio. Sarebbe stata l'ultima.

Il decollo dell'aereo dirottato era stato ritardato prima dalle condizioni atmosferiche, poi da un guasto meccanico. Verso la mezzanotte, ora locale, Web e la Charlie Team erano saliti a bordo travestiti da meccanici. Tre minuti dopo c'erano
cinque terroristi morti. Nessun altro ostaggio aveva perso la
vita. Uno dei dirottatori l'aveva ucciso lui stesso con la sua
45 sparandogli attraverso una lattina di Diet-Coke che si stava portando alla bocca. Ancora oggi non riusciva a mandar
giù un solo sorso di quella bibita. Ma non aveva mai rim-
pianto di aver premuto il grilletto. L'immagine del corpo di
una bambina innocente sull'asfalto dell'aeroporto, americana, iraniana, o giapponese che fosse, era tutto ciò di cui aveva bisogno per premere e ripremere quel grilletto mille e ancora mille volte. Quella gente poteva appellarsi a tutta
l'oppressione geopolitica del mondo, invocare le più alte e
onniscienti divinità del suo olimpo religioso, accampare le
giustificazioni più cazzute che voleva per i suoi eccidi, ma
per Web sarebbe stato del tutto indifferente quando uccideva
degli innocenti, specie se bambini. E li avrebbe combattuti in
qualsiasi momento, in qualsiasi angolo del mondo, con qualsiasi mezzo, per sempre.

Qua e là erano disposti paletti con appese sagome di avversari con le armi spianate. Prese istintivamente la mira con l'indice, facendo finta di abbatterle una dopo l'altra. Di fronte a
una persona armata, ci si concentra sempre sulle mani, non
sugli occhi, perché non è mai accaduto nella storia del mondo
che qualcuno sia stato ucciso da un paio d'occhi. Nell'abbassare la sua "pistola", non riuscì a trattenere un sorriso. Era così facile quando non correvi alcun pericolo. In altre stanze c'e-
rano le teste e i busti di alcuni fantocci, delle dimensioni di

esseri umani e rivestiti di una guaina simile alla pelle. Web se ne liberò con una serie di calci e pugni mirati ai reni.

Udì un rumore in uno del locali e andò a dare un'occhiata. All'interno c'era un uomo in canottiera e pantaloni mimetici. Si stava asciugando il sudore dal collo, dalle spalle e dalle braccia. Dal soffitto pendevano due grosse funi. Quello era il luogo dove ci si esercitava a salire e scendere alla massima velocità. Guardò il collega ripetere l'operazione tre volte, su e giù, con movimenti fluidi e agili.

Quando vide che aveva finito, entrò e disse: «Ehi, Ken, non ti prendi mai una pausa?».

Ken McCarthy si girò verso di lui, con un'espressione che Web non avrebbe definito amichevole. McCarthy era uno dei tiratori scelti che, la notte in cui la sua squadra era caduta sotto le raffiche dei proiettili calibro 50, erano appostati sui tetti del vicolo. McCarthy era nero, di trentaquattro anni, texano di origine, ma praticamente nato e cresciuto nell'esercito. Aveva visto tutto il mondo alle dipendenze dello zio Sam. Era un ex SEAL, anche se non aveva la loro proverbiale presunzione. Non era molto alto, ma sarebbe stato capace di sollevare un'automobile e vantava il titolo di cintura nera in tre diverse arti marziali. Era il maggiore esperto di ambienti acquatici di tutta l'HRT, ma non per questo non sarebbe stato capace di piantare una pallottola tra gli occhi di un individuo a mille metri di distanza nel cuore della notte, sparando a cavalcioni di un ramo. Da quando era entrato nell'HRT, tre anni prima, era sempre stato taciturno, riservato, estraneo all'umorismo nero che caratterizzava i suoi compagni. Web gli aveva insegnato delle cose che non sapeva o che aveva difficoltà a capire e in cambio McCarthy lo aveva messo a parte di alcune delle sue tecniche più sofisticate. Per quel che ne sapeva Web, McCarthy non aveva mai avuto niente contro di lui, ma il modo in cui lo stava guardando in quel momento probabilmente segnava la fine di un'amicizia. Forse Romano gli aveva messo tutti contro.

«Che ci fai qui, Web? Pensavo che fossi ancora in ospedale a leccarti le ferite.»

Web avanzò di un altro passo. Non gli erano piaciuti né il tono, né il significato di quelle parole, ma capiva da che cosa avevano origine. Capiva anche Romano: il loro era un mestiere in cui era richiesta sempre e solo la perfezione, un traguardo dal quale lui era rimasto molto lontano. Sì, aveva distrutto le postazioni delle mitragliatrici, ma a cose fatte. Per uomini come quelli, non contava assolutamente niente.

«Suppongo che tu abbia visto tutto.»

McCarthy si sfilò i guanti da lavoro e si massaggiò le dita callose. «Saremmo scesi con le funi nel vicolo, ma il TOC ci ha detto di restare dove eravamo.»

«Non avreste potuto fare niente, Ken.»

McCarthy si stava guardando ancora i piedi. «Ci hanno dato il via libera quand'era troppo tardi. Ci hanno messo troppo tempo. Ci siamo ricongiunti con la Hotel. Un sacco di tempo buttato via» ribadì. «Continuavamo a fermarci, a cercare di chiamarvi per radio. Al TOC non avevano la più pallida idea di che cosa stesse succedendo. Non si sapeva bene che cosa fare. Penso che te ne sia accorto.»

«Eravamo preparati a tutto ma non a quello che è successo.»

McCarthy si sedette sulla gomma che ricopriva il pavimento, a gambe piegate. Alzò lo sguardo su Web. «Ho sentito che sei uscito da quel vicolo un po' in ritardo e che poi sei caduto o qualcosa del genere.»

"O qualcosa del genere." Web si sedette accanto a lui. «Le mitragliatrici erano collegate a un raggio laser, ma questo è stato probabilmente attivato con un telecomando in modo che le raffiche partissero al momento giusto. Qualcuno doveva essere rimasto nei paraggi per inviare il segnale.» Lasciò quell'ultima affermazione sospesa a mezz'aria, senza distogliere lo sguardo da McCarthy.

«Ho già parlato con quelli di Washington.»

«Ne sono certo.»

«È in corso una AFO, Web» lo informò. Una AFO era un'inchiesta sull'aggressione a un funzionario federale. Più di uno, in questo caso.

«So anche questo, Ken. Guarda, non mi so spiegare che cosa mi è successo. Non l'avrei mai immaginato. Ho fatto tutto quello che ho potuto.» Fece un respiro profondo. «Se potessi tornare indietro e cambiare il corso degli eventi, lo farei. Io dovrò convincerci tutti i giorni della mia vita, Ken. Spero che tu lo capisca.»

McCarthy sollevò la testa. L'espressione ostile di poco prima era scomparsa. «Non c'era nessuno contro cui sparare, Web. Non c'era uno schifo di niente per noi tiratori scelti. Tutto quell'addestramento e nessuna possibilità di servircene. Avevamo tre uomini sui palazzi a sorvegliare il cortile e nessuno ha avuto il minimo sospetto della presenza di quelle mitragliatrici. Gesù, avevano paura di sparare perché temevano di beccare te con un colpo di rimbalzo.»

«E il bambino? Hai visto il bambino?»

«Il bambino nero? Sì, quando è venuto giù lungo il vicolo con il tuo berretto e il messaggio.»

«Gli siamo passati davanti all'andata.»

«Si vede che lo avete coperto voi impedendoci di vederlo. E poi in quel buco la luce si rifletteva in una maniera molto strana.»

«Va bene. E gli altri, allora? Quelli che stavano trafficando droga?»

«C'era uno dei nostri che li teneva costantemente sotto tiro. Non si sono mai spostati finché non è cominciata la sparatoria. Poi se la sono data a gambe. Jeffries dice che gli sono sembrati sinceramente sorpresi. Quando il TOC ci ha dato il via libera, siamo partiti.»

«E poi?»

«Ci siamo ricongiunti con la Hotel, come ti ho detto. Abbiamo visto il razzo, ci siamo fermati e sparpagliati. Poi è arrivato il bambino. Ci ha consegnato il messaggio, il tuo avvertimento. Everett e Palmer sono venuti in avanscoperta. Troppo tardi, dannazione.» McCarthy si fermò e Web vide una lacrima scivolare sul suo giovane viso dai tratti perfetti come un tempo era stato anche il suo. «Non ho mai visto un fuoco come quello in tutta la mia vita, Web. E non mi sono nemmeno mai sentito tanto impotente.»

«Hai fatto il tuo lavoro, Ken, ed è tutto quello che potevi fare.» Web fece una pausa. «Sembra che il bambino non si trovi più» riprese poi. «Tu ne sai nulla?»

McCarthy scosse la testa. «Se ne sono occupati due della Hotel. Romano e Cortez, credo.»

Di nuovo Romano. Merda, questo voleva dire che sarebbe stato costretto a parlargli. «Voi che cosa avete fatto?»

«Siamo entrati nel cortile. Abbiamo visto te, ma quando era

già finita.» Abbassò di nuovo gli occhi. «E abbiamo visto gli altri della Charlie.» Rialzò lo sguardo su di lui. «Alcuni dei miei compagni mi hanno detto che tu eri uscito nel vicolo, ma poi sei tornato indietro, Web. Hanno visto che cosa hai fatto e ancora non riescono a crederci. Dicono che devi aver avuto una fortuna sfacciata per essere riuscito a tornare in quell'inferno. Io non credo che ce l'avrei fatta.»

«Invece sì, Ken. E saresti stato più bravo di me.»

McCarthy parve sorpreso da quel complimento.

«Quando siete usciti dal cortile, avete visto il bambino?»

McCarthy rifletté. «Mi ricordo che era seduto su un bidone. In quel momento stavano arrivando tutti.»

«Hai visto qualche agente in borghese prendere il bambino in custodia?»

McCarthy meditò di nuovo. «No, ricordo solo Romano che parlava con qualcuno, ma nient'altro.»

«Hai riconosciuto qualcuno di loro?»

«Sai che non abbiamo molti rapporti con i regolari.»

«E quelli della DEA?»

«Più di così non so dirti, Web.»

«Hai parlato con Romano?»

«Un po'.»

«Non credere a tutto quello che senti, Ken. Non fa bene alla salute.»

«Neanche a quello che dici tu?» chiese McCarthy con malizia.

«Neanche a quello che dico io.»

Mentre si allontanava in auto da Quantico, Web pensò all'enormità dell'impresa che si era prefissato. L'inchiesta non era stata ufficialmente affidata a lui, ma da un certo punto di vista era più sua che di chiunque altro. Doveva però sistemare un'altra faccenda prima, qualcosa di più importante che trovare chi aveva organizzato l'imboscata in cui aveva perso tutta la sua squadra. E scoprire che ne era stato di un bambino con la cicatrice di una pallottola sulla guancia e senza neanche una maglietta da mettersi addosso.

6

Sei funerali. Web presenziò a sei funerali in tre giorni. Arrivato al quarto, non aveva più lacrime da versare. Si presentava in chiesa, o in camera mortuaria, ascoltava persone che perlopiù non conosceva parlare di uomini che per molti versi aveva conosciuto più di se stesso. Era come se dei suoi nervi non fosse rimasto più nulla, come se avesse smarrito parte dell'anima. Gli sembrava di non essere capace di reagire come avrebbe dovuto e lo terrorizzava l'idea di mettersi a ridere quando avrebbe dovuto piangere.

Alla funzione solo metà delle bare era aperta. Solo alcune delle salme venivano esposte perché le ferite riportate avevano lasciato i lineamenti quasi intatti, ma la vista di quei volti pallidi e spenti, di quei corpi irrigiditi e rinsecchiti dentro le casse di metallo, la fragranza troppo penetrante dei fiori e il sottofondo dei singhiozzi delle persone che aveva intorno gli fecero rimpiangere di non essere disteso anche lui in una bara, in procinto di scendere per l'eternità nel suo nascondiglio sotto terra. Il funerale di un eroe; c'erano modi assai peggiori di essere ricordati.

Si era avvolto di nuovo la benda intorno alla mano perché non aveva il coraggio di presentarsi al cospetto di tanta gente senza nemmeno una ferita da esibire. Era un dettaglio patetico, se ne rendeva conto, ma sentiva di essere un affronto ai caduti. Di lui si sapeva solo che in qualche modo era riuscito a venirne fuori senza un graffio. Era scappato? Aveva abbandonato i compagni al loro fatale destino? Vedeva quegli interrogativi scolpiti sul volto di alcuni dei presenti. Era quello il prezzo che doveva sempre pagare l'unico superstite?

Alle processioni avevano fatto da ali schiere interminabili di uomini e donne, chi in divisa, chi in borghese, tutti comunque appartenenti alle varie agenzie governative. Sotto le bandiere a mezz'asta e in una moltitudine di cittadini, le motociclette avevano aperto il corteo alla presenza del presidente e di gran parte dei suoi consiglieri. Per qualche giorno il mondo intero non aveva parlato d'altro che dell'uccisione di sei ottimi soldati in uno squallido vicolo cittadino. Non fu detto molto del settimo della squadra e di questo Web poté solo ringraziare il cielo. Ma si domandava per quanto tempo sarebbe durata quella moratoria.

La città di Washington era profondamente colpita, non solo per la sorte dei caduti, ma per i possibili, inquietanti retroscena. I criminali erano davvero diventati così temerari? La società stava andando in pezzi? La polizia non riusciva a tenere il passo? L'FBI, l'organizzazione di punta delle forze dell'ordine statunitensi, stava perdendo il controllo? Gli organi d'informazione in Medio Oriente e in Cina riportarono con un piacere macabro l'ennesimo esempio della decadenza occidentale che un giorno avrebbe messo l'arrogante America in ginocchio. Senza dubbio si festeggiava per le vie di Baghdad, Teheran, Pyongyang e Pechino al pensiero del progressivo sgretolarsi dello strapotere americano. I tuttologi statunitensi si lanciavano in ipotesi così assurde, che Web non s'arrischiava più né ad aprire un giornale, né ad accendere la TV o la radio. Ma, se interpellato, avrebbe detto che il mondo intero, e non solo gli Stati Uniti, veniva preso in giro già da un pezzo.

Una tregua in quel fuoco incrociato era arrivata solo in seguito a un'altra terribile tragedia: un aereo di linea giapponese si era schiantato al largo della costa del Pacifico, attirando gli affamati di brutte notizie e allontanandoli così dal vicolo maledetto e dal suo carico di morti. Un solo furgone di un'emittente rimase appostato lì, ma le altre troupe non resistettero al richiamo dei resti di trecento cadaveri nelle onde dell'oceano, una notizia molto più clamorosa di quella, ormai vecchia, di una squadra di agenti dell'FBI falcidiata dalle mitragliatrici. E anche di questo Web si sentì grato. Lasciateci piangere in pace i nostri morti.

Aveva reso la sua testimonianza nella sede centrale all'Hoover Building e in tre occasioni negli uffici regionali di Washington, alla presenza di diverse squadre di investigatori. Armati di taccuino e penna, con i registratori accesi, qualcuno dei più giovani con il PC portatile sulle ginocchia, gli avevano rivolto una miriade di domande, ma Web aveva risposto solo ad alcune. A ciascuno, tuttavia, aveva dichiarato di non conoscere le cause dei quel momento di paralisi e del mancamento successivo e, di fronte a queste dichiarazioni, puntualmente tutte le penne si erano fermate sui taccuini e le dita si erano arrestate sulle tastiere.

«Quando dice che si è sentito come paralizzato, aveva visto qualcosa? O sentito qualcosa?» L'uomo che lo stava interrogando tradiva solo un impercettibile filo di incredulità.

«Non saprei.»

«Davvero non lo sa? Non è sicuro di essere rimasto paralizzato?»

«Non sono sicuro. Cioè, mi è successo. Non riuscivo a muovermi. Era come se fossi paralizzato.»

«Ma è riuscito a muoversi dopo che i suoi compagni erano stati uccisi, no?»

«Sì» ammise Web.

«Che cos'era cambiato perché potesse muoversi di nuovo?»

«Non lo so.»

«E quando è arrivato al cortile, è caduto. Giusto?»

«Sì.»

«Un attimo prima che le mitragliatrici cominciassero a sparare» intervenne un altro investigatore.

Web rispose di nuovo affermativamente, ma la sua voce era quasi un sussurro.

Il silenzio che seguiva alle sue scarne risposte rischiò di cancellare anche quel poco di dignità che gli restava.

Durante ciascuna delle deposizioni Web aveva tenuto le mani posate sul tavolo, fissando negli occhi l'inquisitore di turno, lievemente proteso in avanti. Quelli erano tutti professionisti, esperti di interrogatori. Web sapeva che se avesse distolto lo sguardo, se si fosse appoggiato allo schienale, se si fosse toccato la testa in una certa maniera o, peggio ancora, se avesse incrociato le braccia sul petto, avrebbero concluso immediatamente che gli stava rifilando un sacco di stronzate.

Web non stava mentendo, ma non stava nemmeno dicendo tutta la verità. Tuttavia, se avesse cominciato a parlare dello strano effetto che aveva avuto su di lui la vista di un piccolo monello di strada, della possibilità che gli avesse inspiegabilmente provocato l'attimo di paralisi che gli aveva salvato la vita, o della sensazione di schiacciamento che lo aveva bloccato come se fosse stato imprigionato nel cemento, ma che era durata solo pochi secondi, avrebbe potuto dire addio alla sua carriera al Bureau. Gli agenti che si perdevano in farneticazioni insensate non erano ben visti. Aveva comunque un punto a suo favore: quelle postazioni di mitragliatrice non si erano disintegrate da sole. E in ognuna di esse erano rimasti conficcati i proiettili sparati dal suo fucile. E i tiratori scelti avevano visto tutto ed era stato lui ad avvertire gli uomini della Hotel e a salvare la vita al bambino. Durante gli interrogatori non si dimenticò mai di sottolineare questi particolari. Fece in modo che risultassero ben chiari a tutti. "Potete prendermi a calci finché sono a terra, amici miei, ma andateci piano, perché sono comunque un eroe."

«Mi riprenderò» aveva promesso a tutti. «Ho solo bisogno di un po' di tempo. Ritornerò quello di prima.» E per un attimo era rabbrividito all'idea che potesse essere la prima vera bugia di tutta la giornata.

Avrebbero potuto chiamarlo a qualunque ora, se lo avessero ritenuto necessario, ma gli risposero che al momento volevano solo che si prendesse tutto il tempo di cui aveva bisogno per rimettersi in sesto. Il Bureau gli aveva offerto l'assistenza di uno psichiatra, aveva anzi insistito perché si facesse visitare, e Web aveva promesso che lo avrebbe fatto, anche se in un ambiente come il suo quelli che finivano in terapia venivano inevitabilmente bollati. Al momento opportuno, gli fu detto, sarebbe stato assegnato a un'altra squadra di assaltatori o di tiratori scelti, se lo desiderava, in attesa che venisse ricostituita la Charlie. Altrimenti avrebbe potuto svolgere altre mansioni in seno al Bureau. Era persino circolata voce che gli avrebbero assegnato un posto come funzionario amministrativo in attesa del pensionamento. Questo era il trattamento solitamente riservato agli agenti più anziani che il Bureau toglieva dal servizio operativo, e non sapeva poi come impiegare. Ufficialmente Web era oggetto di un'inchiesta amministrativa, che avrebbe potuto trasformarsi in un'investigazione a tutti gli effetti se fossero emersi elementi in tal senso. Nessuno gli aveva letto i suoi diritti, ed era una cosa positiva e negativa allo stesso tempo. Positiva perché se l'avessero fatto, significava che era agli arresti; negativa nel senso che tutto quello che avesse detto durante l'inchiesta si sarebbe potuto in seguito usare contro di lui nel corso di azioni civili o penali. Ma a quanto sembrava l'unico errore che aveva commesso fino a quel momento era di essere sopravvissuto. Questa però, al Bureau, era la condanna peggiore che ti potesse essere inflitta.

In realtà, gli dissero: «Tutto quello che vuoi, non hai che da chiedere». Erano tutti suoi amici. Aveva il loro completo appoggio. Web allora chiese come stava procedendo l'indagine, ma non ottenne una risposta. Alla faccia del completo appoggio.

«Pensa a rimetterti in sesto» gli dissero. «Non pensare ad altro.»

Alla fine dell'ultimo interrogatorio, gli fu chiesto: «Come va la mano?».

Web non conosceva il suo inquisitore e, per quanto innocente sembrasse la domanda, c'era qualcosa negli occhi dell'uomo che gli fece saltare la mosca al naso. Rispose comunque che stava guarendo perfettamente, ringraziò tutti e se ne andò.

Uscendo passò davanti all'esposizione di targhe con cui venivano ricordati tutti i dipendenti dell'FBI morti in servizio. Presto si sarebbe aggiunta alla collezione una targa commemorativa più grande di tutte le altre, la più grande in tutta la storia del Bureau. Qualche volta si era chiesto se anche lui sarebbe finito su quella parete, con la sua vita professionale tutta concentrata in un po' di legno e ottone. Uscì dall'Hoover e tornò a casa tormentato da un groviglio di dubbi e domande.

FBI era anche ufficialmente l'acronimo di Fedeltà, Baldanza e Integrità, e in quel momento a Web sembrava di non possedere nemmeno una di quelle qualità.

7

Francis Westbrook era un gigante, con la stazza di un difensore di prima linea dell'NFL. Quale che fosse la stagione o il clima, la sua tenuta usuale era camicia di seta hawaiana a maniche corte, calzoni sportivi di stoffa leggera e mocassini scamosciati senza calze. Aveva la testa pelata e lucida, grandi orecchie tempestate di brillantini e dita enormi ornate di anelli d'oro. Non era un dandy, ma semplicemente non c'erano molte cose in cui poteva spendere i suoi narcodollari senza che la legge, o peggio ancora il fisco, sentisse odore di bruciato. E comunque gli piaceva essere sempre in tiro. Al momento Westbrook era accomodato sul sedile posteriore di una spaziosa Mercedes con i finestrini oscurati. Alla sua sinistra c'era il suo luogotenente, Antoine Peebles. Alla guida c'era Toona, un giovane dal fisico atletico, e accanto a lui sedeva il capo della sicurezza Clyde Macy, l'unico bianco di tutto l'entourage di Westbrook, un particolare distintivo di cui evidentemente andava più che orgoglioso. Peebles aveva una barbetta curata e capelli con le treccine, era basso e tarchiato, ma sapeva fare onore al suo Armani e ai suoi occhiali scuri griffati. Sembrava più un dirigente hollywoodiano che un narcotrafficante d'alto livello. Macy sembrava uno scheletro vivente, vestiva preferibilmente di nero – che gli conferiva un aspetto molto professionale – e con la testa rasata aveva l'aria di uno skinhead neonazista.

Il gruppo era costituito dagli elementi più esclusivi del piccolo impero di Westbrook, che impugnava nella destra una calibro 9 e sembrava in cerca di qualcuno contro cui usarla. «Volete dirmi ancora una volta come avete perso Kevin?» Puntò lo sguardo su

Peebles e strinse ancora più saldamente il calcio della pistola. Aveva appena tolto la sicura che si trovava nell'impugnatura. Peebles doveva essersene accorto, ma non ebbe esitazioni nel rispondergli. «Se ci permettessi di mettergli alle calcagna qualcuno ventiquattr'ore su ventiquattro, allora non lo perderemmo. Alle volte esce di notte. Quella notte è uscito e non è più tornato.»

Westbrook si diede una manata sulla coscia enorme. «Lui era in quel vicolo. Prima i federali lo prendono, e adesso non ce l'hanno più. Lui c'entra in qualche modo in questa porcata che è successa nel cortile di casa mia, maledizione!» Picchiò la pistola sullo sportello. «Voglio Kevin!» tuonò.

Peebles gli lanciò un'occhiata nervosa, mentre Macy rimaneva imperturbabile.

Westbrook posò una mano sulla spalla dell'autista. «Toona, prendi due o tre dei ragazzi e batti ogni quartiere di questa dannata città, hai capito? So che l'hai già fatto una volta, ma fallo di nuovo. Voglio quel ragazzo, lo voglio indietro sano e salvo, mi hai sentito? Sano e salvo. E non farti vedere finché non l'hai trovato. Dannazione, mi hai sentito, Toona?»

Toona alzò gli occhi nello specchietto retrovisore. «Ti sento, ti sento.»

«Una messinscena» disse Peebles. «Un bel giochetto organizzato per far ricadere la colpa su di te.»

«E pensi che io non lo sappia? Pensi che siccome sei stato al college, tu sei intelligente e io sono un imbecille? So che i federali verranno ad azzannare il culo a me per questa storia. So che voci girano per le strade. Qualcuno sta cercando di mettere insieme tutte le bande, nemmeno fosse uno schifo di sindacato, ma sanno che io a queste stronzate non ci sto e gli sto intralciando i piani.» Westbrook aveva gli occhi infuocati. Nelle ultime quarantott'ore non aveva dormito molto. Era il suo modo di vivere, superare la notte era di solito il programma principale del giorno. E non sapeva pensare ad altro che al bambino scomparso. Si stava avvicinando al capolinea, lo sentiva. Sapeva che quel momento prima o poi sarebbe arrivato, ma non era ancora pronto.

«Chiunque ha preso Kevin, me lo farà sapere. Vogliono qualcosa. Vogliono che molli il mio giro, ecco che cosa vogliono.»

«E tu glielo mollerai?»

«Possono prendersi tutto quello che ho, se mi restituiscono Kevin.» Guardò dal finestrino, scrutò gli angoli e i vicoli e le vetrine degli squallidi bar davanti ai quali stavano passando, tutti posti in cui s'intrufolavano i suoi tentacoli di spacciatore. Aveva un buon giro d'affari anche nelle periferie residenziali, dove circolava più denaro. «Sì, prima mi riprendo Kevin, poi li ammazzo tutti quanti, quei figli di puttana, li ammazzo con le mie mani.» Puntò la pistola su un nemico immaginario. «Comincio dalle ginocchia e salgo verso l'alto.»

Peebles rivolse un'occhiata ansiosa a Macy, che ancora non mostrava alcuna reazione; sembrava fatto di pietra. «Be', finora non ci ha contattato nessuno» commentò.

«Lo faranno. Non si sono presi Kevin perché vogliono giocare a mosca cieca con lui. Vogliono me. E io sono qui, non hanno che da venire alla festa. Io sono pronto a far festa, non vedo l'ora.» Il suo tono adesso era più calmo. «Ho sentito dire che uno dei loro non ci è rimasto, in quel cortile, è vero?»

Peebles annuì. «Web London.»

«Dicono che erano mitragliatrici, roba calibro 50. Come si fa a venirne fuori vivi?» Peebles si strinse nelle spalle e Westbrook si rivolse a Macy. «Tu che cos'hai sentito, Mace?»

«Niente di certo per adesso, ma c'è chi dice che il tizio nel cortile non ci è entrato. Ha avuto paura, se l'è fatta sotto o che so io.»

«Se l'è fatta sotto o che so io» ripeté Westbrook. «Va bene, rimediami un po' di cazzate su questo grand'uomo e poi fammi sapere. Uno che esce incolume da una carneficina come quella è uno che ha qualcosa da raccontarmi. Dove si trova Kevin, per esempio.» Guardò i suoi uomini. «Quello che ha fatto fuori i federali ha preso Kevin. Potete contarci.»

«Be', come ho detto, avremmo potuto farlo sorvegliare giorno e notte» ribadì Peebles.

«E che cazzo di vita sarebbe quella?» sbottò Westbrook. «Non lo farò vivere così male, non per colpa mia. Ma se i federali vengono a rompere le palle a me, io devo mandarli da qualche altra parte. Dunque dobbiamo sapere dove mandarli. Con sei dannati federali morti ammazzati, non avranno granché voglia di contrattare. Saranno a caccia di un paio di chiappe da spappolare, ma non saranno le mie.»

«Ma non c'è nessuna garanzia che chi ha preso Kevin lo lascerà andare» notò Peebles. «So che non vuoi sentirtelo dire, ma non sappiamo nemmeno se Kevin è ancora vivo.»

Westbrook si appoggiò allo schienale. «Oh, è vivo, è vivo. Kevin sta benissimo, non temere. Almeno per ora.»

«Come fai a esserne sicuro?»

«Lo so e tanto basta. Voi trovatemi invece qualcosa su questo scassacazzi di un federale.»

«Web London.»

«Web London. E se non ha lui quello che ci serve, rimpiangerà di non essere andato all'altro mondo con i suoi compagni. Dai gas, Toona. Abbiamo da lavorare.»

La Mercedes accelerò nella notte.

8

Web impiegò un paio di giorni per avere un appuntamento con lo psichiatra che lavorava per il Bureau come consulente esterno. Aveva preferito non rivolgersi a uno dei medici dell'agenzia. Non sapeva bene il perché, ma l'idea di andare a vuotare il sacco da una persona che era tecnicamente un suo collega non gli piaceva molto. Il rapporto tra medico e paziente è protetto dal segreto professionale, ma dal suo punto di vista andare a raccontare i fatti propri a uno strizzacervelli federale equivaleva a raccontarlo a tutto l'FBI.

Quanto alla salute mentale dei propri dipendenti, il Bureau era più o meno a uno stadio medievale, probabilmente per colpa sia dell'organizzazione sia degli agenti stessi. Fino a sette anni prima, chi si ritrovava con i nervi a pezzi o aveva problemi di alcol o droga se lo teneva per sé e cercava di risolvere i propri guai da solo. Gli agenti della vecchia scuola non si sarebbero mai rivolti a uno psichiatra, così come non sarebbero mai usciti di casa senza la pistola. Se un agente chiedeva assistenza, nessuno ne sapeva niente e meno che mai ne faceva parola. Qualsiasi cedimento psicologico trasformava infatti un agente federale in merce avariata e, nello stesso tempo, l'indottrinamento ricevuto sviluppava in loro uno stoicismo e un caparbio senso d'indipendenza ai quali era difficile sottrarsi.

Poi le alte sfere erano arrivate finalmente alla conclusione che lo stress del lavoro all'FBI, che si traduceva in un'incidenza sempre crescente di alcolismo, tossicodipendenza e divorzi, era un problema che meritava attenzione. Così era stato istituito l'EAP, un programma di assistenza per i dipendenti. A ciascuna divisione era stato assegnato un coordinatore e consulente EAP. E se questi riteneva di non poter risolvere da solo il problema di un certo paziente, ci si rivolgeva a un professionista esterno, come aveva fatto Web. Dell'EAP non si sapeva molto, negli uffici del Bureau, né Web aveva mai visto niente di scritto in proposito. Era piuttosto un'entità astratta, di cui si parlava sottovoce. Nonostante la buona volontà, il Bureau non era riuscito a scalfire i vecchi pregiudizi.

Il dottor O'Bannon operava in un centro di consulenza psichiatrica della Fairfax County, vicino a Tyson's Corner. Web lo conosceva già. L'aveva incontrato la prima volta alcuni anni prima, quando l'HRT era intervenuta a favore di alcuni studenti di una scuola privata di Richmond, in Virginia. Alcuni paramilitari avevano fatto irruzione nell'istituto uccidendo due insegnanti. Appartenevano a un gruppo che si faceva chiamare Free Society e si proponeva di diffondere la cultura ariana praticando una versione personale di pulizia etnica. La situazione di stallo si era protratta per quasi ventiquattr'ore, poi gli uomini dell'HRT erano entrati in azione perché alcuni indizi li avevano indotti a pensare che ci sarebbero state altre uccisioni. Tutto era filato liscio finché qualcosa non aveva messo in guardia i sequestratori, un attimo prima dell'attacco. Nella sparatoria cinque sequestratori erano rimasti uccisi e due uomini dell'HRT feriti. Uno, ferito gravemente: era Web. Aveva perso la vita anche un bambino di dieci anni di nome David Canfield.

Web era vicino a lui, e stava in effetti per trarlo in salvo quando glielo avevano ucciso sotto gli occhi. Il volto del ragazzino morto aveva quindi cominciato a tormentare i suoi sogni, al punto da spingerlo a cercare volontariamente aiuto. All'epoca l'EAP non esisteva ancora, così, appena dimesso dall'ospedale, si era fatto dare con discrezione il nome di O'Bannon da un collega che era in cura da lui. Era stata una decisione difficile per Web, perché era stato costretto ad ammettere di avere dei problemi che non era in grado di risolvere da solo. Non ne aveva mai parlato con altri membri del suo reparto e piuttosto che confessare di essersi rivolto a uno strizzacervelli, avrebbe preferito tagliarsi la lingua. I colleghi l'avrebbero considerata una debolezza inaccettabile.

C'erano stati precedenti poco felici nei rapporti tra gli uomini dell'HRT e gli psichiatri: dopo Waco, il Bureau aveva messo a loro disposizione alcuni professionisti, che li avevano considerati come gruppo e non individualmente. Il risultato sarebbe stato comico se non fosse stato così pateticamente triste. E da allora il Bureau non aveva più tentato di occuparsi dei problemi psicologici dell'HRT.

Web aveva rivisto O'Bannon subito dopo la morte di sua madre. Dopo qualche seduta con lo psichiatra, aveva concluso che il suo era un dolore al quale nessuno avrebbe mai potuto trovare rimedio, così aveva mentito dichiarando di sentirsi meglio. Non era rimasto deluso dell'operato di O'Bannon, perché nessun medico avrebbe potuto farci niente. Ci sarebbe voluto un miracolo.

O'Bannon era un ometto piccolo e tarchiato, che indossava spesso un dolcevita nero che metteva ancora più in risalto il suo triplo mento. Web ricordava la sua stretta di mano fiacca e le sue maniere senz'altro gradevoli, anche se la prima volta che lo aveva visto aveva dovuto resistere all'impulso di girare sui tacchi e scappare. Invece si era fatto forza e, tra le mura dello studio privato dello psichiatra, aveva affrontato i suoi fantasmi.

"Vedrà che l'aiuteremo, Web. È solo questione di tempo. Mi dispiace che dobbiamo conoscerci in circostanze così difficili, ma le persone non vengono qui da me perché va tutto bene. È il mio destino, suppongo."

Web era contento che ci fossero buone prospettive di ripresa, ma dentro di sé era molto depresso. Era evidente che O'Bannon non aveva la bacchetta magica con la quale far ritornare normale il suo mondo.

Non c'era il lettino, ma un divanetto non abbastanza lungo per sdraiarvisi sopra. "È uno dei luoghi comuni della nostra professione" aveva spiegato O'Bannon. "Non in tutti gli studi psichiatrici c'è un lettino."

L'ufficio di O'Bannon era un locale asettico, con le pareti bianche, un arredamento scarno e pochissimi effetti personali. Per Web era stato come trovarsi nel braccio della morte in attesa della scarica elettrica fatale. Avevano chiacchierato un po', preparando il terreno. O'Bannon aveva un taccuino e una penna a portata di mano, ma non li aveva mai usati.

"Lo farò dopo" aveva spiegato quando Web gli aveva chiesto come mai non prendesse appunti. "Per adesso limitiamoci a parlare." Aveva uno sguardo acuto che lo metteva a disagio, con il quale però contrastava l'effetto quasi soporifero del suo tono di voce. Dopo un'ora, terminata la seduta, Web si era preparato ad andarsene con la sensazione di non aver concluso niente. Lui sapeva di O'Bannon molto più di quanto lo psichiatra sapesse dei suoi guai, ai quali non era stato fatto alcun cenno.

"Sono cose che richiedono tempo, Web" aveva detto O'Bannon accompagnandolo fuori. "Ce la farà, non tema. È solo questione di tempo. Roma non è stata costruita in un giorno solo."

Sulle prime aveva pensato che non sarebbe mai tornato da quell'ometto, nel suo squallido studio medico. Invece c'erano state molte altre sedute e piano piano O'Bannon l'aveva portato a prendere coscienza di quello che era avvenuto, anche se Web non avrebbe mai dimenticato il bambino ucciso a sangue freddo a pochi passi da lui. E del resto riuscire a dimenticare una circostanza del genere non era sicuramente segno di salute mentale.

O'Bannon gli aveva confidato che lui e altri psichiatri si occupavano del personale del Bureau da anni e avevano aiutato agenti e funzionari amministrativi in diversi momenti di crisi. Era stata una sorpresa per Web, perché credeva di essere uno dei pochissimi a essere stato in cura. "Solo perché la gente non ne parla non significa che non voglia affrontare i propri problemi per risolverli" aveva ribattuto O'Bannon. "Naturalmente non posso fare nomi, ma, mi creda, lei è in buona compagnia. Gli agenti che nascondono la testa nella sabbia sono solo bombe a orologeria in attesa di esplodere."

Adesso Web si chiedeva se anche lui si fosse trasformato in una bomba a orologeria. Entrò e si avviò all'ascensore con passi sempre più pesanti.

Distratto com'era, per poco non travolse una donna che veniva dalla direzione opposta. Si scusò e premette il pulsante. Quando la cabina si aprì, salirono entrambi. Web selezionò il proprio piano e fece un passo indietro. Mentre salivano, guardò la sua compagna di viaggio. Era di statura media, snella e molto attraente. Giudicò che dovesse essere sui trentacinque. Indossava un completo giacca e pantalone grigio, e una camicetta bianca con il colletto che ricopriva in parte quello della giacca. I capelli erano neri e ondulati, tagliati corti e portava piccoli orecchini a clip. Aveva con sé una cartella. Le sue lunghe dita reggevano il manico con una pressione leggera, notò Web, che aveva uno spiccato spirito d'osservazione per i piccoli particolari, gli stessi che in più di un'occasione gli avevano salvato la vita.

Quando la cabina si aprì al suo piano, si stupì che scendesse anche lei. Poi ricordò di non averla vista premere nessun bottone. Si rimproverò per non averlo notato e la seguì nell'ufficio a cui lui stesso era diretto. Lei si girò a guardarlo.

«Posso esserle d'aiuto?»

Il tono era basso, deciso e a suo modo invitante. Si accorse, guardandola da vicino, dell'insolita sfumatura dei suoi occhi azzurri, che erano grandi, tristi e penetranti. Erano occhi che stregavano.

«Sono qui per vedere il dottor O'Bannon.»

«Ha un appuntamento?»

Sembrava perplessa, ma Web sapeva che le donne spesso erano diffidenti di fronte agli sconosciuti. Aveva visto i tragici risultati di casi in cui la fiducia era stata mal riposta, ed erano immagini che non ti si cancellavano più dalla mente.

«Sì, alle nove di mercoledì mattina. Sono un po' in anticipo.»

Lei inclinò la testa di lato. «Per la verità oggi è martedì.»

«Oh, merda» mormorò Web scuotendo la testa con aria desolata. «Ho fatto confusione. Scusi se l'ho disturbata.» Si girò per andarsene e in quel momento si sentì deciso a non tornare mai più.

«Mi perdoni, ma lei ha un viso familiare» disse la donna. Web si fermò e tornò a girarsi. «Voglia scusarmi dell'impertinenza» aggiunse lei «ma so di averla già vista.»

«Be', se lavora qui, probabilmente sì. Sono già stato dal dottor O'Bannon.»

«No, non qui. Credo che sia stato alla TV.» Poi finalmente ricordò e le si illuminarono gli occhi. «Lei è Web London, l'agente dell'FBI, vero?»

Lì per lì Web non seppe come rispondere, mentre lei lo fissava in silenzio, in attesa di una conferma. «Sì» ammise poi, alzando lo sguardo. «Lei lavora qui?»

«Ho lo studio qui.»

«Strizza i cervelli anche lei?»

La donna gli porse la mano. «Se intende chiedermi se sono una psichiatra, la risposta è affermativa. Claire Daniels.»

Web le strinse la mano, dopodiché rimasero a guardarsi un po' a disagio.

«Volevo fare un po' di caffè, le andrebbe una tazza?» propose lei.

«Se non è un disturbo…»

Lei si girò e aprì con la chiave. Web entrò dietro di lei.

Bevvero il caffè seduti in una piccola reception. Web si guardò intorno.

«Oggi non riceve pazienti?»

«Sì, ma di solito arrivano tutti dopo le nove.»

«Mi ha sempre sorpreso che non abbiate una receptionist.»

«Il fatto è che vogliamo che la gente si senta il più possibile a proprio agio. Annunciarsi a una sconosciuta quando si viene qui per farsi curare può creare notevole imbarazzo. Sappiamo quando abbiamo gli appuntamenti e la campanella della porta ci avverte quando arriva qualcuno. Così veniamo fuori noi. C'è questa sala di aspetto comune perché è inevitabile, ma di regola non ci piace che i nostri pazienti stiano qui insieme. Anche questa può diventare una situazione imbarazzante.»

«Nel senso che potrebbero mettersi a giocare a "Indovina qual è la mia psicosi"?»

Lei sorrise. «Qualcosa del genere. Il dottor O'Bannon ha aperto questo centro molti anni fa e per lui è essenziale che questo sia un luogo in cui le persone che vengono a cercare aiuto si sentano tranquille. L'ultima cosa che desideriamo è aumentare il livello di ansia di gente già ansiosa.»

«Dunque lei conosce bene O'Bannon?»

«Sì. In effetti una volta lavoravo per lui. Poi, qualche tempo fa, ha deciso di semplificare le cose e adesso ciascuno di noi lavora in proprio, anche se nello stesso studio. Preferiamo così. O'Bannon è un professionista molto in gamba. Vedrà che l'aiuterà.»

«Lei crede?» chiese Web senza traccia di speranza nella voce.

«Credo di conoscere abbastanza bene le circostanze del caso in cui è rimasto coinvolto, dato che si è parlato praticamente solo di questo per qualche giorno in tutto il paese. Mi dispiace per i suoi colleghi.»

Web bevve un sorso di caffè in silenzio.

«Se stava pensando di aspettarlo» disse Claire «oggi il dottor O'Bannon ha lezione alla George Washington University. Non verrà allo studio.»

«Pazienza. L'errore è mio. Grazie per il caffè.» Web si alzò.

«Signor London, vuole che gli riferisca che è stato qui?»

«Mi chiamo Web. E no, non credo che tornerò domani.»

Si alzò anche Claire. «C'è niente che posso fare per aiutarla?»

Lui le mostrò la tazza che aveva in mano. «Ha già fatto molto.» Prese fiato. Era meglio andarsene. «Che cos'ha da fare nella prossima ora?» chiese invece, stupito delle proprie parole.

«Solo scartoffie» s'affrettò a rispondere lei, abbassando lo sguardo e arrossendo lievemente come se lui l'avesse appena invitata al ballo di fine anno e, invece di rispondere no al suo invito, avesse deciso lì per lì, per qualche misterioso motivo, di incoraggiarlo.

«Le andrebbe di parlare con me?»

«Professionalmente? Non è possibile. Lei è un paziente del dottor O'Bannon.»

«E da persona a persona?» Web non avrebbe saputo dire da dove gli venivano quelle parole.

Lei esitò per un momento, poi gli chiese di attendere. Entrò in un ufficio e ne uscì qualche minuto dopo.

«Ho cercato di mettermi in contatto con il dottor O'Bannon all'università, ma non sono riusciti a rintracciarlo. Se non parlo prima con lui, non posso ascoltarla. Deve capire, è una questione etica delicata, Web. Non sono abituata a soffiare i clienti al mio collega.»

Web si sedette bruscamente. «In nessun caso sarebbe giustificato?»

Lei rifletté per qualche istante. «Immagino che se il suo medico curante non fosse disponibile e lei fosse in crisi, sarebbe accettabile.»

«Lui non è disponibile e io sono in una crisi profonda.» Stava dicendo la verità, perché era come se fosse in quel cortile, incapace di muoversi, incapace di essere d'aiuto, impotente.

Se lei l'avesse rifiutato ancora, non era nemmeno sicuro di potersi alzare per andarsene.

Claire lo condusse invece nel suo studio, in fondo a un corridoio, e si chiuse la porta alle spalle. Web si guardò intorno. L'ambiente di lavoro di Claire Daniels e quello del dottor O'Bannon non avrebbero potuto essere più diversi. Da lei le pareti erano di una sobria sfumatura di grigio e lo studio era reso accogliente dal tocco femminile delle tende a fiori. C'erano fotografie appese un po' dappertutto, più che altro di persone, probabilmente suoi familiari. Dalle credenziali che aveva esposto risultava che si era laureata e specializzata alle Università Brown e Columbia; il diploma di medico era di Stanford. Sul tavolo c'era un vaso di vetro con un'etichetta con la scritta: TERAPIA IN SCATOLA. C'erano candele spente sui tavolini e lampade a forma di cactus in due angoli. Per terra e su alcune mensole era disposta una vasta collezione di animali di peluche. Contro una parete c'era una poltrona di pelle. E, santo cielo, Claire Daniels aveva un lettino da psichiatra!

«Vuole che mi sieda lì?» lo indicò, mentre si sforzava disperatamente di mantenere i nervi saldi. Rimpianse all'improvviso di essere armato, perché sentiva di perdere il controllo.

«Per la verità, se non le dispiace, preferisco stare seduta io sul lettino.»

Web crollò a sedere sulla poltrona e la guardò togliersi le scarpe senza tacco e infilare un paio di pantofole che erano vicino al lettino. I suoi piedi nudi suscitarono in lui una reazione inattesa. Non era niente di sensuale, tutt'altro: gli tornarono alla mente i corpi martoriati dei suoi compagni in quel cortile. Claire si sedette sul lettino, recuperò dal tavolo taccuino e penna e si preparò a scrivere. Web regolò la respirazione per tenere i nervi sotto controllo.

«O'Bannon non prende appunti durante le sedute» osservò.

«Lo so» rispose lei con un sorriso ironico. «Ma la mia memoria non è buona come la sua. Spiacente.»

«Non le ho nemmeno chiesto se è sulla lista dei consulenti del Bureau. So che O'Bannon c'è.»

«Ci sono anch'io. E di questa seduta dovrà essere informato il suo supervisore. Sono obbligata a riferirgli dal nostro contratto di consulenza.»

«Ma non il contenuto della conversazione.»

«No, questo no, si capisce. Devo solo informarlo che ci siamo visti. Qui valgono le stesse norme fondamentali di riservatezza che regolano i rapporti tra paziente e psichiatra in tutti gli altri contesti.»

«Norme fondamentali?»

«Dato il particolare tipo di lavoro che lei fa, Web, ci sono delle differenze.»

«Sì, O'Bannon mi ha spiegato qualcosa quando ero in cura da lui, ma non credo di aver mai capito bene.»

«Io ho l'obbligo di informare il suo supervisore se durante una seduta emerge qualcosa che può costituire una minaccia per lei o per gli altri.»

«Mi pare anche giusto.»

«Lei trova? Be', dal mio punto di vista mi concede un'ampia discrezionalità, perché il giudizio riguardo al peso delle sue parole è molto soggettivo. Perciò io non sono così sicura che questa variante al regolamento sia giusta nei suoi confronti. Ma, perché lo sappia, non mi è mai accaduto di avvalermi di questa discrezionalità e le assicuro che sono anni che lavoro con l'FBI, la DEA e altre agenzie governative.»

«Che cos'altro bisogna riferire?»

«L'eventuale uso di stupefacenti o terapie specifiche.»

«D'accordo. So quanto sono fanatici al Bureau su queste cose» ribatté Web. «Bisogna registrare anche i medicinali da banco, se ti capita di acquistarne. Quando vogliono rompere le scatole, conoscono tutti i sistemi.» Si guardò intorno. «Il suo studio è molto gradevole. Quello di O'Bannon mi ricorda una sala operatoria.»

«Ciascuno ha il suo modo di lavorare.» S'interruppe e il suo sguardo si abbassò all'altezza della vita di Web.

Guardò in basso anche lui e vide che la giacca a vento si era aperta lasciando intravedere il calcio della pistola. Chiuse la zip e Claire distolse gli occhi.

«Mi scusi, Web. Non è la prima volta che vedo un agente armato. Ma si rende conto anche lei che non è uno spettacolo che mi si presenta quotidianamente...»

«Le armi possono fare una gran paura» le andò in soccorso lui. Guardò la collezione di animali. «Come mai tutti questi giocattoli?»

«Seguo molti bambini» rispose lei e poi aggiunse: «Purtroppo. Gli animali li fanno sentire più a loro agio. Per la verità, fanno star meglio anche me».

«È difficile credere che un bambino abbia bisogno di uno psichiatra.»

«La maggior parte ha disturbi dell'alimentazione, bulimia o anoressia. Di solito legati a relazioni conflittuali con i genitori. Così bisogna prendere in cura il figlio e anche il genitore. Non è un mondo facile per i bambini.»

«Non è un granché nemmeno per gli adulti.»

Lei lo guardò in un modo che Web interpretò come una rapida valutazione. «Ne ha viste parecchie, vero?»

«Più di alcuni, meno di altri. Non è che vuol farmi fare un test con le macchie d'inchiostro, vero?» L'aveva buttata lì come una battuta, ma la sua domanda era seria.

«Il genere di test a cui allude lei è usato dagli psicologi. Io sono un'umile psichiatra.»

«Ho dovuto sottopormi a un MMPI per entrare nell'unità di soccorso per gli ostaggi.»

«Il Minnesota Multiphasic Personality Inventory, sì, lo conosco.»

«Serve per individuare i mattoidi.»

«In un certo senso è vero. Ha funzionato?»

«Alcuni degli aspiranti non ce l'hanno fatta. Io ho capito che cosa c'era sotto e ho mentito dall'inizio alla fine.»

Claire Daniels alzò leggermente le sopracciglia e il suo sguardo tornò all'altezza del calcio della pistola. «Confortante.»

«Per la verità io non ho ben chiara la differenza tra psicologi e psichiatri» osservò Web.

«Uno psichiatra deve sostenere l'esame di ammissione alla facoltà di medicina e fare quattro anni di specializzazione. Quindi tre anni di internato nel reparto di psichiatria di un ospedale. Io ho aggiunto anche quattro anni di internato in psichiatria forense. Poi mi sono data alla libera professione. Come medico, lo psichiatra può anche prescrivere farmaci, mentre normalmente uno psicologo non lo può fare.»

Web continuava a tormentarsi le mani.

«Vorrei illustrarle per prima cosa qual è il mio modo di lavorare» propose Claire, che lo osservava con attenzione. «Poi,

se le sembra che vada bene, possiamo continuare. Okay?»
Web annuì e lei si trovò una posizione più comoda contro i cuscini del lettino. «Come psichiatra, faccio riferimento ad alcuni schemi comportamentali definiti normali, per poter stabilire quando un certo comportamento esce dalla norma. Un esempio facile è un caso che senza dubbio le è familiare, cioè quello dei serial killer. Nella stragrande maggioranza queste persone hanno subìto abusi terribili e ripetuti nel tempo quand'erano bambini. Durante l'infanzia, come reazione, mostrano comportamenti aggressivi, per esempio torturano piccoli animali e uccelli trasferendo su altri esseri viventi più deboli di loro il dolore e la crudeltà che sono costretti a subire. Poi passano ad animali più grossi e ad altri bersagli, via via che diventano più grandi, più forti e più temerari, finché, una volta adulti, scelgono come vittime altri esseri umani. È un'evoluzione abbastanza prevedibile.

«Poi bisogna saper ascoltare con un terzo orecchio. Io prendo per buono quello che il mio paziente mi racconta, ma cerco anche altri segnali di comunicazione. Gli esseri umani inviano sempre messaggi complementari. Uno psichiatra svolge contemporaneamente più di una funzione. La chiave del suo lavoro è nell'ascolto, la capacità di ascoltare veramente tutto quanto gli arriva, sotto forma di parole, di linguaggio del corpo e così via.»

«D'accordo. E con me come intende cominciare?»

«Di solito faccio compilare al paziente un questionario, ma penso che con lei possiamo saltare questa fase. Da persona a persona» aggiunse con un sorriso tra l'affettuoso e il divertito.

Web sentì che finalmente il bruciore che aveva nello stomaco cominciava a placarsi.

«Ma parliamo un po' della sua situazione generale, mi dica qualcosa di lei. Partiremo da lì.»

Web trasse un respiro profondo. «Compirò trentotto anni il marzo prossimo. Sono stato al college e in qualche modo sono riuscito a iscrivermi alla facoltà di legge dell'Università della Virginia riuscendo a laurearmi. Ho lavorato in procura per sei mesi ad Alexandria, finché mi sono reso conto che quella non era la vita per me. Decisi di fare domanda al Bureau insieme a un amico. In realtà si trattò di una sfida, volevamo solo sapere se saremmo stati in grado di farcela. Io ce l'ho fatta, lui no. Sono sopravvissuto all'Accademia e sono all'FBI da tredici anni. Cominciai come agente speciale, facendo la mia brava gavetta con incarichi vari presso le sedi operative di mezzo paese. Poco più di otto anni fa chiesi di entrare nell'HRT. Ora è una sezione del CIRG, il gruppo di intervento nei casi di crisi improvvisa, ma è un'innovazione amministrativa abbastanza recente. Nella fase di selezione ti distruggono e il novanta per cento degli aspiranti non ce la fa. Prima ti sottopongono alla tortura del sonno, ti spezzano fisicamente e per finire ti costringono a prendere su due piedi decisioni di vita o di morte. Ti fanno sgobbare e sacrificare per i compagni di squadra e al contempo ti costringono a competere con tutti loro, perché i posti a disposizione sono sempre pochi. È stato un autentico giro di giostra. Ho visto ex SEAL della marina, uomini delle Forze speciali, persino dei Delta finire in ginocchio, scoppiare a piangere, svenire, cadere preda di allucinazioni, tentare il suicidio o l'omicidio, addirittura una strage, qualunque cosa purché i loro aguzzini smettessero di tormentarli. Io ne sono venuto fuori forse grazie a un miracolo, dopodiché mi sono fatto altri cinque mesi al NOTS, la scuola di addestramento per le nuove reclute. In caso non se ne fosse accorta, al Bureau hanno la mania delle sigle. Noi siamo di base a Quantico. Attualmente sono assaltatore.» Claire sembrava confusa. «L'HRT è costituita dalle unità Blu e Oro, ciascuna suddivisa in quattro squadre. Sono del tutto speculari, così che possiamo intervenire in due crisi diverse nello stesso momento. Metà degli effettivi sono assaltatori e costituiscono la forza d'intervento principale. L'altra metà è composta da tiratori scelti. I tiratori si addestrano alla scuola dei marine. Periodicamente ci scambiamo di posto. Io ho cominciato come tiratore scelto. Una volta i tiratori erano considerati di seconda categoria, ma quando nel 1995 hanno riorganizzato l'HRT, hanno riequilibrato la situazione. Anche così, però, ti capita di stare nel fango, sotto la pioggia e sotto la neve per settimane a sorvegliare l'obiettivo e a prendere nota delle debolezze dei tuoi avversari per poterli meglio uccidere dopo. O magari per salvare loro la vita, perché ti accorgi che in una certa situazione non risponderanno al fuoco. Stai lì ad aspettare che ti si presenti l'occasione giusta senza mai sapere se il colpo che sparerai scatenerà o no una rappresaglia da artiglieria pesante.»

«Ne parla come se a lei fosse successo.»

«Una delle prime operazioni a cui ho partecipato è stata quella di Waco.»

«Capisco.»

«Attualmente sono assegnato alla Charlie Team dell'unità Blu.» "Ero", si corresse mentalmente mentre lo diceva. La Charlie Team non esisteva più.

«Dunque non è un semplice agente dell'FBI.»

«Lo siamo tutti, se è per questo. Bisogna aver passato almeno tre anni al Bureau e avere uno stato di servizio di primo livello per poter presentare domanda all'HRT. Portiamo gli stessi distintivi, abbiamo gli stessi tesserini di riconoscimento. Ma noi dell'HRT ce ne stiamo per conto nostro. Abbiamo i nostri alloggi e le nostre strutture specifiche e non svolgiamo altre mansioni al di fuori di quelle del reparto. Ci addestriamo insieme, dal combattimento corpo a corpo agli aggiornamenti in materia di armi. Le tecniche di guerriglia e le armi da fuoco sono i settori più difficili e bisogna sempre tenersi allenati e aggiornati.»

«Sembra una struttura militare.»

«Lo è. E anche noi lo siamo. La nostra giornata lavorativa è divisa tra servizio attivo e addestramento. Se si è di servizio ed è necessario andare in missione, si va. Tutto il tempo che resta, quando non si è in servizio attivo, viene dedicato ai progetti e alle tecniche speciali come arrampicarsi su una fune, scendere a corda doppia dagli elicotteri, nozioni di pronto soccorso. E anche ai corsi di sopravvivenza sul campo. "Bella camporella" la chiamiamo noi. Le giornate passano in fretta, mi creda.»

«Non ne dubito.»

Web si guardò le scarpe e per un po' tacquero tutti e due. «Cinquanta maschi fra i migliori messi insieme: non sempre è una passeggiata.» Sorrise. «Cerchiamo costantemente di superarci l'un l'altro. Sa quei fucili Taser che sparano freccette elettrificate e paralizzano la gente?»

«Sì, li ho visti.»

«Be', una volta abbiamo fatto una gara per vedere chi si riprendeva più velocemente dopo essere stato colpito da uno di quei dardi.»

«Mio Dio» esclamò Claire.

«Lo so, è pazzesco.» Poi Web aggiunse: «Non ho vinto io. Sono andato giù come se mi avesse investito un difensore dell'NFL. Ma tanto perché si faccia un'idea della mentalità. Ultracompetitiva». Ridiventò serio. «Ma sappiamo fare bene il nostro mestiere. E il nostro mestiere non è facile. Quello che non vuole fare nessun altro, lo facciamo noi. Il nostro credo è "Per salvare vite umane". E il più delle volte ci riusciamo. Cerchiamo di prendere in considerazione ogni eventualità, ma non abbiamo molto margine di errore. Se la missione avrà successo o sarà un fiasco può dipendere da una catenella alla porta che non avevi previsto nel momento in cui preparavi l'irruzione o l'aver girato a sinistra invece che a destra, o non sparare piuttosto che sparare. E questi sono tempi in cui se sbucci un dito a qualcuno che sta cercando di spappolarti la testa, tutti si mettono a gridare allo scandalo e piovono querele e gli agenti dell'FBI cominciano a cadere come mosche. Forse se avessi dato le dimissioni dopo Waco la mia vita sarebbe molto diversa.»

«Perché non l'ha fatto?»

«Perché ho competenze molto speciali che servono a proteggere i cittadini onesti. Competenze che servono a difendere gli interessi di questo paese da coloro che intendono danneggiarlo.»

«Mi sembra molto patriottico. Però un cinico potrebbe darle del filo da torcere riguardo a questa filosofia.»

Web la fissò per qualche secondo prima di rispondere. «Quanti sapientoni della TV si sono ritrovati con una doppietta a canne mozze infilata nel naso da uno scirroccato impasticcato che, con il dito sul grilletto, se ne sta lì a decidere se farti saltare le cervella o no? O ad aspettare in mezzo al nulla il momento opportuno per neutralizzare uno pseudomessia psicopatico che nelle sue personali sacre scritture ha scritto che scoparsi i figli dei propri discepoli è cosa buona, e poi decide di porre fine ai suoi quindici minuti di gloria appiccando un bel fuoco e portandosi dietro tutti i bambini che ha violentato? Se i cinici hanno qualcosa da dire sulle mie motivazioni o i miei metodi, ci vadano loro al posto mio. Durerebbero al massimo un paio di secondi. Loro si aspettano la perfezione dai buoni in un mondo che è uno schifo. E quanto ai cattivi, prendine uno che ha staccato con i denti la testa a centinaia di bambini, e ti ritroverai i suoi avvocati pronti a scuoiarti vivo se gli torci un capello quando lo arresti. È vero che i pezzi grossi del Bureau fanno degli errori quando danno gli ordini e alcuni di loro non dovrebbero occupare i posti che hanno perché sono degli incompetenti. Io a Ruby Ridge non c'ero, ma quello è stato un disastro fin dal principio e i federali sono i principali responsabili della morte di persone innocenti. Ma in ultima analisi sono quelli come me, quelli che ubbidiscono agli ordini, a rimetterci le palle perché hanno avuto l'audacia di rischiare la propria vita per fare quello che ritenevano di dover fare, per un salario da fame. Questo è il mio mondo, dottoressa Daniels. Benvenuta all'inferno.»

Prese fiato, cominciò a tremare e solo allora si accorse dell'espressione sgomenta di Claire. «Scusi» mormorò. «Quando mi metto a parlare di queste cose ho il brutto vizio di esagerare con il patriottismo, se così lo vogliamo chiamare.»

«Credo di dover essere io a scusarmi» ribatté Claire in tono contrito. «Sono sicura che in certi momenti ha l'impressione di fare un lavoro molto ingrato.»

«In questo preciso momento, per esempio.»

«Mi racconti della sua famiglia» lo invitò lei, dopo qualche istante di silenzio imbarazzato.

Web si appoggiò allo schienale con le mani dietro la nuca, mentre faceva nuovi esercizi di respirazione. "Sessantaquattro battiti al minuto, Web, solo di questo hai bisogno, vecchio mio. Sessantaquattro precisi. Non sarà difficile, no?" Tornò a sporgersi in avanti. «Certo, nessun problema. Sono figlio unico. Sono nato in Georgia. Quando avevo circa sei anni, ci siamo trasferiti in Virginia.»

«Quando parla al plurale, a chi si riferisce? Sua madre e suo padre?»

Lui scosse la testa. «No, solo io e mia madre.»

«E suo padre?»

«Lui non è venuto. Lo Stato voleva tenerselo ancora per un po'.»

«Era nella pubblica amministrazione?»

«In un certo senso sì. Era in prigione.»

«Che cosa ne è stato di lui?»

«Non lo so.»

«Non le interessa saperlo?»

«Se mi fosse interessato, lo saprei.»

«E va bene. Dunque siete venuti in Virginia. E poi?»

«Mia madre si è risposata.»

«E i suoi rapporti con il patrigno?»

«Buoni.»

Claire non commentò, attendendo che fosse lui a continuare. Visto che taceva, gli chiese di parlarle dei suoi rapporti con la madre.

«È morta da nove mesi, perciò non abbiamo rapporti.»

«È morta di che cosa?» domandò lei. «Se mi vuole rispondere» s'affrettò ad aggiungere.

«La grande A.»

Claire era disorientata. «Intende la grande C? Il cancro?»

«No, intendo la grande A come alcol.»

«Ha detto di essere entrato nell'FBI per sfida. Pensa che potesse esserci qualcosa di più?»

Web le lanciò un'occhiata. «Vuol sapere se sono diventato poliziotto perché mio padre era un delinquente?»

Claire sorrise. «Complimenti.»

«Io non so perché sono ancora vivo, Claire» confessò Web a bassa voce. «Non c'è ragione perché non debba essere morto con i miei compagni. È una cosa che mi fa impazzire. Non voglio essere l'unico sopravvissuto.»

Il sorriso morì sulle labbra di Claire. «Questo mi sembra un punto importante. Parliamone.»

Web si tormentava di nuovo le mani. Si alzò e andò a guardare dalla finestra. «Tutto questo resterà tra noi, giusto?»

«Assolutamente sì.»

Lui tornò a sedersi. «Sono entrato nel vicolo con i miei compagni, pronti per colpire, siamo quasi al cortile e lì... lì...» S'interruppe.

«E lì mi sono bloccato, merda» finì poi. «Non riuscivo a muovermi. Non so che cosa diavolo mi sia successo. La mia squadra è entrata in quel cortile e io non mi sono mosso. Quando finalmente mi sono ripreso mi sembrava di trascinarmi dietro una tonnellata, era come se avessi i piedi in due blocchi di cemento. E sono caduto, perché non riuscivo a reggermi in piedi. Sono caduto così, come un sacco di patate. E poi...» Si portò una mano al lato sano del volto e premette con forza, quasi volesse arginare verità dolorose che tentavano di venire a galla. «Poi è cominciata la sparatoria. E io mi sono salvato. Io mi sono salvato, ma tutti gli altri sono morti.»

Claire lo guardava senza scrivere. «Va tutto bene, Web, ha solo bisogno di sfogarsi.»

«Ho già detto tutto! Che cos'altro dovrei aggiungere? Ho avuto paura. Sono un vigliacco.»

«Web, capisco che questo è un argomento molto delicato, ma vorrei che mi raccontasse nei particolari e con precisione tutto quello che è avvenuto fino al momento del suo "blocco", come lei lo ha definito. Con più dettagli possibili, faccia ricorso alla memoria, potrebbe essere molto importante.»

Web ricostruì gli avvenimenti di quella notte dal momento in cui il Suburban li aveva scaricati a pochi metri dall'obiettivo fino a quando non era riuscito a svolgere il suo lavoro, costretto ad assistere al massacro dei compagni. Quando finì si sentiva completamente svuotato, come se avesse ceduto l'anima insieme con la sua storia angosciosa.

«Dev'essere stato qualcosa di simile a una paralisi» commentò Claire. «Mi domando se ha avvertito qualche sintomo premonitore, prima di un blocco così totale. Una brusca alterazione del ritmo cardiaco, per esempio, o della respirazione, una sensazione di sgomento, sudore freddo, bocca arida...»

Web si sforzò di ricordare e stava già cominciando a scuotere la testa per rispondere di no, quando gli venne da dire: «Nel vicolo c'era un bambino». Non aveva intenzione di rivelare a Claire Daniels l'importanza che stava assumendo Kevin Westbrook nell'inchiesta; c'era tuttavia qualcosa che poteva confidarle. «Quando gli siamo passati davanti ha detto qualcosa. Qualcosa di veramente strano. Mi ricordo dell'effetto che mi fece la sua voce, perché mi sembrò quella di un vecchio. Bastava guardarlo per capire che la vita non era stata molto generosa con lui.»

«Ricorda che cosa disse?»

Web fece cenno di no. «Su quello mi resta un buco nella memoria, ma era qualcosa di strano.»

«Però ciò che disse, qualunque cosa fosse, non le fece provare solo compassione, è così?»

«Senta, dottoressa…»

«Se ci diamo del tu sarà più facile. Chiamami Claire.»

«D'accordo, Claire. Dunque, stavo dicendo che non voglio farmi passare per un santo. Nel lavoro che faccio, mi capita di andare a visitare qualche girone infernale. Mi sforzo di non pensare a tutto il resto, per esempio ai bambini.»

«Detto così, sembrerebbe che pensarci sarebbe d'ostacolo al tuo lavoro.»

Web le rivolse un'occhiata. «È quello che pensi mi sia successo? Vedo il bambino e mi fa scattare qualcosa nella testa?»

«È possibile, Web. Trauma da scoppio. Sindrome da stress post-traumatico che provoca la paralisi fisica e una serie di altri sintomi. Un fenomeno più ricorrente di quanto si creda. La nevrosi da guerra è un disturbo specifico.»

«Ma non era ancora successo niente. Nessuno aveva ancora sparato un colpo.»

«Web, hai parecchi anni di servizio sulle spalle, è possibile che i fatti precedenti si siano accumulati dentro di te e che l'effetto di tale accumulo si manifesti in momenti anche molto inopportuni e infelici. Non sei la prima persona che ha avuto una reazione del genere andando in battaglia.»

«Per me comunque è stata la prima volta» ribatté Web in tono sostenuto. «E tutti i miei compagni ne avevano viste di cotte e di crude non meno di me, eppure nessuno di loro è rimasto bloccato.»

«Anche se per te è stata la prima volta, Web, devi renderti conto che siamo tutti diversi. Non puoi paragonarti a nessun altro. Non è giusto nei confronti di te stesso.»

Lui le puntò un dito contro. «Lascia che ti dica io qualcosa che non è giusto. Non è giusto che io mi sia chiamato fuori, quella notte, perché avrei potuto fare la differenza, avrei potuto inventarmi qualcosa, avrei potuto vedere qualcosa che potesse mettere in guardia i miei compagni e ora forse sarebbero ancora vivi e io non sarei seduto qui a parlare con te perché invece sono morti.»

«Capisco la tua collera e so che spesso la vita è ingiusta. Senza dubbio ne avrai già avuto centinaia di esempi. Il punto qui è come affrontare al meglio quanto è avvenuto.»

«E come si fa ad affrontare una cosa del genere? Non credo che ci sia niente di peggio.»

«So che può sembrare impossibile, ma se non te ne fai una ragione e non ti butti il passato alle spalle guardando avanti ti farai solo del male.»

«Guardare avanti? Ah, sì, certo, uno straccio di vita forse mi è rimasto. Vuoi fare cambio con me? Guarda che ti faccio un buon prezzo.»

«Vuoi tornare all'HRT?» lo affrontò apertamente lei.

«Sì» rispose lui con prontezza.

«Sicuro?»

«Al cento per cento.»

«Allora quello è un obiettivo al quale possiamo lavorare insieme.»

La mano di Web si fermò sul rigonfiamento della pistola. «Credi davvero che sia possibile? All'HRT, se non sei all'altezza, mentalmente o fisicamente, be', sei tagliato fuori.» Tagliato fuori, pensò, dall'unico posto in cui si era sempre sentito utile.

«Possiamo provarci, Web, non possiamo fare altro. Anch'io sono qualificata nel mio campo e ti prometto che farò tutto quanto mi è possibile per aiutarti. Ho solo bisogno della tua collaborazione.»

Lui la guardò negli occhi. «Va bene, ci sto.»

«Adesso c'è qualcosa in particolare che ti disturba? Qualche situazione che avverti come particolarmente stressante?»

«Non direi.»

«Mi hai detto che tua madre è morta non molto tempo fa.»

«Sì.»

«Parlami dei tuoi rapporti con lei.»

«Avrei fatto qualsiasi cosa per lei.»

«Dunque devo ritenere che tu provassi per tua madre un affetto profondo, giusto?» Web esitò così a lungo da indurla ad aggiungere: «Web, guarda che è il momento della verità. È fondamentale».

«Aveva i suoi problemi. Quello del bere, tanto per cominciare, e odiava il mestiere che facevo.»

Lo sguardo di Claire tornò a posarsi sul punto in cui si trovava la pistola di Web sotto la giacca. «Non è una reazione insolita per una madre. Quello che fai tu è molto pericoloso.» Lo guardò in faccia e tornò ad abbassare velocemente lo sguardo. Web però se n'era accorto.

«Può esserlo» le concesse e nascose il lato del volto deturpato. Era un movimento, quello di girare parzialmente il capo, che gli era diventato così abituale da non accorgersene più.

«C'è una cosa che mi incuriosisce. Che cosa hai ereditato da lei? Ti ha lasciato niente che abbia significato per te?»

«Mi ha lasciato la casa. Cioè, non è che proprio l'abbia lasciata a me, non c'era un testamento. È toccata a me per legge.»

«Hai intenzione di viverci?»

«Mai!»

Claire sussultò di fronte all'impeto della sua risposta.

«Voglio dire che ho una casa mia» si affrettò ad aggiungere lui in tono più calmo. «Non ho bisogno della sua.»

«Capisco.» Claire prese nota e poi cambiò improvvisamente argomento. «A proposito, sei mai stato sposato?»

Web scosse la testa. «Non nel senso tradizionale del termine.»

«In che senso, allora?»

«Gli altri della mia squadra avevano tutti famiglia. Per me era come averne una e più grande della loro, che comprendeva le loro mogli e i loro figli.»

«Dunque eri molto legato ai tuoi colleghi?»

«Nel nostro mestiere si sta insieme per forza. Più ci si conosce, e migliore è l'affiatamento sul lavoro, e questo può servire a salvarti la vita. E poi era gente speciale. Mi piaceva stare con loro.» Appena ebbe finito di pronunciare quelle parole si sentì bruciare di nuovo lo stomaco. Balzò in piedi e si avviò alla porta.

«Dove vai?» lo richiamò Claire, sorpresa. «Abbiamo appena cominciato. Abbiamo molte altre cose di cui parlare.»

Arrivato alla porta, Web si fermò. «Per ora può bastare.»

Uscì e Claire non fece nulla per seguirlo. Posò penna e taccuino e rimase per un po' a contemplare l'uscio chiuso.

9

All'Arlington National Cemetery, Percy Bates uscì dall'area visitatori e si avviò in direzione della Custis-Lee House. Allo scoppio della Guerra civile, Robert E. Lee aveva scelto di schierarsi con il suo stato natale, la Virginia, e di assumere il comando delle forze confederate declinando un'analoga offerta degli yankee, e per reazione il governo federale gli aveva confiscato la casa. Si racconta che, durante la guerra, l'amministrazione Lincoln gli avesse proposto di rientrarne in possesso, se avesse saldato tutte le tasse arretrate. Di tasca sua. Naturalmente Lee aveva fatto orecchio da mercante e in seguito la sua proprietà era stata trasformata in quello che oggi è il cimitero più prestigioso della nazione. Era una vicenda storica che aveva sempre fatto sorridere Bates, originario del Michigan, sebbene la villa fosse considerata ormai una sorta di monumento commemorativo a Lee, conosciuta da tutti come Arlington House.

Davanti all'Arlington House si soffermò a contemplare quello che molti consideravano il più bel panorama di Washington e forse di tutta la nazione. Da lì si dominava la capitale e Bates si chiese se il vecchio Bobby Lee ci avesse mai pensato quando ogni mattina guardava dalle finestre di casa sua.

Il cimitero copriva due ettari e mezzo di terreno, costellato di semplici lapidi bianche tutte uguali. C'erano anche alcuni sepolcri prestigiosi, ma coloro che vi si recavano in visita conservavano soprattutto l'immagine di quel mare di pietre bianche che, viste da una certa angolazione, davano anche in estate l'illusione di un campo coperto di neve. All'Arlington National erano sepolti i militari americani rimasti uccisi in combattimento, generali a cinque stelle, un presidente assassinato, sette giudici della Corte suprema, esploratori e personaggi minori che per svariati motivi meritavano di essere tumulati in quel reliquiario nazionale. Erano più di duecentomila le salme sepolte, un numero che cresceva al ritmo di diciotto alla settimana.

Bates vi si era recato in più di un'occasione, talvolta per le esequie di amici e colleghi, talvolta come guida turistica per i suoi ospiti. Uno dei rituali che attiravano più pubblico era il cambio della guardia, servizio reso dagli uomini del Terzo fanteria giorno e notte davanti al Milite ignoto. Bates controllò l'orologio e vide che se avesse allungato il passo sarebbe arrivato giusto in tempo.

Si era già raccolta una folla numerosa, soprattutto di gente di fuori città, con macchine fotografiche e bambini al seguito. La guardia in servizio eseguiva la sua corvée con regolarità da metronomo, compiendo ventun passi, fermandosi per ventun secondi, spostando il fucile da una spalla all'altra e ripercorrendo lo stesso tratto in senso inverso.

Chissà se i fucili delle guardie erano carichi, si era chiesto qualche volta Bates, convinto che chi avesse tentato di profanare una di quelle tombe, pallottole o no, avrebbe incontrato una reazione fulminea e severa. Dopo Pearl Harbor, l'Arlington Cemetery era per le forze armate il luogo più sacro di tutto il paese.

Quando cominciò il cambio della guardia la folla degli spettatori crebbe e tutti presero a spintonarsi per trovare i punti più favorevoli dove scattare le fotografie. Bates lanciò un'occhiata alla sua sinistra, poi si fece largo tra i turisti e scese le scale. La cerimonia era complessa e sarebbe durata parecchio tempo, durante il quale avrebbe attirato su di sé tutta l'attenzione dei presenti, ma non quella di Percy Bates.

Passò intorno al grande Memorial Amphitheater, attraversò il Memorial Drive e girò intorno al monumento funebre per i caduti dello Shuttle *Challenger*. Poi si girò ed entrò nell'anfiteatro. Scese nella zona del palcoscenico, con le sue grandi colonne, i frontoni e le balaustre, si avvicinò a un muro, estrasse di tasca una pianta del cimitero, l'aprì e cominciò a studiarla.

L'uomo che sbucò poco lontano da lui teneva la mano sul

calcio della pistola nella fondina alla cintola. Aveva sorvegliato Bates per quasi tutta la strada, assicurandosi che fosse solo.

«Prima di vedere il tuo segnale, stavo quasi pensando che non ti saresti fatto vivo» commentò Bates. Chiunque avesse guardato da quella parte, non avrebbe potuto vederlo, nascosto com'era dalla carta topografica.

«Dovevo accertarmi che non ci fosse pericolo» ribatté Randall Cove, rimanendo nascosto dietro un tratto del muro.

«Ero sicuro che nessuno mi avesse seguito.»

«C'è sempre qualcuno che sa fare meglio di qualcun altro.»

«Su questo non posso che darti ragione. Come mai questa mania degli incontri al cimitero?»

«Mi piacciono i posti tranquilli e mi capita di rado di trovarne.» Dopo una pausa, Cove aggiunse: «Mi hanno incastrato».

«L'avevo capito. Ma io ho sei cadaveri e un settimo agente che in questo momento è diventato un grosso punto interrogativo. Ti hanno scoperto e non ti hanno ucciso, rifilandoti invece informazioni fasulle per tendere un agguato all'HRT? Ho bisogno di particolari, Randy.»

«Sono stato di persona in quella casa. Ci sono entrato con un pretesto, con degli altri, per controllare che cosa facevano. Ho visto i tavoli, gli schedari, i computer, quelli che si occupavano di numeri, contanti, merce, tutto quanto. Con i miei occhi, l'ho visto. Non faccio intervenire i tuoi se non ho toccato prima io con mano. Non sono un pivello.»

«Lo so. Ma quando siamo arrivati noi, là dentro non c'era un bel niente. A parte otto mitragliatrici imbottite.»

«Già, imbottite. Dimmi di London. Ti fidi di lui?»

«Come di chiunque altro.»

«Qual è la sua storia? Come mai ha salvato la pelle?»

«Non credo che lo sappia. Dice di essere rimasto bloccato.»

«Bel momento ha scelto.»

«È stato lui a distruggere quelle mitragliatrici. E a salvare la vita a un bambino.»

«Un bambino molto speciale. Kevin Westbrook.»

«Così mi risulta.»

«Senti, siamo entrati in questo giro perché volevamo pizzicare Westbrook senior, quando quelli sopra di noi hanno deciso che era il momento di neutralizzarlo. Ma da dentro ho cominciato a capire che in realtà è un pesce piccolo, Perce. Se la passa bene, ma non da signore. Controlla un territorio molto circoscritto, non vive nel lusso.»

«Se non è lui, allora chi?»

«I più grossi spacciatori al dettaglio di questa città sono otto e Westbrook è solo uno di loro. Tutti insieme vendono una tonnellata di roba. Dunque, se moltiplichi questo quantitativo per tutte le principali aree metropolitane da qui a New York e a sud fino ad Atlanta, ti fai un'idea di che cos'è un vero peso massimo.»

«Mi stai dicendo che c'è un gruppo che controlla tutte queste transazioni? Non è possibile.»

«No, ti sto dicendo che secondo me c'è un gruppo che controlla le transazioni di Oxycontin dalle aree rurali a quelle metropolitane per un bel tratto di East Coast.»

«Oxycontin? Il medicinale?»

«Sì. La chiamano eroina contadina, perché il traffico illegale ha avuto origine in campagna. Ma adesso si sta spostando nelle città. Perché è lì che c'è la grana vera, capisci? I contadini e i montanari non hanno la disponibilità della gente di città. È morfina sintetica, che viene prescritta per i dolori cronici e ai malati terminali. I tossici possono prenderla in diversi modi, sniffandola, fumandola o iniettandosela. Gli effetti sono simili a quelli dell'eroina.»

«Sì, solo che è a lento rilascio, perciò se uno si prende una pillola intera ignorandone l'effetto ritardato, c'è il rischio che vada all'altro mondo.»

«I decessi accertati sono già più di cento. Non è potente come l'eroina, ma ha un effetto doppio di quello della morfina ed è una sostanza legale, così la gente crede che sia sicura anche quando ne abusa. Ci sono persino casi di anziani che vendono qualche pillola al mercato nero per rientrare nelle spese del resto della prescrizione, perché l'assicurazione non copre i costi dell'acquisto. E ci sono persone che costringono i medici a prescrivere ricette fasulle, oppure fanno rapine a farmacie e domicili di pazienti in cura con questo medicinale.»

«Brutta storia» mormorò Bates.

«È per questo che il Bureau e la DEA si sono messi insieme e non è solo l'Oxy, ci sono anche farmaci più vecchi, come il Percocet e il Percodan. Adesso questi vengono venduti al dettaglio per dieci, quindici dollari a dose. Ma non reggono il confronto con l'Oxy. Ci vogliono sedici compresse di Percocet per avere lo stesso effetto di una pillola di Oxy da ottanta milligrammi.»

Durante la conversazione Bates si guardava intorno di tanto in tanto, con aria distratta, ma non c'era nessuno che si interessasse a lui. Cove aveva in ogni caso scelto un luogo molto adatto, poiché lui rimaneva nascosto e, dall'altra parte del muro, una persona ferma a consultare una mappa poteva sembrare un qualsiasi turista in difficoltà.

«Il governo tiene sotto controllo la distribuzione degli stupefacenti per uso terapeutico, naturalmente» commentò «e se un medico o una farmacia comincia a distribuire la stessa pillola in quantità eccessive, si accendono tutte le lucine rosse. D'altra parte, così almeno non c'è il rischio che la roba arrivi dall'estero.»

«Giusto.»

«Come mai non sapevo niente di questa storia dell'Oxy, Randy?»

«Perché ci sono appena arrivato anch'io. L'ho scoperta più o meno per caso, solo dopo che sono entrato nel giro. Io credevo che si trattasse della solita merce, coca ed eroina, poi ho cominciato a sentire e vedere delle cose strane. Sembra che la roba arrivi soprattutto da piccole zone degli Appalachi. Per molto tempo è stato un giro a "conduzione familiare", possiamo dire, ed erano coinvolti soprattutto tossicodipendenti. Ma adesso io ho la sensazione che un gruppo stia raccogliendo tutte le fila per organizzare un traffico nelle grandi città. Perché è questo il passo successivo, capisci? È un sistema infallibile per fare quattrini e qui c'è qualcuno che ha fiutato il vento favorevole. Portare l'operazione ai livelli di un narcotraffico normale, ma con margini di profitto tripli e rischi molto inferiori. Sono questi narcotrafficanti che noi vogliamo. E io credevo che li avrei trovati nella casa presa d'assalto dall'HRT. Pensavo che, se avessimo messo le mani sui contabili, avremmo potuto far saltare l'intera operazione. E mi sembrava logico che avessero nascosto il centro finanziario in una grande città.»

«Perché in campagna sarebbe stato troppo vistoso» concordò con lui Bates.

«Àppunto. E avevano l'incentivo giusto. Pensa a un milione di pillole la settimana per un valore al dettaglio di un centinaio di milioni. Niente male.»

«Ma chi sta alla testa di un'organizzazione di questo genere non avrebbe il minimo interesse a far fuori un reparto dell'HRT. Servirebbe solo a tirarsi addosso dei guai. Perché l'avrebbe fatto?»

«Io posso solo dirti che l'operazione di cui sono stato testimone in quella casa non è di Westbrook. È una faccenda enorme e il suo giro d'affari non potrebbe mai arrivare a livelli del genere. Se avessi pensato che si trattava solo di Westbrook, non avrei mai chiesto l'intervento dell'HRT. Avremmo preso un pesce piccolo, ma avremmo lasciato libero quello grosso. Detto questo, io credo che Westbrook distribuisca il prodotto a Washington, mentre altri fanno lo stesso altrove. Ma non ho prove sicure. Il ragazzo è in gamba e la sa lunga.»

«Sì, ma sei riuscito ad avere un aggancio nella sua cerchia, e questo è molto importante.»

«Senz'altro, però sai anche tu come funziona il mio lavoro: una soffiata oggi equivale a un cadavere domani.»

«Dunque qualcuno ha messo in scena uno spettacolo a nostro uso e consumo, allestendo in quel magazzino una centrale fasulla. Sai niente in proposito?»

«No. Dopo che ho passato l'informazione ai tuoi ed è stato deciso l'intervento, il mio cacciaballe non aveva più bisogno del vecchio Randall Cove. Sono fortunato a essere vivo, Perce. Anzi, mi domando come mai sono vivo.»

«La stessa cosa che si chiede Web London. Ma dopo un massacro c'è sempre qualcuno che si pone degli interrogativi.»

«No, quello che dico io è che qualcuno ha cercato di farmi fuori dopo l'assalto dell'HRT. Ci ho rimesso la mia Bucar e un paio di costole.»

«Ma perché non ce l'hai detto? Devi rientrare, Randy. Fai rapporto e vediamo di chiudere la tua missione.»

Bates si guardò intorno ancora una volta. Ci stavano mettendo troppo. Era tempo che si allontanasse da lì. Non poteva restare delle ore a guardare una carta topografica senza destare qualche sospetto. Ma non voleva andarsene senza Randall Cove.

«Non ci penso nemmeno, Perce» ribatté Cove in un tono che indusse Bates ad abbassare la carta. «Non ho intenzione di farlo perché questa volta il fuoco me l'hanno acceso proprio sotto il culo.»

«Cioè?» chiese Bates sulla difensiva.

«Cioè l'odore di marcio viene da dentro e io non metto la mia vita nelle mani di nessuno prima di essere sicuro che sia completamente dalla mia parte.»

«Stiamo parlando dell'FBI, Randy, non del KGB.»

«Forse vale per te. Tu ci sei nato e vissuto dentro, Perce. Io ne sono fuori. Se rientro adesso, senza sapere che cosa è successo, è facile che tutt'a un tratto nessuno riesca più nemmeno a trovarmi. So che molti credono che dietro alla brutta fine che ha fatto l'HRT ci sia io.»

«Assurdo.»

«Assurdo come un'intera squadra che viene falciata. Come ci sono riusciti senza una soffiata dall'interno?»

«Sono fregature che fanno parte del nostro mestiere.»

«Ah sì? Vuoi dirmi che non hai notato una certa frequenza in queste fregature? Missioni che saltano, due agenti infiltrati uccisi nell'ultimo anno, squadre del Bureau che arrivano sull'obiettivo e non trovano nessuno, importanti operazioni antidroga che se ne vanno in fumo perché arriva una soffiata in tempo. Credi a me: nel Bureau c'è una talpa grossa e puzzolente come un maiale, e sta facendo la festa a un sacco dei nostri, me compreso!»

«Non tirarmi fuori la teoria del complotto, Randy.»

«Volevo che tu sapessi che io non c'entro niente» replicò Cove in un tono di voce più pacato. «Hai la mia parola perché al momento non ho di più da offrirti. Spero di averlo tra un po'.»

«Stai dunque seguendo una pista?» chiese subito Bates. «Ascolta, Randy, io ti credo, sta' tranquillo, ma ci sono anche molte persone a cui devo rispondere. Capisco le tue preoccupazioni, sono successe molte cose spiacevoli e stiamo cercando di trovare da dove ci piovono addosso, ma bisogna che anche tu capisca i miei problemi.» Fece una pausa. «Dannazione, ti do tutte le garanzie che se rientri ora, veglierò su di te come al capezzale di mio padre, mi spiego? Spero che tu ti fidi di me, dopo tutto quello che abbiamo passato insieme. Mi sono esposto per te già in passato.» Cove non rispose. «Senti, Randall, dimmi di che cosa hai bisogno per rientrare e io vedo che cosa posso fare.» Ancora silenzio da parte di Cove. Bates imprecò sottovoce e corse dall'altra parte del muro. Si precipitò all'unica porta che c'era, a pochi passi di distanza, ma era chiusa a chiave. Tornò nell'anfiteatro uscendo allo scoperto. Il cambio della guardia era finito e la folla si era dispersa per i vialetti del cimitero. Bates volse lo sguardo in tutte le direzioni, già sapendo di averlo perso. Nonostante il fisico massiccio, non c'era posto in cui Cove non avesse imparato a mimetizzarsi. E per quel che Bates ne sapeva, poteva essere vestito da giardiniere, turista o becchino. Gettò la mappa in un cestino e si allontanò.

Il quartiere che Web stava attraversando era identico agli altri della zona, modeste dimore costruite nel dopoguerra, semplici parallelepipedi con vialetti di ghiaia e pensiline di metallo. Il terreno antistante alle case era minuscolo, ma c'erano spazi notevoli sul retro, dove si trovavano i box e i barbecue sistemati sotto le tettoie e anche qualche albero a garantire un po' d'ombra. Era un ambiente di operai, che tenevano ancora in gran conto la propria abitazione e non davano per scontato che i loro figli sarebbero andati al college. C'erano alcuni uomini che, dietro casa, si occupavano della vecchia automobile di famiglia, mentre sui gradini delle verande sul davanti alcune donne bevevano caffè, fumavano e si scambiavano pettegolezzi sotto un sole particolarmente caldo, per quella stagione, e un cielo finalmente sgombro da nubi accigliate. Su e giù per la strada correvano bambini in calzoncini corti e scarpe da tennis, su scooter che riuscivano a muoversi solo se spinti a forza di gambe.

Mentre si fermava davanti all'abitazione di Paul Romano, Web scorse Paulie, come lo chiamavano tutti, infilato per metà sotto il cofano della Corvette Stingray d'annata che era il suo vanto e la sua gioia, un bene quasi più prezioso della moglie e dei figli. Paul era originario di Brooklyn, e quindi del tipo che "si sporca le mani", perfettamente intonato a un ambiente come quello, composto di meccanici, elettricisti e camionisti. La sola differenza era che Romano era capace di uccidere in cento maniere diverse, e che per la vittima predestinata non c'era assolutamente scampo. Paul Romano era uno di quelli che parlano alle proprie armi, le battezzano con nomi diversi come si fa con i cani e i gatti. Il suo MP5 si chiamava Freddy, come quello di *Nightmare*, e le sue 45 gemelle Cuff e Link, i nomi delle tartarughe del film *Rocky*. Sì, per quanto difficile a credersi, Paul Romano di Brooklyn era un grande fan di Stallone... sebbene non perdesse occasione di criticare il personaggio di Rambo, che definiva un "pappamolla".

Romano alzò uno sguardo sorpreso quando Web si fermò a guardare nel ventre della Corvette blu con la sua capottina bianca. Web sapeva che la macchina era del 1966, primo anno di produzione del famoso motore da duemilacinquecento di cilindrata, capace di quattrocentocinquanta cavalli di potenza, perché Romano stesso lo aveva detto e ripetuto ai suoi compagni dell'HRT forse un migliaio di volte. "Quattro marce manuali. Velocità massima di duecentoventi orari. Non c'è niente che le stia dietro in strada" aveva dichiarato tante di quelle volte da far venire la nausea a chi lo ascoltava. "Macchine della polizia, macchine truccate, dannazione, nemmeno pari alle macchine che gareggiano nei circuiti minori."

Web si era spesso chiesto che effetto potesse fare crescere maneggiando chiavi inglesi e smontando automobili dietro casa con tuo padre. Imparare tutto su carburatori, sport, donne, cioè tutto quello per cui vale la pena vivere. "Cioè, pa', sai quando lei è lì vicino a te e tu sei lì che ti chiedi, ma devo passarle un braccio intorno alla vita e magari arrischiarmi a metterle una mano là? Sì, là, pa', aiutami, sei stato giovane anche tu, no? Non venirmi a raccontare che non hai mai pensato a cose di questo genere, perché se no io non sarei qui a parlarti adesso, giusto? E quando devo tentare di baciarla? Come faccio a capirlo? Pa', tu non ci crederai, ma le donne per me sono un mistero, mi venisse un colpo se le capisco. Ma dimmi, diventa più facile quando sono un po' più grandi?" E il vecchio che strizzava l'occhio, faceva un sorriso sornione, mandava giù un sorso di birra, tirava una lunga boccata della sua Marlboro, si sedeva, si puliva il grasso dalle mani sullo straccio e diceva: "Okay, dammi retta, figliolo, che ti spiego come funziona. Ti svelo io tutti i misteri ed è meglio che te lo scrivi perché questo è Vangelo, mio caro". Guardando nel vano motore della Corvette, Web si domandava che effetto potesse fare uno scambio di battute di quel genere.

Romano non fece parola del suo megapropulsore da quattrocentocinquanta cavalli che avrebbe piantato in asso anche una macchina da corsa. «La birra è nella ghiacciaia» disse invece. «Prenditi una lattina e non fare come se fossi a casa tua.»

Web si chinò ad aprire il piccolo contenitore che c'era ai suoi piedi e strappò la linguetta di una Budweiser, senza lasciare un biglietto da un dollaro in cambio. «Guarda che non esiste solo la Bud, Paulie. Ci sono dei simpatici intrugli sudamericani che dovresti provare.»

«Con il mio salario?»

«Guadagniamo uguale.»

«Io ho moglie e figli, tu non hai un cazzo.»

Romano diede un ultimo giro di chiave, poi passò dietro a Web e mise in moto. Si sentì prima un brontolio poi il ruggito del motore risuonò nel cortile.

«Fa le fusa come un micetto» commentò Web prima di bere un sorso di birra.

«Come una tigre, piuttosto.»

«Possiamo parlare? Ho qualche domanda da farti.»

«Come tutti gli altri. Certo, accomodati. Ho tutto il tempo che vuoi. Che cosa diavolo dovrei fare nel mio giorno di libertà, divertirmi un po'? Allora, che cosa vuoi? Qualche biglietto per il teatro? Sento se ne sono rimasti a mia moglie.»

«Ti sarei grato se non andassi a sparlare di me con tutti quanti giù a Quantico.»

«E io ti sarei grato se non venissi a darmi ordini. E già che ci siamo, gira sui tacchi e vattene pure. Me le scelgo da me le persone che frequento.»

«Cerchiamo di limitarci a parlare, Paulie. Me lo devi.»

Romano rivolse verso di lui la chiave che stringeva tra le dita. «Io non ti devo niente, London.»

«Dopo otto anni di questa merda, credo che tutti e due siamo in debito l'uno con l'altro per più di quanto potremmo mai pagare.»

Si fissarono in silenzio, finché Romano posò la chiave, si pulì le mani, spense la tigre e si diresse verso il giardino. Web lo interpretò come un invito a seguirlo, ma gli restò il dubbio che stesse soltanto tornando al box a cercare una chiave inglese più pesante con cui colpirlo.

L'erba era tosata, gli alberi erano stati potati, di fianco alla rimessa cresceva rigoglioso un cespuglio di rose. Al sole dovevano esserci più di trenta gradi ed era gradevole dopo tanta pioggia. Presero posto su due sedie da giardino. Web guardò Angie, la moglie di Romano, stendere il bucato ad asciugare. Angie era originaria del Mississippi. I Romano avevano due figli maschi. Angie era minuta e dalle forme ancora attraenti, con folti capelli biondi, incantevoli occhi verdi e uno sguardo da "fatti mangiare, tesoro". Flirtare era parte del suo carattere, ti toccava con la punta delle dita, ti sfiorava con la gamba, ti faceva questo e quel complimento, ma il suo era un atteggiamento del tutto innocente. Certe volte Romano si infuriava, ma Web sapeva che gli faceva piacere vedere quanto gli altri uomini si sentissero attratti da sua moglie. D'altra parte quando si arrabbiava Angie, era meglio non prenderla sottogamba. Web aveva conosciuto quest'altro lato del suo carattere ad alcune delle feste dell'HRT: quel donnino sapeva trasformarsi in un lampo in una gatta feroce ed era stata capace di mettere in fuga con la coda tra le gambe uomini grandi e grossi che si guadagnavano da vivere sparando a destra e manca.

Paul Romano era un assaltatore della Hotel Team, ma erano entrati all'HRT insieme e per tre anni circa erano stati tutti e due tiratori scelti nella stessa squadra. Prima dell'FBI, Romano era stato nei Delta. Aveva più o meno la stessa corporatura di Web, nel senso che non aveva muscoli esagerati, ma comunque robusti come cavi d'acciaio, impossibili da spezzare e con una resistenza incredibile. Una volta, durante un'incursione notturna contro il caposaldo di un narcotrafficante dei Caraibi, l'imbarcazione che li trasportava aveva scaricato Romano troppo lontano dalla costa e lui, con addosso trenta chili di attrezzatura, invece di annegare nei cinque metri d'acqua in cui era stato abbandonato, era arrivato fin sul fondo, si era messo in piedi, era riuscito chissà come a orientarsi e, trattenendo il fiato per quattro minuti, era arrivato camminando sott'acqua fino alla spiaggia, dove aveva partecipato all'assalto. Ma siccome c'era stato un intoppo nelle comunicazioni e l'obiettivo non era proprio dove sarebbe dovuto essere, Romano si era ritrovato da solo a inchiodare un narcotrafficante dopo aver ucciso due delle sue guardie del corpo. E l'unica cosa di cui si era lamentato al termine della missione era stato di essersi bagnato i capelli e aver perso Cuff, la sua pistola.

Aveva quasi tutto il corpo ricoperto di tatuaggi: draghi, coltelli e serpenti, e ANGIE, scritto in piccolo dentro un cuore sul bicipite sinistro. Web lo aveva incontrato il primo giorno delle selezioni all'HRT, quando la gran parte dei candidati attendeva nuda e spaventata di essere sottoposta alle torture di cui tutti erano già a conoscenza. Web aveva esaminato il gruppo in cerca di cicatrici su ginocchia o spalle a riprova di qualche debolezza fisica o di espressioni del volto che tradissero dubbi e tare psichiche. In quella situazione di individualismo assoluto era disposto a tutto pur di assicurarsi qualche vantaggio sui rivali. Sapeva che solo metà di loro sarebbe sopravvissuta alla prima scrematura di lì a due settimane, e che solo a uno su dieci di quelli rimasti sarebbe stato proposto di tornare per ammazzarsi del tutto.

Romano veniva dalla squadra SWAT dell'FBI di New York, dove aveva la reputazione di uno che va preso con le molle. E non aveva manifestato alcun segno di preoccupazione quel primo giorno all'HRT, in una stanza tra settanta maschi nudi. Web ebbe l'impressione che fosse un uomo che provava gusto a soffrire, che non vedeva l'ora di farsi martoriare dagli istruttori dell'HRT. E in grado di resistere a lungo al dolore. Anche se in quel momento non avrebbe saputo dire se lui stesso sarebbe riuscito a passare la selezione, era più che certo che Paul Romano ce l'avrebbe fatta. Tutti e due erano sempre stati supercompetitivi e Web aveva avuto più di una volta motivo di invidiare il collega, ma di lui aveva anche sempre ammirato abilità e coraggio.

«Volevi parlare» lo sollecitò Romano. «Parla, allora.»

«Kevin Westbrook. Il bambino nel vicolo.»

Romano annuì. «D'accordo.»

«È scomparso.»

«Bella questa!»

«Conosci Bates? Percy Bates?»

«No. Dovrei?»

«Guida l'inchiesta al WFO. Ken McCarthy dice che tu e Mickey Cortez eravate con Kevin. Che cosa sai dirmi?»

«Non molto.»

«Che cosa ha raccontato il bambino?»

«Niente.»

«E voi a chi lo avete mollato?»

«A due tizi in borghese.»

«Sai come si chiamano?»

Paul scosse la testa.

«Ehi, conosci la differenza tra parlare a te e a un muro?»

«No, qual è?»

«Non c'è.»

«Che cosa dovrei dirti, Web? Ho visto il ragazzino, l'ho avuto sotto gli occhi per un po', ma a un certo punto non c'era più.»

«E dici che non ti ha raccontato nulla?»

«Aveva le labbra cucite. Ci ha dato il nome e l'indirizzo. Abbiamo preso nota. Mickey ha cercato di tirargli fuori qualcos'altro, ma non c'è stato verso. Quanto a Cortez, bah, quello non parla nemmeno con i propri figli. Vedi, non sapevamo bene quale ruolo avesse nella faccenda. Arriviamo nei pressi di quel dannato cortile, vediamo il tuo bengala e ci fermiamo. Poi dal buio sbuca questo ragazzino con il tuo berretto e un messaggio. Non sapevo se era con noi o contro di noi e non volevo combinare qualche casino sul piano legale facendogli delle domande che non potevo fargli.»

«D'accordo, da questo punto di vista sei stato in gamba. Ma l'hai mollato a quelli in borghese senza una parola? Questa come la spieghi?»

«Mi hanno mostrato i distintivi, hanno detto che erano venuti per il ragazzino e morta lì. Non è che avessimo l'autorità per rifiutare. L'HRT non fa indagini, Web, noi si va alla carica e basta. Sono quelli in borghese a fare i ficcanaso. E io avevo altro per la testa. Sai che io e Teddy Riner eravamo nei Delta insieme.»

«Lo so, Paulie, lo so. E verso che ora sono saltati fuori questi in borghese?»

Romano ci pensò su. «Non eravamo lì da molto. Era ancora buio. Devono essere state le due e mezzo circa.»

«Una bella dimostrazione di efficienza preparare le scartoffie del caso e spedire qualcuno a prendere quel ragazzino così in fretta.»

«Già, e io che cosa avrei dovuto dire? Ehi, ragazzi, non potete prendere questo marmocchio, siete troppo efficienti, voi due, e all'FBI non si è mai sentita una cosa del genere? Ah, sai che bel colpo per la mia carriera. Sai che gratifica mi sarei guadagnato.»

«Gli agenti in borghese. Me li puoi descrivere?»

«Li ho già descritti agli agenti.»

«Che erano in borghese anche loro. Adesso descrivili a me. Non rischi la vita. Credimi.»

«Come no. Non sono così stupido.»

«Avanti, Paulie, da uomo a uomo. Dalla Hotel Team a quel che resta della Charlie.»

Romano rifletté per qualche istante, poi si schiarì la gola. «Uno era bianco. Un po' più basso di me, magro ma muscoloso. Soddisfatto?»

«No. Capelli?»

«Corti e biondi. È un federale, che cosa ti aspettavi? Credi che J. Edgar girasse con la coda di cavallo?»

«C'è chi sostiene che lo facesse, e vestito da donna. Giovane, vecchio, a metà strada?»

«Trenta e rotti. Indossava la divisa classica dei federali, forse un po' più elegante della media, per la verità. Molto meglio del tuo abito della domenica, London.»

«Occhi?»

«Aveva gli occhiali scuri.»

«Alle due e mezzo di notte?»

«Be', potevano anche essere occhiali da vista con le lenti scure. Non avevo certo intenzione di interrogarlo sulle sue preferenze in fatto di accessori d'abbigliamento.»

«Ti ricordi tutto questo e non ti ricordi come si chiama?»

«Quello mi ha fatto passare il tesserino sotto gli occhi per un istante e io avevo altro per la testa. Ero nel pieno di una battaglia con gente che correva da tutte le parti e sei dei nostri ridotti in poltiglia. Quello era venuto per il bambino e si è preso il bambino. Dal mio punto di vista, era tutto in regola. E con tutta probabilità era anche un mio superiore.»

«Il suo socio?»

«Cioè?»

«Quello che era con lui, l'altro agente in borghese... hai detto che erano in due.»

«Sì.» Ora Romano non sembrava più molto sicuro. Si strofinò gli occhi e bevve un sorso di birra. «Be', la verità è che quello non si è fatto sotto. L'altro me lo ha indicato, ha detto che era il suo socio e morta lì. Stava parlando con dei poliziotti, così lui è rimasto un po' più indietro.»

Web fece una smorfia di scetticismo. «Paulie, questo vuol dire che non sei nemmeno sicuro che quello con cui tu stavi parlando fosse davvero con un collega. È possibile che agisse da solo e che ti abbia semplicemente raccontato una balla. Tutto questo lo hai riferito ai "veri" agenti dell'FBI?»

«Senti, Web, anche tu eri un "vero" agente. Tu sei abituato a sguazzare in questo genere di stronzate. Io ero un Delta. Sono entrato nell'FBI solo per poter passare alle squadre SWAT e da lì all'HRT. È passato un sacco di tempo e ho dimenticato come si fa a giocare al detective. Il mio mestiere è fare la festa agli obiettivi che mi ordinano di andare a liquidare. Niente di più, niente di meno.»

«Be', può darsi che tu abbia fatto la festa anche a un bambino.»

Romano lo fissò con ferocia per qualche secondo, poi si chiuse in se stesso guardando altrove. Forse stava pensando ai propri figli. Web voleva che si sentisse in colpa, perché non si comportasse più in modo così superficiale. «Probabile che sia in qualche discarica, in questo momento. Ha un fratello. Uno stronzetto che si fa chiamare Big F.»

«Sai che novità» grugnì Romano.

«Finora quel bambino non ha fatto una bella vita. Avrai visto il foro da proiettile che ha sulla guancia e non ha più di dieci anni.»

Romano bevve un sorso e si asciugò la bocca. «Sì, certo, intanto sei dei nostri sono morti quando dovrebbero essere vivi e io sono ancora qui a chiedermi come mai non sono sette.» Gli rivolse un'occhiataccia.

«Se ti fa stare meglio, sono in terapia, per cercare di capire che cosa mi è successo.» Era una confessione dolorosa per Web, specialmente di fronte a Romano, e se ne rammaricò immediatamente.

«Oh, sicuro, questo mi fa stare così bene che avrei voglia di mettermi a correre per le strade gridando: "Web va dallo strizzacervelli, il mondo è salvo".»

«Concedimi almeno il beneficio del dubbio, Paulie. Credi che abbia voluto io quello che mi è successo? Credi che abbia voluto stare a guardare la mia squadra ridotta a pezzi? È questo che pensi?»

«Io penso solo che l'unico che può rispondere sei tu» ribatté Romano.

«Mi rendo conto che da fuori non ci faccio una bella figura, ma perché me la vuoi far pagare così cara?»

«Vuoi sapere perché? Lo vuoi sapere davvero?»

«Sì.»

«E va bene. Ho parlato con quel ragazzino, o per meglio dire lui ha parlato con me. E vuoi sapere che cosa ha detto quel ragazzino?»

«Sono tutto orecchie, Paulie.»

«Ha detto che eri così terrorizzato che frignavi come un bebè. Ha detto che lo hai pregato di non raccontarlo a nessuno. Ha detto che non ha mai visto uno farsela sotto come te. Ha detto che hai persino cercato di rifilargli il tuo fucile perché avevi paura a usarlo.»

«Bella gratitudine. E tu hai creduto a queste puttanate?»

Romano bevve un altro sorso. «Be', non la storia del fucile. Non daresti il tuo SR75 a nessuno.»

«Grazie mille, Romano.»

«Ma quel bambino deve pur aver visto qualcosa per venirsene fuori con una storia così. Perché avrebbe dovuto mentire?»

«Non lo so, Paulie, forse perché io sono uno sbirro e a lui non vanno troppo a genio i rappresentanti delle forze dell'ordine. Perché non vai a chiederlo a qualcuno dei tiratori? Ti diranno loro se mi sono messo a piangere oppure a sparare. Ma forse non vuoi credere nemmeno a loro.»

Romano lo ignorò. «Farsela sotto non è poi un fenomeno così raro. Naturalmente io non saprei nemmeno da che parte si comincia.»

«Sei proprio un bastardo.»

Romano posò la birra e si alzò per metà. «Vuoi scoprire fino a che punto?»

Quando sembrava che la scazzottata fosse inevitabile, intervenne Angie, che salutò Web, lo abbracciò con affetto e lo rincuorò con poche parole ma sentite.

«Paulie» disse poi «forse a Web piacerebbe restare per pranzo. Faccio le braciole di maiale.»

«Forse io non ho voglia che Web resti qui a mangiare le tue braciole di maiale, okay?» ringhiò Romano.

Angie lo afferrò per la maglietta costringendolo ad alzarsi. «Scusaci un momento, Web» disse.

Web la guardò trascinare il marito fino al box e dargli una strigliata da scorticarlo vivo. Batteva per terra il piede scalzo e gli agitava la mano davanti agli occhi nella convincente interpretazione di un sergente istruttore che affonda i denti nel culo di una recluta. E Paul Romano, che era capace di uccidere ogni essere vivente, incassò a testa bassa le dure rampogne della sua "mogliettina". Quand'ebbe finito, Angie lo riaccompagnò da Web.

«Avanti, Paulie, chiediglielo.»

«Angie, non c'è bisogno…» cominciò Web.

«Tu sta' zitto» lo interruppe Angie e Web ubbidì. Angie rifilò uno scappellotto sulla nuca a Romano. «Adesso o glielo chiedi o questa notte dormi nel box con quella tua stupida macchina.»

«Vuoi restare per pranzo, Web?» domandò Romano guardando dall'altra parte a braccia conserte.

«A mangiare braciole di maiale» lo incalzò Angie. «E perché non cerchi di dirlo come se la proposta venisse da te, Paulie?»

«Vuoi restare a pranzo a mangiare braciole di maiale, Web?» si corresse Romano in un tono mansueto che Web non gli aveva mai sentito, arrivando addirittura a guardarlo negli occhi mentre gli rivolgeva l'invito. Una vera maga, quella Angie. Nonostante Web fosse tentato di declinare la proposta, di fronte alle sofferenze che stava patendo Romano, come avrebbe potuto dire di no? Giusto per fare un dispetto al collega.

«Grazie, Paulie, accetto volentieri, sei gentile.»

Mentre Angie tornava in casa a cucinare, gli uomini guardarono in aria riprendendo a bere birra.

«Se può farti star meglio, sappi che Angie fa venire la tremarella anche a me, Paulie.»

Romano si girò verso di lui e per la prima volta, almeno da qualche tempo si lasciò scappare un sorriso.

Web abbassò gli occhi. «Immagino che avrai raccontato agli investigatori quello che ti ha detto il ragazzino.»

«No.»

Web rialzò la testa di scatto. Romano stava guardando diritto davanti a sé.

«Perché no?»

«Perché non era vero.»

«Be', grazie.»

«So quando i bambini cacciano un mare di palle, l'ho imparato dai miei due. Ti stavo solo stuzzicando. Dev'essere una brutta abitudine che mi ha preso.»

«Ma io comunque non riesco a credere che ti sia venuto a raccontare una cosa del genere, Paulie. Io gli ho salvato il culo. Gesù, gli è andata bene due volte. È solo grazie a me se non si è buscato un'altra pallottola in testa.»

Romano corrugò la fronte. «Quel bambino non aveva una ferita da proiettile.»

«Ma sì che ce l'aveva, sulla guancia sinistra. E aveva anche un taglio da coltello sulla fronte, lungo come il mio mignolo.»

Romano scosse la testa. «Senti, Web, io ce l'avevo lì davanti a me e forse non ci ho fatto molto caso, ma non mi sarei perso un particolare come quello. So com'è fatta una ferita da pallottola perché ne ho una anch'io. E ho bucherellato abbastanza gente da saperle riconoscere dovunque.»

«Di che colore era la sua pelle?» chiese allora Web.

«Ma che cazzo vuoi adesso? Era nera!»

«Gesù, questo lo so, Paulie! Voglio sapere quanto nera? Nero chiaro o nero scuro?»

«Nero chiaro. Liscia come il sederino di un neonato e senza un segno. Lo giuro davanti a Dio.»

Web colpì il bracciolo. «Maledizione!» Kevin Westbrook, quello che aveva conosciuto lui, aveva la pelle color cioccolato fondente.

Dopo aver pranzato con i Romano, Web andò a trovare Mickey Cortez, che gli raccontò una storia analoga. Non aveva sentito dichiarazioni da parte del bambino. Non conosceva l'agente che l'aveva portato via, ma confermava l'ora in cui era comparso. Nessuna ferita di proiettile sulla guancia del ragazzino.

Allora chi aveva scambiato i bambini? E perché?

11

Fred Watkins scese dalla sua macchina dopo un'altra dura giornata da procuratore. Gli ci voleva ogni giorno un'ora e mezzo per arrivare a Washington dal suo sobborgo nella Virginia settentrionale e più o meno altrettanto per tornare a casa. Novanta minuti per meno di venti chilometri. Scosse la testa mentre ci pensava. E nemmeno aveva finito di lavorare. Nonostante si fosse alzato alle quattro del mattino e avesse già sgobbato per dieci ore, ne aveva almeno altre tre che lo attendevano a casa, nel suo piccolo studio. Una cena frugale e un breve intervallo trascorso con la moglie e i figli adolescenti, dopodiché avrebbe acceso il lume della sessione notturna. Dopo una lunga gavetta come umile procuratore a Richmond, Watkins si era specializzato nei più importanti casi di criminalità organizzata al dipartimento di Giustizia di Washington. Amava il suo lavoro e sentiva di rendere un vero servizio al proprio paese. Era anche ragionevolmente ricompensato per le sue fatiche e, nonostante gli orari alle volte estremi, si considerava soddisfatto della direzione che aveva preso la sua vita. Il figlio maggiore avrebbe cominciato il college l'autunno successivo e di lì a due anni ci sarebbe andato anche il più giovane. Da quel momento in avanti lui e sua moglie avevano in programma di mettersi a viaggiare, per andare a visitare quegli angoli di mondo che fino a quel momento avevano solo sognato sfogliando le riviste specializzate. Watkins aveva anche intenzione di lasciare abbastanza presto il dipartimento per insegnare legge all'Università della Virginia, dove si era laureato. E non era escluso un trasferimento in pianta stabile a Charlottesville, per sottrarsi una volta per tutte alla morsa del traffico da casa fino al posto di lavoro.

Si massaggiò il collo e respirò l'aria fresca di quella bella serata. Bei progetti, almeno lui e sua moglie ne avevano qualcuno. Molti suoi colleghi si rifiutavano categoricamente di pensare al domani, figurarsi di fare piani per gli anni a venire. Ma Watkins era sempre stato un uomo pratico, con i piedi per terra. Così aveva sempre affrontato il suo lavoro da procuratore e così intendeva la vita.

Chiuse lo sportello e si avviò verso casa. Per la via salutò un vicino che stava uscendo in quel momento dal vialetto di casa. Un altro stava arrostendo della carne e gli aromi della sua cena gli riempirono le narici. Gli venne una mezza idea di fare anche lui un barbecue.

Come quasi tutti a Washington, anche Watkins aveva letto dell'imboscata alla Hostage Rescue Team con grande interesse e profonda disperazione. Una volta aveva lavorato con alcuni di loro a un caso e non poteva che ammirare il loro coraggio e la loro professionalità. Erano i migliori, almeno dal suo punto di vista, disposti a fare un lavoro che quasi chiunque altro avrebbe rifiutato. Aveva sempre pensato che la sua fosse una vita difficile prima di toccare con mano quella degli operativi dell'HRT. Era addolorato per i loro familiari e stava persino pensando di informarsi se fosse stato istituito un fondo per aiutarli. Se non c'era, magari se ne sarebbe occupato lui. Un impegno in più da aggiungere a una lista già abbastanza lunga, ma così era la vita.

Non lo vide finché non gli fu addosso, uscendo all'improvviso dai cespugli. Watkins lanciò un grido abbassando la testa. L'uccello lo sfiorò volando via. Sempre la stessa maledetta cinciallegra. Si appostava quasi tutte le sere per tendergli quell'agguato, quasi volesse farlo morire di spavento. «Non ce l'hai fatta neanche oggi» le gridò. «E non ce la farai mai. Sarò io a prendere te prima che tu faccia fuori me.» Ridacchiò e, mentre apriva la porta, udì squillare il suo cellulare. "Che altro c'è?" si domandò. Erano pochi ad avere il suo numero. Sua moglie, naturalmente, ma non era possibile che lo stesse chiamando perché senza dubbio lo aveva visto arrivare. Dunque doveva essere l'ufficio. E se era l'ufficio, significava che era successo qualcosa che gli avrebbe rubato quanto restava della serata e forse lo avrebbe costretto a tornare indietro.

Controllò il display e vide che non appariva il nome di chi chiamava. Pensò per un attimo di non rispondere, ma non era nel suo stile. Poteva essere importante o magari era qualcuno che aveva sbagliato numero. No, niente barbecue oggi, pensò mentre premeva il pulsante che attivava il collegamento.

Trovarono quel che restava di Fred Watkins tra i cespugli del suo vicino dall'altra parte della strada, dov'era stato catapultato dall'esplosione che aveva disintegrato la sua casa. Nell'istante in cui aveva pigiato il pulsante, la minuscola scintilla prodotta dal suo cellulare aveva innescato il gas di cui era satura la sua abitazione, un odore che Watkins non avrebbe potuto sentire aprendo la porta per via del forte aroma della carne grigliata che giungeva da poco lontano. Per puro caso la sua valigetta era intatta, attaccata alla mano di cui erano rimaste solo le ossa. I preziosi documenti che conteneva erano salvi, pronti per essere passati a un altro procuratore. L'autopsia avrebbe stabilito che la moglie e i figli erano già morti asfissiati prima dell'esplosione. Ci vollero quattro ore per spegnere il rogo e prima di allora erano andate distrutte altre due abitazioni. Per fortuna nessun altro era rimasto ferito gravemente. Solo la famiglia Watkins era stata spazzata via. I progetti su come trascorrere gli anni della pensione dopo una vita di duro lavoro furono sepolti con loro. Non fu difficile trovare il cellulare di Watkins, perché gli era rimasto incollato alla mano.

Più o meno nel momento in cui finiva la vita di Fred Watkins, centocinquanta chilometri più a sud, a Richmond, il giudice Louis Leadbetter stava salendo a bordo di un'auto del governo sotto l'occhio vigile di uno sceriffo degli Stati Uniti. Leadbetter era un giudice federale, una posizione che occupava da due anni dopo essere stato promosso da presidente di sezione della Corte di giustizia circondariale di Richmond. Data la sua età relativamente giovane – aveva solo quarantasei anni – e la sua eccezionale abilità, molti nelle alte sfere lo consideravano un probabile candidato alla quarta Corte d'appello e forse persino a giudice della Corte suprema. Negli anni di gavetta, Leadbetter aveva presieduto molti processi di varia complessità, dai più semplici a quelli più coinvolgenti e potenzialmente esplosivi. Alcuni di coloro che aveva condannato lo avevano minacciato di morte. In un caso era scampato per un pelo a una lettera-bomba speditagli da un'organizzazione di fanatici della supremazia bianca che non avevano gradito la sua filosofia secondo cui davanti agli occhi di Dio e della legge tutte le persone sono uguali, a prescindere da fede religiosa e politica o colore della pelle. Lo scampato pericolo aveva comunque indotto le autorità a prendere, per la sua incolumità, alcune misure di sicurezza, che successivamente erano state potenziate in seguito a un altro episodio.

Un uomo che aveva giurato di vendicarsi era evaso di prigione. L'istituto di pena dov'era rinchiuso era molto lontano e le minacce risalivano a molti anni prima, ma saggiamente il pericolo non era stato sottovalutato. Per parte sua Leadbetter desiderava solo condurre la propria esistenza come aveva sempre fatto e non aveva gradito molto le nuove misure di sicurezza, ma, sfuggito alla morte per miracolo già una volta, era abbastanza pratico da rendersi conto che le preoccupazioni per la sua incolumità erano probabilmente legittime. E non aveva voglia di morire di morte violenta per mano di un reietto che meritava solo di marcire in qualche galera: era una soddisfazione che a un uomo così non desiderava dare.

«Notizie di Free?» chiese allo sceriffo.

Che l'evaso si facesse chiamare Free lo aveva sempre irritato. Ernest B. Free. L'iniziale e il cognome erano inventati, naturalmente. Si era fatto cambiare legalmente il nome quando era entrato a far parte di un gruppo paramilitare i cui membri si sceglievano nomi di battaglia. Il gruppo si faceva chiamare infatti Free Society, un ironico paradosso, giacché reagivano con violenza e intolleranza contro chiunque fosse diverso da loro nell'aspetto e nelle convinzioni razziali e politiche. Era il genere di organizzazione di cui l'America avrebbe fatto volentieri a meno, ma era al contempo l'emblema di una schiera di gruppi assai poco popolari, ai quali la Costituzione degli Stati Uniti aveva inteso garantire protezione con il Primo emendamento. Ma non quando uccidevano. No, quando uccidevano no. Nessun pezzo di carta, per quanto consacrato, poteva proteggerti dalle conseguenze di un delitto così grave.

Free e alcuni del suo gruppo avevano fatto irruzione in una scuola, avevano ucciso due insegnanti e ne avevano presi in ostaggio altri insieme a un discreto numero di bambini. Le forze dell'ordine locali avevano circondato l'istituto ed era stata fatta intervenire una squadra SWAT, ma Free e i suoi uomini disponevano di armi automatiche e giubbotti antiproiettile, perciò si era deciso di chiamare da Quantico il reparto federale specializzato nel salvataggio degli ostaggi. Per un attimo era sembrato che si potesse giungere a una soluzione pacifica della crisi, ma poi si era sentito sparare nella scuola ed era entrata in azione l'HRT. Ne era seguito un terribile scontro a fuoco. Leadbetter ricordava ancora molto bene l'angosciante immagine di un bambino riverso al suolo vicino a due delle sue insegnanti. Ernest B. Free, si era alla fine arreso, ferito, dopo che i suoi complici erano stati tutti uccisi.

Si era dibattuto se Free dovesse essere processato in una Corte federale o statale. Si riteneva che fosse stata presa di mira proprio quella scuola per l'opera che svolgeva a favore dell'integrazione e del miglioramento delle relazioni interetniche, ma per quanto fosse nota a tutti la filosofia razzista di Free, Leadbetter riconosceva la difficoltà di discutere in tribunale delle sue presunte intenzioni. Tanto per cominciare le tre persone rimaste uccise, le due insegnanti e il bambino, erano bianchi, perciò sarebbe stato difficile incriminare Free in base allo statuto federale sui crimini razziali. E anche se, almeno sul piano tecnico, lo si sarebbe potuto rinviare a giudizio per aggressione a dei funzionari federali, era sembrato più opportuno scegliere una via meno irta di ostacoli e processarlo in una Corte statale chiedendo la pena di morte per il triplice omicidio. L'esito non era stato quello desiderato.

«No, giudice» rispose lo sceriffo interrompendo le elucubrazioni del giudice. Era ormai da tempo che gli faceva da guardia del corpo e tra i due si era stabilito un buon rapporto. «Se vuole il mio parere, l'intenzione di quell'uomo sarà di espatriare in Messico e da lì in Sudamerica. Laggiù sarà in buona compagnia, non mancano certo i neonazisti della sua risma.»

«Io invece spero che lo prendano e lo riportino dov'era» ribatté Leadbetter.

«Oh, probabilmente lo acciufferanno. Gli si sono messi alle calcagna i federali ed è gente che sa il fatto suo.»

«Io volevo la pena capitale per quel bastardo. È quel che si meritava.» Era uno dei pochi rimpianti che Leadbetter si era portato dentro dopo la promozione. Ma il difensore di Free aveva naturalmente richiesto l'attenuante dell'insanità mentale e si era persino spinto a ipotizzare un presunto lavaggio del cervello subito dagli adepti al suo "culto", come aveva chiamato l'organizzazione a cui il suo assistito apparteneva. Faceva solo il suo mestiere, però il pubblico ministero si era preoccupato del dubbio che poteva aver insinuato nella giuria, ed era stato indotto a patteggiare prima del verdetto. Così, invece di una possibile condanna a morte, Free aveva ottenuto la detenzione in carcere per un minimo di vent'anni con la possibilità, sebbene remota, di uscire un giorno in libertà vigilata. Leadbetter era contrario al patteggiamento, d'altra parte non aveva potuto far altro che sottoscriverlo. Quando, terminato il processo, alcuni giornalisti avevano intervistato i giurati, Free aveva avuto buoni motivi per ridersela di gusto: tutti i giurati avrebbero infatti votato per il carcere e tutti avrebbero proposto la pena capitale. Gli organi d'informazione ci avevano marciato per qualche giorno ridicolizzando il sistema giudiziario. Poi Free era stato trasferito, per varie ragioni, in un carcere di massima sicurezza del Midwest. Era da lì che era evaso.

Leadbetter guardò la borsa che stringeva nella mano. Conteneva, accuratamente ripiegata, una copia dell'amato "New York Times". Era nato a New York e aveva frequentato lì le scuole prima del trasferimento a Richmond. Lo yankee trapiantato era più che contento della sua nuova residenza, ma tutte le sere, quando rincasava, dedicava un'ora esatta alla lettura del "Times". Era un'abitudine alla quale era rimasto fedele per tutti gli anni del suo mandato e non c'era giorno in cui il quotidiano non gli venisse recapitato in tribunale. Rappresentava uno dei pochi momenti di relax che si concedeva.

Mentre usciva dal garage del tribunale, lo sceriffo fu fermato dallo squillo del telefono. «Sì?» rispose. «Certo, signor giudice. Naturalmente, signore, glielo dico subito.» Chiuse la comunicazione e disse: «Era il giudice Mackey. La invita a guardare l'ultima pagina della prima sezione del "Times", se vuole vedere qualcosa di veramente singolare.»

«Ha detto che cosa?»

«No, signore, solo di guardare e di richiamarlo subito.»

Leadbetter diede un'occhiata al giornale, incuriosito. Mackey era un buon amico e aveva interessi intellettuali simili ai suoi. Se Mackey giudicava una cosa degna di nota, probabilmente lo era. Al momento erano fermi a un semaforo rosso ed era un bene perché Leadbetter non era in grado di leggere su un veicolo in movimento senza star male. Estrasse il giornale e, poiché l'abitacolo era troppo buio, accese la luce di cortesia prima di aprire alla pagina che gli era stata segnalata.

«Giudice» si lamentò subito lo sceriffo «le ho detto di non accendere quella luce. La si distingue troppo bene da fuori e...»

Il tintinnio dei vetri gli troncò la frase in gola, insieme alla vista del giudice Louis Leadbetter che si ripiegava in due, con la faccia affondata nel suo prezioso "New York Times" inondando le pagine del proprio sangue.

12

La madre di Kevin Westbrook, venne a sapere Web, era probabilmente morta, anche se nessuno poté confermarglielo. Era scomparsa qualche anno prima. Tossicodipendente che si faceva di metamfetamine e crack, con ogni probabilità si era data la morte con un ago infetto o sniffando polvere tagliata male. L'identità del padre era ignota. Non era per la verità una situazione insolita nel mondo in cui abitava Kevin Westbrook. Web si recò in una zona di Anacostia che persino i poliziotti evitavano, e raggiunse una decrepita costruzione a due piani in mezzo ad altre ugualmente malandate, dove gli era stato riferito che Kevin viveva con uno stuolo di cugini di secondo grado, prozie, presunti zii e quasi cognati. Tutte le persone che aveva interpellato non conoscevano l'ambiente familiare del ragazzino. Sembrava che la zona fosse stata colpita dalle radiazioni di un reattore nucleare guasto. Non vi crescevano né fiori né alberi, l'erba dei praticelli era color giallo itterizia e persino i cani e i gatti randagi sembravano agonizzanti. Tutto, persone, animali e cose, era consunto.

L'abitazione era un immondezzaio. All'esterno il tanfo dei rifiuti marcescenti era insopportabile, ma dentro, nel chiuso delle quattro pareti, il puzzo era ancora più nauseante. Quando varcò la soglia, Web ne fu investito così violentemente da temere di stramazzare sul pavimento. Gesù, avrebbe preferito mille volte il gas dei lacrimogeni al posto di quel veleno fatto in casa.

Le persone sedute davanti a lui non sembravano particolarmente preoccupate della scomparsa di Kevin. Forse era normale che fosse sparito dopo una sparatoria di proporzioni così clamorose. Sul divano c'era un giovane dall'aria truce. «Abbiamo già parlato con gli sbirri» esordì quasi sputando le parole in faccia a Web.

«Un semplice controllo» rispose lui, che preferiva non pensare a che cosa gli avrebbe fatto Bates se avesse saputo che andava a ficcare il naso in giro per conto proprio. Ma siccome gli sembrava di doverlo a Riner e agli altri, aveva deciso di trasgredire ai divieti del Bureau. Ciononostante l'ansia era notevole e si divertiva ad annodargli e snodargli lo stomaco.

«Chiudi la bocca, Jerome» intervenne la donna che gli sedeva accanto, forse sua nonna. Aveva i capelli grigi, grossi occhiali, un petto prorompente e modi sbrigativi. Non si era presentata a Web e lui non aveva insistito per sapere il suo nome, che senza dubbio era negli incartamenti dell'FBI. Era grossa come un pachiderma e dava l'impressione di potersi mangiare Jerome in un boccone senza problemi. Comunque, se era solo per quello avrebbe potuto fare la stessa cosa anche con lui. Aveva chiesto di vedere il suo distintivo e il suo tesserino due volte prima di togliere la catena dalla porta. «Non mi piace lasciare entrare in casa mia persone che non conosco» aveva spiegato. «Poliziotti o no. Questa è una zona pericolosa dalla notte dei tempi. E intendo su entrambi i fronti.» Aveva pronunciato quelle ultime parole con le sopracciglia sollevate e uno sguardo sapiente che era penetrato fin nell'anima di federale di Web.

"Preferirei di sicuro non dover essere qui" avrebbe voluto risponderle Web "specialmente visto che devo trattenere il fiato per non vomitare." Quando si era seduto, aveva notato le larghe fessure tra le assi del pavimento, attraverso le quali si vedeva la dura argilla su cui era costruita la casa. Doveva fare un freddo infernale lì dentro d'inverno, se al momento fuori c'erano diciannove gradi e in casa la temperatura sfiorava lo zero. Non aveva avvertito il rassicurante brontolio di una caldaia e non aveva sentito l'aroma di cibi decenti provenire dall'accogliente cucina di nonna. In un angolo era accatastata una pila di lattine di Diet-Pepsi. Qualcuno teneva alla propria linea. Ma subito di fianco c'era anche una montagna di immondizie costituite da svariate confezioni di McDonald's. Dovevano appartenere a Jerome, aveva pensato. Lui stesso sembrava un Big Mac con contorno di patatine fritte.

«È da molto che abitate qui?»

Jerome si limitò a grugnire mentre la nonna abbassò lo sguardo sulle mani che teneva strette in grembo. «Tre mesi» rispose l'anziana donna. «Nell'altro posto dov'eravamo siamo rimasti per un pezzo. L'avevamo sistemato benino.»

«Ma poi hanno concluso che guadagnavamo troppo per vivere in un posto così bello e ci hanno sbattuti fuori» aggiunse con stizza Jerome. «Fuori a calci.»

«Nessuno ha mai detto che la vita è giusta, Jerome» lo apostrofò lei. Contemplò il suo immondezzaio e trasse un respiro rassegnato che per poco non si portò via tutte le speranze di Web. «Metteremo a posto anche qui dentro.» Ma non sembrava troppo convinta.

«La polizia ha saputo qualcosa della scomparsa di Kevin?»

«Perché non lo chiede a loro?» replicò la nonna. «Perché a noi non vengono a raccontare niente sul povero Kevin.»

«Sono stati loro a perderselo» interloquì Jerome scivolando ancora più in basso nel bozzolo di cuscini flosci e pieni di macchie che pretendevano di essere un divano. Era difficile vedere se c'era ancora un telaio di sostegno. Il soffitto era aperto in tre punti diversi, attraverso i quali si vedeva il piano di sopra, ed era così imbarcato che quasi non avevi bisogno delle scale: sarebbe stato sufficiente appendersi e issarsi. Le pareti erano costellate di muffa nerastra e certamente c'era del piombo nella vernice e amianto intorno alle tubature. C'erano escrementi di topi dappertutto e Web avrebbe scommesso mille dollari che le termiti si erano divorate gran parte del legno della struttura, motivo per il quale pendeva tutta a sinistra, come aveva notato dal marciapiede. Gli ispettori del municipio dovevano aver decretato l'inagibilità di tutta la zona, oppure erano da qualche parte a farsi un caffè ridendosela come matti.

«Avete una foto di Kevin?»

«Certo che ce l'abbiamo, ne abbiamo data una alla polizia» rispose la nonna.

«Ne avete un'altra?»

«Ehi, non penserete di venire qui a portarci via tutto» protestò Jerome.

Web si sporse in avanti in modo da mettere bene in mostra il calcio della pistola. «Solo lo stretto necessario, Jerome. E se non la pianti con quell'atteggiamento, ti porto di peso alla centrale così diamo un'occhiata insieme ai mandati che sono stati spiccati contro di te e con i quali metteremo al fresco le tue chiappette per un bel po'. A meno che tu adesso non mi vieni a dire di non essere mai stato arrestato.»

Jerome abbassò gli occhi. «Merda» borbottò.

«Zitto, Jerome» lo redarguì la nonna. «Chiudi quella boccaccia una volta per tutte.»

"Brava, nonnina" pensò Web.

Lei estrasse un piccolo portafogli e ne sfilò una foto. La porse a Web e quando si allungò verso di lui le sue dita cominciarono a tremare un po' e la voce le si fermò in gola. Ma fu solo un istante. «Questa è la mia ultima fotografia di Kevin. Non la perda, la prego.»

«Ne avrò cura. Gliela restituirò.»

Web guardò la foto. Era Kevin. Almeno il Kevin a cui lui aveva salvato la vita nel vicolo. Dunque il ragazzino affidato a Cortez e Romano era qualcun altro che si era fatto passare per Kevin Westbrook. Uno scambio come quello non poteva non essere stato progettato in anticipo, e contemporaneamente doveva avvenire in un lampo. Ma a quale scopo?

«Ha detto di aver dato una foto di Kevin alla polizia?»

La nonna annuì. «È un bravo ragazzo. Va a scuola, sa, quasi tutti i giorni ci va. Una scuola speciale perché è un bambino davvero speciale» si compiacque di aggiungere.

Da quelle parti andare a scuola era una vera conquista, seconda forse solo al sopravvivere alla notte.

«Sono sicuro che è un bravo ragazzo.» Web girò lo sguardo sul giovane Jerome, con i suoi occhi spiritati e i suoi modi da delinquente in erba. «Anche tu eri un bravo ragazzo, non è vero, Jerome? Erano poliziotti in divisa?»

Jerome si alzò. «Ehi, ci prende per stupidi? Erano dell'FBI, come lei.»

«Siediti, Jerome» disse Web.

«Siediti, Jerome» ordinò la nonna e Jerome si sedette.

Web pensò velocemente. Se il Bureau aveva una foto di Kevin, allora dovevano sapere di avere avuto per le mani il bambino sbagliato, seppure per pochi minuti. O no? Romano non si era assolutamente reso conto che ci fossero due ragazzini. Lo aveva semplicemente descritto come un bambino di colore. E se era l'unico dato ufficiale in possesso dell'FBI? Se il falso Kevin Westbrook era scomparso prima che Bates e gli altri giungessero nel vicolo, allora forse sapevano solo che era scomparso un bambino di colore sui dieci anni che si chiamava Kevin Westbrook e che viveva a un certo indirizzo. Sarebbero andati lì a parlare con i parenti, per farsi un quadro generale, come era infatti successo, per poi proseguire nelle loro indagini. Ma mai avrebbero pensato di chiedere conferma a Romano e Cortez perché non avevano motivo di sospettare lo scambio. E McCarthy aveva dichiarato che i tiratori scelti non avevano visto il vero Kevin quando gli uomini della Charlie gli erano passati accanto. Forse solo lui era consapevole dell'inganno.

Si guardò intorno e per riguardo nei confronti della nonna, o quale che fosse il suo rapporto di parentela con Kevin, cercò di non mostrare troppo chiaramente il suo disgusto. «Kevin viveva proprio qui?» Bates aveva detto che probabilmente voleva stare il più lontano possibile dal suo miserabile ambiente domestico e che questo spiegava come mai si trovasse tutto solo nel cuore della notte in giro per le strade invece che a casa nel suo letto. La situazione che Web aveva davanti agli occhi non era sicuramente delle più allettanti, ma probabilmente nemmeno peggio di tante altre di quel quartiere. C'erano povertà e criminalità ovunque e i segni che si lasciavano dietro non erano piacevoli. Tuttavia la nonna sembrava solida come una roccia. Una brava persona, che dava l'impressione di provare affetto sincero per Kevin. Perché evitarla?

L'anziana donna scambiò un'occhiata con Jerome. «Quasi sempre» rispose poi.

«E quando non sta qui?»

Nessuno dei due parlò. Web guardò la vecchia abbassare gli occhi sul grembo florido e Jerome chiuderli e dondolare la testa, come se stesse ascoltando musica a ritmo sostenuto.

«Mi risulta che Kevin abbia un fratello. Sta da lui qualche volta?»

Jerome riaprì gli occhi di scatto e la nonna smise di contemplarsi il ventre. Dall'espressione di entrambi sembrava che Web li stesse minacciando con una pistola obbligandoli a chiedere l'assoluzione per i loro peccati.

«Non lo conosco, non l'ho mai visto» sbottò l'anziana donna mettendosi a dondolare anche lei come spinta da un dolore improvviso. Tutt'a un tratto non aveva più l'aria di "potersi mangiare" qualcuno e sembrava piuttosto una vecchia spaventata a morte.

Quando Web si girò verso Jerome, il giovane saltò in piedi e scomparve senza dargli il tempo di reagire. Web sentì la porta d'ingresso aprirsi e quindi richiudersi con un tonfo seguito dallo scalpiccio di piedi in corsa.

Guardò la nonna.

«Nemmeno Jerome lo conosce» dichiarò lei.

13

La mattina della cerimonia commemorativa ufficiale, Web si
alzò di buonora, fece la doccia e la barba e indossò il suo abito
migliore. Era venuto il momento di piangere e onorare for-
malmente la memoria di tutti i suoi amici e l'unica cosa che
avrebbe desiderato era darsela a gambe.

Non aveva discusso con Bates di quanto aveva saputo da
Romano e Cortez né gli aveva riferito della sua visita ai parenti di Kevin. Non sapeva bene nemmeno lui perché avesse taciuto, se non perché era un momento della sua vita in cui si
sentiva poco propenso a fidarsi del prossimo e perché si attendeva una dura reazione per aver interferito. A lui Bates aveva
detto che il bambino era Kevin Westbrook, dunque o gli si era
presentato con quel nome o, se si era dileguato prima del suo
arrivo, Bates riportava solo quanto aveva saputo da Romano e
Cortez.

Doveva scoprire com'erano andate in realtà le cose. Se Bates
aveva visto il bambino sbagliato, allora quando aveva preso la
foto di Kevin dalla nonna, aveva scoperto che ne esisteva anche un altro.

Web aveva consegnato al bambino con la ferita sulla guancia un messaggio da portare ai suoi compagni dell'HRT. Quel
bambino gli aveva detto di chiamarsi Kevin. Il messaggio era
stato recapitato ai destinatari, ma a quanto sembrava non dallo stesso bambino a cui Web lo aveva affidato. Se ne deduceva
che fra il momento in cui aveva dato il biglietto al bambino
che aveva detto di chiamarsi Kevin e quello in cui il biglietto
era stato consegnato era avvenuto uno scambio. Poteva essere

accaduto solo nel tratto di vicolo tra il punto in cui si trovava Web e la prima linea del reparto dell'HRT che stava accorrendo. Erano solo pochi metri, eppure che ci fosse stata la sostituzione era un dato di fatto, dunque dovevano esserci altre persone nascoste nei paraggi in attesa che venisse effettuato lo scambio e forse di altro ancora.

Era stato previsto che Kevin percorresse quel vicolo? Lavorava per Big F, suo fratello? Aveva avuto l'incarico di controllare se c'erano superstiti e ne aveva trovato inaspettatamente uno? E la presenza di Web ancora vivo aveva scombussolato i piani di qualcuno? Quali piani, di grazia? E perché far scomparire un bambino e farne comparire un altro? E perché il falso Kevin aveva mentito dandogli del vigliacco? E chi era l'agente in borghese che aveva portato via il sostituto? Bates era stato alquanto laconico sulla questione del ragazzino scomparso. L'agente con cui aveva parlato Romano era dell'FBI? Altrimenti come avrebbe potuto un impostore presentarsi con tanta faccia tosta a dei presunti colleghi riuscendo a ingannarli tanto bene da indurre Romano e Cortez a consegnargli un altro impostore? Era tutto molto confuso e Web era così pieno di dubbi da sentirsi meno che mai propenso a rivolgersi a Bates per cercare risposte o per confrontare informazioni.

Parcheggiò la Mach One il più vicino possibile alla chiesa. C'erano già molte altre automobili e i posti erano relativamente pochi. Il tempio era un severo monolite di pietra costruito sul finire del XIX secolo, quando il primo comandamento architettonico era: "Il tuo luogo di fede avrà più torri, balaustrate, colonne ioniche, frontoni, archi, timpani, portali, finestre e sobri bassorilievi ornamentali di quello del tuo vicino".

Quello era il luogo sacro dove presidenti, giudici della Corte suprema, membri del Congresso, ambasciatori e dignitari di vario grado si recavano per pregare, salmodiare e, molto raramente, confessarsi. Spesso le personalità politiche venivano fotografate mentre salivano o scendevano l'ampia scalinata, con la Bibbia in mano e l'espressione da timorati di Dio. Nonostante la separazione tra Chiesa e Stato, Web era convinto che agli elettori piacesse vedere qualche segno di devozione religiosa nei loro candidati. Non era mai accaduto che dei membri dell'HRT si recassero in quella chiesa, ma i politici avevano bisogno di un palcoscenico di un certo livello per pronunciare le loro parole di cordoglio e il tempietto di Quantico, quello che avevano invece frequentato abitualmente gli uomini della Charlie Team, non era all'altezza.

Il cielo era limpido, il sole caldo e il venticello rinfrescante. Era un pomeriggio troppo bello per una cerimonia così deprimente, ma Web non poté che salire i gradini davanti alla chiesa, riconoscendo in ogni tacchettio sulla pietra l'eco degli scatti del tamburo di una pistola, proiettile dopo proiettile, ciascuno carico del suo potere mortale. Erano analogie e violenze radicate nella sua stessa esistenza. Laddove altri vedevano speranza, Web scorgeva solo le piaghe di un'umanità degenerata. C'era poco da meravigliarsi se nessuno lo invitava mai alle feste, data la sua visione del mondo. C'erano agenti dei servizi segreti dappertutto, con le loro fondine ascellari, l'espressione da pokeristi e i fili delle ricetrasmittenti dietro l'orecchio. Prima di entrare, Web passò attraverso un metaldetector. Mostrò pistola e tesserino, dichiarando agli uomini dei servizi segreti che si sarebbe separato dalla sua pistola solo da morto.

Appena aprì la porta andò quasi a sbattere sulle schiene dell'ultima fila di una folla che non si capiva come fosse riuscita a stiparsi nella chiesa. Scelse la vecchia tattica di mostrare il suo distintivo e il mare si aprì per lasciarlo passare. Da un angolo un'équipe televisiva riprendeva la cerimonia. Chi era l'idiota che aveva dato l'autorizzazione? E di chi di preciso era stata l'idea di invitare mezzo mondo a una commemorazione che sarebbe dovuta essere privata? Era così che i sopravvissuti ricordavano i loro defunti? In un circo?

Con l'aiuto di alcuni colleghi Web riuscì a sistemarsi su una delle panche e da lì si guardò intorno. Le famiglie erano nelle prime due file, separate dalle altre con dei cordoni. A capo chino, Web recitò una preghiera per ciascuno dei compagni uccisi, soffermandosi più a lungo su Teddy Riner, che era stato il suo mentore, un uomo di prim'ordine, padre meraviglioso, persona straordinaria da ogni punto di vista. Gli scesero due lacrime quando considerò quanto aveva perso in realtà in quei pochi secondi di inferno. Tuttavia, quando rialzò la testa e guardò i familiari degli agenti scomparsi, si rese anche conto di aver perso molto meno di loro.

I più piccoli cominciavano solo adesso a prendere coscienza dell'accaduto e Web ebbe il cuore lacerato dai loro pianti. La commozione si diffuse tra il pubblico durante le vane chiacchiere dispensate dal pulpito, sia che fossero i soliti luoghi comuni sulla difficoltà della lotta al crimine sciorinati dai politici o i sermoni dei predicatori che non avevano mai conosciuto nessuno degli uomini di cui tessevano le lodi.

"Hanno combattuto la battaglia giusta" avrebbe voluto dichiarare Web a tutti i presenti. "Sono morti proteggendo noi. Non dimenticatelo mai, perché sono stati tutti indimenticabili, ciascuno a modo suo. Fine dell'elogio funebre. Amen. Andiamo a berci su."

Terminata finalmente la funzione, la congrega emise un collettivo sospiro di sollievo. Mentre usciva, Web parlò con Debbie Riner e fece le condoglianze a Cynde Plummer e Carol Garcia. Scambiò anche qualche battuta e qualche abbraccio con alcuni degli altri familiari. Si chinò a parlare ai bambini più piccoli, e nell'abbracciare quei piccoli corpi tremanti visse alcuni dei momenti più difficili della sua vita, sempre sul punto di scoppiare anche lui in singhiozzi, commosso da quel semplice contatto fisico. Piangere non gli era mai stato facile e nonostante questo in quell'ultima settimana aveva versato più lacrime che in tutta la vita. Ma la vista di quei bambini gli spezzava il cuore.

Qualcuno gli toccò la spalla. Si alzò e si girò, convinto di trovarsi a tu per tu con un'altra moglie sconvolta dal dolore. La donna che lo stava fissando, viceversa, non sembrava aver bisogno di conforto.

Julie Patterson era la vedova di Lou Patterson: aveva quattro figli ed era incinta del quinto quando aveva saputo di essere rimasta vedova. Aveva perso il bambino tre ore dopo aver avuto la notizia della morte del marito. Dall'aspetto vitreo dei suoi occhi Web capì subito che era drogata e poté solo sperare che fossero farmaci prescrittile dal dottore. Ma sentiva odore di alcolici. Pillole e alcol non costituivano l'abbinamento più opportuno in un giorno come quello. Di tutte le mogli, Julie era quella che Web conosceva meno, perché Lou Patterson gli voleva bene come a un fratello e Web aveva intuito subito che Julie era gelosa del loro rapporto così stretto.

«Credi davvero che questo sia il tuo posto, Web?» lo apostrofò. Vacillava sui tacchi, e non riusciva a metterlo bene a fuoco. Aveva la voce impastata, e la sua lingua si muoveva per formare una parola prima ancora di aver completato quella precedente. Aveva gli occhi e le guance gonfi, la pelle chiazzata di rosso. Non aveva tenuto in grembo l'ultimo bimbo abbastanza a lungo perché le si gonfiasse il ventre e quella tragedia nella tragedia aveva reso più tagliente l'asprezza dei suoi sentimenti. Sarebbe dovuta restare a casa, a letto.

«Julie» le rispose «andiamo fuori dove c'è un po' d'aria. Vieni, lascia che ti aiuti.»

«Stammi lontano!» urlò Julie richiamando l'attenzione delle persone presenti. Se ne accorsero anche quelli della TV e operatore e reporter si mossero simultaneamente, richiamati da un probabile risvolto piccante da aggiungere al loro servizio. L'obiettivo inquadrò Web, mentre il reporter partiva alla carica.

«Andiamo fuori, Julie» ripeté a bassa voce Web. Le posò una mano sulla spalla.

«Io non vado da nessuna parte con te, bastardo!» Julie allontanò la sua mano strappandogli un mugolio di dolore perché era quella ferita. Le unghie di lei gli si erano conficcate nella carne strappandogli via qualche punto e facendolo sanguinare.

«Che cosa c'è, ti fa male la manina, lurido cacasotto? Tu, con quella faccia da Frankenstein! Non so come faccia tua madre a sopportare la tua vista!»

Cynde e Debbie cercarono di parlarle, consolarla, ma Julie le respinse e si avvicinò di nuovo a Web. «Ti sei paralizzato prima che cominciasse la sparatoria e non sai perché, è così? E poi sei caduto per terra? E noi dovremmo berci queste stronzate!» Il suo alito puzzava talmente di alcol che Web dovette chiudere gli occhi per un momento, ma fu un errore, perché si sentì in equilibrio ancora più precario.

«Vigliacco. Li hai lasciati morire! Quanto ti hanno dato? Quanto ti ha fruttato il sangue di Lou, maledetto!»

«Signora Patterson…» Era Percy Bates, apparso in quel momento. «Julie» riprese nel tono più calmo del mondo «andiamo alla tua macchina prima che il traffico aumenti. Ci ho già portato i ragazzi.»

A sentir parlare dei figli, Julie ebbe un tremito. «Quanti sono?» Bates parve confuso. «Quanti bambini?» chiese Julie di nuovo. Si posò una mano sull'addome e il vestito nero le si bagnò di lacrime. Poi il suo sguardo si alzò di nuovo su Web e le sue labbra si contrassero in una smorfia. «Cinque, avrei dovuto averne. Avevo cinque figli e un marito. Ora ho quattro figli e Lou non c'è più. Il mio Lou non c'è più. E se n'è andato anche il mio bambino, maledetto! Maledetto!» Stava alzando di nuovo la voce, mentre compiva inconsulti movimenti rotatori con la mano sul ventre, come se stesse sfregando una lampada magica e forse esprimendo il desiderio che tornassero a lei il marito e il bimbo mai nato. E la telecamera non si perdeva un solo istante, mentre il giornalista prendeva furiosamente nota di tutto.

«Mi dispiace, Julie. Ho fatto tutto quello che potevo» disse Web.

Julie smise di massaggiarsi la pancia e gli sputò in faccia. «Questo è per Lou.» Sputò di nuovo. «Questo è per il mio bambino. Vai all'inferno. Vattene all'inferno, Web London.» Poi lo schiaffeggiò, colpendolo sul lato sfigurato e quasi cadendo all'indietro per l'impeto del gesto. «E questo è per me, carogna! Tu... tu... orrore ambulante!»

A quel punto, esaurita ogni energia, si lasciò andare tra le braccia di Bates, che la sorresse impedendole di accasciarsi a terra. La trasportarono fuori e le persone che avevano assistito alla scena si allontanarono separandosi in gruppetti e mettendosi a commentare l'accaduto; furono molti quelli che si accomiatarono con occhiatacce di rimprovero all'indirizzo di Web.

Lui non si mosse. Non si era nemmeno pulito la faccia dagli sputi di Julie. Era rosso sulla guancia dov'era stato schiaffeggiato. Gli avevano appena dato del mostro, del vigliacco e del traditore. Tanto valeva che Julie gli avesse staccato la testa dal collo. Avrebbe picchiato a morte qualsiasi uomo che si fosse azzardato a rivolgersi a lui con quel tono, ma considerato che gli insulti erano usciti dalla bocca di una madre e moglie colpita da un così grave lutto li doveva accettare; ebbe quasi voglia di togliersi la vita. Nessuna delle accuse che Julie gli aveva rivolto era giustificata, ma in che modo confutarle?

«Lei è Web, vero?» gli domandò in quel momento il reporter che lo aveva raggiunto. «Web London? Senta, so che questo è un momento molto inopportuno, ma è la legge dell'informazione. È disposto a parlare con noi?» Web tacque. «Guardi che non ci mettiamo più di un minuto» insisté il reporter. «Solo qualche domanda.»

«No» disse Web cercando di allontanarsi. Fino a quel momento non era nemmeno sicuro di poter camminare.

«Senta, parleremo anche con la signora. Non vorrà che il pubblico conosca soltanto la sua versione. Le sto dando la possibilità di un contraddittorio. Quel che è giusto è giusto.»

Web lo afferrò per un braccio. «Qui non ci sono "contraddittori". E lasci in pace quella donna. Ne ha avuto abbastanza per il resto dei suoi giorni. La lasci stare. Stia alla larga da lei! Mi ha capito?»

«Faccio solo il mio lavoro.» Il giornalista si staccò con delicatezza la mano di Web dal braccio. Guardò il suo operatore. "Eccellente" fu il messaggio che i due si scambiarono con gli occhi.

Web uscì e si lasciò in fretta alle spalle la chiesa dei ricchi e famosi. In macchina, si strappò via la cravatta e controllò se aveva denaro contante nel portafogli. Si fermò a una rivendita di alcolici nel District e acquistò due bottiglie di vino economico e una confezione da sei di Negra Modelo.

A casa, sbarrò tutte le porte e chiuse gli scuri delle finestre.

Andò in bagno, accese la luce e si guardò allo specchio. La pelle sul lato destro del viso era leggermente abbronzata, relativamente liscia, con i pochi peli che la lama del suo rasoio aveva mancato. Una fetta di pelle più che passabile. "Fetta di pelle." Era così che analizzava la situazione ora. Erano lontani i giorni in cui gli facevano i complimenti per il suo bell'aspetto. Julie Patterson invece non aveva avuto difficoltà a trovare definizioni per la sua deformità. "Ma... Frankenstein? Questa è nuova, Julie." Avendo avuto il tempo di riflettere, adesso si sentiva meno comprensivo nei confronti di quella donna. "Avresti perso il tuo Lou molto tempo fa se Frankenstein non avesse fatto quello che ha fatto rimettendoci mezza faccia. Te lo sei scordato? Io no, Julie. Io la vedo tutti i giorni."

Girò la testa per vedere nello specchio il lato sinistro del viso. Niente peli sfuggiti al rasoio da quella parte. E la pelle non si abbronzava mai come l'altra guancia. I medici l'avevano avvisato. E sembrava che non fosse sufficiente, tesa com'era a coprirgli il volto. Certe volte, quando aveva voglia di ridere di gusto o anche solo di sorridere, doveva rinunciarci perché quel lato della sua faccia non collaborava, come se volesse dirgli: "Ehi, tu, guarda come mi hai ridotto!". E il danno gli era arrivato fino ai limiti dell'orbita, che ora risultava spostata verso la tempia. Prima degli interventi lo squilibrio tra i due lati del suo volto era più marcato. Adesso era molto meglio, ma il suo aspetto sarebbe stato per sempre asimmetrico.

Sotto la cute trapiantata c'erano pezzi di plastica e di metallo, che avevano sostituito le ossa distrutte. Il titanio che aveva nella faccia attivava i metal detector degli aeroporti. "Niente paura, ragazzi, è solo l'AK-47 che mi sono ficcato nel culo."

Era stato sottoposto a numerosi interventi chirurgici per ottenere il risultato attuale. I medici avevano fatto un buon lavoro, ma era rimasto comunque sfigurato. Alla fine lo avevano congedato assicurandogli di aver dato fondo a tutte le loro risorse professionali e persino al loro arsenale di miracoli medici, e augurandogli ogni bene. Adattarsi era stato più difficile di quanto avesse previsto e ancora oggi non si sentiva di affermare di esserne veramente fuori. Non era il genere di problema che alla lunga uno riesce a superare, dato che te lo ritrovavi davanti agli occhi tutte le mattine nello specchio.

Inclinò la testa un po' di più, si abbassò il colletto e scoprì la vecchia ferita di proiettile alla base del collo. Era stato colpito appena sopra la protezione corazzata ed era stato un miracolo che la pallottola non gli avesse leso nessuna delle arterie vitali o la colonna vertebrale. La ferita somigliava a una bruciatura di sigaretta, una circostanza sulla quale aveva scherzato mentre era in ospedale, con due squarci nel corpo e mezza faccia spappolata. E tutti avevano riso con lui, in un'atmosfera di palese nervosismo, che era impossibile nascondere. Tutti erano ragionevolmente ottimisti sul suo recupero, e anche lui lo era, ma nessuno poteva immaginare l'incubo fisico ed emotivo che serpeggiava sotto quelle bende. I chirurghi plastici gli avevano proposto di coprire le ferite, ma aveva rifiutato. Ne aveva abbastanza di farsi rubare lembi di pelle da una parte del corpo per farseli incollare da qualche altra.

Si toccò il petto dove c'era l'altra "bruciatura da sigaretta" in tutto il suo estetico splendore. Il proiettile gli era entrato davanti e uscito da una spalla, riuscendo chissà come a evitare in entrambi i casi il suo giubbotto di Kevlar e conservando tuttavia abbastanza slancio da staccare di netto la testa al tizio che alle sue spalle si apprestava a spaccargli il cranio con un macete. Chi avrebbe potuto sostenere che non era fortunato? Web sorrise alla propria immagine nello specchio. "Fortunato come un cane in chiesa" disse a se stesso.

All'HRT gli avevano sempre tributato il massimo rispetto per l'eroismo dimostrato in quella circostanza, alla scuola di Richmond dove gli adepti della Free Society avevano preso in ostaggio i bambini. Era da poco che era passato dai tiratori scelti agli assaltatori e non si era ancora ambientato del tutto, ma era ansioso di dimostrare il suo valore in prima linea. Quando uno dei sequestratori aveva lanciato un ordigno rudimentale, Lou Patterson sarebbe stato investito in pieno dall'esplosione se Web non lo avesse spinto via saltandogli addosso. Così la vampata gli aveva incenerito il lato sinistro della faccia, scaraventandolo per terra e sciogliendogli lo scudo protettivo sulla pelle. Se lo era strappato via, insieme con una buona fetta di connotati, e aveva continuato a combattere, sopportando il terribile dolore solo grazie all'adrenalina.

I sequestratori avevano aperto il fuoco e Web era stato colpito una volta al petto e una seconda al collo. Molti innocenti avrebbero perso la vita se non fosse stato per quello che Web aveva fatto *dopo* il ferimento. Invece di indebolirlo, sembrava che i proiettili lo avessero caricato di rinnovata energia, a vedere come aveva combattuto, come aveva spazzato via coloro che stavano cercando di uccidere lui e la sua squadra! Aveva trascinato in salvo alcuni compagni feriti, tra i quali anche Louis Patterson, che era stato colpito al braccio poco dopo che Web gli aveva fatto da scudo al momento dell'esplosione. Ciò che aveva fatto quella sera superava di gran lunga la sua ultima impresa perché a Richmond era gravemente ferito, non solo sbucciato sul dorso di una mano. Per i veterani e le reclute dell'HRT Web era una leggenda. E in una struttura altamente competitiva costituita da maschi dominanti non c'era miglior modo per conquistarsi un posto al sole se non con il coraggio e l'efficienza dimostrati in battaglia. A lui tutto questo era costato la sua vanità e gran parte del sangue che aveva in corpo.

Non ricordava più il dolore, ma quando era caduto l'ultimo sequestratore ed era stata sparata l'ultima cartuccia, anche lui si era accasciato al suolo. Si era toccato la ferita al volto e sentiva il sangue che gli sgorgava dagli altri due squarci, così aveva capito che era giunto il suo momento. Sull'ambulanza era entrato in stato di choc e quando era arrivato al Medical College il suo cardiogramma era quasi piatto. Nessuno si era mai spiegato come fosse rimasto in vita. Lui stesso, agnostico da sempre, aveva cominciato a porsi domande su concetti nuovi, come Dio, per esempio.

La convalescenza era stata l'esperienza più dolorosa della sua vita. Eroe o no, non c'era alcuna garanzia che potesse rientrare nell'HRT. Se non fosse più stato completamente autosufficiente, non lo avrebbero reintegrato, così era stabilito, e lui stesso non avrebbe voluto che fosse altrimenti. Quanti pesi aveva sollevato, quanti chilometri aveva corso, quanti muri aveva scalato, quanti salti dagli elicotteri e quante cartucce aveva sparato? Fortunatamente le ferite al volto non gli avevano pregiudicato né la vista, né la mira. Erano elementi altamente discriminanti, che gli avrebbero chiuso le porte dell'HRT. Ma era stato l'aspetto psicologico quello più problematico. Come si sarebbe comportato in azione? In un momento di difficoltà c'era il rischio che si bloccasse mettendo a repentaglio l'incolumità dei compagni? No, non gli era mai successo, almeno fino a quando non aveva messo piede in quel dannato cortile. Aveva riacquistato la propria integrità al cento per cento. Gli ci era voluto quasi un anno, ma nessuno poteva affermare che non meritasse di rientrare a pieno titolo. Adesso che cosa avrebbero detto? Sarebbe stato reintegrato di nuovo? E questa volta il problema non era fisico, era nella sua testa, e per questo cento volte più terrificante.

Chiuse il pugno e lo batté sullo specchio, schiantandolo e aprendo una crepa nel muro retrostante. «Io non li ho lasciati morire, Julie» disse ai cocci dello specchio. Si guardò la mano. Non sanguinava neppure. Sempre fortunato, vero? Aprì l'armadietto dei medicinali e prese un flacone di pillole tutte diverse l'una dall'altra. Le aveva collezionate a poco a poco da fonti diverse, alcune ufficiali, altre no. Se ne serviva ogni tanto per dormire. Ma faceva attenzione, perché mentre gli ricostruivano la faccia era quasi diventato dipendente da certi antidolorifici.

Spense la luce e Frankenstein svanì. Tutti sanno che i mostri si sentono più a loro agio al buio.

Tornò dabbasso, dispose con cura le bottiglie e vi si sedette in mezzo come un generale con i suoi aiutanti di campo mentre preparano il piano di battaglia. Non ne aprì nemmeno una. Il telefono cominciò a squillare ma lui non rispose. Bussarono ripetutamente alla sua porta e non si alzò. Rimase seduto a fissare il muro fino a tarda notte. Cercò tra le pillole e scelse una capsula, la contemplò e la mise di nuovo nel flacone. Si appoggiò a una poltrona e chiuse gli occhi. Alle quattro di notte si addormentò sul pavimento. Ancora non si era lavato la faccia.

14

Sette del mattino. Web lo sapeva perché l'orologio sulla mensola del caminetto stava suonando quando si rialzò completamente intorpidito dal pavimento. Si massaggiò schiena e collo. Mentre si metteva a sedere, colpì con un piede una delle bottiglie di vino, che cadde crepandosi e versando qualche goccia di Chianti. Web gettò via la bottiglia e pulì il vino versato con qualche tovagliolo di carta. Il vino gli macchiò le mani e per qualche istante la sua mente ottenebrata pensò che qualcuno gli avesse sparato mentre dormiva.

Un rumore all'esterno, davanti alla finestra sul retro, lo fece correre di sopra a prendere la pistola. Andò alla porta d'ingresso con l'intenzione di girare intorno alla casa e cogliere di sorpresa l'intruso. Forse era solo un cane randagio o uno scoiattolo, ma ne dubitava. Piedi umani che tentano di muoversi in silenzio producono un suono particolare, se l'orecchio è esercitato a riconoscerlo. E quello di Web lo era.

Quando aprì la porta, ci mancò poco che non estraesse la pistola e facesse fuoco d'istinto contro la muraglia di gente che si trovò davanti. Gli schiamazzi dei reporter che agitavano microfoni, penne e taccuini suonarono alle sue orecchie come una cacofonia senza senso. Gli gridavano di girarsi da questa o quella parte, per poterlo fotografare o filmare come se fosse una celebrità o, per meglio dire, un fenomeno da baraccone. Web guardò oltre la folla, nella via, dove erano parcheggiati i veicoli delle emittenti con le loro antenne. I due agenti dell'FBI assegnati alla sorveglianza di casa sua non avevano modo di arginare una calca come quella.

«Che cosa diavolo volete?» urlò Web.

Si fece largo una donna in completo beige di lino, con i capelli biondi scolpiti, e piantò i tacchi sul gradino di mattoni davanti a casa sua, a pochi centimetri da lui. L'aroma penetrante del suo profumo rivoltò lo stomaco vuoto di Web. «È vero che ha dichiarato di essere caduto a terra un attimo prima che gli uomini della sua squadra fossero uccisi, ma non sa spiegarsene la ragione?» domandò lei. «E che è grazie a questo che è sopravvissuto?» Il movimento delle sue sopracciglia chiarì senza possibilità di equivoco che cosa pensava di quella storia assurda.

«Io...»

Sbucò un altro reporter che quasi gli infilò il microfono in bocca. «È stato detto che lei non ha fatto fuoco con le sue armi, che la sparatoria è cessata per conto proprio e che lei non si è mai trovato veramente in pericolo. Che cos'ha da rispondere?»

Le domande gli piombavano addosso a raffica dalla moltitudine che lo assediava sempre più da vicino. «È vero che quando era al Washington Field Office fu messo per un periodo sotto sorveglianza per aver infranto il regolamento sull'uso delle armi da fuoco in seguito al ferimento di un indiziato?»

«Che cosa diavolo c'entra questo...»

Un'altra donna spostò il collega con una gomitata. «Secondo una fonte autorevole il ragazzo che lei avrebbe salvato era in realtà un complice dei criminali.»

Web la fissò. «Un complice di quali criminali?»

La donna lo guardò fisso. «Speravo che a questa domanda rispondesse lei.»

Web sbatté la porta, corse in cucina, prese le chiavi del Suburban e uscì dal retro. Cercò di farsi largo fra la folla e invitò con lo sguardo i colleghi a dargli una mano. Gli agenti accorsero e presero a tirare e spingere, ma Web ebbe la netta sensazione che non ce la mettessero tutta e non gli sfuggì il fatto che evitassero di incrociare il suo sguardo. "Dunque siamo arrivati a questo" pensò.

Si ritrovò bloccato dalle persone che si accalcavano intorno a lui e fu quasi costretto a tornare indietro.

«Toglietevi di mezzo!» gridò. Si guardò intorno. Tutti i vicini di casa erano usciti ad assistere alla scena. Uomini, donne e bambini che erano suoi amici o almeno conoscenti seguivano lo spettacolo con gli occhi sgranati e la bocca spalancata.

«Ha intenzione di rispondere alle accuse della signora Patterson?»

Web riconobbe il reporter che aveva cercato di intervistarlo alla funzione funebre.

«Allora?» lo esortò il giornalista in tono aggressivo.

«Non sapevo che Julie Patterson avesse l'autorità di formulare accuse» rispose Web.

«Ha dichiarato senza mezzi termini che lei ha agito da vigliacco o che era in qualche modo coinvolto nell'agguato. Che si è fatto pagare.»

«Non sapeva che cosa stava dicendo. Ha appena perso il marito e un figlio.»

«Dunque lei sta dicendo che le accuse sono false?» insisté il reporter avvicinandogli di più il microfono. Qualcuno lo spinse da dietro e il microfono lo colpì involontariamente alla bocca facendola sanguinare. Il pugno di Web partì di scatto e un istante dopo il giornalista era per terra a tenersi il naso con una mano. Ma non sembrava per niente indignato. Strillava anzi ai suoi operatori: «L'avete ripreso? L'avete ripreso?».

La folla lo accerchiò, stringendosi addosso. I flash delle macchine fotografiche lo accecavano tra il ronzio delle telecamere e il chiasso di voci concitate. Sballottato da tanta gente, rimase con i piedi impigliati in un cavo e cadde. Gli furono subito addosso, ma Web fu svelto a rialzarsi. La situazione stava precipitando. Sentì la fitta di un pugno che lo colpiva alla schiena. Quando si girò, riconobbe un suo vicino di casa che lo aveva sempre avuto in antipatia. Prima che potesse reagire, l'uomo fuggì. Gli fu allora chiaro che la folla che lo accerchiava non era costituita solo da giornalisti affamati di premi Pulitzer. Quelli erano lì per linciarlo.

«Statemi alla larga!» urlò Web. Poi si rivolse ai due agenti: «Volete rendervi utili o no?».

«Qualcuno chiami la polizia!» esclamò la bionda profumata puntandogli l'indice contro. «Ha appena aggredito quel poveretto, l'abbiamo visto tutti.» Si chinò per aiutare il collega, mentre dalle tasche venivano estratti i cellulari.

Di fronte a un simile caos, Web decise che ne aveva abbastanza. Estrasse la pistola. Gli agenti dell'FBI se ne accorsero e la cosa risvegliò subito il loro interesse. Web puntò la pistola in aria e sparò quattro colpi di fila. Immediatamente il cerchio di persone che fino a poco prima lo stringeva in una morsa cominciò ad allentarsi. Alcuni caddero per terra strillando, implorandolo di non sparare, perché stavano solo facendo il loro lavoro, per quanto spiacevole. La bionda profumata abbandonò il reporter lasciandolo ricadere a terra e se la diede a gambe. I tacchi alti affondarono nell'erba soffice e lei fu catapultata fuori dalle scarpe, offrendo a Web, se lo avesse voluto, il facile bersaglio di un voluminoso sedere. Intanto il reporter con il naso sanguinante strisciava nell'erba gridando: «Hai ripreso tutto? Dannazione, Seymour, stai riprendendo tutto?». I vicini presero in braccio i bambini più piccoli e corsero a rifugiarsi in casa. Web ripose la pistola e andò al Suburban. Quando gli agenti federali gli si avvicinarono, si limitò a dire: «Non pensateci nemmeno». Salì sul furgone e avviò il motore. Abbassò il finestrino. «Grazie per l'assistenza» disse ai colleghi prima di partire.

15

«Ti ha dato di volta il cervello?» lo aggredì Buck Winters. Web era fermo vicino alla porta della piccola sala riunioni al Washington Field Office. Di fianco a lui c'era Percy Bates. «Tirar fuori la pistola e mettersi a sparare davanti a un branco di reporter, Dio del cielo, che intanto stavano registrando tutto! Sei impazzito?»

«Forse sì!» sbottò Web. «Voglio sapere chi è andato a raccontare dei fatti riservati a Julie Patterson. Credevo che l'inchiesta in corso non fosse pubblica. Come diavolo è venuta a sapere quello che ho detto agli investigatori?»

Winters rivolse a Bates un'espressione disgustata. «Tu eri il suo mentore e referente. Come hai potuto permettere che succedesse questo incidente?» Tornò a guardare Web. «Ci sono diverse persone che si stanno occupando di questo caso. Non farmi la verginella inorridita all'idea che possa essere trapelato qualcosa, specialmente se c'è di mezzo una moglie che vuole sapere che cosa diavolo è successo a suo marito. Tu hai perso la testa, Web, e hai combinato un casino e non mi sembra che sia la prima volta.»

«Senti, io sono uscito dalla porta di casa mia e sono stato aggredito da una folla inferocita e i miei stessi colleghi non hanno alzato un dito per aiutarmi. Mi stavano prendendo a pugni, mi urlavano in faccia orribili accuse. Ho fatto quello che avrebbe fatto chiunque.»

«Mostragli che cosa ha fatto, Bates.» Bates andò in silenzio ad accendere il televisore, premendo alcuni tasti del telecomando. «Con gli omaggi dell'ufficio pubbliche relazioni» aggiunse Winters. Partì il video e Web vide l'interno della chiesa durante la cerimonia commemorativa. In particolare vide Julie Patterson che si accarezzava il ventre sputandogli addosso accuse e saliva e poi lo schiaffeggiava con odio. E se stesso che incassava in silenzio. La sua smentita era misteriosamente scomparsa, o comunque non la si sentiva. Sul nastro tutto quello che diceva a Julie era: «Mi dispiace». Sembrava quasi che fosse stato lui a sparare a Lou Patterson.

«E questa non è ancora la parte migliore» intervenne Winters, alzandosi per strappare il telecomando dalle mani di Bates. Web riconobbe casa sua. Il filmato era stato sapientemente manipolato in modo da eliminare l'aggressività della folla, che appariva composta da giornalisti certamente impetuosi, ai limiti del lecito, ma corretti, persino professionali. L'uomo che Web aveva colpito ne usciva come un eroe, un cronista in prima linea che presentava allo spettatore atti di violenza estrema senza badare al sangue che gli colava dal naso. E poi c'era lui, peggio di un cane rabbioso. Urlava, imprecava. Poi alzava la pistola. Nel montaggio avevano rallentato quello spezzone in modo che il suo gesto sembrasse deliberato, non quello di un uomo che reagisce perché è messo alle strette. C'erano anche alcuni momenti volutamente melodrammatici dei vicini che scappavano stringendo al seno i figli. Poi di nuovo lui, solo. Freddo, insensibile, mentre rinfoderava la pistola e si allontanava in tutta calma dal caos che lui stesso aveva provocato.

Nemmeno da un tecnico di Hollywood si sarebbe aspettato una manipolazione così sofisticata. Gli avevano fatto fare la parte di un sadico con la faccia da Frankenstein. L'obiettivo aveva più volte zoomato sulla guancia ricostruita, senza che nessuno spiegasse come si fosse procurato quelle ferite.

Scosse la testa. «Ma non è andata così, maledizione» protestò, rivolgendosi a Winters. «Io non sono Charlie Manson.»

«Chi se ne frega se è vero o no!» s'inalberò Winters. «Conta quello che la gente capisce. Adesso lo stanno mandando in onda su tutte le emittenti locali. Ed è anche arrivato a quelle nazionali. Congratulazioni, sei in prima pagina! Il direttore, quando è stato informato del pasticcio che hai combinato, ha piantato in asso un'importante riunione ai massimi livelli a Denver. Hai il culo sulla graticola, London, sulla graticola.»

Web si sedette pesantemente senza aprire bocca. Bates prese posto davanti a lui e si mise a battere la penna sul tavolo.

Winters, in piedi, lo osservava con le mani dietro la schiena. A Web sembrava che stesse provando piacere.

«Dunque, sai bene che la politica del Bureau di fronte a situazioni di questo genere è non fare niente. Non è la prima volta che facciamo gli struzzi. A volte funziona altre no, ma ai piani alti la tattica passiva piace. Meno diciamo, meglio è.»

«Mi è del tutto indifferente, Buck. Non pretendo che il Bureau mi pari il culo.»

«No, Web, questa volta non subiremo senza reagire» intervenne Bates. «Non in questo caso.» Cominciò a elencare i punti sui polpastrelli della mano. «Per prima cosa quelli delle pubbliche relazioni stanno preparando un controfilmato. Al momento il mondo intero si è convinto che tu sia uno psicopatico. Scopriranno che sei uno dei nostri agenti più decorati. Ci sarà anche una conferenza stampa a questo proposito. In secondo luogo, anche se in questo preciso istante ti vorrebbe strozzare, Buck farà una dichiarazione in televisione domani a mezzogiorno in cui dissolverà anche la più piccola ombra sulla tua persona e il tuo stato di servizio. Poi faremo partire il nostro filmetto. E renderemo pubblici alcuni particolari di quanto è avvenuto in quel vicolo, con i quali dimostreremo che non solo tu non sei scappato, ma da solo hai distrutto una postazione di artiglieria che avrebbe annientato un intero battaglione.»

«Ma non potete farlo mentre è in corso l'inchiesta» obiettò Web. «Potreste bruciare qualche buona pista.»

«Correremo il rischio.»

Web si rivolse a Winters. «Non me ne frega niente di quello che va a dire in giro questa gente su di me! Io so che cosa ho fatto. E l'ultima cosa che voglio è intralciare il lavoro di quelli che stanno cercando i colpevoli!»

Winters si fermò con il naso a pochi centimetri da quello di Web. «Se fosse per me, tu saresti già stato sbattuto fuori a calci. Ma per qualcuno al Bureau sei un eroe e si è deciso che ti difenderemo. Credimi, ho fatto di tutto per oppormi, perché dal punto di vista delle pubbliche relazioni le iniziative a tuo favore non torneranno a vantaggio del Bureau.» Lanciò un'occhiata a Bates. «Ma il tuo amico qui presente l'ha avuta vinta.»

Web si girò stupito.

«È solo il primo round» precisò Winters. «Sta' pure tranquillo che non ti farò passare per un martire.» Guardò la sua guancia. «Un martire sfigurato. Ora Perce ti illustrerà i numeri da avanspettacolo che il Bureau ha organizzato per risolvere il casino che hai combinato. Io non resto, perché mi verrebbe la nausea. Ma ascoltami attentamente, London, e apri bene le orecchie. In questo momento sei appeso a un filo e Dio sa che cosa darei per tagliarlo. Ti starò così addosso da sapere quante volte respiri. E quando farai un altro casino, e lo farai di certo, calerà la mannaia e per te sarà finita. Io invece mi fumerò il sigaro più grosso che riuscirò a trovare. Chiaro?»

«Molto più chiaro degli ordini che hai dato a Waco.»

Winters trasalì e i due si guardarono con astio.

«Mi sono sempre chiesto» disse Web «come mai tu sei stato l'unico dei grandi capi, oh, scusa, volevo dire dei grandi "casinisti", a non trovarsi con la carriera fottuta per via di quel fiasco. Sai, un paio di volte, mentre ero in servizio come tiratore scelto, mi sono chiesto per chi lavorassi in realtà viste tutte le decisioni del cazzo che hai preso.»

«Chiudi quella dannata bocca» s'intromise bruscamente Bates rivolgendo un'occhiata ansiosa a Winters. «Me ne occupo io, Buck.»

Winters fissò Web per qualche secondo ancora, poi si diresse alla porta, ma si girò. «Se avessi potuto fare a modo mio, l'HRT non esisterebbe, ma alla lunga la spunterò, stanne certo. E indovina chi sarà il primo bastardo che sbatterò fuori?»

Winters chiuse la porta dietro di sé e Web fece un grosso sospiro senza essersi nemmeno accorto di aver trattenuto il fiato. Poi fu la volta di Bates. «Io rischio il collo per te, per aiutarti metto in gioco tutto quello che mi sono conquistato al Bureau e tu per poco non mandi tutto all'aria parlando a Winters in quel modo. Ma come fai a essere così imbecille?»

«Probabilmente lo sono» ribatté Web in tono di sfida «ma non sono stato io a chiedere questo trattamento di favore. Che i media mi gettino pure in pasto alle iene, ma niente, assolutamente niente deve intralciare l'inchiesta.»

«Tu mi farai venire un infarto» gemette alla fine Bates calmandosi. «Dunque, ti spiego come stanno le cose. Per un po' te ne rimarrai defilato. Non andare a casa. Ti daremo una macchina. Vattene da qualche altra parte e restaci. Pagherà il Bureau. Comunicheremo tramite la tua linea cellulare sicura. Fatti vivo regolarmente. Se fino adesso sono riusciti a farti passare per un mostro, aspetta e vedrai in che angelo ti trasformerai dopo che avremo dato la nostra versione. E se ti trovo a gironzolare attorno a Buck Winters nei prossimi trent'anni, ti ammazzo con le mie mani. E adesso fuori di qui!» Bates andò alla porta, ma Web rimase seduto.

«Perce, perché fai tutto questo? Corri un grosso rischio a difendermi.»

Bates abbassò gli occhi per qualche momento. «Ti sembrerà anche una sviolinata, ma te lo dico perché è la verità. Faccio quel che faccio perché il Web London che conosco ha rischiato la vita per questa agenzia più volte di quante ne riesca a ricordare. Perché ti ho visto in una camera d'ospedale per tre mesi senza sapere se ce l'avresti fatta. Avresti potuto dimetterti allora con pensione piena, ne saresti uscito come un eroe. Avresti potuto andartene a pescare o a fare le cazzate che fanno quelli che lasciano l'FBI. Invece sei tornato in servizio, non solo, sei tornato per occupare un posto in prima linea. Non sono molti quelli che avrebbero fatto come te.» Trasse un lungo respiro. «E perché so che cos'hai fatto in quel vicolo anche se il resto del mondo lo ignora. Ma lo sapranno tutti, Web, vedrai. Non sono rimasti molti eroi in circolazione e tu sei uno di loro. È quello che dirò. E non parliamone mai più. Mai.»

Uscì lasciando Web a riflettere sul nuovo Percy Bates che aveva appena conosciuto.

Era quasi mezzanotte e Web era in azione. Scavalcava steccati e attraversava furtivo i prati dei vicini. L'obiettivo di quella sera era tanto assurdo quanto semplice. Doveva entrare di nascosto in casa sua da una finestra sul retro perché gli inviati dei mass media erano ancora accampati davanti alla sua abitazione ad attenderlo. Per scuoiarlo. C'erano anche due agenti in divisa del servizio di sicurezza del Bureau, e un'auto di pattuglia della polizia stradale della Virginia, con il lampeggiante blu che illuminava ritmicamente l'oscurità. Web entrò dalla finestra del bagno.

Nel più assoluto silenzio preparò un sacco al buio, aggiunse qualche scatola di munizioni di riserva, qualche altro componente della sua attrezzatura che gli sembrò potesse tornargli utile e uscì da dove era entrato. Scavalcò lo steccato, s'inoltrò di qualche passo nel prato del vicino e si fermò. Aprì il sacco, prese un binocolo a batteria per la visione notturna che gli permetteva di vedere come se fosse pieno giorno, sebbene dietro un velo verdastro, ed esaminò l'esercito accampato davanti a casa sua, focalizzando la lente d'ingrandimento per osservare meglio la disposizione degli assedianti. La vista di tutta quella gente, il cui unico scopo nella vita, in quel preciso istante, era cercare scheletri nel suo armadio e storpiare la più innocente delle verità, gli fece concludere che un risarcimento, seppure solo morale, andava preteso quando se ne aveva la possibilità. E in quel momento la situazione era quanto mai favorevole. Estrasse di tasca una pistola lanciarazzi, vi infilò una cartuccia, la puntò verso il cielo sopra la testa di quel gruppo di paladini dell'informazione e premette il grilletto. Il bengala esplose in un bagliore giallo e Web contemplò la schiera dei virtuosi giornalisti alzare prima gli sguardi terrorizzati verso il firmamento e poi darsela a gambe urlando con quanto fiato avevano nei polmoni. Era proprio vero che sono le piccole cose a rendere dolce la vita: una lunga camminata, un acquazzone, una cucciolata, far cacare nelle mutande un branco di reporter ipocriti.

Raggiunse di corsa la Crown Vic che gli aveva messo a disposizione Bates e partì. Trascorse quella notte in un piccolo motel sulla Route One ad Alexandria, dove poté pagare in contanti, nessuno gli chiese nulla e il solo servizio in camera era il sacchetto di McDonald's che ti portavi tu o il distributore automatico di analcolici e merendine incatenato a un pilastro ornato di graffiti a pochi passi dalla stanza. Guardò la TV e mangiò cheeseburger con patatine fritte. Poi tolse dalla sacca il flacone di pillole e ne mandò giù due. Cadde in un sonno profondo e una volta tanto non fu risvegliato da un incubo.

16

Sabato, di primo mattino, Scott Wingo guidò la sua sedia a rotelle su per la rampa e aprì il portone di un edificio di quattro piani del XIX secolo dove si trovava il suo studio legale. Divorziato, con figli grandi, Wingo esercitava la professione di penalista a Richmond, sua città natale, dove aveva sempre vissuto. Il sabato era la giornata in cui poteva recarsi in ufficio senza avere l'assillo dello squillare dei telefoni, del ticchettio delle tastiere, di soci stressati e clienti egocentrici. Quelle erano le meraviglie riservate al resto della settimana. Si preparò del caffè, lo corresse con un goccio di Gentleman Jim, il suo bourbon preferito, poi entrò nello studio. La Scott Wingo and Associates era un'istituzione cittadina da quasi trent'anni. In quell'arco di tempo Wingo da umile avvocato, con un ufficio di un unico locale delle dimensioni di uno sgabuzzino e pronto a difendere praticamente chiunque avesse abbastanza contante da pagarlo, era diventato capo di uno staff forte di sei soci, un investigatore privato a tempo pieno e otto impiegati. Come unico azionista della propria azienda, Wingo intascava guadagni a sette cifre negli anni buoni e non molto di meno quando il vento soffiava contrario. Anche la sua clientela era diventata più danarosa. Per anni aveva rifiutato di rappresentare imputati di reati di droga, ma il settore era innegabilmente redditizio e a un certo punto si era stancato di vedere avvocati meno bravi di lui prendersi tutto quel denaro. Si consolava ricordando a se stesso che tutti, per quanto nefandi fossero i loro delitti, avevano diritto a una difesa competente e persino "ispirata".

Wingo aveva un talento naturale per i dibattimenti in aula e la sua autorevolezza non era stata minimamente intaccata dal fatto che, due anni prima, il diabete e le precarie condizioni di fegato e reni lo avevano costretto su una sedia a rotelle. Aveva casomai la sensazione che il suo handicap fisico avesse affinato il suo feeling con le giurie. Ed erano molti quelli del suo ambiente che invidiavano il suo palmarès legale. Era anche malvisto da tutti quelli che lo giudicavano soltanto un mezzo grazie al quale i criminali ricchi sfuggivano alla meritata punizione per i loro terribili misfatti. Naturalmente Wingo non la vedeva in quel modo, ma aveva da tempo smesso di cercare di uscire vincitore da quella polemica perché il tema era uno dei pochi che non riteneva meritevole di discussione.

Abitava in un'elegante casa di Windsor Farms, una zona molto esclusiva di Richmond; guidava una Jaguar appositamente modificata; si concedeva lussuosi viaggi all'estero quando lo desiderava; era bravo con i figli e generoso con la ex moglie che viveva ancora nella loro vecchia abitazione e con cui manteneva ottimi rapporti. Ma soprattutto lavorava. A cinquantanove anni, Wingo aveva deluso molti pronostici su una sua prematura scomparsa, considerati i suoi svariati malanni fisici, o le minacce rivoltegli da clienti insoddisfatti ma anche da persone assolutamente estranee al mondo del crimine che in certi casi ritenevano che la giustizia fosse stata gabbata proprio da ciò che lui sapeva fare meglio, cioè insinuare un ragionevole dubbio in dodici concittadini dell'imputato. Ma Wingo sentiva che il suo tempo stava per scadere. Lo avvertiva negli organi stanchi, nella cattiva circolazione del sangue, nel senso di spossatezza generale. Sperava di riuscire a lavorare fino alla morte, riteneva che quello fosse un modo accettabile di andarsene.

Bevve un sorso di caffè e Gentleman Jim e sollevò il ricevitore. Gli piaceva usare il telefono, anche durante il fine settimana, in particolare per richiamare persone con le quali avrebbe preferito non parlare. Raramente le avrebbe trovate in casa il sabato mattina e così avrebbe potuto lasciare un cordiale messaggio di rammarico. Fece dieci telefonate di quel genere e gli parve di essere stato molto produttivo. Quando sentì che la bocca gli si stava seccando, forse per il molto parlare, bevve un altro sorso di caffè corretto. Si dedicò quindi a un'istanza alla quale stava lavorando e che, se accolta, avrebbe reso nulle le prove raccolte in un caso di furto con scasso. La maggior parte delle persone non si rende conto che spesso le cause vengono vinte prima ancora che qualcuno metta piede in un'aula di tribunale. Nella fattispecie, se la sua mozione fosse stata accolta, non ci sarebbe stato processo perché l'accusa sarebbe rimasta senza elementi per un'incriminazione.

Dopo alcune ore di lavoro e qualche altra telefonata, si tolse gli occhiali e si sfregò gli occhi. Quel dannato diabete gli stava procurando guai praticamente in tutto il corpo e solo la settimana prima aveva scoperto di avere un glaucoma. Forse il Signore lo stava punendo per il lavoro che svolgeva.

Gli parve di sentire una porta aprirsi e pensò che forse uno dei suoi supersoci avesse incredibilmente deciso di fare un po' di straordinari durante il fine settimana. I giovani d'oggi... Intascano lauti stipendi ma non hanno nemmeno la più pallida idea dell'etica del lavoro che aveva infiammato la sua generazione. Quante volte non aveva lavorato durante il fine settimana nei primi quindici anni di pratica legale? I ragazzi d'oggi si mettono a brontolare se escono dopo le sei del pomeriggio. Gesù, ma che tormento gli davano gli occhi! Aveva ancora una gran sete, più forte di prima. Aprì un cassetto della scrivania e bevve a collo dalla bottiglia d'acqua che aveva preso. Adesso gli pulsava la testa. E gli doleva la schiena. Si mise un dito sul polso e contò. Sì, anche la regolarità del suo ritmo cardiaco lasciava molto a desiderare, d'altra parte era un fatto che si verificava praticamente tutti i giorni. Aveva già preso la sua dose di insulina e non avrebbe avuto bisogno di un'altra iniezione ancora per un po'; però si chiese se non fosse il caso di stringere i tempi. Forse il livello degli zuccheri nel sangue gli si era abbassato. Cambiava sempre la dose dell'insulina perché non riusciva mai a trovare quella giusta. Il medico gli aveva consigliato di smettere di bere, ma non avrebbe mai potuto farlo, Wingo lo sapeva. Per lui il bourbon era una necessità, non un piacere.

Questa volta fu sicuro di aver udito la porta aprirsi. «Salve!» salutò. «Sei tu, Missy?» Missy... Ma Missy era il suo cane, dannazione, morto dieci anni prima. Che cosa diavolo gli era saltato in mente? Cercò di concentrarsi sull'istanza, ma adesso la sua vista era così appannata e il suo corpo reagiva in modo così strano che vi rinunciò. Cominciava a sentirsi un po' in ansia: non provava dolori al petto, né il classico pulsare nella spalla e nel braccio sinistri, ma, chissà, poteva anche essere un attacco alle coronarie...

Guardò l'orologio, ma non riuscì a leggere il quadrante. Va bene, era ora di fare qualcosa. «Ehi!» chiamò di nuovo. «Ho bisogno d'aiuto.» Gli parve di udire dei passi che si avvicinavano, ma non arrivò nessuno. "Che il diavolo ti porti" pensò. «Bastardi!» gridò. Sollevò il ricevitore e riuscì a premere il dito prima sul nove e poi due volte sull'uno. Attese, ma non udì nessuno. Bel modo di ripagare i contribuenti. Fai il 911 e non c'è nessuno a darti retta. «Ho bisogno di aiuto» ripeté. Poi si accorse che mancava anche il segnale. Posò il ricevitore e lo sollevò di nuovo. Nessun segnale. Merda. Lo sbatté sulla forcella e la mancò, e il ricevitore cadde per terra. Si sbottonò il colletto della camicia perché cominciava ad avere difficoltà a respirare. Aveva pensato di procurarsi uno di quegli aggeggini, quei cellulari, ma poi non ne aveva fatto nulla. «C'è nessuno di là?» Adesso era sicuro di sentire dei passi. Non riusciva quasi più a respirare, come se qualcosa gli schiacciasse la gola. Cominciò a sudare. Guardò verso la porta. Nella nebbia che gli offuscava la vista vide che si apriva. Entrò qualcuno.

«Mamma?» Oddio, non poteva essere sua madre quella, a novembre erano vent'anni che era morta. «Mamma, ho bisogno d'aiuto, non mi sento bene.»

Naturalmente non c'era nessuno. La sua era un'allucinazione.

Scivolò sul pavimento perché non era più in grado di reggersi sulla sedia. Strisciò verso di lei, annaspando e rantolando. «Mamma» chiamò con voce roca. «Devi aiutare il tuo ragazzo, non sta molto bene.» La raggiunse e in quel preciso istante lei scomparve, così, proprio nel momento in cui aveva bisogno di lei. Wingo posò la testa sul pavimento e chiuse lentamente gli occhi.

«C'è nessuno di là? Ho bisogno d'aiuto» disse un'ultima volta.

17

Francis Westbrook si sentiva impotente. I suoi luoghi abituali, i posti in cui normalmente conduceva la sua attività, gli erano preclusi. I federali, lo sapeva, gli stavano dando la caccia, né poteva trascurare le cattive intenzioni del misterioso nemico che lo aveva incastrato. Non poteva aspettarsi niente di buono. Nel suo settore la paranoia era in realtà l'unica arma che lo teneva in vita. Per questo, almeno per un'oretta se ne sarebbe rimasto tranquillo nel retro di un magazzino di carni. A dieci minuti di automobile da dove si stava congelando il sedere c'erano il Campidoglio e altri edifici di importanza nazionale. Westbrook aveva trascorso tutta la sua vita a Washington e non aveva mai visitato neanche un monumento. Le grandiose istituzioni di una grande nazione non avevano per lui alcun significato. Non si considerava né americano, né cittadino di Washington, né di qualunque altra città. Era solo un fratello fra tanti in cerca di un posto al sole. Il suo obiettivo a dieci anni era stato quello di sopravvivere fino ai quindici. Poi di arrivare ai venti prima di finire morto ammazzato. Quindi ai venticinque. Un paio d'anni prima ne aveva compiuti trenta e si era concesso una festa degna di un ottuagenario, perché nel suo mondo era come se lo fosse. Tutto era relativo, forse più ancora agli occhi di Francis Westbrook che a quelli degli altri.

A occupare i suoi pensieri in questo momento erano le sue responsabilità nella sorte toccata a Kevin. Aveva talmente desiderato che il ragazzino conducesse una vita abbastanza normale, che aveva finito per sottovalutare il problema della sua sicurezza. In passato Kevin abitava con lui, ma poi un contrasto all'interno del suo giro era sfociato in uno scontro aperto e Kevin, raggiunto da un proiettile al volto, per poco non era morto. Francis non aveva potuto nemmeno portarlo all'ospedale perché lo avrebbero arrestato. Dopo quella disgrazia, aveva affidato Kevin a una specie di famiglia costituita da una vecchia e da un nipote di lei. Lo aveva tenuto d'occhio da lontano ed era andato a trovarlo tutte le volte che aveva potuto, ma aveva permesso che godesse della libertà di cui tutti i bambini hanno bisogno.

E poi Kevin non sarebbe cresciuto come lui. Kevin avrebbe avuto un'esistenza vera, lontana da armi e droga e non sarebbe finito sul tavolo di un medico legale con una targhetta appesa all'alluce. Se fosse rimasto sempre con lui, avrebbe finito sicuramente per fare la sua vita, non avrebbe resistito alla tentazione di entrare nel giro. E una volta cominciato, resti coinvolto per sempre, perché quel lavoro così invitante è in realtà infestato di sabbie mobili e di serpenti velenosi che si dichiarano tuoi amici fino al giorno in cui giri la testa dall'altra parte e ti affondano i denti nel collo. Kevin non avrebbe fatto quella fine, aveva giurato Francis quando il bambino era nato, ma ora temeva che fosse successo il peggio. Sarebbe stata veramente un'ironia della sorte se Kevin non gli fosse sopravvissuto.

Capo di una delle organizzazioni di spaccio più redditizie di tutta la zona metropolitana, Westbrook non era mai stato arrestato per la più piccola infrazione, sebbene fosse nel giro da ventitré anni, avendo cominciato molto giovane e senza mai voltarsi indietro, perché non c'era niente da vedere dietro di lui. Era fiero della sua fedina penale pulita, cosa che non dipendeva esclusivamente dalla fortuna, anzi, era piuttosto il frutto dell'abilità con cui aveva architettato i suoi piani di sopravvivenza, passando quando necessario informazioni alle persone giuste, che in cambio lo lasciavano lavorare in pace. Era quello il nocciolo della sua strategia, non agitare le acque, non turbare il quieto vivere dei cittadini, non sparare a niente e a nessuno se non quando assolutamente indispensabile. Non dare del filo da torcere ai federali, perché hanno le risorse, in termini di personale e soldi, per renderti la vita un inferno. E la sua esistenza era già complicata così com'era. Ma senza Kevin la sua vita non aveva più senso.

Alzò per un momento gli occhi su Macy e Peebles, le sue ombre gemelle. Si fidava di loro quanto di chiunque altro, vale a dire poco. Girava sempre armato e aveva avuto bisogno spesso della propria pistola per salvarsi la vita. Era una lezione che bastava imparare una volta sola. Spostò lo sguardo sulla porta, perché in quel momento stava entrando Toona.

«Hai notizie, vero?» gli chiese subito. «Buone notizie su Kevin.»

«Ancora niente, capo.»

«Allora torna subito fuori e porta in giro quelle grosse chiappe finché non ne hai.»

Imbronciato, Toona girò sui tacchi e scomparve.

«Parlami, Twan» sollecitò Westbrook rivolgendosi a Peebles.

Antoine "Twan" Peebles si aggiustò contrariato i costosi occhialetti. Ci vedeva benissimo, Westbrook lo sapeva, ma era convinto che gli occhiali contribuissero a dargli un'aria da dirigente, a farlo sembrare qualcuno che non sarebbe mai stato. L'impossibilità di avere una vita normale era un fatto che Westbrook aveva accettato da tempo. Per la verità quell'esistenza gli era stata imposta nell'attimo in cui era nato sul sedile posteriore di una Cadillac appoggiata su quattro blocchi di cemento, con sua madre che tirava coca mentre lui le scivolava fuori dal ventre tra le braccia dell'uomo del momento, che prontamente lo aveva messo da una parte, gli aveva tagliato il cordone ombelicale con un coltello sporco e aveva costretto la neopuerpera a succhiarglielo. Le circostanze della sua nascita gliele aveva raccontate con nitidezza di particolari sua madre stessa, beandosene come se fosse la storia più divertente che avesse mai ascoltato.

«Non ci sono buone notizie» rispose Peebles. «Il nostro fornitore principale dice che finché le acque non si saranno calmate non ci consegnerà altra merce. E le scorte sono ridotte quasi a zero.»

«Oh, ma che allegria» commentò Westbrook. Davanti a Peebles e Macy ostentava sicurezza, ma quello era davvero un problema. Come qualsiasi rivenditore, Westbrook aveva degli obblighi nei confronti della clientela fissa. E se i clienti non avessero avuto da lui ciò di cui avevano bisogno, si sarebbero rivolti a qualcun altro. Allora la sua aspettativa di vita si sarebbe drasticamente ridotta. Perché quando deludi un cliente, non accade quasi mai che ritorni da te una seconda volta. «Va bene, di questo mi occuperò dopo. Web London, allora. Che cos'hai su di lui?»

Peebles aprì l'incartamento che aveva estratto da una cartella di pelle e si aggiustò gli occhiali. Aveva accuratamente ripulito il sedile con il fazzoletto fregiato delle sue iniziali e aveva lasciato chiaramente intendere che giudicava quella riunione in un magazzino di carni un affronto alla sua dignità. A Peebles piaceva avere le tasche piene di denaro contante, indossare vestiti firmati, frequentare ristoranti eleganti e belle signore che facevano tutto quello che lui ordinava. Non era armato e secondo Westbrook non sapeva nemmeno come usare una pistola. Era figlio di un'epoca in cui il narcotraffico era meno violento ed era condotto con sistemi più tradizionali; c'erano una contabilità tenuta da addetti ai lavori, consolidati canali di riciclaggio, portafogli azionari e persino case per le vacanze dove ci si recava a bordo del proprio jet privato.

Di dieci anni più vecchio di lui, Westbrook era cresciuto sulla strada. Aveva smerciato crack per pochi dollari a bustina, aveva dormito in topaie, patito più di una volta la fame, schivato qualche pallottola e aveva sparato quando era stato necessario. Peebles sapeva fare bene il suo mestiere, spianava la strada alle attività di Westbrook assicurandosi che la merce arrivasse a tempo debito e fosse recapitata tempestivamente a chi di dovere. Faceva anche in modo che i debiti esigibili – Westbrook aveva riso a crepapelle quando lo aveva sentito usare per la prima volta quell'espressione – venissero prontamente saldati. Ripuliva il denaro con grande efficienza, investiva il contante con oculatezza, teneva il commercio al passo con i tempi introducendo le tecniche più innovative. Antoine Peebles faceva tutto questo, e ciononostante Westbrook non riusciva a portargli rispetto.

Quando insorgeva qualche intoppo nella gestione del personale, il che significava praticamente tutte le volte che qualcuno cercava di fargli le scarpe, Antoine Peebles se ne tirava subito fuori. Non aveva stomaco per quell'aspetto della loro attività. Erano quelli i momenti in cui prendeva le redini Westbrook. E quando Clyde Macy si guadagnava i soldi che prendeva.

Westbrook si girò a guardare il suo ometto bianco. Aveva

creduto che fosse uno scherzo, quando gli si era presentato in cerca di lavoro. «Tu sei dalla parte sbagliata della città, figliolo» gli aveva detto. «I quartieri bianchi sono nel Northwest. Alza le chiappe e portale al posto giusto.» Aveva pensato che la questione fosse chiusa fino a quando Macy aveva fatto fuori due simpatici signori che avevano cercato di mettergli i bastoni tra le ruote e, come gli aveva spiegato Macy stesso in quell'occasione, lo aveva fatto gratis solo per dimostrare quanto valeva. E il piccolo skinhead non lo aveva mai deluso. Chi avrebbe mai pensato che quell'orco nero di Francis Westbrook era un datore di lavoro che rispettava il principio delle pari opportunità?

«Web London» cominciò Peebles, ma per fermarsi subito a tossire e soffiarsi il naso. «Dunque, è nell'FBI da tredici anni e da otto nella Hostage Rescue Team. È molto rispettato. Ha ottenuto più di un riconoscimento ed encomi vari. Durante una missione è rimasto gravemente ferito e ha rischiato la vita. Cose da miliziani.»

«Miliziani» ripeté Westbrook. «Già, quelli sono i bianchi con la pistola convinti che il governo li abbia fottuti. Dovrebbero venire a vedere noialtri neri per rendersi conto di quanto gli è andata bene.»

«Attualmente è in corso un'inchiesta sulla sparatoria nel cortile» continuò Peebles.

«Twan, dimmi qualcosa che non so già, perché mi sto congelando il culo e vedo che a te non va molto meglio.»

«London va da uno psichiatra. Non uno del Bureau, un esterno.»

«Sappiamo chi è?»

«È uno studio dove ce n'è più di uno, al Tyson's Corner. Non so chi di preciso lo abbia in cura.»

«Be', vediamo di scoprirlo. Racconterà allo strizzacervelli cose che non andrà a spifferare a nessun altro. E allora forse a noi conviene sentire che cos'ha da dirci lo strizza.»

«Giusto» convenne Peebles segnandoselo.

«E, Twan, mi sai dire che cosa cazzo stavano cercando quella notte? Non pensi che potrebbe essere importante?»

Peebles la prese male. «Ci stavo arrivando.» Sfogliò la sua documentazione mentre Macy puliva meticolosamente la pistola, togliendo dalla canna granelli di polvere che vedeva solo lui.

Peebles trovò quello che stava cercando e rialzò la testa. «Questa non ti piacerà per niente.»

«C'è un sacco di merda che non mi piace. Sentiamo.»

«Sembra che ce l'avessero con te. La casa che stavano per assaltare era segnalata come la sede amministrativa della nostra attività. Pensavano di trovarci computer, libri contabili, tutto quanto.» Peebles scosse la testa con aria offesa, come se fosse stato messo in dubbio il suo onore personale. «Come se fossimo così stupidi da avere tutto in un posto solo. Hanno mandato quelli dell'HRT perché volevano prendere vivi i contabili per servirsene come testimoni contro di te.»

Westbrook ne fu così sbalordito da non rimproverare nemmeno Peebles per aver detto "nostra" attività. L'attività era tutta sua, dall'inizio alla fine. «E che cosa diavolo gliel'ha fatto pensare? Noi non ci siamo mai nemmeno stati in quella casa. Io non ci ho mai messo piede!» Un pensiero lo colse all'improvviso, ma decise di tenerlo per sé. Per trattare bisognava avere qualcosa da dare in cambio e forse lui ce l'aveva, qualcosa che c'entrava con quell'edificio. Ai tempi in cui batteva ancora di persona le strade, conosceva quel posto molto bene. Il quartiere era sorto negli anni Cinquanta grazie a finanziamenti governativi a favore delle famiglie meno agiate. Vent'anni più tardi era una delle zone peggio infestate dalla narcocriminalità di tutta la capitale; ogni notte c'era un omicidio. I bambini bianchi dei quartieri bene guardavano la TV mentre Westbrook era testimone oculare delle morti che avvenivano nel cortile di casa sua. Ma c'era qualcosa riguardo a quell'edificio in particolare e ad altri simili che forse i federali non sapevano. Sì, quelle erano informazioni che avrebbe inserito nel suo incartamento dal titolo NEGOZIATO. Cominciò a sentirsi un po' meglio, ma solo un po'.

Peebles si lasciò scivolare gli occhiali sulla punta del naso guardando Westbrook da sopra le lenti. «Secondo me il Bureau aveva un infiltrato che lavorava a questo caso e l'agente deve aver passato delle informazioni sbagliate.»

«Chi è l'agente?» domandò Westbrook.

«Questo non lo sappiamo.»

«Be', io devo saperlo, merda! Se c'è qualcuno che va in giro a raccontare balle sul mio conto, voglio sapere chi è.» Una sensazione di gelo gli strinse improvvisamente il cuore, rischiando di vanificare i suoi sforzi di mostrarsi imperturbabile. Adesso non si sentiva più tanto bene. Se un agente del Bureau aveva erroneamente pensato di aver individuato la sua centrale operativa, significava che l'FBI gli aveva messo gli occhi addosso. Perché mai? Non era uno dei pesci grossi che operavano in città e senza dubbio non era il solo. C'erano altri che facevano cose ben peggiori di lui. D'accordo, nessuno lo prendeva mai di mira e nessuno tentava di prendersi il suo territorio, ma era perché aveva agito con estrema cautela per anni, senza pestare i piedi a nessuno.

«E comunque» riprese Peebles «l'infiltrato che ha fatto la soffiata al Bureau l'ha messa giù dura. Non fanno intervenire l'HRT se non hanno in mano qualcosa di sostanzioso. Hanno attaccato quella casa perché credevano che fosse piena di prove con cui inchiodarti. Almeno così dicono le nostre fonti.»

«E che cosa ci hanno trovato, a parte le mitragliatrici?»

«Niente. La casa era vuota.»

«Dunque l'infiltrato ha sparato solo cazzate.»

«O l'hanno fatto le sue fonti.»

«O hanno fottuto lui per fottere me» ribatté Westbrook. «Vedi, Twan, agli sbirri non importa che non abbiano trovato nulla. Penseranno lo stesso che c'ero dietro io, perché è successo nel mio territorio. Dunque il tizio che ha architettato questo colpo non ha corso rischi. Me l'ha messa nel culo fin dal principio, comunque sarebbe andata. Dico bene, Twan, o tu la vedi diversamente?»

Osservò Peebles con attenzione. Il linguaggio del suo corpo era cambiato in maniera quasi impercettibile. Westbrook, che faceva tesoro di questo genere di valutazioni, che più volte gli avevano salvato la vita, se ne accorse. E sapeva a che cosa era dovuto. Nonostante gli studi universitari e le sue capacità di amministratore, Peebles non era svelto come lui nell'afferrare una situazione e giungere alla conclusione giusta. Gli mancava l'intuito animale del suo capo e c'era un motivo molto semplice perché fosse così: Westbrook era sopravvissuto per anni grazie al suo istinto e a una presenza di spirito molto reattiva. Peebles non aveva mai avuto bisogno di affinare queste doti.

«Probabilmente hai ragione.»

«Già, probabilmente» annuì Westbrook. Lo fissò fino a costringerlo ad abbassare gli occhi sul suo incartamento. «Dunque, per come la vedo io, noi non sappiamo un cazzo di niente su London, solo che si fa vedere da uno strizzacervelli perché gli è venuto il blocco. Potrebbe darsi benissimo che sia tutta una finta.»

«Io sono sicuro che sia una finta» dichiarò Peebles.

Westbrook si appoggiò allo schienale e sorrise. «No, che non è una finta, Twan, io stavo solo cercando di insegnarti un po' di saggezza da strada. Ma non ci sei, fratello mio. Sei ancora indietro parecchio.»

Peebles reagì con stupore. «Ma hai appena detto…»

«Sì, sì, so che cosa ho detto, Twan, so cosa dico quando parlo, sai?» Si sporse in avanti. «Ho visto la TV e i giornali, mi sono tenuto informato sul nostro amico Web London, Twan. Come dici tu, è un eroe, quello lì, pieno di ferite e medaglie.»

«Ho seguito anch'io le notizie» ribatté Peebles. «E niente mi toglie dalla testa che ci sia London dietro questa montatura. Anzi, c'è persino la vedova di uno dei suoi uomini che la pensa così. E hai visto che cosa è successo a casa sua? Ha estratto la pistola e ha sparato a dei giornalisti. È matto.»

«No, ha sparato in aria. Quelli come lui, se vogliono ammazzare qualcuno, lo ammazzano. È uno che se ne intende di armi, lo si capisce subito.»

Peebles tenne duro. «Io credo che il motivo per cui quella notte non è entrato nel cortile è che sapeva delle mitragliatrici. Si è buttato a terra poco prima che cominciassero a sparare. Non poteva non sapere.»

«Ah, è così, Twan? Non poteva non sapere?»

Peebles annuì. «Volevi la mia opinione di persona informata dei fatti.»

«Allora lascia che sia io a informarti un po' meglio. Ti hanno mai sparato addosso?»

Peebles rivolse un'occhiata a Macy prima di rispondere. «No. Grazie al cielo.»

«Oh, hai da ringraziarlo parecchio per questo. A me invece sì. E anche a te, vero Mace?»

Macy fece un cenno affermativo e ripose la pistola mentre seguiva la discussione.

«Vedi, Twan, alla gente non piace farsi sparare addosso. Non è naturale provare piacere per qualcosa che può farti saltare le cervella. Ora, se c'era London dietro a tutta la faccenda, aveva mille modi per stare alla larga dalla trappola. Avrebbe potuto spararsi in un piede durante un addestramento, mangiare cibo avariato e finire in ospedale, andare a sbattere contro un muro e spezzarsi un braccio; ci sono un sacco di cazzate che avrebbe potuto inventarsi per non andare a offrire il culo a quelle mitragliatrici. Invece lui c'è andato, si è tirato dietro le sue chiappe insieme a quelle di tutta la sua squadra. Poi gli diventano improvvisamente pesanti e i suoi compagni vengono falciati. Ora, un traditore che cosa farebbe se fosse tanto stupido da partecipare all'imboscata che lui stesso ha teso? Se ne starebbe tranquillo in disparte, magari scaricherebbe qualche colpo giusto per non dare nell'occhio e poi andrebbe dallo strizzacervelli a dire che ha la testa tutta ingarbugliata. Ma quello che un traditore non farebbe mai sarebbe uscire allo scoperto in quel cortile e fare a pezzi le mitragliatrici. No, ne starebbe alla larga e andrebbe tranquillo e beato a incassare il compenso per aver fregato i compagni. Invece quello che cosa fa? Va là fuori e fa un numero per il quale non avrei le palle nemmeno io.» Fece una pausa. «E non si limita a questo in fatto di follie.»

«Che altro?»

Westbrook scosse la testa concludendo che Peebles era davvero fortunato a essere così bravo con i numeri perché in tutto il resto era un disastro. «Se non stanno cacciando balle tutti quanti, quell'uomo ha salvato Kevin. Un traditore non l'avrebbe mai fatto.»

Peebles fece una mezza smorfia, con un'aria abbacchiata. «Ma se hai ragione tu e lui non c'entra niente, allora non sa dov'è Kevin.»

«Questo è vero. Non lo sa. Per la verità, non so un cazzo nemmeno io, vero?, a parte un sacco di stronzate che non servono a niente.» C'era dell'astio nello sguardo che gli rivolse insieme a quelle parole. «E quanto a recuperare Kevin, sono al punto in cui ero una settimana fa, dico bene? E tu sei contento di questo, Twan? Perché io non lo sono.»

«Allora che facciamo?»

«Teniamo d'occhio London e scopriamo qual è lo strizza

che l'ha preso in cura. E aspettiamo. Quelli che hanno preso Kevin non l'hanno fatto per niente. Si faranno vivi e vedremo che cosa succede. Ma lasciati dire che quando trovo quello che ha venduto me e Kevin, oh, ragazzo mio, potrà correre anche al Polo Sud ma io lo scoverò e lo darò in pasto agli orsi polari pezzo per pezzo, e quelli che pensano che ho la bocca più grande del fegato, è meglio che sperino di non doverlo mai verificare di persona.»

Nonostante il gelo del magazzino, una goccia di sudore imperlò la fronte di Peebles mentre Westbrook aggiornava la riunione.

18

L'aria non era pulita, ogni tanto gli odori erano cattivi, ma almeno non faceva freddo. Gli davano da mangiare tutto quello che desiderava ed erano cose buone. E aveva libri da leggere, anche se la luce era scarsa, ma di quello si erano scusati. E gli avevano persino messo a disposizione un album da disegno e dei pastelli, quando glieli aveva chiesti. Gli avevano reso la prigionia piacevole. Quando le cose andavano storte, trovava sempre consolazione nel disegno. Ma nonostante tutte queste premure, ogni volta che qualcuno andava nella sua stanza era convinto che fosse giunto il suo momento, altrimenti perché lo avrebbero portato lì?

Kevin Westbrook si guardò intorno. Il locale era molto più spazioso della sua stanza a casa, tuttavia lo opprimeva, come se lo spazio si stesse restringendo o fosse lui a crescere. Non sapeva da quanto tempo si trovasse lì. Senza l'avvicendarsi del giorno e della notte, calcolare le ore gli era impossibile. Non provava più nemmeno a gridare. L'aveva fatto una volta ed era entrato quell'uomo a dirgli che non doveva. Glielo aveva spiegato in tono bonario, tutt'altro che minaccioso, come se lo stesse rimproverando per aver calpestato un'aiuola. Ma Kevin aveva intuito che se avesse gridato di nuovo, lo avrebbe ucciso. Sono sempre quelli che parlano in quel modo tranquillo i più pericolosi.

C'era quel rumore metallico che si sentiva sempre e poi il sibilo e lo scroscio dell'acqua corrente. Avrebbero coperto qualunque rumore che avesse fatto lui, e poi erano molto irritanti e lo facevano dormire male. Si erano scusati anche per quello. Erano molto più gentili di quanto normalmente dovrebbero essere dei sequestratori, pensava Kevin.

Aveva esaminato le eventuali possibilità di fuga, ma c'era una sola porta per uscire da lì ed era sprangata. Così aveva letto e disegnato. Aveva mangiato e bevuto e aspettato il momento in cui fosse venuto qualcuno a ucciderlo.

Stava facendo sul foglio un nuovo disegno che solo lui sapeva decifrare, quando un rumore di passi lo fece trasalire. Mentre ascoltava i giri della chiave nella serratura, si domandò se fosse giunto il suo momento.

L'uomo era lo stesso che gli aveva ordinato di non gridare. Kevin lo aveva già visto, ma non conosceva il suo nome.

Voleva sapere se era tutto a posto, se aveva bisogno di qualcos'altro.

«No. Mi trattate più che bene. Ma mia nonna sarà in pensiero per me. Forse ora sarebbe meglio che tornassi a casa.»

«Non ancora» rispose l'uomo. Si appoggiò al bordo del grande tavolo al centro della stanza e osservò la branda. «Dormi bene?»

«Abbastanza.»

Poi l'uomo volle sapere, ancora una volta, che cos'era accaduto di preciso tra lui e il tizio nel vicolo, quello che l'aveva preso, gli aveva affidato un messaggio e l'aveva spedito a raggiungere la sua squadra.

«Io non gli ho detto niente, perché non avevo niente da dirgli.» Il tono di voce di Kevin era più aggressivo di quanto avrebbe voluto, ma gli avevano fatto quelle stesse domande decine di volte e aveva sempre dato le stesse risposte e cominciava a essere stufo.

«Pensaci» disse l'uomo con calma. «È un investigatore esperto; potrebbe aver tratto delle conclusioni da qualcosa che hai detto e che a te non sembrava importante. Sei un ragazzo sveglio, ti ricorderai sicuramente.»

Kevin strinse con forza il pastello che aveva in mano, fino a farsi schioccare le articolazioni delle dita. «Sono andato in quel vicolo come mi avevate detto. Ho fatto quello che mi avevate chiesto di fare e niente di più. E voi mi avevate assicurato che non si sarebbe nemmeno mosso. Che era messo male, bloccato.

Be', non è andata così. Mi ha spaventato a morte. Avete preso una bella cantonata.»

L'uomo allungò un braccio e Kevin ebbe un sussulto, ma la mano si limitò ad accarezzargli la spalla. «Noi non ti avevamo detto di avvicinarti a quel cortile, vero? Ti avevamo detto di restare indietro e che saremmo venuti a prenderti. Vedi, avevamo calcolato tutto alla perfezione.» Rise. «E tu invece ci hai fatto fare qualche salto mortale, figliolo.»

Kevin sentì le dita che cominciavano a stringergli la spalla e sebbene l'altro ridesse, capiva che era arrabbiato e decise di cambiare argomento. «Perché avevate anche quell'altro ragazzo?»

«Solo per fargli fare qualcosa, come abbiamo fatto con te. Ha guadagnato qualche soldino come te. Per la verità non avresti dovuto vederlo, ma abbiamo dovuto cambiare i piani, capisci, perché tu non eri dove avresti dovuto trovarti. Abbiamo corso un bel rischio.» La mano strinse di più.

«Allora l'avete già lasciato andare?»

«Va' avanti con la tua storia, Kevin, lascia perdere quel ragazzo. Dimmi perché hai fatto quello che hai fatto.»

Come spiegarlo? Non aveva idea di quello che sarebbe accaduto quando aveva eseguito gli ordini ricevuti. Ma poi erano partite le mitragliatrici e lui si era sentito invadere dal terrore, ma era un terrore misto a curiosità. Aveva avvertito il desiderio morboso di conoscere l'orrore di cui era stato artefice, un po' come, quando si lancia un sasso dal cavalcavia di un'autostrada con la sola intenzione di spaventare qualche automobilista, non si può fare a meno di sbirciare giù per vedere se il risultato sarebbe stato un tamponamento a catena con una cinquantina di vetture coinvolte e numerosi morti. Così, quando avrebbe dovuto darsela a gambe, Kevin si era invece infilato nel vicolo per andare a spiare. E le mitragliatrici, invece di indurlo a fuggire, lo avevano chissà perché attirato, come succede davanti al fascino macabro di un cadavere. «E lui si è messo a gridare» raccontò al suo sequestratore. Dio, che paura! Sentire quella voce uscire dal cumulo di cadaveri per gridargli di stare indietro.

Kevin guardò l'uomo, dopo avergli descritto la scena. Aveva fatto quello che gli era stato ordinato per la più vecchia ragione del mondo: il denaro, quanto gli sarebbe bastato per aiutare la nonna e Jerome a trovare un'abitazione migliore. Abbastanza denaro da indurlo a credere che finalmente poteva dare una mano, prendersi cura dei suoi cari, invece di dover sempre chiedere. La nonna e Jerome lo avevano sempre messo in guardia dalle offerte di denaro facile da parte di persone che si aggiravano nel quartiere in cerca di qualcuno che facesse al posto i lavori sporchi. Molti dei suoi amici avevano ceduto alla tentazione e ora erano morti, invalidi, in carcere o disillusi per sempre. E adesso anche lui era andato ad aggiungersi a quella miserabile schiera, e aveva solo dieci anni.

«Poi hai sentito gli altri che arrivavano dal vicolo» lo sollecitò l'uomo in tono pacato.

Kevin annuì ripensando a quel momento. Che paura! Mitragliatrici da una parte, uomini armati fino ai denti che gli bloccavano l'unica via di salvezza dall'altra. Non gli restava che attraversare quel cortile. Almeno così aveva pensato. Era stato quell'uomo a impedirglielo. Gli aveva salvato la vita. Nemmeno lo conosceva e lo aveva aiutato. Era un'esperienza nuova per Kevin. «Come hai detto che si chiamava?» chiese.

«Web London» rispose l'uomo. «È quello con cui hai parlato. È lui che m'interessa.»

«Gli ho detto che io non avevo fatto niente» ripeté Kevin, sperando che sentendosi dare per l'ennesima volta la stessa risposta se ne andasse e lo lasciasse disegnare in pace. «Mi ha detto che se fossi uscito nel cortile sarei morto anch'io. Mi ha mostrato la mano, dov'era stato colpito. Io ho cominciato a correre dall'altra parte e lui mi ha detto che sarei morto anche così, che mi avrebbero ucciso. Poi mi ha dato il berretto e il messaggio. Ha sparato un razzo e mi ha detto di andare. E io sono andato.»

«Meno male che avevamo un altro ragazzo pronto da mettere al tuo posto. Te la sei vista brutta.»

Qualcosa diceva a Kevin che anche l'altro ragazzo se l'era vista brutta.

«E London è tornato nel cortile?»

Kevin annuì. «Ho guardato indietro una volta. Aveva un fucile enorme. È tornato nel cortile e l'ho sentito sparare. Ho camminato in fretta.» Sì, aveva camminato in fretta. Aveva camminato in fretta finché da un androne non erano saltati fuori degli uomini che lo avevano afferrato. Aveva anche intravisto l'altro ragazzo, più o meno della sua età e con la sua corporatura, ma non lo conosceva. Gli era sembrato impaurito come lui. Uno degli uomini aveva letto velocemente il messaggio e gli aveva chiesto che cos'era successo. Poi berretto e biglietto erano stati passati all'altro ragazzo, che era stato mandato a consegnarli al posto suo.

«Perché avete portato l'altro?» chiese di nuovo Kevin, ma l'uomo non rispose. «Perché avete mandato lui con il messaggio invece di lasciare andare me?»

L'uomo lo ignorò. «London ti è sembrato un po' confuso? Come se non gli funzionasse bene il cervello?»

«Mi ha detto che cosa fare. A me è sembrato che ragionasse benissimo.»

L'uomo fece un respiro profondo e scosse la testa, riflettendo sulle sue parole. Poi gli sorrise. «Ti rendi conto di quanto sia straordinario quello che è successo, Kevin? Web London dev'essere una persona davvero speciale.»

«Voi non mi avete detto tutto quello che sarebbe successo.»

L'uomo continuò a sorridere. «Perché non c'era bisogno che tu lo sapessi, Kevin.»

«Dov'è l'altro ragazzo? Perché avete fatto venire anche lui?»

«Se prevedi tutto quello che potrebbe accadere, il più delle volte le cose vanno per il verso giusto.»

«L'altro ragazzo è morto?»

L'uomo si alzò. «Facci sapere se hai bisogno di qualcosa. Cercheremo di accontentarti.»

Kevin decise di fare a sua volta una minaccia. «Mio fratello mi sta cercando.» Non l'aveva mai detto prima, ma ci aveva pensato, ci pensava ogni minuto. Tutti sapevano chi era il fratello di Kevin. Praticamente tutte le persone che conosceva avevano paura di suo fratello. Kevin pregò che anche quell'uomo avesse paura di lui. Si sentì morire dentro quando capì dalla sua espressione che non era minimamente impressionato. Forse quell'uomo non aveva paura di niente.

«Riposati, Kevin.» L'uomo guardò alcuni dei suoi disegni.

«Hai parecchio talento, sai? Chissà, forse tu non farai la fine di tuo fratello.» Chiuse la porta e girò la chiave.

Kevin ce la stava mettendo tutta, ma le lacrime furono più forti di lui e gli scesero abbondanti sulle guance gocciolando sulla coperta. Se le asciugò, ma ne arrivarono delle altre. Si rannicchiò in un angolo e pianse così forte da restare senza fiato. Poi si tirò la coperta sulla testa e rimase seduto così, al buio.

19

Web percorse sulla Crown Vic la via dove aveva abitato sua madre. Era un quartiere in decadenza, con potenzialità che non si erano mai realizzate e una vitalità che si era esaurita da tempo. Ciononostante quella che trent'anni prima era considerata una zona rurale ora si trovava nel cuore di una cittadina satellite di prima categoria, propaggine dell'inarrestabile dilatarsi dell'area metropolitana, dove i pendolari si alzano alle quattro di mattina per essere in ufficio alle otto. Di lì a pochi anni un imprenditore edile avrebbe probabilmente acquistato le vecchie case degradate per raderle al suolo e sostituirle con abitazioni lussuose, sorte sulla polvere di quelle sacrificate per pochi spiccioli.

Web scese dalla Crown Vic e si guardò intorno. Charlotte London era stata una delle persone più anziane della comunità e la sua abitazione, nonostante gli sforzi di Web, era quasi malridotta come tutte le altre. La ruggine aveva divorato quasi del tutto la rete di recinzione, le grondaie di metallo erano imbarcate per il peso dell'acqua e incrostate di un sudiciume che non era più possibile grattare via. L'acero solitario davanti alla casa era morto e le foglie avvizzite ancora appese ai rami dall'anno prima frusciavano tristi nella brezza. L'erba non era stata tagliata da tempo perché Web non era più tornato. Per anni si era adoperato perché il prato conservasse l'aspetto di un tempo, ma alla lunga si era arreso, visto che sua madre aveva scarso interesse per la casa e il giardino. Ora che lei era morta, Web pensava di vendere tutto, ma non subito, non se la sentiva ancora di affrontare quell'incombenza. E forse non l'avrebbe mai fatto.

Entrò e si guardò intorno. Era stato lì subito dopo la scomparsa di sua madre. Aveva trovato un gran disordine, lasciato da lei. Aveva passato un giorno intero a pulire e quando aveva finito sul marciapiede c'erano dieci sacchi di immondizia. Aveva continuato a pagare le bollette delle forniture di elettricità e acqua e la tassa del servizio fognario. Non era mai più tornato a vivere in quella casa, ma qualcosa gli aveva impedito di separarsene. Adesso stava contemplando la relativa pulizia delle stanze, coperte solo da un velo di polvere e qualche ragnatela. Si sedette sul divano, controllò l'ora e accese la TV nel momento in cui una soap opera veniva interrotta da un'edizione straordinaria. Era la conferenza stampa dell'FBI. Web sintonizzò meglio immagine e audio.

Poi rimase a bocca aperta nel vedere Percy Bates. Che fine aveva fatto Buck Winters? Ascoltò Bates illustrare i momenti salienti della sua onorevole carriera all'FBI e vide passare i filmati delle cerimonie di consegna di vari premi, medaglie e menzioni da parte della direzione del Bureau, e di un riconoscimento da parte del presidente in persona. Bates parlò degli orrori commessi e del coraggio dimostrato da Web di fronte a forze così soverchianti.

Lo si vide anche in ospedale con un lato del volto bendato e a quella sequenza allungò la mano per toccare ferro. Si sentì insieme orgoglioso e meschino. Rimpianse tutt'a un tratto che Bates avesse scelto quella strategia. Era un "promo" che non avrebbe cambiato l'opinione che il pubblico aveva di lui, ma al contrario avrebbe dato l'impressione che fosse sulla difensiva. I giornalisti lo avrebbero messo in croce, avrebbero probabilmente accusato il Bureau di volergli parare il culo. E forse in un certo senso era vero. Si lasciò sfuggire un gemito sommesso. Aveva pensato che la sua situazione non potesse peggiorare, invece era successo. Spense il televisore e rimase seduto dov'era con gli occhi chiusi. Sentì una mano che gli si posava sulla spalla, ma non c'era nessuno. Era un fenomeno che si ripeteva ogni volta che andava lì: la presenza di sua madre permeava tutta la casa.

Charlotte London aveva portato fino al giorno della morte i capelli lunghi fino alle spalle; nel corso degli anni erano passati da un biondo glorioso e sensuale a un argento aristocratico. La sua pelle non aveva rughe perché era allergica al sole e per tutta la vita se n'era tenuta al riparo. Aveva un collo lungo e liscio con muscoli sodi. Web si chiedeva quanti uomini fossero stati sedotti da quella curva così delicata e insieme forte. Da adolescente Web aveva sognato sua madre giovane e sexy, e se ne vergognava ancora oggi.

Per quanto bevesse e la sua alimentazione fosse a dir poco disordinata, non aveva messo su un grammo in quarant'anni e aveva mantenuto quasi intatta la linea che aveva avuto in gioventù. Quando si metteva in ghingheri, era una donna che faceva girare la testa anche a cinquantanove anni. Peccato che il fegato l'avesse tradita, perché il resto del suo organismo sarebbe potuto durare ancora per molto tempo.

A dispetto di tanta bellezza, la maggior parte delle persone era attratta dal suo intelletto. Tuttavia le conversazioni tra madre e figlio erano sempre state quanto mai bizzarre. Sua madre non guardava la televisione. "Non per niente dicono di quel coso che è una scatola idiota" ripeteva spesso. "Io preferisco leggere Camus. O Goethe o Jean Genet. Genet mi fa ridere e piangere allo stesso tempo e non so bene per quale motivo, perché è difficile sostenere che ci sia dell'umorismo in Genet. I suoi argomenti preferiti sono l'abiezione e la depravazione. Sofferenze a non finire. Soprattutto autobiografiche."

"Giusto. Certo. Genet, Goethe…" aveva ribattuto anni prima Web. «G-men, come me in un certo senso." Sua madre non aveva colto il gioco di parole.

"Ma sanno essere anche meravigliosamente avvincenti… erotiche, persino" aveva aggiunto lei.

"Che cosa?"

"Abiezione e depravazione."

Web aveva trattenuto un sospiro. Avrebbe voluto rispondere che con i suoi occhi aveva visto abiezioni e depravazioni che avrebbero fatto vomitare il buon vecchio Jean Genet. Avrebbe voluto dire a sua madre che quelle malvagità non erano argomenti su cui scherzare, perché un giorno qualcuno pieno fino all'orlo di abiezione e depravazione avrebbe potuto presentarsi alla sua porta di casa e porre fine alla sua vita. Invece aveva taciuto. Spesso sua madre aveva quell'effetto su di lui.

Charlotte London era stata una bambina prodigio che aveva lasciato spesso a bocca aperta per le sue notevoli doti intellettuali. Era entrata al college a quattordici anni e aveva preso una laurea in letteratura americana concludendo gli studi tra i primi del suo corso. Parlava perfettamente quattro lingue. Dopo il college, Charlotte aveva viaggiato per il mondo da sola per quasi un anno. Web lo sapeva perché aveva visto le foto e letto i suoi diari. E l'aveva fatto in un'epoca in cui le giovani donne non potevano permettersi tanta libertà. Charlotte aveva persino scritto un libro in cui aveva narrato le sue avventure, un testo che si vendeva ancora oggi. S'intitolava *London Times*; London era il suo cognome da nubile, al quale era tornata dopo la morte del secondo marito. Aveva fatto cambiare legalmente il cognome di Web da Sullivan in London dopo il divorzio dal primo marito. Web non aveva mai portato il nome del patrigno. Sua madre non l'avrebbe permesso. Era fatta così. E a tutt'oggi ancora non sapeva perché gli avesse dato un nome di battesimo così strano, quel Web con una "b" sola. Aveva cercato nell'albero genealogico della sua famiglia senza trovare una risposta. E sua madre si era categoricamente rifiutata di rivelargli le origini della sua scelta.

Da piccolo l'aveva sentita raccontare di ciò che aveva visto e fatto nei suoi viaggi da ragazza e considerava ancora adesso le storie di sua madre tra le più belle che avesse mai sentito. Aveva desiderato viaggiare con lei alla stessa maniera e scrivere diari e scattare fotografie della sua splendida e avventurosa madre sullo sfondo di una cascata d'acqua cristallina in Italia o di una cima innevata in Svizzera o di un caffè all'aperto a Parigi. Il sogno della madre avvenente e del suo bel giovane cavaliere lanciati alla conquista del mondo aveva dominato le sue fantasie di adolescente. Ma poi sua madre si era risposata e i suoi sogni si erano infranti.

Web aprì gli occhi e si alzò. Scese prima in cantina. Era tutto coperto di polvere e non trovò niente che si avvicinasse anche lontanamente a ciò che stava cercando. Tornò di sopra e passò sul retro della casa, dove c'era la cucina. Aprì la porta posteriore e guardò nel piccolo box che ospitava, tra gli altri oggetti, la vecchia Plymouth Duster della madre. Sentì le grida di alcuni bambini che giocavano lì vicino. Chiuse gli occhi e ascoltò più attentamente. Quasi gli sembrò di vedere il pallone sfrecciare, le giovani gambe magre correre per raggiungerlo, un Web giovane che pensava che se non l'avesse preso al volo, la sua vita sarebbe finita. Annusò l'aria e sentì l'odore di fumo di legna mescolato a quello dolce dell'erba autunnale appena tagliata. Non c'era niente di più bello, ma era solo un profumo e non durava mai a lungo. Poi si tornava alla merda quotidiana. Quella, aveva scoperto, era eterna.

Nella sua visione il giovane Web correva sempre più forte. Stava scendendo la sera e sapeva che sua madre lo avrebbe presto richiamato. Non per cenare, ma per andare dai vicini di casa a fare incetta di sigarette per il patrigno. O per una scappata al Foodway del quartiere con un paio di dollari e una triste storia per il vecchio Stein, che gestiva il suo negozio con un cuore troppo grande. Sempre a scroccare giù al Foodway, il giovane Web. Sempre a intonare la triste canzone irlandese, quella di cui mamma gli insegnava le parole. Dove l'aveva imparata, lei, quella triste canzone? le aveva chiesto. Come per l'origine del suo nome, lei non gli aveva mai risposto.

Ricordava bene il signor Stein che si chinava, con i suoi occhialoni, il vecchio cardigan e l'immacolato grembiule bianco, ad accettare bonario le banconote tutte stropicciate da "Webbie" London, come gli piaceva chiamarlo. Poi aiutava Web a scegliere il cibo per la cena e magari anche per la prima colazione dell'indomani. Tutti generi alimentari che naturalmente costavano più di due dollari, eppure mai che Stein avesse avuto qualcosa a ridire. Tuttavia su altri argomenti era stato meno riservato.

"Di' a tua madre di non bere così" gli aveva gridato dietro una volta, quando lui stava già correndo verso casa con due grossi pacchi di prodotti. "E di' a quel demonio di suo marito che Dio lo fulminerà per quello che ha fatto, se non sarà la mano di un uomo a precederlo. E se Dio non concederà a me quell'onore. E prega tutte le sere, Webbie. Dillo a tua madre. E anche a lui!" Il vecchio Stein era innamorato di sua madre. Come praticamente tutti gli uomini del vicinato, sposati e scapoli. Anzi, l'unico uomo che sembrava non essere innamorato di Charlotte London era quello che lei aveva sposato.

Salì al piano di sopra e si fermò a guardare la scala a saliscendi fissata al soffitto del corridoio. Certo, da lì avrebbe dovuto cominciare la sua ricerca, ma non aveva voglia di salirci. Si decise finalmente a tirare la fune facendo calare la scala. Salì, accese la luce e subito i suoi occhi frugarono in tutti gli angoli più bui. Fece un altro respiro profondo e si disse che raramente i vigliacchi con la tremarella combinano qualcosa di buono nella vita, ricordò a se stesso che era un grande, grosso e coraggioso assaltatore dell'HRT con una 9 millimetri carica nella fondina. Frugò in soffitta per un'ora, finendo per resuscitare più fantasmi del suo passato di quanti avrebbe voluto.

C'erano gli annuari scolastici con le foto di goffi ragazzi che tentavano di sembrare più grandi di quel che erano, solo pochi anni prima di quando avrebbero tentato disperatamente di fare l'opposto. Si soffermò anche a decifrare gli scarabocchi dei compagni di classe con i loro ambiziosi piani per il futuro, nessuno dei quali si era realizzato, per quel che ne sapeva lui, i suoi compresi. In una scatola c'era la sua vecchia giacca dell'università e il casco da football. Per molto tempo era riuscito a ricordare le circostanze di ogni singolo graffio di quel casco. Ora non ricordava più nemmeno che numero aveva sulla maglia. C'erano vecchi e inutili quaderni, diari che contenevano soltanto stupidi disegni tracciati da mani annoiate. Le sue mani annoiate.

In un angolo erano appesi indumenti accumulatisi in quarant'anni, abbandonati in balia di polvere, muffa e tarme. C'erano anche vecchi dischi deformati dagli sbalzi di temperatura. E poi scatole di figurine di giocatori di baseball e football, che a distanza di tanto tempo sarebbero valse una piccola fortuna, se Web non le avesse usate come bersagli per freccette e fucili ad aria compressa. C'erano i pezzi di una bicicletta che ricordava solo vagamente, insieme a una manciata di lampade da flash bruciate. C'era anche una bella figurina di creta, opera di sua madre, ma il patrigno l'aveva malmenata abbastanza da farle saltar via orecchie, naso e occhi. Era il patetico memoriale di una famiglia alquanto ordinaria, che per certi versi non era stata ordinaria affatto.

Web stava per arrendersi quando la trovò.

La scatola era sotto la collezione di libri di sua madre, opere di filosofi, scrittori e pensatori di un'altra epoca. Ne esaminò il contenuto. C'era abbastanza per cominciare. Sarebbe stato un investigatore assai scarso se non fosse riuscito a cavarne nulla. Lo sorprendeva di non averci mai badato quando viveva in quella casa. Ma a quei tempi non l'aveva mai cercata.

Si girò di scatto a scrutare nell'angolo più lontano. Era buio, denso di ombre, ma avrebbe giurato di aver visto qualcosa muoversi. La sua mano andò alla pistola. Detestava quella soffitta. Con tutto il cuore! Ma non avrebbe saputo spiegarsi perché. Era solo una comunissima, dannata soffitta.

Portò la scatola in macchina e mentre tornava al motel chiamò Percy Bates al cellulare. «Bel lavoro, Perce. Basta un giorno per cambiare una vita. Ma cos'è successo al vecchio Bucky?»

«Si è tirato indietro all'ultimo momento.»

«Già, nel caso io finisca male. Così ha lasciato fare a te.»

«Per la verità mi sono offerto io.»

«Sei un bravo ragazzo, Perce, ma se continui a fare la cosa giusta non farai strada al Bureau.»

«Forse non me ne frega niente.»

«Novità?»

«Abbiamo saputo da dove vengono le mitragliatrici. Rubate da una caserma in Virginia. Due anni fa. Sai che aiuto. Ma ricostruiremo la strada che hanno fatto fin dove possiamo.»

«Nessun segno di Kevin Westbrook?»

«Nessuno. E nessun altro testimone si è fatto avanti. Sembra che laggiù fossero tutti sordomuti.»

«Immagino che tu abbia parlato con la famiglia presso la quale viveva Kevin. È emerso nulla?»

«Non molto. Loro non l'hanno visto. Come ho detto, evitava il più possibile di stare in casa.»

Web scelse con attenzione le parole successive. «Nessuno che avesse a cuore quel ragazzino, allora? Nessuna vecchietta o nonnina?»

«Una vecchia c'è. Pensiamo che possa essere la matrigna della madre di Kevin o qualcosa del genere. Non è stata molto chiara sui rapporti di parentela. Uno potrebbe pensare che dovrebbe essere abbastanza semplice capirlo, ma questo è un caso tipico di famiglia allargata. Padri in galera, madri scomparse, fratelli morti, sorelle a battere, ti ritrovi con neonati scaricati nelle braccia di persone dall'aria semirispettabile, di solito di una certa età. La vecchia è sembrata sinceramente in pensiero per il ragazzino, ma anche lei è impaurita. Laggiù hanno tutti paura.»

«Perce, hai visto Kevin con i tuoi occhi prima che scomparisse?»

«Perché?»

«Sto cercando di fare una cronistoria il più possibile precisa del tempo intercorso tra il momento in cui io l'ho perso di vista e il momento in cui è scomparso del tutto.»

«Una cronistoria. Dannazione, com'è che non ci ho pensato» commentò Bates con sarcasmo.

«E dài, Perce, non sto cercando di pestare i piedi a nessuno, ma ho salvato la vita a quel ragazzo e vorrei che restasse vivo.»

«Web, ti rendi ben conto che le probabilità che sia ancora vivo sono molto scarse? Quelli che l'hanno sequestrato non avevano certo in mente di portarlo a una festa di compleanno. Abbiamo cercato in tutti i posti che ci sono venuti in mente. Abbiamo dato l'allarme in tutti gli Stati confinanti e persino alle frontiere canadese e messicana. Non penso che sia ancora in città.»

«Ma se lavorava per suo fratello, potrebbe essere al sicuro. È vero che questo Big F è un bastardo senza cuore, ma farebbe fuori il fratellino? Andiamo!»

«Ho visto di peggio, e anche tu.»

«Ma tu hai visto Kevin?»

«No, non l'ho visto di persona. Era già scomparso prima che arrivassi. Soddisfatto?»

«Ho parlato a quelli dell'HRT che gli hanno fatto da baby-sitter. Dicono che l'hanno consegnato a due agenti dell'FBI in borghese.» Web aveva deciso di tacere sulla dichiarazione di Romano, secondo il quale in realtà aveva trattato con un solo presunto agente, perché voleva prima sentire la versione di Bates.

«Resterai senza dubbio sorpreso di sapere che ci ho parlato anch'io e ho scoperto la stessa cosa.»

«Nessuno è stato in grado di dirmi come si chiamano gli agenti. Tu hai avuto più fortuna?»

«Siamo ancora solo al principio.»

Web gettò la maschera e lasciò perdere i convenevoli. «No,

Perce, per niente. Ho passato molti anni a fare quello che stai facendo tu. So come funzionano queste cose. Se ancora non sai dirmi chi erano quelli in borghese, vuol dire che non erano dell'FBI. Questo significa che due impostori si sono presentati sulla scena di un crimine, la tua scena del crimine, e si sono portati via un teste chiave. Forse posso aiutarti.»

«Questa è la tua teoria. E non voglio e non ho bisogno del tuo aiuto.»

«Mi stai dicendo che mi sbaglio?»

«Quello che ti sto dicendo è di stare fuori dalla mia indagine. E parlo sul serio.»

«Era la mia squadra, accidenti!»

«Lo capisco, ma se scopro che stai ficcando il naso in faccende che non ti riguardano, fai domande che non devi, segui piste per conto tuo, allora il culo te lo faccio io. Spero di essere stato chiaro.»

«Ti richiamo quando avrò risolto il caso.»

Web chiuse la comunicazione e si maledisse mentalmente per aver spezzato l'ultimo filo che ancora lo legava al Bureau. Era stato delicato quanto un bulldozer, ma Bates aveva la capacità di tirar fuori il lato peggiore di una persona. E pensare che gli aveva telefonato soprattutto per ringraziarlo della conferenza stampa!

20

Claire distese le braccia e soffocò uno sbadiglio. Si era alzata troppo presto dopo aver lavorato fino a tardi la sera precedente, una brutta abitudine che aveva preso ultimamente. Si era sposata a diciannove anni con il suo amore del liceo, era diventata madre a venti e aveva divorziato a ventidue. I sacrifici che aveva fatto nei dieci anni successivi sgobbando per laurearsi in medicina e specializzarsi in psichiatria erano troppi per poterli ricordare. Ciononostante non aveva rimpianti riguardo a sua figlia, adesso matricola al college. Maggie Daniels era sana, intelligente e ben integrata. Suo padre non aveva voluto avere a che fare con l'educazione della figlia e non avrebbe avuto alcun ruolo nemmeno nella sua vita da adulta. Questo per la verità dipendeva da Maggie, Claire lo sapeva, ma la ragazza non si era mai interessata molto al padre ed era cresciuta bene con un genitore solo. Dal canto suo, Claire era rimasta sempre ai margini della vita sociale e alla fine aveva concluso che avrebbe dedicato tutta la sua esistenza alla carriera.

Aprì il fascicolo e studiò gli appunti che aveva preso. Web London era un soggetto affascinante per qualsiasi studioso di psicologia umana. Dal poco che Claire aveva saputo prima che lui lasciasse bruscamente lo studio, poteva concludere che quell'uomo era un concentrato ambulante di problemi personali. Dagli elementi critici presenti nella sua infanzia alla ferita che lo aveva sfigurato da adulto, fino al lavoro pericoloso che svolgeva e dal quale sembrava trarre tutto ciò che per lui contava nella vita, era un paziente al quale un professionista avrebbe volentieri dedicato tutto il suo tempo. I colpi alla porta interruppero le sue riflessioni.

«Sì?»

L'uscio si aprì e apparve uno dei suoi colleghi. «Forse t'interessa venire a dare un'occhiata.»

«A che cosa, Wayne? Sono occupata.»

«Conferenza stampa dell'FBI. Web London. L'ho visto uscire da qui l'altro giorno. Lo hai in cura tu, giusto?»

Lei sollevò le sopracciglia e non rispose. Ma intanto si era alzata e lo stava seguendo nella reception, dove c'era acceso un piccolo televisore portatile. C'erano altri psichiatri e psicologi, tra i quali Ed O'Bannon, che stavano seguendo la trasmissione. Era ora di pranzo e nessuno di loro era al lavoro. Alcuni stavano consumando uno spuntino in piedi.

Così, per una decina di minuti, Claire Daniels ebbe modo di approfondire alcuni aspetti della vita e della carriera di Web London. Si portò involontariamente la mano alla bocca quando lo vide in ospedale, con il volto e il petto fasciati. Quell'uomo aveva vissuto esperienze che avrebbero segnato chiunque. E Claire sentiva il forte desiderio di aiutarlo, nonostante il modo brutale in cui lui aveva posto fine al loro colloquio. Finita la conferenza stampa, mentre i colleghi cominciavano a rientrare nei rispettivi uffici, Claire fermò O'Bannon.

«Ed, ricordi che ti ho detto di aver visto Web London quando tu non c'eri?»

«Certo, Claire. E te ne sono grato.» Abbassò la voce. «A differenza di altri qui dentro, so che tu non mi soffi i pazienti.»

«Be', sei gentile a dirlo, Ed. Comunque il fatto è che Web m'interessa parecchio. E mi pare che siamo entrati subito in sintonia.» Fece una pausa. «Vorrei prenderlo in terapia» aggiunse poi in tono fermo.

Sorpreso, O'Bannon scosse la testa. «No, Claire. Io ho già avuto London in cura ed è un soggetto alquanto ostico. Non abbiamo ancora concluso l'analisi, ma c'erano degli aspetti molto delicati nel rapporto madre-figlio.»

«Capisco bene, ma desidero davvero lavorare al suo caso.»

«E io capisco il tuo interessamento, ma London è un mio paziente e la continuità nella terapia ha un valore innegabile, e ciò include mantenere lo stesso terapeuta.»

Claire fece un sospiro. «Non potremmo lasciar decidere a Web?»

«Scusa?»

«Non puoi chiamarlo e lasciare che sia lui a decidere con chi preferisce continuare?»

O'Bannon parve molto seccato. «Non mi sembra necessario.»

«Ed, c'è stata un'immediata intesa tra noi e io credo che forse un approccio diverso al suo caso potrebbe essere utile.»

«Non mi piace quello che stai insinuando, Claire. Le mie credenziali sono impeccabili. Nel caso tu non lo sapessi, ho lavorato in Vietnam, dove mi sono occupato di casi di sindrome da combattimento, choc da scontro a fuoco, prigionieri di guerra che avevano subito il lavaggio del cervello. E i miei interventi hanno dato ottimi risultati.»

«Web non è nelle forze armate.»

«Non credo che esista un'istituzione civile più militarizzata dell'HRT. Conosco quel genere di individui e parlo la loro lingua. Credo che la mia esperienza mi qualifichi in maniera specifica per il suo caso.»

«Non sto dicendo il contrario, ma Web mi ha confessato di non essersi sentito molto a suo agio con te. E io so che per te il bene di un paziente è prioritario come lo è per me.»

«Non ho bisogno che tu mi tenga una lezione di etica professionale.» O'Bannon rifletté per un istante. «Ma ha detto veramente così? Di essersi sentito a disagio con me?»

«Sì, ma secondo me si tratta più che altro di una reazione riflessa dovuta al suo carattere. Come hai detto tu, è un osso duro. Per quel che ne so, è possibile che una volta cominciata la terapia, prenda in antipatia anche me.» Gli posò una mano sulla spalla. «Allora? Vuoi chiamarlo? Oggi stesso?»

«Lo chiamerò» si arrese O'Bannon.

Web stava guidando, quando il suo cellulare squillò. Controllò il display. Non riconobbe il numero.

«Pronto?» rispose con diffidenza.

«Web?»

La voce gli parve familiare, ma niente di più.

«Sono il dottor O'Bannon.»

«Come ha avuto questo numero?» si meravigliò Web.

«Me l'ha dato lei. L'ultima volta che ci siamo visti.»

«Senta, stavo pensando…»

«Web, ho parlato con Claire Daniels.»

Web si sentì arrossare le guance. «Le ha detto che ci siamo visti?»

«Me l'ha detto. Ma senza rivelarmi il contenuto del vostro colloquio, naturalmente. Mi pare di capire che era in un momento di crisi e Claire ha cercato di chiamarmi prima di parlarle. È per questo che le telefono.»

«Non credo di seguirla.»

«Claire mi ha detto che voi due vi siete intesi subito. Ritiene che si sentirebbe più a suo agio con lei. Dato che lei è mio paziente, c'è bisogno del consenso di entrambi.»

«Senta, dottor O'Bannon…»

«Web, voglio ricordarle che nel passato abbiamo affrontato con successo i suoi problemi e credo che potremmo farlo di nuovo. Probabilmente Claire ha enfatizzato un po' i dubbi che lei ha su di me. Ma vorrei informarla che la dottoressa non ha l'esperienza che ho io. Ho avuto in terapia agenti dell'FBI per più tempo di lei. Non mi piace dirlo e desidero che resti tra noi, ma Claire andrebbe oltre le sue competenze, se la prendesse in terapia.» Fece una pausa in attesa della risposta di Web. «Allora? Continuerà a venire da me, d'accordo?»

«Andrò da Claire.»

«Web, per piacere!»

«Voglio Claire.»

O'Bannon tacque per qualche istante. «È sicuro?» chiese poi in tono brusco.

«Sono sicuro.»

«Allora informerò Claire perché si metta in contatto con lei. Spero che otterrete dei risultati» aggiunse con freddezza.

La comunicazione fu interrotta e Web riprese a guidare. Trascorsero due minuti, poi il telefono squillò di nuovo. Era Claire Daniels.

«Immagino che ti sentirai conteso» esordì in tono disarmante.

«È bello essere popolari.»

«Mi piace finire quello che comincio, Web, a costo di contrariare un collega.»

«Claire, io ti sono davvero grato e ho detto a O'Bannon che preferisco proseguire la terapia con te, però…»

«Ti prego, Web, io credo di poterti aiutare. Almeno vorrei provarci.»

Lui rifletté per qualche secondo mentre guardava la scatola. Che tesori conteneva? «Posso trovarti a questo numero?»

«Sarò qui fino alle cinque.»

«E poi?» Si fermò a una stazione di servizio e trascrisse il numero di cellulare e quello dell'abitazione di Claire. Promise che l'avrebbe richiamata e chiuse la comunicazione. Inserì i nuovi numeri nella rubrica del suo telefono, riprese la marcia e si mise a meditare su quanto era accaduto. Non gli andava molto la foga che la donna ci stava mettendo, gli sembrava che ci fosse troppa intensità nelle sue buone intenzioni.

Arrivato al motel controllò se a casa sua c'erano messaggi in segreteria. Alcuni di coloro che avevano visto la conferenza stampa avevano telefonato per fargli gli auguri. E un uguale numero di voci che non riconobbe lo informava che moriva dalla voglia di prendere a cazzotti la sua faccia sfigurata da vigliacco. In un caso gli parve di riconoscere la voce di Julie Patterson con un litigio tra bambini in sottofondo, ma non ne era sicuro.

Seduto per terra, appoggiato al muro, si sentì improvvisamente così addolorato per Julie, che cominciò a tremare. Sì, ora a lui non andava molto bene, ma era solo un momentaccio e sarebbe passato. Lei invece doveva affrontare una vita intera con il peso della perdita del marito e di un figlio e quattro bambini piccoli da crescere da sola. Era una sopravvissuta, come lui. E i sopravvissuti sono quelli che soffrono di più, perché spetta a loro raccogliere i pezzi e farsi carico dei lutti.

Compose il suo numero e rispose una voce infantile. Era il figlio più grande, Lou Jr, di undici anni. Era lui l'uomo di casa ora.

«Louie, c'è la mamma? Sono Web.»

Ci fu una pausa prolungata. «Hai fatto uccidere nostro padre, Web?»

«No, Louie. Lo sai anche tu. Ma scopriremo chi è stato. Ora vai a chiamare la mamma, da bravo» aggiunse con fermezza.

Sentì il tonfo del ricevitore appoggiato sul tavolo. Mentre attendeva, cominciò a tremare di nuovo, perché non aveva assolutamente idea di che cosa avrebbe detto a quella donna. Il suo nervosismo crebbe quando udì dei passi che si avvicinavano e il ricevitore che veniva sollevato da qualcuno che se lo portava all'orecchio, ma rimaneva in silenzio.

«Julie?» chiese finalmente.

«Che cosa vuoi, Web?» La voce di Julie era stanca. Sentirla così fu ancora più doloroso di quando gli aveva urlato in faccia alla funzione funebre.

«Volevo sapere se c'era qualcosa che potevo fare per aiutarti.»

«Non c'è niente che puoi fare, né tu né nessun altro.»

«Dovrebbe esserci qualcuno lì con te. Non è bene che resti sola in questo momento.»

«Sono venute mia sorella e mia madre da Newark.»

Be', almeno quella era una buona notizia. Gli sembrava che fosse più calma, più ragionevole. «Scopriremo chi è stato, Julie. Dovessi metterci il resto della vita. Voglio che tu lo sappia. Lou e gli altri erano tutto per me.»

«Tu fai quello che devi fare, ma non servirà a restituirmelo, Web.»

«Hai visto la conferenza stampa in TV?»

«No. E ti prego di non chiamare più.» Riappese.

Web rimase dov'era a incassare il colpo. Non si aspettava certo che si scusasse per averlo trattato con tanto disprezzo. Lo angustiava il fatto che lei lo avesse respinto. "Ti prego di non chiamare più." Forse anche le altre vedove condividevano lo stesso sentimento. Nessuna di loro lo aveva più contattato per sapere come stava, né Debbie, né Cynde, né le altre. E comunque, ricordò ancora una volta a se stesso, il loro dolore era ben più profondo del suo. Avevano perso il marito. Lui aveva perso solo degli amici. Doveva esserci un'enorme differenza. Eppure a lui non sembrava.

Attraversò di corsa la strada per prendere un caffè. Cadeva una pioggerella sottile e la temperatura era scesa. La giornata cominciata così bene ora era bigia e umida, un cambiamento frequente in quella zona, e che aumentava la tristezza che aveva nell'animo.

Tornato in camera, si sedette per terra e aprì la scatola. I documenti erano sgualciti dall'umidità, alcuni un po' ammuffiti, le poche fotografie erano ingiallite e lacere. Ciononostante per lui fu una grande emozione, perché erano oggetti che non aveva mai visto. In parte perché non aveva mai saputo che sua madre avesse conservato quei ricordi del suo primo matrimonio; in parte perché non aveva mai pensato di perquisire la casa per cercarli. Per quale motivo non lo avesse fatto, non lo sapeva. Forse i cattivi rapporti che aveva avuto con il patrigno avevano spento il suo interesse per le figure maschili della sua vita.

Dispose le fotografie a ventaglio e le esaminò. Suo padre, Harry Sullivan, era stato un bell'uomo. Molto alto, spalle larghe, aveva i capelli scuri ondulati, un ciuffo impomatato e un'aria impertinente che lo facevano sembrare un divo del cinema degli anni Quaranta; giovane e arrogante, aveva occhi azzurri scintillanti di malizia. Non era difficile immaginare quanto potesse essere sembrato affascinante a una giovane donna, ingenua nonostante la vivace intelligenza e i numerosi viaggi all'estero. Si domandò che aspetto potesse avere suo padre adesso, dopo anni di prigione, dopo aver divorato la vita per decenni senza un traguardo da raggiungere.

In un'altra foto Sullivan teneva un braccio intorno alla vita sottile di Charlotte. Era un braccio così lungo che l'avvolgeva come una cintura e le dita erano posate appena sotto il seno di lei, e forse glielo toccavano. Sembravano molto felici. Con la gonna plissettata e una pettinatura mossa, Charlotte London era più bella e più incantevole che mai e pareva pazzamente innamorata della vita. Ma gran parte di quella letizia doveva derivare dalla giovane età. Ancora non avevano vissuto i momenti difficili. Web si toccò la guancia. No, i momenti difficili non erano una bella esperienza e non è detto che ti rendano più forte. Vedendola così piena di vita, gli riusciva difficile credere che non ci fosse più.

Bevve un sorso di caffè, mentre fuori cominciava a piovere più forte. Si sorprese di trovare il certificato di matrimonio dei Sullivan. Strano che sua madre l'avesse conservato, ma dopotutto era il suo primo matrimonio, per quanto sventurato. La firma di suo padre era sorprendentemente minuta per un uomo così atletico e robusto. E le lettere erano scritte male, come se l'esercizio di firmare con il proprio nome, Harry, gli riuscisse difficile, come se la sua mano si muovesse con poca sicurezza. Un uomo di scarsa istruzione, concluse Web.

Posò il certificato e raccolse un altro foglio. Una lettera. L'intestazione era di un istituto di pena della Georgia. La data risaliva a un anno dopo che madre e figlio avevano abbandonato il marito e il padre ormai rinchiuso in carcere. La lettera era scritta a macchina, ma in fondo c'era la firma di Harry Sullivan. E questa volta la firma era più sicura, le lettere più grandi e più precise nel tratto, come se ci avesse lavorato con impegno. In fondo aveva anche molto tempo "libero" in prigione.

Il contenuto era conciso, e in sostanza si trattava di scuse rivolte a Charlotte e Web. Quando fosse uscito sarebbe stato un uomo diverso, prometteva. Avrebbe rigato diritto. Oh be', per la verità nella lettera Harry Sullivan diceva che avrebbe "cercato" con tutte le forze di mantenere quelle promesse. Web doveva riconoscere che quello di suo padre era un gesto di onestà, anche se forse brutale, un comportamento non facile per un uomo che marciva lentamente in galera. Dai numerosi interrogatori che aveva condotto, Web aveva imparato che le sbarre d'acciaio, le serrature massicce e la mancanza di un futuro spingono le persone a mentire spudoratamente quando pensano che ciò possa servire alla loro causa. Chissà se le carte del divorzio gli erano arrivate poco dopo aver spedito quella lettera. Che reazione poteva avere un detenuto a una simile notizia? Prima gli tolgono la libertà e poi perde anche moglie e figlio? Di certo non gli era restato molto. Web non aveva mai rimproverato la madre per la scelta che aveva fatto e non voleva rimproverarla ora. Tuttavia, quei piccoli reperti della sua storia di famiglia gli fecero provare una punta di compassione per Harry Sullivan, dovunque fosse, vivo o morto.

Mise la lettera da parte e per due ore esaminò il resto del suo tesoro. Perlopiù erano oggetti che non gli sarebbero mai serviti per rintracciare suo padre, ma li studiò con la massima cura lo stesso, se non altro per carpire quanto più poteva della personalità di quell'uomo. La sua mano si chiuse su due documenti che promettevano di offrirgli una pista valida. Il primo era una patente di guida scaduta con la foto di suo padre e l'altro, più importante, la sua tessera della previdenza sociale. I due documenti aprivano una vasta gamma di possibilità. Aveva inoltre un'altra pista da seguire.

Ingoiò l'orgoglio, chiamò Percy Bates e si scusò in toni quasi imbarazzanti. Poi gli diede il nome del padre, Harry Sullivan, il numero della previdenza sociale e le date approssimative del periodo di detenzione nella prigione della Georgia. Aveva preferito non approfittare troppo della sua fonte abituale, Ann Lyle. Ann aveva abbastanza da fare e al momento l'HRT aveva bisogno di tutta la sua attenzione. Per giunta, ancora non si era fatta viva a proposito di Cove e Web non voleva che avesse la sensazione di essere incalzata.

«Chi è?» volle sapere Bates.

Quando aveva presentato domanda di assunzione al Bureau, Web aveva dovuto dare il nome del suo vero padre e, dietro richiesta dell'ufficio del personale, aveva domandato a sua madre qualche informazione supplementare, ma lei si era categoricamente rifiutata di discuterne. Web aveva risposto agli investigatori che non sapeva dove si trovasse il genitore e che non aveva alcuna informazione che potesse aiutarli a trovarlo. Per quanto ne sapeva lui, la questione si era chiusa lì. Aveva superato il controllo sulla sua situazione familiare e ambientale e aveva felicemente cominciato la sua carriera nell'FBI. Aveva avuto il suo ultimo contatto con il padre quando aveva sei anni e il Bureau non poteva in alcun modo rivalersi su di lui se il genitore era un detenuto.

«Un tizio che ho bisogno di rintracciare» rispose a Bates. Sapeva che, grazie alla meticolosità dei controlli che il Bureau effettuava sul background dei propri agenti, era probabile che avessero informazioni su suo padre. Semplicemente non aveva mai sentito il desiderio di mettere il naso in quel dossier. Quanto a Bates, non era escluso che sapesse che Harry Sullivan era suo padre, e in tal caso mentiva molto bene.

«Qualche legame con l'inchiesta?»

«No, come hai detto tu quella è off-limits, ma ti sarei veramente grato se mi facessi questo favore.»

Bates concluse promettendo che avrebbe fatto il possibile.

Web ripose tutti gli effetti nella scatola e la fece scivolare in un angolo. Prese il cellulare e chiamò di nuovo la segreteria a casa. Era diventata un'ossessione, dopo il brutto affare del cortile, e nemmeno lui sapeva spiegarsene il motivo. Quando udì la voce, si compiacque di tanta diligenza. Debbie Riner voleva sapere se era libero per cena. La richiamò immediatamente per accettare l'invito. Debbie aveva visto il programma in TV. «Io non ho mai avuto dubbi, Web» dichiarò. Lui liberò un lungo sospiro. Ora la vita gli sembrava di nuovo bella.

Fece apparire sul display il numero che desiderava. Erano passate le cinque, perciò Claire Daniels non sarebbe stata più allo studio. Esitò con il dito che sfiorava il pulsante. Poi la chiamò. Era in macchina, diretta a casa, gli spiegò. «Posso vederti domani mattina presto. Alle nove» disse.

«Dunque, hai già risolto tutti i miei problemi?»

«Sono efficiente, ma non così veloce.» Web sorrise al suo commento. «Ma sono contenta che tu abbia deciso di farti aiutare da me. So che cambiare è difficile.»

«Cambiare non mi costa fatica, Claire. È quando le rotelle cominciano a girare per conto loro che mi preoccupo. Ci vediamo domani alle nove.»

•

21

La cena con Debbie Riner e i suoi figli non andò affatto bene come Web aveva sperato. C'era anche Carol Garcia con uno dei suoi bambini. Seduti a tavola, la conversazione languì per lo sforzo comune di evitare gli argomenti che avessero a che fare con la distruzione delle rispettive vite familiari. Quando i Garcia si fecero il segno della croce, Web ripensò alle parole che diceva a Danny Garcia prima di ogni missione. Web aveva ragione, perché quella notte Dio non era certamente con loro. Quella sera, però, si limitò a chiedere che gli passassero le patate.

L'HRT non incoraggiava i rapporti tra le mogli dei suoi membri. In particolare perché si voleva evitare che le consorti si scambiassero pettegolezzi sui mariti. Durante gli allenamenti e le missioni, gli uomini mettevano in mostra alcuni lati meno conosciuti del loro carattere, e non sempre positivi. Un commento fatto inavvertitamente da un agente alla propria moglie poteva diffondersi come un incendio tra le altre donne se avessero costituito un gruppo. Ma si voleva anche evitare che le naturali ansie di una sviluppassero una sorta di angoscia collettiva a causa di informazioni fraintese, congetture pessimistiche e vere e proprie invenzioni create dalla paura per il destino dei mariti.

I bambini assaggiarono appena le pietanze, continuarono a cambiare posizione sulle seggiole e diedero chiaramente a vedere che avrebbero preferito non trovarsi lì. Trattarono come uno sconosciuto l'uomo che era stato il loro migliore amico, che aveva giocato e scherzato con loro accompagnandoli durante la crescita. Tutti, persino la figlia di sette anni di Debbie

Riner, che lo aveva adorato praticamente fin dalla nascita, si mostrarono sollevati quando annunciò che se ne sarebbe andato.

«Fatti sentire» mormorò Debbie dandogli un bacio sulla guancia. Carol si limitò a salutarlo con la mano, tenendosi a distanza e stringendo al fianco il figlio, che lo guardò andar via con gli occhi vitrei.

«Non mancherò» promise Web. «Buona fortuna. Grazie per la cena. Se hai bisogno di qualcosa, fammelo sapere.» Ripartì pensando che probabilmente non li avrebbe più rivisti. Il messaggio che gli era giunto, forte e chiaro, durante la cena era un invito a tenersi in disparte.

L'indomani mattina alle nove in punto Web entrò nel mondo di Claire Daniels. Ironia volle che la prima persona in cui s'imbatté fosse il dottor O'Bannon.

«Piacere di vederla, Web. Le va un caffè?»

«So dov'è. Mi servo da solo, grazie.»

«Sa, Web, io sono stato in Vietnam. Non in azione, anche allora ero psichiatra. Ma ho visto molti soldati laggiù. In combattimento accadono certe cose, cose che non penseresti mai. Ma sa una cosa? Dopo si diventa più forti. Ho lavorato con ex prigionieri di guerra torturati dai vietcong. È stata un'esperienza terribile per loro, la classica manipolazione fisica e psicologica: non avevano nessun appoggio fisico e morale, né controllo della loro esistenza neanche durante il sonno, e avevano sviluppato sentimenti di odio nei confronti dei propri compagni. Certo non è eticamente corretto che uno psichiatra soffi i pazienti a un collega e, francamente, sono rimasto un po' sorpreso di quello che è successo con Claire. Ma credo che la dottoressa converrà con me che quello che conta sopra ogni altra cosa è il suo bene, Web. Perciò se dovesse cambiare idea, io sono sempre a sua disposizione.» Gli diede una pacca sulla schiena e gli rivolse quello che doveva essere uno sguardo d'incoraggiamento, quindi si allontanò.

Claire uscì dal suo ufficio pochi istanti dopo, lo vide e prese un caffè con lui. Guardarono insieme un tecnico in divisa che usciva con una cassetta degli attrezzi dalla centralina delle linee telefoniche ed elettriche dello studio.

«Problemi?» chiese Web.

«Non lo so, sono appena arrivata» rispose lei.

Mentre bevevano il caffè, Web la osservò meglio. Claire indossava una camicetta e una gonna lunga fino alle ginocchia che lasciava scoperti i polpacci abbronzati, ma i suoi capelli, nonostante fossero corti, erano un po' in disordine. Lei parve accorgersi del suo attento esame e cercò di ravviarsi qualche ciocca.

«Ho fatto qualche giro dell'isolato questa mattina per muovermi un po'. Vento e umidità non sono il massimo per l'acconciatura.» Bevve un sorso e aggiunse altro zucchero. «Sei pronto?»

«Direi di sì.»

Nello studio privato di lei, mentre Claire esaminava alcuni documenti, Web notò un paio di scarpe da corsa in un angolo. Probabilmente quelle che aveva usato quella mattina. Si girò verso di lei, un po' sulle spine.

«Per prima cosa, Web, voglio ringraziarti della fiducia che mi hai dimostrato accettando la mia assistenza.»

«Non so bene nemmeno io perché l'ho fatto» confessò lui con candore.

«Quale che sia la ragione, ci metterò tutto il mio impegno per far sì che tu non ti penta della decisione che hai preso. Il dottor O'Bannon non è stato molto contento, ma quello che importa veramente è aiutare te.» Gli mostrò una cartelletta. «Questa è la documentazione che O'Bannon mi ha passato quando ti ho preso come paziente.»

Web abbozzò un sorriso. «Mi sarei aspettato qualcosa di più voluminoso.»

«È quello che pensavo anch'io, se devo essere sincera» fu la sorprendente risposta di Claire. «Ci sono gli appunti di alcuni colloqui. Ti prescrisse dei farmaci, degli antidepressivi, ma niente di particolare.»

«E allora? È un bene o un male?»

«Un bene se ti sono serviti, e ritengo di sì, visto che hai ripreso la tua vita a pieno regime.»

«Ma?»

«Ma forse il tuo caso merita un'indagine più approfondita. Devo dirti che mi stupisce che non sia ricorso all'ipnosi. È una tecnica in cui è molto abile e di solito la include nelle sue terapie. Per la verità O'Bannon tiene un corso all'università, dove ogni tre o quattro anni ipnotizza uno studente e per esempio gli impedisce di pronunciare una lettera dell'alfabeto, così che invece di leggere la parola "gatto" scritta sulla lavagna la pronuncia "atto". O gli fa credere che c'è un moscerino che gli sta ronzando intorno all'orecchio, roba di questo genere. Sono cose che facciamo per dare dimostrazione di come si possano produrre allucinazioni visive o uditive.»

«Ricordo che ne discutemmo la prima volta che andai da lui, anni fa. Io mi sono opposto, è per questo che non l'ha fatto» dichiarò lui senza reticenze.

«Capisco.» Gli mostrò un incartamento più corposo. «Il tuo fascicolo ufficiale al Bureau, o almeno una parte» spiegò in risposta alla sua espressione interrogativa.

«Mi era sembrato. Ma credevo che fossero dati riservati.»

«Hai firmato una liberatoria quando hai accettato di entrare in terapia. Il fascicolo viene consegnato al terapeuta come supporto per il trattamento. Naturalmente vengono escluse tutte le informazioni top-secret. Il dottor O'Bannon adesso ha passato a me il fascicolo. L'ho letto con molta attenzione.»

«Benissimo.» Web fece schioccare le nocche e restò in ansiosa attesa.

«Nel nostro colloquio iniziale non mi hai detto che Raymond Stockton, il tuo patrigno, morì cadendo in casa quando tu avevi quindici anni.»

«Ah no? Mi pareva di sì. Ma tu non hai preso appunti, quindi come fai a esserne sicura?»

«Fidati, Web, me ne sarei ricordata. Mi hai anche detto che con il tuo patrigno avevi buoni rapporti, giusto?» Claire abbassò gli occhi sulle sue carte.

Web sentì che il cuore prendeva a battergli più veloce e aveva le orecchie in fiamme. La tecnica dell'interrogatorio era quella classica. Lo aveva messo in posizione e ora gli piombava addosso con la forza di un gorilla da duecento chili. «Avevamo le nostre divergenze. Chi non le ha?»

«Qui ci sono pagine e pagine di denunce di aggressione. Alcune presentate dai vicini di casa, altre da te. Tutte contro Raymond Stockton. È a questo che ti riferisci quando parli di "divergenze"?» Lui arrossì ancora di più in un moto di collera. «Non sto facendo del sarcasmo» s'affrettò ad aggiungere Claire. «Sto solo cercando di capire i tuoi rapporti con quell'uomo.»

«Non c'è niente da capire perché non avevamo rapporti.»

Claire consultò di nuovo il suo incartamento, sfogliandolo avanti e indietro, e Web osservò ogni suo movimento con ansia crescente.

«La casa che ti ha lasciato tua madre è la stessa in cui è morto Stockton?» Web rimase in silenzio. «Web? È la stessa casa…»

«Ho sentito!» sbottò lui. «Sì, è la stessa. E allora?»

«Chiedevo. Dunque, hai in mente di venderla?»

«Perché la cosa dovrebbe interessarti? Ti occupi anche di transazioni immobiliari?»

«Ho solo la sensazione che tu abbia un'avversione nei confronti di quella casa.»

«Non è stato un gran bel posto in cui crescere.»

«Lo capisco benissimo, ma spesso per liberarsi da un peso e continuare a vivere più sereni la propria esistenza bisogna affrontare le proprie paure.»

«Non c'è niente in quella casa che io debba affrontare.»

«Perché non ne parliamo un po'?»

«Senti, Claire, qui stiamo andando completamente fuori strada. Sono venuto da te perché la mia squadra è stata spazzata via e io ne patisco le conseguenze sul piano psicologico. Vediamo di rimanere in carreggiata. Dimentichiamo il passato. Dimentichiamo la casa e dimentichiamo padri e patrigni. Non hanno niente a che vedere con me o con la persona che sono.»

«Al contrario, hanno molto a che vedere con la persona che sei. Se non comprendo il tuo passato, non posso aiutarti ad affrontare il presente e il futuro. È molto semplice.»

«Perché non mi dai qualche dannata pillola e la chiudiamo qui, va bene? Così il Bureau sarà contento che mi sono fatto fare un massaggino mentale e tu avrai fatto il tuo lavoro.»

Claire scosse la testa. «Io non lavoro in questo modo, Web. Voglio aiutarti. Credo di poterti aiutare. Ma tu devi collaborare. Non esistono compromessi.»

«Se non sbaglio hai detto che soffro di sindrome da combattimento o qualcosa del genere. Che cosa c'entra con il mio patrigno?»

«Per la precisione ci siamo limitati a non escludere questa possibilità per spiegare quanto ti è accaduto in quel cortile. Non ho detto che è l'unica. Dobbiamo valutare ogni angolazione se vogliamo essere sicuri di centrare il bersaglio.»

«Bersaglio... A sentire te sembra tutto così facile. Come se fossi qui a piangermi addosso perché ho qualche brufolo.»

«Puoi metterla come vuoi, ma questo non cambierà il modo in cui dobbiamo affrontare i problemi.»

Web si coprì il volto con le mani e parlò attraverso le dita. «Che cosa diavolo vuoi da me, allora?»

«Sincerità, per quanto ti sia possibile. E credo che, se ci provi davvero, puoi riuscirci. Devi fidarti di me, Web.»

Web abbassò le mani. «E sia, eccoti la verità. Stockton era un fallito. Pasticche e alcol. È rimasto prigioniero degli anni Sessanta, credo. Era un mediocre impiegatuccio, per cui doveva presentarsi al lavoro in giacca e cravatta, e si illudeva di essere un novello Dylan Thomas nelle ore in cui non era in ufficio.»

«Dunque mi stai dicendo che era una specie di sognatore frustrato, e forse anche ipocrita?»

«Voleva essere più intellettuale e più brillante di mia madre, ma ne era lontano mille miglia. I suoi componimenti poetici erano schifezze, e non riuscì a farsi pubblicare mai niente. L'unica cosa che aveva in comune con il vecchio Dylan era che beveva come una spugna. Credo che pensasse che la bottiglia potesse dargli l'ispirazione.»

«E picchiava tua madre?» Claire batté un dito sull'incartamento.

«È quello che c'è scritto là dentro?»

«Per la verità quello che non c'è scritto è ancora più interessante. Tua madre non presentò mai denunce contro Stockton.»

«Allora penso che dobbiamo credere a quanto risulta agli atti.»

«Picchiava tua madre?» chiese di nuovo lei e ancora una volta Web non rispose. «O picchiava solo te?» Web alzò lentamente gli occhi su di lei, ma tacque ancora. «Solo te, dunque. E tua madre lo lasciava fare?»

«Il più delle volte Charlotte non era presente. Aveva commesso l'errore di sposare quell'uomo. Lo sapeva ed evitava di stargli vicino.»

«Capisco. E il divorzio era fuori discussione.»

«L'aveva già fatto una volta. Credo che non volesse passarci di nuovo. Era più semplice sgattaiolare fuori casa tutte le sere.»

«Sapendo che ti lasciava in compagnia di un uomo che ti avrebbe messo le mani addosso. E tu come la prendevi?»

Web non disse niente.

«Ne hai mai parlato con lei dicendole come ti sentivi?»

«Non sarebbe servito a niente. Per lei quell'uomo non era mai esistito.»

«Vuoi dire che ne aveva cancellato il ricordo?»

«Voglio dire qualsiasi cosa possa voler dire. Non ne abbiamo mai discusso.»

«Eri a casa quando morì il tuo patrigno?»

«Forse sì, non ricordo più. Anch'io l'ho cancellato.»

«Secondo quello che c'è scritto qui, il tuo patrigno è caduto. Com'è successo?»

«È caduto dalla scala che porta in soffitta. Lassù nascondeva la sua scorta segreta di nutrimento per l'intelletto. Era sbronzo, mancò uno scalino, batté la testa sul bordo della botola e si ruppe il collo cadendo a terra. Ci fu anche un'indagine della polizia e il caso fu archiviato come morte accidentale.»

«Tua madre era a casa quando avvenne l'incidente? O era uscita per una delle sue gite notturne?»

«Ehi, stai giocando a fare il detective?»

«Sto cercando di capire la situazione.»

«Charlotte era a casa. Fu lei a chiamare l'ambulanza. Ma come ho detto lui era già morto.»

«Hai sempre chiamato tua madre per nome?»

«Mi sembrava giusto così.»

«Immagino che la morte di Stockton sia stata un sollievo per te.»

«Diciamo solo che non ho pianto al suo funerale.»

Claire si sporse in avanti e abbassò la voce. «Web, la risposta alla prossima domanda sarà molto difficile e se preferisci rimandare va bene. Ma in casi di abusi su minori, sono tenuta a farla.»

Web alzò le mani. «Non mi ha mai toccato nelle parti intime e non mi ha mai costretto a toccare le sue, d'accordo? Niente del genere. Me lo chiesero anche allora e risposi dicendo la ve-

192

rità anche quella volta. Non era un pedofilo. Era solo un coglione crudele, un sadico senza cervello, che si rifaceva di una vita di insicurezze e delusioni pestando un ragazzino. Se mi avesse messo le mani addosso in quell'altro modo, giuro che sarei stato capace di ammazzarlo con le mie mani.» Web si accorse troppo tardi delle parole che gli erano scappate di bocca. «Comunque evitò a me e ad altri l'incombenza precipitando da quella scala» si affrettò a precisare.

Claire tornò ad appoggiarsi allo schienale e mise da parte il fascicolo. Tranquillizzato da quel piccolo gesto, Web sentì sciogliersi un po' la tensione che gli serrava i muscoli. «È evidente che ricordi il periodo trascorso con il tuo patrigno» concluse Claire «e ne provi orrore per un motivo comprensibile. Ti è venuto in mente qualcosa sul tuo padre naturale?»

«I padri sono padri.»

«Con questo vuoi dire che il tuo vero padre e Raymond Stockton sono un tutt'uno?»

«Mi risparmia la fatica di doverci pensare troppo, ti pare?»

«Le scorciatoie di solito non portano a niente.»

«Non saprei da che parte cominciare, Claire, davvero.»

«Va bene, torniamo per un attimo a quel cortile. So che sarà doloroso, ma raccontami un'altra volta tutta la storia.»

Web l'accontentò e il ricordo fu doloroso.

«Dunque, non rammenti di aver avuto reazioni particolari quando avete incontrato il primo gruppo di sconosciuti, giusto?»

«Mi sono chiesto se c'era pericolo che qualcuno di loro cercasse di ucciderci o di dare l'allarme, ma sapevo che erano tenuti di mira dai tiratori scelti. Quindi, a parte l'eventualità di morire ammazzati, era tutto sotto controllo.»

Se il suo sarcasmo le aveva dato fastidio, Claire non lo diede a vedere. Web ne fu impressionato.

«D'accordo. Ora cerca di rievocare l'immagine del ragazzo. Ti ricordi con esattezza che cosa ha detto?»

«È davvero importante?»

«Ora come ora non sappiamo che cosa possa essere importante e che cosa no.»

Web sospirò. «Va bene. Ho visto il ragazzo. Ci ha guardato. Ha detto…» Web s'interruppe perché vedeva distintamente Kevin. Il foro del proiettile nella guancia, la cicatrice sulla fronte, un monello che evidentemente aveva già sulle spalle una vita troppo lunga e schifosa. «Ha detto… ha detto… "Cuoci all'inferno". Così ha detto.» Le rivolse uno sguardo di grande emozione. «Così. Ah, e poi ha riso. Una risata molto strana, un ghigno, per la verità.»

«E tu quando hai cominciato a sentire qualcosa di strano?»

Web rifletté. «Direi quando ha parlato. Non so, come se una nebbia mi fosse calata sul cervello.» Rimase un attimo pensieroso, poi aggiunse: «"Cuoci all'inferno", sono proprio le sue parole. Sta succedendo di nuovo, sento un formicolio nelle dita. Roba da matti».

Claire prese un appunto. «È una frase abbastanza insolita per un bambino, specialmente uno che vive in quella zona della città. Non c'è niente di strano in "cuoci" e "inferno", ma "cuoci all'inferno"… Mi pare un po' antiquata come imprecazione, sembra che venga da un'altra epoca: quella dei puritani, forse, quando i peccatori erano condannati al fuoco eterno. Tu che cosa ne pensi?»

«Secondo me risale alla Guerra civile o giù di lì» rispose Web.

«È tutto molto strano.»

«Credimi, Claire, tutta quella notte è stata strana.»

«Hai sentito nient'altro?»

Web rifletté con maggior impegno. «Stavamo aspettando l'ordine definitivo per l'assalto. Poi l'ordine è arrivato.» Scosse la testa. «Appena l'ho sentito nell'auricolare, mi sono paralizzato. È stato un effetto immediato. Ricordi che ti ho detto dei Taser con cui giocavamo all'HRT?» Claire annuì. «Ebbene, è stato come se fossi stato colpito da una di quelle freccette elettrificate. Non riuscivo a muovermi.»

«È possibile che qualcuno ti abbia sparato con un Taser nel vicolo? Può essere stato per questo che non riuscivi più a muoverti?»

«Impossibile. Non c'era nessuno così vicino e quelle freccette non sarebbero riuscite a penetrare il mio Kevlar. E poi ce l'avrei avuta ancora conficcata nel corpo, ti pare?»

«Hai ragione.» Claire prese un altro appunto. «Prima hai affermato» riprese «che anche se ti sentivi come paralizzato, sei riuscito comunque a muoverti per arrivare fin nel cortile.»

«È stata la cosa più difficile della mia vita, Claire. Mi sembrava di pesare una tonnellata, non c'era niente in me che stesse funzionando come doveva. Alla fine ho ceduto, sono crollato a terra e non mi sono più mosso. È stato allora che sono partite le mitragliatrici.»

«Quando hai cominciato a riprenderti?»

«Ho avuto l'impressione di essere rimasto immobile per anni» ricordò lui. «Ma non è passato tutto quel tempo. Erano appena cominciate le raffiche di mitraglia, che io stavo già riacquistando sensibilità. Potevo muovere braccia e gambe, che mi bruciavano come se stessero andando a fuoco, come quando ti si rallenta la circolazione e poi riprende all'improvviso, sai? Mi sentivo così. Non che avessi bisogno delle gambe in quel momento, non avevo nessun posto dove andare.»

«Dunque la sensibilità ti è tornata da sola, giusto? Non ricordi di aver fatto qualcosa che può averti paralizzato? Forse un problema di schiena in seguito a qualche infortunio durante gli addestramenti? Hai mai avuto incidenti che ti abbiano danneggiato il sistema nervoso? Sono cose che possono paralizzare.»

«Niente del genere. Se non sei in condizioni assolutamente perfette, non puoi andare in missione.»

«Dunque hai sentito le mitragliatrici e hai cominciato a riacquistare la sensibilità.»

«Sì.»

«Nient'altro?»

«Quel bambino. Ne ho visti a milioni come lui, eppure mi sembrava diverso. Non riuscivo a togliermelo dalla testa. Non era solo perché gli avevano sparato, anche di quelli ne ho visti tanti. Non lo so. Mentre le mitragliatrici sparano, lo vedo di nuovo. È rannicchiato vicino all'imboccatura del vicolo. Un passo ancora e finisce a pezzettini. Gli grido di restare indietro. Striscio sul ventre verso di lui. Vedo che è terrorizzato. Sente che dal fondo del vicolo sta arrivando l'altra squadra, la Hotel, mentre io sto dalla parte del cortile; dalle case arrivano sventagliate di proiettili. E capisco che ha intenzione di scappare attraversando il cortile. Sarebbe stata la sua fine. Non potevo permetterglielo, Claire. Erano già morti in troppi quella notte. Lui è partito di scatto e io ho fatto un balzo da terra e l'ho preso al volo, l'ho tirato giù e l'ho calmato perché stava strillando che non aveva fatto niente e naturalmente quando un bambino dice così è perché nasconde qualcosa.

«Dunque, come dicevo, l'ho calmato. Mi ha chiesto se quelli della mia squadra erano morti e gli ho risposto di sì. Gli ho consegnato il messaggio e il mio berretto e ho lanciato il razzo. Sapevo che solo così quelli della Hotel non lo avrebbero ammazzato vedendolo arrivare nel buio. Non volevo che morisse, Claire.»

«Dev'essere stata una vera nottataccia per te, Web, ma dovresti anche sentirti orgoglioso per avergli salvato la vita.»

«Ah sì? E perché gliel'ho salvata? Perché tornasse sulla strada? Vedi, questo è un bambino molto speciale. Ha un fratello che si chiama Big F e gestisce uno dei giri di narcotraffico locali. È un tipo pericoloso.»

«E allora forse in tutta questa storia potrebbe essere immischiato qualche nemico di questo Big F?»

«È possibile.» Web fece una pausa per decidere fino a che punto spingersi. «Qualcuno ha scambiato i bambini. Nel vicolo.»

«Ha scambiato i bambini? Come sarebbe?»

«Sarebbe che il Kevin Westbrook che ho salvato io in quel vicolo non è lo stesso ragazzino che ha consegnato il messaggio a quelli della Hotel. E il bambino che è scomparso dalla scena del crimine non era il Kevin Westbrook che ho salvato io.»

«Ma a quale scopo?»

«Ecco la domanda da un milione di dollari ed è una domanda che mi fa impazzire. Quello che so è che in quel cortile io ho salvato la vita a Kevin Westbrook, mentre il ragazzino che ha preso il suo posto è andato a raccontare alla Hotel Team che sono un vigliacco. Perché?»

«Sembra che abbia voluto screditarti intenzionalmente.»

«Un bambino che non conosco nemmeno?» Web scosse la testa. «Qualcuno stava cercando di farmi fare la figura del codardo, questo è sicuro, e deve aver istruito il bambino. Poi l'hanno fatto intervenire al momento opportuno perché raccontasse le sue balle e subito dopo l'hanno fatto sparire. Probabilmente è morto. Anche Kevin sarà morto.»

«A sentire te qualcuno ha lavorato molto a questo piano» osservò Claire.

«E a me piacerebbe sapere il perché.»

«Possiamo solo tentare di scoprirlo, Web. Io ti aiuterò per quel che posso, ma l'indagine in sé è per sé e fuori dal mio settore di competenza.»

«Potrebbe essere fuori anche dal mio, se è per questo. Non mi sono occupato molto di investigazioni in questi ultimi otto anni.» Giocherellò con un anello facendoselo girare intorno al dito. «Stamattina, quando sono arrivato, O'Bannon mi ha fatto una breve tirata sulla sindrome da combattimento.»

Claire inarcò le sopracciglia. «Ah sì? La sua teoria vietnamita?» Sembrava che si sforzasse di restare seria.

«Non è la prima volta che esprime questo suo punto di vista. Ma lo pensi anche tu? Che ci sia qualcos'altro oltre alla faccenda del bambino?»

«Non ti so rispondere, Web, non ancora.»

«So che ai militari succedono cose di questo genere. Qualcuno gli spara addosso e sono sconvolti dalla paura. È più che comprensibile, del resto.»

Lei lo guardò con attenzione. «Ma?»

«Ma nella maggioranza dei casi i militari vengono buttati in mezzo al fuoco nemico dopo poche settimane di addestramento» rispose lui con tono concitato. «Non sanno niente di morti ammazzati, non sanno che cosa significa uccidere qualcuno, che cosa significa fare da bersaglio a pallottole vere di un nemico vero. Io ho passato quasi tutta la mia vita adulta a prepararmi per fare il mio mestiere. Mi hanno scaricato addosso roba che non crederesti mai, Claire. Dal fuoco delle mitragliatrici ai colpi di mortaio che, se mi avessero colpito, mi avrebbero polverizzato. Sono stato capace di uccidere uomini mentre sguazzavo in un lago di sangue, il mio. E non una volta, non una sola dannatissima volta, mi sono bloccato come quella notte. E non era stato ancora sparato un solo colpo. Dimmi tu come diavolo è possibile?»

«Web, so che sei a caccia di risposte. Dovremo continuare a scavare. Ma ti posso dire che, quando si ha a che fare con la mente, tutto è possibile.»

Lui la fissò scuotendo la testa e chiedendosi quando e come sarebbe riuscito ad abbandonare la strada che aveva imboccato. «Be', dottoressa, non mi è di grande aiuto, mi pare. Quanto la paga il Bureau per non dirmi niente?» Si alzò all'improvviso e lasciò lo studio.

Di nuovo Claire non cercò di fermarlo, perché sarebbe stato inutile. Le era già successo che qualche paziente la piantasse in asso, ma mai durante i primi due colloqui. Riesaminò i suoi appunti, poi accese un registratore e cominciò a dettare.

All'insaputa di Claire, nel rilevatore di fumo fissato al soffitto era nascosta una microspia collegata all'impianto elettrico dell'edificio e alimentata anche da una batteria di sicurezza. Ce n'era una nella stanza di ogni psichiatra e psicologo dello studio. La centralina interna delle linee telefoniche ed elettriche conteneva altre spie elettroniche, una delle quali si era guastata richiedendo l'intervento del "tecnico" che si era presentato quella mattina allo studio.

Tutte quelle orecchie indiscrete avevano raccolto un enorme quantitativo di dati riservati sui pazienti che erano passati per quegli ambulatori. Nell'ultimo anno più di cento fra agenti dell'FBI di tutte le divisioni e venti mogli ci erano venuti pensando di poter parlare dei loro segreti e problemi nella più assoluta riservatezza. Purtroppo non era stato così.

Appena Web se ne fu andato, anche Ed O'Bannon lasciò il suo studio, scese con l'ascensore nel garage, salì sulla sua Audi coupé nuova di zecca e partì. Mentre guidava, digitò un numero sul cellulare. Qualche squillo e poi ottenne risposta.

«Disturbo?» chiese con ansia.

Il suo interlocutore rispose che non disturbava mai se la conversazione fosse stata breve e interessante.

«Oggi London è stato qui.»

«Me l'hanno detto. C'era lì uno dei miei a riparare un guasto. Come va con il vecchio Web, allora?»

O'Bannon deglutì. «Si è rivolto a un altro psichiatra.» Poi aggiunse subito: «Ho fatto di tutto per impedirglielo, ma non ci sono riuscito».

O'Bannon dovette allontanare il cellulare dall'orecchio per proteggersi il timpano dalla reazione violenta dell'interlocutore.

«Senti, non è andata come pensi tu» protestò. «Sono rimasto di stucco quando mi ha detto che voleva cambiare psichiatra. È stato tutto così inaspettato… Cosa? Si chiama Claire Daniels. Una volta era una mia assistente. Lavora per noi da anni, è molto competente. In altre circostanze non ci sarebbe stato nessun problema, ma non ho potuto insistere troppo per non insospettirli.»

Dall'altra parte giunse a O'Bannon una proposta che lo fece tremare. Dovette accostare. «No, ucciderla servirebbe solo a sollevare dei sospetti. Conosco London. Troppo bene, forse. È in gamba. Se succedesse qualcosa a Claire, ci si attaccherebbe e non mollerebbe più la presa. È fatto così. Fidati, ho lavorato con quell'uomo per molto tempo. Ricordati che è per questo che mi hai contattato.»

«Ma non è la sola ragione» rispose l'altro. «Ti paghiamo bene, Ed. Molto bene. E non mi piace proprio per niente che lui si faccia analizzare da quella Daniels.»

«Posso tenere la situazione sotto controllo. Se conosco London, verrà qualche volta e poi mollerà. Ma se dovesse saltar fuori qualcosa, lo sapremo. Ci starò dietro.»

«Sarà meglio. E nel momento in cui tu dovessi perdere il controllo di cui ti vanti tanto, interverremo noi.» La comunicazione fu interrotta e O'Bannon ripartì. Era molto scosso.

22

Web aveva trascorso parecchio tempo a girare con la Vic per le
vie del quartiere dove aveva avuto luogo il massacro. Era in
aspettativa senza stipendio e non aveva titoli per occuparsi del-
l'inchiesta ufficiale. Per questo motivo non poteva pretendere
assistenza, se ne avesse avuto bisogno, né aveva un'idea chiara
di che cosa stesse cercando. L'oscurità del quartiere era rischiara-
ta dal bagliore uniforme dei fari. Le telecamere piazzate in molti
di quegli incroci servivano ufficialmente a fotografare gli auto-
mobilisti che passavano con il rosso, ma Web era convinto che
avessero anche una funzione di prevenzione in una zona dove il
tasso di criminalità era molto alto. Era la stessa opinione che avevano i delinquenti locali, e infatti molte delle telecamere erano
state direzionate in maniera da non nuocere, puntate verso il cielo o verso il terreno, ruotate in direzione di qualche tetto, quando
non erano state distrutte. E tanti saluti al Grande Fratello.

Web continuava a controllare i messaggi alla segreteria di
casa. Nessuna delle vedove aveva chiamato. Cynde e Debbie
avevano probabilmente informato le altre di averlo convinto a
uscire una volta per tutte dalla loro vita. Gli pareva quasi di
sentire il sospiro di sollievo corale delle donne.

Alla fine aveva preso un altro appuntamento con Claire. Lei
non aveva fatto menzione del modo poco educato con cui si
era congedato l'ultima volta che si erano visti. Aveva preso
nota dell'ora e fissato l'appuntamento senza problemi. Una
vera dura, aveva pensato lui.

Quando arrivò allo studio, c'erano altre persone in sala d'a-
spetto. Nessuno gli rivolse lo sguardo e anche Web tenne gli

occhi bassi. Era un atteggiamento che gli sembrava normale, nello studio di uno strizzacervelli: chi voleva essere ricordato da uno sconosciuto nel momento in cui andava a farsi revisionare le rotelle?

Claire lo accolse con un sorriso rassicurante e una tazza di caffè con latte e zucchero, come piaceva a lui. Poi si accomodarono nel suo studio.

Web si passò una mano nei capelli. «Senti, Claire, mi devo scusare per l'ultima volta. Di solito non sono così stronzo. So che stai cercando di aiutarmi e che questo è un casino tutt'altro che facile da risolvere.»

«Non devi scusarti per aver fatto quello che è normale che tu faccia, Web, vale a dire sfogare tutto quello che hai dentro per prenderne coscienza e liberartene.»

Lui reagì con un sorriso mesto. «Allora dove si va oggi, dottoressa?» le chiese. «Marte o Venere?»

«Per cominciare esamineremo i disturbi da stress post-traumatico e vediamo se si possono applicare al tuo caso.»

Web sorrise tra sé. Era un terreno sul quale si sentiva a suo agio. «Come il trauma da scoppio?»

«È una definizione che viene usata spesso a sproposito e vorrei essere un po' più precisa. Dunque, sul piano clinico, tu hai probabilmente sofferto di stress traumatico in seguito a quanto è avvenuto in quel cortile.»

«Su questo penso di poter essere d'accordo.»

«Allora vediamo se questa teoria è fondata. Se la diagnosi è giusta, ci sono molti modi per intervenire: tecniche di gestione dello stress, adeguate diete alimentari e regolazione dei ritmi sonno-veglia, esercizi di rilassamento e assunzione di farmaci ansiolitici.»

«Una bazzecola» commentò lui con sarcasmo.

Lei lo guardò in un modo un po' strano. «Certe volte è proprio così.» Claire controllò la documentazione che aveva sul tavolo. «Allora, hai notato qualche cambiamento nella tua condizione fisica? Freddo, vertigini, dolori al petto, pressione alta, difficoltà di respirazione, stanchezza, nausea, niente del genere?»

«La prima volta che sono tornato nel cortile e ho ripensato a quello che era accaduto, ho avuto quasi le vertigini.»

«E dopo?»

«No.»

«D'accordo. Ti è sembrato di essere diventato oltremodo eccitabile dopo quella notte?»

Web non dovette riflettere a lungo. «No.»

«Hai assunto qualche sostanza per aiutarti a superare le difficoltà?»

«Ma no! Anzi, ho bevuto di meno.»

«Qualche flashback?»

Web scosse la testa.

«Ti senti fiacco, con scarsa voglia di vivere, di vedere gente?»

«No, voglio scoprire cos'è successo. Ho voglia di darmi da fare.»

«Sei più arrabbiato, più irritabile e ostile del normale con gli altri?» Claire lo guardò e sorrise. «Presenti esclusi.»

Web ricambiò per un attimo il sorriso. «Non mi pare, Claire. Mi sembra piuttosto di aver mantenuto una relativa calma.»

«Depressione persistente, attacchi di panico, maggiore ansietà o particolari fobie?»

«Niente del genere.»

«Va bene. Ci sono dei ricordi ricorrenti dell'accaduto che s'insinuano all'improvviso nei tuoi pensieri? Sogni traumatici o incubi, in altre parole?»

Web si avventurò con circospezione in quella sorta di campo minato mentale. «La notte in ospedale, dopo la tragedia, ho fatto qualche brutto sogno. Ero sotto sedativi, ma ricordo che continuavo a scusarmi e riscusarmi con tutte le mogli dei compagni uccisi.»

«È del tutto naturale date le circostanze. Niente del genere in seguito?»

Web scosse la testa. «Sono stato occupato con l'inchiesta» rispose quasi volesse difendersi. «Ma ci penso in continuazione. Quello che è successo in quel cortile mi ha distrutto, questa è la verità. Come succede a un automobilista responsabile di un maxitamponamento. È un'esperienza del tutto nuova per me.»

«Ma la morte non è una novità, dato il settore in cui operi.»

«Questo no, ma non avevo mai dovuto affrontare la morte di un compagno di squadra.»

«Pensi che la tua mente abbia rifiutato parte di quello che

è accaduto? È il fenomeno che noi chiamiamo "amnesia psicogena".»

«No, ricordo tutto bene fin nei minimi dettagli» rispose con voce stanca Web.

Mentre Claire consultava i suoi appunti, tutt'a un tratto Web esclamò: «Io non volevo che morissero, Claire. Sto male per la fine che hanno fatto. Sarei disposto a fare qualsiasi cosa per riportarli in vita».

Lei rialzò la testa lasciando perdere gli appunti. «Web, ascoltami con molta attenzione. Solo perché non presenti i sintomi di stress post-traumatico non significa che non provi niente per la sorte toccata ai tuoi amici. Non significa che non soffri. Devi essere convinto di questo. Quello che ho davanti a me è un uomo che ha tutti i sintomi di una persona reduce da una situazione che avrebbe scioccato e sconvolto chiunque.»

«Ma non ha avuto effetti su di me.»

«Tu sei un individuo speciale, anni di addestramento fisico e una *forma mentis* particolare ti hanno permesso di entrare nell'HRT. Da quando ti sei rivolto a me ho saputo molte cose sul tuo reparto. So che il lavoro fisico e lo stress che vi impongono è straordinario, ma l'impegno a livello mentale rasenta la follia. Ed è grazie non solo alla tua forza fisica, ma anche a quella psicologica che puoi affrontare situazioni che risulterebbero insostenibili per chiunque altro, Web. Tu sei sopravvissuto a quel cortile riuscendo a preservare non solo il tuo corpo ma anche la tua mente.»

«Dunque non soffro di stress post-traumatico?»

«No, io credo di no.»

Web si guardò le mani. «Questo vuol dire che abbiamo chiuso?»

«No. Solo perché non sei traumatizzato per quello che è avvenuto nel cortile non significa che non ci siano dei nodi da sciogliere. Forse è qualcosa che ti porti dentro da molto prima del tuo ingresso nell'HRT.»

Lui si fece subito guardingo, una reazione che gli venne naturale. «Cioè?»

«È il motivo per cui siamo qui a chiacchierare. Tu hai detto che sentivi di appartenere alle famiglie dei tuoi colleghi. Mi chiedo se hai mai desiderato avere una famiglia tua.»

Web ci pensò un po' prima di rispondere. «Ho sempre sognato di avere una grande famiglia, sai, con molti figli maschi con cui giocare a palla e molte figlie da viziare e da cui farmi prendere per il naso e portare in giro come un cagnolino tutto felice e beato.»

Claire prese penna e taccuino. «E perché non l'hai fatto?»

«Gli anni mi sono fuggiti via.»

«Tutto qui?»

«Non basta?»

Lei lo guardò bene in faccia, la parte integra e quella sfigurata. Web girò la testa come aveva fatto la prima volta.

«Lo fai sempre?»

«Faccio cosa?»

«Nascondere il lato ferito della faccia quando qualcuno ti guarda.»

«Non lo so, non è che ci pensi.»

«Io ho l'impressione, Web, che tu pensi molto attentamente a tutto quello che fai.»

«Ti sbagli.»

«Non abbiamo parlato delle tue relazioni personali. Ti vedi con qualcuno?»

«Il mio lavoro non mi lascia molto tempo per queste cose.»

«Eppure gli altri della tua squadra erano tutti sposati.»

«Forse erano migliori di me» tagliò corto lui.

«Dimmi, quando sei stato ferito al volto?»

«Dobbiamo parlarne per forza?»

«Ho l'impressione che ti metta a disagio. Vuoi che ci occupiamo di qualcos'altro?»

«No, che diavolo, non sono per niente a disagio.» Si alzò, si tolse la giacca e, con stupore di Claire, si slacciò il primo bottone della camicia per mostrare la ferita al collo. «Mi hanno spappolato la faccia subito prima di farmi questa.» Le indicò la cicatrice. «Una banda di supermaschioni che si faceva chiamare Free Society si era barricata in una scuola di Richmond. Mentre io avevo mezza faccia che andava a fuoco, uno di loro mi ha piantato nel collo un proiettile sparato da una 357 Magnum. Un bel foro tondo tondo, che mi ha attraversato da una parte all'altra. Un millimetro più a sinistra e adesso sarei o morto o un vegetale da imboccare e a cui pulire il culo. E poi ho anche un altro bel souvenir, ma questo non te lo faccio vedere. Ce l'ho qui.» Si toccò la ferita vicino all'ascella. «Questo è stato un tipo di proiettile che noi addetti ai lavori chiamiamo "Gallerista". Hai presente le gallerie come quella sotto la Manica e le macchine mostruose che scavano nel sottosuolo? È una munizione sadica, Claire, corazzata. Ti entra dentro girando a spirale a una velocità tre volte superiore a quella del suono. E tutto quello che trova, lo polverizza. Mi è passata attraverso e ha ucciso l'uomo che era dietro di me e che stava per staccarmi di netto la testa con un colpo di machete. Se fosse stato un proiettile dum-dum invece di uno corazzato, mi sarebbe rimasto dentro e io sarei morto con una lama di machete piantata nel cranio.» Sorrise. «Bel tempismo, non trovi?»

Claire abbassò gli occhi senza rispondere.

«Ehi, dottoressa, non faccia così, non ha ancora visto il meglio.» Lei alzò lo sguardo e Web si mise una mano sotto il mento girando la faccia in maniera da rivolgere nella sua direzione il lato sfigurato. «Questo capolavoro lo devo a una fiammata che per poco non ha fatto fuori il mio buon amico e compagno Lou Patterson. Sai chi è? Il compianto marito della donna che mi ha ingiuriato davanti a tutto il mondo. Sono sicuro che l'hai vista anche tu alla TV. Lo scudo protettivo che indossavo mi si sciolse fin sotto la faccia. Mi hanno riferito che un dottore e un'infermiera sono svenuti quando mi hanno visto all'ospedale di Richmond. Hanno detto che avevo tutto questo lato dilaniato, una ferita unica. Qualcuno ha addirittura osservato che sembravo già in decomposizione. Cinque operazioni, Claire, e il dolore... be', lasciami dire che non ne esistono di peggiori. Più di una volta hanno dovuto legarmi al letto. E quando ho visto che cosa era rimasto della mia faccia, l'unica cosa a cui riuscivo a pensare era ficcarmi la canna di una pistola in bocca e mangiarmi una pallottola. E ci è mancato poco. Dopo che sono finalmente uscito da tutto questo e ho lasciato l'ospedale, è stato davvero divertente vedere come le donne scappavano strillando quando vedevano arrivare il vecchio Web. E la mia agendina è finita nel water. Perciò la risposta è no, non ho una relazione fissa, e il matrimonio è finito chissà perché in secondo piano rispetto ad altre importanti priorità della vita, come portare fuori l'immondizia e tagliare l'erba.» Si riabbottonò la camicia. «C'è nient'altro che vuoi sapere?» chiese in tono amabile.

«Ho visto la conferenza stampa del Bureau, dove hanno spiegato almeno in parte le circostanze nelle quali sei stato ferito. Quello che hai fatto è incredibilmente eroico. Ciononostante tu ti consideri troppo brutto per avere una donna.» Poi aggiunse: «E mi piacerebbe anche sapere se ritieni che saresti stato un buon padre».

Dannata donna, non mollava mai. «Mi piace pensarlo» rispose lui senza scomporsi, sforzandosi il più possibile di contenere la rabbia.

«No, ti sto chiedendo se lo pensi, non se ti piace pensarlo.»

«Che razza di domanda sarebbe?»

«Pensi che se avessi avuto dei figli, avresti avuto il coraggio di picchiarli?»

Web fece per alzarsi. «Claire, tra due secondi me ne vado! Per non tornare più.»

Lei sostenne il suo sguardo. «Se ricordi, quando abbiamo cominciato la terapia ti ho detto che avresti dovuto fidarti di me e una terapia non è una strada asfaltata, Web, specialmente se nascondi i problemi che non vuoi affrontare. Io desidero solo aiutarti, ma con me devi essere schietto. Se vuoi buttare via il tuo tempo con gli istrionismi, accomodati pure. Io preferisco qualcosa di più produttivo.»

Si fissarono a lungo, ma alla fine fu Web il primo a distogliere lo sguardo. Tornò a sedersi. Adesso riusciva a capire come doveva sentirsi Romano con Angie. «Non avrei mai picchiato i miei figli. Perché avrei dovuto, dopo quello che mi ha fatto Stockton?»

«Quello che dici sembra perfettamente logico. La realtà è però che la maggior parte dei genitori che maltratta i figli è stata a sua volta maltrattata nell'infanzia. Non è facile imparare dagli errori dei propri genitori perché la psiche umana non funziona con tanta efficienza. E i bambini, soprattutto, non sono attrezzati per pensare in quel modo. Sono impotenti di fronte agli abusi e perciò riescono a reprimere odio, collera e impotenza anche per molti anni. Questo groviglio di sentimenti confusi non scompare poi per incanto: la sensazione di essere stato tradito o la scarsa stima di sé che si sviluppano nel bambino maltrattato covano sotto la cenere: "Non è possibile che papà e mamma mi vogliano bene perché mi picchiano e deve essere colpa mia perché papà e mamma non farebbero mai niente di sbagliato". I bambini maltrattati crescono e hanno figli e qualche volta risolvono i loro problemi e diventano genitori modello. In molti casi, però, la collera e l'odio che sono rimasti latenti per tanto tempo riemergono per trovare sfogo sui loro figli, quasi per vendetta.»

«Non alzerei mai un dito su un figlio, Claire. So che il mestiere che faccio può far pensare che io sia quel genere di persona, ma non è così.»

«Ti credo, Web. Sul serio. Ma quel che è più importante è se tu credi a te stesso.»

Lui arrossì di nuovo. «Mi stai veramente mettendo a dura prova.»

«Vedrò di essere più esplicita, allora. Ritieni possibile che la tua decisione di non sposarti e avere dei figli possa derivare dal fatto che sei stato maltrattato e avevi paura di poter fare a tua volta del male ai tuoi bambini? Guarda che non è così insolito, Web, tutt'altro. Alcuni potrebbero addirittura sostenere che è il sacrificio supremo.»

«O la fuga dai propri problemi.»

«Anche questo.»

«Tu che cosa pensi?»

«Potrebbe trattarsi di entrambe le cose. Ma se questa è la ragione che ti ha impedito di sposarti e mettere su famiglia, possiamo lavorarci, Web. E anche se capisco benissimo che le ferite al volto possano impedire a certe donne di amarti, non credere che tutte le donne siano uguali, perché non è così.»

Lui cominciò a scuotere la testa, poi si fermò, la fissò, catturò il suo sguardo. «Quand'ero appostato nel cuore del Montana a controllare un altro dei vari gruppi di gente incazzata con il governo, passavo la mattina a inquadrare nel mirino a cannocchiale quelli che passavano dietro il vetro della finestra. Non so quante ore al giorno se ne volavano via nell'attesa del momento in cui avrei dovuto uccidere uno di loro. È una cosa che ti sfinisce, Claire, l'attesa di uccidere. Così quando non ero di turno, seduto sotto le stelle in quell'angolo remoto del Montana, scrivevo lettere a casa.»

«A chi?»

Un po' imbarazzato, Web impiegò qualche momento per rispondere, perché erano particolari intimi che non aveva mai rivelato a nessuno. «Fingevo di avere dei figli.» Scosse la testa e a quel punto non riuscì più a guardarla negli occhi. «Avevo persino inventato nomi come Web Jr, Lacey. La mia figlia più piccola si chiamava Brooke, aveva i capelli rossi e le mancavano gli incisivi. Scrivevo delle lettere che in realtà spedivo a casa mia, in modo da trovarle quando fossi tornato. Mentre sono lì che aspetto di ammazzare un branco di sciroccati del Montana in così netta inferiorità numerica da togliere tutto il gusto, scrivo a Brooke Louise e le racconto che papà sarà presto a casa. Mi stavo quasi convincendo di avere davvero una famiglia. È quello che mi ha sostenuto, per la verità, perché alla fine ho dovuto veramente premere il grilletto e la popolazione del Montana è diminuita di un paio di unità.» S'interruppe e si passò il dorso della mano sulla bocca, deglutendo quella che gli sembrò una montagna di bile. «Quando tornai a casa» riprese a occhi bassi «c'erano tutte quelle lettere ad aspettarmi. Ma non le ho lette, sapevo già che cosa raccontavano. La casa era vuota. Non c'era nessuna Brooke Louise.»

Finalmente alzò la testa. «Roba da matti, vero?» commentò. «Nel vero senso della parola. Mettersi a scrivere a bambini che non esistono.»

Senza che se lo fosse imposto, in quel momento si accorse di aver finalmente cominciato a comunicare davvero con Claire Daniels.

Quando uscì dallo studio di Claire e vide le due persone che conversavano sottovoce in sala d'aspetto, trasalì per un secondo, perché il contesto non era quello giusto. Lui era O'Bannon e fin lì andava tutto bene, perché lavorava in quello studio. Ma la donna che parlava con lui non avrebbe dovuto trovarsi lì. Quando si girò dalla sua parte e lo vide, Debbie Riner trattenne a stento un'esclamazione.

Anche O'Bannon si accorse della sua presenza e gli si fece incontro con la mano tesa.

«Web, non sapevo che oggi sarebbe stato qui. D'altra parte non avevo modo di saperlo; io e Claire non organizziamo insieme il calendario degli appuntamenti: sarebbe un incubo!»

Web non gli strinse la mano. Continuò a fissare Debbie, che sembrava paralizzata, quasi che fosse stata sorpresa a sbaciucchiarsi con O'Bannon.

Lo psichiatra spostò lo sguardo dall'uno all'altro. «Vi conoscete?» Poi si batté il palmo sulla fronte e si rispose da solo. «L'HRT.»

Web si avvicinò a Debbie, che stava prendendo un fazzoletto dalla borsetta. «Deb? Sei in cura da O'Bannon?»

«Web» intervenne lo psichiatra «queste sono informazioni confidenziali.»

Web lo liquidò con un gesto della mano. «Sì, lo so, top secret.»

«Quest'idea della sala d'aspetto in comune non mi è mai piaciuta» brontolò lui. «Non garantisce la dovuta privacy ai pazienti, ma data la disposizione dei locali non vedo come potremmo...» continuò O'Bannon sebbene gli altri due non lo stessero nemmeno ascoltando. «Ci vediamo, Debbie» concluse finalmente. Poi si rivolse a Web. «Abbia fiducia, Web, sono sicuro che Claire sta facendo meraviglie con lei.» Lo osservò in attesa di una conferma.

"Come no, dottore" avrebbe voluto dire Web. "Sta facendo tali meraviglie che mi sta facendo ammattire."

Web tenne la porta aperta per Debbie e la seguì agli ascensori. Lei evitava di guardarlo e Web sentì che stava cominciando ad arrossire, per la collera o per l'imbarazzo o per tutti e due insieme.

«Sono in terapia per via di quello che è successo» confessò infine. «Immagino che sia lo stesso anche per te.»

Lei si soffiò il naso e finalmente si girò a guardarlo. «Vado dal dottor O'Bannon da più di un anno, Web.»

Lui rimase a fissarla a bocca aperta e non udì nemmeno la cabina che si apriva.

«Scendi?» chiese Debbie.

In strada, quand'erano ormai sul punto di prendere direzioni diverse, Web riuscì a superare il senso di smarrimento e domandò: «Hai tempo per un caffè, Deb?». Era assolutamente certo che non avrebbe avuto nemmeno un secondo per uno come lui.

«C'è un bar dietro l'angolo. Conosco piuttosto bene le vie qua attorno.»

Si sedettero in un angolo tranquillo in compagnia delle loro tazze mentre le macchine lucenti ronzavano, gorgogliavano e sputacchiavano per i loro assetati clienti.

«Da più di un anno, hai detto? Sei in cura da uno psichiatra da così tanto tempo?»

Debbie mescolò una spruzzata di cannella. «C'è gente che resta in terapia per tutta la vita, Web.»

«Sì, altra gente. Non come te.»

Lei lo guardò come non l'aveva mai guardato prima. «Lascia che ti spieghi qualcosa della gente come me, Web. Quando mi sono sposata, Teddy era un militare. Sapevo a che cosa andavo incontro: trasferimenti oltreoceano, dove nessuno parla la tua lingua, oppure in qualche buco qui da noi, in mezzo a una palude dove ti devi macinare centocinquanta chilometri solo per trovare un cinema. Ma io amavo Teddy e ho detto di sì a occhi chiusi. Poi lui entrò nei Delta. E cominciarono ad arrivare i bambini e sebbene noi restassimo per la maggior parte del tempo sempre nello stesso posto, Teddy non era mai con noi. Il più delle volte non sapevo nemmeno dove fosse. Morto o vivo. Leggevo di lui sul giornale o lo vedevo alla CNN come tutti gli altri. Ma ce l'abbiamo fatta lo stesso. Poi lui è entrato nell'HRT e io mi sono persino illusa che le cose potessero migliorare. Gesù, nessuno mi aveva spiegato che quelli dell'HRT sono ancora più pazzi dei Delta, Web, o che mio marito sarebbe rimasto lontano da casa molto più di prima. Lo potevo accettare quando avevo vent'anni e non avevo figli. Ma io non avevo più vent'anni, Web. E ho tre bambini che ho cresciuto bene o male da sola, con lo stipendio di Teddy, che dopo tanti anni al servizio di questo dannato paese era più o meno lo stesso di una cassiera di un supermercato. Ho vissuto in funzione dei miei figli, giorno dopo giorno, e la più piccola, sai qual è la sola cosa che vuole sapere? "Perché papà è dovuto andare via? Perché papà non può tornare a casa?" E io non ho uno schifo di risposta da darle.»

«È morto combattendo una battaglia giusta, Deb. È morto per il suo paese.»

Il pugno che calò sul tavolo fu così violento che tutti i clienti intorno si girarono a guardare. «Queste sono tutte stronzate e lo sai benissimo.» Chiuse la bocca e riuscì a controllarsi facendo uno sforzo enorme. Web pensò a un vulcano in eruzione che cerca disperatamente di ringoiare la lava.

«Aveva fatto la sua scelta» riprese Debbie. «Aveva deciso di stare con i suoi compagni e le sue armi e le sue avventure.» La sua voce diventò più calma e più triste. «Ti voleva bene, a te e ai vostri compagni. Voleva bene soprattutto a te, Web. Non hai idea di quanto te ne volesse. Molto più che a me e persino ai suoi figli, perché non li conosceva nemmeno la metà di quanto conosceva te. Voi combattevate insieme, vi salvavate la vita a vicenda, ogni giorno dovevate vedervela con la morte ed eravate abbastanza bravi e addestrati da sconfiggerla scontro dopo scontro. Tutti insieme, come una squadra. La migliore dannata squadra che sia mai esistita. Con te parlava di cose che a me avrebbe sempre taciuto. Lui aveva quest'altra vita della quale io non avrei mai potuto fare parte. Ed era più emozionante, più travolgente di qualunque altra cosa.» Spalancò le braccia. «Come può una povera moglie competere con tutto questo? Teddy si limitava a regalarci qualche briciola del suo tempo, distribuiva bruscolini ai figli tanto per mantenere la pace in famiglia.» Scosse la testa. «Quanto vi ho odiati tutti quanti perché ce lo portavate via!» Si mise il fazzoletto sugli occhi per fermare le lacrime.

Web avrebbe voluto confortarla con una carezza, ma non sapeva se l'avrebbe accettata. Si sentiva colpevole di crimini spaventosi e non si era mai reso conto di essere già stato condannato.

«Anche Teddy era in terapia?» domandò.

Debbie si asciugò le lacrime e bevve un sorso di caffè. «No. Diceva che se qualcuno dell'HRT avesse scoperto che andava dallo strizzacervelli, lo avrebbero sbattuto fuori dalla squadra, che non c'era posto per uomini deboli nell'HRT. E comunque diceva che non c'era motivo di andarci. Lui non aveva niente di strano, ero io quella che aveva problemi di testa. Non voleva che ci andassi nemmeno io, ma una volta tanto ho puntato i piedi. Dovevo, Web, dovevo parlare con qualcuno. E non sono l'unica moglie di un membro dell'HRT che va dallo psichiatra. Ce ne sono altre, per esempio Angie Romano.»

Angie Romano! Web si domandò se si fosse rivolta a uno psichiatra per parlare di Paulie. Forse lui la picchiava. Ma no, più probabile che fosse lei a picchiare lui. «Mi dispiace che non siate stati felici, Deb. Lo avreste meritato.» A casa Web aveva un centinaio di fotografie in cui lui e i suoi amici della Charlie si divertivano insieme. E in nessuna di quelle fotografie c'erano le mogli dei suoi compagni, perché non erano mai state invitate a partecipare. Web le aveva giudicate senza essersi mai messo nei loro panni. Era un errore che non voleva ripetere, ora che sapeva quanto potesse essere devastante prendere coscienza della propria ignoranza.

Fu lei a toccargli la mano e a tentare persino di sorridere. «Dunque, ora che ti ho scaricato addosso una tonnellata di problemi, dimmi della tua terapia, come va?»

Lui si strinse nelle spalle. «Va. Non so bene dove. So che il vuoto che è in me non è neppure lontanamente paragonabile a quello che è rimasto nella vostra vita, ma a un tratto ho capito che quei ragazzi erano tutto ciò che avevo. E adesso non ci sono più e io sono ancora qui e non so perché. E ho paura che non lo saprò mai.»

«Mi dispiace per quello che ti ha fatto Julie Patterson. È in uno stato di confusione totale. Non era mai stata molto regolare nemmeno prima. Credo che fra tutte noi fosse quella che vi odiava di più.»

«Julie potrebbe sputarmi in faccia di nuovo e io lo accetterei ancora» dichiarò lui.

«Tu dovresti dimetterti adesso, Web. Hai dato più che a sufficienza. Hai servito fin troppo bene il tuo paese. Non possono chiederti più di così.»

«Ho calcolato che fra una trentina d'anni di psicofarneticazioni, sarò come nuovo.»

«Guarda che funziona, Web. O'Bannon mi ha persino ipnotizzata, è riuscito a farmi pensare a cose a cui credevo che non avrei mai pensato. Suppongo che fossero nascoste nei recessi più profondi della mia mente.» Gli strinse la mano con maggiore trasporto. «So che la cena a casa mia è stata un incubo. Non sapevamo che cosa dirti. Volevamo farti sentire a tuo agio, ma mi rendo conto che siamo riuscite a ottenere l'effetto opposto. Non so nemmeno io come hai fatto a non scappare urlando prima del dolce.»

«Non era vostro dovere farmi sentire a mio agio.»

«Tu sei stato un tesoro con i nostri figli in tutti questi anni. Voglio che tu sappia che ci lega a te non solo la stima, ma anche un affetto sincero. E siamo tutte felici che tu sia sopravvissuto. Sappiamo quante volte hai salvato la vita ai nostri uomini.» Si allungò per sfiorargli la guancia sfigurata, facendo scorrere i polpastrelli sulla pelle ruvida. Web non si ritrasse.

«Sappiamo tutte che prezzo hai pagato, Web.»

«Questo è uno dei momenti in cui penso che ne sia valsa la pena.»

23

Toona si sedette al posto di guida, chiuse e bloccò la portiera. Allungò il braccio e tese la busta a Francis, che era seduto dietro, nell'abitacolo della Lincoln Navigator nera. Nella sezione centrale era seduto Macy, che aveva inforcato un paio di occhiali da sole, nonostante i vetri fossero oscurati. Aveva un auricolare infilato in un orecchio e una pistola nella fondina. Peebles non c'era.

Francis guardò la busta ma non la prese. «Da dove arriva questa, Toona? Non mollarmi della merda che non sai da dove viene. Credevo che avessi più sale nella zucca.»

«È pulita. È già stata controllata, capo. Non so da dove viene, ma non è una lettera bomba o qualcosa del genere.»

Francis gliela strappò di mano e gli ordinò di partire. Appena tastò con le dita l'oggetto che c'era dentro, seppe di che cosa si trattava. Aprì la busta e ne tolse l'anello. Era piccolo, d'oro, e non sarebbe riuscito a infilarselo nemmeno nel mignolo. Ma si adattava perfettamente al medio di Kevin, quando glielo aveva comperato. All'interno erano incisi i nomi di Kevin e Francis. Anzi, per la verità la scritta era: FRANCIS E KEVIN. PER LA VITA.

Sentì che le mani cominciavano a tremargli e alzò in fretta gli occhi scoprendo Toona che lo stava fissando dallo specchietto. «Tu guida questa dannata macchina, Toona, se non vuoi che ritrovino la tua carcassa in un cassonetto con tutto il caricatore della mia pistola piantato nel tuo cervello.»

La Navigator si staccò dal cordolo e prese velocità.

Francis estrasse con cura la lettera dalla busta aperta. Era

214

scritta in stampatello, come succede in certi telefilm polizieschi. Le persone che avevano preso Kevin in ostaggio chiedevano, anzi no, ordinavano a Francis di fare una certa cosa se voleva rivedere vivo il ragazzo. Quello che gli dicevano di fare era strano. Francis aveva pensato a una richiesta di denaro o alla cessione di tutto o parte del suo territorio. E avrebbe accettato, per far liberare Kevin; poi avrebbe trovato i suoi sequestratori e li avrebbe ammazzati tutti quanti, probabilmente con le sue stesse mani. Ma non c'era nessuna richiesta del genere e la cosa confuse Francis, che all'improvviso cominciò a temere per Kevin molto più di prima, perché non riusciva a inquadrare i misteriosi mittenti. Sapeva per esperienza personale che una persona può arrivare a fare di tutto, da un piccolo furto all'omicidio più efferato. Credeva di aver visto tutto. E a giudicare dal contenuto della lettera quella gente era al corrente di qualcosa che sapeva anche lui, qualcosa di speciale riguardo all'ubicazione dell'edificio da cui erano partite le raffiche che avevano fatto fuori tutti quegli agenti federali.

«Da dove arriva questa lettera, Toona?»

Toona lo fissò dallo specchietto retrovisore. «Twan ha detto che era giù al posto in centro. Qualcuno l'aveva infilata sotto la porta.»

Il "posto in centro" era un appartamento che Francis usava con una certa regolarità, a differenza di molte delle abitazioni di cui si serviva. Era intestato a una società solo perché il signore della droga possedesse almeno qualcosa di legale e la polizia non potesse arrivare e abbattere la porta. L'aveva arredato con gusto, scegliendo opere d'arte originali di fratelli del ghetto che ammirava e che si adoperavano fin quasi all'inverosimile per sopravvivere onestamente. Sì, Francis Westbrook era un mecenate. I mobili erano costruiti su misura, tutti di legno massiccio e delle dimensioni adatte a reggere la pesante mole del padrone di casa. L'indirizzo era uno dei segreti che custodiva con più gelosia perché era uno dei pochi posti dove poteva veramente rilassarsi. Adesso qualcuno aveva scoperto dove si trovava, aveva contaminato il suo rifugio e Francis sapeva che non avrebbe più potuto tornarci.

Ripiegò la lettera e la infilò in tasca, ma tenne in mano l'anellino. Poi si tolse dalla tasca della camicia la fotografia di

Kevin nel giorno del suo nono compleanno. Francis lo teneva sulle spalle. Erano stati a una partita dei Redskins e ci erano andati con le magliette della squadra. Francis era così muscoloso che molti degli spettatori allo stadio avevano pensato che fosse un Redskin anche lui. Sissignori, grande grosso e nero, non poteva che essere un giocatore di football che guadagnava uno stipendio da fame. Ricordava però che secondo Kevin era una figata: sempre meglio avere per fratello uno scimmione senza cervello che un narcotrafficante.

E che cosa pensava davvero suo figlio, che idea si era fatto dell'uomo che credeva fosse il suo fratello maggiore e che in realtà era suo padre? Che cosa aveva pensato quando si era trovato in mezzo a un fuoco incrociato che aveva come bersaglio il suo presunto fratellone? Ricordava di averlo sorretto con un braccio, facendogli da scudo, mentre con l'altra mano sparava ai bastardi che avevano trasformato una festa di compleanno in una carneficina. Non aveva nemmeno potuto portarlo all'ospedale, lo aveva dovuto affidare a Jerome. E Kevin strillava che voleva suo fratello e Francis non poteva farci niente, perché le strade di tutta Washington pullulavano di sbirri, dopo la sparatoria. Aspettavano solo di veder spuntare degli uomini con qualche pallottola in corpo per poterli ammanettare. Era da un pezzo che gli sbirri si arrovellavano per trovare un sistema per inchiodarlo. E il gesto amorevole di consegnare il figlio ferito a dei medici, perché gli salvassero la vita, a lui sarebbe costato una lunga, lunghissima visita in qualche carcere di massima sicurezza.

Sentì che gli stavano salendo le lacrime agli occhi e cercò di ricacciarle indietro. Ricordava solo due occasioni in cui aveva pianto: quando Kevin era nato e quando era rimasto ferito e quasi ucciso. Il suo scopo era sempre stato quello di guadagnare abbastanza da vivere entrambi di rendita, lui e Kevin, per il resto dei loro giorni. Perché quando Francis si fosse ritirato nella piccola isola che aveva in mente, suo figlio sarebbe andato con lui, lontano dalle droghe e dalle armi e dalle morti premature. Forse avrebbe persino trovato il coraggio di rivelargli la verità: che lui era suo padre. Non sapeva bene perché avesse raccontato quella menzogna del fratello maggiore. Aveva paura della paternità? O le bugie erano parte integrante della sua esistenza?

Squillò il suo cellulare, come preannunciato dalla lettera. Evidentemente lo sorvegliavano. Se lo portò lentamente all'orecchio.

«Kevin?»

Nell'udire quel nome, Toona girò la testa. Macy rimase impassibile.

«Stai bene, giovanotto? Ti trattano bene?» chiese Francis. Annuì ascoltando la risposta. Conversarono per un minuto, poi la comunicazione fu interrotta. Francis posò il cellulare.

«Mace?»

Macy si girò all'istante.

«Mace, dobbiamo prendere questo Web London. Le cose sono cambiate.»

«Vuoi dire per ucciderlo o per uno scambio d'informazioni? Vuoi che sia lui a venire da noi o noi ad andare da lui? Sarebbe meglio che fosse lui a trovare noi, se si tratta di informazioni. Se invece lo vuoi morto, vado io da lui.»

La logica di Macy in quelle circostanze era a prova di bomba. Ti leggeva nel pensiero, elaborava i dati, esaminava le alternative e scaricava di ogni incombenza il suo principale, prendendo autonomamente tutte le decisioni importanti. Francis sapeva che Toona non sarebbe mai stato così e anche Peebles era limitato da quel punto di vista. Era dannatamente ironico che il suo braccio destro dovesse essere un ragazzotto bianco con una vena di malvagità nel carattere, suo gemello nell'anima, in un certo senso, per quanto potessero esserlo un bianco e un nero.

«Informazioni, per ora. Dunque che venga lui da noi. Quanto ci vorrà, secondo te?»

«È stato visto gironzolare in città probabilmente a caccia di indizi. Secondo me non ci vorrà molto. Se viene dalle nostre parti, gli faremo dondolare davanti al naso una bella carotina.»

«D'accordo. E, a proposito, Mace, bravo per quell'altra faccenda.» Francis lanciò un'occhiata a Toona.

«Ho solo fatto il mio mestiere» minimizzò Macy.

«Molto bene, Kevin» si complimentò l'uomo.

«Voglio vedere mio fratello.»

«Un passo alla volta. Gli hai appena parlato. Vedi che non

siamo cattivi? Anzi, siamo una famiglia anche noi.» Rise in una maniera che Kevin non trovò per niente fraterna. Si strofinò il dito nel punto dove prima c'era l'anello.

«Perché mi avete lasciato parlare con lui?»

«È importante che sappia che stai bene.»

«Perché così farà quello che gli avete detto di fare.»

«Ah, ma sei davvero sveglio, sai? Sei in cerca di un posto di lavoro?» Rise di nuovo, uscì e chiuse a chiave.

«Quello che voglio» gli gridò Kevin attraverso l'uscio «è uscire di qui!»

24

Web non leggeva i giornali da qualche giorno. Acquistò il "Washington Post" e lo sfogliò bevendo caffè a un tavolino vicino alla grande fontana del Reston Town Center. Aveva battuto più volte l'area metropolitana di Washington e accumulato qualche fattura di motel che avrebbe costretto il Bureau a un rimborso non irrilevante. Ogni tanto alzava la testa e sorrideva ai bambini che salivano sul bordo della fontana per gettarvi dentro delle monetine, trattenuti per la camicia dalle madri preoccupate che cadessero in acqua.

Aveva passato in rassegna la sezione sportiva, quella della cronaca metropolitana, quella con le rubriche di costume, cominciando dal fondo e tornando indietro verso la prima pagina. Giunto a pagina sei qualcosa catturò la sua attenzione. Rilesse l'articolo tre volte ed esaminò le fotografie che lo accompagnavano. Quando si appoggiò allo schienale per digerire la notizia, giunse a conclusioni che sembravano inverosimili. Si toccò la parte ferita del viso, poi premette un polpastrello su ciascuna delle cicatrici lasciate dai proiettili. Dopo tanto tempo sarebbe stato costretto ad affrontare tutto un'altra volta?

Chiamò con il cellulare. Bates non c'era. Web lo fece cercare. Fu richiamato qualche minuto dopo. Gli riferì dell'articolo.

«Louis Leadbetter. Era il giudice, giù a Richmond, nel processo a quelli della Free Society. Ucciso. Watkins era il pubblico ministero di quel processo. Entra in casa e questa gli crolla addosso. Tutto nello stesso giorno. E poi c'è la Charlie Team. La nostra squadra aveva risposto alla richiesta di intervento inoltrata dalla sede operativa di Richmond. Io ho personalmente ucciso due della Free Society prima che mi tostassero la faccia e mi aprissero due buchi nel corpo. Infine c'è l'amico Ernest B. Free. Evaso di galera, quando? Tre mesi fa? Una delle guardie si è fatta corrompere, è riuscita a farlo salire su un furgone da trasferimento e per tutta ricompensa si è trovata con la gola squarciata.»

«Sono tutte cose che sappiamo, Web» fu la sorprendente risposta di Bates. «Abbiamo messo al lavoro i nostri computer su queste informazioni e poi ci sono state le due morti successive, questi due omicidi. Ma c'è dell'altro.»

«Che cosa?»

«È meglio che tu faccia un salto qui.»

Quando arrivò al WFO, Web fu scortato nella sala operazioni strategiche, un centro dotato di tutto l'equipaggiamento che ci si aspetta di trovare nel sancta sanctorum federale della lotta al crimine, compresi rivestimenti di rame alle pareti, sistemi di sicurezza futuristici, scanner di retina e palmo della mano, una centrale di elaborazione e gestione dati di altissima potenza, un numero indefinito di terminali e, soprattutto, caffè appena fatto in grande quantità e una montagna di ciambelle calde.

Web si riempì una tazza e salutò alcuni degli agenti che incrociò nel vasto locale. Osservò le ricostruzioni computerizzate del cortile e dei caseggiati circostanti appese a tabelloni e pareti. Le puntine da disegno piazzate in vari punti dei grafici rappresentavano gli elementi più significativi per l'inchiesta in corso. Lo scalpiccio, il ticchettio incessante delle tastiere, gli squilli dei telefoni, il frusciare delle carte e l'aumento della temperatura dovuto all'accumularsi del calore dei corpi indicavano che stava succedendo qualcosa. Non era la prima volta che partecipava a una di quelle operazioni tra le quattro mura di una centrale investigativa.

«Oklahoma City ha alzato notevolmente gli standard» commentò Bates con un sorriso ironico mentre Web si sedeva davanti a lui. «Adesso tutti si aspettano che esaminiamo qualche pezzo di metallo, qualche spezzone di videofilm, analizziamo qualche vetrino al microscopio, pigiamo qualche tasto di computer e, tombola, ecco il nostro uomo nel giro di poche ore.» Posò sul tavolo il taccuino. «Ma non succede quasi mai così.

Come in tutte le cose, c'è bisogno di un colpo di fortuna. Be', a noi ne è arrivato uno via telegrafo. C'è qualcuno che vuol farci notare a tutti i costi la sua esistenza.»

«Io accetto una pista comunque mi si presenti, Perce. Chiunque sia, non può controllare il modo in cui viene seguito un indizio.»

«Mi è spiaciuto davvero un sacco quando hai lasciato il WFO per arrampicarti sulle funi e sparare con i cannoni. Avresti dovuto restare con me. Magari un giorno sarei riuscito a fare di te un buon agente.»

«Ognuno è libero di scegliere l'albero a cui impiccarsi. Hai detto che c'era dell'altro?»

Bates annuì e gli mostrò un ritaglio di giornale. «Scott Wingo… un nome che dovrebbe dirti qualcosa.»

«Sì, è stato lui a difendere il nostro amico Ernest B. Free. Io non ero al processo, naturalmente, ero ancora in convalescenza. Ma quelli che ci sono stati mi hanno parlato di Wingo.»

«Abile e astuto. Aveva ottenuto per il suo assistito una condanna che valeva un tesoro. E adesso è morto.»

«Assassinato?»

«C'era dell'atropina sul ricevitore del suo telefono. Sollevi il ricevitore ed è naturale che te lo schiacci contro la pelle, vicino alle narici. L'atropina viene assorbita dalle mucose molto più velocemente di quando viene iniettata nel sangue. Fa partire le pulsazioni, provoca difficoltà di respirazione, può dare allucinazioni, tutto nel giro di un'ora o giù di lì. Se hai guai ai reni o problemi di circolazione che impediscono all'organismo di sbarazzarsene alla svelta, gli effetti tossici vengono accelerati. Wingo era diabetico, aveva problemi di cuore ed era su una sedia a rotelle, perciò l'atropina era ideale per lui. Di sabato andava allo studio da solo, così non c'era nessuno che potesse aiutarlo quando ha cominciato ad avvertire gli effetti della sostanza. E aveva l'abitudine di rispondere a molte delle telefonate che arrivavano allo studio durante i fine settimana, o almeno così ci dicono quelli di Richmond.»

«Dunque la persona che l'ha ucciso conosceva sia le sue condizioni di salute, sia le sue abitudini lavorative.»

Bates annuì. «Leadbetter è stato raggiunto da una pallottola quando ha acceso la luce per leggere un articolo consigliatogli da un collega. Lo sceriffo che ha ricevuto la chiamata ha detto che si trattava di un certo giudice Mackey. Naturalmente non è vero.»

«Di nuovo il telefono.»

«Non è tutto. Un vicino di casa stava uscendo nel momento in cui Watkins si avvicinava alla porta della sua abitazione. Ha raccontato alla polizia di aver visto Watkins mettersi una mano in tasca e tirar fuori il telefono. Lui non l'ha sentito squillare, ma ha detto che gli è sembrato che Watkins stesse rispondendo a una chiamata. La casa era satura di gas. Lui schiaccia il pulsante del cellulare e… bum.»

«Un momento. Un cellulare non è come un interruttore della luce» obiettò Web. «La scintilla che produce non ha abbastanza potenza da infiammare il gas.»

«Abbiamo esaminato il telefono, o per meglio dire quel che ne rimane. I tecnici della Scientifica hanno dovuto letteralmente grattarlo via dalla mano di Watkins. Qualcuno aveva inserito nel telefono un solenoide che avrebbe prodotto il tipo di scintilla adatto a far esplodere il gas.»

«Dunque qualcuno gli ha preso il telefono, probabilmente mentre lui dormiva o in un momento in cui l'aveva lasciato incustodito per un certo tempo, ha installato il solenoide e poi l'ha sorvegliato per sincronizzare la telefonata.»

«Eh, già. Abbiamo controllato i tabulati delle telefonate di Watkins e dello sceriffo. Entrambe le chiamate sono state effettuate con carte telefoniche prepagate che si buttano via quando si esauriscono. Nessuna registrazione.»

«Quelle che usano anche gli agenti infiltrati. Suppongo che il tuo non si sia ancora fatto vivo.»

«Lascia perdere il nostro uomo.»

«No, ne riparleremo più tardi. Dunque quali sono le ultime notizie su Free?»

«Non ne abbiamo. È come se si fosse trasferito su un altro pianeta.»

«L'organizzazione è ancora in attività?»

«Purtroppo sì. Probabilmente ricorderai che non hanno rivendicato l'aggressione alla scuola di Richmond anzi, se ne sono dichiarati estranei, ed Ernie non avrebbe mai tradito i compagni. Sostenne di aver progettato il colpo tutto da solo a loro insaputa, perciò nessuno ha potuto perseguire il gruppo. Gli altri sequestratori erano morti. Liquidati da te. Noi non siamo riusciti a far parlare nessuno degli altri membri per costringerli a testimoniare, così la Free Society non è mai stata incriminata. Se ne sono rimasti tranquilli per un po' aspettando che tutta la pubblicità negativa scemasse, ma sembra proprio che si siano rimessi in moto con rinnovata energia.»

«Dove sono ora?»

«Virginia meridionale, vicino a Danville. Tranquillo, li teniamo d'occhio. Avevamo pensato che Ernie si sarebbe diretto lì dopo l'evasione. Finora niente, però.»

«Ma dopo tutto questo non possiamo procurarci un mandato di perquisizione per il loro quartier generale?»

«E come? Andiamo da un magistrato e gli raccontiamo che abbiamo tre omicidi, sei se contiamo i familiari di Watkins, e crediamo che ci sia dietro la Free Society, ma non abbiamo uno straccio di prova che li colleghi all'imboscata all'HRT o a nessuno degli altri agguati. Sai come ci marcerebbero quelli dell'associazione per le libertà civili.» Bates fece una pausa. «Però là logica non fa una grinza. Pubblico ministero, giudice, la vendetta come movente perfetto.»

«Ma perché l'avvocato difensore? Ha salvato Ernie dalla camera a gas. Perché far fuori anche lui?»

«Vero, ma qui non stiamo parlando di persone razionali, Web. Per quel che ne sappiamo, sono incazzati perché un loro compagno squilibrato è dovuto finire in prigione, fosse anche per un solo giorno. O forse Ernie aveva le balle girate con il suo avvocato e quando è uscito ha deciso di eliminarli tutti.»

«Se fosse così, almeno i delitti dovrebbero essere finiti. Non è rimasto più nessuno.»

Bates sfilò un altro foglio e una fotografia da una cartelletta. «Non proprio. Ricorderai che alla scuola rimasero uccise anche due insegnanti.»

Web deglutì per allontanare i dolorosi ricordi di quei momenti. «E quel bambino, David Canfield.»

«Giusto. Ebbene, una delle insegnanti rimaste uccise era sposata. E vuoi sapere il fatto strano? Tre giorni fa è morto suo marito nel Maryland, mentre tornava a casa dal lavoro la sera tardi.»

«Omicidio?»

«Non ne siamo sicuri. C'è stato un incidente. La polizia sta ancora indagando. Pare sia stato un pirata della strada.»

«C'entra qualche telefono?»

«In macchina ce n'era uno. Dopo che li abbiamo contattati, gli investigatori locali hanno promesso che controlleranno le registrazioni in centrale per vedere se aveva ricevuto una telefonata subito prima dell'incidente.»

«E la famiglia dell'altra?»

«Marito e figli si erano trasferiti nell'Oregon. Li abbiamo contattati e sono sotto sorveglianza giorno e notte. Ma non ci siamo fermati qui. Ricordi i genitori di David Canfield? Bill e Gwen?»

Web annuì. «Billy Canfield venne a trovarmi un paio di volte all'ospedale. È un brav'uomo. La morte del figlio fu per lui un colpo durissimo, ma lo sarebbe stato per chiunque, no? Invece non ho mai visto sua moglie e non ho più rivisto Billy da allora.»

«Trasferiti anche loro. Ora sono nella contea di Fauquier, hanno un allevamento di cavalli.»

«Gli è successo qualcosa di strano?»

«Appena abbiamo collegato le altre morti, li abbiamo contattati. Dicono di non aver notato nulla fuori dell'ordinario. Sanno dell'evasione di Free e, cito testualmente, Bill Canfield non vuole il nostro aiuto e spera che quel bastardo vada a cercarlo perché muore dalla voglia di spappolargli la testa con una fucilata.»

«Billy Canfield non è certo una mammola, l'ho capito subito quando è venuto a trovarmi in ospedale. Un tipo rude, intransigente e fermo sulle sue posizioni. Alcuni della mia squadra che testimoniarono al processo mi riferirono delle sue intemperanze in aula. Un paio di volte ha rischiato un'incriminazione per oltraggio alla Corte.»

«Aveva una ditta di trasporti, che vendette dopo la morte del figlio.»

«Se dietro alle uccisioni di Richmond ci sono quelli della Free Society, la contea di Fauquier è molto più vicina dell'Oregon. I Canfield potrebbero essere in grave pericolo.»

«Lo so. Pensavo di fare un salto da lui per cercare di farlo ragionare.»

«Ti accompagno.»

«Sei sicuro? So che per te quello che è successo in quella scuola di Richmond è un ricordo doloroso che è meglio non rievocare.»

«Non è una cosa che si può cancellare, Perce» ribatté Web. «Ci sono ferite che il tempo non può sanare. Le due insegnanti morirono prima del nostro arrivo, non c'è niente che avrei potuto fare, ma David Canfield fu ucciso dopo che la gestione della situazione era passata a noi.»

«Tu hai fatto più di chiunque, compreso rischiare di rimetterci la pelle. E ne porti la prova permanente in faccia. Non hai nulla di cui rimproverarti.»

«Allora proprio non mi conosci.»

Bates lo guardò negli occhi. «D'accordo, ma non dimentichiamoci di te, Web. Se lo scopo di quelle canaglie era spazzar via la Charlie Team, non hanno ancora finito il lavoro. Tu sei ancora in piedi.»

"A stento" pensò Web. «Non temere, guarderò a destra e a sinistra prima di attraversare la strada.»

«Sto parlando seriamente, Web. Se ci hanno provato una volta, ci proveranno di nuovo. Questi sono dei fanatici.»

«Sì, lo so. Ho la mia "prova permanente", come hai detto tu.»

«E un'altra cosa. Al processo, Wingo presentò una querela contro l'HRT e il Bureau per omicidio ingiustificato.»

«Quelle erano tutte stronzate.»

«Vero. Ma per via dell'istruttoria la difesa ha avuto accesso a un certo numero di informazioni riguardanti l'HRT. Quelli della Free Society hanno probabilmente saputo particolari importanti sui vostri metodi, le procedure eccetera. Tutti dati che possono averli aiutati a preparare l'imboscata.»

Web non ci aveva pensato, ma l'ipotesi di Bates era tutt'altro che campata in aria.

«Ti prometto che se riceverò qualche telefonata balorda, sarai il primo a saperlo. E controllerò che non ci sia atropina sul mio ricevitore. Ora dimmi del nostro infiltrato. Forse dietro a questa storia ci sono quelli della Free Society, ma devono aver avuto un aiuto dall'interno. Dunque, io so che l'infiltrato è nero e mi risulta difficile credere che i Free lavorerebbero con un uomo di colore, ma allo stato attuale delle cose non possiamo escludere nessuna ipotesi. Mi hai detto che Cove è un lupo solitario. Che cos'altro sai di lui?» Web non aveva avuto notizie da Ann Lyle, così aveva deciso di andare diritto alla fonte.

«Oh, un sacco di cose. È tutto in quell'incartamento laggiù, quello con scritto AGENTI INFILTRATI DELL'FBI, TUTTO QUELLO CHE AVETE SEMPRE VOLUTO SAPERE.»

«Perce, quell'uomo potrebbe essere la chiave di tutto.»

«Non è così! Credimi.»

«Ti sto solo dicendo che ho già lavorato a questo genere di casi. Contrariamente a quel che pensi, quando sono entrato nell'HRT, non mi sono dimenticato come agisce l'FBI. Ho avuto un grande maestro e non montarti la testa. E un secondo paio d'occhi sono un altro paio d'occhi. Non è quello che mi hai sempre detto e ripetuto tu?»

«Non è così che funziona, Web, spiacente. Le regole sono regole.»

«A me pare di ricordare che all'epoca mi raccontavi un'altra storia.»

«I tempi cambiano, le persone cambiano.»

Web tacque per qualche istante valutando se giocare la sua briscola. «D'accordo. Che cosa diresti se ti confidassi qualcosa che ancora non sai, ma che potrebbe essere importante?»

«Direi: perché diavolo non me ne hai parlato prima?»

«Ci sono arrivato solo ora.»

«Come no.»

«Lo vuoi sentire o no?»

«E tu che cosa ci ricavi?»

«Io ti do una dritta sul caso e tu fai lo stesso con me.»

«E se invece tu mi dici la tua in cambio di un bel niente?»

«Andiamo, in nome dell'antica amicizia.»

Bates tamburellò con le dita sulla cartelletta. «Come faccio a sapere che è qualcosa che mi può servire?»

«Se non è così, allora non mi devi niente. Mi fido del tuo giudizio.»

Bates lo fissò per qualche istante ancora. «Spara.»

Web gli raccontò dello scambio dei bambini. Via via che lui raccontava, la faccia di Bates cambiava colore. Altro che sessantaquattro pulsazioni al secondo, pensò Web, doveva aver già raggiunto valori a tre cifre.

«Quando hai ricostruito questa faccenda? E voglio una risposta precisa al minuto.»

«Quando sono stato a bere una birra da Romano e, parlando di Kevin Westbrook, gli ho detto di avergli visto la ferita di un proiettile su una guancia. Mi ha risposto che il bambino che era stato affidato a lui non aveva cicatrici. Cortez ha confermato. E non prendertela con loro, adesso. Avevo promesso di riferirtelo immediatamente.»

«Alla faccia della sollecitudine! E chi avrebbe scambiato i bambini e perché?»

«Riguardo a questo brancolo nel buio. Ma ti assicuro che il bambino a cui ho salvato la vita nel vicolo e quello che Romano ha consegnato al "presunto" agente dell'FBI erano due bambini diversi.» Batté una nocca sul tavolo. «Allora come giudichi la mia informazione? Valida o no?»

Per tutta risposta Bates aprì un fascicolo, anche se poi ne recitò il contenuto a memoria. «Randall Cove. Quarantaquattro anni. Nel Bureau da sempre. Era candidato a entrare nella nazionale di football, ma si è fatto fuori le ginocchia prima di arrivarci. Qui c'è una foto recente.» Gliela porse e Web studiò il ritratto di un uomo con la barba corta e le treccine. Aveva occhi penetranti, una corporatura massiccia e una statura sopra la media. Anche in fotografia sembrava abbastanza forte da poter ingaggiare una lotta con un orso grigio e magari spuntarla. Web si chinò in avanti e mentre fingeva di esaminare la fotografia con la massima attenzione, lesse quanto più poté delle note contenute nel dossier aperto. Durante gli anni trascorsi come agente dell'FBI aveva imparato svariati trucchi per memorizzare delle parti di testo fino al momento in cui avesse avuto occasione di trascriverle. Era anche molto abile nel leggere a rovescio.

«Uno che sa badare a se stesso» precisò Bates. «Conosce le strade meglio di molti delinquenti che ci sono nati e non perde la testa quand'è sotto pressione.»

«Già, i signorini di Princeton che rispondono a nomi come William e Jeffrey sembrano sempre pesci fuor d'acqua a Narcopoli, USA, chissà perché» ironizzò Web. «Mi hai detto che non ha moglie né figli. Vuol dire che non è mai stato sposato?»

«No. Sua moglie è morta.»

«E non avevano figli?»

«Li avevano.»

«E che fine hanno fatto?»

Bates sembrava a disagio. «È successo un po' di tempo fa.»

«Sono tutto orecchi.»

Bates sospirò lasciando intendere che avrebbe volentieri evitato l'argomento.

«Ho perso tutta la mia squadra, Perce. Ti sarei grato se fossi sincero fino in fondo.»

Bates intrecciò le dita delle mani posate sul tavolo, protendendosi in avanti. «Era in missione in California. Massima copertura perché c'era di mezzo un giro di russi e quelli, se ti scoprono a ficcare il naso negli affari loro, ti accendono un missile nel culo. Al loro confronto, quelli della mafia sono delle mammolette.» S'interruppe.

«E?»

«E l'hanno scoperto. Hanno rintracciato la sua famiglia.»

«E li hanno uccisi?»

«Macellati sarebbe il termine più adeguato.» Bates si schiarì la gola. «Ho visto le foto.»

«Cove dov'era?»

«L'avevano spedito altrove per avere campo libero.»

«E perché non hanno fatto la festa anche a lui?»

«Ci hanno provato, in un secondo tempo. Hanno aspettato che seppellisse la famiglia: un atto di gentilezza nei suoi confronti! Ma Cove li aspettava, quando sono andati a cercarlo.»

«E li ha uccisi?»

Bates sbatté le palpebre e Web notò un tic improvviso appena sopra l'occhio sinistro. «Macellati pure loro. Ho visto anche quelle foto.»

«E il Bureau gli ha permesso di restare in servizio? Che cos'è, la regola del pensionamento anticipato per gli agenti con le famiglie massacrate non vale più?»

Bates aprì le mani in segno di rassegnazione. «Cove non ha voluto sentire ragioni. Voleva continuare a collaborare e, a dirti la verità, dopo quello che è successo ai suoi ha cominciato a lavorare con più impegno di tutti gli altri infiltrati. L'hanno trasferito a Washington per allontanarlo dalla California. Per tua informazione, grazie a lui siamo entrati in posti dove non eravamo mai riusciti a mettere piede. Grazie a Randall Cove siamo riusciti a incriminare i più importanti criminali di oltrefrontiera.»

«Un eroe, mi sembra.»

Il tic scomparve finalmente dal sopracciglio di Bates. «I suoi metodi non sono molto ortodossi, spesso fa a modo suo ma gli alti papaveri sono disposti a tollerare la cosa solo fino a un certo punto, anche se ad agire così è un agente infiltrato a cui hanno massacrato la famiglia. Cove ne è sempre uscito indenne. Non dico che non abbia avuto ripercussioni negative sulla sua carriera, questo no, ma d'altra parte il Bureau non saprebbe dove altro sistemare un tizio come lui e sono sicuro che Cove se ne rende perfettamente conto. Sa come stare al gioco, e come pararsi il culo.»

«E quel fatto dei russi che hanno rintracciato moglie e figli... È possibile che si sia trattato di un grave errore del Bureau?»

Bates si strinse nelle spalle. «Non sembra che Cove l'abbia messa in questi termini. Si è dedicato al lavoro anima e corpo dopo la tragedia.»

«Sai che cosa si dice della vendetta, Perce? Che è un piatto che va servito freddo.»

Bates alzò le spalle di nuovo. «Forse.»

Web stava cominciando a scaldarsi. «Sai, mi mette addosso una certa agitazione il pensiero che quel tizio sia potuto rimanere al Bureau e magari sia stato lui a spedire la mia squadra all'inferno per vendicare la morte di moglie e figli. Non avete nessun sistema di controllo qualità su questo genere di cazzate?»

«Terra chiama Web: gli agenti infiltrati appartengono a una razza diversa. Vivono nella menzogna e qualche volta ne rimangono troppo coinvolti, così si schierano con il nemico o danno fuori di matto. È per questo che il Bureau continua a spostarli, dirottandoli su altri incarichi perché abbiano tempo di ricaricare le batterie.»

«E l'hanno fatto anche con Cove? L'hanno trasferito ad altri incarichi, gli hanno lasciato ricaricare le treccine? Gli hanno affiancato un consulente psichiatrico dopo che ha seppellito la famiglia?» Bates taceva. «O era tanto bravo a fare il suo lavoro che gli hanno permesso di continuare come se nulla fosse fino a quando ha sfogato tutta la rabbia che aveva dentro sulla mia squadra?»

«Non discuterò di questo con te. Non posso discuterne con te.»

«E se io ti rispondessi che questa è una coglionata inaccettabile?»

«E se io ti dicessi che stai quasi superando i limiti?»

Si fissarono, torvi, finché entrambi si calmarono.

«E i suoi informatori? Erano tutti professionisti anche loro?» chiese Web.

«Cove è sempre stato molto geloso da questo punto di vista. Ai suoi informatori aveva accesso solo lui e nessun altro. Non è proprio la procedura standard del Bureau, ma come ho già detto i risultati che otteneva erano eccellenti. Quindi si stava alle sue regole.»

«E si sa niente di più di questa missione? Tu hai detto che era il centro amministrativo e finanziario di un racket di narcotrafficanti. Quali narcotrafficanti?»

«Be', qui le opinioni divergono.»

«Ah, che meraviglia, Perce. Mi piace da matti brancolare nel buio.»

«Questa non è una scienza esatta, Web. La zona in cui siete stati spediti voi è controllata, praticamente per intero, da una sola organizzazione, quella di Big F. Te l'avevo detto.»

«Dunque il nostro bersaglio era lui.»

«Secondo Cove no.»

«Ma non ne è sicuro.»

«Bravo, pensi che i cattivi vadano in giro con la tessera del sindacato con su scritto IO SONO UN MEMBRO DEL RACKET X?»

«Allora che cosa pensava Cove?»

«Che il posto appartenesse a un pesce molto più grosso. Forse quello dell'organizzazione che fornisce una droga chiamata Oxycontin nella zona di Washington. Ne hai sentito parlare?»

Web annuì. «Giù a Quantico quelli della DEA non parlano d'altro. Non devi passare per un laboratorio per poterla spacciare e non devi preoccuparti di come farla entrare nel paese. Devi solo metterci su le mani, ed esistono una decina di modi diversi per farlo, poi cominci a far soldi a palate.»

«Il sogno di ogni criminale» aggiunse in tono aspro Bates. «È uno degli antidolorifici più potenti e prescritti più di frequente. Blocca i segnali di dolore che dalle terminazioni nervose vanno al cervello, dando una sensazione di euforia. Normalmente è una sostanza a lento rilascio che agisce nell'arco delle ventiquattr'ore, ma se frantumi la pillola o la fumi, ti dà una botta che secondo alcuni è molto simile a quella dell'eroina. E può anche provocare un arresto respiratorio, cosa che è avvenuta spesso.»

«Un piccolo effetto collaterale. Vorresti farmi credere che non avete nessuna idea di chi ha passato a Cove le informazioni dall'interno?»

Bates batté le dita sull'incartamento. «Abbiamo qualche idea. Per ora sono solo congetture.»

«A questo punto accetto qualunque cosa.»

«Se Cove è potuto arrivare così lontano, significa che la talpa appartiene alla cerchia più intima, qualcuno che sta nella stanza dei bottoni. Si stava lavorando Westbrook quando ha saputo del giro dell'Oxy. Ma io presumo che la stessa persona di cui si era servito per infiltrarsi nel giro di Westbrook gli abbia fornito informazioni su questo nuovo giro d'affari. Antoine Peebles è il ministro delle finanze di Westbrook, se vogliamo metterla in questi termini. È estremamente meticoloso ed è soprattutto per causa sua se non siamo mai riusciti a mettere le mani addosso a Westbrook. Questo è Westbrook e quell'altro è Peebles.» Bates gli indicò due foto.

Web le osservò attentamente. Westbrook era un gigante, molto più grosso persino di Cove. Aveva l'aria di un sopravvissuto a una guerra, con due occhi che scintillavano della smania tipica dei reduci. Peebles era completamente diverso. «Westbrook è un animale da guerra. Peebles sembra un laureando di Stanford.»

«Infatti. È giovane e secondo noi Peebles è l'emblema di una nuova razza di narcotrafficanti, meno violenti dei predecessori, più abili come uomini d'affari e maledettamente ambiziosi. Circola voce che qualcuno stia cercando di riunire tutti gli spacciatori locali per rendere più efficienti le loro operazioni e aumentare la forza contrattuale del gruppo. Un approccio molto tecnico.»

«Sembrerebbe che il buon Antoine abbia intenzione di guadagnarsi la promozione a primo ministro del racket.»

«Può essere. D'altra parte, anche se è cresciuto sulla strada e ne ha viste e fatte di tutti i colori, Westbrook vorrebbe uscire dal traffico della droga.»

«Ma Peebles potrebbe avere progetti diversi per lui, se è davvero Peebles l'artefice della riorganizzazione degli spacciatori locali. Però, se l'erede al trono fosse davvero lui, non si capisce perché dovrebbe svendere informazioni preziose a Cove. Se il racket salta, a Peebles che cosa resta?»

«È un vero mistero» ammise Bates.

«Chi altri c'è?»

«Il braccio violento della legge di Westbrook. Clyde Macy.»

Bates gli mostrò la foto di Macy, che, a dir poco, pareva uno appena uscito dal braccio della morte. Era così pallido da sembrare anemico, uno skinhead con gli occhi spietati tipici dei peggiori serial killer.

«Se il diavolo se lo trovasse di fronte, chiederebbe aiuto.»

«Evidentemente Westbrook prende solo i migliori» commentò Bates.

«Come ha fatto Macy a entrare in questo giro? Ha tutta l'aria di un razzista mangianegri.»

«Tutt'altro. Solo pare che non gli piacciano i capelli. Non sappiamo quasi nulla di quello che ha fatto prima di arrivare a Washington. Anche se non siamo mai riusciti a dimostrarlo, sospettiamo che fosse il tirapiedi di un paio di narcotrafficanti finiti nel carcere federale di Joliet. Rimasto senza lavoro, è venuto a Washington e si è messo con Westbrook. Ha la reputazione di uomo leale ed estremamente violento. Uno scirroccato completo, ma assolutamente professionale sul lavoro.»

«Come dovrebbe essere ogni delinquente che si rispetti.»

«Il primo crimine che ha commesso è stato piantare una mannaia nel cranio di sua nonna perché, diceva, lo imbrogliava sulla spesa.»

«Com'è che gira a piede libero dopo un'accusa di omicidio come quella?»

«Aveva solo undici anni, perciò ha scontato la pena in un carcere minorile. Dopodiché le uniche infrazioni a suo carico sono tre multe per eccesso di velocità.»

«Un simpaticone. Posso tenere le foto?»

«Prego. Ma se incontri Macy in un vicolo buio o anche in una strada ben illuminata, il mio consiglio è che te la dia a gambe.»

«Io sono un HRT, Perce. Quelli come lui me li mangio a colazione.»

«Benissimo, se questo ti rassicura...»

«Se Cove è davvero in gamba come dici, sicuramente non è caduto in un tranello. Sta succedendo qualcos'altro.»

«Sarà, ma tutti commettono errori.»

«Sei certo che Cove non sapesse quando saremmo arrivati noi?»

«Sì. Cove non era a conoscenza del giorno dell'assalto.»

«Come mai?»

«Si voleva evitare il rischio di una fuga di notizie e comunque Cove non sarebbe stato presente, perciò non era necessario che ne fosse informato.»

«Ma che bellezza, non vi fidavate neanche del vostro infiltrato. Il quale comunque avrebbe potuto ottenere l'informazione da qualche altra fonte. Per esempio dalla centrale operativa di Washington.»

«O anche da quella dell'HRT» ribatté subito Bates.

«E i testimoni che avremmo dovuto trovare nella casa? Anche quella segnalazione veniva da Cove?» Bates annuì. «Sai, Perce, sarebbe stato bello conoscere prima tutti questi particolari.»

«Sapevate l'indispensabile, Web. E non era indispensabile che voi foste informati di questo per fare il vostro lavoro.»

«Come diavolo fai a sostenere una cosa del genere quando non hai la più pallida idea di come io faccia il mio lavoro?»

«Stai di nuovo superando il limite, amico mio. Attento!»

«A qualcuno frega qualcosa che sei uomini abbiano perso la vita?»

«Nell'economia generale delle cose, Web, no. Sta a cuore solo a persone come te e me.»

«Allora, c'è nient'altro che non è indispensabile che io sappia?»

Dalla pila di documenti che aveva davanti, Bates scelse una cartella a soffietto, da cui tolse un fascicolo. «Perché non mi hai detto che Harry Sullivan era tuo padre?»

Web si alzò di scatto e si versò dell'altro caffè. Non aveva bisogno di caffeina, ma piuttosto di tempo per decidere come regolarsi. Quando si risedette, Bates stava ancora esaminando l'incartamento. Pochi istanti dopo alzò gli occhi e fu subito chiaro che non gli avrebbe consegnato il materiale se non dopo aver ottenuto una risposta.

«Non l'ho mai veramente considerato mio padre. Abbiamo

chiuso quando io avevo appena sei anni. Per me è uno qualsiasi.» Dopo un momento chiese: «Quando hai scoperto che è
mio padre?».

Bates fece scorrere il dito su una pagina. «Quando ho preso
in mano la tua pratica. Francamente, vedendo i suoi precedenti penali, mi sorprende che abbia avuto il tempo di mettere
incinta tua madre. C'è parecchia roba interessante qui dentro»
soggiunse con una punta di provocazione nella voce.

Web avrebbe voluto strappargli il fascicolo dalle mani e
scappare via. Invece rimase seduto in attesa, allungando lo
sguardo sulle pagine per cercare di leggerle alla rovescia. In
quel momento tutta l'animazione della sala pareva scomparsa, Web era come sospeso nel vuoto con Bates e suo padre.

«Allora, perché tutt'a un tratto t'interessa tanto questo "tizio" come l'hai definito tu?» volle sapere Bates.

«Suppongo che a una certa età le cose di questo genere co-
mincino a contare.»

Bates ripose la cartelletta nella pratica e spinse tutto il materiale verso Web. «Buona lettura.»

25

La prima cosa che Web notò, appena tornato al motel, fu una macchia fresca di olio nello spazio dove lui parcheggiava. Niente di straordinario, per la verità, perché era possibile che qualche altro cliente avesse lasciato lì il suo mezzo, ma il parcheggio si trovava proprio di fronte al suo bungalow. Prima di aprire, controllò il pomello fingendo di cercare la chiave della stanza. Purtroppo nemmeno lui avrebbe potuto stabilire se la porta fosse stata aperta durante la sua assenza. La serratura non era stata forzata, ma qualcuno che sapesse il fatto suo sarebbe riuscito a farla scattare senza difficoltà e senza lasciare la minima traccia.

Aprì l'uscio, con una mano sul calcio della pistola. Gli ci vollero dieci secondi per capire che non c'era nessuno. Non c'era niente fuori posto, e persino la scatola che aveva prelevato dalla soffitta di sua madre era intatta, e ogni documento che conteneva esattamente nella posizione in cui l'aveva lasciato. Tuttavia, delle cinque invisibili trappole che aveva messo in giro per la stanza, tre erano scattate. Si trattava di un sistema d'allarme che aveva messo a punto nel corso degli anni e a cui ricorreva tutte le volte che si allontanava dal posto in cui si trovava ad alloggiare. Chiunque avesse perquisito la sua stanza era stato abile, ma non perfetto. Era una constatazione confortante, come sapere che l'energumeno di duecento chili con il quale stai per batterti ha il terrore dei ragni e di tanto in tanto bagna il letto.

Strano che mentre si trovava a colloquio con Bates qualcuno avesse perquisito il suo bungalow. Web non aveva mai considerato la vita con occhio ingenuo, perché ne aveva visto il lato peggiore, sia da bambino sia da adulto. Ciononostante, le sole cose sulle quali aveva pensato di poter sempre contare erano il Bureau e tutte le persone che vi lavoravano. Per la prima volta nella sua carriera, quella fiducia vacillava.

Raccolse i pochi bagagli e nel giro di cinque minuti era in viaggio. A un ristorante vicino a Old Town Alexandria, lasciò la macchina dove poteva tenerla d'occhio attraverso la vetrina, pranzò e intanto cominciò a riflettere sulla vita di Harry Sullivan.

Bates non aveva scherzato. Il padre di Web era stato ospite di alcuni dei più noti istituti correttivi che il paese avesse da offrire, per la maggior parte nel Sud, dove Web sapeva che erano state allestite delle gabbie umane particolarmente sofisticate. I reati commessi da suo padre erano una miriade, ma avevano un filo comune: piccoli illeciti finanziari, truffe, frodi e malversazioni. Dalle trascrizioni di alcuni atti processuali e mandati d'arresto, risultava abbastanza evidente che le armi che suo padre usava erano la lingua sciolta e una spudoratezza ai limiti della decenza.

Nell'incartamento c'erano varie foto di suo padre: di fronte, di profilo, destro e sinistro, sempre con i numeri d'identificazione sul bordo inferiore. Web aveva visto molte foto segnaletiche di arrestati, e più o meno avevano tutti la stessa aria un po' stordita, impaurita, all'erta. Invece Harry Sullivan sorrideva. Se la rideva beato, la canaglia, quasi che si compiacesse di aver gabbato il poliziotto che, invece, lo aveva appena ammanettato. Ma suo padre non era invecchiato bene, non era più l'uomo attraente delle fotografie conservate nella scatola. L'ultima serie ritraeva un uomo molto anziano, seppure ancora sorridente, e con qualche dente in meno. Web non aveva motivo di provare compassione per lui, ma lo mise comunque un po' a disagio la vista del suo declino immortalato nell'impersonale nitidezza della carta Kodak.

Leggendo alcune delle deposizioni rese da suo padre in tribunale, non poté fare a meno di ridere, di tanto in tanto.

Dalle sue schermaglie con i pubblici ministeri emergeva il personaggio di un imbroglione di consumata maestria.

"Signor Sullivan" gli chiedeva un procuratore distrettuale "non è forse vero che la notte in questione lei..."

"Le chiedo scusa, giovanotto, ma di che notte stiamo parlando, per piacere? Sa, la mia memoria non funziona più come un tempo."

A Web parve quasi di vedere il pubblico ministero levare gli occhi al cielo mentre rispondeva: "Quella del ventisei giugno".

"Ah, certo, certo. Proceda pure, giovanotto, sta andando benissimo. Sono sicuro che sua mamma è molto fiera di lei."

Nella trascrizione lo stenografo aveva messo tra parentesi: "risate in aula".

"Signor Sullivan, io non sono il suo giovanotto" protestava il procuratore.

"Oh, mi perdoni, figliolo, perché, sa, io non sono molto esperto di queste cose, non intendevo assolutamente offenderla. La verità è che non so bene come chiamarla. Anche se nel tragitto dalla stazione a questo bel tribunale ho sentito altri fare riferimento a lei con espressioni che io non userei nemmeno con il mio peggior nemico. Espressioni che avrebbero fatto rigirare la mia povera mamma timorata di Dio nella tomba. Attacchi diretti alla sua onestà e integrità e quali orecchie d'uomo potrebbero mai accettare parole come quelle?"

"Non mi importa di quello che dicono di me i criminali."

"Le chiedo perdono, figliolo, ma guardi che le cose peggiori sono uscite dalla bocca delle guardie."

"Risate" aveva scritto lo stenografo. Un'autentica esplosione di ilarità, aveva dedotto Web, contando i punti esclamativi.

"Possiamo continuare, signor Sullivan?" chiedeva il procuratore.

"Oh, ma perché non mi chiama Harry? È questo il nome che ho da quando il mio culo irlandese ha visto la luce del sole."

"Signor Sullivan!" L'intervento era del giudice, lesse Web, e in quelle due parole gli sembrò di percepire l'eco di un compiaciuto divertimento. Del resto il giudice si chiamava O'Malley e forse, se non altro, condivideva l'odio per gli inglesi di Harry Sullivan.

"Si tolga pure dalla testa che io la chiami per nome" lo ammoniva il pubblico ministero e a Web parve quasi di vedere l'indignazione sul volto del procuratore costretto a quel dibattito con un comune criminale, nel quale stava avendo la peggio.

"Ma perbacco, giovanotto, so bene che il suo compito è di

far rinchiudere questo povero vecchio avvizzito in una cella fredda e buia dove gli uomini trattano gli altri uomini senza alcuna dignità, e tutto per un piccolo equivoco che potrebbe essere ricondotto a niente più che un giudizio sbagliato o magari una o due pinte di troppo che avrei fatto meglio a non bere... ma anche così, lei mi chiami pure Harry, perché, anche se deve portare a termine il suo compito crudele, non c'è motivo perché non possiamo essere amici."

Nel leggere i paragrafi conclusivi di quel particolare capitolo della vita di suo padre Web notò, non senza soddisfazione, che la giuria lo aveva scagionato da tutte le imputazioni.

L'ultima accusa per la quale suo padre era stato giudicato colpevole gli era costata una condanna a vent'anni, di gran lunga la più pesante che gli avessero inflitto. Al momento ne aveva scontati quattordici in un carcere del South Carolina, che Web sapeva essere una fossa di leoni a un passo dall'inferno. Gli restavano sei anni, a meno che lo avessero rilasciato in libertà vigilata o, più probabilmente, che fosse morto prima dietro le sbarre.

Web masticò l'ultimo boccone di carne e bevve l'ultimo sorso di birra. Gli restava solo il contenuto dell'ultima cartelletta. Non impiegò molto a leggerlo e ne uscì un po' stordito e ancora più confuso.

Al Bureau erano meticolosi, quando esaminavano un soggetto, gli passavano ai raggi X anima e corpo. Se presentavi richiesta di assunzione al Bureau, in qualsiasi settore e a qualsiasi livello, andavano a cercare tutte le persone che avevano avuto contatti con te dal giorno in cui eri nato e anche prima. La maestra delle elementari, il giornalaio per il quale facevi il giro di consegne da ragazzino, persino la bella ragazza che avevi accompagnato al ballo di fine anno e con la quale poi eri stato a letto. E senza dubbio avrebbero parlato anche al padre di lei, l'uomo al quale eri stato costretto a dare spiegazioni della tua spregevole condotta quando era saltato fuori il fattaccio, anche se era stata la sua innocente bambina a strapparti le brache di dosso e a comperare i preservativi. E poi i tuoi suoceri, il direttore di banca che aveva respinto la tua prima richiesta di finanziamento per un'automobile, il tuo barbiere... niente, assolutamente niente era inviolabile quando l'FBI

cominciava la caccia. Figuriamoci se non avrebbero intervistato anche il vecchio Harry Sullivan.

Harry si era appena trasferito nella sua piccola residenza
nel South Carolina e lì aveva risposto alle domande degli
agenti dell'FBI su Web London. Suo figlio. "Mio figlio", così
Harry Sullivan lo aveva definito trentaquattro volte durante il
colloquio. Web si era preso la briga di contarle.

Harry Sullivan aveva fornito a "suo figlio" la miglior racco-
mandazione che si potesse sperare di avere, sebbene avesse conosciuto "suo figlio" solo per i primi sei anni della sua vita. Ma
secondo Harry Sullivan, un vero irlandese era capace di capire
se "suo figlio" aveva tutti gli attributi necessari fin dal giorno
in cui smetteva i pannolini. E suo figlio aveva gli attributi giusti
per diventare il miglior agente dell'FBI mai visto al mondo, che
si scolpissero nella mente le sue parole. E se volevano che li ac-
compagnasse fino a Washington per ripetere la sua dichiarazione davanti alle autorità del caso, molto volentieri, anche se
avrebbe dovuto presentarsi con le catene ai polsi e alle caviglie,
ma con il cuore gonfio di orgoglio. Non c'era niente al mondo
che "suo figlio" non meritasse.

Web continuò a leggere mentre il cuore gli si gonfiava fin quasi a scoppiare quando arrivò al punto in cui Harry Sullivan
concludeva pregando gli agenti, "i bravi, ottimi agenti", di riferire a "suo figlio" che suo padre aveva pensato a lui ogni singolo giorno per tutti quegli anni, che mai per un momento non lo
aveva avuto nel cuore e, sebbene fosse improbabile che si sarebbero rivisti, Harry Sullivan desiderava che "suo figlio" sapesse che gli voleva un mondo di bene e desiderava tutto il meglio per lui. E che non pensasse troppo male del suo vecchio
per come erano andate le cose. Volessero dunque i bravi agenti
riferire tutto quanto a "suo figlio", per la qual cosa lui si sarebbe sentito profondamente obbligato. E sarebbe stato fiero di offrire loro un bicchiere o due di birra appena si fosse presentata
l'occasione, anche se le prospettive non erano affatto promettenti, date le attuali limitazioni fisiche in cui si trovava, ma non
bisognava mai ipotecare il futuro.

A lui, Web, non avevano detto proprio niente. Non aveva
mai visto il rapporto fino a quell'istante. Maledetto Bureau!
Non era mai concessa nemmeno la più piccola deroga al rego-

lamento? Tutto doveva essere a compartimenti stagni? Ma Web sapeva che avrebbe potuto conoscere quelle informazioni già anni prima se davvero l'avesse voluto. La verità è che non aveva voluto.

Poi sussultò all'improvviso. Se il Bureau aveva inviato la sua pratica a Claire Daniels, probabilmente la psichiatra era già al corrente di parte o di tutte le informazioni riguardanti Harry Sullivan. Ma se era così, perché a lui non l'aveva detto?

Web sistemò le carte, pagò e tornò alla Vic. Si recò quindi a uno dei depositi del Bureau e lasciò la macchina per prendere una Grand Marquis ultimo modello, a bordo della quale uscì da un passo carraio non visibile dalla strada da cui era entrato. Quel cambio non significava che il Bureau potesse permettersi di distribuire a destra e manca le auto sequestrate, ma Web aveva persuaso il sovrintendente di meritare una quattro ruote decente più del veterano degli uffici amministrativi al quale era stata assegnata. Se qualcuno aveva dei problemi, aveva aggiunto, che si rivolgesse pure a Buck Winters, che era il suo migliore amico.

26

Bates era ancora nella sala operativa quando entrò Winters. Fece del suo meglio per mascherare lo sconcerto. Buck Winters si sedette davanti a lui. La piega dei calzoni era perfetta come voleva il Bureau, la brillantezza delle scarpe come da regolamento. Probabilmente per infilare il fazzoletto nel taschino si era servito di un righello. Winters era alto e con le spalle larghe; l'incarnazione perfetta del tipico agente dell'FBI per corporatura e portamento. Forse era per quello che aveva fatto tanta strada.

«Ho visto London uscire da qui poco fa.»

«È passato solo a controllare l'ordine del giorno.»

«Ah, ne sono certo.» Winters posò i palmi delle mani sul tavolo e sembrò studiare il volto di Bates centimetro per centimetro. «Si può sapere perché diavolo ti sta tanto a cuore quel tizio?»

«È un bravo agente. E, come hai detto tu, io sono stato il suo mentore.»

«Io non me ne vanterei, se fossi in te.»

«Si è quasi fatto ammazzare per il Bureau molte più volte di te e me.»

«È una testa calda, come tutti quelli dell'HRT. Sono diversi da noi. Ci snobbano, si sentono migliori. In realtà sono solo poco più che animali, un branco di maschi dominanti che muoiono dalla voglia di usare i cannoni che si portano in giro.»

«Siamo tutti nella stessa barca, Buck. Loro sono un reparto specializzato che sbroglia i pasticci in cui nessuno vuole mettere le mani. Sì, saranno anche un po' presuntuosi ed esaltati, ma chi non lo sarebbe? In ogni caso siamo tutti agenti dell'FBI, lavoriamo tutti per lo stesso obiettivo.»

Winters scosse la testa. «Tu lo credi davvero?»

«Sì, lo credo davvero. Se non fosse così non sarei qui.»

«Sono anche stati i protagonisti di alcuni dei momenti meno felici del Bureau.»

Bates lasciò cadere sul tavolo la pratica che stringeva tra le mani. «È qui che ti sbagli di grosso. Il Bureau li sbatte in prima linea senza preavviso e quando qualcosa va storto, di solito per colpa di ordini idioti che arrivano dall'alto e che, come capirebbe subito uno qualunque dei ragazzi che dovrebbero eseguirli, non potrebbero mai funzionare, tutta la responsabilità se la beccano loro. Secondo me è incredibile che non abbiano mai chiesto di essere giuridicamente indipendenti da noi.»

«Tu non hai seguito la procedura usuale per arrivare dove sei, Perce. Adesso sei al massimo livello a cui puoi ambire di arrivare. Più in alto di così non si va.»

«Be', sto bene dove sono.»

«Un piccolo consiglio: in questi ambienti, quando si smette di salire, si comincia a precipitare.»

«Grazie per la consulenza» ironizzò Bates.

«Ho avuto i tuoi rapporti sull'inchiesta. Francamente li trovo un po' scarni.»

«Questi sono i risultati dell'inchiesta.»

«E Cove? A che punto siamo? Sei rimasto abbastanza sul vago.»

«Non c'è molto da riferire.»

«Spero che tu lavori partendo dal presupposto che un infiltrato del Bureau che non si fa più vivo da tanto tempo sia morto o, se non lo è, sia passato dall'altra parte. E l'unico modo per cercarlo è dando l'allarme generale.»

«Cove non è passato dall'altra parte.»

«Dunque gli hai parlato. Strano, non ho trovato niente a questo proposito nei rapporti.»

«Non ho ancora niente di decisivo da riferire, ma ho ricevuto informazioni da Cove.»

«E che cos'ha da dire su questo casino il nostro illustre agente?»

«Che è una montatura.»

«Oh, clamoroso» sbottò Winters con sarcasmo.

«E che non vuole rientrare perché pensa che la talpa sia nel

Bureau.» Fece quest'ultima dichiarazione guardando Winters negli occhi con espressione dura, anche se non sapeva bene perché. Non era verosimile che fosse Winters il traditore, no? «Sa tutto delle fughe di notizie e delle missioni che saltano. Secondo lui quello che è successo all'HRT è stato un sabotaggio.»

«Teoria interessante, ma presumo che non abbia nessuna prova.»

«Nessuna che abbia voluto condividere con me» ribatté Bates, un po' incuriosito dalla reazione di Winters. «Ho la situazione sotto controllo, Buck. So quanto sei preso e non voglio compromettere la tua leggendaria, ampia prospettiva delle cose inquinandola con dettagli marginali. Hai la mia parola che se dovesse emergere qualcosa di veramente grosso, sarai il primo a saperlo. Così potrai fare la tua parte con i media. In questo sei un vero artista.»

Winters non poteva non aver colto l'ironia, ma decise di ignorarla. «Se ricordo bene, c'è stato un tempo in cui tu e Cove eravate molto legati. California, giusto?»

«Lavoravamo insieme.»

«All'epoca in cui gli sterminarono la famiglia.»

«Esatto.»

«Un disastro per il Bureau.»

«Per la verità io ho sempre pensato che sia stato un disastro per la famiglia di Cove.»

«Quello che non riesco bene a capire è come si è messa in moto quest'ultima operazione. Da quel che mi risulta, Cove aveva scoperto che in quell'edificio c'era il centro amministrativo e finanziario di un narcotraffico.»

«E venne fatta intervenire l'HRT» aggiunse Bates. «Nella casa c'erano potenziali testimoni e quelli dell'HRT sono specializzati nel liberare o catturare le persone proteggendone l'incolumità.»

«Un'impresa in cui sono riusciti davvero alla grande, visto che non sono stati capaci di proteggere nemmeno la propria incolumità.»

«Era una trappola.»

«D'accordo. Ma come è potuto accadere, se non con il contributo di Cove?»

Bates ripensò al suo incontro con Randall Cove al cimitero.

Cove era convinto che al Bureau ci fosse un informatore responsabile di tutte le operazioni andate in fumo. Bates osservò Winters a lungo. «Be', per poter raggiungere risultati di quel genere bisogna presumere che ci sia di mezzo qualcuno che abbia accesso a informazioni della massima riservatezza.»

Winters si appoggiò allo schienale. «Della massima riservatezza... Da dentro il Bureau, intendi?»

«Sì.»

«È un'accusa molto grave, Bates.»

«Io non sto accusando nessuno. Sto solo parlando di una possibilità.»

«Sarebbe mille volte più facile convincere un infiltrato.»

«Tu non conosci Randall Cove.»

«Forse tu lo conosci troppo bene. Così bene che non riesci a capire di non essere più obiettivo.» Winters si alzò. «Niente sorprese, Bates. Nessuna iniziativa personale senza che io sia stato avvertito. Chiaro?»

Mentre Winters usciva, Bates mormorò: «Chiarissimo, Buck. Waco 2, la riscossa».

Web era al volante della sua nuova automobile quando Ann Lyle lo chiamò sul cellulare.

«Scusa se ci ho messo tanto, ma volevo avere qualcosa di concreto da darti.»

«Non ti preoccupare. Ho appena ottenuto informazioni su Cove dal Bureau. Com'era prevedibile, è stata un'impresa ardua.»

«Be', io ti ho trovato una persona.»

«Chi? Cove?»

«Sono brava, ma non fino a questo punto, Web. Ho scovato un sergente della polizia di Washington che è stato in contatto regolare con Cove qualche anno fa, quando lavorava per il WFO.»

«Un piedipiatti locale in contatto con un infiltrato dell'FBI? Che storia sarebbe?»

«Non è insolito che un infiltrato si serva di uno sbirro di cui si fida perché gli faccia da intermediario, Web. Cove ne ha avuto uno durante la sua prima operazione qui da noi e il sergente è disposto a parlarne.»

Web trascrisse il nome di Sonny Venables, che lavorava ancora nella polizia di Washington, al primo distretto. Ann gli diede anche il suo recapito telefonico.

«Nessun altro è arrivato a Venables?»

«Non per quanto ne sappia Sonny e credo che me ne avrebbe parlato. È stato il contatto informale di Cove durante la sua prima operazione a Washington ed è successo molto tempo fa. Molti non se ne ricorderanno più. Anche se Sonny Venables non è uno che si dimentica facilmente» aggiunse.

«Allora tu lo conosci?»

«Be', tesoro, quando si è in questo giro da così tanto tempo, si finisce per conoscere un po' tutti. Io ho lavorato spesso con la polizia locale.»

«E Venables è disposto a parlarmi? Perché?»

«La sola cosa che ha detto è che ha sentito parlare di te. E io ho buttato lì la mia sviolinata personale, per quel che può servire.»

«Ma ancora non sappiamo la sua versione dei fatti.»

«Questa devi scoprirla tu.» Ann riattaccò.

Web compose il numero che Ann gli aveva dato. Venables non c'era e Web lasciò nome e numero del cellulare. Venables lo richiamò venti minuti dopo e si misero d'accordo per vedersi nel pomeriggio. Web gli fece anche un'altra richiesta e l'uomo rispose che avrebbe visto che cosa poteva fare. C'era però qualcosa che turbava Web a proposito di Bates, e in particolare che non gli avesse rivelato che Cove aveva lavorato alla centrale di Washington prima di trasferirsi in California. Non che avesse una grande importanza: Bates gli aveva lasciato dare un'occhiata al dossier di Cove, e lui avrebbe potuto scoprirlo da solo. Bates aveva la scusante di non avere avuto il tempo di raccontargli vita morte e miracoli di Cove... ma perché tacergli proprio quel particolare?

Venables aveva proposto a Web un incontro nel primo pomeriggio in un bar della zona sotto la sua giurisdizione, e in questo non c'era niente di strano. Web sapeva che quella era per il poliziotto una buona occasione per bere qualcosa e magari scoprire qualche indizio che sarebbe potuto tornare utile più tardi nella soluzione di un caso. I piedipiatti sapevano sfruttare al massimo il proprio tempo.

Sonny Venables era bianco, sui quarantacinque, con quasi

vent'anni di servizio sulle spalle, come riferì a Web mentre ordinavano le birre. Era alto e corpulento, con la struttura massiccia di chi fa regolarmente sollevamento pesi. Aveva in testa un berretto da baseball con scritto TUTTI I PESCATORI VANNO IN PARADISO e indossava un giubbotto di pelle con il logo NASCAR sulla schiena. Il suo collo era quasi un tutt'uno con la grossa testa. La sua voce aveva l'inflessione tipica del Sud e, mentre andavano a sedersi, Web notò il profilo circolare di una scatola di tabacco da masticare nella tasca posteriore dei suoi jeans. Si trovarono un angolo tranquillo dove discutere in compagnia delle rispettive birre.

Venables faceva il turno serale. Disse che gli piaceva così, c'era da divertirsi di più. «Ma tra poco appenderò il cinturone al chiodo; allo scadere dei vent'anni. Poi me ne andrò a pescare, a bere birra e a guardare macchine veloci che corrono in un piccolo circuito fino alla fine dei miei giorni, come fa la gran parte dei bravi poliziotti.» Sorrise delle proprie parole e bevve una lunga sorsata della sua Red Dog. Il juke-box suonava una canzone di Eric Clapton. Web si guardò intorno. In fondo al locale due uomini giocavano a biliardo. La posta, costituita da alcuni biglietti da venti dollari, era accanto ai loro boccali di Bud Light. Di tanto in tanto guardavano dalla loro parte, ma anche se avevano riconosciuto lui o Venables, non lo diedero a vedere.

Venables lo osservava da sopra il bordo del suo bicchiere. Con tutte quelle rughe, era logico pensare che fosse esperto e smaliziato. Un uomo che aveva visto molto nella vita, soprattutto le cose peggiori, giudicò Web, proprio come lui.

«Mi sono sempre chiesto di voialtri dell'HRT.»

«Chiesto che cosa? Siamo sbirri anche noi, solo con qualche giocattolo in più a nostra disposizione.»

Venables rise. «Ehi, non fare il falso modesto. Ho qualche amico nell'FBI che ha cercato di entrare nell'HRT e se ne è tornato a casa con la coda tra le gambe. Hanno detto che avrebbero preferito partorire tra dolori lancinanti che passarci una seconda volta.»

«Dalla foto che ho visto io di Randall Cove, mi sembra che sia tagliato per l'HRT.»

Venables studiò per qualche momento il suo boccale. «Ti starai chiedendo che cosa aveva in comune Randy Cove con un piedipiatti come me, con ancora la puzza della campagna addosso.»

«In effetti ci ho pensato.»

«Siamo cresciuti insieme in un buco del Mississippi così piccolo da non aver nemmeno un nome. Abbiamo sempre giocato insieme a football perché non c'era molto altro da fare. E la nostra squadretta vinse il campionato di football dello Stato per due anni consecutivi. Giocammo insieme anche nell'Oklahoma.» Venables scosse la testa. «Randy è stato un grande running back. Io ero fullback. Sono stato titolare in prima squadra con lui per tre anni di fila. Mi buttavo nella mischia come un bulldozer e me la godevo da matti, anche se comincio a sentirne adesso le conseguenze. Vedi, bastava aprire un dito di spazio a Cove e quello se ne volava via come il vento. Quando alzavo gli occhi dal groviglio di braccia e gambe, lui era già in zona touch-down, spesso con due avversari appesi al collo. Nell'ultimo anno siamo stati campioni nazionali e solo grazie a lui. A quei tempi nessuno della squadra pensava alla promozione. Noi ci limitavamo a consegnare la palla a Randy Cove e lasciavamo fare a lui.»

«Mi sembra che tra voi sia nata una profonda amicizia.»

«Infatti. Io non avevo il talento per giocare come professionista, ma Randy sicuramente sì. Tutti lo volevano e quando dico tutti, intendo tutti.» Venables s'interruppe e fece scorrere le dita sul tavolo. Web decise di attendere in silenzio.

«C'ero anch'io alla partita dove si fulminò le ginocchia. Lo capimmo subito tutti e due, appena successe. Non era come oggi. Ora vai in ospedale e ti rimettono a nuovo e torni in campo l'anno successivo. La sua carriera era finita. Così, di punto in bianco. E il football, mio Dio, il football era tutto quello che aveva. Abbiamo pianto insieme per un'ora forse, seduti in quel campo maledetto. Non ho versato tante lacrime nemmeno al funerale di mia madre. Ma io adoravo Randy. Era un brav'uomo.»

«Era?»

Venables giocherellò con la pepiera, poi si appoggiò allo schienale, si spinse indietro la visiera e Web vide spuntare un ricciolo grigio.

«Immagino che tu sappia che cosa è successo ai suoi» disse il sergente.

«Ne ho sentito parlare. Perché non mi racconti quello che sai tu?»

«Che cosa c'è da raccontare? Al Bureau hanno fatto un casino che a Randy è costato moglie e figli.»

«Tu l'hai visto quando è successo?»

Venables lo guardò come se volesse rovesciargli in faccia la birra. «Io sono stato uno di quelli che hanno trasportato le bare ai funerali! Tu hai mai trasportato sulle spalle la cassa di un bambino di quattro anni?» Web fece un cenno negativo con la testa. «Be', sappi che è una cosa che non dimentichi più.»

«È questo che ti ha detto Cove? Che era colpa del Bureau?»

«Non c'era bisogno che fosse lui a dirmelo. Io sono un poliziotto. So come funzionano queste cose. Sono finito a Washington perché mia moglie è di qui. Poi anche Randy è venuto qui a lavorare per i federali. Immagino che questo tu lo sappia già. Si è servito di me come intermediario perché sapeva di potersi fidare ed è una cosa rara per quelli che fanno il suo mestiere.»

«Mi sembra una cosa rara in molti mestieri.»

Si scambiarono un cenno d'intesa, che forse servì a consolidare un legame ancora labile.

«Poi Randy è stato trasferito in California ed è lì che gli hanno sterminato la famiglia.»

«Mi risulta che si sia anche vendicato.»

Venables lo osservò con occhi gelidi e, guardandolo, in quel momento Web capì che conosceva segreti che non avrebbe mai rivelato. «Tu non l'avresti fatto?»

«Probabilmente sì. Cove dev'essere davvero speciale. I russi non vanno troppo per il sottile.»

«Prova a crescere con il colore sbagliato della pelle in qualche sacca di miseria giù nel Mississippi.» Venables si protese verso di lui puntellandosi con i gomiti. «Ho sentito parlare di te. Ho letto che cos'hanno scritto sui giornali, ho avuto informazioni da Ann Lyle.»

Smise di parlare come se stesse raccogliendo i dati in suo possesso, ma poi Web si accorse che gli stava guardando il lato sfigurato del viso.

«In quasi vent'anni di servizio avrò estratto la pistola forse una decina di volte e ho fatto fuoco sei. Quattro volte ho mancato il bersaglio e due ho fatto centro. Non sono mai stato colpito in servizio, nemmeno sfiorato, ed è qualcosa di cui ci si può vantare in questa città, specialmente di questi tempi. Ora sono al primo distretto, che non è il Northwest ricco e bianco come un giglio, ma non è nemmeno come il sesto e il settimo ad Anacostia, dove hanno fatto fuori quelli della tua squadra. E ho grande rispetto per quelli che hanno varcato la sottile linea rossa, rischiando la pelle, e sono riusciti a ritornare da questa parte. Tu sei l'emblema di quelli che ce l'hanno fatta.»

«Non ho mai chiesto di esserlo.»

«Il fatto è che io provo rispetto e ammirazione per te, altrimenti non sarei seduto qui a parlarti. Ma è altrettanto vero che non riuscirai mai a convincermi che Randy abbia fatto qualcosa di sbagliato. So che il lavoro da infiltrato ti incasina la testa e Randy non può pensare bene del Bureau, ma lui non c'entra niente in quello che è successo alla tua squadra, voglio che tu te ne convinca.»

«E io voglio che tu capisca che anche se mi sembri assolutamente sincero e mi piacerebbe molto bere un'altra volta una birra con te, io non posso accettare una dichiarazione del genere sulla parola.»

Venables annuì. «Be', saresti uno stupido se lo facessi.»

«Avrebbe potuto mollare tutto, ho controllato. Il Bureau gli aveva offerto una vita nuova a pensione piena. Secondo te perché non ha accettato?»

«Per passare i successivi quarant'anni a falciare l'erba davanti a un villino in una strada di case tutte uguali in qualche buco del Midwest? No, Randy no. Che cos'altro avrebbe potuto fare se non continuare a sgobbare come sempre? Sembrerà strano, ma lui era orgoglioso del suo lavoro. Pensava di fare del bene.»

«È quello che penso anch'io. Ed è per questo che sono qui. Scoprirò la verità. Se Cove è coinvolto, può darsi che decida di vendicarmi come ha fatto lui. Non posso prometterti che non lo farò, anche se sei suo amico. Ma se non c'entra niente, sarò il suo alleato più fedele. E credimi, Sonny, la maggior parte della gente preferisce avermi come amico che come nemico.»

Venables si drizzò a sedere e parve riflettere su quelle parole, poi tornò a protendersi in avanti come se avesse preso una decisione. Controllò i giocatori che mettevano del gesso sulle loro stecche fumando sigarette e bevendo birra, e si mise a parlare a voce molto bassa. «Non ho idea di dove si trovi

Randy. Da quando è avvenuto quel massacro non ho più avuto sue notizie. Anzi, avevo già perso le sue tracce prima.»

«Dunque non ti ha mai parlato della pista che stava seguendo, è così?»

«Devi capire che io sono stato il suo contatto nella sua prima missione qui a Washington. È vero che l'ho rivisto quando è tornato in missione qui, ma non per motivi di lavoro, come dire. Sapevo che si occupava di qualcosa di molto grosso, ma non mi ha mai rivelato che cosa.»

«Mi stai dicendo che non eravate più amici intimi?»

«L'amicizia che c'è fra noi è la più intima che si possa avere con uno come Randy. Dopo quello che è successo alla sua famiglia, be', credo che non riuscisse più a legare con nessuno. Nemmeno con il vecchio Sonny Venables del Mississippi, quello che in campo giocava solo per lui.»

«Ha mai accennato a qualche altro contatto, oltre a te?»

«No, se avesse usato qualcuno, sarei stato io.»

«Quand'è stata l'ultima volta che l'hai visto?»

«Un po' più di due mesi fa.»

«Come ti è sembrato?»

«Laconico, con la testa altrove. Non in gran forma, per la verità.»

«Non è più tornato a casa da un pezzo. Il Bureau ha controllato.»

«Io non ho mai saputo nemmeno dove fosse casa sua, ci si incontrava sempre su un terreno neutrale per via del suo lavoro. Si parlava dei vecchi tempi, perlopiù. Io ero solo qualcuno con cui sfogarsi quando ne sentiva il bisogno, credo. Se gli serviva che passassi qualche messaggio, lo facevo.»

«Come si metteva in contatto con te quando voleva vederti?»

«Non mi chiamava mai a casa. Chiamava al distretto. Ogni volta dando un nome diverso. E ogni volta che ci vedevamo mi avvertiva del nuovo nome che avrebbe usato la volta successiva che avrebbe chiamato, così avrei capito che era lui.»

«E non ha più chiamato?» Web lo guardò attentamente mentre glielo domandava. Sembrava che Venables non gli nascondesse niente, ma non si può mai mettere la mano sul fuoco.

«No, non una parola. Ho cominciato a preoccuparmi. Visto il lavoro che fa, stare in ansia è più che giustificato.»

«Dunque ne deduco che non puoi aiutarmi a rintracciarlo.»

Venables finì la birra. «Facciamo due passi.»

Uscirono e si avviarono per una strada quasi deserta. La giornata lavorativa non era ancora finita ed erano quasi tutti ancora in ufficio a contare i minuti che mancavano al momento della grande fuga.

«Le prime volte che lavorava per il WFO c'era un posto che Randy usava se voleva lasciarmi un messaggio. Mi disse che gli serviva anche per cambiarsi d'abito, una specie di casa sicura.»

«Il Bureau ne era a conoscenza?»

«No. Anche allora credo che non si fidasse molto dei papaveroni del Bureau. È per questo che si serviva di me.»

«E probabilmente faceva bene. Tu ci sei stato ultimamente?»

Venables scosse la testa. «Mi sa che ho un po' paura di quello che potrei trovarci, non so bene nemmeno io. Non so neanche se Randy si serva ancora di quel posto, potrebbe darsi benissimo che l'abbiano demolito.»

«Puoi darmi l'indirizzo?»

«Tu fumi, vero?»

«No, non fumo.»

«Adesso sì.» Venables si tolse di tasca un pacchetto di Winston e glielo offrì. Web lo prese. «Meglio che ne accendi una, se qualcuno ci sta guardando.» Gli porse anche una scatola di fiammiferi.

Web accese una sigaretta e cercò di non mettersi a tossire, poi si lasciò scivolare il pacchetto in tasca. «Grazie dell'aiuto. Ma ricordati che Cove c'entra in qualche modo...» lasciò la frase in sospeso.

«Se Randy avesse fatto una cosa del genere, non credo che vorrebbe continuare a vivere.»

Quando Sonny Venables si allontanò, Web tornò alla sua macchina, strappò il pacchetto di sigarette e lesse il foglietto arrotolato che trovò all'interno. Sempre dentro al pacchetto c'erano tre piccole fotografie. Web aveva chiesto a Venables di fargli avere informazioni di qualsiasi bambino di colore più o meno dell'età di Kevin Westbrook di cui fosse stata segnalata la scomparsa nell'ultimo mese ed evidentemente quelle erano le foto dei bambini scomparsi. Esaminò le immagini delle tre versioni di Kevin, ciascuna leggermente diversa dall'altra.

Quella che non cambiava era l'espressione, quella della morte prematura di tutte le speranze di avere una vita decente. Ripartì.

Venti minuti dopo era fermo, a bordo della sua automobile, a guardare attraverso il finestrino con il morale a terra. L'ipotesi di Venables si era dimostrata più fondata che se lo sbirro fosse stato un veggente: dove un tempo sorgeva la casa sicura di Randall Cove ora c'era un cantiere edile, dominato da un'imponente gru. Una squadra di manovali stava concludendo in quel momento quella che doveva essere stata una dura giornata lavorativa. A giudicare dallo stato di avanzamento dei lavori, era evidente che era già passato del tempo dall'ultima volta in cui Cove aveva potuto usare il vecchio rifugio. Web stropicciò nel palmo della mano il foglietto dell'indirizzo di quello che si era rivelato essere un vicolo cieco e lo lasciò cadere a terra. Aveva però un'altra cosa da verificare riguardo a Randall Cove.

Chiamò Romano dalla macchina. «Ti va di andare a ficcare il naso un po' in giro?»

Passò a prelevare Romano e insieme si diressero a sud verso Fredericksburg.

Romano si guardò intorno. «Che cesso di macchina.»

«È una Grand Marquis, probabilmente ci si è fatto scarrozzare anche il direttore.»

«È un cesso lo stesso.»

«La prossima volta cercherò di trovare di meglio.» Guardò Romano e si domandò che cosa Angie avesse detto su di lui allo strizzacervelli. Con un marito come Romano, non dovevano mancarle le cose da raccontare a un professionista della salute mentale.

«Come vanno le cose all'HRT?»

«Stessa solfa di sempre. Non ci hanno chiamati per nessuna missione. Addestramento e basta. Sto cominciando a scocciarmi.»

«Tieni duro, Paulie, vedrai che presto avrai da sparacchiare in giro.»

«Forse farei meglio ad arruolarmi nella legione straniera o qualcosa del genere.»

«Non vuoi ammettere quanto stai bene, invece.»

«Si è parlato anche un po' di te, Web.»

Avrebbe dovuto prevedere quel cambiamento di rotta nella conversazione, ma ne fu sorpreso lo stesso. «Ah sì? E che si dice?»

«Mi pare che gli schieramenti siano più o meno alla pari.»

«Caspita, pensavo di avere un seguito maggiore.»

«Non è come credi, nessuno pensa che tu sia un vigliacco, Web. Ne hai fatte troppe di follie. Quasi quante ne ho fatte io.»

«Ma...»

«Ma alcuni pensano che se ti sei bloccato una volta, ti bloccherai di nuovo. Quello che ti è successo non avrebbe cambiato di una virgola il destino toccato alla Charlie Team, ma la prossima volta potrebbe non andare alla stessa maniera.»

Web guardò diritto davanti a sé. «Mi sa che non ho nulla da obiettare alla logica di questa considerazione. Forse farei bene ad andarci io nella legione straniera. Sei armato?»

«I politici cacciano balle?»

Randall Cove viveva nei sobborghi di Fredericksburg, Virginia, un'ottantina di chilometri a sud di Washington, che era la sua zona operativa, cosicché era stata più che rispettata la regola dei cinquanta chilometri almeno di distanza tra l'abitazione di un agente in missione e il luogo dove operava come infiltrato. L'indirizzo era tra le informazioni che Web aveva furtivamente carpito al dossier di Bates.

Non essendo ancora l'ora di punta, quaranta minuti dopo imboccarono la tranquilla via di Randall Cove, risalendo lungo una fila di casette clonate, molte delle quali con il cartello AFFITTASI esposto sul praticello antistante. Non c'erano né mamme né bambini in giro, nonostante il bel tempo, ed erano pochi i veicoli parcheggiati lungo il marciapiede. Per la verità c'era un'atmosfera di abbandono e Web sapeva che sarebbe stato così fino a quando non fossero cominciati a rientrare i pendolari da New York e dalla Virginia settentrionale. Quello era un dormitorio travestito da quartiere residenziale, abitato soprattutto da single o coppie senza figli in attesa che l'aumento di stipendio o la nascita di un erede li obbligasse a cercare una sistemazione migliore. Capiva perché Cove avesse scelto un posto come quello, senza vicini curiosi, dove tutti badano ai fatti propri e non c'è in giro nessuno durante la giornata, quando lui probabilmente era in casa. La maggior parte degli infiltrati che lavora nel giro della droga va a caccia di notte.

Davanti alla casa era ferma una macchina con una targa governativa. «La baby-sitter federale» borbottò Romano. Web annuì mentre valutava come meglio affrontare la situazione. Arrivò fino all'altezza dell'automobile e scese, imitato dal collega.

L'agente a bordo abbassò il finestrino, diede una rapida occhiata ai documenti che Web e Romano gli mostrarono, poi si soffermò a guardare Web.

«Tu sei famoso ormai, non c'è bisogno che fai vedere la tessera» disse. Web non lo conosceva. Era giovane, pieno di energia e sane ambizioni, e probabilmente in quel momento odiava la vita per essere costretto a sorvegliare una casa dove nessuno si aspettava che Randall Cove cercasse di rimetterci piede. Scese dalla macchina per stringere la mano ai colleghi.

«Chris Miller, centrale operativa di Richmond.» Mostrò il proprio tesserino, che estrasse dal taschino destro per avere libera la mano su quel lato, come insegnavano all'FBI. Senza dover guardare, Web sapeva già che Miller aveva un rinforzo imbottito nella giacca perché la pistola che c'era nascosta sotto non la logorasse in quel punto. Sapeva anche che quando si era fermato dietro la sua automobile, Miller li aveva tenuti d'occhio dallo specchietto retrovisore e che in particolare aveva scrutato lo sguardo di Web, perché gli occhi tradiscono sempre le intenzioni.

Dopo essersi scambiati una stretta di mano, Web si girò a guardare la casetta. «Giorno e notte?» s'informò.

«Otto, otto e otto ore» sospirò Miller. Controllò l'orologio. «Io ne ho ancora tre.»

Web si appoggiò all'automobile. «Dunque non è molto emozionante.»

«Se non considero la baruffa tra gatti di due ore fa...» S'interruppe, socchiuse gli occhi fissando Web e buttò là: «Una mezza idea di provare con l'HRT mi è venuta, sai?».

«Un giovane in gamba potrebbe farci comodo» rispose Web. "Ce ne farebbero comodo sei, per la verità" pensò "per ricostruire la Charlie Team."

«Ho sentito che le prove di ammissione sono infernali.»

Romano quasi sbuffò. «Prendi tutto quello che hai sentito

raccontare, elevalo alla decima potenza e arriverai quasi vicino alla verità.»

Era evidente dalla sua espressione scettica che Miller non lo prendeva sul serio, ma era giovane ed esageratamente fiducioso nelle proprie capacità, come lo sono tutti i giovani.

«Eravate a Waco?» volle sapere. Web e Romano annuirono. «E avete sparato?»

«Io, per la verità, ho cercato di cancellarlo dalla mente» ribatté Web. "Non sarebbe fiera di me, Claire Daniels?" pensò.

«Capisco» rispose Miller con un'aria dubbiosa, dalla quale Web dedusse che il giovane agente non aveva colto il senso della sua battuta.

«Da quanto tempo sei al Bureau?» chiese Romano.

«Quasi due anni.»

«Bene, quando avrai finito anche il terzo, potrai fare domanda all'HRT. Dammi un colpo di telefono un giorno o l'altro. Se hai intenzioni serie sull'HRT, posso farti fare un giretto turistico.» Quindi gli consegnò il suo biglietto da visita.

Mentre Miller lo metteva in tasca, Romano e Web si scambiarono un'occhiata divertita.

«Ah, sarebbe fantastico» si infervorò Miller. «Ho sentito che avete un arsenale pazzesco.»

Le armi costituivano per molti la seduzione maggiore; Web sapeva bene che parecchi di quelli che conosceva erano entrati al Bureau attratti esclusivamente dalla possibilità di poter girare armati e di usare armi di grande qualità. «Ce l'abbiamo. E ti mostreremo perché è sempre meglio non doverle usare.»

«Giusto.» Miller sembrava deluso, ma Web sapeva che si sarebbe ripreso. Ci fu un silenzio un po' imbarazzato, quindi Miller domandò: «Ah, posso aiutarvi in qualche modo?».

«Siamo venuti fin quaggiù solo perché volevo dare un'occhiata. Tu sai niente del tizio?»

«Non molto. So che ha qualcosa a che fare con quello che è successo a voi. È incredibile come uno possa fare una capriola del genere, rivoltarsi all'improvviso contro i propri compagni, intendo.»

«Già, davvero pazzesco.» Web osservò la disposizione delle case, dietro le quali cominciava subito il bosco. «Spero che qualcuno copra il retro.»

Miller sogghignò. «Se non qualcuno, qualcosa. Ci sono dei K-9 dietro casa. E c'è lo steccato. Se qualcuno cerca di arrivare da quella parte, troverà una sorpresina. Più semplice che metterci due agenti, immagino.»

«Già.» Web controllò l'orologio. «È quasi ora di cena. Hai mangiato?»

Miller scosse la testa. «Ho portato dei cracker e qualcosa da spiluccare. E ho anche una bottiglia d'acqua. Ma ho fatto fuori tutto. E come ho detto devo stare qui ancora tre ore prima che arrivi il mio sostituto. La cosa peggiore è non poter andare al gabinetto.»

«Dillo a me. Nel Midwest ho fatto degli appostamenti a ripetizione. Ho dovuto sorvegliare fattorie sconfinate dove si sospettava che ci fossero laboratori per raffinare la droga e parcheggi per roulotte, a caccia di certi simpaticoni dediti ad attività "socialmente utili" come le rapine in banca e gli omicidi con fucili a canne mozze. Mi toccava tenermela, pisciare in una bottiglia o innaffiare qualche campo.»

«Ah sì» fece eco Romano. «Io, quando ero un Delta, dovevo stare acquattato in fila con tutti gli altri in certi posti di merda dove ci spedivano a cacare in compagnia. E alla fine conosci un compagno davvero molto bene, quando devi cacarci insieme. Una volta mi è toccato sparare a un tizio mentre stavo mollando da dietro. Roba da scombussolarti il cervello, credimi.»

Dalla faccia che fece Miller era chiaro che nessuna di quelle alternative per espletare i suoi bisogni fisiologici gli sembrava praticabile. Era vestito con molta ricercatezza, notò Web, e senza dubbio pisciare in una bottiglia o svuotare la vescica in pubblico non erano opzioni contemplate dal suo immaginario privato.

«Da quella parte c'è un bar. Se vuoi andare a mangiare un boccone, ti teniamo il posto noi.»

Miller era incerto se abbandonare la postazione.

«Offerte come questa non capitano tutti i giorni, Chris.» Web spostò un lembo della giacca perché Miller vedesse che era armato. «E poi sì, ho sparato qualche colpo a Waco. Vai a rifocillarti in pace.»

«Siete sicuri che è tutto in regola?»

«Se si avvicina qualcuno che non dovrebbe, dovrà rimpiangere che a fare la guardia non ci sia solo un cane mastino» rispose Romano nel suo tono più feroce.

A quelle parole, l'agente Miller rimontò velocemente in macchina e partì.

Web attese che non fosse più in vista prima di aprire il bagagliaio, estrarne un piccolo aggeggio e una torcia, guardarsi intorno e raggiungere quindi Romano davanti alla porta di casa di Cove.

«Forte, il ragazzo» commentò Romano. «Due minuti all'HRT glieli concedo a occhi chiusi.»

«Non si può mai dire, Paulie. Tu ce l'hai fatta, no?»

«Davvero vuoi entrare? È violazione di domicilio.»

«Lo so e se tu hai qualche problema, vai a sederti in macchina.»

«Sono poche le cose della vita che mi creano dei problemi.»

La serratura della porta d'ingresso cedette in pochi secondi, dopodiché Web e Romano furono all'interno. Appena chiuso l'uscio, Web accese la torcia e vide la centralina di comando dell'impianto d'allarme di fianco allo stipite, ma il sistema era disattivato. Era presumibile che solo Cove conoscesse il codice. Percorsero il breve corridoio ed entrarono in soggiorno. Con le dita strette intorno al calcio della pistola, Web illuminò tutti gli angoli. L'arredamento era essenziale, segno che probabilmente Cove non trascorreva molto tempo in quella casa. Al pianterreno non trovarono niente di interessante, ma Web non se ne meravigliò più di tanto: Cove era un veterano e i veterani non lasciano dietro di sé resoconti dettagliati di quello che fanno.

Perlustrarono il seminterrato. C'erano anche alcune scatole, che Romano e Web esaminarono rapidamente. L'unico oggetto sul quale Web si soffermò era una foto incorniciata di Cove con la moglie e i figli. Web inclinò il raggio della luce perché non fosse riflessa dal vetro. Cove indossava giacca e cravatta, e non aveva le treccine, aveva un bell'aspetto e sembrava sereno. Aveva un sorriso contagioso. Con un braccio stringeva la moglie da una parte, mentre con l'altro abbracciava entrambi i figli. Sua moglie era di una bellezza straordinaria, con i capelli lunghi fino alle spalle, un meraviglioso sorriso e occhi che avrebbero fatto tremare qualsiasi uomo. I figli, un maschio e una femmina, avevano preso dalla mamma. Sarebbero diventati senza dubbio degli affascinanti adulti mentre papà e mamma invecchiavano insieme. Così avrebbe dovuto essere, ma accadeva raramente, almeno alle persone che si guadagnavano da vivere con il mestiere di Cove e Web. Quell'immagine coglieva l'altro lato di Randall Cove, la sua seconda personalità di marito e padre. S'immaginò l'ex promessa del football professionistico che scambiava qualche lancio con il figlio nel prato dietro casa; chissà che il ragazzino non avesse ereditato il talento del padre. Forse avrebbe potuto intraprendere la carriera professionistica che al genitore era stata negata dal destino. Ma quelli erano colpi di scena da film hollywoodiani, che raramente trovano riscontro nella vita reale, dove domina l'ingiustizia.

«Bella famiglia» commentò Romano.

«Non più.»

Ripose la foto nella scatola e tornò di sopra con il compagno. Nel momento in cui la luce della torcia si rifletté sulla portafinestra, una massa scura si scagliò contro il vetro. In perfetta sincronia Web e Romano estrassero le pistole, ma quando sentirono abbaiare si resero conto che era uno dei K-9: faceva solo il suo mestiere.

Un cane non ti tradisce mai e forse questo è il vero motivo per cui è considerato il più fedele amico dell'uomo. Loro custodiscono i tuoi segreti fino alla morte.

Si affrettarono a ispezionare il primo piano perché volevano finire prima del ritorno di Miller. Ingannare un collega non era una bella cosa, ma condurre una perquisizione non autorizzata nell'abitazione di un indiziato era molto peggio. Se Web fosse stato colto in flagrante, Bates non solo lo avrebbe fatto sbattere dentro, ma avrebbe gettato via la chiave e lui non avrebbe potuto far altro che rassegnarsi. Al piano di sopra c'erano due stanze con un bagno in comune. La camera che dava sulla strada era quella di Cove. Il letto era fatto e nell'armadio c'erano alcuni indumenti. Web prese una camicia e se la avvicinò al petto. Avrebbe potuto usarla come vestaglia. Pensò a che cosa significasse giocare in difesa contro un attaccante di quella stazza; sarebbe stato più facile cercare di fermare un camion.

La stanza sul lato posteriore della casa era vuota. Era una

camera da letto, ma evidentemente nessuno l'aveva mai usata. Dentro il piccolo armadio a muro non c'erano graffi di grucce e la moquette non portava segni di mobili. Stavano per uscire, quando Web notò qualcosa. Osservò le finestre del locale sul retro, poi passò per il bagno comunicante e tornò nell'altra camera, dove si soffermò a esaminare le finestre. Erano munite di veneziane a stecche sottili ed era logico, visto che la stanza dava sulla via. Web riattraversò il bagno. Alle altre finestre non c'erano veneziane, ma vecchie tende scure a pacchetto. La stanza sul retro dava su una fitta boscaglia, quindi non erano necessarie misure particolari per garantire la privacy. Web guardò fuori dalla finestra e vide da che parte calava il sole. Quella stanza era rivolta a nord, dunque nel pomeriggio non era necessario oscurare le finestre per evitare il riverbero, e, comunque fosse, visto che il locale non era utilizzato, perché mettere delle tende alle finestre? E se proprio lo si riteneva indispensabile, perché non usare gli stessi accessori per tutta la casa? Almeno con una veneziana si poteva lasciar entrare un po' di luce pur continuando ad avere una certa intimità. Con le tende a pacchetto l'alternativa era tra la luce e il buio pesto e, vista l'ubicazione della stanza e l'assenza di una plafoniera, quello era un luogo di tenebre eterne. Non aveva molto senso, ma forse si trattava di un'eredità del proprietario precedente e Cove non aveva sentito la necessità di apportare modifiche.

«Che cosa ti ha fatto drizzare le antenne?» volle sapere Romano.

«Il tipo di scuri alle finestre.»

«L'arredamento non è di tuo gusto?»

Web non rispose e si avvicinò alla finestra. Le tende erano arrotolate. Web tirò la funicella. La tenda scese regolarmente. Niente di insolito. Passò all'altra finestra e ripeté l'operazione. Questa volta non accadde nulla, la cordicella era bloccata. Stava per lasciar perdere, ma ci ripensò e illuminò con la torcia il meccanismo a scatto delle tende. Si accorse che era stato piegato in maniera che la funicella restasse incastrata. Fece pressione in senso contrario in maniera da liberarla e finalmente la tenda poté scendere.

Quando la busta che vi stava nascosta gli piombò letteralmente tra le mani, Romano restò a guardarla con gli occhi sgranati. «Cavolo, ma lo sai che sei in gamba?» commentò poi rivolgendosi al compagno.

«Filiamo, Paulie.» Web riarrotolò la tenda e seguì Romano, che lo aveva preceduto giù per le scale. Alla porta d'ingresso controllarono che la via fosse libera, poi scivolarono fuori e tornarono rapidamente all'automobile, dove Web accese la luce di cortesia per esaminare quello che avevano trovato.

Aprì la busta e ne estrasse un ritaglio di giornale ormai ingiallito. Era del "Los Angeles Times" e parlava dell'omicidio della moglie e dei figli di un agente dell'FBI per mano della mafia russa. Il funzionario che parlava a nome del Bureau condannava duramente i criminali e giurava che sarebbero stati assicurati alla giustizia. Era presentato come una persona molto vicina all'inchiesta. In effetti era il supervisore dell'agente al quale era stata sterminata la famiglia e di cui il Bureau si rifiutava di rivelare l'identità, sebbene fossero stati resi pubblici i nomi dei familiari uccisi. Di fronte al nome del funzionario Web poté solo scuotere la testa.

Percy Bates.

Di lì a pochi minuti tornò Miller, che parcheggiò, scese dalla macchina e si avvicinò al finestrino accarezzandosi il ventre. «Grazie dell'assistenza, ragazzi.»

«Non c'è di che» rispose Romano. «Ci siamo passati anche noi, sappiamo com'è.»

«È successo niente mentre non c'ero?»

«No, tutto normale.»

«Ehi, io stacco fra un paio d'ore, vi va una birra?»

«Noi...» cominciò a dire Web e intanto spostò lo sguardo oltre le spalle di Miller perché il sole, calando, si era riflesso su un oggetto metallico, lanciando un bagliore.

«Attento, Web!» esclamò Romano in quel momento, che evidentemente aveva visto lo stesso lampo.

Web afferrò Miller per la cravatta e cercò di tirarlo giù. Il proiettile colpì Miller in mezzo alla schiena e gli uscì dal petto passando davanti a Web e facendo esplodere il vetro del finestrino sull'altro lato. Romano era già sceso dalla macchina, al riparo dietro le ruote. Spianò la pistola sopra il cofano, ma non fece fuoco.

«Vieni fuori di lì, Web, dannazione!»

Per una frazione di secondo Web continuò a stringere la cravatta di Miller, mentre il giovane agente cominciava a scivolare lungo la fiancata della vettura. L'ultima cosa che vide di lui furono gli occhi vitrei, poi Miller si accasciò al suolo.

«Vieni giù da quella macchina o ti sparo io!» urlò Romano.

Web si tuffò fuori mentre un'altra pallottola mandava in frantumi il lunotto posteriore. Prese posizione dietro una ruota. In Accademia insegnano che le ruote delle automobili assicurano il massimo grado di protezione perché sono poche le armi in grado di penetrare uno strato di metallo così spesso.

«Visto niente?» chiese Romano.

«Solo quel primo riflesso. Un mirino telescopico. Saranno almeno a mille metri, nel bosco, tra quelle due case laggiù. Miller è morto.»

«Sono cazzi acidi. Dev'essere un 308 con munizioni corazzate e un telescopio Litton da 10.»

«Fantastico, come quelli che abbiamo in dotazione noi» ribatté Web. «Tieni giù la testa.»

«Grazie di avermelo detto, Web, perché stavo proprio per saltar fuori e mettermi a chiamare la mamma.»

«È inutile che cerchiamo di rispondere al fuoco, con la pistola non servirebbe.»

«Perché non mi dici qualcosa che non so già? Hai niente di utile nel bagagliaio?»

«Ce l'avrei se la macchina fosse mia.»

Arrivò un altro colpo ed entrambi si abbassarono. Un'altra pallottola ancora fece esplodere la ruota anteriore sinistra. Poi un altro colpo e dal radiatore cominciò a uscire del vapore.

«Pensi che a qualcuno verrà in mente di chiamare gli sbirri?» gracchiò Romano. «Cos'è, da queste parti capita tutti i giorni che qualche cecchino si metta a giocare al tiro a segno?»

«Il mio telefono è in macchina.»

«Non tentare di recuperarlo, sai? Quello non scherza.»

Attesero cinque minuti e non ci furono altri spari. Poi udirono finalmente le sirene. Web s'azzardò a far capolino da dietro la macchina e a guardare attraverso i finestrini. Non vide altri riflessi nel bosco.

Arrivò una macchina di pattuglia, che si fermò poco distante. Web e Romano mostrarono le loro credenziali e fecero cenno ai poliziotti di tenere la testa bassa. Qualche minuto dopo Web li raggiunse strisciando e spiegò loro la situazione. Non vi furono altri spari e poco dopo la zona fu invasa dalle forze dell'ordine locali con il supporto di alcuni agenti della polizia di Stato. Fu setacciato il bosco senza alcun risultato, a parte le tracce fresche di copertoni su una strada sterrata dietro l'isolato di cui faceva parte anche la casa di Cove. Rinvennero anche un certo numero di bossoli. Romano aveva visto giusto: calibro 308, corazzati.

Chris Miller fu dichiarato ufficialmente morto e venne un'ambulanza a prelevarlo. Prima che chiudessero il sacco mortuario, Web notò la fede nuziale. Quella sera la signora Miller avrebbe ricevuto da parte dei funzionari del Bureau la più orribile delle visite. Scosse la testa e si girò verso Romano.

«Questa vita sta cominciando a farmi venire il voltastomaco.»

27

Web e Romano avevano rilasciato le rispettive deposizioni almeno tre volte e da Washington era arrivato Bates a strigliare Web per aver condotto indagini senza autorizzazione.

«Ti avevo avvertito che ti avrebbero preso di mira, Web. Ma figurati se una testa dura come te mi avrebbe dato retta» protestò Bates.

«Ehi, vacci piano» intervenne Romano.

«Ti conosco?» ringhiò Bates.

«Paul Romano, agente speciale della Hotel Team.» Gli porse la mano.

Bates ignorò il gesto e tornò a rivolgersi a Web. «Ti rendi conto che Buck Winters non aspetta altro che una buona scusa per schiacciarti?» Rivolse un'occhiata a Romano. «Per cremare ufficialmente tutta l'HRT? E tu che cosa fai? Gli offri l'occasione perfetta su un piatto d'argento.»

«Io cerco solo di scoprire perché i miei compagni sono stati fatti fuori» replicò con foga Web. «E lo stesso faresti tu se fossi nei miei panni.»

«Piantala di rifilarmi sempre le stesse vecchie stronzate...» cominciò Bates, ma chiuse la bocca quando Web gli mostrò il ritaglio.

«Ho trovato questo nella casa.»

Bates glielo prese lentamente dalla mano.

«Hai voglia di parlarne?» lo incalzò Web.

Bates li condusse un po' in disparte, per poter parlare in pace e lontano da orecchie indiscrete.

«È a posto» lo rassicurò Web quando lo vide esitare guardando Romano. «Ha accesso a qualunque informazione top secret.»

«Ho fatto anche parte di un programma di protezione per Arafat» tenne a precisare Romano. «Se non è un bersaglio lui...»

«Non mi hai detto che lavoravi con Cove quando gli hanno ammazzato la famiglia» disse Web.

«Non ho l'obbligo di raccontare a te tutta la mia vita» si difese Bates.

«Forse però mi devi una spiegazione.»

Bates ripiegò il ritaglio e se lo infilò in tasca. «Non è stata colpa di nessuno, per la verità. Non ci furono errori da parte di Cove e nemmeno da parte nostra. Fu solo un gran colpo di fortuna... dal punto di vista dei russi. Un caso fortuito. Il destino gioca brutti scherzi, a volte. È stata una sciagura, e non c'è modo di porvi rimedio. Randy Cove è un agente straordinario.»

«Dunque Cove non ha motivo di volersi vendicare?»

«No. Gli ho parlato. Per un soffio non l'hanno fatto fuori poco dopo il massacro della Charlie Team. Ha detto di aver visto quel covo pieno zeppo di ogni tipo di prova che si possa immaginare.»

«Dunque la sua versione sarebbe che hanno preparato una messinscena perché lui ci riferisse notizie false. Via schedari e calcolatrici e dentro mitragliatrici, giusto?»

«Qualcosa del genere. La miccia era corta: Cove ha detto di essere stato là dentro poco prima del vostro assalto. Era convinto di essersi infiltrato in un giro di quelli grossi.»

«Perce, non voglio darti l'impressione di volerti insegnare il mestiere, ma la cosa più saggia sarebbe farlo rientrare. Ora che è stato scoperto, ha bisogno di protezione.»

«Cove sa badare a se stesso. E può fare molto di più se può agire all'esterno. È probabile che si stia avvicinando a un fornitore importante.»

«Questo a me interessa poco. Io voglio quelli che ci hanno incastrato.»

«Ma è questo il punto, Web, potrebbero essere gli stessi.»

«Non ha molto senso. Perché un fornitore di droga si tirerebbe addosso tutto quanto il Bureau?»

«Potrebbero esserci mille ragioni. Una manovra per tenere

in riga gli spacciatori. Una mossa per far fuori un rivale e ridurre la concorrenza.»

«Tu fammi sapere chi sono» interloquì Romano «e ci penso io a ridurre qualcosa. La loro aspettativa di vita, tanto per cominciare.»

«Dunque mi sembra di capire che non faccia rapporto con regolarità» osservò Web.

«Come fai a dirlo?»

«Se è davvero in gamba, saprà che tutti lo credono un traditore. Così si tiene defilato, non si fida di nessuno e svolge indagini in proprio, cercando di arrivare alla verità prima che qualcuno arrivi a lui.»

«Come teoria non è male.»

«Per la verità parlo per esperienza.»

«A proposito di esperienza, mi ha finalmente risposto Bill Canfield. Lo vedo domani alla sua fattoria. Vuoi venire con me?»

«Avevo già detto di sì. E tu, Paulie?»

Bates si girò dalla sua parte. «Sei lo stesso Paul Romano che era nei Delta e poi negli SWAT di New York?»

«C'è un solo Paul Romano» ribatté questi senza presunzione.

«Arafat, eh?»

«Già. Quando si ha bisogno dei migliori…»

«Bene, considerati temporaneamente riassegnato. Parlerò al tuo comandante.»

«Riassegnato a quale compito?» domandò Romano stupito.

«Fare quello che ti dirò io. Ci vediamo domani.»

Web accompagnò il collega a casa.

«Ehi, Web» disse Romano prima di scendere dalla macchina «pensi che questo nuovo incarico sia più redditizio? Angie mi parlava di una nuova lavatrice e magari di finire la cantina.»

«Se fossi in te terrei la bocca chiusa con Angie. Ti andrà già bene se la paga non sarà inferiore.»

Romano scosse la testa mentre scendeva.

«La storia della mia vita.»

Quando Web ripartì, prese a girare per le strade senza meta, addolorato per la fine toccata a Chris Miller e anche per coloro che sarebbero stati costretti ad andarlo ad annunciare alla moglie. Sperava che non avesse figli, ma non si faceva illusioni, considerato il tipo. Alla fine concluse di aver bisogno di un'altra dose di vecchio, sano lavoro poliziesco.

Lasciò la Capital Beltway e imboccò l'interstatale 395 dirigendosi a nord a bordo della Mercury che gli avevano procurato in sostituzione dell'auto distrutta. Attraversò il Fourteenth Street Bridge, sul quale anni prima era precipitato un aereo appena decollato dal National Airport, sorpreso da una bufera di neve. Web si diresse verso una zona dove pochi cittadini rispettosi della legge, a parte qualcuno che si era smarrito o che girava con pistola e distintivo, si azzardavano ad avventurarsi, specialmente a quell'ora.

La scena gli era familiare. Il percorso era lo stesso che aveva compiuto la sua squadra l'ultima notte che aveva trascorso in questo mondo. Web sapeva che con la targa che si ritrovava era facile capire che fosse un agente federale, ma non gli importava. Per un'ora perlustrò tutti i vicoli ciechi, tutte le stradine, ogni buco e angolo che gli sembrava interessante. Più di una volta incrociò le volanti che pattugliavano il quartiere a caccia di criminali, un genere di individui molto diffuso da quelle parti.

Stava per rinunciare, quando il suo sguardo notò una macchia rossa sotto un lampione. Rallentò e guardò meglio con il fidato binocolo. Probabilmente era un falso allarme, da quelle parti erano molti a portare una fascia intorno alla testa e quasi sempre erano di colore rosso sangue: era un marchio di fabbrica, non privo di un tocco di umorismo, per il tipo di commercio in cui era specializzato quel quartiere. Qualche secondo dopo il battito cardiaco di Web accelerò: il ragazzo indossava persino gli stessi indumenti, una maglia e un paio di calzoncini da ginnastica con la cintola sotto l'ombelico. Era proprio lui, il fornitore locale di crack e altre droghe illegali che aveva incontrato la Charlie Team nel vicolo dov'era in attesa il suo tragico destino.

Spense il motore, lasciò che l'automobile si fermasse e scese senza far rumore. Valutò se prendere il fucile, ma decise che la pistola sarebbe stata sufficiente. Troppo difficile tendere un agguato con un fucile in mano. Impugnò la pistola e scese lentamente per la via, mantenendosi nell'ombra. Giunse a un punto in cui doveva attraversare la zona illuminata da un lampione, esitò per un momento e, proprio quando uscì allo scoperto, qualcuno gridò. Il ragazzo alzò la testa di scatto e lo vide. Web imprecò e partì all'inseguimento.

«T'interessa ancora il mio fucile?» gridò al giovane che si era tuffato in un vicolo.

Web sapeva di non poterlo seguire là dentro, nemmeno se era armato, e si fermò. Senza rinforzi, sarebbe stato come scavarsi la fossa. Fu comunque una decisione dura da prendere, perché Web voleva più che mai mettere le mani su Bandana Boy. Nel suo modo logico di ricostruire i fatti, gli sembrava abbastanza probabile che fosse stato lui ad azionare il telecomando che aveva attivato le mitragliatrici. Ma non aveva scelta e poteva solo rassegnarsi. "Un'altra volta, amico mio" pensò. "E la prossima non mi fermerò finché non avrò stretto le mani intorno al tuo collo, bastardo."

Si girò per tornare alla sua macchina e fu allora che li vide. Sembrava che non avessero fretta. Erano una decina in tutto. Insieme alle loro ombre allungate sul muro di mattoni vide anche il loro arsenale di armi. Non potendo raggiungere l'automobile, Web s'infilò in un vicolo e cominciò a correre all'impazzata. Li sentì partire alle sue spalle con altrettanto impeto.

«Merda» commentò tra sé. Possibile che si trattasse di un altro agguato?

La luce del lampione fu presto lontana e Web poté affidarsi solo a qualche propaggine di illuminazione stradale e al rumore di passi davanti e dietro di lui. Purtroppo, in un labirinto come quello, con quei muri così alti, l'eco dava indicazioni ingannevoli. Web svoltò a destra e a sinistra finché perse completamente il senso dell'orientamento. Svoltò un ultimo angolo e s'arrestò. Immaginava che metà del gruppo avesse girato intorno all'isolato per bloccare la sua via di fuga, ma per quel che ne sapeva era anche possibile che stesse girando su se stesso. Gli sembrava di sentirli arrivare, ma non avrebbe saputo stabilire da che parte. Imboccò un altro vicolo e si fermò poco più avanti. Tese l'orecchio. Silenzio. Il silenzio non gli piaceva. Il silenzio significava spostamenti furtivi. Guardò a sinistra, a destra e poi in su. Questa direzione gli parve promettente. S'arrampicò per una scala antincendio e si bloccò di colpo quando udì un rumore di passi. Attese, immobile. Ne sbucarono due. Erano alti, snelli, con la testa rasata. Indossavano giubbotti di pelle su jeans sformati e ai piedi portavano scarpe pesanti da detenuto, con grossi tacchi che probabilmente morivano dalla voglia di usare sulla sua faccia.

Si fermarono per guardarsi intorno. Erano proprio sotto di lui. Come aveva fatto Web, guardarono a sinistra e poi a destra. Pensò che fosse solo questione di secondi prima che, sempre imitando le sue mosse, guardassero verso l'alto. Così piombò su di loro colpendoli contemporaneamente alla testa con i piedi e mandandoli a sbattere contro il muro. Toccò terra un po' male, slogandosi una caviglia. Vedendo che i due stavano cercando di rialzarsi, seppur gemendo e brontolando, li tramortì entrambi colpendoli con il calcio della pistola sulla nuca e facendoli piombare in un sonno che sarebbe durato a lungo. Raccolse le loro armi e le buttò nel cassonetto più vicino prima di allontanarsi di buon passo.

Sentiva ancora qualcuno che correva e dei colpi d'arma da fuoco, ma non sapeva se fossero i suoi inseguitori o semplicemente una scaramuccia tra bande come ne avvenivano tutte le notti. Svoltò un altro angolo e fu colpito duramente all'addome. Perse l'equilibrio e si lasciò sfuggire la pistola di mano mentre rotolava sull'asfalto. Si rialzò di scatto con i pugni già serrati.

Davanti a lui c'era Bandana Boy, che stringeva nella mano un coltello grande quasi quanto lui. Sulle labbra aveva lo stesso sorriso da delinquente che gli aveva visto nel vicolo la notte in cui la Charlie Team era stata annientata.

Notò il modo in cui impugnava il coltello, come un lottatore esperto. Doveva aver fatto parecchi combattimenti all'arma bianca. Era più basso di lui, ma più muscoloso e probabilmente più agile. Ci sarebbe stato il classico confronto tra gioventù ed esperienza. «D'accordo, fatti sotto e portati a casa una nuova lezioncina, moccioso» mormorò Web preparandosi al corpo a corpo.

Il ragazzo spiccò il balzo, menando con il coltello fendenti così fulminei che Web non riusciva a seguirli con lo sguardo. Non ne aveva comunque bisogno, perché appena gli fu a tiro allungò di scatto il piede facendolo inciampare. Bandana Boy crollò pesantemente a terra e si rialzò come rimbalzando, ma solo in tempo per buscarsi un calcio sulla testa. Tramortito, non poté fare niente per impedire che Web gli torcesse il braccio armato, facendogli prima saltare via il coltello dalla mano, quindi spezzandogli l'osso dell'avambraccio. Senza più la sua lama e con un braccio fratturato, Bandana Boy fuggì riempiendo il vicolo di grida di dolore e lasciando tutta la sua strafottenza per terra vicino al coltello in una pozza sangue. Web scrollò la testa e si chinò per recuperare la pistola. Non fece in tempo.

Non poté far altro che restare a guardare in silenzio gli uomini che sbucavano da tutti gli angoli, armati di fucili a canne mozze e pistole. Percepì con chiarezza la soddisfazione che stavano provando per averlo sorpreso a quel modo, solo contro dieci. Poiché non aveva niente da perdere, assunse un atteggiamento aggressivo e mostrò il distintivo dell'FBI. «Potrei sbattervi dentro tutti quanti solo per le armi che avete, ma mi toccherebbe farmi venire il culo piatto a furia di stare seduto alla scrivania a compilare i verbali e poi stasera mi sento generoso, quindi vi do un buon consiglio, alzate le chiappe e circolate e io mi dimenticherò di voi. Per questa volta. Ma non riprovateci.»

Per tutta risposta lo attaccarono. Web indietreggiò finché si trovò con le spalle contro il muro. Poi due di quelli che gli stavano di fronte furono spostati con una violenza tale da dare l'impressione che per un attimo fosse venuta a mancare la forza di gravità. Nel varco apparve l'uomo più gigantesco che Web avesse mai visto, a parte i giocatori della lega professionistica di football. Quell'armadio di due metri d'altezza e un quintale e mezzo di peso non poteva che essere il leggendario Big F.

La camicia di seta a maniche corte color vinaccia che indossava avrebbe probabilmente ricoperto Web dalla testa ai piedi. Le gambe fasciate dai calzoni di lino beige erano lunghe, ma data la possente muscolatura sembravano più corte di quanto in realtà fossero. Ai piedi portava un paio di mocassini scamosciati e aveva la camicia sbottonata fino all'ombelico, nonostante la temperatura piuttosto bassa e il venticello che penetrava nelle ossa. Il cranio era rasato, ruvido come carta vetrata, e i lineamenti del viso erano consoni alle dimensioni straordinarie: naso grosso a patata e orecchie a punta, ornate da una decina di diamanti che mandavano riflessi accecanti persino con una luce così fioca.

Senza perdere tempo Big F si avventò su di lui sollevandolo da terra. Web gli sferrò un colpo violento all'addome con il quale avrebbe forse steso anche un peso massimo allenato, ma che a Big F strappò soltanto un grugnito. Il gigante nero alzò Web a mezz'aria, si piegò all'indietro come un lanciatore di pesi e lo scaraventò a tre metri di distanza. Dalla banda si levarono urla, strilli e imprecazioni in un'esplosione di gioia quasi animalesca condita di pacche e botte.

Web non fece in tempo a rialzarsi del tutto, che lo aveva già addosso di nuovo. Questa volta Big F lo afferrò per la cintura, lo sollevò in aria e lo scagliò contro alcuni bidoni dell'immondizia. Web si rialzò come un lampo, cercando di reprimere un conato di vomito. Prima che Big F gli piombasse sopra di nuovo, si proiettò in avanti abbassando la spalla e colpendolo in pieno alla bocca dello stomaco. Avrebbe ottenuto risultati migliori se avesse cozzato contro un camion. Crollò a terra senza aver smosso Big F di un centimetro. E probabilmente si era lussato la spalla. Si alzò per la terza volta, fingendo di essere gravemente infortunato, e all'improvviso lasciò partire un calcio che colse Big F in pieno in un orecchio. Quel lato della testa cominciò a diventare rosso di sangue e Web notò con soddisfazione che gli aveva fatto saltar via un po' di diamantini, lacerando in più punti il lobo dell'orecchio a punta.

Ma Big F era ancora saldo sulle proprie gambe, non meno degli edifici di mattoni che li circondavano. Eppure Web aveva staccato dai supporti sacchi da più di cinquanta chili sferrando quel calcio. Non ebbe comunque tempo di meditare più di tanto sull'incredibile resistenza del suo avversario perché Big F, muovendosi con una velocità inaspettata in un uomo delle sue dimensioni, gli assestò con l'enorme avambraccio una legnata alla testa, che per un pelo non gli fece perdere i sensi. Dopo di che, per metà trasportandolo e per metà trascinandolo, si incamminò verso l'uscita del veicolo. Durante il tragitto, Web perse le scarpe e la giacca e cominciò a sanguinare dai graffi che gli procurava l'asfalto dove la frizione gli aveva già lacerato calzoni e maniche.

Evidentemente solo per sfizio, giacché Web non opponeva più alcuna resistenza, Big F lo mandò a sbattere con la testa contro un cassonetto. Questa volta Web svenne e rimase incosciente fino a quando non si sentì cadere su qualcosa di morbido. Aprì gli occhi. Era l'abitacolo della Mercury. Fece una smorfia quando vide Big F sbattere lo sportello e allontanarsi. Il gigante nero non aveva aperto bocca e Web non si era mai sentito tanto umiliato in vita sua. Ora capiva bene l'atteggiamento della nonna e di Jerome, che probabilmente stava ancora scappando.

Si alzò lentamente a sedere e si tastò in cerca di fratture. Quando aprì la mano destra, gli scivolò in grembo un pezzo di carta. Vide i numeri e le parole che c'erano scritti e alzò lo sguardo nella direzione in cui era scomparso Big F. Infilò in tasca il foglietto, estrasse le chiavi, avviò il motore e partì sgommando dopo aver lasciato dietro di sé la giacca, le scarpe, la pistola e una dose consistente di autostima.

28

Erano le prime ore del mattino e Web era immerso nella vasca in un altro squallido motel. Era tutto indolenzito. I lunghi graffi sulle braccia e le gambe gli bruciavano come se glieli avessero praticati con un ferro rovente. Aveva un bernoccolo in fronte dovuto all'urto con il cassonetto e un taglio sul lato sano del volto, che probabilmente conteneva ancora qualche granello di asfalto. Certo che stava diventando davvero interessante, sul piano estetico. Avrebbe trovato lavoro come modello quando avesse lasciato il Bureau.

Il telefono squillò e Web rispose dalla vasca. Era Bates.

«Passo a prendervi tra un'ora a casa di Romano.»

Web gemette.

«Che cosa c'è?» chiese Bates.

«Ho fatto tardi. Ho un po' di postumi da sbornia.»

«Mi dispiace, Web. Tra un'ora. Fatti trovare o cercati un altro pianeta dove vivere.» Bates riattaccò.

Esattamente un'ora più tardi Bates caricava Web e Romano e partiva verso gli allevamenti di cavalli della Virginia.

Bates osservò le nuove ferite di Web. «Che diavolo ti è successo?» chiese. «Spero che tu non abbia distrutto un'altra macchina, perché dopo la Mercury te ne andrai in giro in bicicletta.» Mentre finiva di parlare lanciò un'occhiata all'automobile di Web parcheggiata poco più avanti.

«Sono scivolato uscendo dalla vasca da bagno.»

«E ti sei conciato in quel modo solo uscendo da una vasca?» lo apostrofò poco convinto Bates.

«Sai com'è, Perce. Il maggior numero di incidenti avviene tra le pareti domestiche.»

Bates lo fissò a lungo prima di lasciar perdere. Aveva ben altro a cui pensare.

Un'ora dopo lasciarono l'autostrada e percorsero alcuni chilometri su una strada tortuosa fiancheggiata da una fitta boscaglia. In un punto sbagliarono direzione, perché finirono su uno sterrato dove la loro automobile passava appena; in fondo trovarono un vecchio cancello di metallo con un cartello sul quale c'era scritto: EAST WINDS FARM – VIETATE PESCA E CACCIA – VIETATO L'INGRESSO – I TRASGRESSORI SARANNO PUNITI A NORMA DI LEGGE.

East Winds era il nome dell'allevamento di Canfield. Evidentemente avevano preso la strada che portava all'ingresso secondario. Web sorrise mentre leggeva il cartello: un monito che sicuramente metteva la tremarella addosso. Spiò Romano e vide che sorrideva anche lui, probabilmente aveva fatto considerazioni analoghe. In quel punto lo steccato era basso e correva lungo un tratto completamente isolato. «Uno che sappia il fatto suo potrebbe scavalcare qui, arrivare alla casa, far fuori i Canfield e tutti quelli che abitano con loro, bersi un cicchetto davanti alla TV e prendere il largo senza doversi guardare le spalle» commentò Romano. «E probabilmente lo si verrebbe a sapere solo dopo il disgelo la primavera prossima.»

«Già, e visto che l'omicidio non è fra i divieti elencati sul cartello» aggiunse Web «immagino che non verrebbe nemmeno incriminato.»

«Piantatela di dire scemenze» grugnì Bates. Ma era chiaro che la situazione lo preoccupava. La fattoria era vulnerabile.

Tornarono indietro, trovarono finalmente la svolta giusta e si presentarono all'ingresso principale di East Winds. Il grande cancello ricordò a Web quello della Casa Bianca, tuttavia, considerando l'estensione della tenuta scarsamente protetta, non era certo sufficiente a garantire la sicurezza della proprietà. L'ingresso era sormontato da un arco in cui era incastonato il nome della fattoria in ferro battuto. E i battenti erano spalancati! C'era comunque un citofono al quale Bates si avvicinò. Dovettero attendere che qualcuno rispondesse.

«Agente speciale Bates con scorta dell'FBI.»

«Entrate, entrate» li invitò una voce. «Seguite il viale principale e prendete la prima a destra.»

Ripartirono. «Niente TV a circuito chiuso» notò Web. «Per quel che ne sanno potremmo essere Charlie Manson e compagni.»

Procedettero tra distese di pascoli a perdita d'occhio, perlopiù chiusi da steccati. Sparse nei campi giacevano enormi balle di fieno. Superarono un laghetto. Il viale principale era asfaltato e correva per un lungo tratto prima di piegare a destra intorno a una macchia di querce, con qualche pino a fare da contrasto. Attraverso gli alberi si intravedeva una costruzione enorme.

Giunsero a un edificio in pietra di due piani con grandi finestre e ampie porte scorrevoli, sormontato da una cupola con il rivestimento di stagno reso opaco dalle intemperie. La dominava una banderuola a forma di cavallo con cavaliere in sella.

Svoltarono a destra lasciandosi alle spalle la rimessa e proseguirono per un altro viale fiancheggiato dagli aceri più grandi che Web avesse mai visto, con i rami che si intrecciavano formando una volta naturale di foglie lungo tutto il percorso.

Arrivarono finalmente davanti alla villa padronale, una costruzione di dimensioni straordinarie, tutta in pietra, con un enorme portico sorretto da sei imponenti colonne.

«Porca vacca» mormorò Romano «sarà grande più o meno quanto l'Hoover Building.»

Bates stava già scendendo. «È una casa, Romano, e tieni a freno la lingua. Vorrei che non ci giudicassero degli zoticoni.»

Sulla soglia apparve un uomo.

Billy Canfield non era invecchiato bene, giudicò Web.

Era ancora alto e snello, come Web ricordava dalle visite che gli aveva fatto all'ospedale, ma le ampie spalle erano più curve e il torace non era più possente come un tempo. Aveva meno capelli, quasi tutti ingrigiti, e il suo viso era ancora più incavato. Quando uscì sotto il portico per andare loro incontro, Web notò che zoppicava e vide che aveva un ginocchio lievemente rivolto verso l'interno. Doveva aver superato da non molto i sessant'anni. Quindici anni prima si era sposato in seconde nozze con una donna di nome Gwen, molto più giovane di lui. Aveva cresciuto lui i figli nati dal primo matrimonio e aveva avuto un maschio da Gwen, il bambino di dieci anni ucciso dagli uomini della Free Society alla scuola di Richmond. Il volto di David Canfield non aveva mai smesso di riapparire negli incubi di

Web. Il suo senso di colpa non era diminuito con il passare del tempo, anzi, era divenuto forse più intenso.

Canfield li osservò con aria truce da sotto le folte sopracciglia. Bates gli diede una vigorosa stretta di mano mentre gli mostrava il tesserino con l'altra, come insegnano al Bureau.

«Sono l'agente Bates della centrale operativa di Washington, signor Canfield. Grazie di averci ricevuti.»

Canfield stava già osservando Web. «Io la conosco, vero?»

«Sono Web London, signor Canfield. Dell'HRT. Ero a Richmond quel giorno» aggiunse con tatto. «Lei venne a trovarmi in ospedale. Quel gesto significò molto per me. Ci tengo che lo sappia.»

Canfield annuì lentamente, quindi allungò la mano a Web, che gliela strinse. «Vi sarò sempre grato per tutto quello che avete tentato laggiù. Avete fatto del vostro meglio, avete rischiato la vita per tutti, anche per il mio ragazzo.» Si girò a guardare Bates. «Le ho già detto per telefono che qui non è successo proprio niente e che se quel bastardo dovesse venire da queste parti sarà lui a finire scuoiato e non viceversa.»

«Capisco, signor Canfield.»

«Billy.»

«Grazie, Billy, ma deve rendersi conto che sono già state uccise tre persone che avevano qualche legame con quanto è accaduto in quella scuola di Richmond e non è escluso che ci sia stata una quarta vittima. Se dietro a questi omicidi c'è la Free Society, e devo confessarle che allo stato attuale delle cose ancora non abbiamo prove decisive in tal senso, lei potrebbe essere la prossima vittima. È per questo che siamo qui.»

Canfield consultò l'orologio. «Perché? Avreste intenzione di mettermi sotto chiave? Io ho un allevamento di cavalli da gestire e, nel caso non lo sapesse, non hanno ancora inventato un robot per questo genere di attività.»

«Capisco, ma ci sono delle precauzioni che possiamo prendere…»

«Se volete continuare a parlare, seguitemi. Io ho da fare.»

Bates scambiò un'occhiata con Web e Romano e i due alzarono le spalle. Seguirono Canfield fino a una Land Rover nera e salirono a bordo.

Canfield non attese che si fossero allacciati le cinture. Pigiò sul pedale dell'acceleratore e partì. Web era seduto accanto a lui. Osservò la disposizione della fattoria mentre viaggiavano.

«Sapevo che aveva un'azienda di trasporti a Richmond» disse. «Come mai è passato ad allevare cavalli?»

Canfield prese una sigaretta dal taschino della camicia, l'accese, abbassò il finestrino e soffiò fuori il fumo. «Gwen non mi lascia fumare in casa» rivelò. «Ne approfitto quando posso. Dunque, Web, è una bella domanda la sua, come si fa a passare dai camion ai cavalli? Me la pongo anch'io certe volte e spesso rimpiango di non occuparmi ancora di camion. Sono nato e cresciuto a Richmond ed è una città che mi piace. Ti entra nelle ossa, nel bene e nel male, e io ho fatto esperienza di tutti e due gli aspetti.

"Ma Gwen è sempre stata un'appassionata di cavalli, lei è cresciuta in un'azienda agricola del Kentucky. Immagino che anche la campagna ti entri nel sangue come la città. A me fa solo salire la pressione del sangue. Fatto sta che abbiamo deciso di tentare. La giuria è ancora in camera di consiglio a decidere che verdetto dare sulla nostra iniziativa. Ci abbiamo buttato dentro fino all'ultimo centesimo, e se non altro abbiamo questo come incentivo per farla funzionare.»

«Che cosa si fa di preciso in un allevamento di cavalli?» domandò Romano sporgendosi in avanti. «Vede, gli unici cavalli che ho visto io sono quelli che tirano i calessi in Central Park. Io sono cresciuto nella Grande Mela.»

«Mi dispiace per lei, allora» lo compianse Canfield. Si girò a guardarlo. «Non ho capito come si chiama.»

«Romano. Paul Romano. Gli amici mi chiamano Paulie.»

«Be', noi non siamo amici, quindi mi accontenterò di Paul. Dunque, la cosa principale che si fa in un allevamento di cavalli è buttare soldi, Paul. Buttare quattrini come acini di grandine durante un temporale. Spendi un occhio della testa per pagare un terreno come questo e tutte le persone che ti servono per mandare avanti l'attività. Ti procuri qualche cavallo e ti fanno fuori quel poco che ti è rimasto. Poi paghi delle cifre pazzesche perché un fottuto stallone con le palle piene e qualche vittoria in pista si monti le tue femmine. Dopo di che la natura ti regala qualche puledro che si papperà gli ultimi spiccioli che ti sono rimasti. Per allevare puledri spendi la stessa somma che ti ci vorrebbe per mandare ad Harvard una decina di figli. Poi ti metti a pregare con tutto il cuore che almeno uno sia abbastanza promettente da rifilarlo a qualche babbeo e ricavare così un cinque per cento di profitto sui soldi che hai investito, dopo esserti spaccato il culo per sedici ore al giorno. E se le cose non vanno bene, allora la banca alla quale hai ipotecato anima e corpo viene a portarsi via tutto quello che hai e che avevi accumulato in una vita intera di sacrifici e così muori povero in canna, senza un tetto sopra la testa, uno straccio per coprirti la schiena e una sola persona che tu possa chiamare amico.» Si girò di nuovo a guardare Romano. «Questo è quanto, Paul. Altre domande?»

«No, mi è sembrato esauriente» rispose Romano tirandosi indietro.

Giunsero in una zona dove sorgevano diverse strutture: stalle, scuderie e annessi vari. Canfield passò sotto un arco di legno che, disse, ricordava quello di Mount Vernon, la residenza-museo di George Washington, ma che era costato di più.

«Queste sono le scuderie. C'è il fienile, la palazzina della direzione, il maneggio, il lavaggio, le attrezzature per l'addestramento. Un autentico paradiso equino se mai ce n'è stato uno» concluse Canfield e rise mentre scendeva dalla Land Rover. Gli agenti lo seguirono.

Canfield chiamò un uomo che stava parlando a un gruppo di lavoranti. «Ehi, Nemo, vieni qui un secondo.»

Era più o meno della statura di Web, ma nerboruto, con il fisico possente di chi svolge attività fisica per guadagnarsi da vivere. Aveva i capelli corti, corvini, con una punta di grigio sulle tempie, e tratti forti e piacevoli. La tenuta era quella tipica del fattore, jeans comodi e una camicia di tela scolorita. Ai piedi portava stivali a punta, che non avevano pretese di eleganza, non era pelle di alligatore o canguro, non c'erano rinforzi d'argento sulla punta; erano calzature consumate, polverose e screpolate dall'usura, e logore nei punti dove presumibilmente aderiva il metallo degli speroni. Dalla tasca posteriore dei calzoni gli spuntava un paio di guanti di tela sporchi. Si tolse lo Stetson macchiato di sudore prima di raggiungere il principale e i suoi ospiti e si asciugò la fronte con uno straccio.

«Nemo Strait è il mio braccio destro. Nemo, questi signori sono dell'FBI. Sono venuti a dirmi che sono in pericolo perché hanno lasciato scappare di galera quel pezzo di merda che ha assassinato mio figlio e ora è probabile che venga qui a cercare me.»

Strait rivolse al terzetto uno sguardo che non aveva nulla di amichevole.

Web gli porse la mano. «Io sono l'agente Web London.»

Strait gliela strinse e Web sentì l'energia che l'allevatore mise nel gesto. Nemo Strait era un uomo molto forte ed evidentemente voleva che Web lo sapesse. Si accorse che gli stava guardando il lato del volto deturpato. La maggior parte della gente provava compassione, cosa che Web detestava. Nemo, al contrario, continuò a guardarlo accigliato come se avesse subito ferite ben più gravi da confrontare con le sue. A Web piacque subito.

«Quest'uomo ha cercato di salvare la vita al mio ragazzo» rivelò Canfield al suo braccio destro. «Ed è molto più di quanto possa dire di altri che parteciparono a quella brutta storia.»

«Del resto l'unica cosa che il governo sa fare bene è incasinare la vita al prossimo» commentò Nemo guardando Web. La cadenza era quella tipica dei campagnoli, con lievi cadute di tono tra le sillabe, a ritmo con il suo prodigioso pomo d'Adamo. Web se lo immaginò in un karaoke di musica country e scommise con se stesso che se la sarebbe cavata più che egregiamente.

«Noi siamo qui solo per offrire il nostro aiuto, Billy» disse a quel punto Bates. «Se qualcuno ha brutte intenzioni, vogliamo essere pronti a fermarlo.»

Canfield si guardò intorno e si soffermò su Bates. «Ho dieci uomini che lavorano a tempo pieno per me e ciascuno di loro sa maneggiare molto bene le armi da fuoco.»

Bates scosse la testa. «Siamo arrivati fin qui senza incontrare alcuna difficoltà e lei ha saputo chi eravamo solo quando ci siamo presentati davanti a casa sua. È uscito disarmato e solo. Se avessimo avuto intenzione di ucciderla, a questo punto sarebbe già nell'aldilà.»

Canfield sorrise. «E se io le dicessi che uno dei miei vi ha tenuto d'occhio dal momento in cui avete varcato i confini della mia proprietà? E che vi ha sempre tenuto puntato contro qualcosa che non era il dito indice?»

Web e Romano si guardarono intorno. Web aveva un fiuto particolare per le persone che gli puntavano contro armi da fuoco e si domandava come mai non avesse intuito nulla.

«Allora io le risponderei che i suoi finirebbero probabilmente per ammazzare qualche innocente» lo rimproverò Bates.

«Già» replicò in tono aspro Canfield. «Deve essere per questo che pago profumatamente un'assicurazione.»

«Ho controllato la sua pratica, Billy. Durante il processo lei ha ricevuto minacce di morte da parte di Ernest Free. Il Bureau le assegnò una scorta.»

Canfield fece una smorfia. «Come no. Ogni volta che giravo lo sguardo trovavo qualche bellimbusto in giacca e cravatta con una pistola sotto l'ascella che mi fissava e mi ricordava che mio figlio era morto e sepolto. Dunque, senza offesa, io ne ho avuto abbastanza di voialtri per il resto della mia vita. Non credo di poter essere più chiaro.»

«Il Bureau le sta offrendo di nuovo la sua protezione. E finché Ernest Free non verrà riacciuffato e non saremo certi che lei non corre più alcun pericolo, sono costretto a insistere perché accetti» continuò Bates.

Canfield incrociò le braccia sul petto. «Allora abbiamo un problema, perché qui siamo negli Stati Uniti d'America e una persona ha il diritto di scegliere chi invitare a casa propria e chi no e io le sto chiedendo di alzare i tacchi e sloggiare immediatamente dalla mia proprietà.» Strait si mosse avvicinandosi al principale e Web vide che anche alcuni degli altri lavoranti avanzavano verso di loro. Aveva anche notato la mano di Romano che scendeva verso il calcio della pistola.

Un mozzo di stalla piuttosto ben piantato commise l'errore di posare una mano sulla spalla di Romano. Pochi istanti dopo aveva la faccia schiacciata nella terra, un ginocchio di Romano piantato nel fondoschiena e la canna di una 45 in un orecchio. L'altra 45, che Romano aveva estratto da una seconda fondina, era puntata contro i lavoranti di Canfield.

«Allora» li provocò Romano «c'è qualche testa calda che ha voglia di mettermi alla prova?»

Web s'affrettò a intervenire prima che Romano li ammazzasse tutti. «Senta, Billy, io ho ucciso due dei sequestratori e se ne avessi avuto l'occasione avrei liquidato anche Ernest, ma quel bastardo ha avuto fortuna e si è buscato solo una pallottola in una spalla, mentre io sono uscito da là con mezza faccia spappolata e quasi dissanguato. Ora, io sono convinto che tutti noi vogliamo la stessa cosa, abbiamo solo opinioni diverse su come ottenerla. Che cosa ne direbbe se io e Romano ci sistemassimo qui alla fattoria? Niente giacca e cravatta, solo jeans e stivali. Siamo anche disposti a dare una mano con il lavoro. Ma in cambio lei deve collaborare con noi. Dovrà ascoltarci se le diciamo che c'è un problema e se le ordiniamo di buttarsi per terra, lei si deve buttare per terra. Sembra che quelli dell'organizzazione abbiamo già fatto fuori un po' di gente e hanno usato sistemi abbastanza ingegnosi. Perciò, per quanto io sia convinto che i suoi uomini sanno fare bene il loro mestiere, può darsi che non basti contro individui decisi e di cui non conosciamo tutte le risorse. Mi pare d'aver capito che lei non è il tipo a cui piace sentirsi dire che cosa deve fare, ma credo anche che non desideri dare a quelli della Free Society la soddisfazione di ucciderla. Lei e sua moglie avete già passato un inferno per vostro figlio. Non penso che voglia vederla piangere anche la sua scomparsa.»

Canfield lo fissò in silenzio e per un attimo Web non avrebbe saputo dire se avesse intenzione di saltargli addosso o magari di ordinare ai suoi uomini di aprire il fuoco. Ma poi Canfield abbassò lo sguardo e diede un calcio al suolo. «Andiamo in casa a discuterne.» Fece cenno a Strait e ai suoi di tornare al lavoro. Romano aiutò la sua vittima a rialzarsi e persino a darsi una ripulita.

«Niente di personale, eh? L'avrei fatto a chiunque mi avesse toccato. Ricevuto il messaggio?»

L'altro recuperò il cappello e s'affrettò ad allontanarsi. Dall'espressione impaurita dei suoi occhi, Web fu certo che non avrebbe mai più sfiorato Romano nemmeno con un dito.

Risalì sulla Land Rover con gli altri. Canfield ripartì e lanciò un'occhiata a Web.

«D'accordo, devo ammettere che quello che dice è ragionevole, ma non ho molta voglia di rivivere quell'episodio della mia vita. E mi manda in bestia il pensiero che quei maledetti mi stiano ritrascinando in quel pozzo di merda.»

«Capisco, però...» Web fu interrotto dallo squillo di un cellulare. Controllò, ma non era il suo. Lo stesso fecero Bates e Romano. Canfield prese un telefono dal vano portaoggetti del cruscotto della Land Rover e lo guardò. Non stava squillando. Guardò il pianale e recuperò un altro telefono.

«Qualcuno deve aver dimenticato qui il suo cellulare, però non mi sembra quello di Gwen e non so chi altri abbia guidato questa macchina. Sarà qualcuno che mi vuole vendere qualcosa.» Stava per rispondere alla chiamata quando Web glielo strappò dalla mano, aprì il finestrino e scagliò fuori il cellulare.

«Che cosa diavolo le salta in mente?» lo apostrofò Canfield.

Guardarono il telefono volare nell'aria e cadere in mezzo a un campo di terra dissodata. Non accadde niente. Canfield fermò l'auto. «Adesso lei alza quelle chiappe e va a riprendere il telefono…»

L'esplosione fu abbastanza violenta da far tremare la Land Rover. Nel cielo si alzò una colonna di fumo e fiamme alta una trentina di metri.

Tutti osservarono in silenzio il rogo per qualche secondo, poi Canfield tornò a guardare Web. Era chiaramente scosso. «Quando volete cominciare?» chiese.

29

Web percorreva la strada che portava alla casa di sua madre. Ancora non sapeva che cosa diavolo farne. Per venderla avrebbe dovuto prima risistemarla e sarebbe stato costretto a far tutto da solo, perché il suo conto in banca non gli permetteva di rivolgersi a un'impresa. Ma non aveva voglia nemmeno di stringere una vite o oliare un cardine.

Ci era tornato solo perché, dovendo stare per qualche tempo in campagna, aveva bisogno di qualche indumento in più. E non era il caso che tornasse alla propria abitazione, quasi sicuramente ancora sorvegliata dai reporter. Siccome teneva qualche vestito anche dalla madre, si sarebbe accontentato di quell'esiguo guardaroba approfittandone per riportare in soffitta la scatola con le reliquie della vita di Harry Sullivan. Adesso che si sarebbe spostato spesso, non voleva correre il rischio di perderla. Anche con suo padre non sapeva bene che cosa fare. Doveva telefonargli in carcere? Era il posto adatto per riallacciare i rapporti con il suo vecchio? Data l'età, era abbastanza prevedibile che Harry Sullivan morisse in prigione. Forse era la sola possibilità di parlargli che gli restava. Strano come l'essere sfuggito per miracolo a una bomba nascosta in un telefono cellulare inducesse a rivedere l'ordine delle proprie priorità.

Le sue riflessioni sul padre si interruppero quando gli squillò il telefono. Era Claire, nervosa ma decisa.

«Ho esaminato i nostri colloqui, Web, e credo che dobbiamo cambiare tattica. Ci sono certi punti che mi incuriosiscono parecchio e credo che sarebbe meglio affrontarli da un'altra prospettiva.»

«Sei maledettamente vaga, Claire. Non potresti essere un po' più precisa?»

«Dalle conversazioni che abbiamo avuto finora, Web, mi sembra di poter dire che molte delle tue inquietudini abbiano origine dal rapporto con tua madre e il tuo patrigno. Durante l'ultima seduta mi hai detto di essere cresciuto a casa di tua madre e che di recente l'hai ereditata.»

«E allora?»

«Hai anche aggiunto che non hai mai preso in considerazione l'idea di andarci a vivere. Ed è anche la casa in cui è morto il tuo patrigno.»

«Ripeto: e allora?»

«Credo che ci possa essere dell'altro. Ricordi che ti ho detto che sto attenta ai segnali che mi inviano i miei pazienti? Be', qui sento un messaggio forte e chiaro.»

«In che modo dovrebbe c'entrare una vecchia casa con le mie inquietudini?»

«Non è la casa, Web, è quello che è avvenuto in quella casa.»

«Che cosa dovrebbe essere avvenuto in quella casa, a parte la morte del mio patrigno, che possa aver avuto conseguenze su di me?»

«Questo lo sai solo tu.»

«E io ti sto dicendo che non so più di quanto ti ho già raccontato. E non vedo proprio in che modo il fatto che io mi sia paralizzato in un vicolo abbia a che vedere con le vicende di quella casa. La mia infanzia è finita già da qualche annetto.»

«Resteresti sorpreso se sapessi per quanto tempo la mente è capace di tenere al caldo qualcosa prima di lasciarlo saltare fuori, anche in modo violento. Il tuo incontro con quel bambino nel vicolo può aver fatto scattare una molla collegata al tuo passato.»

«Be', se è così ti ripeto che non so di che cosa si tratti.»

«Ma se ho ragione io, Web, è solo la tua mente cosciente a non volerne prendere atto.»

Lui alzò gli occhi al cielo. «Che razza di psicostronzata sarebbe questa?»

«Web, vorrei ipnotizzarti» fu la risposta di Claire.

Lo aveva colto alla sprovvista. «No» dichiarò lui senza pensarci due volte.

«Potrebbe davvero aiutarci.»

«In che modo il fatto che io mi metta ad abbaiare come un cane mentre sono in stato di incoscienza dovrebbe aiutarci?»

«Non è così, Web» obiettò lei. «Nello stato ipnotico si raggiunge caso mai un grado maggiore di consapevolezza. Sarai cosciente di tutto quello che accade intorno a te. Avrai il controllo assoluto. Non potrò farti fare cose che non vuoi.»

«Non servirà.»

«Questo non lo puoi sapere. Può invece aiutarti ad affrontare delle questioni alle quali normalmente ti è impedito di accedere.»

«Ci sono certe cose nella mia testa su cui forse non voglio indagare.»

«Non si può mai sapere, Web, prima d'aver provato. Pensaci, ti prego.»

«Senti, Claire, sono sicuro che hai molti matti da aiutare. Perché non ti occupi di loro per un po'?» Web riattaccò.

Si fermò nel vialetto d'accesso, entrò in casa, riempì una sacca con degli indumenti e si fermò esitante sotto la scala della soffitta, con la scatola di Harry Sullivan sotto il braccio. Era stupido che gli fosse così difficile, si disse. Una soffitta è una soffitta... Ma per quanto con Claire non l'avesse ammesso, c'era qualcosa in quella casa che lo faceva star male nel profondo dell'anima. Si fece forza, però, afferrò la cordicella e fece scendere la scala.

Quando arrivò di sopra, posò la scatola e allungò la mano per accendere la luce, ma poi si bloccò. Guardò negli angoli, cercando di individuare eventuali insidie, un comportamento che ormai era diventato più un istinto che un'abitudine. Scrutò da un'estremità all'altra, soffermandosi su tutte le sagome scure dell'oscura storia della sua famiglia: abiti appesi, pile di libri, cumuli di cianfrusaglie lasciate a marcire. Il suo sguardo si arrestò sui ritagli della moquette color vinaccia. Erano arrotolati stretti e legati con del nastro adesivo. Sollevò un rotolo. Era pesante e molto duro, irrigidito dal freddo e dal trascorrere del tempo. Gli scampoli erano uguali alla moquette del piano di sotto e Web si chiedeva perché mai sua madre avesse voluto conservarli.

Lì accanto una volta c'era una pila di indumenti. Ora quello spazio era vuoto. In passato Web saliva in soffitta, chiudeva la botola e si nascondeva sotto quei vestiti per sottrarsi alle sfuriate del patrigno. Sempre in soffitta il patrigno conservava invece la sua provvista segreta di droghe e alcolici, per paura che la moglie glieli sequestrasse. S'arrampicava lassù nel cuore della notte, già ubriaco, e cercava qualcos'altro con cui ottenebrare una mente già compromessa. Erano i primi anni Settanta, il paese si stava ancora scrollando faticosamente di dosso il Vietnam e quelli come il suo patrigno, che non avevano mai imbracciato un fucile per difendere il proprio paese o qualunque altra causa, sfruttavano l'angoscia e l'indifferenza generale dei tempi come scusa per stordirsi dalla mattina alla sera. Parte del pavimento della soffitta corrispondeva al soffitto della sua camera. Da piccolo, quando era a letto, Web sentiva sopra di sé i passi del patrigno in cerca di sostanze stupefacenti. Allora il piccolo Web attendeva con il fiato sospeso e il cuore pieno di terrore, per paura che Stockton gli piombasse addosso sfondando il soffitto e lo riempisse di botte. Quando il patrigno lo picchiava, Web correva da sua madre, ma il più delle volte lei non c'era a consolarlo. Spesso la madre faceva lunghi giri in macchina che duravano tutta la notte e tornava a casa solo la mattina seguente, molto dopo che Web si era vestito ed era fuggito a scuola per non doversi sedere a far colazione con Stockton. Lo scricchiolio dei suoi passi lo turbava ancora oggi. Chiuse gli occhi e respirò l'aria fredda; nella sua mente quel mucchio di vestiti scomparso tornò a occupare il suo posto vicino ai rotoli di moquette. E allora, puntuale, ecco la vampata rossa e poi i rumori, che gli riempirono la testa e lo costrinsero a riaprire subito gli occhi, a precipitarsi giù per le scale e richiudere in fretta e furia la botola. Era una visione che aveva avuto mille volte ma ancora non era riuscito a capirne il senso. Era arrivato al punto di ignorarla, ma ora, per qualche ragione, sentiva di essere più vicino che mai ad afferrarne il vero significato.

Seduto a bordo della Mercury prese il cellulare e il foglio di carta che Big F gli aveva consegnato la notte precedente. Controllò l'ora. Era il momento di telefonare, secondo le istruzioni contenente il messaggio. Compose il numero ed ebbe subito risposta. Ascoltò le spiegazioni, che finirono con lo scatto della comunicazione interrotta. L'efficienza era ineccepibile. In ogni caso, gli si prospettava una notte molto movimentata.

30

Web passò a prendere Romano a casa. Quando lui uscì con i bagagli, Angie era sulla soglia di casa e non aveva un'aria molto felice. Almeno così dedusse Web quando alzò la mano per salutarla e per tutta risposta si vide mostrare il dito medio. Nel bagagliaio della Mercury Romano caricò due fucili di precisione, un MP5, un giubbotto antiproiettile e quattro pistole semiautomatiche con relative munizioni.

«Ehi, non stiamo mica andando a caccia di Saddam, Paulie.»

«Tu lavori a modo tuo e io a modo mio. Il tizio che ha fatto la festa a Chris Miller è ancora in circolazione e si diverte a giocare al tiro a segno con il sottoscritto da mille metri di distanza, allora preferisco poter rispondere a tono. Se non ti spiace.» Si girò a salutare Angie. «Ciao ciao, dolcezza.»

Angie mostrò il dito medio anche a lui prima di chiudere la porta, sbattendola.

«Mi sembra seccata» osservò Web.

«Avevo qualche giorno di permesso. Dovevamo andare a trovare sua madre giù sul Mississippi. A Slidell, in Louisiana, per la precisione.»

«Mi spiace, Paulie.»

Romano si girò e sorrise, prima di calarsi il berretto degli Yankees sugli occhi e sistemarsi meglio contro lo schienale. «A me no.»

A East Winds furono accolti all'ingresso da due agenti dell'FBI. Mostrarono le rispettive tessere e furono fatti passare. Dopo il tentativo di far saltare in aria Billy Canfield con un ordigno nascosto in un cellulare, il Bureau stava dando mostra di tutto il suo potenziale. Sulla strada che conduceva alla villa incrociarono un furgone degli artificieri, che senza dubbio aveva raccolto anche il più minuscolo reperto dal luogo dove era esploso il telefono. E non c'era dubbio che gli investigatori avessero messo sotto torchio tutto il personale dell'allevamento per cercare di scoprire da dove potesse essere arrivato il cellulare con la bomba. E naturalmente Billy Canfield era tutt'altro che lieto di tanto trambusto, anche se, ora che Web gli aveva salvato la vita, il suo atteggiamento nei confronti dell'FBI si era molto ammorbidito.

Web stava facendo queste riflessioni quando davanti a loro apparve una persona a cavallo. L'animale era un purosangue, maestoso e lucente, una perfetta fusione di muscoli, tendini e articolazioni, che si muovevano con tale grazia e armonia da far pensare a un artificio più che a un capolavoro della natura. Web era salito in sella qualche volta, ma non era mai riuscito ad appassionarsi, sebbene dovesse ammettere che un esemplare così bello era un vero spettacolo. La donna che lo cavalcava indossava stivali neri, calzoni da cavallerizza marrone e un maglioncino di cotone celeste. Il casco nero non riusciva a nascondere del tutto i lunghi capelli biondi.

Quando fu alla sua altezza, Web abbassò il finestrino.

«Sono Gwen Canfield» si presentò lei. «E lei deve essere Web.»

«In persona. Il mio collega qui è Paul Romano. Suo marito le ha detto dei nostri accordi?»

«Sì» rispose Gwen. «Mi ha chiesto di mostrarvi il vostro alloggio.»

Si tolse il casco e sciolse i capelli sulle spalle.

«Molto bella davvero» si complimentò Web alludendo al cavallo.

«È un maschio.»

«Chiedo scusa, non avevo visto gli "attributi". Non volevo offendere nessuno.»

Lei accarezzò il collo dell'animale. «A Baron non dà fastidio, vero? Sei convinto della tua mascolinità, giusto?»

«Se fosse così per tutti!»

Gwen si rialzò sulla piccola sella inglese, reggendo con fermezza le redini rigirate due volte sulla mano e si guardò intorno. «Billy mi ha raccontato che cosa è successo sull'auto. Voglio ringraziarla per ciò che ha fatto. Probabilmente Billy non ci ha nemmeno pensato.»

«Ho solo fatto il mio lavoro.» Web non aveva mai visto Gwen prima di allora, ma chi era stato al processo di Richmond l'aveva descritta come una donna nervosa ed emotiva. La persona che aveva davanti, invece, era molto calma, quasi distaccata; a dispetto della gratitudine che manifestava nelle parole, il tono era laconico. Forse le circostanze della vita avevano consumato tutte le sue energie emotive.

Web aveva visto le foto di Gwen Canfield scattate al processo. A differenza del marito, sembrava che per lei il tempo non fosse passato. Doveva avere poco più di trentacinque anni. Portava ancora i capelli molto lunghi, e sembrava una ragazza di dieci anni più giovane, con le curve nei punti giusti e un seno che non passava inosservato. Aveva un viso sensuale, zigomi alti e labbra piene, tanto che se fosse stata un'attrice avrebbe fatto innamorare il mondo intero. Seduta ben dritta sulla sella, metteva in risalto anche l'alta statura.

«Andiamo alla rimessa. È poco più avanti.»

Gwen girò Baron, lo spronò con un colpo di talloni sui fianchi e fece un verso che, per quanto incomprensibile per Web, doveva essere l'ordine di lanciarsi al galoppo, perché fu ciò che fece lo stallone. Qualche decina di metri più avanti Gwen si abbassò, fondendosi quasi con la criniera di Baron, che spiccò un bel salto in un punto dello steccato alto solo un metro; poi riprese il galoppo appena Baron ebbe posato gli zoccoli a terra. Web suonò il clacson per complimentarsi e Gwen rispose alzando la mano senza voltarsi.

La rimessa era la costruzione con le grandi finestre e la banderuola a forma di cavallo che Web aveva visto nel corso della sua prima visita. Gwen smontò e legò Baron. Quando i due uomini cominciarono a scaricare i loro bagagli, Web fece cenno a Romano di non prelevare il suo arsenale dall'automobile davanti alla padrona di casa.

Esaminò la situazione e calcolò a occhio la distanza che separava la rimessa dalla villa padronale, appena visibile in fondo alla lunga strada alberata. «Non vorrei sembrare maleducato» disse allora a Gwen «ma non sarebbe possibile trovarci una sistemazione nella villa? Se dovesse accadere qualcosa, impiegheremmo un po' troppo tempo ad arrivare laggiù.»

«Billy ha detto la rimessa. Se secondo voi non va bene, dovrete discuterne con lui.»

"Credo proprio che lo farò" pensò Web. «Mi spiace di tutto questo disturbo, signora Canfield» si scusò. «Non è giusto che debba soffrire di nuovo.»

«Ho imparato che la vita non è mai giusta.» Lo guardò negli occhi. «Chiedo scusa. Billy ha detto che noi la conosciamo, ma io non ricordo dove l'ho già vista.»

«Facevo parte della squadra di salvataggio che fu inviata quel giorno alla scuola.»

Lei abbassò per un attimo gli occhi. «Capisco. E adesso quell'uomo è di nuovo in libertà. Quello che ha ucciso David.»

«Purtroppo sì. Ma si spera non per molto.»

«Avrebbe dovuto essere giustiziato.»

«Non mi sento di obiettare, signora Canfield.»

«Mi chiami solo Gwen. Qui non amiamo le formalità.»

«Gwen, allora. Noi siamo Web e Paulie. E siamo qui perché lei e suo marito siate al sicuro.»

«Sono anni che non mi sento al sicuro, Web. E non credo che la situazione possa cambiare adesso.»

Li accompagnò dentro. Al pianterreno erano custodite auto d'epoca restaurate. Web osservò Romano, appassionato di motori, e temette che al collega venisse un infarto.

«Billy è un collezionista» spiegò Gwen. «Questo è il suo piccolo museo dell'automobile.»

«Ragazzi!» esclamò Romano. «Quella è una Stutz Bearcat con guida a destra.» Si aggirò fra i modelli come un bambino in un negozio di giocattoli. «E quella è una Lincoln LeBaron del 1939. Ne sono state fabbricate solo nove. Oddio...» gemette poi correndo in un angolo della rimessa. «Web! Questa... questa è una Duesenberg SSJ Speedster del 1936!» Guardò Gwen. «Sbaglio o di queste ne sono state costruite soltanto due, una per Clarke Gable e l'altra per Gary Cooper? La prego, mi dica che non mi sbaglio.»

Gwen annuì. «Lei è un vero esperto. Quella era di Cooper.»

Web temette che l'amico svenisse.

«Fantastico» sospirò Romano. «Voglio che lei sappia, Gwen,

che mi sento veramente onorato di trovarmi sotto lo stesso tetto insieme a queste macchine leggendarie.»

Web si sforzò di non fare una smorfia di disgusto.

Gwen scosse la testa rivolgendo a Web un sorrisetto di commiserazione. «Gli uomini e i loro giocattoli. Anche lei ha dei giocattoli, Web?»

«Non proprio. Nemmeno da bambino ne ho avuti.»

Lei lo fissò. «Di sopra ci sono due stanze, ciascuna con il proprio bagno, più una cucina rifornita di provviste e una zona giorno. Un tempo questa era la rimessa delle carrozze della proprietà. È un luogo storico. Negli anni Quaranta il proprietario della fattoria la trasformò in caserma dei pompieri. Billy l'ha riconvertita in dépendance per gli ospiti quando ha rilevato la proprietà, anche se con venti camere da letto in villa, a me una dépendance è sempre sembrata superflua.»

«Venti stanze!» proruppe Romano.

«Già» annuì Gwen. «Io sono cresciuta in una fattoria vicino a Louisville. Avevamo due camere da letto per sette persone.»

«Anche Billy non viene da una famiglia facoltosa, se ben ricordo» commentò Web.

«Il lavoro di trasportatore non è facile, ma lui ce l'ha fatta.»

«Si è lamentato dei costi di gestione di questo allevamento, che lo prosciuga peggio di un vampiro» ricordò Romano. «Ma queste macchine non si comprano per un pugno di noccioline.»

Gwen sorrise di gusto per la prima volta e Web ne fu contagiato. «Scoprirete presto che Billy Canfield è uno che si lamenta sempre. Di tutto. Ma specialmente dei soldi. Sono sicura che vi ha detto che ha buttato in questo allevamento fino all'ultimo centesimo ed è vero. L'abbiamo fatto. Ma quello che probabilmente si è dimenticato di aggiungere è che il primo puledro che abbiamo venduto ha vinto il Derby del Kentucky ed è arrivato terzo al Preakness.»

«Come si chiamava il cavallo?»

«King David» rispose Gwen con voce triste. «Noi naturalmente non avevamo diritto a una percentuale sulla vincita, ma ci abbiamo guadagnato in pubblicità e prestigio, perché qui c'è la femmina che ha partorito King. E siccome lo stallone che l'ha fecondata non aveva un gran pedigree, vuol dire che gran parte dei meriti per i successi di King vanno alla madre.»

«E mi sembra anche giusto, visto che è la femmina a fare la gran parte del lavoro» sottolineò Web.

Gwen gli lanciò un'occhiata. «Mi piace il suo modo di vedere le cose. Dunque, da quando si è saputo che King è nato nel nostro allevamento, tutti quelli che da queste parti capiscono qualcosa di corse di cavalli conoscono East Winds. E in generale i nostri animali vengono tenuti in grande considerazione. In effetti abbiamo nelle nostre scuderie alcuni cavalli vincenti e i costi delle monte sono alti. Per finire, negli ultimi due anni abbiamo avuto fortuna con i nuovi nati e poi siamo abituati ad amministrare le nostre attività senza sperperi. Non fraintendetemi, è davvero molto costoso gestire un allevamento di cavalli ma, per quanto Billy si lamenti, penso che ce la caveremo.»

«Mi fa piacere saperlo» ribatté Web. «Immagino che vi siate trasferiti qui subito dopo il processo.»

«Se avete bisogno di qualcosa, chiamate alla villa» tagliò corto lei con freddezza. «Il numero è vicino al telefono al piano di sopra.» Uscì prima che potessero ringraziarla.

Salirono al piano di sopra. I mobili erano tutti d'antiquariato, gli accessori erano raffinati e nell'eleganza dell'arredamento Web riconobbe il tocco di Gwen Canfield. Billy non gli sembrava il tipo che perde tempo con gli aspetti estetici della vita.

«Cavoli, che posto» mormorò Romano.

«Già, un gran bel posto, che però è parecchio distante dalle persone che dovremmo proteggere e questo non mi va.»

«Allora chiama Bates e digli di parlare a Canfield, così cominceranno a insultarsi. Noi siamo i soldatini, quaggiù, dobbiamo fare quello che ci viene ordinato.»

«Che impressione ti ha fatto Gwen Canfield?»

«Mi sembra abbastanza simpatica. Non è niente male. Una signora. Canfield è un uomo fortunato.»

«Non metterti in testa strane idee, Paulie.»

«Tranquillo, ci penserebbe Angie a strapparmela dalla testa con le unghie e con i denti.»

«Disfa i bagagli e facciamo un giro di ispezione. Voglio trovare Canfield. Se dobbiamo proteggerlo, è necessario stargli alle calcagna. E probabilmente dovremo stabilire dei turni, Paulie, quindi dormiremo in orari diversi.»

«Eh già, come ai bei tempi, quando eravamo tiratori scelti.»

«Sì, come ai bei tempi, solo che tu russi come un treno merci.»

«Non più. Angie mi ha guarito.»

«E come?»

«Preferisco non entrare nei particolari, Web.»

Uscirono e si imbatterono subito in Percy Bates.

«Novità?» si informò Web.

«L'ordigno era abbastanza sofisticato, da quel che mi dicono i tecnici. Stiamo parlando con tutti quelli che potrebbero aver visto qualcosa, ma finora non è emerso nulla. Eppure il telefono non può essere salito in macchina da solo.»

«Forse allora c'è qualcuno che opera dall'interno. Un membro della Free Society tra i lavoranti dell'allevamento?»

Bates annuì con aria preoccupata. «Reclutano i loro adepti proprio in zone come questa. Campagnoli di razza bianca a cui piace maneggiare le armi, gente attaccata alle vecchie tradizioni, che prova rancore perché vede il mondo cambiare velocemente, togliendo loro i privilegi che avevano una volta nella società.»

«Qualche movimento al loro quartier generale in Virginia?»

«Li teniamo d'occhio, ma finora è tutto tranquillo. Può anche darsi che se ne stiano calmi proprio in seguito a questa serie di omicidi clamorosi. Sarebbe la cosa più saggia da fare e non sono degli stupidi. Non possono sapere di essere sospettati e sorvegliati. Ci basta solo un indizio e gli siamo addosso.»

«Dov'è Canfield? Preferirei avere un minimo di controllo sull'uomo che dovremmo proteggere.»

«Non ti scordare di Gwen» lo ammonì Bates. «Anche lei è stata minacciata di morte, come il marito.»

«Be', allora forse è meglio che io e Paulie ci dividiamo i compiti» rispose Web dopo aver riflettuto. «Ma sarebbe il caso che ci diate qualche rinforzo. Questa fattoria è un po' troppo grande.»

«Ottocento ettari e sessantotto edifici, per la precisione. Ne ho discusso con Canfield e lui mi ha detto che se voglio piazzare altri agenti nella sua proprietà, mi trascina in tribunale e da lì mi spedisce direttamente all'inferno. Conoscendo l'individuo, lo prendo in parola. Dovrete cavarvela voi due da soli, ma sappi che non saremo troppo lontani, Web.»

«Ci conto, Perce.»

«Oh… un'altra cosa.»

«Sì?»

«Grazie di avermi salvato la vita.»

Billy Canfield era alle scuderie, intento a esaminare la zampa anteriore di uno stallone. Accanto a lui, attendevano Nemo Strait e due giovani in tenuta da fantino.

«Meglio chiamare il veterinario» disse Canfield a uno dei ragazzi. «Sembra solo una storta, ma potrebbe esserci una frattura. Speriamo che non sia così.» Il giovane si allontanò. «E di' a quel dannato maniscalco» aggiunse ancora Canfield «che se non mi trova qualche ferro più decente, mi rivolgo a un altro. Abbiamo dei cavalli con gli zoccoli fragili e ci vorrebbero i ferri adesivi, che lui non si porta nemmeno dietro.»

«Sì, signore.»

Canfield accarezzò il fianco del cavallo, si pulì le mani e raggiunse gli uomini dell'HRT.

«Maniscalco?» chiese Romano.

«Quello che ferra i cavalli» rispose Canfield. «Una forma più "raffinata" per dire maniscalco. In passato negli allevamenti ce n'era uno a tempo pieno. Adesso passano una volta la settimana con un camion su cui hanno tutta l'attrezzatura, forgia, incudine, martello e ferri prestampati. Non sono a buon mercato, ma d'altra parte chi ha voglia di fare il loro mestiere? È faticoso, scomodo e pericoloso, con certi cavalli pazzi che rischiano di sfondarti la testa a calci.»

«Che cosa sono quei ferri adesivi di cui ha parlato poco fa?» volle sapere Web.

«A volte la parete dello zoccolo di un cavallo si assottiglia troppo a forza di inchiodarla e comincia a sgretolarsi, specialmente nei cavalli importati dall'Europa, per via delle differenze di suolo e clima. Sono zoccoli fragili. In questi casi è meglio applicare dei ferri appositi che non hanno bisogno di chiodi. Se il lavoro è fatto bene possono durare anche un paio di mesi. I ferri adesivi, lo dice la parola stessa, si incollano senza chiodi.»

«È un lavoro in cui c'è parecchio da imparare, mi sembra di capire.»

«Io imparo in fretta» si compiacque Billy lanciando uno sguardo a Strait. Poi guardò Bates. «Avete finito di intervistare i miei ragazzi? Io ho un allevamento da mandare avanti.»

«Ci manca poco, stia tranquillo.»

Canfield si girò verso Web, poi indicò Bates. «Mi ha raccontato tutto di questa storia degli omicidi con il telefono. Ma le faccio comunque i miei complimenti per la sua prontezza di spirito.»

«Anch'io imparo in fretta» ribatté Web.

Canfield lo osservò con curiosità. «E che cosa vorrebbe imparare adesso?»

«Tutto quello che posso su East Winds. Vorrei perlustrare la proprietà.»

«Per questo le ci vuole Gwen. Io ho altro di cui occuparmi.»

«Paulie le terrà compagnia» disse allora Web.

Per un attimo sembrò che Canfield desse in escandescenze, ma poi si trattenne. «E sia.» Poi si rivolse a Romano: «Come se la cava a cavallo?».

Romano sussultò, sbatté le palpebre e guardò prima Web e poi Canfield. «Non sono mai andato a cavallo.»

Canfield gli passò un braccio intorno alle spalle e sorrise. «Allora speriamo che lei sia veloce a imparare come il suo collega.»

31

Gwen si trovava alle scuderie con Baron quando suo marito le chiese di accompagnare Web a visitare la proprietà.

«Il modo migliore è farlo a cavallo» fu la sua risposta. Si rivolse all'agente federale. «Lei monta?»

«Più o meno. Certo non sono abile come lei.»

«Allora ho il cavallo che fa per lei» concluse Gwen facendogli strada dentro una scuderia.

Boo, gli spiegò, era un Trakehner, una razza tedesca di cavalli dal forte temperamento, addestrati per andare in battaglia. Erano il frutto di un incrocio tra i cavalli arabi, particolarmente focosi e volubili, e una razza di animali placidi e forti lavoratori. Il cavallo pesava circa sette quintali e mezzo, era alto più di un metro e sessanta al garrese e, quando gli si avvicinarono, Web temette che volesse staccargli la testa con un morso.

«Era un ottimo cavallo da dressage, ma adesso ha finito la sua carriera e non gli va molto di muoversi. È grasso e felice, e noi lo chiamiamo "vecchio brontolone" perché è la definizione che gli si addice meglio. Ma sotto sotto è un tesoro ed è anche molto docile. Lo può montare all'inglese o all'americana.»

«Certo, naturalmente» ribatté Web guardando il cavallo, che non sembrava per niente contento che quello sconosciuto si fosse introdotto nella sua scuderia.

Gwen posò sulla schiena dell'animale il sottosella e poi si fece aiutare da Web per sistemarci sopra una pesante sella western. «Adesso faccia attenzione» disse a Web. «Quando allaccio la cinghia della sella, lui tratterrà il fiato e gonfierà la pancia.»

Web osservò la manovra, che si svolse proprio come Gwen aveva preannunciato.

«Quando pensi che la cinghia sia ben stretta, lui molla il fiato e la fa allentare. Così quando cerchi di salire, la sella scivola, Boo si fa una grassa risata e il poveraccio che lo voleva montare si ritrova con qualche livido.»

«Buono a sapersi che un animale stupido sia così intelligente.»

Gwen mostrò a Web come passare dalla cavezza alla testiera e come sistemare le redini nel modo corretto. Uscirono con Boo e si avvicinarono a un blocco di pietra che serviva per salire in sella.

Web si sistemò i gambali di cuoio che Gwen gli aveva fatto indossare per proteggere le gambe dall'attrito contro la sella e per garantirgli una presa migliore, quindi montò sul blocco e salì in groppa a Boo, che aspettava paziente.

«Allora, che cosa gliene pare?» chiese Gwen.

«Probabilmente soffrirò di vertigini.»

Lei notò la pistola nella fondina. «Deve proprio portarla?»

«Sì» rispose Web con decisione.

Andarono al tondino, dove Gwen fece girare il cavallo per qualche minuto. Poi mostrò a Web come usare le redini per fermarlo, farlo voltare o indietreggiare e gli insegnò quali comandi e con quale pressione delle gambe spronarlo o fermarlo. «Boo conosce tutta la proprietà, quindi se lascia fare a lui, la porterà dove deve andare. Tutto molto semplice.»

Mentre facevano girare Boo, un mozzo portò Baron a Gwen, che salì in sella. «Dunque, Boo è il patriarca della scuderia e lui e Baron non sono mai stati fuori insieme prima d'ora. È possibile che Boo voglia stabilire le gerarchie per far capire a Baron chi comanda.»

«Come tutti quelli con troppo testosterone» commentò Web.

Gwen lo guardò in modo strano. «Boo è un castrone, Web.» Lui la fissò senza capire. «Vuol dire che se fosse un uomo sarebbe un eunuco.»

«Povero Boo.»

Fra i due cavalli parve stabilirsi subito un certo feeling e Web guardò Gwen togliere dalla tasca posteriore un walkie-talkie e accenderlo. «Nel caso ci fosse qualche problema» gli disse.

«Tenersi in contatto è un'ottima idea» si rallegrò Web. «Io ho portato il mio cellulare.»

«Dopo quello che è successo a Billy, non sono sicura che ne userò ancora uno» replicò lei.

Web osservò il proprio telefonino e cominciò ad avere dei dubbi.

Si avviarono seguiti da un golden retriever di nome Opie e da un altro cane più basso ma muscoloso che Gwen chiamava Tuff. «Anche Strait ha un cane qui all'allevamento» rivelò a Web. «Si chiama Old Cuss ed è un nome azzeccato perché è un autentico piantagrane.» La giornata era serena e il cielo terso e tutte le volte che arrivavano sulla cima di qualche dosso, Web aveva l'impressione di poter arrivare con lo sguardo fino a Charlottesville. Boo si accontentava di seguire Baron a un'andatura moderata, che a Web non costava troppa fatica.

A un certo punto Gwen fermò il suo stallone e Web fece altrettanto.

«Come ho detto East Winds è molto antica. Nel XVII secolo il re d'Inghilterra donò a Lord Culpeper una concessione di milioni di ettari. Una discendente di Lord Culpeper regalò parte di quel terreno alla figlia maggiore, che andò in sposa a un uomo di nome Adam Rolfe. La parte centrale della villa fu iniziata nel 1765 e completata nel 1781 da Rolfe stesso, che, oltre a essere un mercante, si intendeva anche di costruzioni. Ha visto la facciata della villa?» Web annuì. «Ecco, fu costruita in stile georgiano. E i lavori di intaglio, in particolare i cornicioni dentellati, sono i migliori che abbia visto.»

«Georgiana» fece eco Web. «Mi era sembrato.» Stava mentendo: non avrebbe riconosciuto lo stile georgiano nemmeno se fosse stato scritto sui cornicioni dentellati.

«La proprietà rimase della famiglia Rolfe fino agli inizi del Novecento. Nel corso di quegli anni i terreni furono coltivati a tabacco, soia, canapa, cose del genere.»

«Piantagioni nelle quali lavoravano gli schiavi, immagino» rispose Web. «Almeno fino alla fine della Guerra civile.»

«Per la verità non è stato così. La proprietà era abbastanza vicina a Washington perché i proprietari fossero simpatizzanti nordisti. In verità East Winds era parte della Underground Railroad.

«Nel 1910 il terreno fu venduto e da quel momento passò di mano in mano finché non lo acquistò Walter Sennick alla fine della Seconda guerra mondiale. Sennick era un inventore, che diventò enormemente ricco vendendo i suoi brevetti ai fabbricanti di automobili. Trasformò East Winds in una comunità a sé stante, che all'apice della sua grandezza contava trecento dipendenti a tempo pieno. C'erano anche un emporio, una centralina telefonica, la caserma dei pompieri, cose così. Non c'era quasi bisogno di uscire di casa.»

Mentre Gwen parlava, Web cercava di stabilire da quale parte potesse giungere un eventuale attacco e quali potessero essere le contromisure più efficaci. E comunque se fra loro si nascondeva un traditore, ogni strategia si sarebbe potuta rivelare inutile. Un cavallo di Troia funziona alla perfezione oggi come la prima volta in cui era stato impiegato, quasi tremila anni prima.

«Ora ci sono sessantotto costruzioni in totale con quarantacinque chilometri di recinzione. Diciannove recinti interni. Quindici dipendenti a tempo pieno. E continuiamo a coltivare parte del terreno, soprattutto a mais, anche se la nostra attività principale è l'allevamento dei purosangue. L'anno prossimo abbiamo in previsione ventidue nuove nascite. E fra poco metteremo in vendita un buon numero di puledrini di un anno. Tutto molto emozionante.»

Poco più avanti si trovarono sull'argine ripido di un corso d'acqua. Gwen raccomandò a Web di lasciar fare al cavallo mentre scendeva. Lo fece piegare indietro il più possibile, quasi ad appoggiare la testa sulla schiena di Boo, mentre il cavallo scendeva, e spostare il più possibile in avanti, aggrappato alla criniera, quando risalì l'argine opposto. Web guadò il ruscello senza problemi e si meritò gli elogi di Gwen.

Passarono davanti a un antico edificio in legno e pietra e Gwen gli spiegò che era un'infermeria risalente ai tempi della Guerra civile e che avevano in mente di farne un museo. «Ci abbiamo già lavorato, abbiamo installato riscaldamento e aria condizionata e ci sono una cucina e una camera da letto, in maniera che ci possa vivere il custode» spiegò. «Pensi che ci sono ancora un tavolo operatorio e degli strumenti chirurgici dell'epoca.»

«Da quel che ho letto io, un soldato della Guerra civile avrebbe preferito mille volte una granata d'artiglieria che una visita all'ospedale.»

Passarono davanti a un fienile vecchio di due secoli, costruito su un pendio così ripido da avere gli ingressi su due livelli diversi. C'era anche un recinto nel quale cavalli e cavalieri si esercitavano nel dressage, una specialità che consisteva in passi e movimenti particolari, analoghi alle coreografie dei pattinatori. Passarono anche sotto un'alta torretta di legno su fondamenta di pietra usata per controllare gli incendi e anche per arbitrare le corse di cavalli che si organizzavano sui terreni della proprietà fino a un secolo prima.

Vista dalla sua prospettiva, per Web quella torretta era il punto d'osservazione migliore che si potesse desiderare per prevenire eventuali attacchi dall'esterno; peccato che non avesse nessuno da piazzarci.

La costruzione di legno che trovarono poco più avanti era l'abitazione del direttore di scuderia.

«Mi sembra che ci sia un buon affiatamento tra suo marito e Nemo Strait» commentò Web.

«Nemo è un esperto nel suo campo e quando ha cominciato a lavorare qui ha portato anche alcuni assistenti fidati e per noi è stato un grosso vantaggio» riferì Gwen, anche se Web ebbe l'impressione che la cosa non le interessasse poi molto.

Esaminarono i punti d'ingresso e uscita sul lato posteriore della proprietà e Web prese nota dei particolari. Un cervo si mise a correre improvvisamente da dietro gli alberi e Opie e Tuff si lanciarono all'inseguimento. Nessuno dei due cavalli reagì alla foga dei cani, ma Web fu colto così alla sprovvista dall'improvvisa mossa del cervo, che per poco non cadde.

Poco dopo entrarono in un boschetto nel quale si sentiva lo sciacquio di un corso d'acqua e, sbucando da una curva del sentiero, si trovarono di fronte a una piccola costruzione dipinta di bianco e con un lato aperto. Web pensò che fosse un gazebo ma poi si accorse della croce che sormontava il tetto di assi di cedro e del piccolo altare all'interno, con un inginocchiatoio e un piccolo crocifisso.

Avrebbe voluto una spiegazione da Gwen, che contemplava come in trance la cappella.

«È la mia cappella personale» gli disse quando si ricordò di lui. «Io sono cattolica, ho avuto un padre devoto e due zii sacerdoti. La religione è un aspetto importante della mia vita.»

«Dunque si è fatta costruire questo piccolo tempio?»

«Sì, per mio figlio. Vengo a pregare per lui quasi tutti i giorni, anche quando piove o fa freddo. Le sembra strano?»

«Per niente.»

«Lei è una persona religiosa?»

«A modo mio penso di sì» rispose Web, evasivo.

«Un tempo ero più devota, per la verità. Ho cercato di capire perché cose del genere possano succedere a dei bambini innocenti. Non sono mai riuscita a trovare una risposta.»

Smontò ed entrò nella cappella, fece il segno della croce, prese di tasca un rosario e si inginocchiò mettendosi a pregare sotto lo sguardo silenzioso di Web.

Pochi minuti dopo si rialzò e tornò da lui.

Raggiunsero un edificio più grande, chiaramente abbandonato da tempo.

«La vecchia casa delle scimmie» annunciò Gwen. «La costruì Sennick. Ci teneva ogni genere di scimmie, scimpanzé, babbuini. Persino gorilla. Perché poi, non ne ho idea. Sembra che quando una scimmia scappava dalla gabbia venisse inseguita nei boschi dagli abitanti della zona pieni di birra fino alle orecchie, che cercavano di abbatterla a fucilate perché non volevano avere scimmie nei dintorni. È per questo che la foresta che c'è qui viene chiamata "giungla delle scimmie". Il pensiero di quelle povere bestie prese a fucilate da un branco di imbecilli ubriaconi mi fa star male.»

Scesero da cavallo ed entrarono. C'erano squarci nel tetto e le vecchie gabbie ancora allineate lungo le pareti erano rotte e arrugginite. Nel terreno erano scavati canaletti di scolo per gli escrementi degli animali. In giro c'erano pezzi di macchinari dappertutto, tra rami e pacciame di vecchie foglie. All'esterno, dove c'erano ancora i resti delle radici di alcuni alberi, era riconoscibile una piattaforma di carico. Web cercò di immaginare a che cosa potessero servire delle scimmie a uno che inventava accessori per automobili ma non riuscì a trovare una risposta. Riusciva a pensare solo a delle povere bestie legate ai tavoli con dei fili elettrici in attesa che Sennick, in camice e cuffia da chirurgo, eseguisse chissà quale orribile esperimento. C'era un'atmosfera di malinconia, impotenza, persino morte, e Web fu sollevato quando se ne andarono.

Ripresero la gita turistica e Gwen continuò a mostrargli diligentemente i vari edifici raccontando la storia di ciascuno e dopo un po' Web cominciò a perdere il filo. Si sorprese non poco quando si accorse che erano trascorse tre ore.

«Credo che per oggi possa bastare così» dichiarò a un certo punto Gwen. «Tre ore sono tante per essere la prima cavalcata. Sarà un po' indolenzito.»

«Mi sento benissimo» affermò Web. «Mi è piaciuto molto.» La passeggiata era stata tranquilla, serena, rilassante, sensazioni a lui quasi sconosciute. Quando però rientrarono nelle scuderie e Web smontò da cavallo, scoprì con meraviglia che aveva le gambe e la schiena così indolenziti da non riuscire a camminare diritto. Gwen fece un sorrisetto malizioso. «E domani le farà male anche un'altra parte del corpo.»

Web si stava già massaggiando le natiche. «Ho già capito a che cosa allude.»

Un paio di mozzi vennero a prelevare i cavalli e Gwen spiegò a Web che li avrebbero dissellati e strigliati, compiti che normalmente spettavano a chi li montava. Serviva a stringere un legame più saldo con l'animale. «Se tu hai cura del tuo cavallo, il tuo cavallo avrà cura di te.»

«Un po' come avere un compagno.»

«Esattamente come avere un compagno.» Poi si scusò dirigendosi verso il locale dove si trovava l'ufficio. «Torno subito, Web. Devo controllare certe cose.»

Web cominciò a togliersi i gambali.

«Era da un po' che non montava, eh?»

Web si girò e vide Nemo Strait che gli andava incontro. Due uomini con un berretto da baseball in testa lo guardavano da dentro la cabina di un pick-up con alcune grosse balle di fieno caricate sul cassone.

«Ah, come ha fatto a capirlo?»

Strait si appoggiò al blocco di pietra e voltò lo sguardo in direzione dell'ufficio.

«Ottima cavallerizza.»

«È sembrato anche a me. Ma non è che ne capisca molto.»

«Peccato che alle volte spinga i cavalli più di quanto dovrebbe.»

Web inarcò il sopracciglio. «A me è sembrato che gli volesse bene.»

«Si può voler bene e far del male al tempo stesso, giusto?»

Web non aveva sospettato che uno come Strait potesse fare ragionamenti così sottili. Pensava che facesse parte della categoria degli uomini di Neanderthal, grandi, grossi e idioti, e invece adesso doveva ricredersi di fronte a tanta sensibilità. «Mi sembra di aver capito che lei si occupa di cavalli da molti anni.»

«Da quando sono nato. La gente crede di capirli e invece non è così. La sola cosa che si può fare è stargli dietro senza mai commettere l'errore di pensare di averli inquadrati. È lì che ti fai male.»

«Mi sembra una buona strategia anche con le persone.»

Strait quasi sorrise. Web se ne accorse e si stupì di quel sorriso appena accennato. Lo vide rivolgere lo sguardo in direzione del pick-up a bordo del quale i due uomini continuavano a osservarlo con attenzione.

«Lei crede davvero che il signor Canfield sia in pericolo?» gli chiese poi.

«Non posso esserne certo al cento per cento, ma la prudenza non è mai troppa.»

«È un osso duro, ma tutti noi lo rispettiamo. Lui non ha ereditato i soldi come quasi tutta la gente dei dintorni, lui si è guadagnato quello che ha con il sudore della fronte. È giusto rispettarlo.»

«Sì, sono d'accordo. Ha idea di come quel telefono possa essere finito sulla Land Rover?»

«Ci ho pensato. Vede, il fatto è che nessuno guida quella macchina, a parte lui e la signora Canfield. Ciascuno di noi ha il proprio mezzo.»

«Quando sono salito a bordo, non era chiusa a chiave. Tutti gli automezzi stanno nei garage di notte?»

«Qui ci sono molte macchine e camion di vario tonnellaggio e nella rimessa della villa non c'è posto per tutti, anche perché per metà è piena di provviste.»

«Dunque, specialmente di notte, qualcuno avrebbe potuto aprire l'auto e lasciare lì il telefono senza farsi vedere.»

Strait si grattò la base della nuca. «Suppongo di sì. Del resto da queste parti molti non chiudono a chiave nemmeno la porta di casa.»

«Finché questa storia non sarà finita, avverta tutti che faranno meglio a chiudere e sprangare. Dovete sapere che la minaccia potrebbe arrivare anche dall'interno.»

Strait lo fissò in silenzio. «Da parte di questa Free Society di cui ho sentito parlare?»

«Conosce nessuno che potrebbe esserne stato membro?»

«No, ma posso chiedere in giro.»

«Se lo fa, cerchi di non dare troppo nell'occhio. Non vogliamo spaventare nessuno.»

«Ci troviamo bene qui e non vorremmo che succedesse qualcosa di brutto ai Canfield.»

«Meglio così. Nient'altro che dovrei sapere?»

«Senta, se fra noi c'è qualcuno con strane idee in testa, bisogna che lei sappia che una fattoria può essere un posto parecchio pericoloso. Trattori di grossa cilindrata, attrezzi taglienti e acuminati, bombole di gas, attrezzatura per saldature, cavalli che ti prendono a calci in testa se abbassi la guardia, serpenti, pendii scoscesi. Ci sono un sacco di modi per uccidere qualcuno facendo in modo che sembri un incidente.»

«Grazie del quadro generale che mi ha fatto, Nemo.» Ma era un suggerimento o una minaccia?

Strait sputò per terra. «Lei continui a cavalcare come oggi e in un paio di giorni sarà come Roy Rogers.»

Gwen tornò e fece visitare a Web le scuderie, che erano costituite di undici palazzine.

I box delle fattrici furono i primi in cui entrarono e Gwen gli mostrò la televisione a circuito chiuso con cui monitoravano le cavalle in attesa. I pavimenti erano ricoperti di gomma e di uno spesso strato di paglia.

«Riponiamo davvero molte speranze in alcuni dei puledri che nasceranno l'anno prossimo. Abbiamo alcune femmine che sono state fecondate nel Kentucky da stalloni con pedigree davvero notevoli.»

«In che ordine di grandezza siamo?»

«Numeri a sei cifre anche per una sola monta.»

«Sesso costoso.»

«Ci sono molte condizioni, però, la più importante delle quali è che il puledro nasca vivo e che riesca a reggersi in piedi e nutrirsi. D'altra parte un piccolo sano che nasce da un cavallo da corsa prestigioso può valere una fortuna. È comunque un'attività per la quale ti ritrovi sempre a correre su un filo sottile, bisogna pensare a tutto e in ogni momento la sfortuna può mandare in fumo il tuo lavoro.»

A Web sembrava molto simile alla vita di un agente dell'HRT. «Già, da come ce l'ha descritto Billy, non mi sembra un lavoro per deboli di cuore.»

«I profitti sono alti, Web, ma non è per questo che io lo faccio. È piuttosto per le emozioni che ti dà vedere un cavallo che hai allevato, nutrito e addestrato correre come un demonio mangiandosi la pista; la più fantastica, perfetta macchina da corsa che sia mai stata creata. E vederlo tagliare il traguardo, bearti della vista di questo nobile animale che fa il giro d'onore tutto impettito, sapere che per almeno qualche istante la tua vita è stata assolutamente perfetta. Be', non c'è una sensazione paragonabile a questa.»

Web si domandò se Gwen Canfield non avesse riversato sui cavalli le cure che avrebbe riservato al figlio scomparso. Se così fosse stato, era contento che la donna avesse trovato qualcosa che la facesse stare bene.

«Immagino che lei provi sensazioni simili per il suo lavoro.»

«Una volta forse sì» le rispose.

«Le chiedo scusa» ribatté lei. «Non avevo pensato che lei potesse avere partecipato all'azione in cui hanno perso la vita quegli uomini, su a Washington. Sono desolata.»

«Grazie della solidarietà. In verità la situazione è tutt'altro che rosea, in generale.»

«Non ho mai capito come un uomo possa scegliere un lavoro come il suo.»

«Forse noi facciamo questo lavoro perché ci sono persone in questo mondo che ci obbligano a farlo.»

«Persone come Ernest Free?»

«Persone come lui.»

Mentre finivano il giro nelle scuderie, Gwen gli chiese che cosa voleva da lui Strait.

«Mi ha dato solo qualche consiglio da buon vicino di casa. A proposito, era già qui o l'avete assunto voi?»

«Lo ha assunto Billy. Lui e i suoi avevano ottime referenze.» Gwen si guardò intorno. «E adesso?»

«La villa, magari?»

Ci stavano andando a bordo di una jeep scoperta, quando Web sentì un rumore sopra la testa. Era il rotore di un piccolo elicottero, che sfrecciò nel cielo scomparendo oltre gli alberi.

«Dove sta andando?» chiese a Gwen.

Lei fece una smorfia. «Alla fattoria qui vicino: Southern Belle. Oltre alla pista per l'elicottero, ne hanno anche una per gli aerei. Quando passa il loro jet, ci spaventa a morte i cavalli. Billy è andato a parlarci, ma hanno fatto orecchie da mercante.»

«Chi sono?»

«Cosa sono, caso mai. Dei tizi… Hanno anche loro un allevamento di cavalli, ma molto strano.»

«Come sarebbe a dire?»

«Sarebbe a dire che non hanno molti cavalli e che il personale che lavora per loro mi dà l'impressione che non sappia distinguere un maschio da una femmina. Ma qualcosa devono pur fare, visto che la villa di Southern Belle è ancora più sfarzosa della nostra.»

«Coltiveranno anche loro i terreni e avranno dei magazzini.»

«Sì, ma mentre i nostri erano già esistenti, come ha potuto constatare, loro ne hanno costruiti di nuovi e molto capienti, anche se non capisco che cosa debbano immagazzinare in quantità così grandi. Sono arrivati da non più di due anni e mezzo.»

«Lei è stata nella proprietà?»

«Due volte. Una per dar loro il benvenuto da buona vicina di casa. La seconda per la questione dei loro velivoli che ci passano sopra a bassa quota. Non ci hanno sbattuto fuori, ma è stato alquanto imbarazzante, anche per Billy, e di solito è lui a mettere a disagio il prossimo.»

Web meditava su queste nuove informazioni e intanto continuava a guardare nella direzione in cui era scomparso l'elicottero.

Ci impiegarono un po', ma visitarono la grande villa di pietra da cima a fondo. Al livello più basso c'erano una sala da biliardo, una cantina di vini e uno spogliatoio dove cambiarsi per andare in piscina. La vasca, di quindici metri per venti, era interamente costruita con l'acciaio ricavato da una nave da guerra della Seconda guerra mondiale. C'era anche una cucina con una stufa Vulcan e una grande cappa cromata che risaliva al 1912, montavivande ancora in funzione e una lavanderia. Nel locale caldaia Web vide le grosse McLain a vapore che riscaldavano tutti i locali della casa; accanto c'era un altro vano con recipienti di legno dov'era conservata la legna da ardere. Ciascun mastello aveva l'etichetta con il nome di una stanza.

La sala da pranzo principale, al pianterreno, era ornata con trofei di teste di cervi inglesi e un lampadario costruito con corna di cervo. La cucina era di dimensioni impressionanti, con le piastrelle di maiolica e una credenza piena di argenteria. C'erano tre sale da ballo, un numero indefinito di studi, salotti e soggiorni e anche una palestra. Ai livelli superiori c'erano diciassette bagni, venti camere da letto, una biblioteca che sembrava non avere fine e numerosi altri locali. Era un palazzo a tutti gli effetti, al quale Web non avrebbe mai potuto garantire la sicurezza totale.

Alla fine dell'escursione, Gwen si soffermò a guardarsi intorno con aria malinconica. «Ho imparato ad amare questo posto, sa? Certo, è troppo grande e pretenzioso, se vogliamo, ma ha anche un forte effetto calmante, non trova?»

«Credo di poterla capire. Quante sono le persone che lavorano nella casa?»

«Dunque, abbiamo tre donne che vengono a pulire e lavare, ma poi se ne vanno, tranne quando abbiamo ospiti a cena. Allora restano per aiutare. È tutta gente di qui.»

«Chi cucina?»

«Io. È un'altra cosa che mi dà soddisfazione. Abbiamo anche un aiutante tuttofare. Sembra vecchio di un milione di anni, ma è solo perché ha avuto una vita difficile. Viene quasi tutti i giorni. Al resto badano Nemo e i suoi uomini. I cavalli da corsa devono fare esercizio quotidiano, perciò abbiamo anche dei fantini, tre giovani donne e un uomo. Abitano tutti vicino alle scuderie.»

«E c'è un sistema di sicurezza. Ho notato la centralina d'allarme quando sono entrato.»

«Non lo usiamo mai.»

«D'ora in poi lo farete.»

Gwen non commentò e mostrò a Web l'ultima stanza.

La camera da letto padronale era spaziosa, ma curiosamente sobria nell'arredamento. Web notò il letto supplementare che si trovava nell'anticamera.

«Spesso Billy lavora fino a tardi e quando viene a letto non mi vuole disturbare» fu la spiegazione di Gwen. «È sempre stato molto premuroso.»

Lo disse però con un tono che sembrava volesse far intendere il contrario.

«La maggior parte della gente vede solo il lato coriaceo di Billy» proseguì lei «e io penso che più di uno abbia guardato con una punta di scetticismo al nostro matrimonio. Metà della gente pensava che io sposassi Billy per denaro e l'altra metà che lui fosse poco meno di un pedofilo. La verità molto semplice è che abbiamo legato subito. Ci siamo trovati bene insieme. Mia madre stava morendo di cancro ai polmoni quando abbiamo cominciato a frequentarci, e per quattro mesi Billy è venuto tutti i giorni alla casa di riposo dov'era ricoverata. Si sedeva lì e guardava mia madre morire. Le portava regali, le parlava, discuteva con lei di politica e sport e la faceva sentire ancora viva. Ha reso quella situazione così angosciante più facile per tutti noi e non lo dimenticherò mai. Ha avuto una vita difficile ed è diventato un po' spigoloso, ma lui ha tutto ciò che una donna può desiderare in un marito. Ha lasciato Richmond, una città che amava, e ha rinunciato al solo mestiere che sapeva fare per allevare cavalli solo perché gliel'ho chiesto io. E credo che capisse che dovevamo mollare tutto, lasciarci alle spalle i brutti ricordi.

"Ed è stato un padre meraviglioso per David, stravedeva per lui, anche se non lo ha mai viziato perché pensava che così ne avrebbe fatto un uomo debole, ma gli ha voluto bene con tutto il cuore. Potrei quasi affermare che la sua morte è stata più devastante per Billy che per me perché, sebbene abbia avuto delle figlie dal primo matrimonio, David era il suo unico figlio maschio. Se le è amico, non c'è assolutamente niente che non sia disposto a fare per lei. Spenderebbe fino all'ultimo centesimo per aiutare un amico. Sono poche le persone come lui.»

Web notò le fotografie appese alla parete e in una teca incassata nel muro. Ce n'erano molte di David, un bel ragazzino che aveva preso più dalla madre che dal padre. Si accorse che Gwen si era fermata al suo fianco a contemplare i ritratti del figlio.

«È passato tanto tempo» mormorò lei.

«Lo so. Ma credo che il tempo non si fermi mai per niente e nessuno.»

«Il tempo dovrebbe anche rimarginare le ferite, ma non è così.»

«Era il suo unico figlio?»

Lei annuì. «Billy ha cresciuto le figlie nate dal suo primo matrimonio, ma David era l'unico figlio che ho avuto io. Strano, perché da piccola ero sicura che avrei avuto una famiglia numerosa. Io avevo quattro fratelli. È dura pensare che oggi il mio bambino sarebbe al liceo.» Si girò di scatto e Web la vide portarsi la mano al viso.

«Credo che adesso possa bastare, Gwen. Le sono veramente grato del tempo che mi ha dedicato.»

Lei si voltò verso di lui. Aveva le guance umide. «Billy mi ha chiesto di invitare lei e il suo amico a bere un aperitivo e a cena.»

«Non siete obbligati.»

«Non è un obbligo, è un piacere. In fondo ci avete salvato la vita e se dobbiamo passare del tempo insieme forse ci conviene conoscerci un po' meglio. Facciamo per le cinque e mezzo?»

«Solo se ne è sicura.»

«Ne sono sicura, Web, ma grazie di averlo chiesto.»

«Giusto perché lo sappia, non abbiamo portato abiti eleganti.»

«Non siamo gente formale.»

32

Claire stava andando a prendere la sua automobile nel garage sotterraneo dello studio dove lavorava, quando le si avvicinò un uomo robusto in giacca e cravatta. «Dottoressa Daniels?»

Lei lo guardò con diffidenza. «Sì…»

Lui le mostrò una tessera. «Sono l'agente Phillips dell'FBI. Vorremmo parlarle… adesso, se è possibile.»

Claire si sentì momentaneamente disorientata. «Chi vuole parlarmi?»

L'agente Phillips si girò a indicare una limousine nera con i finestrini oscurati che attendeva con il motore acceso davanti all'ingresso del garage.

«Le verrà spiegato tutto, signora.» Le pose delicatamente la mano sul gomito. «Da questa parte, dottoressa. Non ci metteremo molto e la riporteremo subito indietro.»

Claire si lasciò accompagnare fuori dal garage. Phillips le tenne la portiera aperta e la limousine, appena lei si fu accomodata, si staccò dal marciapiede accelerando.

L'uomo che sedeva di fronte a lei in senso opposto a quello di marcia si sporse in avanti.

«Grazie di aver accettato di parlarci, dottoressa Daniels.»

«Io non ho accettato di parlare con nessuno. Non so nemmeno perché sono qui.»

Notò che erano separati dalla parte anteriore dell'abitacolo da un divisorio di cristallo. «Chi siete?»

«Il mio nome è John Winters. Sono il capo del centro operativo dell'FBI qui a Washington.»

«Bene, signor Winters…» cominciò Claire.

«Gli amici mi chiamano Buck.»

«Benissimo, signor Winters. Mi piacerebbe sapere perché desidera tanto parlarmi.»

Winters si ricompose. «Oh, credo che un'idea ce l'abbia. Lei è una donna molto perspicace.» Batté le dita su un voluminoso incartamento posato sul sedile accanto. «Un curriculum di cui andare orgogliosa.»

«Non sono sicura se devo sentirmi lusingata o seccata per il fatto che abbiate investigato su di me.»

Winters sorrise. «Per adesso dovrebbe esserne lusingata. Ma deve anche rendersi conto che data la sua posizione lei vede molti membri del Bureau e molte delle loro mogli.»

«Tutte le mie autorizzazioni e liberatorie sono in regola. Ed è alquanto improbabile che venga in possesso di informazioni top secret, visto che tutti i dati che mi vengono trasmessi passano prima al vaglio della vostra censura.»

«Ma come si può censurare la mente umana, dottoressa Daniels?»

«Quello che mi dicono i miei pazienti è strettamente confidenziale.»

«Oh, ma sicuro. E sono altrettanto sicuro che le persone stressate, o con gravi turbe mentali ed emotive, le si presentano con il cuore in mano.»

«Alcuni più di altri. Dove vuole andare a parare, signor Winters?»

«Il fatto è, dottoressa Daniels, che lei potrebbe ricevere informazioni molto importanti da persone molto vulnerabili.»

«Me ne rendo perfettamente conto. Ma niente esce dal mio studio.»

Winters si sporse di nuovo. «Uno dei suoi attuali clienti è Web London. Vero?»

«Non posso rispondere a questa domanda.»

Winters sorrise. «Suvvia, dottoressa…»

«Quando ho affermato che non intendo rivelare informazioni riservate, parlavo sul serio. Esse includono l'identità dei miei pazienti.»

«Senta, facciamo così. Come capo del WFO, so quali dei nostri uomini vanno dallo strizzacervelli.»

«Noi preferiamo "psichiatra" o "psicoterapeuta".»

«Dunque, io so che Web London viene da lei» continuò imperterrito Winters. «E so che è già stato da uno psichiatra altre volte in passato. Un certo Ed O'Bannon.» Claire tacque. «Una delle cose che voglio sapere è perché ha cambiato dottore.»

«Glielo ripeto per la seconda volta, non posso rispondere a questo genere di…»

Guardò Winters sfilare un foglio dal fascicolo che aveva accanto. Glielo porse. Era un atto notarile nel quale Web London autorizzava l'eventuale terapeuta che gli prestasse le sue cure psichiatriche a discutere diagnosi e trattamento con un certo John Winters, direttore del WFO. Claire non aveva mai visto un documento come quello, ma era chiaramente autentico, riprodotto su carta intestata del Bureau e sottoscritto da un notaio.

«Credo che ora possa rispondere alle mie domande.»

«Da dove salta fuori questo documento e perché non l'ho mai visto?»

«La nuova politica del Bureau. Per la verità è la prima volta che utilizziamo questa liberatoria. Un'idea mia.»

«È un'ingerenza illecita nei rapporti riservati fra medico e paziente.»

«Non quando è il paziente a rinunciare alla riservatezza.»

Claire rilesse il documento con la massima attenzione, così attentamente, per la verità, e impiegando così tanto tempo, che a un certo punto Winters cominciò a spazientirsi. Finalmente lei glielo restituì.

«Va bene, mi faccia vedere un documento d'identità.»

«Scusi?»

«Qui dice che posso rivelare informazioni riservate a John Winters, capo del WFO. La sola cosa che so di lei è che va in giro a bordo di una limousine sostenendo di essere John Winters.»

«Credevo che il mio assistente si fosse identificato.»

«Lui sì, ma lei no.»

Winters sorrise e mostrò divertito a Claire la sua tessera. Lei impiegò più del necessario per esaminarla, giusto perché lui capisse che la situazione non le andava per niente a genio e che lo avrebbe ostacolato in tutti i modi.

«Allora» disse Winters quando Claire ebbe finito «torniamo a Web London.»

«Ha scelto me perché il dottor O'Bannon non era disponibile. Abbiamo avuto un colloquio preliminare e poi ha deciso di continuare con me.»

«Qual è la diagnosi?»

«Ancora non ne ho formulata una.»

«Gli ha proposto un trattamento?»

«Sarebbe prematuro» ribatté lei seccamente «visto che non ho ancora fatto una diagnosi. Sarebbe come operare un paziente senza averlo sottoposto a un esame clinico.»

«Scusi, ma la maggior parte degli strizza... cioè, intendevo psichiatri... so che si limitano a prescrivere farmaci.»

«Evidentemente io non faccio parte del genere di psichiatri che lei conosce.»

«Mi sa dire che cosa gli è successo in quel cortile?»

«No.»

«Non può o non vuole?» Winters le mostrò di nuovo la liberatoria. «Possiamo rendere questo colloquio facile o estremamente difficile.»

«In quel documento si afferma anche che posso tacere, a mia discrezione, informazioni ottenute in via riservata da un paziente e anche mie eventuali conclusioni basate su tali informazioni se, a mio giudizio, rivelandole potrei arrecare danno al paziente stesso.»

Winters si alzò per sedersi di fianco a lei. «Dottoressa Daniels, lei è al corrente di quanto è avvenuto in quel cortile?»

«Sì, leggo i giornali e ne ho discusso con Web.»

«Quanto è successo va ben al di là dell'omicidio di sei agenti. Senza voler minimizzare una tragedia di proporzioni immani, qui è in gioco l'integrità del Bureau. E senza di essa, non c'è più niente.»

«Non riesco a capire come qualcuno che ha teso un'imboscata a una squadra dell'FBI possa intaccarne l'integrità. La reazione della gente è stata piuttosto di compassione e solidarietà.»

«Purtroppo questo non è il mondo in cui operiamo noi. Le spiegherò le conseguenze prodotte da quell'imboscata. Per prima cosa, poiché è stato sterminato un reparto di una delle nostre forze più prestigiose, si è diffusa negli ambienti della criminalità organizzata l'idea che siamo vulnerabili. In secondo luogo, gli organi d'informazione hanno gonfiato questo sfortunato episodio a livelli così stratosferici e usando un linguaggio così infervorato, che la fiducia dell'opinione pubblica nei nostri confronti ne è uscita gravemente scossa e persino i legislatori di Capitol Hill adesso dubitano della nostra efficienza. E, per finire, il morale del Bureau è precipitato a un livello infimo, probabilmente il più basso di tutta la sua storia. Una triplice batosta.»

«Mi rendo conto» commentò Claire, guardinga.

«Dunque, prima la questione verrà risolta, prima capiremo come è avvenuto questo disastro, e prima potremo risolvere una situazione divenuta critica. Sono certo che lei non desidera che i criminali di questo paese pensino di poter strapazzare impunemente i cittadini onesti.»

«Sono certa che non succederà.»

«Davvero?» La fissò negli occhi con durezza. «Be', io ci sono in mezzo e non ne sono sicuro quanto lei.»

Claire si sentì percorrere da un brivido.

Lui le batté affettuosamente la mano sulla spalla. «Dunque, che cosa può dirmi, a sua discrezione, di Web senza violare il segreto professionale?»

Claire cominciò a parlare lentamente, costretta a fare violenza alla sua etica professionale. «Ha dei problemi. Credo che risalgano ai tempi dell'infanzia, come spesso avviene in questi casi. In quel vicolo si è bloccato. Sono sicura che lo abbia riferito agli investigatori.» Attese una conferma da parte di Winters, che non abboccò all'esca.

«Proceda» la esortò lui.

Claire gli riferì nei particolari quanto Web aveva visto e udito nel vicolo, senza tralasciare le parole che gli aveva rivolto Kevin Westbrook, la sua reazione emotiva e la successiva paralisi, dalla quale era riuscito a liberarsi solo con uno sforzo immane.

«Sì, se ne è liberato» concordò Winters. «Solo per cascare per terra davanti alle mitragliatrici e riuscire a venirne fuori illeso.»

«Posso dirle che si sente terribilmente in colpa per essere il solo sopravvissuto.»

«Vorrei ben vedere.»

«Non è diventato improvvisamente un vigliacco, se è questo che si sta chiedendo. È uno degli uomini più coraggiosi che abbia conosciuto. Potrebbe persino darsi che sia fin troppo coraggioso, tanto da rasentare l'incoscienza, quando si tratta di correre dei rischi.»

«Non stavo pensando che è diventato un vigliacco, nemmeno il suo peggior nemico oserebbe affermare che Web London è un codardo.»

«E allora?» domandò lei incuriosita.

«Ci sono cose peggiori» ribatté lui. «Essere un traditore, per esempio.»

«La mia opinione professionale è che non sia questo il caso. Il blocco che ha avuto in quel vicolo è la conseguenza di problemi che hanno radici nell'infanzia difficile che Web ha vissuto, e che non ha ancora risolto nel suo inconscio.»

«Capisco. Allora forse non è un bene che sia ancora nell'HRT. Forse sarebbe meglio che lasciasse anche il Bureau.»

Claire si sentì mancare. Che cosa aveva combinato?

«Non intendevo in questo senso.»

«No, dottoressa, lei no, ma io sì.»

La riaccompagnarono come promesso all'ingresso del garage sotterraneo. Mentre scendeva dalla limousine, Buck Winters si allungò per trattenerla. Claire si ritrasse d'istinto.

«Non posso certamente impedirle di riferire a Web del nostro incontro, dottoressa, ma la prego di non farlo. Questo colloquio è parte di un'inchiesta dell'FBI tuttora in corso, i cui risultati, quali che siano, provocheranno un terremoto al Bureau. Perciò le chiedo, facendo appello alla sua coscienza civica, di non rivelare per il momento quanto ci siamo detti.»

«Questo non posso garantirglielo. Io mi fido di Web.»

«Ne sono certo. Ha molte doti. Sa quanti uomini ha ucciso nel corso della sua carriera?»

«No, è importante saperlo?»

«Sono sicuro che è importante per i parenti dei morti.»

«Messa così, sembra che sia un criminale. Presumo che se ha ucciso delle persone lo abbia fatto nell'ambito delle missioni che gli sono state ufficialmente assegnate.»

«Be', con conseguenze che restano sempre aperte a ogni interpretazione, non trova?» La lasciò andare non senza fare un piccolo pronostico personale: «Sono certo che ci rivedremo».

Quando i due agenti dell'HRT lasciarono la dépendance per andare a cena alla villa, Web notò che Romano camminava in modo strano. Si giustificò spiegando che Billy lo aveva fatto montare su un cavallo dal quale era subito caduto.

«Non so perché diavolo non posso seguirlo su un mezzo a quattro ruote. Io coi cavalli non mi ci trovo.»

«Be', io ho perlustrato quasi tutta la proprietà oggi e ci sono molti posti che non si potrebbero raggiungere nemmeno con un fuoristrada.»

«Sei caduto anche tu?»

«Sì, due volte» rispose Web. Perché dire la verità e alimentare l'invidia di Romano?

«E con chi sei andato a spasso?» gli chiese l'amico.

«Con Gwen. È stato molto piacevole. E tu? Ti sei divertito?»

«Oh, sapessi che spasso rigovernare le stalle. Dovresti provarci anche tu qualche volta.»

Davanti alla villa li accolse Billy. Portava una vecchia giacca di velluto a coste con le toppe ai gomiti, una camicia bianca tutta stropicciata con i bottoncini al colletto, calzoni sportivi beige e mocassini senza calze. Aveva già un bicchiere in mano. Li accompagnò in fondo all'atrio e giù per una scala a chiocciola di noce così antica che poteva essere stata inviata nelle Colonie come omaggio da parte di qualche sovrano del Vecchio Mondo del tempo. Se Web ammirò per la seconda volta i locali spaziosi, gli ornamenti elaborati, gli eleganti drappeggi alle finestre e gli imponenti oggetti artistici che facevano a gara con i reperti dei musei, Romano compì il tragitto dal piano terreno fino a quello sottostante ripetendo sottovoce "porca vacca" a ogni passo che faceva.

Web notò di nuovo l'andatura claudicante di Billy. «Un incidente?» si informò.

«Già. Un cavallo da tiro da una tonnellata ha deciso di farsi una ruzzolata nella paglia proprio mentre io gli ero in groppa.»

Il pavimento del seminterrato era in selciato, le pareti in pietra a vista e delle travi enormi reggevano il soffitto. Gli ampi divani e le poltrone di pelle erano disposti in vari punti del salone, e alle pareti erano appesi numerosi trofei di caccia. L'atmosfera era opprimente: alle teste di cervo, se ne aggiungevano una di ghepardo, una di leone, una di rinoceronte e una di alce più una grande varietà di uccelli e pesci impagliati. Montato su una parete c'era un luccio di dimensioni straordinarie. C'erano anche un orso e un enorme pesce spada; su un tavolino un serpente a sonagli era arrotolato su se stesso insieme a un cobra reale, con gli occhi scintillanti e i denti pronti a iniettare veleno. Web vi passò davanti tenendosi alla larga: non aveva buoni rapporti con i serpenti da quando aveva rischiato di essere morsicato da un mocassino d'acqua durante una missione in Alabama.

C'era anche una teca con una notevole collezione d'armi da fuoco. Web e Romano contemplarono con una punta d'invidia i vari Churchill, Rizzini e Piotti, pezzi che costavano una fortuna. Non si poteva appartenere all'HRT senza essere appassionati di armi come quelle, anche se un agente dell'FBI non poteva permettersi altro che guardare con gli occhi sgranati. E chissà se quelle armi erano lì solo da ammirare o se qualcuno le usava davvero. Billy era sembrato il tipo che le maneggia con disinvoltura, e non si poteva escludere che anche Gwen sapesse farlo. D'altra parte, l'uomo che aveva ucciso tutti gli animali esposti in quella stanza non poteva non avere dimestichezza con le armi da fuoco.

Il bancone di legno di ciliegio sembrava che fosse stato prelevato da un pub londinese e trapiantato in un'atmosfera da selvaggio West.

Gwen era seduta su un grande divano e al loro ingresso si alzò. Indossava un vestito beige molto semplice che la copriva fino alle caviglie, ma con una gradevole scollatura. Le spalline sottili lasciavano intravedere quelle bianche del reggiseno. Aveva le braccia abbronzate e muscolose, probabilmente perché andava spesso a cavallo. Web stesso aveva male alle braccia dopo tre ore di passeggiata. Sebbene portasse dei sandaletti senza tacco, era solo un paio di dita più bassa di Romano. Quando tornò a sedersi e accavallò le gambe, sotto l'orlo del vestito si intravide una catenella d'oro legata intorno a una caviglia, un particolare che lasciò Web un po' sorpreso perché gli sembrava stonasse con l'eleganza della sua mise. Billy Canfield era senza dubbio un uomo fortunato, rifletté ammirando il sensuale contrasto dell'abbronzatura del viso con il biondo dei capelli, anche se c'era da chiedersi quanto della passione della loro vita matrimoniale si fosse spenta insieme alla vita del loro figlio.

Lo sorprese invece trovare lì anche Nemo Strait. Il direttore di scuderia si era dato una bella ripulita e indossava una polo che metteva in risalto il fisico muscoloso, calzoni di tela e mocassini. Faceva la sua scena, dovette ammettere Web.

Strait levò il bicchiere alla salute di Web e Romano.

«Benvenuti a Casa Canfield» li accolse con un sorriso brillante.

«Questi li avete ereditati con la casa?» chiese Web a Billy alludendo ai trofei.

«Oh, no» rispose l'allevatore. «Quattro anni fa mi prese il desiderio, se così vogliamo chiamarlo, di andare da qualche parte a sparare. Così mi sono dato alla caccia grossa e alla pesca d'altura. Sono stato anche in TV qualche volta in alcuni programmi di sport. Queste sono prede che ho ucciso un po' in tutto il mondo.» Indicò la testa imbalsamata di un cinghiale selvatico appesa a una parete e poi l'orso, alto almeno tre metri e collocato su una speciale pedana da dove mostrava le zanne e i lunghi artigli come se volesse dilaniare chi si fosse azzardato a toccarlo.

Billy gli si avvicinò e gli accarezzò il collo possente. «Questo qui ha fatto di tutto per uccidermi. Due volte. La seconda ci è quasi riuscito, ma l'ho avuta vinta io.» Poi gli mostrò il rinoceronte. «Questi colossi sembrano lenti e pesanti, ma solo finché non caricano a cinquanta all'ora: a quel punto tra te e il Creatore ci sono solo la saldezza dei tuoi nervi, la precisione della tua mira e la sensibilità del tuo dito sul grilletto. Si tira al cervello. Se sbagli e lo colpisci sul corno, sei fritto.»

«Povere bestie» mormorò Gwen.

«Ehi, questi trofei mi sono costati un patrimonio» ribatté con freddezza suo marito. Contemplò una delle teste di cervo e annuì rivolgendosi a Web. «Il cervo è un antico simbolo di virilità, saggezza e vita, sa? Ed eccolo lì, appeso al muro di casa mia, morto e imbalsamato. Mi piace l'ironia della situazione. Le imbalsamazioni me le faccio da me. Sono un ottimo tassidermista, senza falsa modestia.»

Web meditava sul momento in cui Billy aveva sentito il desiderio di uccidere. Doveva essere stato subito dopo il processo che si era concluso con un patteggiamento grazie al quale Ernest Free era scampato alla condanna a morte.

«Venga, che le mostro una cosa» disse a un tratto Billy. «Vuoi venire anche tu, Nemo?»

«No, grazie. Conosco già il tuo piccolo laboratorio e non ho ancora cenato.»

Billy fece strada ai due agenti fino in fondo a un corridoio dove aprì una porta chiusa a chiave. Nemmeno Gwen li aveva accompagnati. I tre entrarono in una stanza spaziosa che conteneva tavoli da lavoro e scaffali con tutto l'armamentario necessario per l'imbalsamazione: vasi e contenitori di liquidi e paste, utensili da taglio, decine di attrezzi, enormi morse, corde e complicati sistemi di pulegge e carrucole fissati al soffitto. In un angolo era stata messa in forma una pelle di alce, mentre l'angolo opposto era occupato da un tacchino selvatico in tutto il suo glorioso piumaggio. C'erano anche uccelli, pesci e alcuni mammiferi di varie dimensioni, sconosciuti a Web. Web conosceva l'odore dei cadaveri in putrefazione e là dentro il puzzo non era insopportabile, ma avrebbe evitato volentieri di doverlo respirare tutti i giorni.

«Tutte queste bestie le ha uccise lei?» chiese Romano.

«Dalla prima all'ultima» rispose con soddisfazione Billy. «Io imbalsamo solo gli animali che uccido. Non faccio favori a nessuno a questo proposito.» Prese uno straccio, vi spruzzò sopra del liquido e cominciò a lucidare uno degli attrezzi. «C'è gente che gioca a golf per rilassarsi, io uccido e imbalsamo.»

«I gusti sono gusti» commentò Web.

«È terapeutico, ho scoperto. Ma Gwen non è della stessa opinione. Lei non è mai entrata qui e ho idea che non ci metterà mai piede. La tassidermia in realtà è un'arte antica. Ora non devi più costruirti le forme da te, ne puoi acquistare di ottime fabbricate con sughero compresso, polistirolo e altre sostanze del genere, che si possono poi adattare all'animale da impagliare. È ancora un procedimento alquanto complicato, che richiede una lunga progettazione, misurazioni accurate e un talento che deve unire l'abilità del macellaio al tocco dell'artista. I passi principali sono l'eviscerazione e la preparazione della pelle. Molti usano il borace, ma i puristi come me trattano ancora la pelle con l'arsenico. Si ha una durata maggiore, con questo sistema. Qualche volta faccio anche le conce.»

«Lei tiene dell'arsenico in casa?» chiese Romano.

«A tonnellate. Non si preoccupi, però, mi lavo sempre le mani dopo aver lavorato quaggiù e non mi occupo mai della cucina.» Scoppiò a ridere e Romano rise con lui, ma con una punta di nervosismo.

«Poi si prepara il cranio, si sistemano i fili di ferro e tutto il resto e finalmente si riempie l'animale per la composizione finale.»

Web, che si stava guardando intorno, ebbe l'impressione di trovarsi in qualcosa di molto simile a un mattatoio. «Quanta roba» mormorò.

«Tutto quello che è necessario per fare bene questo mestiere.» Billy gli mostrò i vari elementi della sua attrezzatura. «Come ho detto, si trovano delle forme in poliuretano anatomicamente adatte ai vari animali, ma a volte preparo qualche forma da me con cartapesta, creta per modellare, trucioli da imballaggio e altri materiali. Non si può pretendere di trovare sempre la pappa pronta, giusto?»

«Giusto» convenne Romano.

«Poi ci sono le sostanze chimiche, veleni e sale, molto sale per conservare la pelle. Ci sono i metri e i calibri per le misure lineari e la simmetria. I bisturi per operazioni che non c'è bisogno di illustrare; io uso quello che viene definito un "coltello perfetto", di fabbricazione tedesca. In fatto di coltelli, quei dannati tedeschi sono imbattibili. È una lama che serve per scuoiare e spellare, e permette di fare incisioni precise, come quando bisogna staccare il collo dal resto del corpo o lavorare intorno a occhi e bocca. Ci sono lame per tagliare, altre per spellare, seghe per le ossa, rasoi, trincetti e persino un gioiellino di macchina che si chiama scarnatoio. Gran bella invenzione.»

«Che mondo fortunato» mormorò sottovoce Web.

«Mi sono procurato un paio di guanti di Kevlar così non rischio di tranciarmi qualche dito. Forbici, estrattori, cesoie, forcipi, sonde, aghi chirurgici, tronchesini. Sembra l'attrezzatura che può servire sia a un preparatore di salme sia a un chirurgo plastico, vero?» Indicò poi una batteria di ciotole, pennelli e barattoli tra i quali campeggiava anche un compressore. «Questi sono gli strumenti per la fase artistica, il tocco finale con cui rendere giustizia all'animale.»

«Buffo pensare di rendere giustizia a qualcosa che si è appena ammazzato» disse Web.

«Credo che questo sia ciò che distingue quelli come me dai figli di puttana che uccidono impunemente il proprio prossimo» replicò con impeto Billy.

«Immagino che sia così» gli concesse Web.

Billy si avvicinò a una pelle di daino che stava asciugando su un grande tavolo. «Sa che cos'è la prima cosa che si taglia via quando si sventra un cervo?» chiese guardando direttamente Web.

«No. Che cosa?»

«Il pene.»

«Buono a sapersi.»

«I cervi muoiono come le persone» continuò Billy. «Con gli occhi aperti. Se gli occhi sono chiusi o le palpebre tremano, è meglio sparare una seconda volta.» Guardò di nuovo Web. «Immagino che siano situazioni che lei conosce, dato il mestiere che fa.»

«In certi casi non è ammesso uccidere un ferito, se si tratta di esseri umani.»

«Suppongo di no, anche se io sarei pronto a scambiare uno qualsiasi degli animali che tengo appesi ai muri con gli esseri abbietti con cui voi avete a che fare.» Bevve un sorso dal bicchiere che aveva portato con sé. «Credo che questa sia una delle ragioni per cui amo tanto questo posto» sospirò. «Una bella contraddizione, visto che anch'io sono un essere vivente che respira. Sono nato povero in canna, e dopo aver finito con difficoltà le medie inferiori, ho cominciato a guadagnare un sacco di soldi con il poco nobile mestiere di trasportare sigarette e altre porcherie su e giù per le autostrade di questo bel paese e mi sono sposato una donna giovane, bella e intelligente, con tanto di laurea. Ed eccomi qui adesso, a capo di un'enorme tenuta in mezzo alla più elegante regione di caccia della Virginia a impagliare animali. Un uomo davvero fortunato. Mi fa venire una gran voglia di bere, perciò vi esorto a tornare di là, dove io possa soddisfare il mio impellente desiderio.»

Quando furono di nuovo nel salone, Gwen rivolse a Web

un debole sorriso, come a dirgli: "Lo so e ha la mia solidarietà".

Billy passò dietro il banco del bar e puntò il dito sulla moglie. «Scotch, tesoro?» Lei annuì. «Ti faccio compagnia anch'io» disse lui. «Ragazzi? E non rifilatemi la solita storia che non potete bere perché siete in servizio. Se non bevete con me, vi sbatto fuori.»

«Birra, se ne ha.»

«Qui abbiamo tutto, Web.»

Web notò il modo in cui l'aveva detto, non come una battuta.

«Lo stesso per me» si unì Romano.

«Ne bevo una anch'io, Billy» annunciò Strait e andò a prendere la bottiglia direttamente dalla mano del principale, prima di raggiungere Web e Romano.

«Io vado molto più d'accordo con una buona birra che con quei miscugli diabolici.»

«Ragazzo di campagna?» lo apostrofò Romano.

«Sì signore, sono cresciuto in una fattoria dove allevavamo cavalli» raccontò Strait. «Ma avevo voglia di vedere il mondo.» Arrotolò una manica per mostrare loro il tatuaggio dei marine. «E l'ho fatto; ero sul libro paga dello zio Sam. Per la verità ne ho visto solo una fettina piccola piccola, quella che si chiama Sudest asiatico ed è difficile godersi il panorama quando ti sparano addosso.»

«Non mi sembrava così vecchio da essere stato in Vietnam» ribatté Web.

Strait gli sorrise amabilmente. «Sarà la vita morigerata che faccio.» Ridiventò serio. «La verità è che mi hanno chiamato verso la fine, quando avevo poco più di diciott'anni. Per il primo anno, nella giungla, ho cercato di tenere sempre la testa bassa e ho fatto tutto il possibile perché mi restasse attaccata al collo. Poi mi hanno beccato e mi sono fatto tre mesi di prigionia. È stata un'esperienza bizzarra, con quei serpenti di vietcong che te le combinavano tutte, condizionandoti la mente per indurti a tradire.»

«Non sapevo di questa storia, Strait» intervenne Billy.

«Non mi va molto di metterla nel mio curriculum.» Nemo rise. «Ma sono riuscito a scappare e uno strizzacervelli dell'esercito mi ha aiutato a rimettermi in sesto. Lui, un buon numero di sbronze e altra roba che preferisco non rivelare» aggiunse con un sorriso furbesco. «Sono stato congedato e sono tornato negli Stati Uniti, dove per un po' ho fatto la guardia cerceraria in un istituto correttivo per minori. E lasciatevi dire che alcuni di quei mocciosi a cui badavo si sarebbero mangiati a colazione il peggiore dei vietcong con un po' di zucchero. Poi mi sono sposato, ma alla mia ex non piaceva il mio salario di sei dollari l'ora, così per un po' mi sono trovato un lavoro da impiegato, ma non faceva per me. Come ho detto, io sono nato e cresciuto all'aperto, e ho sempre avuto i cavalli come compagni di gioco. Ce li ho nel sangue.» Si girò verso Billy. «E meno male, perché di sicuro non ce li ho sul conto in banca.»

Tutti risero alla battuta, eccetto Gwen. Web, che la osservava, aveva la sensazione che la sola presenza di quel cowboy in casa sua la irritasse.

«Fatto sta che sono tornato ai cavalli» riprese Strait. «E mia moglie mi ha piantato in asso portandosi via i miei figli, un maschio e una femmina.»

«Li vede spesso?» chiese Web.

«Una volta sì, ora non più. Pensavo che mio figlio avrebbe seguito le orme di suo padre e sarebbe finito con una divisa addosso o magari a bazzicare le scuderie.» Si batté una mano su una coscia. «Invece vuole sapere com'è andata?»

«Come è andata?» chiese Romano.

«Si è scoperto che ha un'allergia. La vita è ben buffa certe volte.»

Web ebbe la sensazione che lui non la trovasse poi così buffa. All'inizio aveva giudicato Strait un tipo un po' troppo abituato a ubbidire. Avrebbe dovuto rivedere le proprie opinioni sul suo conto.

«Poi incontro Billy e adesso sono qui ad aiutare lui» aggiunse ancora Strait e lanciò un'occhiata a Gwen. «Ad aiutare lui e la signora Canfield a costruire il loro piccolo impero» rettificò.

Billy brindò alla sua salute alzando il bicchiere. «Con ottimi risultati, Strait.»

A quel punto Web notò che Gwen si era girata a guardare altrove e Billy, nonostante l'elogio appena espresso, non sembrava manifestare una grande passione per il suo braccio destro. Decise di cambiare argomento.

«I seminterrati di solito sono freddi» commentò rivolgendosi a Billy. «Specialmente quelli in pietra. Eppure qui mi sembra che la temperatura sia più piacevole che al piano di sopra.»

«Abbiamo il migliore impianto di riscaldamento che si possa desiderare» rispose Billy, che presidiava il bar come se ci fosse nato. «Gwen le ha mostrato la casa. Ebbene, le tre caldaie che ha visto scaldano l'acqua a cento gradi e la trasformano in vapore, che attraverso l'impianto raggiunge i radiatori di ghisa presenti in tutti i locali della villa. Quando il vapore ritorna a essere acqua, rientra nel sistema e torna alle caldaie, che ne producono di nuovo. In questo modo non solo si ha il calore, ma anche un'umidificazione molto efficiente.» Porse a Web la sua birra. «Molti dei tubi dell'impianto passano sotto questo pavimento, ed è per questo motivo che quaggiù si sta così bene. Io adoro questo posto. In questa stagione si arriva fino a trenta gradi di giorno e si scende anche a quattro o cinque di notte. Ma grazie alle nostre caldaie Gwen può starsene a braccia nude quaggiù senza avere freddo, dico bene, tesoro?»

«Per la verità ho avuto caldo tutto il giorno.»

Web passò una mano sul bancone. «Molto bello, questo.»

«È del 1910» disse Billy. «Il proprietario di allora ha apportato molte migliorie a questo posto. E in effetti ne aveva bisogno. Purtroppo ne aveva ancora più bisogno quando siamo arrivati noi. La storia della mia vita.» Uscì da dietro il banco con i bicchieri su un vassoio e tutti andarono a sedersi.

«Gwen mi ha detto che avete dei puledri molto promettenti.»

«Sì, è possibile che tra di loro ci sia il futuro vincitore del Triple Crown» ribatté Billy. «Sarebbe un gran bel colpo. Ci pagherebbe almeno un mese di fatture.»

Gwen e Web si scambiarono un sorriso d'intesa a quella precisazione.

«La speranza è l'ultima a morire» recitò Gwen. «Ma essere sempre a un passo dall'ospizio dei poveri è molto eccitante.»

«Io direi che qua ce la caviamo bene» obiettò Strait.

Web trovò interessante la scelta del pronome; cominciava a domandarsi chi fosse il vero proprietario dell'allevamento.

Billy bevve un sorso di scotch. «Sì, non è malaccio. Si fa persino la caccia alla volpe da queste parti.»

Gwen reagì con una smorfia di ribrezzo. «Che orrore.»

«Be', del resto questa è la regione della caccia alla volpe e in

Virginia bisogna fare quello che fanno gli spocchiosi virginiani.» Billy rivolse un sorriso a Web. «Per la verità i nostri vicini sono una rogna non da poco. Se la sono presa perché non gli ho permesso di attraversare i miei terreni all'inseguimento della loro dannata volpe. Gli ho spiegato che giù a Richmond non si dà la caccia alla volpe e che in ogni caso mi sembra un po' sleale mettersi in tanti contro un animaletto così piccolo, e che io comunque ho sempre avuto la tendenza a tifare per i perdenti. Sa che cosa hanno fatto quegli stronzi? Mi hanno trascinato in tribunale. E l'hanno avuta vinta. Pare che esista un'antica convenzione legata a questa tenuta che impone a chi la possiede di mettere a disposizione di tutta la comunità i terreni per la caccia alla volpe.»

«E questo sarebbe un paese libero» commentò disgustato Romano.

«Comunque non passano più da East Winds» lo informò Strait.

«Come mai?» volle sapere Web.

«Billy ha ucciso uno dei loro cani... oh, pardon, intendevo uno dei loro bracchi.» Si batté la mano sulla gamba e rise.

Billy annuiva come se avesse evocato un ricordo piacevole. «Se l'era presa con uno dei miei cavalli e quella bestia in particolare valeva qualcosa come trecentomila dollari. I bracchi vengono via un tanto al chilo. Così gli ho sparato una fucilata.»

«E l'hanno trascinata di nuovo in tribunale?»

«Come no» rispose lui con un sorriso e bevve un altro sorso. «Ma si sono presi una sonora legnata.» Lo guardò da sopra il bicchiere. «Allora, le è piaciuto il giro che le ha fatto fare Gwen?»

«È stata una guida fantastica. Mi ha stupito soprattutto sapere che questo posto era una fermata della ferrovia durante la Guerra civile.»

Billy indicò la teca delle armi. «E lo è ancora.»

Web guardò in direzione della vetrinetta. «Non capisco.»

«Coraggio, Billy» lo esortò Strait. «Fagli vedere.»

Billy disse a Web e a Romano di avvicinarsi. Quindi spinse una leva nascosta dietro il fianco della vetrinetta. Web udì uno scatto, poi la teca si staccò dalla parete ruotando verso di lui. Dietro si apriva un vano.

«Niente elettricità e niente finestre» spiegò Billy. «Solo un paio di brande. Ma quando si è in fuga per la propria libertà, non si è troppo schizzinosi.» Staccò una torcia appesa a un chiodo e gliela porse. «Dia un'occhiata.»

Web infilò la testa dentro quella sorta di ripostiglio e spostò il raggio della torcia da una parte dall'altra. Per poco non gli sfuggì di mano quando illuminò un uomo seduto su una vecchia sedia a dondolo. Quando la sua vista si fu abituata alla luce fioca, si rese conto che si trattava solo di un fantoccio vestito come uno schiavo, con cappello di paglia e scopettoni e una faccia nera in cui spiccavano le sclere bianchissime degli occhi, creando un inquietante contrasto.

«Complimenti» rise Billy. «Lei ha nervi d'acciaio. Di solito la gente strilla.»

«Ce l'ha messo Billy là dentro, non io» tenne a informarlo Gwen con una punta di ribrezzo nella voce.

«È uno dei miei scherzetti di cattivo gusto» si scusò Billy. «Ma se uno non può farsi quattro risate alla faccia di questa brutta vita, che cosa gli resta per divertirsi un po'?»

A quel punto, finiti gli aperitivi, si sedettero per cenare.

Non usarono la sala da pranzo padronale. Billy spiegò che il locale era così grande che per parlarsi bisognava urlare e lui era già un po' duro d'orecchi per conto suo. Cenarono in una stanza più piccola attigua alla cucina; Gwen recitò una preghiera e si fece il segno della croce. Romano, Strait, Web e Billy ascoltarono senza muoversi.

Gwen aveva preparato lombatine con insalata Caesar, asparagi freschi in salsa bianca e dei panini che, per aroma e gusto, sembravano fatti in casa. Per finire c'erano torta di ciliegie e caffè.

Romano si passò la mano sullo stomaco ben contenuto dalle potenti fasce muscolari e schioccò le labbra. «Molto meglio dei precotti dell'esercito» fu il suo complimento.

«Grazie, Gwen, era tutto ottimo» fece eco Web.

«A Richmond ricevevamo spesso ospiti in casa» rispose lei. «Qui molto meno.» Lanciò una rapida occhiata al marito mentre pronunciava quelle parole.

«Sono molte le cose che non facciamo più» ammise Billy Canfield. «Ma è stata una cena squisita e voglio brindare allo chef.» Andò alla consolle e tornò con una brocca di brandy e quattro bicchieri di cristallo. «Come ogni sudista che si rispetti, sono anch'io un cultore di Jim Beam, ma per un brindisi come si deve ci vuole il liquore giusto.» Versò quindi brandy agli altri e prese un bicchiere di Beam. Poi tutti brindarono a Gwen.

Lei sorrise alzando il bicchiere a sua volta. «È un piacere avere le attenzioni di tutti questi uomini.»

Quando stavano per accomiatarsi, Web prese Billy in disparte. «Desidero che le sia ben chiaro il nuovo regolamento della casa. Appena siamo usciti, inserisca il sistema d'allarme e lo faccia tutte le sere prima di coricarsi. Ci sono troppi modi per entrare e uscire da questa villa e voglio che lei e Gwen passiate sempre dalla stessa parte, così non c'è pericolo che lasciate sbadatamente qualche porta aperta. Se pensate di uscire, anche solo per fare quattro passi, prima chiamate noi. Vi faremo compagnia. Se qualcosa vi spaventa fateci un fischio. Non sottovalutate niente, intesi? Questo è il mio numero di cellulare. Lo lascerò acceso giorno e notte. E voglio che consideri l'eventualità di alloggiare me e Romano qui in villa. Se accade qualcosa, anche i secondi contano.»

Billy guardò il foglietto con il numero di telefono. «Sarebbe come diventare prigionieri in casa propria. Bastardi...» Scosse la testa amareggiato.

«Quei fucili nella vetrinetta... sono solo in mostra o li usa per andare a caccia?»

«Sono quasi tutti fucili da caccia, ma non vanno bene se si vogliano fare dei trofei, perché i pallettoni rovinano la pelle degli animali e staccano di netto la testa. Tengo i fucili per la caccia grossa in un altro armadietto chiuso a chiave al piano di sopra. Ho anche una calibro 12 e una 357 Magnum. Entrambe cariche. Quelle mi servono per i figli di puttana a due gambe che entrano nella mia proprietà senza essere invitati. Anche Gwen è un'ottima tiratrice. Probabilmente migliore di me.»

«Bene, ricordatevi solo di sparare ai cattivi. Avete in programma di fare qualche viaggio?»

«Manderemo dei cavalli nel Kentucky fra qualche giorno. Ci vado io con Strait e alcuni dei ragazzi.»

«Ne parli a Bates, lui potrebbe non essere d'accordo.»

«Dài retta a Web» lo esortò Nemo, avvicinandosi dopo aver

ascoltato la conversazione tenendosi a qualche passo di distanza. «C'è qualcuno che vuole farti la festa, Billy. Lascia che i federali ti proteggano.»

«Cos'è, Nemo, ti stai preoccupando per me?» lo apostrofò Billy.

«Non t'illudere. Il fatto è che se ti succede qualcosa, io resto disoccupato.»

«Deve arrivare qualcuno di particolare?» chiese Web.

Billy scosse la testa. «I nostri amici di Richmond si sono praticamente dileguati. Forse per colpa nostra. Conduciamo una vita riservata.»

«Questi vostri vicini, a Southern Belle... che cosa sa di loro?»

«Solo che sono più maleducati di me.» Billy rise. «Per la verità non so molto sul loro conto. Non li si vede mai in giro ma del resto nemmeno io faccio vita sociale. L'unica persona che ho visto dev'essere il capo del personale.»

«Che cosa mi dice dell'elicottero e dell'aereo?»

Billy fece una smorfia. «Una rogna. Spaventano i cavalli.»

«Con quale frequenza li vede passare?»

Billy rifletté. «Abbastanza spesso.»

«Quanto sarebbe "abbastanza spesso"? Tutte le sere? Una volta la settimana?»

«Tutti i giorni no, ma più di una volta la settimana.»

«Sempre nella stessa direzione?»

«No, in direzioni diverse.» Fissò Web negli occhi. «Che cos'ha in mente?»

Web sorrise a labbra strette. «Di tenere d'occhio lo "spazio aereo" dietro casa.»

Tornati alla dépendance, Web riferì a Romano della sua chiacchierata con Billy.

«Pensi che ci sia sotto qualcosa?» domandò Romano alludendo alle misteriose attività dei vicini di casa.

«No, penso che ci sia sopra qualcosa.»

«Comunque è stata una bella serata. Devo dire però che l'hobby di Canfield è un po' macabro.»

«Sì, non proprio come costruire modellini di aerei. E che cosa pensi di Nemo Strait?»

«Un tipo tranquillo, come tanti.»

«Mi ha sorpreso vedere che era stato invitato alla villa a cena con il capo.»

«Devi considerare le origini di Billy. Probabilmente si trova più a suo agio in compagnia di persone come Strait che con un branco di grassoni ricchi, cacciatori di volpi.»

«Probabilmente hai ragione. Ma Gwen non era molto contenta di averlo in casa.»

«Lei è un tipo elegante. Lui è un po' più rozzo.» Romano sorrise. «Come me. Non sapevo che fosse cattolica.»

«Sì, ha una piccola cappella nel bosco dove va tutti i giorni a pregare per suo figlio, quello che io ho lasciato morire.»

«Non l'hai lasciato morire, Web. Se i negoziatori vi avessero lasciato fare a modo vostro fin dall'inizio, adesso probabilmente il ragazzo sarebbe vivo.»

«Paulie, io ho un appuntamento questa notte» confessò a quel punto Web. «Perciò dovrai cavartela da solo. Non andrò via subito, quindi ti conviene riposare un po' finché sono qui. Comunque Bates ha appostato qualche agente ai due ingressi, davanti e dietro, per i prossimi due giorni, perciò non sarai solo.»

«Appuntamento? Che genere di appuntamento?»

«Ti racconterò tutto al mio ritorno.»

«Ha qualcosa a che vedere con quello che è successo alla Charlie Team?»

«Forse.»

«Allora vorrei non essere tagliato fuori, Web.»

«E a me piacerebbe molto che tu venissi con me. Ma non possiamo andarcene tutti e due. Dovrei essere di ritorno prima che faccia giorno. Se io fossi in te, mi farei un giretto ogni tanto. Non mi meraviglierei se Canfield volesse metterci subito alla prova tentando di sgattaiolare fuori. Anche se, dopo che se l'è vista così brutta stamattina, forse ha meno voglia di fare il temerario. Ma noi non possiamo correre rischi.»

«Non temere, darò un'occhiata in giro.»

«Se vedi passare l'aereo o l'elicottero, prendi nota. Ho portato un visore notturno. Se ne hai bisogno, usalo.»

«Quei dannati aggeggi mi fanno sempre venire il mal di testa e mi incasinano la profondità di campo.»

«Comunque ricorda che quei "dannati aggeggi" ci hanno salvato il collo nel Kosovo.»

«D'accordo, d'accordo. Vado a sdraiarmi.»

«Un'altra cosa.»

«Sì?»

«Solo perché non siamo circondati da un branco di fuori di testa armati fino ai denti non significa che la situazione non sia pericolosa. Stai all'erta. Non voglio perdere un altro compagno, chiaro?»

«Ehi, Web, non ti scordare chi sono.»

«Tu e io abbiamo avuto le nostre divergenze, ma abbiamo anche fatto il viaggio inferno e ritorno insieme. Mi sono abituato a sentire che ci sei quando mi giro e allungo il braccio. Hai capito?»

«Oh, ma questo è amore, Web.»

«Sei un gran coglione, Romano, lo sapevi?»

33

Quando Web aveva chiamato il numero scritto sul foglietto che gli aveva fatto avere Big F, gli aveva risposto una voce maschile. Web non sapeva se fosse quella di Big F, dato che nel suo primo incontro con il gigante c'era stato più uno scambio di botte che di parole. Aveva sperato però che fosse la sua, perché era una voce stridula e sarebbe stato molto felice di scoprire che Dio gli aveva dato per dispetto una vocetta ridicola.

L'ordine che aveva ricevuto era di attraversare in direzione nord il Woodrow Wilson Bridge alle undici precise di quella sera. A tempo debito avrebbe ricevuto nuove istruzioni; via cellulare, immaginava Web. Il suo numero non era sull'elenco, ma da qualche tempo il principio della privacy veniva regolarmente violato.

Web naturalmente aveva qualche dubbio sull'opportunità di rispondere a quella convocazione.

"Se vuoi sapere che cosa è successo ai tuoi compagni, verrai" aveva sentenziato la voce. "E se vuoi continuare a vivere" aveva aggiunto.

Aveva considerato se fare un salto a Quantico a prelevare un Barrett da cinquanta millimetri e relative munizioni, ma aveva concluso che anche in un ambiente di teste calde dal grilletto facile come l'HRT qualcuno avrebbe potuto insospettirsi nel vederlo andar via con quella specie di cannone. Informare Bates perché lo coprisse avrebbe potuto avere conseguenze disastrose. Se Big F era sopravvissuto per tanto tempo nel suo ambiente non era certamente stupido, né solo fortunato. Avrebbe fiutato la presenza dei ragazzi del Bureau e c'era da prevedere che l'avrebbe presa molto, molto male. D'altra parte, se era in possesso di informazioni sul misterioso individuo che aveva preparato la trappola in cui avevano perso la vita i suoi amici, Web doveva starlo a sentire.

Era appena passato davanti all'ingresso di Southern Belle. Il cancello non era elegante come quello di East Winds. Web aveva notato che era sprangato e gli era sembrato di vedere qualcuno che sorvegliava l'entrata, ma non aveva avuto né modo né tempo di accertarsene. Un posto interessante. Stava facendo questa riflessione quando udì l'elicottero, che in quel momento lo stava sorvolando. Riuscì a seguirne la rotta solo per pochi istanti prima che scomparisse. Forse stava atterrando a Southern Belle. Forse erano dei terroristi. Non sarebbe stato poi così improbabile.

Quando si fermò a far benzina, si chiese se fosse il caso di chiamare Claire, ma decise di no. Che cosa poteva dirle? Che forse si sarebbero visti l'indomani ma forse no?

Da tempo il Woodrow Wilson Bridge aveva conquistato il primato di peggior "strozzatura" di tutta la rete stradale del paese. Nei dintorni bastava solo sentir pronunciare il nome del ventottesimo presidente degli Stati Uniti per cadere in depressione. Bella soddisfazione, rifletteva Web, dopo una vita di devoto servizio alla comunità. Sarebbe forse stato meglio se il nome del presidente fosse stato dato a un luogo di ristoro, così almeno la gente lo avrebbe associato al piacevole senso di sollievo che si prova dopo aver espletato un'impellente funzione fisiologica.

Sul ponte controllò l'ora: trenta secondi alle undici. Quella notte il Potomac era calmo, senza imbarcazioni in vista. Il sipario di alberi sulla sponda del Maryland contrastava con le luci sfavillanti di Old Town Alexandria, sul lato della Virginia, e con la cupola del Campidoglio e i monumenti nazionali a nord. Superò la linea mediana del ponte. Il traffico era relativamente scorrevole. Incrociò un'auto della polizia della Virginia che procedeva in senso opposto e gli venne voglia di chiamarli: "Ehi, volete farmi compagnia? Ho un appuntamento con il dottor Morte".

Giunto dall'altra parte del fiume rallentò guardandosi intorno. Niente. Alla faccia della puntualità. Poi trasalì. Era una trappola? C'era un cecchino nascosto da qualche parte che in quel momento lo stava inquadrando nel mirino telescopico? Stava forse regolando l'alzo, inserendo il proiettile in canna, mettendo il dito sul grilletto, prima dello sparo? E Web London era forse il più grande idiota sulla faccia della terra?

«La prima a destra. ORA! ORA!»

La voce incorporea, improvvisa, lo fece sobbalzare. Per poco Web non perse il controllo della Mercury in una sbandata inconsulta.

«Merda!» esclamò, mentre controsterzava e attraversava le tre corsie di traffico suscitando un coro di clacson e costringendo altri veicoli a manovre frenetiche per evitarlo. Infilò l'uscita quasi scorticando il guardrail.

Si ritrovò in uno svincolo sulla rampa d'accesso all'interstatale 295.

«Prendi per Washington» gli ordinò la voce in un tono più pacato.

«La prossima volta avvertimi un po' prima, dannazione» protestò Web, ma non sapeva se qualcuno lo stava ascoltando. Quando e come erano riusciti a piazzare un altoparlante nella sua automobile senza che nessuno se ne accorgesse? Web ubbidì alle istruzioni che aveva appena ricevuto mentre cercava di ritrovare la calma con degli esercizi di respirazione.

«Ti dico io quando girare» gli comunicò la voce.

Non era quella stridula della prima telefonata e forse questa volta a dargli gli ordini era davvero Big F: la voce era baritonale, burbera, sicuramente più consona al personaggio.

Conosceva molto bene la zona in cui si trovava ora, un tratto solitario di autostrada in mezzo al bosco dove, nel caso di un guasto meccanico, si poteva dire addio alla propria vettura perché non la si sarebbe più trovata tornando a prenderla con un carro attrezzi. E se poi l'automobilista avesse commesso l'errore di aspettare il carro attrezzi a bordo, sarebbe scomparso insieme alla sua macchina. I criminali che operavano da quelle parti erano della peggior specie, e sempre in quei paraggi si trovava il St Elizabeth, l'ospedale psichiatrico per i maniaci che molestavano celebrità, come John Hinckley, e per quelli che tentavano di scavalcare le cancellate della Casa Bianca.

«Alla prossima uscita» lo avvertì la voce «svolta a sinistra al semaforo, prosegui per un chilometro e mezzo e poi a destra.»

«Me lo devo scrivere o mi mandi un fax?» ribatté Web sgarbato.

«Chiudi il becco!»

Dunque lo sentivano. E lo vedevano. Guardò nello specchietto retrovisore, ma c'erano troppi fari. Seguì le istruzioni e di lì a poco si trovò lungo l'Anacostia River, tra il Northwest e il Southwest del Distretto di Columbia, dove negli ultimi sette anni erano morte assassinate più di mille persone. Nello stesso arco di tempo, sull'altra sponda del fiume, nel ricco Northwest che sembrava lontano anni luce, si erano verificati sì e no una ventina di omicidi. Questo squilibrio veniva compensato dall'altissimo numero di furti che si registravano nel quadrante del Northwest, per il semplice motivo che dove non c'è da mangiare è difficile che ci sia qualcosa da rubare.

Sempre seguendo gli ordini, imboccò una strada sterrata in una zona di vegetazione molto fitta. Conosceva quel posto: era una delle discariche più frequentate da coloro che preferivano non deturpare il proprio quartiere disseminando cadaveri per le strade. L'HRT vi aveva condotto un paio di operazioni in passato. Una si era risolta secondo manuale, senza che fosse sparato un solo colpo. L'altra era costata tre vite umane, quelle di tre criminali che, non avendo voluto accettare il fatto di essere in inferiorità numerica, avevano preferito rispondere con le armi invece di arrendersi. Forse avevano creduto che prima ci sarebbe stato qualche colpo d'avvertimento. Peggio per loro, perché nel libretto di istruzioni dell'HRT il capitolo sui colpi d'avvertimento non era mai stato scritto. Quando Web premeva il grilletto, qualcuno finiva all'altro mondo.

«Fermati e scendi» ordinò la voce. «Lascia la pistola sul sedile.»

«Come fai a sapere che ho una pistola?»

«Se non ce l'hai sei un deficiente.»

«E se la lascio in macchina divento un genio?»

«Se non lo fai, la domanda diventa puramente retorica.»

Web posò la pistola sul sedile anteriore e scese lentamente guardandosi intorno. Non vide altro che alberi e un cielo senza luna. Sentiva l'odore del fiume e non gli era di grande conforto. I pochi movimenti che percepì non erano sicuramente quelli di Big F, piuttosto di qualche scoiattolo o volpe. Ora Web si rammaricava di non aver nascosto Romano nel bagagliaio. "Adesso ti viene in mente!"

Si irrigidì leggermente quando sentì che qualcuno si stava avvicinando. Sbucarono dagli alberi. Web ne contò tre, tutti di stazza notevole, tutti più alti di lui, tutti sicuramente con armi di grosso calibro spianate. Ma lo sguardo di Web era già oltre le loro spalle, dov'era apparso il più grosso di tutti. Lo sapeva che avrebbe incontrato il gigante quella notte, ma la sola vista della sua sagoma imponente gli provocò un brivido. Era vestito diversamente, ma lo stile era sempre quello da Club Med, sebbene questa volta la camicia fosse abbottonata. Accanto a Big F c'era un uomo di razza bianca, cosa che meravigliò Web finché non riconobbe Clyde Macy, ancora più scheletrico di persona di quanto gli fosse sembrato in fotografia. Ricordò la discussione che aveva avuto con Bates su chi potesse essere l'informatore di Cove all'interno del racket. Macy? Peebles? Macy non gli sembrava tipo da tradire, ma l'abito non fa il monaco. In giacca e cravatta e con l'auricolare nell'orecchio sembrava un agente dei servizi segreti.

All'appello mancava solo Peebles, ma forse la nuova razza di imprenditori del crimine non amava sporcarsi le mani.

I tre gorilla circondarono Web sotto lo sguardo attento del loro capo. Macy si tenne in disparte, all'erta e rilassato al contempo. Era chiaro che prendeva molto sul serio il suo lavoro. Gli altri sembravano tutti un po' annoiati, come i giocatori di una squadra universitaria chiamati a confrontarsi con avversari di una squadra liceale. Usarono un rilevatore elettronico per controllare che non avesse altre armi addosso e per esaminare l'automobile. Lo strumento mandò un segnale solo una volta, nei pressi del sedile posteriore, senza che l'energumeno che lo stava usando battesse ciglio: era evidente che aveva rilevato la ricetrasmittente che loro stessi gli avevano nascosto in macchina. Finalmente si fecero da parte per lasciare spazio a Big F, che venne ad appoggiarsi al cofano. Web ebbe l'impressione di sentire l'automobile gemere di dolore.

«Come va la faccia?»

La voce non era stridula e neppure burbera. Era una voce del tutto comune, tranquilla, non quella della ricetrasmittente. Era come se stesse conferendo con il suo consulente finanziario... se ne avesse avuto uno, naturalmente.

«Solo il mio orgoglio è rimasto ferito. Immagino che tu sia Big F.»

Il gigante sorrise, poi si diede una pacca sulla coscia e fu come il fragore di un tuono. Tutto quello che faceva era sopra le righe. Anche gli altri risero con lui.

«Merdaccia! Big F! Ma certo che sono Big F. Fantastico. Non è fantastico, ragazzi?»

Tutti annuirono e confermarono che era fantastico. Più che fantastico. Macy non si scompose minimamente. Immobile, in silenzio, continuò a fissare Web come se volesse fermargli il cuore con lo sguardo.

«Perché se sta per arrivare qualcuno ancora più grosso di te, allora non credo di aver voglia di fare la sua conoscenza.» Web sapeva di dover dare l'impressione di non avere paura, magari facendo leva sul senso dell'umorismo del capobanda. I criminali violenti sono affascinati dalla paura delle loro vittime, che spesso scatena in loro la furia omicida.

Big F rise di nuovo, ma quando smise diventò improvvisamente serio, subito imitato da tutti i presenti. Con sincronia cronometrica, notò Web.

«Ho un problema.»

«Sono qui per aiutarti.» Web avanzò di mezzo passo. Da quella posizione avrebbe potuto farne fuori due con altrettanti calci. Quanto a Big F era un'altra storia, come cercare di prendere a pugni una montagna, ma era giusto eliminare prima i punti di minore resistenza.

«Qualcuno sta cercando di appiopparmi la responsabilità per cose che non ho fatto.»

«Sai che cos'è successo alla mia squadra?»

«Voglio essere lasciato in pace, capito?» Si alzò dal cofano della Mercury incombendo su tutto il gruppo come un orco minaccioso. «Secondo te quanti anni ho?»

«Ventidue?» azzardò Web.

«Trentadue» lo corresse con orgoglio Big F. «Ma calcolati in anni da neri.» Si rivolse a Macy. «Quanto fa in anni da bianchi?»

«Centoventi» rispose Macy con il tono di un professore di matematica.

Big F tornò a guardare Web. «Ho centoventi anni. Sono un vecchio che fa un mestiere da giovani. Non rompetemi i coglioni. Vai a riferirlo ai tuoi. Non venite a spaccare le palle a me, perché io non c'entro niente.»

Web annuì. «Allora ho bisogno di sapere chi è stato. Altrimenti non ti posso garantire nulla.»

Big F si sedette di nuovo sul cofano ed estrasse una Beretta calibro 9 con un silenziatore già montato sulla canna. La situazione era tutt'altro che incoraggiante.

«I messaggeri vengono un tanto al chilo» lo ammonì Big F.

«Se il messaggio arriva da me avrà molto più valore. Io ho molto da perdere in questa storia.» Web fece un impercettibile passo in avanti fingendo di spostare il peso del corpo da un piede all'altro. Ora avrebbe potuto colpire Big F direttamente al cervelletto con un calcio in rotazione. Se fosse riuscito a resistere anche a quello, allora meritava la medaglia di campione mondiale. «E forse dovresti essermi grato per aver salvato la vita a Kevin, visto che è tuo fratello.»

«Non è mio fratello.»

Web faticò a non mostrarsi sorpreso. «Ah, no?»

«È mio figlio.» Big F si strofinò il naso, tossì e poi sputò. «Naturalmente abbiamo la stessa mamma.»

Web rimase per un momento disorientato, poi guardò gli altri. Era evidente che ne erano già al corrente e lo accettavano come un fatto normale della vita. E perché non avrebbero dovuto? La nonna aveva detto che Kevin era un po' lento di testa. Con un albero genealogico dai rami così contorti, forse non c'era da meravigliarsi più di tanto.

«Be', spero che Kevin stia bene.»

«Come sta non ti riguarda» tagliò corto Big F.

"Benissimo" pensò Web. Era chiaro che Kevin gli stava a cuore. Era un'informazione preziosa. «Chi ha fatto fuori i miei compagni? Dimmelo e ognuno potrà andarsene per la propria strada. Senza rancore.»

«Non è così semplice.»

«È semplicissimo, invece, dammi i nomi. Non chiedo di più.»

Big F studiò la Beretta. «Sai qual è il mio problema più grande?»

Anche Web guardò la Beretta e si domandò se il problema più grande di Big F fosse proprio lui. Si preparò ad attaccare.

«Il mercato del lavoro è in crisi. Non riesco a trovare del personale in gamba.» Si girò verso i suoi. «Toona, vieni un po' qui.»

Web guardò uno dei gorilla farsi avanti. Era alto e largo come un armadio, indossava un abito che doveva costare un occhio della testa e aveva un notevole quantitativo di oro e argento intorno al collo, ai polsi e alle dita; ne aveva abbastanza da metter su una gioielleria.

«Credi di poter liquidare questo omino solo con le mani, Toona?»

Toona sogghignò. «Con una sola mano, vorrai dire» fu il suo commento.

«Su questo non sarei tanto sicuro» obiettò Big F. «Da come mi ha preso a calci, c'è da starci attenti. Be', se pensi di poterlo fare, metti giù la pistola e fatti sotto.»

Toona si sfilò la pistola dalla cintura e la posò a terra. Aveva almeno quindici anni meno di Web ed era più robusto, ciononostante si mosse con la grazia di un atleta che sa coniugare bene agilità e forza fisica. E quando assunse la classica posa di chi pratica arti marziali, Web capì che l'attendeva un esame serio, e ancora non si era ripreso dalle botte ricevute la sera prima.

Alzò una mano. «Senti, tutto questo non è necessario. Tu pensi di potermele suonare, e io penso di poterle suonare a te. Diciamo che è pari e patta.»

Big F scosse la testa. «No, no, ometto. O combatti o ti becchi una pallottola.»

Web lo guardò per un istante, sospirò e si decise ad alzare i pugni.

Per qualche secondo si presero le misure girando uno intorno all'altro. Web credette di poter individuare qualche punto debole, ma si concentrò soprattutto su un particolare che ritenne potesse tornargli molto utile. Sferrò un calcio ma Toona non ebbe difficoltà ad afferrargli la gamba e a stringergliela per un momento prima di torcerla e farlo cadere. Web si rialzò subito e ricevette un calcio a un avambraccio. Il dolore fu intenso, ma sempre meglio lì che alla testa. I due si scambiarono qualche colpo tra finte e parate prima che Toona lo atterrasse una seconda volta con un calcio sferrato al termine di una piroetta. Di nuovo Web balzò in piedi come una molla.

«Tutto qui il tuo repertorio, Toona?» lo provocò. «Avrai almeno una quindicina d'anni meno di me e una ventina di chili di muscoli in più. Se ci fossi io al posto tuo e tu al mio, adesso saresti già all'ospedale.»

Il ghigno morì sulle labbra di Toona, che lo colpì con un jab destro sferrato con una tecnica un po' antiquata, ma per tutta risposta ricevette un pesante sinistro alla testa. Fu subito chiaro che a Toona non piaceva prendere botte in faccia e Web non mancò di annotarselo.

«Ehi, Toona, qualche livido in faccia non è la fine del mondo. Senza donne a spillarti i quattrini, magari riesci anche a mettere via qualcosa per la vecchiaia.»

«Adesso tu vai giù, amico» sentenziò Toona. «E giù resterai.»

«Ma non sarà una mozzarella come te a tenermici, stanne certo.»

Toona attaccò e lo colpì in pieno a un rene. Web rischiò di cadere, ma strinse Toona con entrambe le braccia e cominciò a serrare la presa. Toona lo colpì altre due volte alla testa, ma Web resistette. Come un boa constrictor, ogni volta che Toona respirava, Web stringeva un po' di più, impedendo al suo diaframma di tornare in posizione normale.

Altri colpi alla testa e altre strette alla vita, poi finalmente Web sentì che le forze di Toona venivano meno, che il suo fiato si faceva sempre più corto. Allora allentò un po' la stretta, quanto bastava perché il gigante potesse afferrare lui, come era nei suoi piani. I due si spinsero a vicenda, ansimando, spruzzando sudore ogni volta che si scontravano.

Toona cercò di scrollarsi di dosso Web, che resistette in attesa del momento opportuno. Finalmente, quando il gorilla si girò dalla parte giusta, Web mollò la presa e fu scaraventato per terra. Controllò la caduta rotolando su se stesso e poi si rialzò di scatto e si buttò in avanti a testa bassa afferrando Toona per la gola e puntandogli contemporaneamente alla tempia la pistola che, durante la manovra, aveva raccolto da terra.

«Sarà meglio che ti trovi delle guardie del corpo più efficienti» disse a Big F. «Non è vero, Toona?»

Big F alzò la Beretta e fece fuoco. La pallottola aprì un foro perfetto al centro della fronte di Toona. Il gorilla stramazzò a terra senza emettere un gemito. Era quello che succede sempre quando si prende un colpo in testa, come Web ben sapeva, perché la parola viene a mancare prima che il cervello possa inviare l'ordine di gridare. Proiettili e organi vitali sono come le ex mogli, non vanno mai d'accordo.

Web guardò Big F infilarsi la pistola nella cintura come se si fosse appena sbarazzato di una talpa molesta che gli insidiava l'orto. Anche gli altri erano stupefatti. Evidentemente la dipartita di Toona era parte di un programma che Big F aveva taciuto alla sua truppa. Solo Macy era rimasto imperturbabile, con la pistola puntata contro Web, del tutto indifferente alla morte improvvisa e violenta del collega. Freddo e professionale, nella posa classica che assumono i membri delle forze dell'ordine quando effettuano l'arresto di un criminale pericoloso, non staccava lo sguardo dalla pistola di Web, il quale si domandava dove quell'uomo avesse ricevuto un simile addestramento. Probabilmente in qualche organizzazione paramilitare, di quelle che reclutano molti ex buoni che, per un motivo o per l'altro, decidono di passare dalla parte dei cattivi.

Senza il suo ostaggio e sotto il tiro di tutti gli altri della banda, Web lasciò cadere la pistola.

«Non riesco a trovare aiutanti in gamba» si lamentò Big F. «Pago i miei uomini in contanti, do loro vestiti, macchine e donne. Gli insegno il mestiere perché io non mi sbatterò fino alla fine dei miei giorni. Quando avrò messo da parte abbastanza, andrò in qualche posto a spendere i miei risparmi. E credi che per questo mi siano leali? No, che cazzo, mordono la mano che li nutre. Toona trafficava per conto suo e pensava che io non lo sapessi. Rubacchiava in continuazione grana e roba. E pensava che io fossi così stupido da non controllare mai niente. Ma la cosa più idiota che ha fatto è stata mettersi in corpo quella merda, perché quando hai quella schifezza che ti circola nel sangue ti metti a blaterare con tutti, e vai a raccontare i fatti tuoi a una squadra intera della DEA e manco te ne accorgi. E buonanotte al secchio a tutti quanti. Ah, no, io nel secchio non ci finisco, io non sono di quelli che spacciano senza uno straccio di possibilità di rivedere la luce del sole.

Non se ne parla proprio. Non è quella la fine che farò io. Dovranno mangiare un bel po' di piombo prima di chiudermi in qualche gabbia di bianchi.»

Si girò improvvisamente verso i suoi. «Volete lasciarlo lì, quel poveraccio? Mostrate un briciolo di rispetto per i defunti!»

«Che cosa dovremmo farne?» protestò uno dei gorilla spalancando le braccia con un'espressione contrariata che non nascondeva la soggezione che provava per il suo capo. Web era certo che Big F fiutasse la paura che incuteva nei suoi uomini e di cui si serviva per dirigere i suoi "affari". Se voleva insegnare loro la lealtà, aveva una lezione più che convincente stesa al suolo lì davanti, in una pozza rossa che si andava lentamente allargando. E uccidere Toona era stato probabilmente un avvertimento anche per Web, che si sentiva più che mai avvertito.

Big F scosse la testa disgustato. «Ma devo sempre spiegarvi tutto io come a un branco di mocciosi? Buttatelo nel fiume. E legategli addosso qualcosa di pesante, così non torna a galla!»

Gli uomini raccolsero con molta circospezione il compagno ucciso, brontolando perché avrebbero imbrattato i loro Versace di sangue e altro materiale organico del povero Toona. Macy rimase immobile dove si trovava. Evidentemente lui apparteneva a una manovalanza di un livello superiore e perciò gli era concesso di assistere agli inning supplementari.

Quando gli altri si furono allontanati, Big F tornò a rivolgersi a Web. «Vedi che cosa intendo per gente in gamba? Non ce n'è. Tutti vogliono arricchirsi dall'oggi al domani, nessuno vuole più faticare per guadagnarsi il pane quotidiano. Si pretende di cominciare già dalla vetta, tutti pretendono di cominciare dalla vetta. Io ho cominciato a otto anni, smerciando bustine da un dollaro. Mi sono fatto il culo per più di vent'anni e questi fratelli di oggi pensano di meritarsi la stessa ricchezza che ho io perché lavorano da un paio di mesi. Nuova economia un bel cazzo!»

Web ascoltava con un orecchio lo sproloquio di Big F mentre si domandava quanto tempo avrebbe impiegato per rendersi conto che il suo "ospite" era stato testimone oculare di un omicidio.

«Prendiamo Toona… Avrà fatto fuori cinque o sei persone. Così ti ho appena tolto il disturbo di friggergli il culo. Non mi ringrazi?»

Web non lo ringraziò. Non aprì nemmeno bocca, anche se probabilmente avrebbe voluto fare un commento salace; il fatto era che aver visto assassinare a sangue freddo un altro essere umano, per quanto potesse meritare una fine come quella, non gli aveva per nulla risollevato lo spirito.

«Ciascuno ha la sua croce.» Big F si asciugò un occhio. «Ma il signore a me ne ha rifilate un tot extra. Ho una famiglia immensa e ce li ho sempre intorno a chiedermi soldi. Ho una prozia novantenne che non sapevo nemmeno di avere e che viene a farmi discorsi di questo genere.» Alzò la voce di un'ottava. «"Dico, Francis, ma non puoi fare qualcosa per i miei occhi? Ho le cataratte, amore, non posso nemmeno più giocare a bingo. Fa' qualcosa per me, vuoi, amore? Io ti facevo saltare sulle ginocchia, io ti cambiavo i pannolini." E io le sgancio del contante e penso di averla accontentata, ma passa una settimana ed eccola di nuovo all'attacco, questa volta perché la sua dannata gatta ha dei "problemi da femmina".» Strabuzzò gli occhi in un'espressione incredula. «Un cazzo di gatta con "problemi da femmina"! "Sono solo mille dollari, Francis" mi viene a raccontare. "Non un dollaro di più, amore, e non ti dimenticare che io ti pulivo il culetto mentre tua madre era chissà dove a spararsi quella roba nelle vene." E sai cosa faccio io? Le sgancio dieci pezzi da cento per lei e il gatto.»

«La F sta per Francis?»

Big F sorrise e Web ebbe l'impressione di scorgere per la prima volta in quell'omone dall'aria truce e grosso come una montagna una certa somiglianza con il piccolo Kevin.

«Perché, secondo te per che cosa dovrebbe stare?»

Web scosse la testa. «Non ne ho idea.»

Big F tolse di tasca una scatolina, l'aprì, pescò una pillola e se la mise in bocca. Ne offrì una a Web, che rifiutò.

«Tagamet, Maalox, Zantac» enumerò Big F. «Le mangio come noccioline. Mi sono fatto fare una gastroscopia. Ho una pancia che sembra che ci sia passata attraverso una talpa. Questa merda mi sta ammazzando, non scherzo.»

«Allora perché non ti ritiri?»

«Facile a dirsi, ma non a farsi. Non è che mi organizzano un pranzo d'addio e mi regalano un orologio d'oro.»

«Mi spiace dovertelo dire, ma gli sbirri non mollano mai.»

«Non sono gli sbirri a preoccuparmi, sono quelli del mio giro che mi rompono le scatole. Loro pensano che se vuoi chiudere bottega, andrai certamente a spifferare tutto. Non capiscono perché uno dovrebbe voler girare le spalle a una vita come la mia. Cachi quattrini dal culo, salvo poi dover continuare a nasconderli e scappare e nemmeno per un istante puoi smettere di chiederti quando la tua donna o tuo fratello o la tua zietta amante dei gatti ti pianterà una pallottola in testa mentre dormi.» Fece un ghigno. «Ma tu non stare in pensiero per me. So badare a me stesso.» Si buttò in bocca un'altra pasticca e poi fissò Web negli occhi. «Tu sei dell'HRT?»

«Sì.»

«Mi dicono che siete gente con le palle. Quando mi hai colpito, l'altra sera, be', ti ho sentito, sai? È raro, ometto, lascia che te lo dica, è raro. Devi essere uno tosto.»

«Per la verità siamo gente amabile, quando impari a conoscerci.»

Big F non sorrise alla battuta. «E come mai non sei morto?»

«Grazie al mio angelo custode.»

Questa volta Big F sorrise di gusto. «Ah, certo, quelli sì che tornano comodi. Dimmi dove posso rimediarne uno. Vuoi sapere come sono finite in quella casa le mitragliatrici?»

Web si irrigidì. «Sei disposto a testimoniare?»

«Sì. Vengo in tribunale da solo. Tu vai avanti e aspettami.»

«D'accordo, come ci sono arrivate le mitragliatrici?»

«Sai quanti anni hanno quei palazzi?»

«Anni?» si meravigliò Web. «No. Perché?»

«Sono degli anni Cinquanta. Io non sono abbastanza vecchio per ricordare, ma la mia mamma lo sapeva. Me l'ha detto lei.»

«Lo sapeva?»

«Troppa coca. Non quella con le bollicine. Sì, sono degli anni Cinquanta. Pensaci, HRT. Pensaci.»

«Non capisco.»

Big F scosse la testa, guardò per un attimo Macy, poi tornò a fissare Web. «Credevo che voialtri federali andaste tutti all'università.»

«Non tutte le università sono dello stesso livello.»

«Se non puoi fare arrivare la roba passando dal tetto e non puoi portarla dentro dalla porta d'ingresso, che cosa ti resta?»

Web impiegò solo un secondo per capire. «Da sotto! Anni Cinquanta. Guerra fredda. Rifugi sotterranei. Tunnel?»

«Ah, ma allora non sei così scemo. Bravo.»

«Non mi basta.»

«Questo è un problema tuo. Io ti ho dato qualcosa, ora tu dici ai tuoi di lasciarmi in pace. Io non ho uno straccio di motivo al mondo per far fuori un branco di federali. Tu vaglielo a ficcare bene nella testa.» Si interruppe e schiacciò qualche ago di pino sotto il piede enorme. Poi alzò di nuovo lo sguardo su Web. «Non è che voialtri mi state giocando qualche scherzo e avete preso Kevin e non volete dirmelo, vero?»

Web rifletté su come rispondere alla domanda. Decise che gli conveniva essere sincero. «Noi non abbiamo Kevin.»

«Vedi, io degli sbirri locali non mi sono mai fidato, né lo farò mai. Troppi fratelli finiscono in una bara quando si mette di mezzo la polizia locale. Non è che io tenga in gran conto nemmeno voialtri federali, ma è un fatto che non ammazzate la gente solo per divertimento.»

«Grazie.»

«Così, dico io, a giudicare dal vostro modo di lavorare, penso che se Kevin ce l'avete voi, allora posso star tranquillo che sta bene. Forse lo trattenete solo per un po' in attesa che questo momentaccio passi.»

Dalla maniera in cui lo stava guardando, Web intuì che Big F sperava davvero che Kevin fosse con quelli dell'FBI, dove sarebbe stato ragionevolmente al sicuro.

«Vorrei che ce l'avessimo noi, ma non è così. Gioco pulito con te» aggiunse. «Ma credo che Kevin sia in qualche modo immischiato in questa storia.»

«Cazzate» protestò Big F. «È un bambino. Lui non ha fatto niente. In galera non ci finisce, toglietevelo dalla testa. Kevin no.»

«Non dico che sapesse quello che stava facendo. Su questo hai ragione, è solo un bambino. Un bambino impaurito. Ma le persone che lo hanno rapito sono i responsabili di quello che è successo. Almeno così la vedo io. Non so perché Kevin si trovasse in quel vicolo, ma non c'era per caso. Io lo voglio trovare quanto lo vuoi tu. E anch'io spero che sia sano e salvo. Gli ho salvato la vita una volta in quel vicolo, non vorrei che fosse stato inutile.»

«Certo, così potrà testimoniare e poi passare il resto dei suoi giorni in un programma di protezione dell'FBI. Sai che vita!»

«Almeno è una vita» tenne a sottolineare Web.

Si guardarono in silenzio per qualche istante, ma poi fu Big F a distogliere lo sguardo.

«Farò tutto quanto è nelle mie possibilità perché Kevin sia salvato, Francis. Te lo prometto. Ma se sa qualcosa, dovrà dircelo. Noi lo proteggeremo.»

«Figuriamoci. È un compito che finora vi è riuscito alla grande, eh?»

Sentirono tornare gli altri. «Mi farebbe comodo conoscere un nome da associare a quei tunnel» disse Web, ma Big F stava già scuotendo il capo.

«Non ne ho da dartene.»

Quando i due gorilla riapparvero, Big F ne chiamò uno. «Spegni l'aggeggio che c'è nella sua macchina.»

Il gorilla annuì, si infilò per metà nell'abitacolo della Mercury e piantò due pallottole nella radio di bordo, poi strappò il cavo del microfono. Scaricò anche le munizioni dalla pistola di Web, sparò nel terreno il colpo che c'era in canna e gli restituì l'arma. L'altro si tolse di tasca il cellulare di Web e lo frantumò sbattendolo contro un albero, prima di porgerglielo con un sorriso beato. «Non sono più resistenti come una volta.»

«Ora noi dobbiamo andare» annunciò Big F. «E nel caso ti saltasse in mente di rompermi le palle per aver piantato una pallottola in testa a Toona, pensa a quello che ti sto per dire.» Fece una pausa guardandolo con occhi truci. «Quando avrò voglia di vederti morto, sarai morto. Quando avrò voglia che qualcuno dei tuoi amici muoia, morirà. Se hai un animale domestico che voglio vedere morto, quello muore.»

Web sostenne con fermezza il suo sguardo. «Non ti conviene imboccare questa strada, Francis. Non ti conviene proprio.»

«Perché? Mi romperesti le palle? Mi faresti la bua? Mi faresti la pelle?» Si sbottonò la camicia e fece un passo avanti. Web ne aveva viste parecchie, ma rimase di sasso.

Il gigante aveva torace e addome ricoperti di ferite da taglio, fori di proiettile, cicatrici spropositate sulla cui origine era meglio non indagare, bruciature e lembi rimarginati di brandelli di carne strappati via. Sembrava un quadro dipinto da uno psicopatico.

«Centoventi anni d'età, contandoli come anni da bianchi» gli ricordò Big F. Si riabbottonò la camicia con un'espressione di malcelato orgoglio per essere sopravvissuto a tutto ciò che quelle ferite rappresentavano. E in quel momento Web non poté non fargli l'omaggio della sua più profonda ammirazione.

«Se ti saltasse in mente di venire a cercarmi» lo ammonì Big F «è meglio che ti porti dietro qualcosa con cui fare un lavoretto come si deve. Altrimenti ti taglio l'uccello e te lo ficco in gola.»

Ciò detto, si girò per andarsene e Web frenò l'istinto di saltargli addosso. Non era quello il momento per mettersi contro di lui, ma nemmeno poteva lasciarlo andare via così.

«Dunque, immagino che stai crescendo Kevin perché erediti il tuo impero» lo apostrofò. «Il tuo fratello-figlio. Chissà com'è fiero di te!»

Big F si voltò. «Ti ho detto di lasciare Kevin fuori da questa storia.»

«Abbiamo fatto una chiacchierata interessante in quel vicolo. Mi ha raccontato un sacco di cose.» Era un bluff, ma calcolato, se aveva interpretato bene i segnali inviati dal suo avversario. Quelli che avevano scambiato Kevin con l'altro bambino potevano essere dei nemici di Big F. Se così fosse stato, allora aizzarli gli uni contro gli altri avrebbe potuto dare risultati interessanti. Web stava pensando che probabilmente Big F non aveva mentito quando aveva detto di non essere responsabile di quanto era accaduto nel vicolo, ma un'affermazione del genere non escludeva che si fosse accordato con qualcun altro a cui affidare il compito di sterminare la Charlie Team. Se così fosse stato, Web li voleva tutti. Dal primo all'ultimo.

Big F tornò indietro e si fermò a osservarlo dall'alto in basso come se stesse valutando quale delle due avesse in lui la prevalenza, se la stupidità o l'incoscienza.

«Se vuoi riavere Kevin, mi aspetto della collaborazione» aggiunse ancora Web. Non fece cenno a quanto Big F gli aveva confidato, perché aveva intuito che voleva che la cosa restasse tra loro due, dato che prima di parlare aveva spedito i suoi gorilla a gettare il cadavere di Toona nel fiume.

«Aspettati questo» ribatté Big F.

Web riuscì a bloccare solo parzialmente il pugno sollevando l'avambraccio, ma l'impatto delle nocche di Big F e del proprio braccio sul mento lo catapultò sul cofano della Mercury mandandolo a sfondare il parabrezza con la testa.

Si svegliò mezz'ora dopo, scivolò lentamente giù dal cofano e restò in piedi in un equilibrio instabile, reggendosi il braccio indolenzito, massaggiandosi il mento e la testa e snocciolando imprecazioni. Quando si fu calmato, constatò di non avere fratture in nessuna parte del corpo e si domandò come fosse possibile. Si chiese anche quanti altri traumi avrebbe potuto subire prima che il cervello gli colasse fuori da un orecchio.

Poi ruotò su se stesso e puntò la pistola contro un uomo sbucato in quel momento dagli alberi, che a sua volta lo teneva sotto tiro.

«Bella mossa» si compiacque lo sconosciuto. «Peccato che la tua pistola sia scarica.» Si fece avanti e Web riuscì a vederlo meglio.

«Cove?»

Randall Cove rinfoderò la pistola e si appoggiò all'automobile. «Quell'individuo è davvero un brutto affare» commentò. «Far fuori uno dei propri tirapiedi a quel modo è una cosa che non mi era ancora capitato di vedere.» Scrutò la faccia di Web. «Domani avrai dei bei lividi, tu, ma è sempre meglio che stare disteso all'obitorio.»

Web mise via la pistola scarica e si massaggiò la nuca. «Devo supporre che avevi un posto in prima fila. Grazie per l'assistenza.»

Cove non si scompose. «Senti, io sono un collega, un agente anch'io, infiltrato o no. Ho fatto lo stesso giuramento, credo negli stessi principi, mi sciroppo le stesse stronzate che ti sciroppi tu al Bureau. Se avessero cercato di ammazzarti sta' tranquillo che avresti saputo che c'ero anch'io. Ma non l'hanno fatto e io sono rimasto al mio posto. Se ti fa stare meglio, mentre eri nel mondo dei sogni ho scacciato alcuni fratelli che erano venuti ad annusare la tua carcassa.»

«Grazie, perché questa carcassa mi serve ancora per un po'.»

«Dobbiamo parlare, ma non qui. Potrebbe esserci ancora qualcuno dei ragazzi di Big F nei paraggi e questo posto non è sicuro, nemmeno per dei rappresentanti della legge armati fino ai denti.»

Web si guardò intorno. «Dove, allora? Il tuo vecchio ufficio non esiste più.»

Cove sorrise. «Hai parlato con Sonny, lo so. Se il vecchio Sonny Venables dice che sei a posto, vuol dire che sei a posto. Quel ragazzo ha naso per la carne marcia, è meglio dei segugi che avevo giù nel Mississippi.»

«Siamo in una situazione più incasinata che mai. Hai sentito Bates ultimamente?»

«Ci parliamo, ma nessuno dei due dice all'altro tutto quello che sa ed è giusto così. Io so da dove viene Perce e lui sa dove sto io.» Porse a Web un foglietto. «Vediamoci qui tra mezz'ora.»

Web consultò l'orologio. «Sono in servizio per un incarico speciale. Devo rientrare.»

«Non temere, non ci vorrà molto. Ah, un'altra cosa.» Salì sulla macchina di Web e la perquisì rapidamente. Quando uscì aveva in mano una scatoletta minuscola.

«Un rilevatore satellitare. Buono come quelli che usiamo noi.»

«Hanno un satellite» commentò Web. «Confortante.»

«È munito anche di un altoparlante.» Cove spense il dispositivo e se lo mise in tasca. «Una prova è sempre una prova. Strano che non l'abbiano portato via» aggiunse prima di scomparire nel bosco.

Ripresosi a sufficienza da poter tenere tutti e due gli occhi aperti, vedendo solo doppio invece che tutto annebbiato, Web ingranò la marcia e tornò indietro. Si incontrò con Cove nel centro di Washington, al Mall, su una panchina vicino allo Smithsonian Castle. Appena si fu seduto udì una voce, ma restò immobile. Era tutto scritto sul foglietto. Cove doveva essere nascosto dietro una siepe nei pressi della panchina.

«Bates mi ha detto che ti ha parlato di me.»

«Sì. Mi spiace per quello che è successo ai tuoi.»

«Già.»

«Ho trovato il ritaglio di giornale a casa tua, quello su di te e Bates.»

«Sei in gamba. Quel nascondiglio aveva funzionato per anni.»

«Perché nasconderlo?»

«Specchietto per le allodole. Se qualcuno viene a perquisire casa tua, ha il piacere di trovare qualcosa che hai nascosto e che in realtà non ha alcun significato. Le cose veramente importanti ce le ho in testa.»

«Dunque il ritaglio era solo un'esca? Senza importanza?»

Cove non rispose.

«Bates mi ha detto che eri sulle tracce di un giro grosso e che potrebbero essere stati loro a tendere l'imboscata alla mia squadra.»

«È così. Ma questa storia è tutt'altro che finita. E ho sentito Westbrook parlarti dei tunnel. A me non era venuto in mente. Ottimo sistema per far sparire i computer e far comparire le mitragliatrici.»

«Informerò Bates il più presto possibile e andremo a dare un'occhiata. Vuoi esserci anche tu?»

Cove non rispose e Web impiegò un attimo per capirne il motivo. C'era un uomo che stava passando sull'altro lato della strada. Era vestito di stracci come un mendicante, barcollava leggermente come se avesse alzato troppo il gomito e probabilmente era quello che sembrava, ma chiaramente né Web né Cove potevano correre rischi. Web portò istintivamente la mano alla pistola prima di ricordarsi che era ancora scarica. Aveva un caricatore di riserva nel bagagliaio, ma aveva parcheggiato la macchina troppo distante. Quasi in risposta ai suoi pensieri, sentì una pressione dietro la schiena attraverso le assi della panchina su cui era seduto. Afferrò la pistola che Cove gli stava porgendo, bisbigliò un ringraziamento e seguì ogni mossa dell'uomo sull'altro lato della strada, pronto a far fuoco.

«Non si può mai sapere come si travestirà il lupo cattivo la prossima volta» commentò Cove.

«Bates mi ha detto che probabilmente avevi un informatore tra gli uomini di Westbrook, forse Peebles o Macy, e che è stato lui a passarti la soffiata per l'agguato.»

348

«No, Macy e Peebles non c'entrano. Io credo che il tizio che lavorava per me fosse sincero, più o meno, e che abbiano ingannato anche lui.»

«Se il tuo uomo era leale nei tuoi confronti, pensi che potremmo utilizzarlo ancora per arrivare alla verità?»

«Non più.»

«Perché?»

«Perché il mio uomo era Toona.»

«Mi prendi in giro.»

«Tutti i tirapiedi di Big F imbrogliano sugli incassi e rubano un po' di merce. Le balle che ti ha rifilato erano solo una copertura. Ha ucciso Toona per punirlo del peccato più grave di tutti, quello di aver collaborato con gli sbirri.»

«Secondo Toona c'erano altri coinvolti oltre a Westbrook?»

«Fondamentalmente Toona era uno tutto muscoli e niente cervello. Ho lavorato con lui per sei mesi circa. Lo abbiamo inchiodato per qualche piccolo reato, ma si era già fatto quattro anni di galera in passato e non voleva tornarci. Mi ha informato di un nuovo gruppo che stava entrando in scena, assumendo il controllo di alcuni dei racket locali e riciclando persino il loro denaro sporco attraverso alcune operazioni legali. Il servizio non era a buon mercato, ma a quanto pare avevano firmato quasi tutti... eccetto Westbrook. Lui è uno che non si fida molto. Ma anche i narcotrafficanti si stancano di spararsi addosso. E il consolidamento dei giri d'affari e la riduzione dei costi sono principi che funzionano sia per le attività illegali sia per quelle legittime. Ho scavato più a fondo che ho potuto su questo nuovo gruppo ma non sono venuto a capo di niente. Io mi sono presentato come l'emissario di un'organizzazione che cercava un modo per trasferirsi dall'Arizona alla Virginia rurale. Gli dissi che avevamo avuto notizia di questo gruppo e io ero venuto a prendere contatti e a vedere come lavoravano. All'inizio credevo che fosse un giro legato al traffico di Westbrook, ma quando ho visto l'attrezzatura ho capito che avevo a che fare con qualcosa di molto più grosso.»

«Bates ha parlato di Oxycontin.»

«È per questo che è un giro così speciale. Io credo che la merce che questo gruppo distribuiva all'inizio agli spacciatori locali fosse costituita principalmente da farmaci prescrivibili, come l'Oxy, il Percocet e medicinali simili. Poco rischio e margini di profitto enormi. Toona non era a parte dei meccanismi specifici dell'operazione, ma la pensava anche lui così. L'allargamento di questo giro avrebbe aperto un nuovo orizzonte nel traffico entro i confini del Distretto di Columbia, ma questo nuovo gruppo non si sarebbe fermato alla sola Washington. Io credo che distribuiscano la loro roba in tutta la East Coast.»

«Lo spaccio dell'Oxy cominciò in campagna.»

«Già, hai sentito parlare anche tu del "Rocky Mountain high"? Be', questo è l'"Appalachian high". Ma gli Appalachi passano per una ventina di stati, dall'Alabama su fino alla frontiera con il Canada. E c'è tutto lo spazio per costruirsi un nuovo impero di narcotraffico sotto la copertura legittima di medicinali da farmacia. Per questo ho contattato il WFO appena mi sono reso conto che il giro in quel magazzino era molto più grande di quello di Westbrook. Avrei potuto indagare ancora e raccogliere qualche altra informazione interessante, ma c'era il rischio che sparissero dalla circolazione. Ho pensato che se avessimo arrestato i contabili obbligandoli a testimoniare, avremmo potuto prendere nella rete tutto il giro di quelli dell'Oxy. Se guardo indietro adesso, sai che cosa penso?»

«Che era troppo bello per essere vero?»

«L'hai detto.» Cove rimase in silenzio per qualche istante. «Senti, Web, mi spiace da matti per quello che è successo ai tuoi ragazzi. Non avevo sospettato assolutamente niente, devi credermi. Me ne assumerò la responsabilità perché sono stato io a sbagliare, e sono pronto a sacrificare tutto quello che mi è rimasto, persino la vita, per rimediare.»

«Quello che fai tu, io non potrei mai farlo. Non so come ci riuscite.»

«Buffo, ma io penso la stessa cosa di te. Ora tu vai a dare un'occhiata a quei tunnel e cerca di capire come hanno fatto a portare la roba dentro e fuori. Forse troverai qualcosa che ti aiuterà a scoprire chi c'è dietro. E io non credo che sia Westbrook. C'è qualcun altro che se la sta ridendo alle nostre spalle.»

«Hai un motivo valido per crederlo?»

«No, solo sensazioni. Chiunque sia, però, ha conoscenze in posti che contano, perché è sempre un passo avanti a tutti gli altri.»

«Chi hai in mente? Qualcuno al Bureau?»

«L'hai detto tu, non io.»

«Hai qualche prova?»

«Sì, la mia pancia. Tu la ascolti la tua?»

«Sempre. Mi pare di capire che ti senti un po' a disagio.»

«Nel senso che penso che tutti, nessuno escluso, siano convinti che io sono passato dall'altra parte e che ho contribuito a far sterminare una squadra di colleghi? Sì, ultimamente mi è capitato di pensarci.»

«Non sei solo, Cove.»

«Già, da questo punto di vista siamo fratelli di sangue, tu e io. Marchiati come traditori per una cosa che non abbiamo fatto, e c'è gente che non è disposta ad ascoltare nessun'altra campana.»

«È per questo che resti nascosto?»

«Senti, il succo della faccenda è che mi hanno gabbato, mi hanno fatto fesso, me l'hanno messo in quel posto. Mettila come preferisci. Non sono un traditore, ma ho preso una cantonata bestiale, che nel mio lavoro è peggio che se avessi saltato il fosso.»

«Allora siamo davvero fratelli di sangue perché anche a me è successo lo stesso.»

«Be', c'è sempre la speranza che alla fine di questo ballo ci ritroviamo ancora in piedi tutti e due, tu e io. Che ne dici?»

«Dico che ce la metterò tutta.»

«Tieni giù la testa, London, questi figli di troie mirano in basso.»

«Ehi, Cove…»

«Sì?»

«Accetto le tue scuse.»

Web andò al DuPont Circle. Prese il caricatore di riserva dal bagagliaio e si infilò nella cintura, dietro la schiena, la pistola che aveva avuto da Cove. Poi si recò in taxi al WFO. Bates era già tornato a casa da tempo e Web decise di attendere l'indomani mattina per contattarlo: aveva sicuramente bisogno di riposare, mentre i tunnel sotto la casa sarebbero rimasti dov'erano. Invece di farsi dare un'altra macchina del Bureau, decise di fare qualcosa di davvero folle: andare a riprendersi la propria auto.

Davanti a casa sua non c'era più l'assembramento dei reporter, ma preferì non correre rischi. Entrò dal retro, salì sulla Mach, aprì il portellone del garage e uscì a fari spenti. Attese di essere in fondo alla strada prima di accendere le luci, poi diede gas senza staccare mai gli occhi dallo specchietto retrovisore. Niente. Tornò a East Winds.

34

Romano non era alla dépendance; Web controllò persino le auto d'epoca nel caso che il suo partner fosse andato ad ammirarne una un po' da vicino e ci si fosse addormentato dentro. Erano quasi le quattro di notte e probabilmente stava facendo un giro d'ispezione, del resto Romano era un uomo d'azione che stava male quand'era costretto a lunghe attese. Poiché il suo cellulare era inutilizzabile, Web usò il telefono della rimessa per chiamarlo e fece un sospiro di sollievo quando lo sentì rispondere.

«Allora, com'è andato il tuo appuntamento?» s'informò Romano.

«Noioso. Ti riferirò. Dove sei?»

«Era tutto tranquillo, così sono andato a dare un'occhiata in giro. C'è una vecchia torretta d'osservazione sul lato ovest. Si può vedere per chilometri in tutte le direzioni.»

«Lo so, ci sono stato.»

«Be', io ci sono adesso. Avevo voglia di fare due passi.»

«Altro che due passi, Paulie.»

«Ma se non ho nemmeno sudato. Ehi, perché non mi raggiungi e non ti porti dietro un paio di visori notturni?»

«Che cosa c'è?»

«Vedrai.»

Web uscì dal retro, s'infilò sulla testa l'imbracatura che sosteneva gli speciali occhiali per la visione notturna e li accese. Il mondo assunse all'istante un'eterea colorazione verde. Non si potevano usare quegli occhiali per troppo tempo perché erano molto pesanti e in breve procuravano un dolore acuto al collo, subito seguito da una forte emicrania che ti faceva dimenticare il mal di collo. Quando li usava, Web teneva sempre un occhio chiuso, sopportando l'alterazione della profondità di campo; se non chiudevi un occhio, quando toglievi il visore vedevi solo un accecante riverbero arancione. E a quel punto anche un nonnino novantenne su una sedia a rotelle poteva spedirti senza difficoltà all'altro mondo.

Modificò la visione passando ai raggi infrarossi, che intensificavano la visuale grazie all'impiego di una fonte luminosa interna. Provava l'attrezzatura per assicurarsi che funzionasse tutto a dovere, dato che le batterie di quei congegni avevano la cattiva abitudine di traditi nei momenti meno opportuni. Non usava mai a lungo gli infrarossi, perché avevano una controindicazione abbastanza grave: visto attraverso un visore notturno nemico, l'intensificatore a raggi infrarossi era peggio di un radiofaro, una specie di falò che lo rendeva un bersaglio facile persino per un bambino. Spense l'apparecchio e lo ripose nello zaino. Da quel momento si sarebbe affidato unicamente alla sua vista, cosa che faceva sempre quando doveva prendere la mira e sparare. In questo la natura non poteva essere migliorata dalla tecnologia.

Per quella gita notturna aveva indossato il suo Ghillie, la tuta mimetica di juta che si era pazientemente confezionato da solo e via via aveva migliorato con l'aggiunta di escrementi di animali e altre sostanze più o meno gradevoli, perché si fondesse alla perfezione con i giochi cromatici e i chiaroscuri di foreste e giungle. Ogni tiratore scelto dell'HRT dava al proprio Ghillie un'impronta personale. Era stato inventato dagli scozzesi quattrocento anni prima, e quel tempo veniva utilizzato con successo nelle annose operazioni di guerriglia contro le potenze straniere che cercavano di assoggettare quella nazione. A distanza di secoli, il Ghillie aveva ancora la stessa funzione: Web l'aveva indossato nel cuore di una foresta dell'America Centrale, quando aveva atteso che alcuni narcotrafficanti armati di mitragliette gli passassero praticamente sopra la schiena senza accorgersi della sua presenza, prima di ordinare loro di fermarsi e leggergli i loro diritti.

L'aria era frizzante e, procedendo di buon passo, coprì in un tempo molto breve la distanza che lo separava dalla torretta d'osservazione. Era bello sapere di essere ancora in buona forma fisica. Del resto dopo otto anni di addestramento costante era impossibile perderla. Quando avvistò la torretta si fermò. Poiché non aveva più il cellulare, si portò le mani ai lati della bocca e inviò il segnale che usava di solito quando erano in missione. Il verso poteva somigliare a una folata di vento o al grido di un uccello comune. Pochi istanti dopo ricevette il segnale di risposta. Via libera.

Web uscì da sotto gli alberi, arrivò ai piedi della torretta e si arrampicò in silenzio. Quando sbucò dalla botola aperta nella piattaforma della torretta, Web fu felice che grazie al buio Romano non potesse vedere il risultato delle ultime "carezze" che aveva ricevuto da Toona e Big F, perché non era il momento di dare spiegazioni. E naturalmente Romano lo avrebbe rimproverato di nuovo per aver deciso di andare da solo.

Web guardò il telescopio che il suo collega aveva in mano e che i tiratori scelti usavano sui loro fucili ad alta precisione.

«Qualcosa d'interessante?» chiese.

«Dài un'occhiata anche tu. Là, dove c'è quel varco tra gli alberi a nordovest.»

Web guardò. «Immagino che sia la tenuta di Southern Belle.»

«Strane attività notturne per un allevamento di cavalli.»

Web regolò il telescopio e lo puntò nello spazio che si apriva tra gli alberi consentendo una buona visuale di una parte della tenuta.

Vide due costruzioni relativamente nuove e abbastanza grandi, davanti alle quali, in un andirivieni di uomini muniti di walkie-talkie, erano parcheggiati alcuni grossi camion. Dal portone aperto sul lato di uno degli edifici usciva una luce molto intensa. Vide un trattore spingere un rimorchio fino a ridosso della porta e alcuni uomini riempirlo di scatoloni.

«Qui sta succedendo qualcosa di grosso» concluse Web. «Parti di automobili smontate, droga, materiale d'aviazione rubato, spionaggio, pirateria tecnologica, chi più ne ha più ne metta. Dannazione.»

«Non si può dire che i nostri vicini di casa non siano gente interessante. E io, ingenuo, che pensavo che le campagne della Virginia fossero popolate solo da un branco di bellimbusti rincoglioniti e sempre ubriachi, che inseguono a cavallo le volpi mentre le loro mogliettine si ritrovano nei salotti a bere tè. Ragazzi, come sono rimasto indietro.» Scosse la testa. «E allora, che cosa ne pensi?»

«Penso che con tutto quello che abbiamo per le mani, Southern Belle dovrà aspettare. Ma almeno se dovesse succedere qualcosa siamo già qui e potremo intervenire.»

Allora Romano sorrise, allettato dalla prospettiva di rientrare presto in azione. «Adesso sì che parli la mia lingua.»

35

Kevin Westbrook aveva riempito tutti i suoi album da disegno e ora fissava il muro chiedendosi se avrebbe mai più rivisto il sole. Si era abituato ai rumori dei macchinari e allo sciacquio, che non gli disturbavano più il sonno; ma rimpiangeva di essersi adattato a quell'aspetto della sua prigionia, perché gli sembrava che fosse il cattivo presagio che quella condizione sarebbe diventata permanente.

Quando sentì il rumore di passi, Kevin si ritrasse in un angolo del letto come un animale nella gabbia di uno zoo all'avvicinarsi dei visitatori.

Entrò l'uomo che aveva già visto le volte precedenti.

«Come va, Kevin?»

«Ho mal di testa.»

L'uomo tolse di tasca un flacone di Tylenol. «Dato il lavoro che faccio, la mia piccola farmacia è sempre ben rifornita.» Gli diede due pillole versandogli dell'acqua dalla bottiglia che c'era sul tavolo.

«Probabilmente è perché non sto mai al sole» disse Kevin.

L'uomo sorrise. «Vedremo di rimediare al più presto.»

«Questo significa che sto per uscire di qui?»

«È possibile. Ci sono degli sviluppi.»

«Dunque non avete più bisogno di me.» Appena ebbe pronunciato quelle parole, Kevin se ne rammaricò. Potevano essere intese in un senso tutt'altro che piacevole.

Lui lo fissò. «Hai fatto un ottimo lavoro, Kev. Veramente lodevole, considerato che sei solo un bambino. Ce lo ricorderemo.»

«Potrò tornare a casa?»

«Per la verità non dipende da me.»

«Io non ho detto niente a nessuno.»

«Nemmeno a Francis?»

«Se dico nessuno, vuol dire nessuno.»

«Oddio, per la verità non è molto importante.»

Kevin s'insospettì subito. «Non farete del male a mio fratello, vero?»

L'uomo gli mostrò i palmi delle mani. «Non ho mai detto che l'avremmo fatto. Anzi, se tutto va per il verso giusto, a farsi male saranno solo quelli che se lo meritano, d'accordo?»

«Avete già fatto del male a tutti gli uomini che c'erano nel cortile. Tanto male da ucciderli.»

L'uomo si sedette sul bordo del tavolo incrociando le braccia sul petto. I suoi movimenti non erano minacciosi, ma Kevin non si sentiva a suo agio lo stesso.

«Come ho detto, si faranno male solo le persone che lo meritano. Non è sempre così, questo lo sai, fin troppo spesso succede che si facciano male anche degli innocenti. È una lezione che io ho imparato e mi sembra che l'abbia imparata anche tu.» Guardò le ferite che il bambino aveva sul viso.

Kevin non aveva nulla da ribattere. L'uomo aprì un album e guardò alcuni disegni.

«Questa è l'Ultima Cena?» chiese.

«Sì. Gesù. Prima della crocifissione. È quello al centro.»

«Ho fatto catechismo» ribatté l'uomo facendo un altro sorriso. «So tutto di Gesù, figliolo.»

Kevin aveva disegnato a memoria. Lo aveva fatto per due motivi, ammazzare il tempo e avere la compagnia del Figlio di Dio. Forse il Signore avrebbe accolto l'implicita preghiera inviando un angelo custode a proteggere Kevin Westbrook, che aveva un bisogno disperato di un segnale, umano o divino che fosse.

«Sei bravo, Kevin. Hai talento.» Guardò un altro disegno e lo alzò mostrandolo al bambino. «Questo che cosa rappresenta?»

«Mio fratello che mi legge un libro.»

Pistola sul comodino, guardie del corpo schierate davanti alla stanza, suo fratello Francis che lo cingeva con il suo braccio enorme stringendolo al petto e gli leggeva una storia per ore, finché non si fosse addormentato. E l'indomani mattina, quando si svegliava, non c'era più nessuno, né i gorilla né suo fratello. Ma c'era un segno sulla pagina dov'erano arrivati la sera prima, un segno che era anche la promessa che suo fratello sarebbe tornato a finire la storia.

«Ti leggeva dei libri?» domandò l'uomo stupito.

Kevin annuì. «Perché, nessuno ti ha mai letto delle storie quando eri piccolo?»

«No.» L'uomo posò l'album sul tavolo. «Quanti anni hai, Kevin?»

«Dieci.»

«È una bella età, hai ancora tutta la vita davanti. Io no.»

«Mi lascerete andare?» chiese Kevin.

L'espressione sul volto dell'uomo spense ogni barlume di speranza in Kevin.

«Mi piaci, ragazzo. Mi ricordi un po' com'ero io da piccolo. Anch'io non avevo una vera famiglia.»

«Io ho mio fratello!»

«Lo so, ma io parlo di una famiglia normale, capisci, una mamma e un papà e fratelli e sorelle che vivono tutti nella stessa casa.»

«Quello che è normale per alcuni non è normale per altri.»

L'uomo sorrise scuotendo la testa. «Hai una gran bella testolina, sai? Effettivamente non c'è niente nella vita che si possa definire normale, a voler ben guardare.»

«Tu conosci mio fratello. Non è uno con cui scherzare.»

«Non lo conosco di persona, ma abbiamo fatto qualche lavoretto insieme. Sono sicuro che non è una persona con cui si possa scherzare e grazie per il consiglio. Ma il fatto è che stiamo lavorando insieme anche adesso, in un certo senso. Io gli ho chiesto molto cortesemente di fare qualcosa per me riguardo a quel Web London e lui mi ha accontentato.»

«Scommetto che l'ha fatto perché gli hai detto che mi tenevi prigioniero. Lui non vuole che mi succeda niente di brutto.»

«Ma certo, Kevin. Comunque, perché tu lo sappia, gli restituiremo il favore. Ci sono persone molto vicine a tuo fratello che vorrebbero prendersi una parte del suo giro. E noi gli daremo una mano per risolvere questa situazione.»

«Perché dovreste aiutarlo?» domandò Kevin sospettoso. «Che cosa avete da guadagnarci?»

L'uomo rise. «Se fossi soltanto un tantino più grande, ti prenderei come socio, ragazzo mio. Diciamo semplicemente che ci guadagneranno tutti.»

«Così non hai risposto alla mia domanda. Mi lascerete andare?»

L'uomo si alzò e andò alla porta. «Tu stattene buono qui, Kev. Spesso le cose belle succedono alla gente che sa essere paziente.»

36

Rientrato alla dépendance, Web chiamò Bates a casa, svegliandolo, e gli riferì del suo violento incontro con Big F. Gli disse anche di Cove. S'accordarono per trovarsi con una squadra di agenti nel cortile dell'agguato di lì a un'ora. Stava spuntando il sole e Web scosse la testa, costretto a cominciare una nuova giornata di lavoro senza aver chiuso occhio per tutta la notte.

Bates gli consegnò un nuovo cellulare in sostituzione di quello che gli era stato distrutto; il numero di telefono era grazie al cielo lo stesso.

Web lo ringraziò e ottenne in cambio solo un'occhiata torva. Bates non era di buon umore.

«Se continui a far fuori le attrezzature del Bureau a questo ritmo, comincerò ad addebitartele» lo ammonì, evitando di commentare le nuove ecchimosi che gli coprivano la faccia. «E ti ho lasciato dei messaggi sul tuo vecchio telefono, ai quali non hai mai risposto.»

«Andiamo, Perce, a volte gli avvisi di un messaggio arrivano anche in ritardo di un giorno intero.»

«A me non è mai successo.»

Avevano lasciato un agente di guardia alle automobili. In quel quartiere non c'era niente di sicuro o sacro, meno che mai le proprietà dello zio Sam.

Mentre camminavano l'umore di Bates sembrò peggiorare. «Sei fortunato a essere ancora vivo, Web» sbottò, dando l'impressione di non esserne per niente felice. «Sono i guai che capitano a chi vuol fare di testa propria. Non riesco a credere che tu possa essere andato a un appuntamento come quello senza protezione. Hai disubbidito ai miei ordini. Potrei fartela pagare molto cara.»

«Ma non lo farai perché io ti sto dando quello che cercavi. Una pista.»

Bates poté solo dirsi d'accordo, e in breve cambiò umore. «Davvero ha ucciso quell'uomo davanti a te perché aveva dato informazioni all'FBI?»

«La cosa era inequivocabile, non avrei potuto sbagliarmi.»

«Gesù, che palle deve avere quello lì.»

«Palle da bowling, se sono come tutto il resto.»

Entrarono nel magazzino e scesero di sotto. Non c'era illuminazione e l'aria era fetida e umida. Passare da un'elegante casa di campagna in Virginia a una cantina di Anacostia era abbastanza traumatico, rifletté divertito Web, pur ammettendo che in quel maleodorante sotterraneo si sentiva più a suo agio.

«Ha parlato di tunnel» mormorò Bates guardandosi intorno. Tutti gli agenti erano muniti di torce. «Il fatto è, Web, che abbiamo già controllato una volta.»

«Dovremo controllare di nuovo, perché ho avuto l'impressione che non parlasse a vanvera e in effetti non c'è nessun altro modo in cui quelle mitragliatrici possono essere state piazzate qui dentro senza che nessuno si accorgesse di nulla. Non ci sono archivi all'ufficio del catasto dove sono conservate le planimetrie con lo schema di questi tunnel sotterranei?»

«A Washington? Se hai voglia di metterti a frugare negli archivi, accomodati pure. È già difficile rintracciare le documentazioni dell'altroieri, figuriamoci cose del secolo scorso.»

Cercarono dappertutto, finché Web si fermò davanti a un gran numero di fusti da duecento litri l'uno, allineati in dieci file da dieci. «Cos'è tutta questa roba?»

«Qui il riscaldamento era a gasolio. Queste sono le scorte che sono rimaste quando il magazzino è stato chiuso. Costava troppo portarle via.»

Qualcuno ha controllato qui sotto?»

Uno degli agenti si avvicinò ai fusti e ne spinse uno. Non riuscì a muoverlo. «Qui sotto non c'è niente, Web. Nessuno piazzerebbe tutte queste tonnellate di gasolio all'ingresso di un tunnel dal quale deve entrare e uscire.»

«Dici?» Web guardava il fusto che l'altro aveva cercato di spostare. Vi appoggiò il piede e sentì che era veramente pieno. Spinse quello di fianco e quello dopo ancora. Poi scosse quelli della seconda fila. Erano tutti pieni.

«Adesso sei convinto?» chiese Bates.

«Un po' di pazienza.»

Web montò sui fusti e cominciò a camminarci sopra passando dall'uno all'altro e cercando di scuoterli per constatarne lo stato. A un certo punto, quando passò su uno dei fusti centrali, il contenitore dondolò sotto il peso del suo corpo rischiando di farlo cadere. «Questo è vuoto.» Provò quello accanto. «Anche questo.» Circoscrisse quindi un settore di quattro fusti per quattro. «Questi sono tutti vuoti. Datemi una mano.»

Gli altri agenti salirono con lui e sollevarono i fusti vuoti liberando una botola, che illuminarono con le torce.

Bates era sconcertato. «Figli di puttana... Com'è che ti è venuto in mente?»

«Quando ero investigatore a Kansas City, mi capitò di lavorare al caso di un tizio che aveva imbrogliato una banca riempiendo un capannone di fusti di gasolio da riscaldamento, che poi aveva dato in garanzia in cambio di un consistente prestito. La direzione della banca mandò degli ispettori a controllare, ma quelli non volevano sporcarsi le mani così si limitarono ad aprire solo alcuni dei fusti della prima fila, che erano tutti pieni di gasolio. Peccato che solo quelli erano pieni, perché il novanta per cento era vuoto. Lo so perché li ho controllati io a uno a uno, quando ci chiamarono perché il tizio aveva preso il volo con i soldi.»

Bates fece una smorfia. «A buon rendere, Web.»

«Non mancherò di battere cassa, non temere.»

Aprirono la botola e scesero con le armi in pugno, procedendo quindi per un tratto di tunnel fino a una curva ad angolo retto.

Web illuminò il terreno. «Qui è passato qualcuno da poco. Guarda quanti segni.»

Il tunnel finiva all'imboccatura di un pozzo che conteneva una scala, sulla quale si arrampicarono senza far rumore, tutti all'erta e pronti a far fuoco. Forzarono una botola chiusa a chiave e si ritrovarono in un altro magazzino molto simile a quello dal quale erano partiti. Salirono guardinghi al piano di sopra e si ritrovarono in uno stanzone vuoto. Allora ridiscesero tra le masserizie abbandonate che occupavano in parte il locale sottostante e da lì uscirono dall'edificio.

«Credo che abbiamo percorso un paio di isolati in direzione ovest» disse uno degli agenti e Web ne convenne. Esaminarono tutti insieme lo stabile al quale erano giunti percorrendo il tunnel. Secondo quanto indicavano le lettere sbiadite disegnate su un muro, un tempo era stata la sede di un magazzino all'ingrosso di alimentari, con tanto di piattaforma sul retro dove i camion potevano accostare per caricare o scaricare caschi di banane. Oppure mitragliatrici. Davanti alla piattaforma c'erano due autocarri abbandonati, senza ruote e senza portiere.

«Arrivi in piena notte e ti infili con un camion tra questi due, scarichi le tue casse, le porti nel tunnel e chi si è visto si è visto» disse Web. Si guardò intorno. «E qui intorno non ci abita nessuno, nessuno vede niente; come posizione non si può chiedere di meglio.»

«Va bene, ma possiamo inchiodare Big F per omicidio di primo grado. Con la tua testimonianza va dentro a vita.»

«Prima dovete trovarlo e da quel che ho potuto constatare, sa il fatto suo.»

«Dovremo metterti sotto protezione.»

«Neanche a parlarne. Io sono un esperto di queste cose.»

«Che cosa cavolo vorrebbe dire che sei un esperto? Quello ha tutti i motivi per liquidarti.»

«Se avesse voluto farlo, mi avrebbe ucciso ieri sera. Non ero proprio in condizione di oppormi. E comunque ho un lavoro da finire, proteggere Billy e Gwen Canfield.»

«È proprio questo che non capisco, come possa uccidere uno dei suoi davanti a te e poi lasciarti andar via.»

«Dovevo riferire dei tunnel.»

«E non si poteva fare per telefono? Non sto scherzando, Web, voglio metterti al sicuro.»

«Prima mi hai detto a buon rendere; ebbene adesso sono qui a battere cassa.»

«Che cosa diavolo c'è di più importante che rimanere vivo?»

«Non lo so, Perce, nel mestiere che faccio è una domanda che uno non si pone spesso. E io non mi tiro indietro proprio ora.»

«Sono un tuo superiore, posso obbligarti.»

«Sì, immagino di sì» gli concesse Web guardandolo diritto negli occhi.

«Ah, merda, che palla al piede che sei, London.»

«Credevo che lo avessi capito da tempo.»

«Il fatto è che non c'è niente che colleghi la Free Society a questo magazzino o a quelle mitragliatrici» sospirò Bates. «Se non abbiamo qualcosa di concreto, non possiamo passare al contrattacco e adesso come adesso sono immacolati, non ci concedono uno straccio di motivo per andare a fargli visita.»

«Non è saltato fuori niente dagli omicidi di Richmond che li colleghi a loro? Non possono aver nascosto così bene tutte le tracce.»

«Calcolando l'angolazione del colpo che ha ucciso il giudice Leadbetter siamo arrivati a un edificio in costruzione sull'altro lato della strada. Ci lavorano centinaia di operai tutti i giorni, e non sono mai gli stessi.»

«E la telefonata?»

«Veniva da un apparecchio pubblico di uno dei distretti meridionali di Richmond. Niente da fare.»

«Ma il giudice era in centro, quindi questo significa che c'erano almeno due persone in contatto tra loro perché la chiamata al giudice arrivasse al momento giusto.»

«Infatti. Io non ho mai pensato che avessimo a che fare con dei dilettanti.»

«E Watkins e Wingo?»

«Tutte le persone dell'ufficio di Wingo sono state controllate.»

«Quelli delle pulizie? Può essere stato uno di loro a mettere l'atropina sul ricevitore.»

«Abbiamo preso in considerazione anche quest'eventualità e anche lì abbiamo scoperto che il personale di servizio cambia a rotazione continua. Nessuna pista valida.»

«Watkins?»

«Una perdita di gas. La casa era vecchia.»

«Andiamo, gli arriva una telefonata nel momento in cui sta aprendo la porta di casa. Un sincronismo assolutamente perfetto. E la persona che telefona conosce a menadito le abitudini di tutti e tre. E, sorpresa!, Watkins ha un solenoide nel cellulare che accende la scintilla che lo riduce in briciole.»

«Lo so, Web, ma queste sono tutte persone che avevano parecchi nemici. Può anche darsi che ci sia una relazione tra due degli omicidi, ma non si possono collegare tutti e tre. Al momento tutto quello che abbiamo per pensare a una congiura sono la presenza ricorrente dei telefoni e il caso Ernest Free.»

«Sono tutti collegati, Perce, fidati.»

«Certo, ma dobbiamo anche convincere una giuria, e non è molto facile di questi tempi.»

«Si sa niente dell'ordigno di East Winds?»

«Un congegno molto sofisticato a base di C4. Abbiamo controllato tutte le persone che lavorano alla fattoria. Per la gran parte sono state assunte con Strait, dopo che il posto dove lavoravano fu chiuso. Sono tutti praticamente puliti, a parte qualche piccola infrazione, per ubriachezza e disturbo della quiete pubblica; roba che c'è da aspettarsi da un branco di zoticoni come loro.»

«Che cosa mi dici di Nemo Strait?»

«Niente di nuovo. È cresciuto in una piccola fattoria dove suo padre allevava cavalli. È lì che ha imparato il mestiere. Ha combattuto in Vietnam e si è distinto con onore. Molte medaglie e molti combattimenti duri. Si è fatto tre mesi di prigionia.»

«Un tipo con le palle, se è sopravvissuto. I vietcong avevano un senso molto personale dell'ospitalità.»

«Quando è tornato in patria si è arrabattato, è stato guardia carceraria e venditore di computer. Intanto si è sposato, ha avuto dei figli, è tornato a lavorare con i cavalli e ha divorziato. I Canfield l'hanno assunto nel momento stesso in cui hanno comperato East Winds.»

«E il nostro amico Ernest B. Free?»

«Nessuna traccia e francamente mi stupisce. Di solito ci arrivano migliaia di telefonate, il novantanove per cento inutili, ma quasi sempre con una o due segnalazioni valide. Questa volta invece niente.»

Web si guardò intorno profondamente frustrato. All'improvviso si bloccò, fissando qualcosa che si trovava a una certa distanza. «Merda» ringhiò.

«Cosa?» volle sapere Bates. «Che cosa c'è, Web?»

Web glielo indicò. «Forse abbiamo un altro testimone oculare.»

Bates guardò nella direzione che Web gli indicava: c'era un semaforo a un angolo e si trovava su una linea diagonale rispetto alla piattaforma di carico e scarico dietro il capannone. Come per altri semafori della zona, anche su quello era montata una telecamera. E come le altre telecamere che Web aveva visto nei paraggi l'ultima volta che era passato di lì, anche questa era stata rivolta nella direzione contraria, forse apposta, ma casualmente l'obiettivo era puntato sulla piattaforma di carico.

«Dannazione» sbottò Bates. «Stai pensando anche tu quello che penso io?»

«Sì» rispose Web. «Mi sembra che sia uno di quei vecchi modelli che registrano ventiquattr'ore al giorno. Quelli più recenti si attivano solo se un'automobile passa con il rosso e ne fotografano la targa.»

«Allora dobbiamo solo sperare che la polizia locale non abbia registrato sopra il nastro.»

Bates diede ordine a uno dei suoi perché telefonasse immediatamente alla polizia.

«Io devo tornare alla fattoria» disse Web. «Romano comincerà a sentirsi solo.»

«Web, non mi piace per niente. E se ti fanno fuori?»

«Hai sempre Cove. Ha visto tutto anche lui.»

«E se fate una brutta fine tutti e due? Con tutto quello che sta succedendo, non mi sembra un'ipotesi improbabile.»

«Hai carta e penna?»

Web scrisse il resoconto dell'assassinio di Toona. Il vero nome di Toona era Charles Towson, lo aveva informato Bates, e nessuno sapeva da dove venisse il soprannome con cui era conosciuto da quelli del suo giro. Dopo aver identificato nell'assassino Francis Westbrook detto Big F, Web firmò con uno svolazzo e fece apporre sotto la sua anche la firma di due agenti in qualità di testimoni.

«Mi stai prendendo in giro?» protestò con vivacità Bates. «Un avvocato difensore me lo farebbe mangiare!»

«Adesso come adesso è quanto ho da offrirti» ribatté Web e se ne andò.

37

Tornato a East Winds, Web andò a immergersi in una vasca d'acqua calda alla dépendance. Un pisolino mentre se ne stava a mollo e ne sarebbe uscito rimesso a nuovo, pensava. Gli era successo di dover saltare più di una notte di fila in passato. Romano aveva visto i segni delle ultime percosse e il suo commento era stato quello previsto.

«Ti sei fatto battere come un tappeto di nuovo? Stai facendo fare brutta figura all'HRT, Web.»

Web gli aveva risposto che la prossima volta si sarebbe fatto picchiare dove non si vedeva.

Per qualche giorno il lavoro suo e di Romano fu di semplice routine. Alla vista delle sue nuove ferite, Gwen aveva reagito con sgomento. «Mio Dio» aveva esclamato «ma si sente bene?»

«A vederla così sembrerebbe che si sia buscato un calcio dal buon vecchio Boo» aveva commentato Billy, che fingeva di fumare da una sigaretta spenta.

«Per la verità lo avrei preferito» aveva risposto Web.

Gwen aveva voluto medicargli le ecchimosi e la delicatezza delle sue dita sulla pelle tumefatta era stata già di per sé una gradevole terapia.

«Mi sembra di capire che non sappiate cosa sia la noia, voi federali» aveva osservato Billy mentre sua moglie lo medicava.

«Confesso che è così» aveva confermato Web.

Nel corso di quelle giornate lui e Romano impararono a conoscere meglio i Canfield e constatarono quanto lavoro fosse necessario per condurre un allevamento. Come promesso, diedero una mano, anche se Romano bofonchiava e protestava tutte le sere. East Winds era una tenuta praticamente sconfinata, ma l'atmosfera era corroborante e Web cominciò a domandarsi se non avrebbe fatto meglio a cercare di cambiare vita, ma era comunque convinto che quel desiderio improvviso sarebbe scomparso appena avesse lasciato per sempre East Winds. Gwen Canfield era una donna interessante, affascinante per molti versi, intelligente e riservata tanto quanto era attraente e cortese. Billy e lei sembravano l'incarnazione del diavolo e dell'acqua santa proverbiali.

Web andava a cavallo con lei tutti i giorni, in parte per farle da guardia del corpo, in parte per ambientarsi meglio. E doveva ammettere che c'erano modi peggiori di trascorrere il proprio tempo che cavalcare in un luogo bellissimo in compagnia di una magnifica donna. Ogni giorno Gwen si fermava a pregare alla cappella, mentre Web la osservava in silenzio in groppa a Boo. Lei non lo invitò mai a unirsi alla preghiera e lui non si offrì mai di farlo. Non aveva smesso di sentirsi responsabile per la morte di David Canfield e tanto bastava a indurlo a restare fuori dal suo dolore di madre.

Tutte le sere i due agenti trascorrevano qualche ora nella villa con i padroni di casa. Billy aveva avuto una vita interessante e gli piaceva raccontarne particolari e aneddoti. C'era sempre presente anche Nemo Strait e Web scoprì di avere in comune con l'ex marine più di quanto avesse creduto all'inizio. Strait aveva fatto un po' di tutto, dal soldato al domatore di cavalli selvatici.

«Mi sono guadagnato da vivere usando cervello e muscoli, anche se man mano che invecchio mi sembra di perdere un po' dell'uno e dell'altro.»

«Siamo sulla stessa barca» ribatté Web. «Pensi di occuparti di cavalli fino al giorno che schiatti?»

«Be', devo ammettere che ho pensato spesso al giorno in cui lascerò tutto quel letame e quelle bestiacce testarde.» Rivolse uno sguardo ai Canfield e abbassò la voce sogghignando. «Mi riferisco sia a quelle a quattro zampe sia a quelle a due.» Poi riprese con un tono di voce normale. «Ma come ho detto, è una cosa che ti entra nel sangue. Certe volte penso di prendermi un pezzetto di terra e mettere su qualcosa di mio.»

«Un bel sogno» si complimentò Romano. «Un giorno o l'altro vorrei avere anch'io il mio team automobilistico NASCAR.»

Web sollevò un sopracciglio. «Non me l'avevi mai detto, Paulie.»

«Tutti hanno i loro segreti.»

«Questo è vero, ma vale solo per noi uomini» rispose Strait. «Una volta la mia ex mi disse che non sapeva mai che cosa avevo in mente. Sai che cosa le ho risposto? Che è questa la grande differenza che c'è tra gli uomini e le donne. Le donne ti dicono esattamente che cosa pensano di te. Gli uomini lo tengono per sé.» Guardò Billy Canfield, che stava ingollando la terza birra in meno di mezz'ora, intento a rimirare l'orso impagliato in fondo al salone. Gwen era al piano di sopra a controllare la preparazione della cena. «Anche se qualche volta è vero il contrario» aggiunse.

Web si girò a guardare Canfield. «Sul serio?»

Era evidente che Gwen e Billy trascorrevano poco tempo insieme. Web si era ben guardato dall'indagare al riguardo, ma da alcuni commenti di lei aveva intuito che la decisione era più del marito che sua. E forse il rapporto tra i coniugi si era raffreddato dopo la morte di David.

Inoltre, a dispetto di quanto avesse lasciato intendere Gwen in precedenza, era chiaro che Nemo Strait era parte integrante delle attività che si svolgevano a East Winds. Più di una volta Web aveva visto Billy sollecitare al suo direttore decisioni definitive su questioni riguardanti i cavalli o la conduzione della fattoria.

«È il mio mestiere fin da quando succhiavo il biberon» aveva detto Strait a Web. «Ho visto quasi tutto in materia di cavalli e fattorie. Ma Billy è uno che impara alla svelta.»

«E Gwen?»

«Lei ne sa più di Billy, ma è anche una testa dura. Io, per esempio, ho cercato di convincerla a essere meno esigente con Baron, perché quella bestia ha gli zoccoli fragili. Ma lei non sente ragioni. "So com'è fatto il mio cavallo" mi risponde. Testarda. Probabilmente è uno dei motivi per cui Billy l'ha sposata.»

«Uno dei motivi» ripeté Web.

Strait sospirò. «Hai ragione, anche l'occhio vuole la sua parte e Gwen è una bellezza. Ma si sa che una bella donna rovina la vita di un uomo. E sai perché? Perché c'è sempre qualcun

370

altro che cerca di portartela via. Diamine, la mia ex non avrebbe potuto non dico vincere ma neppure partecipare a un concorso di bellezza nemmeno tirata a lucido, ma quant'è vero Iddio io non dovevo farmi venire il mal di testa nel timore che ci fosse un altro gallo nel pollaio.»

«Sembra però che Billy non se ne dia molta pena.»

«Quello è difficile da capire certe volte. Ma è uno che ragiona, credimi. C'è un gran lavorio dentro quella testaccia.»

«Su questo non ti do torto» concluse Web.

Aveva contatti quotidiani con Bates, ma della registrazione della telecamera montata sul semaforo non si era saputo ancora niente.

Una mattina presto, era appena uscito da sotto la doccia, gli squillò il telefono. Lo prese dalla tavoletta del water dove lo aveva posato e rispose. Era Claire Daniels.

«Hai ripensato all'ipnosi?»

«Senti, Claire, sono al lavoro.»

«Web, se davvero vuoi fare qualche progresso, sono convinta che si debba tentare con l'ipnosi.»

«Non permetterò a nessuno di guardarmi dentro la testa.»

«Perché prima non proviamo» insisté lei «e se ti senti a disagio, possiamo smettere in qualsiasi momento. Che cosa te ne pare?»

«Claire, ho da fare. Non è il momento di discuterne.»

«Web, ti sei rivolto a me in cerca d'aiuto e io sto facendo del mio meglio per aiutarti, ma ho bisogno della tua collaborazione. Credimi, hai vissuto esperienze ben peggiori di una seduta di ipnosi.»

«Spiacente, ma non sono disponibile.»

Lei fece una pausa. «Senti, Web» riprese poi «ho conosciuto una persona di cui forse è meglio che tu sappia.»

Lui tacque.

«Buck Winters. Conosci questo nome?»

«Che cosa voleva?»

«Tu hai firmato una liberatoria che lo autorizza a chiedermi della tua terapia. Ricordi di averlo fatto?»

«Può essere. Ho firmato un sacco di scartoffie.»

«Non ne dubito. Si sono approfittati di te.»

«Che cosa voleva? E tu che cosa gli hai detto?»

«Be', c'è una grossa differenza tra le due cose. Ha cercato di convincermi a riferirgli tutto, ma dato il modo in cui era redatta la liberatoria, ho trovato gli appigli giusti per sottrarmi alle sue richieste. Probabilmente torneranno di nuovo all'attacco, ma per ora me la sono cavata.»

Lui rifletté per qualche secondo. «Hai corso un rischio per colpa mia, Claire. Te ne sono grato.»

«Comunque, se ti ho telefonato è anche per farti sapere che Winters mi è sembrato più che mai deciso ad addossarti la responsabilità di quanto è accaduto. Ha persino usato la parola "traditore".»

«Non mi sorprende. Buck e io siamo ai ferri corti dai tempi di Waco.»

«Ma se noi potessimo andare alla radice delle tue inquietudini, Web, se potessimo dimostrare a lui e a tutti gli altri che non sei un traditore, be', non vedo proprio come questo potrebbe danneggiarti. Che ne dici?»

Web sospirò. Non voleva cedere, ma non voleva nemmeno che la gente avesse per sempre dei dubbi sulla sua integrità morale. Lui stesso non voleva avere dubbi sulla sua capacità di svolgere al meglio il proprio lavoro all'HRT. «Pensi davvero che l'ipnosi possa servire?»

«Non lo sapremo finché non avremo provato, Web. Ma con altri pazienti l'ipnosi ha dato risultati eccellenti.»

«E va bene» si decise finalmente lui. «Forse vale la pena discuterne meglio. Faccia a faccia.»

«Qui allo studio?»

«Sono di corvée.»

«Posso venire io da te?»

Web ci pensò su. Voleva davvero andare fino in fondo? La cosa migliore sarebbe stata mandare a quel paese Claire Daniels e andare avanti con la propria vita. Il problema, però, era che in passato non aveva mai ricevuto tutto l'aiuto di cui cominciava a rendersi conto di aver bisogno. Un giorno o l'altro avrebbe dovuto saldare i suoi debiti e finalmente aveva trovato una persona sinceramente interessata a dargli una mano. «Mando qualcuno a prenderti.»

«Chi?»

«Si chiama Romano. Paul Romano. È dell'HRT. Tu non dirgli

niente, mi raccomando, perché quello ogni tanto ha la lingua lunga.»

«D'accordo, Web. Dove sei?»

«Vedrai, dottoressa. Vedrai.»

«Sarò libera tra un'ora. Ti basta?»

«Sì.»

Web si asciugò, si vestì, trovò Romano e gli disse che cosa voleva da lui.

«Chi è la donna?» domandò l'amico diffidente. «La tua strizza?»

«A lei piace farsi chiamare psichiatra.»

«Io non sono il tuo chauffeur. Ho un incarico qui, Web.»

«Paulie, per piacere... Alla fattoria finora ti sei sobbarcato il grosso del lavoro, una volta tanto lascia che ci pensi io. Se parti subito, la troverai pronta quando arriverai da lei.»

«E se qui succede qualcosa mentre non ci sono?»

«Me la vedrò da solo.»

«E se ti buschi una pallottola?»

«Ehi, come mai ti preoccupi tanto tutt'a un tratto?»

«Non vorrei rimetterci il didietro per colpa tua. Ho una famiglia a cui badare.»

«Vuoi dire che Angie ti scorticherebbe vivo.»

«Precisamente.»

«Senti, tu fammi questo favore e io ti giuro che starò appiccicato alle chiappe dei Canfield finché non sarai tornato.»

Romano non ne era per niente convinto, ma alla fine si arrese e prese nome e indirizzo. «Ma stammi bene a sentire: il vero motivo per cui ti accontento è che così posso andare a prendere la mia quattro ruote.»

«Intendi la Corvette?»

«Sì, intendo la Corvette. Scommetto che Billy sarà felice di vederla, visto che è un patito di automobili come me.»

«Paulie, ti prego... risparmiami.»

Romano lo aveva informato che i Canfield erano alla villa, così Web andò a bussare alla porta della residenza padronale. Una donna anziana in jeans e T-shirt, con un foulard a colori vivaci sui capelli, venne ad aprirgli e lo accompagnò nella saletta soleggiata di fianco alla cucina dove Gwen e Billy stavano facendo colazione.

«Un po' di caffè o qualcosa da mangiare?» gli propose Gwen alzandosi.

Web accettò una tazza di caffè, uova e pane tostato. «L'altra notte io e Romano eravamo fuori di ronda e abbiamo notato movimenti interessanti a casa dei vicini» commentò.

Gwen e Billy si scambiarono uno sguardo. «A Southern Belle?» chiese lui. «Puoi dirlo forte che fanno cose interessanti.»

«Dunque hai visto qualcosa anche tu?»

«Billy» intervenne Gwen. «Non hai nessuna prova.»

«Prova di che cosa?» volle sapere Web.

«Forse non avrò prove, ma uso il buon senso» si difese Billy. «E se quello che succede là dentro c'entra qualcosa con l'allevamento dei cavalli, allora io qui dirigo un convento.»

«Che cosa hai visto?»

«Prima tu.»

Web lo accontentò e Billy dichiarò che era lo stesso che aveva visto lui. «Vedi, quello che mi lascia perplesso è l'uso dei semiarticolati» spiegò. «Mi sono occupato di trasporti per vent'anni e autocarri di quelle dimensioni si usano solo quando hai da trasportare grossi quantitativi su lunghe distanze.»

«Nessuno degli altri vicini si è lamentato di niente?»

Billy scosse la testa. «Io sono di gran lunga il più vicino di tutti i vicini. Sull'altro versante i proprietari delle tenute abitano gli uni a Naples e gli altri a Nantucket. Hanno acquistato i terreni per venire a cavalcare quando gli gira. Ma ti rendi conto? Sborsare otto milioni di dollari per un posto dove andare a farsi una galoppata due volte l'anno? Possibile che siano tanto idioti da non aver mai sentito parlare di cavalli a noleggio?» Scosse la testa. «E quegli autocarri vanno e vengono solo di notte. Un po' pericoloso guidare quei bestioni al buio su queste strade strette e tortuose. Non è che qui ci sono lampioni, come hai ben visto. E c'è dell'altro.»

«Che cosa?» lo incalzò Web.

«Ricordi che ti avevo parlato di una ditta che aveva comperato il terreno?»

«Sì.»

«Dopo quella storia degli aeroplani e degli elicotteri, sono andato in tribunale a scartabellare un po'. Questa ditta, che per la precisione è una società a responsabilità limitata, appartiene a due tizi della California, Harvey e Giles Ransome, che devono essere due fratelli, o magari sono anche marito e marito, sai come va da quelle parti, no?» Scosse di nuovo la testa.

«Sai niente di loro?»

«No. Ma visto che tu sei un investigatore, immagino ti sarebbe più facile raccogliere informazioni.»

«Ci darò un'occhiata.»

«Dopo che ho scoperto come si chiamavano, li ho invitati una volta. Sono andato di persona a chiederglielo.»

«Che cosa è successo?»

«Quella volta i loro "uomini" mi hanno ringraziato molto cortesemente ma hanno detto che non erano in casa. E che avrebbero riferito del mio invito. Certo, senz'altro, com'è vero che gli asini volano.»

Gwen si riempì un'altra tazza di caffè. Indossava un paio di jeans, un pullover leggero e stivali con il tacco basso. Prima di tornare a sedersi, si raccolse i capelli con un paio di forcine mettendo in evidenza il lungo collo, dal quale per qualche istante Web non riuscì a staccare gli occhi. Poi lei si sedette e guardò con ansia i due uomini prima di soffermarsi su Web.

«Secondo te che cosa potrebbe essere?» domandò.

«Ho dei sospetti, ma niente di più.»

Billy lo scrutò con interesse mentre ingoiava l'ultimo boccone di un toast e si puliva la bocca con il tovagliolo. «Tu stai pensando che potrebbe trattarsi di mafiosi che trasportano refurtiva o cose del genere. Credimi, nel settore dei trasporti queste cose sono all'ordine del giorno. Se avessi preso un dollaro per ogni farabutto che si presentava offrendomi una valigia piena di soldi se avessi trasportato la sua merce, be', adesso non dovrei farmi il culo con questi cavalli.»

«Gesù» esclamò Gwen battendo la mano sul tavolo. «Lasciammo Richmond per stare alla larga da razzisti fanatici e ci ritroviamo a vivere gomito a gomito con un branco di criminali.» Si alzò e andò a guardare dalla finestra con le mani appoggiate sul bordo del lavello.

«Gwen» cercò di confortarla Billy «perché dovremmo lasciarci influenzare da quello che fanno i nostri vicini di casa? Sono affari loro. Noi pensiamo ai nostri. Se sono dei delinquenti, è un problema che non ci riguarda, perché ci penserà

Web a sistemarli, giusto? Noi abbiamo il nostro allevamento, proprio come volevi tu. D'accordo?»

Lei si girò. Sembrava in ansia. «Ma non come volevi tu.»

Lui sorrise. «Ma che cosa dici? Sai quanto mi piace occuparmi delle scuderie.» Lanciò una breve occhiata a Web. «Spalare letame è terapeutico.» Era chiaro che pensava esattamente il contrario. Guardò improvvisamente verso la porta. «Oh, guarda che cosa ci ha portato il vento.»

Si girò anche Web. Sulla soglia c'era Nemo Strait, con lo Stetson in mano. Guardava Billy con espressione preoccupata.

«Siamo pronti?» chiese Billy.

«Sì, sono venuto appunto a chiamarti.»

Uscirono tutti insieme. Sul viale erano pronti dieci rimorchi per il trasporto dei cavalli di dimensioni variabili, ma tutti con lo stemma di East Winds.

«Sono quasi tutti nuovi di zecca, quei rimorchi» spiegò Billy a Web. «Sono costati un occhio della testa perché ho dovuto modificarli secondo le nostre esigenze, ma bisogna fare bella figura, così mi dicono. Vero, Nemo?»

«Come dici tu, Billy.»

«Quei tre sono progettati in modo da trasportare tre cavalli messi di traverso» riprese Billy indicando via via i veicoli. «Poi abbiamo due Sundowner Pro Stock MP, un trailer a caricamento posteriore con gancio snodabile, un Townsmand con il piccolo Bobby Lee per conto suo, due Sunlite 760 e il gioiello di famiglia, l'ultimo della fila.» Gli indicò il veicolo in coda, che somigliava più a un torpedone che a un rimorchio per equini. «La ciliegina sulla torta, anche se non è così piccola. È un Classic Coach Silverado, con uno scompartimento per i ragazzi davanti, una sezione intermedia per le attrezzature, e un vano posteriore dove caricare due cavalli. Una vera bellezza.»

«Dove sono diretti?»

«Nel Kentucky» rispose Gwen. «C'è un importante mercato per puledri di un anno.» Allungò il braccio in direzione della carovana. «Questi sono i nostri puledri migliori, diciannove in tutto.»

A Web era sembrata un po' triste, forse per lei era come dover dire addio ad altri figli.

«Se riusciamo a vendere bene» riprese Billy «allora avremo

un'annata buona. Di solito vado anch'io, ma l'FBI mi ha persuaso a rinunciare.» Rivolse un'occhiata a Web. «Così se non dovessimo realizzare tutto quello che abbiamo previsto, immagino che sarete voi a metterci la differenza.»

«Non è a me che devi chiedere un risarcimento» si difese Web.

«Tranquillo, non lo farò» promise Billy. «Ma quelli che comperano sono dei veri bastardi, giocano al ribasso facendo di tutto per strangolarci. Questi puledri sono i migliori che abbiamo mai avuto, ma quelli li esamineranno al microscopio e tireranno fuori anche il minimo difetto e cercheranno di soffiarceli per un pezzo di pane. E poi uno di loro andrà a vincere alla grande il prossimo Secretariat. Ebbene, non andrà così. Non ho intenzione di farmi fregare da quegli imbroglioni. Se non riesci a farti pagare la cifra che abbiamo stabilito, Strait, me li riporti indietro tutti. E che vadano a prenderlo in quel posto.»

Nemo annuì. «Sì, signore.»

Web vide Gwen avvicinarsi a uno dei rimorchi più piccoli e guardare dentro.

«Lì c'è Bobby Lee» lo informò Billy. «Se tutto va per il verso giusto, quel cavallo ci fruterà un bel gruzzoletto. È speciale, perciò non viaggia in compagnia. Se riservassero a me le stesse attenzioni, sarei l'uomo più felice del mondo. Questo è il mio problema, sempre troppa gente intorno.»

Web si chiese a chi si stesse riferendo. «Perché non tieni i cavalli e non li fai correre tu?» domandò.

«Ci vogliono montagne di quattrini per allevare e poi mantenere dei purosangue da corsa ed è per questo che le scuderie più importanti sono gestite soprattutto da società e consorzi. Bisogna avere un grosso capitale alle spalle per superare i momenti difficili. Noi non possiamo competere con colossi di quel genere. East Winds è un allevamento e noi non vogliamo che sia niente di più. Credimi, è già abbastanza dura così. Vero, Gwen?»

Senza rispondere, lei si allontanò dal rimorchio quando Web andò a sua volta a sbirciare dentro. Attraverso il finestrino posteriore, che era aperto, scorse Bobby Lee, o per meglio dire ne vide la folta coda. Al suo fianco apparve Strait.

«Mi piange il cuore a veder andar via Bobby Lee, un cavallo così promettente. È già un metro e sessanta, splendido mantello sauro, lucente, una muscolatura impressionante, guarda che petto, e deve ancora crescere.»

«A vederlo è sicuramente un bell'esemplare» concordò Web. Fu incuriosito dalle cassette fissate alle pareti interne del rimorchio.

«Quelle che cosa sono?»

Strait montò a bordo spingendo con delicatezza Bobby Lee perché gli facesse spazio e aprì una delle cassette. «Quando si tratta di viaggiare, i cavalli sono peggio delle donne» commentò con un sorriso malizioso. Nella cassetta c'era una scorta di finimenti e coperte.

Strait passò la mano sulla gomma di cui erano rivestite tutte le cassette. «Queste protezioni vengono applicate perché i cavalli non si feriscano durante i trasporti.»

«Non viene lasciato nulla al caso» osservò Web mentre Strait richiudeva la cassetta.

«Ci sono molti piccoli particolari che potrebbero sfuggire a chi non se ne intende. Per esempio, se trasporti un cavallo solo su un rimorchio da due, devi fare in modo che viaggi dalla parte del guidatore, altrimenti il suo peso tenderà a spostare la macchina verso il ciglio. Questi rimorchi sono molto versatili, i divisori interni sono mobili, in maniera da poterli riallestire a seconda delle esigenze, come sistemare una cavalla dietro e il suo puledro davanti, per esempio.» Batté la mano sulla paratia. «Questa è una lega di zinco che dura molto più a lungo di noi esseri umani.» Gli indicò l'ampio spazio aperto davanti all'animale. «E qui c'è da mangiare e bere. Di là invece» e gli mostrò lo sportello laterale «c'è l'uscita d'emergenza, se devi scaricare il cavallo in fretta e non vuoi che ti prenda a calci.»

«E la TV dov'è?»

Strait rise. «Manca giusto quella. Vorrei poter viaggiare io comodo come queste bestie. Però adesso che abbiamo il Silverado, nessuno avrà più da lamentarsi. Ci sono persino una toilette e una cucina, così basta con i vasini e le colazioni al sacco. Billy si è svenato per venirci incontro e ha tutta la gratitudine mia e dei ragazzi.»

Web osservò il soffitto del rimorchio, che Bobby Lee sfiorava con la testa.

Strait sorrise. «Bobby Lee è un cavallo particolarmente alto per la sua età e noi non possiamo alzare il tetto.»

«Come mai?»

«Se dai un dito a un cavallo, ti prende il braccio. Non ci crederai, ma una volta ho visto un cavallo su un trailer fare una capriola all'indietro e saltare in mezzo all'autostrada, dove fu travolto da un autocarro. Non fu un bello spettacolo e per poco non mi costò il posto di lavoro. È per questo che i cavalli viaggiano con la testa rivolta in avanti, altrimenti cercano di saltare giù. E tutti i trailer hanno una rampa su un fianco per poter far uscire il cavallo senza costringerlo a indietreggiare. La manovra è più veloce, inoltre se cerchi di far scendere un cavallo spaventato dal retro di un rimorchio in mezzo a una strada e a lui salta in mente di prenderti a calci, ti ritrovi con una frittata al posto della testa. Capisci?»

«Come no.»

«Eh sì, sono macchine complicate. Un po' come la mia ex moglie.» Strait rise di nuovo.

Web si agitò la mano davanti al naso. «Certo che come profumino non si scherza.»

«Questo è niente» ribatté Strait accarezzando il collo di Bobby Lee prima di scendere e chiudere nuovamente il rimorchio. «Aspetta che quel cavallo sia in viaggio da qualche ora, poi sì che cominciano gli aromi. Ai cani l'odore dello sterco di cavallo piace un sacco, ma a noi umani mica tanto. Deve essere per questo che ci consideriamo civili. Così, di solito sostituiamo il pianale di alluminio con delle assi di legno, che filtrano meglio. E ci mettiamo della segatura. In questo modo è abbastanza facile pulirla con una scopa, togliendo gli escrementi. Meglio della paglia.»

Lasciarono Bobby Lee e tornarono da Billy.

«Allora, avete tutti i documenti a posto per cavalli e rimorchi?» si accertò Billy.

«Sì, tutto controllato.» Strait si rivolse a Web. «Se attraversi un confine di Stato con degli animali, è facile che la polizia ti fermi per controllare le licenze e i certificati medici. È per impedire che si diffonda qualche malattia equina.»

«E chi può biasimarli?» commentò Gwen che li stava raggiungendo in quel momento.

«Nessuno» rispose Strait. Poi si toccò il cappello. «Be', vado a far guadagnare qualche dollaro a East Winds.»

Salì a bordo di uno dei camion e il convoglio si mise in moto sotto lo sguardo di Web e dei coniugi Canfield. Quando anche l'ultimo veicolo scomparve alla vista, Web guardò Gwen e la trovò inaspettatamente incupita. Billy si incamminò verso la casa.

«Tutto bene?» chiese Web alla donna.

«Per quanto possibile» replicò lei, poi incrociò le braccia sul petto e si incamminò a sua volta, ma nella direzione opposta.

Web rimase dov'era a guardare marito e moglie avviarsi ciascuno per la propria strada.

38

Romano era andato a prendere Claire e stava tornando a East
Winds, controllando che nessuno li pedinasse.

«Quando si è laureato alla Columbia?»

Romano si girò a guardarla sorpreso, poi si accorse che gli
occhi di lei fissavano l'anello che portava al dito. «Grande spirito d'osservazione. Mi sono laureato parecchio tempo fa, più
di quanto mi piaccia ammettere.»

«L'ho frequentata anch'io. È un vero lusso andare al college
a New York.»

«Imbattibile» concordò Romano.

«Che corso ha seguito?»

«Che importanza ha? Sono passato per il rotto della cuffia e
mi sono laureato a stento.»

«Per la verità, signor Paul Amadeo Romano, junior, lei è entrato alla Columbia a diciassette anni e si è laureato in tre ed era
fra i primi del suo corso in scienze politiche. La sua tesi si intitolava "Filosofie politiche comparate di Platone, Hobbes, John
Stuart Mills e Francis Bacon". Era stato accettato alla Kennedy
School of Government di Harvard, ma non ci è andato.»

L'espressione di Romano si era fatta gelida. «Non mi piace
che si ficchi il naso negli affari miei.»

«Un terapeuta non si limita a cercare di capire il proprio paziente, ma raccoglie informazioni sulle persone importanti
della sua vita. È ovvio che, se ha mandato lei a prendermi,
Web ha piena fiducia nella sua lealtà, così ho giocato un po'
con il mouse per farmi un'idea sul suo conto. Solo informazioni di dominio pubblico, si intende.»

Romano non era comunque convinto.

«Non sono molti quelli che avrebbero rinunciato ad Harvard. Le era stata assegnata una borsa di studio, perciò non doveva nemmeno spendere soldi.»

«Non ci sono andato perché con la scuola avevo chiuso.»

«E ha indossato la divisa.»

«Lo fanno in molti.»

«Lo fanno in molti dopo il liceo, ma non quando si è uno dei primi del proprio corso alla Columbia con un biglietto omaggio per Harvard.»

«Senta, io vengo da una famiglia numerosa di origine italiana, abbiamo le nostre priorità, capito? Tradizioni.» Fece una pausa. «Alle volte ci si arriva un po' troppo tardi» aggiunse in un tono più malinconico. «Ecco tutto.»

«Dunque lei è il figlio maggiore?»

Lui le rivolse un'altra occhiata sospettosa. «Un altro giro di mouse? Dio, come odio i computer.»

«No, ma lei ha preso il nome di suo padre e normalmente l'omonimia spetta al primogenito. E suo padre morì presto e non era stato all'università.»

Per poco Romano non bloccò la macchina. «Signora, lei mi sta mettendo paura. Sarebbe meglio che smettesse.»

«Non sono una maga, signor Romano, sono solo un'umile psichiatra. Lei ha parlato di una famiglia numerosa, di origine italiana, dov'erano forti il senso della tradizione e delle priorità. Ma non ha parlato di aspettative. Di solito in famiglie di quel genere i figli maggiori hanno compiti precisi che non possono disattendere. Lei ha anche detto che alle volte capita che si arrivi a rispettare queste tradizioni troppo tardi, dunque io ho dedotto che lei sia andato all'università contro il volere di suo padre e che quando lui morì lei abbandonò gli studi per intraprendere la strada che suo padre aveva deciso per lei. Ma non ha smesso di portare l'anello universitario. Con questo probabilmente vuole dimostrare di non essersi arreso del tutto ai progetti che suo padre aveva fatto per lei. Mi baso solo su osservazioni e deduzioni, signor Romano, gli strumenti che usano tutti i giorni le forze dell'ordine.»

«Non per questo è più facile da accettare.»

«Lei si rende conto che ogni tanto parla come una persona istruita?»

«Lei mi sta prendendo dal verso sbagliato.»

«Mi dispiace. Il fatto è che lei è una persona molto interessante, siete tutti e due molto interessanti, lei e Web. Dev'essere una questione di reclutamento. Il tipo di vita che avete scelto è solo per persone molto speciali.»

«Adesso non cerchi di cavarsela con qualche moina, dottoressa.»

«Deve perdonarmi, ma la curiosità verso gli altri esseri umani è una deformazione professionale. Senza offesa.»

Per un po' rimasero in silenzio.

«Mio padre voleva solo una cosa dalla vita» dichiarò all'improvviso Romano. «Una delle divise blu più onorate di New York.»

«Polizia?»

Romano annuì. «Solo che non aveva finito il liceo e aveva il cuore malandato. Passò tutta la vita giù al porto a scaricare casse di pesce e a maledire ogni secondo. Ma Dio solo sa cosa avrebbe dato per quella divisa.»

«E siccome lui non ce l'ha fatta, voleva che fosse lei a indossarla al posto suo.»

Romano si girò verso Claire con un cenno affermativo. «Mia madre non la vedeva alla stessa maniera. Lei non voleva che io finissi a fare lo scaricatore come mio padre ma certamente non desiderava neppure che fossi costretto a girare armato per portare il pane in tavola. Ero bravo a scuola, sono uscito dal liceo con il massimo dei voti, sono andato alla Columbia, mi sono fatto onore anche lì e avevo persino considerato l'idea di darmi all'insegnamento.»

«E invece suo padre morì?»

«Il cuore lo tradì. Arrivai in ospedale appena in tempo.» Si interruppe e per un po' guidò in silenzio. «Mi disse che si vergognava di me. Mi disse che lo avevo deluso e subito dopo morì.»

«E con lui morirono anche i suoi sogni di diventare professore.»

«Non feci domanda per entrare in polizia. Ce l'avrei fatta senza problemi, ma puntai sulle forze armate. Entrai nei Delta, da lì passai all'FBI e infine all'HRT. Niente era abbastanza. Più si accanivano per cercare di farmi del male, e più io ci godevo.»

«Ma alla fin fine è diventato un poliziotto, seppure di un tipo particolare.»

«Sì, a modo mio.» Fece una pausa. «Io volevo un gran bene al mio vecchio, non mi fraintenda. E non ho mai fatto niente per cui dovesse vergognarsi di me. Ogni giorno penso a quelle parole, che esprimevano l'ultimo pensiero che ha avuto prima di morire. E allora mi viene voglia di mettermi a urlare di dolore o di ammazzare qualcuno.»

«Posso capirlo.»

«Davvero? Io no.»

«Sia ben chiaro che lei non è un mio paziente e io non voglio intromettermi dove non devo, ma la prego di accettare un consiglio in via del tutto amichevole. Arriva il momento in cui bisogna vivere la propria vita a modo proprio. Altrimenti il risentimento che si accumula può provocare, insieme ad altri fattori negativi, gravi danni a livello psicologico. E allora non farà del male solo a se stesso, ma anche alle persone a cui lei vuole bene.»

Le rivolse uno sguardo così triste da commuoverla. «Ho paura che sia già troppo tardi.» Poi aggiunse: «Ma riguardo all'anello ha ragione».

«Allora, spiegami un po' questa storia dell'ipnosi» chiese Web.

Romano aveva lasciato Claire alla dépendance e aveva proseguito per sostituirlo nel lavoro. Claire e Web erano seduti in soggiorno l'una davanti all'altro.

«So che non hai voluto sottoporti all'ipnosi con lui, ma O'Bannon ti ha spiegato come funziona quando te l'ha proposto?»

«Devo averlo dimenticato.»

«Web, si tratta solo di abbandonarsi fisicamente e psicologicamente. Affidarsi all'istinto, una cosa che dovrebbe riuscirti facile. Tu sei così di natura.»

«È quello che pensi?»

Lei gli sorrise da sopra la tazza di tè che lui le aveva preparato. «Non ci vuole uno psichiatra per accorgersene, Web.» Si girò a guardare dalla finestra. «Gran bel posto.»

«Puoi dirlo forte.»

«Immagino che tu non possa dirmi che cosa fai qui.»

«Probabilmente ho violato tutte le regole per averti fatto venire qui, ma ero sicuro che Romano si sarebbe accorto se qualcuno vi pedinava.» E se alla fattoria era arrivato un cellulare con dentro una bomba, evidentemente la residenza dei Canfield era nota a chi voleva fare loro la pelle.

«Romano sarebbe un soggetto molto interessante da studiare. Ho individuato cinque gravi psicosi, aggressività passiva e desiderio di farsi e fare del male.»

«Sul serio? A me sembra un po' poco.»

«Oh, è anche intelligente, sensibile, molto emotivo, incredibilmente indipendente e leale. Un buffet assortito.»

«Se ti serve qualcuno che ti guardi le spalle, non c'è nessuno migliore di Paulie. È scorbutico, ma ha un cuore grande. Però se non gli vai a genio, sono cavoli tuoi. Ma sua moglie Angie lo batte di parecchio. Ho scoperto di recente che è in cura da O'Bannon. Lei e alcune delle altre mogli. Ho trovato allo studio anche Deb Riner, la vedova di Teddy, che era il nostro caposquadra.»

«Sì, sono molti gli agenti dell'FBI e di altre agenzie governative che frequentano il nostro studio. Anni fa il dottor O'Bannon lavorò per un periodo al Bureau come dipendente. Quando se ne andò per aprire il proprio studio privato, portò con sé alcuni dei suoi pazienti. È una forma di specializzazione perché le forze dell'ordine svolgono un'attività molto particolare e i problemi personali e il tipo di stress associati a questo lavoro possono avere effetti devastanti se non vengono curati nella maniera giusta. Secondo me è un settore molto affascinante. E ammiro moltissimo quello che fate. Volevo che tu lo sapessi.»

Web la guardava con espressione triste.

«C'è qualcos'altro che ti angustia?» domandò lei.

«La mia pratica, quella che ti hanno fatto leggere. Non è che per caso ci hai trovato dentro anche un colloquio con Harry Sullivan?»

Lei esitò prima di rispondere. «Sì. Avevo in mente di parlarne con te, ma ho ritenuto che fosse più opportuno che lo scoprissi da solo. Evidentemente ora lo sai.»

«Già» mormorò lui con un nodo in gola. «Con quattordici anni di ritardo.»

«Tuo padre non aveva motivo di parlare bene di te, lui stava andando in prigione con una condanna a vent'anni e non ti vedeva praticamente da sempre. Eppure...»

«Eppure disse che era pronto a giurare sulla sua stessa vita che avevo le carte in regola per diventare il miglior agente dell'FBI che avessero mai avuto al Bureau.»

«Già» mormorò lei.

«Forse un giorno o l'altro dovremmo incontrarci» disse Web.

«Credo che potrebbe essere traumatico» ribatté Claire «ma penso anche che sarebbe un'ottima idea.»

«Una voce dal passato?»

«Qualcosa del genere.»

«A proposito di voci, stavo ripensando a quello che mi aveva detto Kevin Westbrook in quel vicolo.»

Claire gli dedicò subito tutta la sua attenzione. «"Cuoci all'inferno"?»

«Che cosa sai del vudù?»

«Non molto. Pensi che Kevin ti abbia lanciato una maledizione?»

«No, non lui ma quelli che c'erano dietro di lui. Non so, vado a tentoni.»

Claire era dubbiosa. «Immagino che sia possibile, Web, ma non punterei troppo su questa tesi.»

Web fece schioccare le nocche. «Sono d'accordo. Allora, dottore, tira fuori il pendolo e comincia a farlo dondolare.»

«Io uso una penna blu, se non ti spiace. Prima però voglio che ti metta comodo, su quella chaise-longue laggiù, disteso. Non ci si fa ipnotizzare stando sull'attenti, Web. È importante che ti rilassi e io ti aiuterò a lasciarti andare.»

Web si sdraiò e Claire si sedette sul divano che c'era davanti a lui.

«Dunque, la prima cosa che dobbiamo fare è sgombrare il campo dalle leggende che circolano sull'ipnosi. Come ti ho detto non è uno stato di incoscienza, bensì uno stato alterato della coscienza. Nel tuo cervello si verificherà la stessa attività elettrica che corrisponde allo stato di veglia, vale a dire un ritmo alfa. Mentre sarai in trance ti sentirai molto tranquillo, ma sarai in uno stato di consapevolezza e suggestionabilità amplificate, pur mantenendo il controllo assoluto di tutto quello che succede. L'ipnosi è in realtà sempre un'autoipnosi, e la mia presenza ha la funzione di guidarti fino al punto in cui sarai abbastanza rilassato da entrare in stato di trance. Nessuno può ipnotizzare una persona che non vuole farsi ipnotizzare e nessuno ti può costringere a fare qualcosa che ti rifiuti di fare. Dunque sei assolutamente al sicuro. Non ti sarà richiesto di abbaiare come un cane.» Gli rivolse un sorriso rassicurante. «Mi segui?»

Web annuì.

Lei alzò la penna. «Crederesti che questa è una delle penne che usava Freud?»

«No.»

Lei sorrise di nuovo. «Meglio così, perché lui non le usava. Siamo noi che utilizziamo un oggetto come questo quando ipnotizziamo un paziente. Adesso io voglio che tu ti concentri completamente sulla punta di questa penna.» La tenne a quindici centimetri circa dal volto di Web, più in alto del piano naturale della sua vista. Web alzò la testa per fissare la penna. «No, Web, solo con gli occhi.» Gli posò una mano sul capo per impedirgli di sollevarlo. Adesso Web era costretto ad alzare gli occhi quasi al massimo per vedere l'estremità della penna.

«Così va bene, molto bene. I pazienti di solito si stancano molto presto, ma sono sicura che con te non sarà così. So che sei molto forte e risoluto… continua a fissare la punta della penna.» La voce di Claire aveva un tono uniforme senza essere monotono. Sosteneva Web con parole di incoraggiamento, che pronunciava in modo suadente e rassicurante.

Passò un minuto. Poi, mentre Web continuava a fissare l'estremità della penna, Claire disse: «Sbatti le palpebre». E Web le sbatté. I suoi occhi cominciarono ad affaticarsi per la posizione oltremodo scomoda e poco dopo cominciarono anche a inumidirsi e a lacrimare. Aveva la sensazione di aver sbattuto le palpebre prima che lei glielo ordinasse, ma non era più molto sicuro della sequenza, era troppo concentrato sulla punta della penna e troppo impegnato a tenere gli occhi aperti. Ma ebbe l'impressione che fosse accaduto qualcosa, che lei stesse lentamente assumendo il controllo su di lui. Anche se non fosse stato alla sua prima esperienza, Web si sarebbe comunque chiesto se l'ipnosi avrebbe funzionato. Prima avrebbe sentito le palpebre pesanti, poi la mente confusa. Tutto perché si sentisse abbastanza rilassato da aprirsi.

«Stai andando molto bene, Web» lo incitò lei «sei il miglior paziente che abbia mai avuto. Ti senti sempre più rilassato. Continua a fissare la punta.» Vedeva l'impegno con cui si sforzava di guardare la penna, per continuare a ricevere i suoi incoraggiamenti. Era un classico caso di perfezionista, immensamente desideroso di compiacere ed essere lodato. Aveva bisogno di attenzione e affetto per compensare un'infanzia povera di sentimenti positivi.

«Sbatti le palpebre.» Lui lo fece di nuovo e lei sapeva quanto piacere gli desse, quanto sollievo. Sapeva che la punta della penna stava diventando sempre più grande ai suoi occhi e che Web cominciava a non volerla più guardare.

«Adesso senti che hai veramente voglia di chiudere gli occhi» disse Claire. «Le palpebre ti diventano più pesanti, sempre più pesanti. Ti è difficile tenerle aperte e senti davvero la voglia di abbassarle. Chiudi gli occhi.» E Web ubbidì, ma li riaprì all'istante. Succedeva quasi sempre, Claire lo sapeva. «Continua a fissare la penna, Web, continua a fissare la punta della penna, stai andando benissimo. Fantastico. E lascia che gli occhi ti si chiudano naturalmente quando ti senti pronto a chiuderli.»

Web li chiuse adagio e questa volta non li riaprì.

«Voglio che tu dica a voce alta la parola "dieci" per dieci volte, velocemente. Avanti, fallo.»

Web lo fece.

«Di che cosa sono fatte le lattine di alluminio?»

«Di latta» rispose Web in tono soddisfatto e sorrise.

«Alluminio.»

Il suo sorriso svanì.

«Tu sai che cos'è una coramella, vero?» continuò lei nel suo tono suadente. «Una striscia di cuoio che gli uomini usavano nel Vecchio West per affilare il rasoio. Voglio che ripeti la parola "coramella" dieci volte molto velocemente. Avanti, fallo.»

Più attento che mai, Web ripeté la parola dieci volte.

«Che cosa fai davanti a un semaforo verde?»

«Mi fermo!» esclamò lui.

«Per la verità quando un semaforo è verde vai.» Web abbassò di colpo le spalle, chiaramente frustrato, ma Claire s'affrettò a lusingarlo. «Stai andando davvero forte. Quasi nessuno riesce a dare le risposte giuste. Ma ti vedo così rilassato. Ora voglio che conti velocemente a voce alta a ritroso da trecento di tre in tre.»

Web cominciò. Era arrivato a duecentosettantanove quando Claire intervenne per ordinargli di contare sempre a ritroso ma di cinque in cinque. E Web ubbidì finché lei non gli ordinò di passare a intervalli di sette e poi di nove.

«Smetti di contare e lasciati andare» lo interruppe a un tratto lei. «Ora sei in cima a una scala mobile e quel punto rappresenta uno stato di maggiore rilassamento. E in fondo alla scala mobile raggiungerai il massimo rilassamento. Adesso scenderai per la scala mobile, va bene? Sarai rilassato come non lo sei mai stato. D'accordo?» Web annuì. La voce di Claire era dolce e piacevole come una brezza estiva.

«Scendi lentamente per la scala mobile. Stai scivolando giù, come trasportato dall'aria. Sei rilassato.» Claire cominciò a contare a ritroso da dieci continuando a pronunciare parole di conforto. Arrivata a uno, disse: «Ora ti senti molto rilassato».

Studiò i lineamenti di Web e il colorito del viso. Il suo corpo era abbandonato, tutta la tensione di poco prima era svanita, e aveva il viso arrossato, segno di un maggior afflusso di sangue. Le palpebre abbassate vibravano leggermente. Claire lo avvertì che stava per sollevargli una mano, in maniera da non coglierlo di sorpresa. Gliela prese con delicatezza. La mano di Web era inerte. La lasciò andare.

«Adesso sei arrivato quasi in fondo alla scala mobile. Stai per lasciarla. Sei giunto al rilassamento più profondo, una sensazione di abbandono che non avevi mai provato. È perfetta.»

Gli sollevò ancora una volta la mano dopo averlo preavvertito. «Qual è il tuo colore preferito?»

«Verde» mormorò Web.

«Verde, un colore molto bello, di pace. Come l'erba. Ti sto mettendo un palloncino in mano, un palloncino verde. Lo sto facendo ora. Lo senti?» Web annuì. «Ora lo gonfio con dell'elio. Come sai, l'elio è più leggero dell'aria. Sto riempiendo il palloncino verde. Si gonfia sempre di più. Comincia a sollevarsi. È sempre più pieno.»

Claire guardò la mano di Web che si alzava dal bracciolo della chaise-longue come se fosse legata al palloncino immaginario.

«Ora conterò fino a tre e al tre la tua mano ricadrà sul bracciolo.» Contò fino a tre e la mano di Web ridiscese. Claire attese trenta secondi, quindi disse: «Ora la tua mano sta diventando fredda, molto fredda, mi sembra di vedere che perde colore».

Guardò la mano di Web contrarsi e cominciare a tremare. «Va bene, è passato, è tutto di nuovo normale, la mano è calda.» La mano si rilassò.

Normalmente Claire non avrebbe condotto una fase preliminare così elaborata, applicando tecniche di rilassamento così raffinate, ma alcune delle reazioni di Web l'avevano incuriosita e la sua curiosità era stata soddisfatta quando aveva concluso che probabilmente era sonnambulo. Gli psichiatri generalmente concordano sul fatto che nella popolazione è presente una quota variabile tra il cinque e il dieci per cento di persone altamente sensibili all'ipnosi, e una percentuale analoga di soggetti molto refrattari. I sonnambuli rappresentano un caso a parte, così ricettivi da poter essere indotti con l'ipnosi a sperimentare sensazioni fisiche, proprio come era accaduto a Web. Erano anche persone che quasi sicuramente sarebbero state sensibili a suggestioni postipnotiche. Per finire, aveva un'intelligenza vivace, un elemento che di solito favoriva l'ipnosi.

«Mi senti, Web?» Lui annuì. «Web, ascolta attentamente la mia voce. Concentrati sulla mia voce. Il palloncino adesso non c'è più. Continua a rilassarti. Ora hai in mano una videocamera. Sei un cameraman. Quello che vedi attraverso l'obiettivo è tutto quello che possiamo vedere tu e io, mi capisci, signor Cameraman?» Un altro cenno affermativo. «Bene, ora il mio unico compito è indicarti determinati momenti nel tempo, tutto il resto lo controllerai tu. Attraverso la telecamera vedrai le altre persone, vedrai quello che stanno facendo. Alla videocamera è applicato un microfono, perciò potremo anche sentirli.

Ci siamo?» Web annuì. «Stai andando davvero molto bene, signor Cameraman. Sono molto orgogliosa di te.»

A questo punto rifletté per un momento. Avendo studiato i precedenti di Web, sapeva con precisione qual era il periodo del suo passato sul quale doveva focalizzarsi per aiutarlo. I suoi problemi psicologici più gravi non nascevano dalla morte dei colleghi dell'HRT, ma erano radicati nel rapporto con la madre e il patrigno. Ciononostante la sua prima tappa nel passato di Web London sarebbe stata antecedente.

«Voglio che torni all'8 marzo 1969, signor Cameraman. Ci puoi arrivare?»

Per un po' Web non reagì, poi disse: «Sì».

«Dimmi che cosa vedi, signor Cameraman.» Sapeva che quello era il giorno del suo compleanno. Nel 1969 Web compiva sei anni. Era stato probabilmente l'ultimo anno in cui aveva visto Harry Sullivan. Claire voleva fissare un punto di riferimento positivo nella relazione di Web con il padre e una festa di compleanno per un bambino avrebbe costituito l'atmosfera giusta. «Il nostro signor Cameraman, che ora è molto rilassato, girerà con il suo obiettivo. Chi sta vedendo?» gli chiese.

«Vedo una casa. Vedo una stanza, una stanza dove non c'è nessuno.»

«Concentrati bene, gira la videocamera. Non vedi nessuno? 8 marzo 1969.» A un tratto pensò che non fosse stata organizzata nessuna festa per lui.

«Un momento» rispose Web. «Un momento… vedo qualcosa.»

«Che cosa vedi?»

«Un uomo… no, una donna. È bella, molto bella. Ha un cappello in testa, un cappello buffo, e tiene tra le mani una torta con le candeline.»

«Si direbbe che qualcuno stia festeggiando. È un maschietto o una femminuccia, signor Cameraman?»

«Un maschietto. Sì e adesso arrivano altre persone, come se prima fossero state nascoste. Stanno gridando qualcosa; dicono: "Buon compleanno".»

«È bellissimo, Web, c'è un bambino che sta festeggiando il suo compleanno. Me lo descrivi?»

«Ha i capelli scuri, è piuttosto alto. Soffia sulle candeline della torta. Tutti cantano la canzoncina di auguri.»

«Dimmi, questo bambino sente cantare anche un papà? C'è il papà, signor Cameraman?»

«Lo vedo. Lo vedo.» Web stava arrossendo e il suo respiro era diventato affannoso. Claire prese attentamente nota di quei segnali. Non avrebbe spinto Web al punto di fargli correre qualche rischio a livello fisico o emotivo.

«Com'è?»

«È grosso, molto grosso, più di tutti i presenti. Un gigante.»

«E che cosa succede tra il bambino e questo papà gigante, signor Cameraman?»

«Il bambino corre verso di lui. E l'uomo lo solleva da terra e se lo mette sulle spalle come se fosse una piuma.»

«Oh, un papà forte.»

«Bacia il bambino. Adesso ballano in giro per la stanza e cantano una canzone.»

«Ascolta bene, signor Cameraman, aumenta il volume del microfono. Non senti le parole?»

Web cominciò a scuotere la testa in segno negativo, ma poi annuì. «Occhi, occhi che brillano.»

Claire frugò nella memoria e ricordò: Harry Sullivan era irlandese. «Occhi irlandesi. Occhi irlandesi che sorridono?»

«Sì! Anzi no, non proprio, ha cambiato le parole della canzone, ce ne ha messe di sue, sono molto divertenti, ridono tutti. E adesso l'uomo dà qualcosa al bambino.»

«Un regalo? Un dono per il suo compleanno?»

Con l'espressione improvvisamente rabbuiata, Web si sporse in avanti di scatto. Allarmata, Claire si allungò verso di lui. «Rilassati, signor Cameraman. È solo un'immagine quella che stai vedendo, solo un'immagine. E che cosa vedi?»

«Vedo degli uomini. Sono entrati degli uomini in casa.»

«Che uomini? Che aspetto hanno?»

«Sono vestiti di marrone. Hanno vestiti marrone e cappelli da cowboy. Sono armati.»

Il cuore di Claire sobbalzò. Doveva fermarsi lì? Lo studiò con la massima attenzione. Le sembrò che si fosse calmato. «Che cosa stanno facendo quegli uomini, signor Cameraman? Che cosa vogliono?»

«Lo stanno prendendo, lo portano via. L'uomo grida. Lui strilla, tutti alzano la voce. I cowboy stanno mettendo delle cose che luccicano ai polsi dell'uomo. La mamma grida, ha afferrato il bambino.»

Web si coprì le orecchie con le mani e si mise a dondolare avanti e indietro con movimenti così repentini da rischiare di rovesciare la chaise-longue. «Gridano, gridano. Grida anche il bambino. Lui grida: "Papà! Papà!".» Ora gridava anche Web.

"Oh, merda" gemette tra sé Claire. "Cose che luccicano ai polsi?" Era arrivata la polizia ad arrestare Harry Sullivan durante la festa di compleanno di Web. Dio!

«Va bene, signor Cameraman» riprese in tono dolce e comprensivo. «Ora rilassati, andiamo da un'altra parte. Prendi la tua videocamera e per il momento spegnila finché non avremo deciso dove andare. Ecco, adesso l'obiettivo si oscura, ti puoi rilassare, signor Cameraman. Non vedi più niente. Sei rilassato e non vedi assolutamente niente. Se ne sono andati tutti. Non c'è più nessuno che grida. Sono andati via tutti. È tutto buio.»

Piano piano Web si rasserenò, posò le mani al bracciolo e si appoggiò allo schienale.

Anche Claire cercò di calmarsi. Aveva già assistito a scene concitate quando ipnotizzava i pazienti e le era accaduto di scoprire fatti sorprendenti del loro passato, ma ogni volta l'emozione era diversa e intensa. Per qualche minuto fu in dubbio se continuare. D'altra parte c'era la possibilità molto concreta di non riuscire a ipnotizzarlo di nuovo.

«Va bene, signor Cameraman, ora possiamo ripartire.» Consultò gli appunti che aveva estratto dall'incartamento che prima aveva nascosto sotto uno dei cuscini del divano. Aveva aspettato che Web fosse in stato ipnotico prima di tirarli fuori. Aveva notato, nelle sedute precedenti, che l'uso di materiale cartaceo lo turbava. Non era un fatto insolito, perché a nessuno piace sapere che la propria vita è stata trasferita sulla carta e chiunque può avere la possibilità di leggere informazioni che dovrebbero essere riservate. E ricordava anche come si era sentita quando Buck Winters aveva usato la stessa tattica con lei. Tra i suoi appunti c'erano alcune date che aveva ricavato dal dossier di Web e dai colloqui che aveva avuto con lui.

«Ora andiamo a…» Esitò. Ce l'avrebbe fatta? E lei… aveva la forza necessaria? Si fece coraggio e indicò a Web la data della tappa successiva in quel viaggio nel tempo. Era il giorno in cui era morto il suo patrigno. «Che cosa vedi, signor Cameraman?»

«Niente.»

«Niente?» Claire ricordò con un po' di ritardo. «Accendi la videocamera. Ora che cosa vedi?»

«Ancora niente. È buio, buio totale.»

Strano, pensò Claire. «È notte? Accendi il faretto della tua videocamera, signor Cameraman.»

«No, non ci sono faretti. Non voglio che ci sia luce.»

Claire si sporse in avanti perché Web aveva fatto riferimento a se stesso e la situazione era diventata delicata. Ora il paziente si trovava a tu per tu con il proprio inconscio. Decise che valeva la pena insistere.

«Perché il signor Cameraman non vuole la luce?»

«Perché ho paura.»

«Perché il "bambino" ha paura?» Lei doveva cercare di non scendere nel personale, anche se Web continuava a farlo. Ciò avrebbe potuto avere conseguenze dolorose, Claire lo sapeva bene.

«Perché lui è là.»

«Chi? Raymond Stockton?»

«Raymond Stockton» ripeté Web.

«Dov'è la mamma del bambino?»

Web cominciò di nuovo a respirare a fatica. Aveva afferrato i braccioli e gli tremavano le dita per la tensione.

«Dov'è tua madre?»

La voce di Web diventò acuta, come quella di un bambino ancora piccolo. «È andata via. No, è tornata. Litiga. Litiga sempre.»

«Papà e mamma stanno litigando?»

«Sempre. Ssst!» sibilò Web. «Arriva. Viene.»

«Come fai a saperlo, che cosa vedi?»

«La botola si apre. Cigola sempre. Sempre. Sta salendo la scala. Lui le tiene quassù. Le sue droghe. Io l'ho visto. L'ho visto.»

«Rilassati, Web, va tutto bene. Va tutto bene.» Claire non voleva toccarlo per timore di spaventarlo, ma gli era così vicina che non c'era più distanza tra loro. Lo osservava con la passione dolente di chi assiste una persona cara in punto di morte. Si preparò a chiudere la seduta prima che la situazione le sfuggisse di mano, ma non volle rinunciare a proseguire ancora un po'. Solo un passetto.

«È in cima alle scale. Lo sento. Sento la mamma. Lei è di sotto. Aspetta.»

«Ma tu non puoi vedere. È ancora tutto buio.»

«Vedo.» Il tono della voce di Web la sorprese, perché era profondo e minaccioso, non c'era più traccia dello squittio spaventato di poco prima.

«Come fai a vedere, signor Cameraman? Che cosa vedi?»

Le parole seguenti uscirono dalla gola di Web con un impeto che per poco non la travolse. «Lo sai già, dannazione!»

Per una frazione di secondo fu certa che si fosse rivolta direttamente a lei, un fatto mai accaduto durante una seduta ipnotica. Che cosa voleva dire Web? Che lei conosceva già quell'informazione? Ma subito dopo lui continuò in un tono più pacato.

«Ha sollevato un po' la pila dei vestiti. Io sono sotto i vestiti. Nascosto.»

«Dal patrigno del bambino?»

«Non voglio che mi veda.»

«Perché il bambino è impaurito?»

«No, non sono impaurito. Non voglio che mi veda. Non può vedermi, non ancora.»

«Perché? Che cosa vuoi dire?»

«È qui davanti a me, ma è girato dall'altra parte. È lì che c'è il nascondiglio della sua roba. Si china per prenderla.»

La voce di Web diventava sempre più profonda, come se stesse crescendo davanti a lei si trasformasse da bambino, in adulto.

«Sto uscendo da sotto i vestiti, ora non mi devo più nascondere, i vestiti si alzano con me. Sono i vestiti della mamma. Lei li mette quassù per me.»

«A sì? Perché?»

«Perché così mi posso nascondere quando lui viene su. Sono in piedi. Sono più alto di lui. Sono più grande di lui.»

Ora la voce di Web aveva un tono tagliente, che la rese molto nervosa. Si accorse che mentre Web aveva ripreso a respirare regolarmente, era lei adesso ad ansimare. Rabbrividì presagendo come si sarebbe conclusa quella scena. Avrebbe dovuto farlo uscire dallo stato ipnotico, l'istinto professionale la spingeva a intervenire immediatamente, ma non ci riuscì.

«I rotoli di moquette. Duri come ferro» disse Web nella sua nuova voce da adulto. «Ne ho preso uno, lo tenevo sotto i vestiti. Ora sono in piedi, sono più forte di lui. Lui è un uomo piccolo. Molto piccolo.»

«Web…» cominciò Claire. Rinunciò alla finzione del cameraman, la situazione stava precipitando.

«Ce l'ho in mano. Come una mazza. Sono un ottimo giocatore di baseball. Posso spedire una palla lontano un chilometro. Non c'è nessuno che batte forte come me. Sono alto, sono forte. Come mio papà. Il mio papà "vero".»

«Web, ti prego…»

«Lui non sta nemmeno guardando. Non sa che sono qui. È ubriaco.»

Claire cambiò di nuovo tattica. «Signor Cameraman, voglio che adesso spegni la videocamera.»

«Sta arrivando la palla. È una di quelle veloci. La vedo. Facile. Mi preparo.»

«Signor Cameraman, voglio che…»

«È quasi arrivata. Si sta girando. Io voglio che si giri. Voglio che veda. Voglio che veda me.»

«Web! Spegni.»

«Mi vede. Adesso mi vede. Tiro un fuoricampo.»

«Spegni la videocamera. Fermo, non vedi più niente. Basta!»

«La mazza è partita. Lui mi vede, sa quanto so battere forte. Ora ha paura. Ha paura! Lui ha paura, io no! Non più! Non più!»

Claire lo guardò stringere tra le mani una mazza immaginaria e sventagliarla con tutte le forze.

«È valida. È valida. Bel colpo, bel colpo! La palla viaggia. Viaggia. È un fuoricampo, va via per un chilometro. È laggiù. Laggiù. Ciao, ciao. Addio, signor stronzo.» Tacque per un lungo momento, durante il quale Claire non lo perse mai d'occhio.

«Si sta alzando. Si rialza.» Fece una pausa. «Sì, mamma»

disse. «La mazza è qui, mamma.» Allungò la mano come porgendo qualcosa a qualcuno. Claire si trattenne appena in tempo dal fingere di accettare l'offerta.

«La mamma lo sta colpendo. Alla testa. Molto sangue. Lui non si muove più. Non si muove. È finita.»

Tacque e si adagiò contro lo schienale. Si abbandonò anche Claire, con il cuore in gola e una mano sul petto come se volesse trattenerlo. Riusciva a vedere solo Raymond Stockton che precipitava dalle scale della soffitta dopo essere stato tramortito da un rotolo di moquette. Lo vedeva cozzare con la testa sul pavimento di sotto e poi spegnersi sotto i colpi violenti della moglie che lo percuoteva con lo stesso rotolo.

«Voglio che ti rilassi, Web. Voglio che dormi, nient'altro.»

Lo vide sdraiarsi più comodamente sulla chaise-longue. Quando rialzò gli occhi, ebbe un nuovo shock: davanti a lei c'era Romano che la guardava con la mano sul calcio della pistola.

«Che cosa diavolo sta succedendo qui?»

«È sotto ipnosi, signor Romano. È tutto sotto controllo.»

«Come faccio a esserne sicuro?»

«Suppongo che si debba fidare della mia parola.» Era troppo scossa per mettersi a discutere con lui. «Che cosa ha sentito?»

«Web che gridava.»

«Sta rivivendo alcuni momenti molto delicati del suo passato. Non so ancora bene che significato abbiano, ma arrivare a questo punto è stato un passo molto importante.»

In base a quanto Claire sapeva delle tecniche di indagine usate dalla polizia era giunta a formulare alcune ipotesi. Era evidente che la moquette arrotolata non era stata usata per caso. Presumibilmente, nel momento in cui era precipitato sul pianerottolo sottostante, Stockton aveva delle fibre di tappeto nella ferita alla testa. E se la moquette del pianerottolo era la stessa degli scampoli arrotolati in soffitta, la polizia avrebbe pensato che le fibre gli si erano infilate nella ferita al momento dell'impatto. Mai avrebbero sospettato che qualcuno lo avesse tramortito in soffitta con della moquette arrotolata. Dopo le tante segnalazioni delle intemperanze di quell'uomo, probabilmente tutti, polizia compresa, erano stati ben lieti che si fosse tolto di mezzo. Ma c'era qualche considerazione da fare sulla madre.

Web aveva detto che era stata Charlotte London a sistemare

in soffitta quella pila di indumenti. Aveva preparato anche il rotolo di moquette? Aveva istruito lei il giovane adolescente alto e forte perché la liberasse da un marito violento? Era così che aveva deciso di affrontare la situazione? Per poi intervenire dandogli il colpo di grazia e lasciando che fosse Web a raccogliere i cocci, a nascondere il senso di colpa così in profondità da non ricordare più nemmeno che cosa era avvenuto, se non sotto ipnosi? Ma un ricordo represso di un'importanza così straordinaria avrebbe influito negativamente su ogni aspetto del carattere e del futuro di Web. Si sarebbe manifestato in mille modi diversi, ma nessuno positivo. Ora Claire capiva ciò che stava alla base della personalità di Web, che era diventato un uomo di legge non per controbilanciare la fedina penale sporca di Harry Sullivan, ma per mettere a tacere il proprio senso di colpa. Un ragazzo che aiuta la madre naturale a uccidere il patrigno: un episodio che avrebbe compromesso la salute mentale di chiunque.

Web in quel momento era sdraiato a occhi chiusi, in attesa di nuove istruzioni. La sua espressione era serena. Era chiara anche la causa del suo sonnambulismo. I bambini che crescono in ambienti familiari dove sono sottoposti a terribili abusi spesso si rifugiano in mondi di fantasia in cui trovano protezione dagli orrori della realtà. Sono bambini che si inventano amici con cui combattere la solitudine e si creano anche esistenze immaginarie meravigliose e avventurose per tenere a bada i sentimenti di insicurezza e depressione. Claire aveva avuto in cura sonnambuli in grado di controllare le loro funzioni intellettive al punto di modificare o addirittura cancellare completamente parti della memoria, proprio come aveva fatto Web. Se all'esterno Web London mostrava una personalità dinamica, indipendente e autonoma, dentro di sé era docile e dipendente dal prossimo; e questo aspetto spiegava i forti legami con la sua squadra e la sua eccezionale efficienza nell'eseguire gli ordini. Entrava in gioco il suo bisogno di far bene, di essere accettato.

Claire scosse la testa. Quell'uomo provava un forte conflitto interiore, eppure aveva retto benissimo allo stress psicologico a cui era stato sottoposto prima al Bureau e poi all'HRT. Lui stesso aveva confessato di aver intuito i meccanismi del test attitudinale e di averne evitato le trappole mentendo.

Le venne in mente un'altra cosa, mentre guardava Romano. Avrebbe dovuto porgli la domanda con tutta la delicatezza del caso per non tradire le confidenze fattele dal paziente. Web aveva dichiarato di non prendere medicinali di alcun genere e lei l'aveva presa per buona senza indagare, ma dopo quello che aveva appena saputo, ora si domandava se non assumesse qualcosa con cui combattere i traumi interiori che sicuramente lo laceravano. Prese Romano in disparte in modo che Web non potesse udirli.

«Sa se Web prende qualche medicinale con regolarità?» gli chiese.

«Web le ha detto che prende delle medicine?»

«Io lo devo sapere. È normale che uno psichiatra si accerti di eventuali terapie farmacologiche.»

«Molta gente prende delle pillole per dormire» ribatté Romano guardingo.

Lei non aveva parlato di sonniferi. Dunque Romano ne sapeva qualcosa. «Non dico che è sbagliato, mi chiedevo solo se ne avesse mai parlato con lei e in tal caso se fosse al corrente del tipo di farmaci che lui prende.»

«Lei pensa che possa essere un tossico, vero? Allora le dico subito che le ha dato di volta il cervello.»

«Non ho insinuato nulla del genere. Ma è importante che io lo sappia nel caso debba prescrivergli qualcosa. Ci sono medicine che possono diventare molto pericolose se prese in associazione ad altri farmaci.»

«Allora perché non lo chiede a lui?»

«Sono certa che sa benissimo che spesso un paziente non dice la verità al proprio dottore, specialmente quando si tratta di uno psichiatra. Voglio solo essere sicura che non ci siano problemi.»

Romano si girò a guardare Web come per accertarsi che stesse ancora dormendo. Quando parlò, il tono di voce tradì il suo disagio. «L'altro giorno l'ho visto con un flacone di medicine in mano. Ma guardi, in questo momento soffre e probabilmente è un po' confuso per tutto quello che è successo e avrà bisogno di un piccolo aiuto, però al Bureau sono molto rigidi su queste cose, ti sbattono in acqua e, se non sai nuotare, ti lasciano annegare senza batter ciglio. Allora bisogna pur che ci diamo una mano a vicenda.» Romano guardò di nuovo Web. «È il migliore che l'HRT abbia mai avuto» concluse poi con una vena di tristezza nella voce.

«E saprà che pensa lo stesso di lei.»

«Sì, credo di sì.»

Romano uscì dalla stanza. Claire andò alla finestra e lo vide attraversare la strada. Doveva essere stato molto difficile per lui rivelare una circostanza così personale sul conto di un amico e probabilmente si sentiva quasi un traditore. Ma alla fine la sua decisione avrebbe recato giovamento e non danno a un uomo al quale era così profondamente affezionato.

Tornò a sedersi e parlò a Web lentamente, così da imprimergli bene nella mente ogni singola parola. Di solito l'ipnosi è impiegata per togliere le inibizioni e gli scudi dietro i quali l'inconscio ha nascosto i ricordi del paziente impedendogli di parlare dei propri turbamenti e, quando la seduta finisce, il soggetto ricorda tutto quello che è avvenuto mentre era in stato ipnotico. Questa volta Claire non poteva lasciare che si concludesse così, sarebbe stato troppo traumatico. Trasmise dunque a Web una suggestione postipnotica, in modo che non ricordasse più di quanto fosse in grado di affrontare e accettare. Date le circostanze era sicura che avrebbe ricordato molto poco di quell'episodio così angoscioso, che aveva sepolto nell'angolo più recondito dell'inconscio. Lo fece risalire lentamente dalla scala mobile e, prima che ne scendesse, si ricompose preparandosi al confronto.

Finalmente Web aprì gli occhi, si guardò intorno e fissò lo sguardo su di lei. Le sorrise. «Qualcosa di buono?»

«Prima ho una domanda da farti, Web.» Fece una pausa per darsi coraggio. «Prendi qualche medicina?»

Lui socchiuse gli occhi. «Non me l'avevi già chiesto?»

«Te lo chiedo ancora.»

«Perché?»

«Hai parlato di vudù per dare una spiegazione al blocco nel vicolo. Io ti propongo un'alternativa, un'interazione negativa di qualche farmaco.»

«Non ho preso medicine prima di entrare in quel vicolo, Claire. Non avrei mai fatto una cosa del genere.»

«Gli effetti dei farmaci a volte sono imprevedibili» obiettò

Claire. «A seconda di che cosa ingerisci, si possono verificare anche a distanza di tempo dopo che hai smesso di assumerli.» Fece un'altra pausa. «È importante che tu sia assolutamente sincero su questo punto, Web» insisté poi. «Credimi, solo così possiamo arrivare alla verità.»

Si fissarono a lungo, poi Web si alzò e andò in bagno. Tornò un minuto dopo e le consegnò un piccolo flacone di compresse. Claire ne esaminò il contenuto.

«Visto che le hai portate qui, devo dedurne che le hai prese anche di recente?»

«Sono in missione, Claire, niente pillole. Devo reagire senza alcun aiuto all'insonnia e al dolore che ogni tanto provo considerando che ho due fori di pallottole in corpo e solo metà della faccia.»

«Allora perché queste medicine?»

«Misura precauzionale. Tu sei una psichiatra, sai meglio di me a che cosa serve succhiarsi il pollice, no?»

Claire si versò le compresse nella mano e le esaminò. Erano tutte diverse. Ne riconobbe buona parte, ma non tutte. Gliene mostrò una. «Sai da dove arriva questa?»

«Perché?» ribatté lui insospettito. «Ha qualcosa di strano?»

«Forse. Te le ha date O'Bannon?» volle sapere lei.

«È possibile, immagino. Anche se mi sembra di aver finito già da un pezzo quelle che mi aveva prescritto lui.»

«Ma se non te le ha date O'Bannon, chi allora?»

Web si mise sulla difensiva. «Senti, ho dovuto smettere gli antidolorifici che mi davano per le ferite perché stavo diventando dipendente. Poi non riuscivo più a dormire, per un anno o giù di lì. Anche altri all'HRT avevano lo stesso problema. Non è che ci facciamo di sostanze illegali o stronzate del genere, ma se non dormi non reggi a lungo, nemmeno all'HRT. Ogni tanto qualcuno mi allunga qualche pasticca e io le metto tutte in un flacone e ne prendo una quando ne ho bisogno. Quella che hai in mano può essermi arrivata da un collega qualunque. Perché tante storie?»

«Non ti sto criticando per aver preso delle medicine che ti aiutano a dormire, Web. Però è sciocco e pericoloso accettare di prendere farmaci senza sapere bene che cosa sono, anche se te li danno gli amici, con il rischio di provocare effetti collaterali dalle conseguenze imprevedibili. Sei molto fortunato che non ti sia successo niente di brutto. Ma forse qualcosa è successo, per esempio nel vicolo. Forse questo modo bizzarro di curarti è alla base di quell'episodio di pseudoparalisi.» Claire pensava anche alle circostanze traumatiche della morte di Raymond Stockton, che potevano essere riaffiorate nel momento meno opportuno, cioè quando Web si trovava in quel vicolo. Forse, come già aveva ipotizzato una volta, l'aver visto Kevin Westbrook aveva fatto scattare qualcosa dentro di lui, immobilizzandolo.

Web si coprì il volto con le mani. «Merda! Non ci posso credere. È pazzesco!»

«Non sto dicendo che sia andata sicuramente così, Web» aggiunse lei. Provava compassione per lui in quel momento, ma c'era qualcos'altro che doveva sapere. «Hai parlato al tuo supervisore delle medicine che prendevi?»

Lui abbassò le mani, ma non la guardò.

«E va bene» mormorò lei.

«Hai intenzione di dire qualcosa?»

«Le prendi ancora?»

«No. Per quel che ricordo era passata più o meno una settimana dall'ultima volta che ne avevo presa una prima della missione nel cortile.»

«Allora non ho da dire niente a nessuno.» Claire osservò di nuovo la pillola. «Non conosco questo medicinale e non si può dire che ne abbia visti pochi, dato il mestiere che faccio. Vorrei farlo analizzare. Sarà fatto con la massima discrezione» aggiunse appena vide la sua espressione allarmata. «Ho un amico. Il tuo nome non salterà fuori.»

«Pensi davvero che siano state le pillole, Claire?»

Lei osservò ancora la compressa prima di infilarsi il flaconcino in tasca. «Web, temo che non lo sapremo mai con certezza.»

«Dunque l'ipnosi non ha funzionato?» domandò finalmente Web, sebbene la sua mente fosse evidentemente concentrata sulle pillole e sulla loro possibile responsabilità di quanto era accaduto alla Charlie Team.

«Tutt'altro. Anzi, ho saputo molte cose interessanti.»

«Per esempio?»

«Per esempio che Harry Sullivan fu arrestato nel bel mezzo della festa per il tuo sesto compleanno. Ricordi di averne parlato?» Claire era quasi certa che Web ricordasse almeno quei particolari della seduta di ipnosi. Ma non l'episodio di Stockton.

Web annuì lentamente. «Sì, ne ho parlato. Mi pare, almeno.»

«Per quel che può valere, prima dell'arresto tu ed Harry vi stavate divertendo insieme. E si vedeva che lui ti voleva molto bene.»

«Buono a sapersi» commentò Web senza entusiasmo.

«Spesso i ricordi traumatici vengono rimossi, Web, è una sorta di valvola di sicurezza. La tua psiche non sopporta un determinato episodio, lo considera troppo doloroso, e allora lo seppellisce così non c'è più bisogno di affrontarlo.»

«È come seppellire le scorie radioattive» ribatté lui sottovoce.

«Più o meno. Ma se qualche sostanza tossica filtra, il danno può essere considerevole.»

«Nient'altro?» domandò lui.

«Tu che cosa ricordi?»

Lui scosse la testa.

Claire distolse lo sguardo per un momento. Web non era nelle condizioni di sapere la verità sulla morte del patrigno. Accantonò l'argomento e riuscì a fargli un sorriso. «Be', per ora penso che possa bastare.» Consultò l'orologio. «E io devo rientrare.»

«Dunque io e mio padre stavamo bene insieme?»

«Cantavate e lui ti portava in giro sulle spalle. Sì, ve la stavate spassando.»

«Comincio a ricordare qualcosa. Allora qualche speranza c'è, vero?» Web glielo chiese con un mezzo sorriso, forse per dare l'impressione che stesse scherzando.

«C'è sempre una speranza, Web.»

39

Fuori servizio e in abiti borghesi, Sonny Venables sorvegliava il tratto di strada dall'abitacolo di un'auto civile. Il veicolo si mosse quando l'uomo nascosto tra il sedile anteriore e quello posteriore cambiò posizione per sgranchirsi le gambe.

«Stattene buono, Randy» l'ammonì Venables. «Ne abbiamo ancora per un po'.»

«Ho fatto appostamenti molto più lunghi di questo, credimi, e in posti molto più merdosi del fondo di una macchina.»

Venables prese una sigaretta dal pacchetto che aveva in tasca, l'accese, aprì uno spiraglio di finestrino e soffiò il fumo fuori.

«Mi stavi dicendo del tuo incontro con London.»

«Lui non lo sapeva, ma io lo stavo proteggendo. Ed era un bene che ci fossi, anche se non credo che Westbrook l'avrebbe ucciso.»

«Ho sentito parlare di quel tizio, ma non ho mai avuto il piacere di conoscerli.»

«Il dispiacere, vorrai dire. Ma lascia che ti dica che c'è di peggio in circolazione. Westbrook ha almeno una specie di codice d'onore, mentre in generale quelli come lui sono semplicemente fuori di testa. T'ammazzano per il gusto d'ammazzarti e poi vanno in giro a vantarsi. Westbrook è uno che agisce sempre secondo una logica, ha le sue motivazioni.»

«Anche per far fuori quelli dell'HRT?»

«Non credo che sia stato lui. Ma ha dato a London una dritta sui tunnel sotto la casa che quelli dell'HRT dovevano assaltare. A quanto pare è da lì che sono entrate le mitragliatrici. London è andato a controllare con Bates e ho saputo che era tutto vero.»

«Da quello che mi hai raccontato tu del nostro amico, non mi è sembrato il tipo da dare delle dritte.»

«È capace di questo e altro se la persona coinvolta tiene prigioniero qualcuno che gli sta molto a cuore, come per esempio suo figlio.»

«Ah, dunque è questa persona che fatto cadere in trappola quelli dell'HRT.»

«Così la vedo io.»

«E che cosa c'entra l'Oxy in tutta questa storia?»

«È la merce che veniva trattata quando sono stato in quella casa. Ne avevano persino un po' sui tavoli, non bustine di coca, ma sacchetti di pillole. E ho visto i file al computer con i dati del giro d'affari dell'Oxy e ti dico che stiamo parlando di milioni di dollari. E in due giorni non era rimasto più nemmeno uno spillo.»

«Perché darsi tanta pena per ingannare te? Perché far fuori una squadra dell'HRT? Significava tirarsi addosso tutto il Bureau.»

«Non è molto logico» ammise Cove «ma sembra che sia andata proprio così.»

Venables buttò il mozzicone dal finestrino. «Ci siamo, Randy» annunciò.

Un uomo stava uscendo dall'edificio che sorvegliavano. Percorse un tratto di strada e svoltò a destra in un vicolo. Venables avviò il motore e avanzò adagio.

«È quello che aspettavamo?» s'informò Cove.

«Sì. Se vuoi informazioni su qualche nuova droga in arrivo in città, è l'uomo giusto. Si chiama Tyrone Walker, ma si fa chiamare T. Molto originale. È stato in tre o quattro bande diverse, ha fatto un po' di galera, è stato per un po' in ospedale e per un po' in un centro di recupero per tossicodipendenti. Ha ventisei anni e ne dimostra dieci più di me, e dire che io i miei non li porto bene.»

«Strano che io non ne abbia mai sentito parlare.»

«Ehi, guarda che non hai il monopolio delle informazioni in questa città. Sarò anche un semplice piedipiatti, ma proprio per questo giro parecchio.»

«Meglio così, Sonny, perché in questo momento io sono come un lebbroso. Nessuno vuole parlare con me.»

«Oh, il vecchio T parlerà, si tratterà solo di convincerlo nella maniera giusta.»

Venables svoltò, accelerò, poi imboccò la strada che correva parallela a quella in cui erano rimasti appostati. Pochi istanti dopo T sbucò dal vicolo.

Venables si girò. «Via libera. Vuoi fare il tuo numero?»

Cove era già sceso. Prima d'aver capito che cosa stesse succedendo, T, debitamente perquisito, si era ritrovato disteso bocconi sul sedile posteriore della macchina di Venables, con una delle enormi mani di Cove piantata sul collo. T imprecava mentre Venables guidava. Prima che si fosse calmato, erano già a tre chilometri da casa sua, in un quartiere molto meno degradato. Cove mise T a sedere.

«Ehi, T,» l'apostrofò Venables «ti trovo bene. Ti sei riguardato?»

Cove capì che il ragazzo stava per tentare un tuffo dallo sportello opposto, così gli bloccò le spalle in una morsa. «Ehi, vogliamo solo fare due chiacchiere, T. Niente di più.»

«E se io non avessi voglia di chiacchierare?»

«Allora puoi andartene.»

«Davvero? Va bene, ferma la macchina che me ne vado.»

«Ehi, T, che cos'hai capito?» ribatté Venables. «Ho detto che puoi andartene, non che io mi sarei fermato.» Sterzò, imboccò una rampa d'accesso e s'immise sull'interstatale 395, attraversò il Fourteenth Street Bridge e varcò il confine della Virginia. A quel punto spinse la macchina oltre i cento.

T osservò per qualche istante il traffico sulla strada, poi incrociò le mani sul petto e tornò ad appoggiarsi allo schienale.

«Dunque, il mio amico lì dietro…» cominciò Venables.

«Il tuo amico ce l'ha un nome?»

Cove aumentò la pressione sulle spalle di T. «Sì, ho un nome. Puoi chiamarmi T-Rex. Spiegagli perché, Sonny.»

«Perché si mangia i piccoli T a colazione, pranzo e cena» chiarì Sonny.

«Voglio solo qualche informazione su un nuovo prodotto appena arrivato in città. Chi lo compera e cose di questo genere. Nessun problema. Solo un paio di nomi e ti scarichiamo dove ti abbiamo preso.»

«E prima che tu faccia qualcosa di stupido» aggiunse Venables «ti consiglio di non farlo arrabbiare.»

«Provate a toccarmi anche solo con un dito, voi due sbirri, e vi beccate una denuncia a testa.»

«Visto come stanno le cose, T, è meglio che tu sia carino con me» gli rispose Cove. «È un periodo che ho le palle girate e non me ne frega niente se qualcuno mi denuncia.»

«Vaffanculo.»

«Sonny, prendi la prossima a destra verso la GW Parkway. Lì possiamo starcene tranquilli» aggiunse Cove in tono sinistro.

«Detto, fatto.»

Pochi minuti dopo erano sulla George Washington Parkway in direzione nord.

«Prendi la prossima uscita» avvertì Cove.

Si fermarono in una piazzola panoramica da cui si godeva, oltre il muretto di pietra che proteggeva i turisti dallo strapiombo sottostante, la bella vista di Georgetown e del Potomac, che scorreva in fondo al dirupo. Era scesa la sera e non c'erano altre automobili parcheggiate. Cove si guardò intorno, aprì lo sportello e trascinò T con sé.

«Se mi state arrestando, voglio il mio avvocato.»

Scese anche Venables, osservò per un momento lo strapiombo, poi guardò Cove e si strinse nelle spalle.

Cove sollevò T da terra prendendolo per la vita.

«Ehi, che cosa fai?»

Cove scavalcò il muretto trascinandosi dietro T, che si dibatteva inutilmente, e si fermò sulla stretta striscia di terreno che dava sullo strapiombo In fondo al precipizio, alto una trentina di metri, si intravedeva una sassaia lungo il fiume. Sospeso a gambe all'aria sul dirupo, T vedeva alla rovescia le imbarcazioni, canoe e kayak, che solcavano le acque del Potomac a poca distanza dai variopinti club di canottaggio che si trovavano sull'altra sponda del fiume.

«Porca merda» strillò T dimenandosi sopra il burrone.

«Allora, possiamo arrivarci con le buone o con le cattive, ma devi decidere molto velocemente quale metodo preferisci, perché io non ho più né tempo né pazienza» lo ammonì Cove.

Seduto sul muretto, Venables montava di guardia nel caso arrivasse qualcuno. «È meglio che gli dai retta, T, questo non scherza.»

«Ma voi siete sbirri» protestò T. «Non potete comportarvi così. È incostituzionale, porca merda.»

«Io non ho mai detto che sono uno sbirro» obiettò Cove.

T smise di sbracciarsi e si girò verso Venables. «Ma lui sì.»

«Ehi, non devo rispondere io di quello che fa lui» si schermì Venables. «E poi sono prossimo alla pensione. Non me ne frega un cazzo.»

«Oxy» disse Cove in tono calmo. «Voglio sapere chi la compera in città.»

«Ehi, ma che cazzo ti prende?» strillò T. «Che cosa sei, un pazzo maniaco con il culo al posto del cervello?»

«Eh sì.» Cove allentò la presa e T scivolò di una quindicina di centimetri. Adesso l'agente dell'FBI lo teneva solo per le caviglie.

«Oh, Dio! Oh, Gesù santo, aiutami» piagnucolò T.

«Non t'azzardare a nominare Gesù, non dopo la vita di merda che hai fatto» lo redarguì Venables. «Potrebbe fulminarti e io in questo momento sono troppo vicino.»

«Parla» lo esortò Cove con tono calmo. «Oxy.»

«Non posso dirti niente. Mi farebbero il culo.»

Cove allentò di nuovo la stretta e lo riacchiappò tenendolo per i piedi. «Questi sono mocassini, T» disse. «Vengono via con niente.»

«Va' al diavolo.»

Cove gli liberò un piede, reggendolo con entrambe le mani per una gamba sola. Si girò a guardare Venables. «Sonny, credo che lo mollerò questo qui. Andiamo a cercare qualcuno con un po' più di sale in zucca.»

«Ho la persona che fa al caso nostro. Andiamo.»

Cove fece per aprire le mani.

«No!» urlò T. «Parlo, parlo, ti dico quello che vuoi.»

Cove rimase immobile.

«No, sul serio, mettimi giù e te lo dico.»

«Sonny, metti in moto mentre io butto questo sacco di merda nel Potomac.»

«No! Ho detto che parlo, subito. Giuro.»

«Oxy» gli ricordò Cove.

«Oxy» ripeté T e cominciò a parlare velocemente, raccontando a Cove tutto ciò che sapeva.

Claire spense il motore della sua Volvo. Abitava in un bel quartiere, non lontano dallo studio, e aveva avuto la fortuna di acquistare la casa prima dell'impennata dei prezzi. Guadagnava abbastanza bene, ma il costo della vita nella Virginia settentrionale aveva raggiunto livelli spropositati. Nondimeno, i costruttori che edificavano in ogni striscia di terreno disponibile riuscivano sempre a trovare un acquirente.

La sua abitazione aveva tre camere da letto, un bel prato sul davanti, fiori alle finestre, tetto in legno di cedro e un garage per due automobili collegato alla casa attraverso un passaggio coperto. La via era alberata e gli abitanti della zona abbastanza ben assortiti tra giovani e anziani, dipendenti e professionisti.

Era divorziata da tempo, e ormai si era rassegnata all'idea di rimanere single. Gli uomini disponibili negli ambienti che frequentava non la interessavano e, quanto agli avvocati e ai maghi dell'high-tech con cui le amiche le organizzavano degli incontri, li trovava così egocentrici e presuntuosi da preferire di gran lunga un futuro di solitudine.

Lasciò la macchina nel vialetto perché aveva intenzione di uscire di nuovo e trasalì nel vedere apparire uno sconosciuto da dietro la casa. Era un uomo massiccio, con la pelle nera e il cranio probabilmente rasato sotto il berretto. Si tranquillizzò un po' quando riconobbe la tuta che indossava e che apparteneva all'azienda fornitrice del gas. Il tecnico teneva in mano un apparecchio rilevatore. La incrociò, le rivolse un sorriso e attraversò la strada. Claire provò una punta d'imbarazzo per aver automaticamente sospettato di un uomo di colore, ma del resto il suo era un quartiere in cui ce n'erano pochi e forse anche questo era motivo d'imbarazzo. E se era diventata un po' paranoica, ora che frequentava persone come Web London e soci, non la si poteva certo biasimare.

Ripensò a Web. La seduta ipnotica era stata per molti versi scioccante, ma anche particolarmente fruttuosa. Posò la borsa e andò in camera a cambiarsi. Fuori c'era ancora luce e pensò di approfittare del bel tempo per uscire a fare una passeggiata. Ricordò le pillole che aveva in tasca, recuperò il piccolo contenitore e le esaminò. Si soffermò di nuovo perplessa a osservare quella che non riusciva a riconoscere, ma aveva un amico che lavorava al reparto di farmacologia del Fairfax Hospital. Gliel'avrebbe fatta analizzare. Non somigliava a nessuno dei sonniferi che conosceva, ma poteva sbagliarsi. Sperava di non trovare conferma all'ipotesi che fossero stati gli effetti di qualche sostanza chimica a paralizzare Web in quel vicolo, perché in tal caso lui non sarebbe riuscito a perdonarselo. Per quanto balzana fosse la sua teoria sul vudù, Web l'avrebbe di sicuro preferita all'ipotesi di avere assunto una sostanza a causa della quale erano morti molti suoi amici. No, concluse, sicuramente la risposta andava cercata nel suo passato.

Dopo aver indossato un paio di calzoncini e una T-shirt, si fermò a guardare il telefono chiedendosi se dovesse chiamare Web. Prima o poi avrebbe dovuto rivelargli che cosa aveva saputo sulla morte di Stockton e scegliere il momento più adatto era fondamentale. Se lo avesse messo al corrente troppo presto o troppo tardi avrebbe potuto provocare conseguenze disastrose. Alla fine scelse la via più facile: rimandò il problema. Forse una passeggiata l'avrebbe aiutata a prendere una decisione. Stava per mettersi in testa il berretto che aveva preso dalla cassettiera, quando una mano le serrò la bocca. Lasciò cadere il berretto e cominciò istintivamente a divincolarsi finché non sentì contro la guancia la pressione della canna di una pistola. Allora s'immobilizzò, con gli occhi sbarrati e il respiro improvvisamente corto. Ricordò di non aver chiuso a chiave la porta dopo essere entrata in casa e la sua mente tornò al tecnico dell'azienda del gas, temendo che fosse un impostore tornato sui suoi passi con l'intenzione di violentarla e ucciderla.

«Che cosa vuoi?» chiese con la voce soffocata dalla mano premuta sulla bocca. Era chiaramente un uomo: anche se portava i guanti, la sua forza fisica non lasciava dubbi al riguardo. La mano si allontanò dalla bocca per chiudersi intorno al suo collo.

Invece di rispondere alla domanda, lo sconosciuto le bendò gli occhi, facendola piombare nell'oscurità più completa e guidandola poi verso il letto. Fu sopraffatta dal terrore di essere violentata. Doveva urlare o difendersi? Intanto il suo aggressore continuava a tacere e a premerle la pistola sulla guancia destra. Quando l'ansia provocata da quel silenzio si era fatta insopportabile, finalmente l'uomo parlò.

«Sta' tranquilla, da te vogliamo solo informazioni. Nient'altro.»

La guidò in modo che si sedesse sulla sponda del letto e Claire decise che se l'avesse spinta all'indietro per saltarle addosso, avrebbe combattuto nonostante la minaccia della pistola.

Invece lo sentì allontanarsi. Contemporaneamente si accorse che era entrata un'altra persona. S'irrigidì quando si sedette sul letto accanto a lei. Un uomo pesante, a giudicare dalla pressione sul materasso, ma lui non la toccò, eppure ebbe netta la sensazione che la stesse fissando.

«Vedi Web London?»

Lei sussultò a quella domanda, perché non aveva pensato che quella brutta avventura potesse avere a che fare con lui, anche se adesso si meravigliava di non averlo sospettato. La sua era una vita ordinaria, mentre in quella di Web spuntavano armi da fuoco e cadaveri a ogni passo.

«In che senso?»

L'uomo reagì con un grugnito d'irritazione. «Sei una psichiatra e lui è un tuo paziente, vero?»

Era sul punto di rispondergli che non poteva rivelare informazioni riservate poiché era legata al segreto professionale, ma udì lo scatto del cane di una pistola e sentì spegnersi ogni desiderio di dare battaglia.

«È un mio paziente, sì.»

«Così va meglio. Ti ha parlato di un ragazzino? Un certo Kevin?»

Lei annuì perché la bocca le si era seccata al punto di non permetterle di rispondere a parole.

«Per caso sa dov'è ora quel bambino?»

Claire scosse la testa e sobbalzò quando lui le strinse leggermente una spalla.

«Rilassati, dottoressa, nessuno ti farà del male se collabori. Se non collabori, allora sì che sarà un problema» aggiunse in tono minaccioso.

Claire lo sentì schioccare le dita e, dopo un minuto circa di silenzio, avvertì la pressione di qualcosa contro le labbra e si ritrasse.

«Acqua» disse l'uomo. «Hai la bocca secca. Succede a chi se la fa sotto per la paura. Bevi.»

Era un ordine e Claire non perse tempo a opporsi.

«Ora parla, basta cenni con la testa, hai capito?»

Lei fece per annuire e si trattenne. «Sì.»

«Che cos'ha detto di Kevin? Voglio sapere tutto.»

«Perché?»

«Ho le mie ragioni.»

«Volete far del male al ragazzo?»

«No» rispose in tono pacato lui. «Voglio solo riaverlo sano e salvo.»

Il tono sembrava sincero, ma Claire si domandava fino a che punto ci si potesse fidare di un criminale.

«Non ho motivo di crederle; lei mi capisce vero?»

«Kevin è mio figlio.»

Fu un vero choc. Stava parlando con Big F in persona? L'uomo di cui le aveva raccontato Web? Ma Web le aveva detto che Kevin era suo fratello, non suo figlio. Tuttavia la voce che aveva udito era quella di un genitore preoccupato... Qualcosa non quadrava. «Web ha detto che nel vicolo c'era Kevin» si decise a dire infine, rendendosi conto che questa volta doveva mettere da parte la sua correttezza professionale, perché aveva capito che quelle erano persone disposte a tutto, anche a ucciderla, e contro le quali non conveniva fare resistenza. «Kevin gli ha detto qualcosa che ha avuto uno strano effetto su di lui. L'ha visto anche più tardi, mentre le mitragliatrici sparavano. Gli ha dato un messaggio da consegnare e l'ha mandato a cercare i suoi compagni. Dopodiché non l'ha più rivisto. Ma lo sta cercando.»

«Tutto qui?»

Lei annuì e subito rimpianse di averlo fatto. Sentì che lui lei si era avvicinato e chiuse gli occhi sotto la benda, trattenendo le lacrime.

«Abbiamo detto niente più gesti con la testa. Voglio sentire la tua voce. È l'ultima volta che te lo ripeto, intesi?»

«Sì.»

«Voglio sapere se Web ha detto nient'altro, se ha parlato di qualcosa di strano che è successo quando ha visto Kevin la seconda volta.»

«No» rispose lei, ma aveva esitato un secondo di troppo. Se n'era resa conto perfettamente, come se la pausa fosse durata mezza giornata. Ed era sicura che se ne fosse accorto anche lui. Aveva ragione, perché avvertì immediatamente il freddo della canna contro la guancia.

«Forse non mi sono spiegato bene. Dunque, per chiarire la situazione una volta per tutte, ti spiego come stanno le cose, cara la mia dottoressa. Pur di riavere indietro il mio ragazzo, farei saltare le cervella a te e a tutti quelli che hanno significato qualcosa per te, adesso o nel passato. Vedo dappertutto queste foto di una ragazza proprio carina. È tua figlia, giusto?» Claire non riuscì a rispondere. Aveva di nuovo la mano stretta intorno al collo. E perché aveva messo i guanti? Per non lasciare impronte e tracce di DNA sul cadavere. Il suo cadavere! Quel pensiero per poco non la fece svenire.

«È tua figlia?»

«Sì!»

«Vedi, tu hai una figliola che non corre alcun pericolo. Vive al sicuro in una casetta perfetta in un posto perfetto. Io invece non ho il mio ragazzo e lui è la sola cosa importante per me. Allora, dico io, perché tu hai la tua bambina e io non ho il mio bambino? Ti sembra giusto? Dimmelo tu!» Le strinse un po' il collo e Claire ebbe un conato.

«No.»

«No che cosa?»

«Non è giusto» farfugliò lei.

«Ah no? Be', adesso è tardi.»

Claire si sentì spingere all'indietro. Adesso il suo proposito di ribellarsi se avessero cercato di violentarla le sembrava ridicolo: era così terrorizzata da non riuscire a respirare. Sentì sulla faccia il peso leggero del guanciale e poi la pressione di qualcosa che veniva spinto in corrispondenza della sua bocca. Capì subito che si trattava della canna di una pistola, e che il cuscino sarebbe servito da silenziatore.

Pensò a sua figlia Maggie e a come sarebbe stato ritrovato il suo cadavere. Le lacrime cominciarono a scivolarle lungo le guance, quando tutt'a un tratto, quasi miracolosamente, le tornò la memoria.

«Ha detto che qualcuno ha scambiato i bambini nel vicolo» riuscì a dire attraverso il cuscino.

Il guanciale non si mosse per qualche secondo e Claire temette di essere peduta.

Poi fu risollevata così energicamente che quasi le strapparono le braccia.

«Ripeti.»

«Ha detto che nel vicolo qualcuno aveva messo un altro bambino al posto di Kevin. Quello che è andato dagli agenti non era Kevin. Kevin era stato portato via prima.»

«Lui sa perché?»

«No e non sa chi è stato. Solo che è successo.»

Sentì di nuovo la pistola sulla guancia. Per qualche ragione non fu così orribile come la prima volta.

«Se stai mentendo, non ti piacerà quello che ti farò.»

«È quello che mi ha detto.» Le sembrava di aver tradito Web per salvare se stessa e si chiese se lui al suo posto avrebbe preferito morire. Probabilmente sì. Allora ricominciò a piangere e questa volta non per la paura, ma per la propria debolezza.

«Pensa che la persona che ha organizzato la trappola abbia fatto in modo che Kevin si trovasse nel vicolo e che Kevin sia in qualche modo coinvolto.» Poi si affrettò ad aggiungere: «Ma involontariamente. È solo un bambino».

La pressione della canna scomparve e anche la presenza del suo ingombrante inquisitore diventò meno opprimente.

«Nient'altro?»

«È tutto quello che so.»

«Se vai a dire a qualcuno che siamo stati qui, sai che cosa ti faccio. E so come trovare tua figlia. Abbiamo perquisito la casa, ora sappiamo tutto quello che c'è da sapere su di te e su di lei. Ci siamo capiti?»

«Sì» mormorò Claire.

«Sto facendo tutto questo solo per riavere mio figlio. Non mi piace fare irruzione in casa altrui e strapazzare la gente, non è nel mio stile, specialmente con le donne, ma se mi serve per riavere mio figlio, faccio qualsiasi cosa.»

Lei fece per annuire, ma si fermò subito.

Non li sentì andare via.

Attese qualche minuto per essere più sicura. «C'è nessuno?» azzardò poi. Chiamò ancora una volta, quindi si sciolse la benda dagli occhi. Nessuno cercò di fermarla. Finalmente tolse la benda e si guardò velocemente intorno, aspettandosi che qualcuno le saltasse addosso. Avrebbe voluto abbandonarsi sul letto a piangere fino a notte fonda, ma non poteva rimanere lì. Avevano detto di aver perquisito casa sua. Buttò degli indumenti in una borsa, afferrò la borsetta e un paio di scarpe da tennis e corse alla porta. Guardò fuori, ma non c'era nessuno. Arrivò all'automobile, salì e partì tenendo gli occhi incollati allo specchietto retrovisore. Non era un'esperta di quelle cose, ma non le sembrò che qualcuno la seguisse. Entrò in tangenziale e accelerò senza sapere dove andare.

40

Antoine Peebles si sfilò i guanti concedendosi un sorrisino soddisfatto. Guardò Macy che stava guidando, impassibile e imperscrutabile come sempre.

«Un'ottima interpretazione, senza falsa modestia» si compiacque. «Mi sembra di aver trovato l'intonazione giusta. Ti sembrava che gli somigliassi?»

«In tutto e per tutto come il capo» confermò Macy.

«E adesso quella è disperata e incazzata e correrà da Web London e dagli sbirri e tutti andranno a cercare Francis.»

«E forse anche noi.»

«No, ti ho già spiegato come funziona. Non bisogna mai agire spinti dall'emotività, Mace» lo ammonì Peebles. «Noi abbiamo già preso le distanze da lui e non solo noi. Non ha più merce da vendere e metà dei suoi l'ha piantato in asso. Quanto a liquidità è ridotto praticamente a zero. In questo mestiere non si tengono scorte per più di due giorni e ha esaurito anche quelle. E quando ha ucciso Toona, ha perso altri quattro uomini.» Scosse la testa. «E in mezzo a tutto questo casino, che cosa fa lui? Sta lì ad arrovellarsi per quel marmocchio. Tutte le notti in giro a cercarlo, a malmenare la gente, bruciare ponti, prendersela con tutti perché non si fida di nessuno.»

«Forse fa bene a non fidarsi» obiettò Macy. «Specialmente di te e me.»

Peebles ignorò la battuta. «Dovrebbe scrivere un libro su come condurre gli affari nel modo più idiota. Ammazzare uno dei suoi davanti a tutti. Davanti a un agente dell'FBI! Quello si sta scavando la fossa.»

«Bisogna tenere gli uomini in riga» obiettò Macy in tono compassato. «Bisogna comandare con il pugno di ferro.» Lanciò un'occhiata a Peebles lasciando intendere che non lo reputava all'altezza, ma Peebles non se ne accorse nemmeno, troppo inebriato dal proprio successo. «E non puoi biasimarlo se cerca suo figlio.»

«Non bisogna mai mescolare il lavoro con le questioni personali» ribatté Peebles. «Si è già dato la zappa sui piedi, e per che cosa? Qualcosa che non succederà mai. Quel ragazzo non tornerà mai più a casa. Quelli che l'hanno preso, l'hanno già sistemato da qualche parte sotto due metri di terra. Sempre ammesso che ci fosse rimasto ancora qualcosa di lui da seppellire. Intanto io ho già attivato nuovi canali di rifornimento e quelli che hanno piantato in asso lui si sono messi con me.» Peebles sprizzava soddisfazione da tutti i pori. «Tu probabilmente non lo sai, ma il mio piano è degno di Machiavelli, un classico. In questi ultimi sei mesi mi sono accaparrato gli elementi migliori delle altre organizzazioni. Ormai siamo praticamente pronti a partire e questa volta faremo a modo mio. Gestiremo le cose come se si trattasse di una vera attività commerciale: contabilità, paghe e promozioni, gratifiche e premi per chi dimostra il maggior impegno e per chi ha spirito d'iniziativa. Useremo le nostre strutture per il riciclaggio e taglieremo le spese dove è necessario. Niente più gioielli e prostitute da cinquecento dollari a notte. Ho in mente di istituire un fondo pensione, così i fratelli la pianteranno di sbattere via i loro soldi in auto e oro per ritrovarsi a zero quando diventano troppo vecchi per questo mestiere. E per i quadri dirigenti ho in mente un certo tipo di abbigliamento, basta con le porcate che si mettono addosso adesso. Un professionista deve avere l'immagine di un professionista. Guarda come sei in ordine tu. È così che mi piace.»

Macy si concesse un raro sorriso. «Ad alcuni dei ragazzi non piacerà.»

«Bisognerà pur che crescano.» Tacque, ricordando qualcosa. «Devo dirti che mi ha dato una sensazione strana tenere quella pistola in mano.»

«Le avresti sparato?»

«Sei matto? Dovevo solo spaventarla.»

«Quando si estrae una pistola, a volte bisogna saperla usare» sentenziò Macy.

«Quello è il tuo mestiere. Sei tu il capo della sicurezza, Mace. Il mio braccio destro. Hai dimostrato quello che vali quando hai escogitato quel piano per rapire Kevin. E devo anche complimentarmi per come hai saputo arruolare manodopera fresca. E adesso possiamo andare in alto, amico mio, molto più in alto di dove voleva portarci Francis e molto più velocemente. Lui è della vecchia scuola, oggi bisogna saper stare al passo con i tempi. È per questo che i dinosauri si sono estinti.»

Imboccarono un vicolo e Peebles controllò l'orologio. «Tutto a posto?» chiese.

«Ci sono tutti, come volevi.»

«Umore?»

«Buono, ma sospettoso. Li hai preoccupati ma anche molto incuriositi.»

«È quello che volevo sentirti dire. È il momento in cui scopriamo le carte, Mace, e facciamo sapere a tutti che Francis è fuori gioco. Questo è il "nostro" momento.» S'interruppe sulla scia di una considerazione improvvisa. «Che cos'ha tirato in ballo quella donna? Qualcuno avrebbe scambiato Kevin con un altro ragazzo in quel vicolo?»

Macy alzò le spalle. «Non ne ho idea.»

«Il ragazzino ce l'hai tu, giusto?»

«Sicuro. Sano e salvo, almeno per ora. Vuoi vederlo?»

«Non voglio nemmeno avvicinarmici. Quello mi conosce e se qualcosa non va per il verso giusto e lo riferisce a Francis...» La paura gli si disegnò sul volto.

Macy fermò la macchina, smontò, scrutò il vicolo in entrambe le direzioni e poi controllò che non ci fosse nessuno sui tetti. Finalmente diede il via libera al suo nuovo capo. Peebles scese, si aggiustò la cravatta e si abbottonò la giacca a doppio petto. Macy gli aprì la porta e Peebles entrò con passo energico nello stabile. Salirono le scale e a ogni gradino sembrava quasi che l'energia e il carisma sprigionati da Peebles aumentassero d'intensità. Era il suo momento, un momento che aveva atteso per anni, quello di buttare via il vecchio e dare spazio al nuovo.

Arrivò in cima e attese che Macy gli aprisse la porta. Avrebbe trovato sette uomini ad attenderlo, in rappresentanza di altrettanti settori di distribuzione della droga nel Distretto di Columbia. Non avevano mai lavorato insieme, anzi, ognuno era sempre rimasto barricato nel proprio pezzetto di territorio a custodire il poco che aveva guardandosi bene dallo scambiare informazioni o risorse. Quando c'era qualche contrasto, lo risolvevano sparandosi addosso. Facevano soffiate alla polizia quando potevano trarne qualche vantaggio e le forze dell'ordine intervenivano ad arrestarli. Aveva fatto così anche Francis e sebbene quel modo di condurre gli affari desse qualche risultato nell'immediato futuro, Peebles sapeva che nel lungo periodo l'unico esito possibile sarebbe stato il fallimento economico. Era tempo di assumere il comando delle operazioni.

Entrò nella stanza in cui avrebbe avuto inizio la sua leggenda. Si fermò. Si guardò intorno. Non c'era nessuno.

Non ebbe nemmeno il tempo di voltarsi prima che la pistola facesse fuoco a pochi millimetri dalla sua testa bruciandogli il cervello. Stramazzò al suolo e il sangue gli colò sull'elegante cravatta sporcandogli l'abito da manager.

Macy rifonderò la pistola e si chinò su di lui. «Ho letto anch'io Machiavelli, Twan» disse senza il minimo rimorso. Spense la luce e ridiscese le scale.

Aveva un aereo da prendere perché adesso avrebbero avuto davvero inizio le danze.

Web guidò Boo in cima a un piccolo dosso e tirò le redini fermandolo di fianco a Gwen, che montava Baron.

Romano era con Billy alle scuderie; per la verità, quando Web si era allontanato, stavano ammirando insieme la Corvette. Visto che quasi tutti i dipendenti erano andati alla fiera dei cavalli, Web aveva strappato a Canfield il permesso di chiedere rinforzi, così ora alla fattoria c'erano alcuni agenti in più a pattugliare la tenuta in attesa che rientrassero gli uomini di Strait.

«Questa è forse la stagione più bella» commentò Gwen. «Chissà, magari voi pensate che qua la vita sia tutta rose e fiori, una bella villa spaziosa, un sacco di personale, nient'altro da fare che andare a cavallo tutto il giorno e godersi il panorama.»

Sorrise, ma Web sentiva che stava parlando seriamente. Si domandava come mai una donna come Gwen Canfield, con tutto quello che aveva passato, avesse bisogno dell'approvazione di qualcuno, specialmente di un estraneo come lui. «Io credo che vi siate meritati quello che avete, visto che nessuno vi ha regalato niente. Non dovrebbe essere questo il sogno americano?»

«Forse» ribatté lei poco convinta. Alzò gli occhi verso il sole. «Oggi fa caldo.» Web intuiva che voleva parlargli di qualcosa, ma non trovava il modo di entrare in argomento.

«Sono un agente dell'FBI da molto tempo, Gwen, ne ho sentite praticamente di cotte e di crude e sono diventato un buon ascoltatore.»

Lei gli lanciò un'occhiata. «Io non confesso i miei sentimenti nemmeno alle persone che conosco "bene", o almeno non più.»

«Non ti sto chiedendo di farlo. Ma se hai voglia di parlare, sono qui.»

Percorsero un altro tratto, poi lei si fermò di nuovo. «Pensavo al processo di Richmond. Quei maledetti hanno avuto persino la faccia tosta di querelare l'FBI, vero?»

«Ci hanno provato, ma si sono presi un calcio in quel posto. L'avvocato, quello Scott Wingo che è stato ucciso di recente, cercò di rigirare la frittata durante il processo a Ernest Free, ma il giudice mangiò subito la foglia e respinse i suoi tentativi. Ciononostante è probabile che con le sue manovre avesse insinuato un "ragionevole" dubbio nella mente dei giurati e per questo il pubblico ministero preferì accettare il patteggiamento.» Fece una pausa. «Ma adesso è morto anche il giudice» aggiunse poi.

Gwen lo guardò con i suoi grandi occhi pieni di tristezza. «Mentre Ernest Free è vivo e libero come il vento, dopo tutto quello che ha fatto.»

«Certe volte la vita è assurda, Gwen.»

«Io e Billy eravamo così felici… prima. Io lo amavo moltissimo. Ma dopo la morte di David non è stato più lo stesso. Probabilmente è più colpa mia che sua. È stata mia l'idea di iscrivere David a quella scuola. Volevo che avesse un'istruzione di alto livello e volevo che conoscesse le persone più diverse, realtà etniche di vario genere, altre culture. Billy è un brav'uomo, ma è nato e cresciuto a Richmond; non in una famiglia agiata o in un ambiente che gli garantisse particolari privilegi, ma comunque in un posto dove vedeva solo gente della sua razza. Oh, non sto dicendo che sia razzista, intendiamoci» aggiunse subito. «Metà dei suoi dipendenti nella ditta di trasporti era di colore e lui ha trattato sempre tutti alla stessa maniera, bianchi e neri. Se lavoravi sodo, avevi un posto a una paga equa. L'ho persino accompagnato quando andava a trovare i camionisti sospesi perché bevevano. Portava cibo e denaro alle famiglie, trovava loro assistenza professionale e pagava lui, o li faceva ricoverare in un istituto di riabilitazione perché li rimettessero in piedi. Avrebbe potuto licenziarli, i regolamenti sindacali glielo permettevano, ma lui non lo fece mai. Una volta mi disse che la sua missione in questo mondo era di essere il "principe della seconda occasione", perché lui ce l'aveva avuta. So che certa gente ci guarda e pensa che non ci sia affetto tra noi, ma sono certa che non c'è niente che lui non farebbe per me ed è stato al mio fianco nel bene e nel male e Dio sa se non abbiamo avuto la nostra brava dose di momenti difficili.»

«Non è me che devi convincere, Gwen. Ma se hai dei problemi, non hai pensato di rivolgerti a qualcuno? Io conosco una persona che potrebbe fare al caso tuo.»

Lei lo guardò con occhi malinconici, poi alzò di nuovo lo sguardo al sole. «Vado a fare il bagno» annunciò.

Tornarono alle scuderie e Web accompagnò Gwen alla villa su uno dei fuoristrada della fattoria. Lei indossò il costume da bagno e raggiunse Web, che era già in piscina e si scusò di non poterle fare compagnia perché, disse, la pistola si sarebbe bagnata. Lei sorrise della battuta e andò ad aprire con una chiave una centralina incassata nel muro di pietra di fianco alla vasca, per azionare il meccanismo che faceva scorrere la copertura mobile sui binari.

«Abbiamo dovuto coprire la vasca perché continuavamo a trovarci dentro testuggini, rane e persino qualche serpente» spiegò.

Web si accovacciò sul bordo, a un'estremità, per esaminare la macchina che produceva corrente nell'acqua. Rialzò lo sguardo in tempo per vedere Gwen togliersi i sandali e l'accappatoio. Indossava un costume intero molto scollato e sgambato. Era abbronzata e i muscoli delle cosce e dei polpacci non erano meno tonici di quelli delle braccia e delle spalle. Se quelli erano i benefici dell'equitazione, allora le donne dovrebbero scordare creme rassodanti e diete ipocaloriche.

«Come funziona questo aggeggio?» le chiese.

Gwen raccolse i lunghi capelli in una cuffia e lo raggiunse. «L'acqua viene pompata in quel cannone che vedi lì in fondo e da lì viene sparata alla velocità che scegli tu regolandola come più preferisci. Per un po' abbiamo utilizzato una macchina portatile, ma era molto ingombrante. Ed era sempre accesa, quindi era più logico averne una fissa. L'acqua è riscaldata, perciò io uso la piscina tutto l'anno.»

«Allora è per questo che sei così in forma.»

«Grazie, gentile signore. Sicuro di non voler fare il bagno con me?»

«Non riuscirei a starti dietro» si schermì lui.

«Come no, con tutto quel grasso che hai addosso» scherzò lei. Andò quindi a mettere in funzione la pompa schiacciando alcuni pulsanti di un secondo pannello di controllo poco distante dal primo.

Web sentì la pressione dell'acqua che aumentava, poi vide che dal cannone subacqueo cominciava a salire la schiuma, creando la corrente contro la quale Gwen avrebbe nuotato.

Lei indossò un paio di occhialini e si tuffò. Web la guardò riapparire in superficie e cominciare a nuotare. La seguì con lo sguardo per una decina di minuti, senza vederla mai cambiare velocità o bracciata. Era come una macchina e sotto sotto Web era felice di aver deciso di non farle compagnia in acqua: tutti gli agenti dell'HRT sono abili nuotatori e Web in particolare, ma non era così sicuro che sarebbe riuscito a reggere al ritmo di Gwen Canfield.

Una ventina di minuti più tardi il motore del cannone si fermò e Gwen si avvicinò al bordo.

«Finito?» chiese Web.

«No, io avevo fissato il timer per quarantacinque minuti. Deve essersi inceppato qualcosa.»

«Dove sono i comandi?»

Lei gli indicò una porta a due battenti nel muro di pietra. «Là dentro. Dove c'è l'impianto della piscina.»

Considerata la pendenza del terreno, Web calcolò che il locale dovesse essere in parte interrato. Andò alla porta e constatò che era chiusa a chiave. «Niente da fare.»

«Strano, non chiudiamo mai a chiave.»

«Sai dov'è la chiave?»

«No. Come ho detto, quella porta è sempre aperta, non ho mai nemmeno pensato che esistesse una chiave. Vorrà dire che la mia nuotata sarà più breve.»

«No, aspetta» ribatté lui con un sorriso sornione. «L'FBI è un'agenzia seria e non ci è concesso di lasciare un cliente insoddisfatto.» Estrasse di tasca il suo mazzo di chiavi, che conteneva un utensile molto sottile e prezioso con cui era in grado di aprire il novantanove per cento delle serrature di questo mondo in non più di trenta secondi. In metà del tempo aveva aperto il locale macchine della piscina.

Entrò, trovò l'interruttore e accese le luci e fu un bene, perché anche così rischiò di precipitare per una breve rampa di scale subito oltre la soglia. Il caso ideale per un avvocato, pensò tra sé mentre scendeva con cautela in un fragore assordante di macchinari e pompe. C'erano scaffali con tutto il necessario per la manutenzione della piscina: grosse taniche di soluzione al cloro in polvere, skimmer, spazzoloni, un robot per pulire l'acqua dai detriti e un assortimento di cianfrusaglie che probabilmente nessuno usava da anni. C'era abbastanza freddo là dentro, d'altra parte doveva trovarsi a circa tre metri sotto il suolo, considerato che, da quando era arrivato in fondo alle scale, aveva continuato a scendere per un lieve pendio.

Trovò la centralina del cannone spara-acqua e constatò che era saltata una valvola di sicurezza. La nuova macchina evidentemente era stata installata senza apportare le dovute modifiche al circuito di alimentazione, che non era adeguato al maggiorato carico di corrente. Si ripromise di avvertire Gwen che, se non avessero modificato l'impianto, c'era il rischio che qualche cavo sfrigolasse provocando un incendio. Azionò l'interruttore e la macchina ripartì. C'era un bel baccano là dentro. Mentre tornava indietro non notò un'altra porta in fondo a un breve corridoio. Risalì la rampa di scale e spense la luce.

Oltre quella porta, in fondo a un breve tratto di corridoio, c'era un secondo uscio, quello del locale nel quale Kevin West-brook stava trattenendo il fiato. Aveva udito dei passi prima, poi più niente a parte quella dannata macchina, che si era fermata ed era ripartita. E poi c'era anche quell'odore di cloro, ormai aveva capito di che cosa si trattava e si era quasi abituato. Ma il rumore dei passi che si allontanavano l'aveva sorpreso. Tutte le volte che qualcuno era sceso fin laggiù, era andato da lui. Chissà perché quella volta no.

41

Web attese in biblioteca che Gwen terminasse di fare la doccia. Contro una parete c'era un mobile su misura che conteneva un maxischermo. C'erano anche cinque mensole di videocassette. Web le guardò distrattamente. Ma tutt'a un tratto s'irrigidì, fissando lo sguardo sul numero scritto a mano che ne contrassegnava una. La sfilò. Il numero indica una data, ed era una data che lui non avrebbe mai dimenticato. Si guardò intorno: era solo.

Infilò la cassetta nel videoregistratore. La scena era la stessa che gli era rimasta scolpita nella mente: la scuola di Richmond, piena di bambini di varia estrazione sociale ed etnia. Aveva un alto valore simbolico, avevano sostenuto i giornali, il fatto che l'ex capitale della Confederazione avesse avviato un audace programma di integrazione nelle scuole dopo che gran parte delle corti federali e delle amministrazioni statali aveva gettato la spugna dichiarando che più di quanto avevano fatto non era possibile ottenere. Ebbene, Richmond si era spinta oltre e ci era riuscita, attirando su di sé l'attenzione nazionale. Poi Ernest B. Free e la sua banda di assassini erano entrati nell'istituto dalla porta principale in assetto di guerra con giubbotti antiproiettile e armi automatiche.

Due insegnanti erano state uccise e, mentre venivano presi in ostaggio una decina di adulti e trenta studenti di età variabile tra i sei e i sedici anni, intorno alla scuola scoppiava il caos. Erano entrati in azione i negoziatori, che si erano tenuti costantemente in contatto telefonico con i sequestratori, cercando di assecondarli, di stabilire che cosa volessero e come farglielo avere. Intanto Web e la sua Charlie Team attendevano poco distante e i tiratori scelti della Zulu Team tenevano sotto tiro ogni punto dove fosse possibile sferrare un attacco. Poi, dall'interno era giunto un rumore di spari e Web e i suoi uomini erano stati chiamati in prima linea. Tutti conoscevano perfettamente il piano d'attacco elaborato in fretta e furia durante il tragitto da Quantico e Web ricordava bene di avere creduto di dover entrare in azione di lì a pochi secondi, tant'è vero che aveva preparato la sua 45 secondo il solito rituale scaramantico.

Dei sequestratori sapeva poco, ma quel poco era sconfortante: erano violenti, disciplinati, ben armati e ben protetti, e in quel momento erano padroni della vita di molti innocenti.

Avevano fatto sapere alle forze dell'ordine che gli spari erano stati un incidente senza conseguenze. Alle orecchie di Web quella frettolosa precisazione era suonata come uno spiacevole campanello d'allarme, ciononostante l'intervento della Charlie Team era stato immediatamente sospeso. Dopo Waco, alla strategia dell'FBI nelle operazioni di salvataggio di ostaggi erano state apportate alcune modifiche. Sostanzialmente adesso si propendeva per prolungare all'infinito le trattative, così che l'attesa estenuante fiaccasse la resistenza dei sequestratori, scongiurando il ripetersi degli orrori avvenuti in Texas. Ma quando gli uomini della Free Society avevano interrotto i negoziati, gli uomini dell'HRT erano stati richiamati per un intervento ormai inevitabile.

Sotto le telecamere che riprendevano attimo per attimo lo svolgersi del dramma, Web e la Charlie Team erano avanzati strisciando verso un'entrata secondaria sul retro dell'edificio. Per ottenere il massimo della sorpresa, poiché non si conosceva l'ubicazione precisa degli ostaggi e dei sequestratori, si era deciso di non assaltare l'ingresso principale. Erano entrati senza far rumore e avevano percorso un corridoio avvicinandosi alla palestra dove si riteneva che probabilmente fossero stati radunati gli ostaggi.

La squadra era arrivata fino alla porta a due battenti della palestra, dove Web aveva sbirciato attraverso il vetro per contare ostaggi e sequestratori. Gli risultava che ci fossero tutti. Un attimo prima che riabbassasse la testa, aveva incrociato lo sguardo con il ragazzino. Aveva cercato di tenerlo calmo perché non tradisse la presenza sua e dei suoi compagni, gli aveva persino mostrato il pollice alzato. Ancora non sapeva che quel bambino era David Canfield.

L'HRT aveva cominciato il conto alla rovescia. Ogni operativo sapeva con precisione dove sparare e tutti erano sicuri di poter abbattere i sequestratori senza perdere altri ostaggi, sebbene fossero consapevoli che un qualsiasi imprevisto poteva portare alla tragedia.

E così era stato.

Un attimo prima dell'irruzione nella palestra, si era udito un rumore forte e acuto. Non sarebbe potuto accadere in un momento più inopportuno e ancora Web non sapeva che cosa l'avesse provocato.

Gli uomini dell'HRT erano entrati sparando, ma i sequestratori, allertati, avevano reagito all'istante.

I bersagli erano stati scelti con cura. David Canfield era stato attraversato da una pallottola nel polmone sinistro. Era caduto. A ogni respiro sprizzava sangue fuori dallo squarcio aperto nel torace. Non poteva essere durato più di un paio di secondi, ma David Canfield in quegli attimi aveva fissato Web con un'espressione che non avrebbe mai più dimenticato. Era come se avesse riposto tutta la sua fiducia in lui, come se lo avesse considerato il suo amuleto contro la follia omicida, e lui lo aveva tradito. Pollice alzato.

Era stato quello il momento in cui aveva avuto inizio lo scontro a fuoco vero e proprio e Web aveva dovuto dimenticare David Canfield per concentrarsi sugli altri ostaggi e sugli uomini che stavano cercando di ucciderlo. Era stato investito dalla fiammata dopo aver salvato la vita a Lou Patterson, poi due proiettili gli si erano conficcati nel collo e nel torace. Alla fine, quando il rumore degli spari era cessato, dei sequestratori era rimasto incredibilmente vivo solo Ernest Free.

Era uno strazio per Web rivivere quei momenti e tuttavia si allungò in avanti per vedere i portantini che lo trasportavano via. Alla sua sinistra c'era Lou Patterson, alla sua destra un lenzuolo steso sopra un cadavere. David Canfield era stato l'unico ostaggio a restare ucciso durante l'assalto dell'HRT. La sequenza era stata montata in modo che si alternassero immagini di lui che lottava per sopravvivere a quelle del corpo immobile di David Canfield. Un riflettore era rimasto puntato sulla piccola salma finché qualcuno non l'aveva fatto esplodere con una fucilata. Web si era spesso chiesto chi fosse stato. In quel momento il nastro finì.

«Fui io a sparare a quel riflettore.»

Web si girò ritrovandosi faccia a faccia con Billy Canfield. Aveva visto scorrere le ultime sequenze e sembrava aver letto nel pensiero di Web. Si fece avanti zoppicando e indicò lo schermo.

Web si alzò dal divano. «Mio Dio, Billy, scusami, non avrei dovuto…»

«Tenevano quella dannata luce puntata sul mio bambino» continuò Billy. «Non avrebbero dovuto.» Si girò finalmente a guardare Web. «Non avrebbero dovuto farlo, non era giusto. Il mio Davy era molto sensibile alle luci troppo intense.»

Fu allora che entrò Gwen in jeans e camicetta rosa. Era scalza e aveva i capelli ancora bagnati. Web le rivolse un cenno di scuse e lei capì al volo che cos'era accaduto. Prese per un braccio il marito, che la respinse. Web lesse quasi dell'odio nei suoi occhi.

«Perché non vi sedete qui insieme a guardarlo?» gridò a Gwen. «Maledetta. Lo so, Gwen. Non t'illudere che non lo sappia.»

Billy uscì con passi rabbiosi da una parte, mentre Gwen scappava dall'altra.

Sentendosi tremendamente in colpa, Web recuperò il nastro dal videoregistratore, ma quando stava per metterlo al suo posto con gli altri, si fermò. Rivolse uno sguardo alla porta, si mise il nastro nella tasca della giacca e tornò alla dépendance. Lì visionò di nuovo la videocassetta. Guardò il nastro cinque volte, cercando invano di interpretare il rumore in sottofondo. Alzò il volume e si avvicinò il più possibile allo schermo, ma non ci fu nulla da fare. Alla fine chiamò Bates e gli spiegò che cosa aveva in mente. «Ho qui il nastro» gli disse.

«So di che nastro parli» rispose Bates. «Fu girato dalla troupe di una televisione locale. Ne abbiamo una copia in archivio. Lo farò esaminare.»

Web spense il televisore e sfilò il nastro dal videoregistratore.

Si era scoperto in seguito che due adolescenti di colore erano state violentate da alcuni uomini della Free Society; a quanto pareva l'odio per i neri non impediva loro di abusarne sessualmente.

Ma che cosa intendeva Billy quando aveva detto a Gwen che sapeva? Sapeva che cosa?

Il trillo del cellulare interruppe i suoi pensieri. La voce femminile all'altro capo era sull'orlo dell'isteria.

«Claire, cos'è successo?»

Claire lo mise confusamente al corrente.

«Resta dove sei» le ordinò. «Sarò lì il più presto possibile.» Spense il cellulare, chiamò Romano, gli riferì della telefonata e pochi minuti dopo era già per strada.

42

Claire aveva trovato rifugio in una stazione della polizia presso un centro commerciale, un luogo pubblico dove sentirsi al sicuro. Non aveva denunciato l'accaduto alla polizia, riferì a Web al suo arrivo.

«Perché no?»

«Prima volevo parlarne con te.»

«Senti, Claire, da come mi hai descritto la scena, direi che il mio caro amico Francis Westbrook e uno dei suoi tirapiedi, probabilmente Clyde Macy, sono venuti a trovarti. L'ultima volta che li ho visti io, qualcuno è morto. Tu non ti rendi conto di quanto sei fortunata.»

«Ma io non posso essere sicura che fossero loro, ero bendata.»

«Riconosceresti le voci?»

«Probabilmente.» Fece una pausa corrugando la fronte in un'espressione perplessa.

«Che cosa c'è, Claire? Che cosa ti turba?»

«Questo Francis… che grado di istruzione potrebbe avere?»

«Quanto a cultura da malavitoso, è plurilaureato. Quanto a istruzione scolastica, siamo a quota zero. Perché?»

«L'uomo che mi ha minacciato aveva uno strano modo di esprimersi. C'era un po' di slang e un po' di espressioni da ghetto, ma usava anche parole da persona istruita. Ho avuto la sensazione che lo mettesse a disagio ciò che stava dicendo, certe espressioni sembravano forzate, quasi che dovesse riflettere per trovare le parole giuste, scartando quelle che avrebbe scelto d'istinto, ma di tanto in tanto sbagliava e usava parole che, sai…»

«Vuoi dire che cercava di imitare qualcun altro?»

«Imitare, giusto.»

Web fece un respiro. La situazione si stava facendo interessante. Pensava a un luogotenente che strappava via il tappeto da sotto i piedi al proprio principale. Antoine Peebles, l'aspirante narcotrafficante con diploma in pergamena. La guardò con rinnovata ammirazione. «Cara Claire, hai delle orecchie davvero invidiabili. Dev'essere per l'allenamento a cui ti sottoponiamo noialtri svitati, quando devi cercare di cogliere nei nostri sproloqui gli spunti per le tue diagnosi.»

«Ho paura, Web. Ho paura davvero. Ho aiutato per anni la gente ad affrontare i propri timori, ho spinto i miei pazienti a essere attivi e non reattivi, e adesso mi capita una cosa del genere e mi sento come paralizzata.»

Lui le passò un braccio intorno alle spalle in un gesto protettivo mentre la accompagnava alla propria automobile. «Hai ragione ad aver paura. Vorrei vedere chi non si sarebbe spaventato al tuo posto.»

«Tu no.» Web notò lo strano tono in cui lo aveva detto, quasi con invidia.

«Non credere che io non mi spaventi mai, Claire» ribatté mentre salivano sulla sua Mach. «Non sono immune dalla paura.»

«Ma sicuramente non lo dai a vedere.»

«A mio modo sì.» Chiuse lo sportello e rifletté per un momento prima di girarsi verso di lei e prenderle una mano. «Puoi affrontare le tue paure in due modi diversi, o ti richiudi in te stesso e ti nascondi al mondo o le affronti di petto.»

«Adesso lo psichiatra sei tu» sospirò lei.

«Diciamo che ho imparato dai migliori.» Le strinse la mano. «Allora, te la senti di aiutarmi a sbrogliare questa matassa?»

«Ho fiducia in te, Web.»

Quell'affermazione lo sorprese, principalmente perché non era ciò che le aveva chiesto.

Innestò la marcia. «Andiamo a vedere se ci riesce di trovare un ragazzino che risponde al nome di Kevin.»

Parcheggiò nel vicolo dietro la casa in cui Kevin era vissuto e si presentò con Claire alla porta sul retro, nel caso qualcuno, per esempio gli uomini di Bates, stesse sorvegliando quella principale. Non era certo il momento di dover mettersi a dare spiegazioni ai colleghi del Bureau. Web bussò.

«Chi è?» La voce era maschile, non quella della nonna, e per niente amichevole.

«Sei tu, Jerome?»

Web avvertiva la presenza di una persona dietro la porta.

«Chi lo vuole sapere?»

«Web London, FBI. Come stai oggi, Jerome?»

Udirono entrambi la parola "merda", ma la porta non si aprì.

«Jerome, io sono ancora qui e ci resterò finché non avrai aperto. E non cercare di scappare come l'ultima volta. Teniamo d'occhio anche l'altro ingresso.»

Finalmente udirono il rumore di un chiavistello che scorreva e della serratura che veniva aperta. Web si ritrovò faccia a faccia con Jerome, e si stupì di vederlo in camicia bianca, cravatta e calzoni eleganti; aveva un'espressione ostile e imbronciata.

«Esci con una ragazza?»

«Sei davvero spassoso, per essere un federale. Che cosa volete?»

«Parlare. Sei solo?»

Jerome indietreggiò di un passo. «Adesso non più. Senti, vi abbiamo già detto tutto quello che sappiamo. Non potreste smetterla di asfissiarci?»

Web fece passare Claire, la seguì e chiuse la porta. Erano nel cucinino. «Sto cercando di ritrovare Kevin. Lo vuoi anche tu, no?» chiese.

«Che razza di domanda sarebbe?»

«La domanda di uno che non si fida più. Voglio solo parlare.»

«Senti, sono occupato. Se hai voglia di parlare con qualcuno, puoi parlare al mio avvocato.» Jerome osservò Claire. «E lei chi è? La tua ragazza?»

«No, è la mia psichiatra.»

«Ah, buona questa.»

«Guarda che è vero, Jerome» intervenne Claire facendosi avanti. «E temo che il signor London abbia qualche problema.»

«Che cosa c'entro io con i suoi problemi?»

«Il fatto è che ha dedicato così tanto tempo a questo caso da esserne ormai quasi ossessionato. Questo genere di comportamento, se diventa maniacale, può essere pericoloso, e se non lo si risolve con ragionevole celerità, può scaturire in atti violenti.»

Jerome indietreggiò di un altro passo. «Se quest'uomo è matto, io non posso farci niente. Era già matto la prima volta che è venuto qui.»

«Ma non vorrai che succeda qualcosa di brutto a te o a qualcun altro a causa delle tue resistenze. Il signor London sta solo cercando la verità ed è mia opinione professionale che trovare la verità, per una persona con il suo particolare tipo di problema, sia molto importante. E nei confronti di coloro che l'aiuteranno a trovarla, sarà, a livello psicologico, estremamente grato. Il rovescio della medaglia è una triste realtà che sono sicura non vorrai dover toccare con mano.» Rivolse a Web uno sguardo di compatimento mescolato a una giusta dose di ansia. «Ho già visto di che cosa è capace il signor London ed è uno dei motivi per cui sono qui anch'io. Evitare un'altra tragedia.»

Web l'ammirava.

Jerome indietreggiò di più. «Sentite, io ho già detto tutto quello che so» si difese poi in un tono molto meno battagliero. «Dovete credermi.»

«No, Jerome, non è vero» l'accusò Web. «Io di Kevin voglio sapere delle cose alle quali tu forse non hai nemmeno pensato. E adesso piantiamola con tutte queste stronzate e veniamo al sodo.»

Jerome si incamminò per un corridoio e li guidò nel piccolo soggiorno dove Web era stato ricevuto la prima volta. Prima di lasciare la cucina, Web notò quanto fosse pulita, non una traccia di calcare nel lavello, il pavimento tirato a lucido. Seguendo Jerome prima in corridoio e poi nel soggiorno, vide anche che non c'erano immondizie in giro e che pareti e pavimenti erano stati puliti con cura. C'era nell'aria odore di disinfettante. Accanto a quella del bagno, c'era una porta appoggiata a una parete, in attesa di essere restaurata. Il buco nel soffitto era stato rappezzato. Web pensò che fosse opera della nonna, ma poi vide Jerome prendere una scopa e mettersi a spazzare per terra come se stesse completando un lavoro domestico che aveva interrotto a causa del loro arrivo.

Web si guardò intorno. «Hai fatto tutto tu?» gli chiese.

«Non c'è motivo di vivere in un porcile.»

«Tua nonna dov'è?»

«Al lavoro. Giù all'ospedale. In mensa.»

«Come mai non sei al lavoro anche tu?»

«Ci sarò tra un'ora, se non avete intenzione di tenermi qui.»

«Sei troppo elegante per andare a fare una rapina in banca.»

«Sei davvero divertente, sai?»

«Dunque dove sarebbe questo lavoro?» "Non ce l'hai Jerome, ammettilo" pensava Web.

Jerome finì di pulire il pavimento, raccolse la polvere e la vuotò in un sacco per l'immondizia che chiuse e lanciò a Web. «Ti scoccia metterlo fuori?»

Claire aprì la porta dell'ingresso principale e Web posò il sacco di fianco a quelli che erano già stati sistemati sul primo gradino. Quando si girò, vide che Jerome aveva preso una cassetta di attrezzi da un ripostiglio. Dalla cassetta tolse un cacciavite, una tenaglia e un martello. Posò gli utensili di fianco al vano della porta del bagno.

«Mi dai una mano?» gli domandò prendendo la porta dalla parete a cui era appoggiata.

Web lo aiutò a portare l'uscio, poi osservò Jerome stringere le viti dei cardini che si erano allentati e sfilare con la tenaglia i perni dalla porta. Sollevarono quindi insieme l'uscio e lo allinearono al telaio perché Jerome potesse rinfilare i perni negli anelli dei cardini. Poi il giovane aprì e richiuse la porta due o tre volte per assicurarsi che fosse a posto.

«Il pallino per i lavori manuali ce l'hai. Ma non è questo il tuo mestiere... a meno che i falegnami lavorino in giacca e cravatta.»

Jerome ripose gli attrezzi prima di rispondere. «Lavoro la sera, in una ditta a cui sto aggiornando il sistema informatico. Ho avuto il posto qualche mese fa.»

«Dunque sai usare i computer?» chiese Claire.

«Mi sono diplomato in informatica al college della comunità. Sì, qualcosa ci capisco.»

Web non si scompose. «Ah. Sai usare i computer.»

«Che cos'è, sei duro d'orecchi? Ho già detto di sì.»

«L'ultima volta che sono stato qui non mi è sembrato che avessi un lavoro.»

«Ho già spiegato che lo faccio di sera.»

«Già.»

Jerome estrasse un portatile da sotto il divano. Lo aprì e lo accese.«Sei on line?» chiese Jerome a Web.

«Cos'è, qualcosa che si mangia?»

«Spiritoso. Computer. Internet. Sai che cos'è, vero?»

«No, negli ultimi dieci anni sono stato in giro per la galassia, così sono rimasto un po' indietro.»

Jerome schiacciò alcuni tasti e il computer annunciò l'arrivo di un messaggio di posta elettronica.

«Un momento, come fai ad accedere a Internet senza un telefono?» chiese Web.

«Questo computer contiene un modem interno. È come avere un cellulare dentro il computer.» Sorrise a Web e scosse la testa incredulo. «Gesù, spero che i federali non siano tutti così ignoranti come te in fatto di computer.»

«Non tirare troppo la corda, Jerome.»

«Sai che cos'è un cookie?»

«Una cosa dolce che ti fa venire le maniglie dell'amore.»

«Non molli mai, eh? Un cookie è un file di testo. Un'intestazione HTTP con una stringa di testo. Nella stringa c'è il dominio, il percorso, la variabile di valore stabilita da un sito web e una durata. Molte aziende usano i cookie per personalizzare informazioni, rintracciare link molto usati o per raccogliere dati demografici. Così si tiene aggiornato il sito nell'interesse dell'utente.» Premette qualche altro tasto e la schermata cambiò. «Per esempio, di recente sono stato spesso in questo sito e il computer lo sa. Così non mi mostra sempre le stesse cose se non sono io a chiederle specificamente. E si stanno cominciando a usare i cookie per interazioni di supporto, come archiviare i dati personali che un utente ha inviato al sito, per esempio una password e cose del genere.»

«Dati personali. Mi ricorda tanto il Grande Fratello» commentò Claire.

«Be', potrebbe diventarlo, ma i cookie sono solo testo, non sono programmi, non sono portatori di virus. Non possono accedere per conto proprio al disco rigido, anche se un browser può usare il disco rigido per scriverci dei dati cookie. Certi pensano che i cookie possono riempire un disco rigido, ma è praticamente impossibile. La maggior parte dei sistemi operativi impone dei limiti ai cookie. Netscape ne tollera trecento, così quando viene raggiunto questo numero comincia a scartare automaticamente quelli più vecchi. Microsoft li archivia in una cartella TIF con un massimo prestabilito del due per cento rispetto alla memoria disponibile. E i cookie di solito sono così piccoli che ce ne vorrebbero dieci milioni per riempire un disco da un giga. Attualmente, in effetti, sto preparando alcuni milioni di righe di codice che modificheranno l'impiego dei cookie, eliminando le cose superflue perché diventino molto più utili. E forse ne ricaverò qualche milione di dollari.» Sorrise. «Il cookie del secolo.» Richiuse il computer e guardò Web. «Altre domande?»

L'agente dell'FBI non poté nascondere la sua ammirazione. «D'accordo, mi hai convinto, ci capisci di computer.»

«Già, mi sono fatto il culo a scuola e finalmente mi sono trovato un lavoro decente e per tutta ricompensa quelli dell'assistenza sociale mi vengono a dire che adesso guadagniamo troppo e dobbiamo lasciare la casa dove siamo vissuti per cinque anni.»

«Tare del sistema.»

«No, le persone che non sono mai dovute ricorrere all'assistenza sociale pensano che il sistema faccia schifo. Noi che l'abbiamo sfruttata sappiamo che non avremmo avuto un tetto sopra la testa senza di loro. Ma mi fa incavolare lo stesso che solo perché adesso guadagno qualche centesimo in più di quando friggevo hamburger veniamo buttati fuori di casa. Non è che il mio datore di lavoro si sia svenato per assumere me.»

«Senti, Jerome, è comunque un inizio ed è mille volte meglio delle alternative che ti si offrono qua attorno. Lo sai anche tu.»

«E terrò duro. Continuerò a farmi il culo e quando ce ne andremo da qui non avremo nemmeno voglia di girarci indietro.»

«Tu e tua nonna?»

«Mi ha preso con sé quando è morta la mamma. Un tumore al cervello e niente assicurazione sanitaria, una combinazione che non funziona. Mio padre si è mangiato la canna di una 45 mentre era fatto di non so che cosa. Puoi stare certo che mi prenderò cura di mia nonna, come lei ha fatto con me.»

«E Kevin?»

«Posso prendermi cura anche di Kevin.» Un lampo gli illuminò lo sguardo. «Sempre che voi lo troviate.»

«Ci stiamo provando. Qualcosa so della sua famiglia. I suoi rapporti con Big... Cioè, Francis.»

«Il padre di Kevin. E allora?»

«Qualcosa di più. Ho avuto modo di conoscere Francis... da molto vicino. Troppo, per la verità.» Web indicò i segni che ancora portava in volto.

Jerome piegò la testa incuriosito. «Sei fortunato se ti ha fatto solo quello.»

«Sì, comincio a rendermene conto. Mi ha spiegato come è venuto al mondo Kevin. Di sua madre e di tutto il resto.»

«Matrigna.»

«Come?»

«Era la matrigna di Francis. Quasi sempre fatta. Non so che cosa sia stato della sua vera madre.»

Web si sentì sollevato nello scoprire che in realtà non c'era stato incesto.

«Dunque in realtà non sono fratelli» si meravigliò Claire. «Sono padre e figlio. Ma Kevin lo sa?»

«Io non gliel'ho detto.»

«Però lui pensa che Francis sia suo fratello. È così che vuole Francis?» domandò Claire, mentre Web la osservava con attenzione.

«Francis ottiene tutto quello che vuole. Come risposta ti basta?»

«Perché Francis dovrebbe voler far credere a Kevin di essere suo fratello?»

«Forse non vuole che Kevin sappia che si scopava la matrigna, che poi era la madre di Kevin. Si chiamava Roxy. Si faceva di tutto quello che offre il mercato, ma a modo suo è stata una brava mamma per Kevin.»

«Come è successo che hanno sparato a Kevin?» chiese Web.

«Era con Francis ed è stato coinvolto in una sparatoria tra bande. Francis l'ha portato qui ed è stata l'unica volta in vita mia in cui l'ho visto piangere. Sono stato io a portare Kevin in ospedale perché Francis non poteva farsi vedere senza che lo arrestassero immediatamente. Kevin invece non piangeva, non una lacrima, eppure sanguinava come un vitello sgozzato. Ma da allora non è stato più lo stesso. Gli altri bambini lo prendono in giro, dicono che è un ritardato.»

«I bambini sanno essere crudeli e quando crescono diventano anche più crudeli, solo in una maniera meno diretta» commentò Claire.

«Kevin non è stupido. È sveglio e veloce come un lampo col cervello. E come disegna, ragazzi… Da non crederci.»

«Hai qualcosa da mostrami?» domandò Claire molto interessata.

Jerome controllò l'ora. «Non posso fare tardi al lavoro. E devo prendere l'autobus.»

«Per andare alla tua grande cookieria?» lo apostrofò Web.

Per la prima volta i due si scambiarono un sorriso.

«Facciamo così, Jerome» propose allora Web. «Tu ci mostri i disegni di Kevin e parli ancora un po' con noi e io ti accompagno di persona al lavoro su uno schianto di macchina che farà morire di invidia tutti i tuoi amici. Ti va?»

Jerome li condusse al piano di sopra, in fondo al corridoio, dove c'era una stanza molto piccola. Quando accese la luce, Web e Claire rimasero sbalorditi nel vedere le pareti completamente tappezzate di disegni su carta, alcuni a carboncino, altri con matite colorate, e altri ancora a china. E su un tavolino vicino a un materasso steso per terra c'era una pila di album. Claire ne prese uno e cominciò a sfogliarlo, mentre Web continuava a osservare i disegni che coprivano le pareti e persino il soffitto. Alcuni temi erano riconoscibili, paesaggi e ritratti, tra i quali uno incredibilmente particolareggiato di Jerome e sua nonna. C'erano però anche disegni astratti, che Web non avrebbe saputo interpretare.

Claire alzò la testa dall'album che stava sfogliando e si guardò intorno per qualche istante prima di rivolgersi a Jerome. «Me ne intendo un pochino di queste cose, Jerome, perché mia figlia si sta laureando in storia dell'arte. Kevin è un vero talento.»

Jerome aveva l'espressione di un padre orgoglioso. «Kevin dice che è così che vede il mondo certe volte. "Disegno quello che vedo" mi ripete.»

Oltre a matite, penne e album da disegno, in un angolo c'era anche un piccolo cavalletto con una tela ancora bianca.

«Questa è roba che costa. Francis contribuisce?»

«Sono io a comperargli quello che gli serve. Francis gli compera altre cose, quelle fondamentali, vestiti, scarpe...»

«Si è offerto di aiutare anche te e tua nonna?»

«Sì, ma noi non accettiamo il suo denaro. Sappiamo da dove viene. Con Kevin è un'altra questione, perché Francis è suo padre. Un padre ha il diritto di provvedere al proprio figlio.»

«E papà si fa vedere?»

Jerome si strinse nelle spalle. «Quando gli gira.»

«Tu pensi che sia stato lui a sequestrare Kevin? Rispondi con franchezza.»

Jerome scosse la testa. «Per quanto Francis non mi piaccia, se volete sapere la mia opinione, si taglierebbe la testa per quel ragazzino. Voglio dire che per suo figlio prima ti spara e poi ti chiede chi sei. Con Kevin è sempre stato gentile. Un gigante buono, potremmo dire. Non voleva che Kevin vivesse con lui perché sapeva che è troppo pericoloso.»

«Immagino che questo sia stato un grosso sacrificio per Francis, dover rinunciare a una persona a cui vuole così bene. Ma il sacrificio è anche una prova d'amore» aggiunse Web.

«Del resto lui dorme ogni sera in un letto sempre diverso perché c'è troppa gente che lo vuole morto. È una vita pazzesca. Ma aveva della gente che sorvegliava Kevin, perché a nessuno saltasse in mente di usarlo contro di lui. Nessuno sapeva della parentela, lui non voleva correre rischi.»

«L'hai più visto da quando Kevin è scomparso?»

Per tutta risposta Jerome indietreggiò affondando le mani nelle tasche e fu come veder calare una saracinesca.

«Senti, Jerome, non ho intenzione di metterti nei guai, tu rispondimi con sincerità e io ti prometto che resterà tra noi. Finora stai andando bene, hai fatto trenta, ora cerca di fare trentuno.»

«La notte che Kevin non tornò a casa...» cominciò Jerome «era tardi, saranno state le tre. Io ero appena tornato dal lavoro e la nonna era in piedi, sconvolta. E disse che Kevin era scomparso. Io ero di sopra a cambiarmi per uscire a cercarlo e mi domandavo se non si dovesse chiamare la polizia. Ho sentito la nonna che parlava con qualcuno, dabbasso, o per meglio dire ho sentito lui che parlava a lei. Gridava, in realtà. Era Francis. Furibondo come non l'avevo mai visto.» Fece una pausa e per un momento parve sul punto di chiudersi di nuovo in se stesso. «Stava cercando Kevin» riprese poi. «Era sicuro che la nonna lo avesse nascosto da qualche parte, o forse sotto sotto era quello che sperava. Da come parlava, pensai che potesse aggredire la nonna e per poco non andai giù di corsa. Intendiamoci, non sono né un vigliacco né uno stupido e quello probabilmente mi avrebbe ammazzato in un batter d'occhio, ma non mi va nemmeno che uno entri in casa mia come se nulla fosse e faccia del male a mia nonna senza che io faccia niente per impedirglielo. Lo capisci?»

«Lo capisco, Jerome.»

«Però Francis poi si è calmato, quando a un certo punto ha capito che Kevin non era qui. Ed è andato via. È stata l'ultima volta che l'ho visto. È la pura verità.»

«Grazie. Non è facile in questo momento fidarsi del prossimo.»

Jerome lo squadrò. «Tu hai salvato la vita a Kevin. Qualcosa conta.»

Web sollevò un sopracciglio.

«Leggo i giornali, signor Web London, della Hostage Rescue Team. Kevin sarebbe morto, senza di te. Forse è per questo che Francis non ti ha spaccato la testa.»

«Non avevo mai guardato la cosa da questa prospettiva.» Web fissò di nuovo la pila di album da disegno. «Quando sono venuti gli altri agenti, gli hai parlato di questo?»

«Non me l'hanno chiesto.»

«E sono stati nella stanza di Kevin? L'hanno perquisita?»

«Sono andati a dare un'occhiata, ma senza perderci troppo tempo.»

Web si voltò verso Claire. C'era una grande intesa tra i due. «Ti spiace se prendo in prestito quegli album?» domandò lei. «Mi piacerebbe mostrarli a mia figlia.»

Jerome guardò prima gli album e poi Web. «Mi devi promettere che me li restituirete. Quella è tutta la vita di Kevin.»

«Te lo prometto. E ti prometto anche che farò di tutto per riportarti Kevin.» Web raccolse gli album e poi posò una mano sulla spalla a Jerome. «Adesso è ora che io ti porti al lavoro. Vedrai che le mie tariffe da tassista sono molto ragionevoli.»

Mentre scendevano le scale a Web venne in mente un'altra

cosa da chiedergli. «Kevin era in quel vicolo da solo, in piena notte. Lo faceva spesso?»

Jerome tacque.

«Avanti, Jerome, ormai non serve più a niente avere dei segreti.»

«Be', Kevin voleva darci una mano, voleva guadagnare dei soldi per aiutarci ad andare via da qui. Stava male al pensiero di non poter contribuire. È solo un bambino, ma per certe cose è maturo come un adulto.»

«Immagino che in un ambiente particolare come questo capiti sovente.»

«Così qualche volta andava in giro. La nonna è troppo vecchia per impedirglielo. Non so con chi si vedesse e tutte le volte che lo beccavo in strada io lo riportavo a casa. Ma può darsi che avesse tentato di guadagnare qualche dollaro facile per noi. E da queste parti si trovano tutte le occasioni che si vogliono, a qualsiasi età.»

Lasciarono Jerome al posto di lavoro e proseguirono per l'abitazione di Claire.

«Voglio farti i miei complimenti perché ti sei comportata da vera professionista» disse Web.

«Quando la battaglia è più psicologica che fisica, allora sono sul mio terreno» ribatté lei. «Invece tu sei stato duro con lui» notò.

«Probabilmente perché ho visto un milione di ragazzi come lui.»

«Fare di ogni erba un fascio è pericoloso, Web, e poi è ingiusto etichettare una persona in base solo a dei pregiudizi. La verità è che ogni Jerome che incontri è un Jerome particolare. E ho visto che questo ha spazzato via tutti i tuoi preconcetti.»

«È vero» ammise Web. «Purtroppo il mio è un lavoro che induce a generalizzare.»

«Anche i padri sono di una categoria sola?»

A quella domanda Web non rispose.

«È triste questa situazione di Francis e Kevin» commentò Claire. «Da quello che ci ha detto Jerome, Francis deve volere un mondo di bene a suo figlio. E dover fare una vita simile…»

«Nemmeno io ho dubbi sull'affetto che lega quell'orco a Kevin, ma io l'ho visto uccidere un uomo a sangue freddo, e poi ha pestato me non una, ma ben due volte e la mia comprensione ha dei limiti.»

«L'ambiente influenza le scelte delle persone, Web.»

«Quello che dici è vero, ma io ho visto molte persone cresciute in ambienti anche peggiori riuscire a cavarsela più che bene.»

«Includi anche te stesso?»

Lui fece finta di niente. «Adesso prepara i bagagli. Ti troveremo una casa sicura con degli agenti che ti proteggeranno, per impedire a quegli individui di avvicinarsi di nuovo a te.»

«Non sono certa che sia una buona idea.»

«Voglio essere sicuro che non corri pericoli.»

«Anch'io, credimi, non ho voglia di morire, ma se tu hai ragione e quella persona si è fatta passare per Francis solo per spaventare me e gettare sospetti su di lui, probabilmente non sono affatto in pericolo.»

«Forse è così. Ma questa è solo una teoria, Claire, e potrebbe essere sbagliata.»

«Io dico che se continuo con la mia vita di tutti i giorni, non avranno motivo di pensare che costituisca una minaccia. E c'è una cosa sulla quale devo assolutamente lavorare.»

«Che cosa?»

Lei lo guardò con un'espressione estremamente turbata. «Sto pensando a un uomo molto coraggioso che entra in un vicolo, sente un bambino che gli dice qualcosa di particolare e improvvisamente non è più capace di fare il suo lavoro.»

«Non puoi essere certa che ci sia un legame» obiettò lui.

Lei gli mostrò uno dei disegni. «Oh, io sono sicura che ci sia un legame.»

Il disegno era nitido e preciso, e aveva un'energia tale che sembrava impossibile che fosse opera di un bambino. Raffigurava uno stretto passaggio tra due alti muri dove si distingueva una figura così somigliante a Kevin da poter essere definita un autoritratto. Poco distante c'era un uomo in tenuta da combattimento, che correva all'impazzata: poteva essere Web. Il bambino tendeva la mano. L'oggetto che stringeva tra le dita fece sobbalzare Web. Era un oggetto piccolo, che si sarebbe potuto nascondere facilmente in tasca. Il raggio di luce che partiva dall'aggeggio attraversava il foglio e finiva sul margine opposto. Era come se il bambino impugnasse un'arma futuristica che proiettava raggi di luce, come in un episodio di *Star Trek* o di *Guerre stellari*. Per la verità era un congegno familiare a tutti, in epoca moderna, più che mai a dei bambini: era un telecomando e quello in particolare inviava raggi luminosi. Avrebbe potuto azionare un televisore, uno stereo o qualche altro apparecchio elettronico, ma Web sapeva che non era così. Non aveva visto un televisore nel soggiorno di Kevin e di certo non ce n'era uno in camera sua. Quel telecomando, ne era convinto, aveva attivato il laser che, in quel cortile, aveva a sua volta messo in funzione le mitragliatrici quando Web e la Charlie Team erano sbucati dal vicolo. Era stato Kevin ad accendere quella specie di miccia elettronica e qualcuno lo aveva preparato a ciò che avrebbe visto quella notte, vale a dire uomini in tenuta da combattimento e armati fino ai denti, perché era impossibile che Kevin Westbrook fosse tornato a casa a fare quel disegno dopo quella notte.

Chi era quel qualcuno?

Due macchine dietro la Mach di Web, Francis Westbrook, al volante della sua Lincoln Navigator, li seguiva. Non avendo più merce da vendere, gran parte dei suoi aveva già abbandonato la nave. Come si sa, l'erba del vicino è sempre più verde, ma naturalmente dopo che sei passato nel giardino accanto scopri che l'erba è sempre la stessa. Per ogni narcotrafficante morto ammazzato ce ne sono dieci pronti a prendere il suo posto; l'attrazione del narcotraffico è forte, alla faccia di qualsiasi remora morale, per il semplice fatto che la popolazione del mondo di Francis Westbrook non ha molte alternative tra cui scegliere. E che i sociologi si beino pure dei loro sondaggi e grafici: Westbrook avrebbe potuto tenere una lunga conferenza su quell'argomento.

Scosse la testa mentre la sua mente tornava al dilemma di sempre. Peebles era uccel di bosco e anche Macy, che gli era sempre stato leale, era scomparso. Riguardo agli uomini che gli restavano non poteva mettere la mano sul fuoco, perciò aveva deciso di andare in missione da solo. Teneva d'occhio la casa di Jerome nella speranza di veder riapparire Kevin, invece gli era capitato un piccolo colpo di fortuna: London e la donna. Lei era la strizzacervelli, almeno questo era riuscito ad appurarlo prima che lo piantassero in asso. Sterzava con la punta delle dita di una mano sola, perché la destra era sul calcio della pistola posata sul sedile accanto. Aveva visto London e la donna entrare nella casa e poi uscire con Jerome. La donna aveva con sé gli album di Kevin e Francis se ne domandava il motivo. Sapevano dov'era nascosto suo figlio? Aveva setacciato personalmente la città in cerca di Kevin, aveva minacciato, spezzato ossa e ucciso, sborsato migliaia di dollari in contanti per ottenere in cambio delle informazioni ma tutto quello che gli restava in mano era un pugno di mosche. Di certo non lo avevano i federali; non potevano far testimoniare Kevin contro suo padre, di questo era sicuro. Era stato più che attento, a questo proposito, e Kevin non sapeva assolutamente niente delle sue attività, certo non i particolari che sarebbero serviti per una testimonianza in tribunale. In tutti i casi, per il bene di Kevin lui era disposto a sacrificarsi, era pronto al peggio. Sotto molti aspetti aveva già vissuto una vita lunga e piena, il massimo che uno come lui poteva ragionevolmente aspettarsi. Kevin invece aveva appena cominciato a vivere la sua. E London era un agente in gamba. Il piano di Francis era di pedinarlo e vedere dove l'avrebbe portato. E naturalmente sperava che lo portasse da Kevin.

43

Claire preparò una borsa con degli abiti e altri effetti personali, dopodiché Web la accompagnò fino a un albergo. Dopo averle fatto promettere di contattarlo se ci fossero stati ulteriori sviluppi, Web la salutò e tornò di corsa a East Winds.

Romano era alla dépendance. «I Canfield sono alla villa. Non so cos'è successo, ma sono molto scossi. Bianchi come cenci, tutti e due.»

«Io so cos'è stato, Paulie» e Web gli spiegò della videocassetta.

«Sai bene che non avresti potuto fare nulla, Web. Io mi mangio le mani per essere stato all'estero in quel momento, non sai quanto mi sarebbe piaciuto fare la festa a quei bastardi.» Schioccò le dita. «Oh, prima che mi dimentichi, ha chiamato Ann Lyle e dice che deve assolutamente parlarti.»

«Come mai non ha chiamato direttamente me?»

«Le ho parlato un paio di giorni fa, quando ho chiamato per fare rapporto. Ne ho approfittato per darle il numero di telefono di qui, nel caso avessimo avuto bisogno di un collegamento via cavo.»

Web prese il telefonino e mentre componeva il numero di Ann chiese a Romano che cosa aveva detto Billy della sua Corvette.

«Oh, se l'è mangiata con gli occhi. Mi ha detto che un paio di anni fa gli era capitata l'occasione di comperarne una per... sei pronto? Tieniti. Per cinquantamila dollari. Cinquanta biglietti.»

«Meglio che Angie non lo sappia. Mi sembra già di vedere

le ruote e la cappottina trasformati in mobili nuovi e rette del college.»

Romano impallidì. «Gesù, non ci avevo pensato. Devi giurarmi di non dirle niente, Web. Giura.»

«Un momento, Paulie.» Web parlò al telefono. «Ann, sono Web. Che cosa c'è?»

«Qui sta succedendo qualcosa» rispose Ann abbassando subito la voce. «È per questo che sono ancora qui a quest'ora.»

Web sapeva che cosa voleva dire. «Una missione?»

«Due giorni fa i ragazzi hanno costruito un nuovo bersaglio nell'hangar e da quel momento se lo sono studiati Dio solo sa quanto. Oggi le squadre d'assalto hanno revisionato il loro equipaggiamento controllando ogni pezzo con precisione maniacale e l'ufficio del comandante è rimasto chiuso tutta mattina; alcuni dei tiratori scelti sono già stati destinati. Sai com'è, Web.»

«Sì, lo so. Hai idea di quale sia l'obiettivo?»

Ann abbassò ancora di più la voce. «Qualche giorno fa è arrivata la registrazione di una telecamera di sorveglianza. Si vede un camion parcheggiato sulla piattaforma di carico di un capannone abbandonato nei pressi del quartiere dov'è avvenuta la sparatoria. Le riprese non sono delle migliori, mi è sembrato di capire, ma credo che si vedano le mitragliatrici che vengono scaricate.»

Per poco Web non stritolò il cellulare tra le dita. Bates gliel'aveva tenuto nascosto. «A chi è intestato il camion, Ann?»

«Silas Free. È uno dei fondatori della Free Society, Web. È stato imprudente a usare il suo vero nome.»

Figlio di puttana. Stavano andando ad attaccare i Free. «Come ci vanno?»

«Trasporto aereo da Andrews fino a un vecchio campo d'aviazione dei marine vicino a Danville. Partono a mezzanotte. I furgoni sono già stati inviati.»

«Com'è composta la forza d'assalto?»

«Hotel, Gulf, X-Ray e Whiskey.»

«Nessun altro? Non è al completo.»

«Echo, Yankee e Zulu sono in servizio di scorta all'estero. La Charlie non c'è più e come se non bastasse, uno degli uomini della Hotel si è rotto una gamba durante un'esercitazione e Romano è in missione speciale con te. È un momento in cui siamo un po' a corto di uomini.»

«Sto arrivando. Non lasciarli partire senza di me.» Web guardò Romano. «Di' ai ragazzi ai cancelli di disporsi intorno alla villa e prendere in consegna i Canfield.»

«Dove andiamo?»

«A occuparci di una piccola questione lasciata in sospeso, Paulie.»

Mentre Romano chiamava le guardie all'esterno della tenuta, Web corse fuori, aprì il bagagliaio della Mach e controllò che cosa aveva portato. Un membro dell'HRT doveva avere sempre con sé vestiti di ricambio per sette giorni e un assortimento di altri accessori per quando veniva spedito all'estero per una settimana o anche un mese praticamente senza preavviso. Web aveva aggiunto alla dotazione "normale" del materiale prelevato alla sede dell'HRT e parte dell'attrezzatura che conservava a casa sua: un arsenale formidabile! Anche mostrando il tesserino dell'FBI, avrebbe avuto il suo daffare per giustificare un bagaglio come quello, se un poliziotto lo avesse fermato per un controllo di routine.

«Quello stronzetto di Bates mi ha tenuto tutto nascosto» ringhiò quando Romano rientrò. «Hanno trovato le prove che collegano direttamente quelli della Free Society all'imboscata alla Charlie e ci sono arrivati grazie alla dritta che gli ho dato io! E per ringraziamento non voleva nemmeno invitarci alla festa. Avrà paura che ci dia di volta il cervello e ci mettiamo ad ammazzare la gente senza bisogno.»

«Questa è una grave offesa alla mia professionalità» affermò Romano.

«Be', di' alla tua professionalità di alzare le sue chiappe di piombo, non abbiamo molto tempo.»

«E perché non me l'hai detto subito?» Romano afferrò Web per un braccio. «Se abbiamo fretta, non prenderemo quel macinino.»

«Come sarebbe a dire?»

Cinque minuti dopo la Corvette, con tutto l'arsenale a bordo, usciva rombando dal cancello di East Winds.

Erano quasi tutte strade secondarie fino a Quantico, ma Romano riuscì a procedere a velocità sostenuta, affrontando le curve su due ruote e costringendo Web ad aggrapparsi al sedile sperando di non essere visto. Sull'interstatale 95, Web guardò l'ago del tachimetro salire inesorabilmente verso il limite massimo. Romano infilò un CD nel lettore e alzò il volume, diffondendo nell'aria notturna il meglio di Bachman-Turner Overdrive, dal momento che viaggiavano con il tettuccio abbassato. Web, che stava controllando le armi, si girò a osservare l'amico che guidava cantando e dondolando la testa come se fosse tornato ai tempi del liceo e si trovasse in qualche stadio ad assistere a un concerto di Springsteen.

«Hai uno strano modo di prepararti a un combattimento, Paulie» commentò.

«Ah sì? E allora tu che ti accarezzi le pistole?» Web si meravigliò che lo sapesse. «Me l'ha detto Riner. Lo trovava divertente.»

«Non c'è più niente di sacro» borbottò Web.

Giunsero a Quantico in tempo record. Conoscevano tutti e due la sentinella all'ingresso est e Romano passò senza nemmeno rallentare.

«Triplo otto, Jimbo!» gridò sfrecciandogli davanti e facendo riferimento ai tre otto dell'allarme rosso con cui i membri dell'HRT venivano convocati a Quantico.

«Fagli vedere chi siamo!» gli rispose Jimbo.

Alla palazzina del comando si caricarono in spalla l'attrezzatura ed entrarono sorvegliati da una telecamera che li inquadrò sullo sfondo dei sei nuovi alberi che erano stati piantati in ricordo dei caduti della Charlie Team. Giunti all'interno passarono davanti all'ufficio di Ann Lyle, che si affacciò alla porta e scambiò uno sguardo d'intesa con Web. Ann aveva violato il regolamento avvertendolo dell'assalto e Web si sarebbe ben guardato dal tradirla, ma le era grato per essersi preoccupata che non restasse tagliato fuori. Aveva fatto la cosa giusta.

In corridoio Web si trovò faccia a faccia con Jack Pritchard, il suo comandante, che si fermò stupefatto a guardare i due uomini carichi di armi e bagagli.

«London e Romano a rapporto per la missione, signore» dichiarò Web.

«Come diavolo l'avete saputo?» proruppe Pritchard.

«Sono ancora un membro dell'HRT. Sono cose che fiuto a un chilometro di distanza.»

Pritchard preferì lasciar perdere, ma non senza lanciare un'occhiata in direzione dell'ufficio di Ann Lyle.

«Voglio esserci anch'io» disse Web.

«Impossibile» ribatté Pritchard. «Tu sei ancora in convalescenza e lui» aggiunse indicando Romano «è stato inviato in missione speciale senza che nemmeno si disturbasse ad avvertirmi. Adesso, fuori dai piedi.»

Il comandante s'incamminò in direzione dell'armeria e, senza una parola, Web e Romano lo seguirono. I membri delle squadre d'assalto e i tiratori scelti che non erano ancora partiti si erano radunati lì per gli ultimi controlli. I primi ispezionavano le armi in dotazione. I secondi controllavano le scorte di munizioni, aggiornavano i registri, verificavano il funzionamento dei meccanismi di scatto delle armi, pulivano mirini telescopici e canne. Il personale addetto alla logistica andava avanti e indietro a prendere le attrezzature da caricare sui furgoni cercando di non dimenticare niente, perché l'attacco avesse successo. All'apparire di Pritchard, seguito da Web e Romano, tutti si fermarono.

«Andiamo, Jack» insisteva Web. «Ti mancano metà degli uomini e uno dei ragazzi della Hotel è infortunato. Non è il caso di fare lo schizzinoso.»

Pritchard girò su se stesso. «Come diavolo fai a sapere che ci manca un ragazzo?»

Web si guardò intorno. «So contare. E vedo cinque uomini invece di sei. Prendi anche me e Paulie e sarai al completo.»

«Non siete stati alla riunione, non avete nemmeno visto l'obiettivo simulato che abbiamo ricostruito e sono settimane che non vi si vede alle esercitazioni. Voi non ci andate.»

Web gli sbarrò il passo. «Ci puoi mettere al corrente durante il viaggio. Mostraci i punti di attacco. Abbiamo la nostra attrezzatura e ci bastano dei Kevlar, una tuta per il volo e un elmetto. Jack, non ci trattare come due pivelli incompetenti arrivati ieri al reparto. Non ce lo meritiamo.»

Pritchard fece un passo indietro e lo fissò in silenzio per un minuto. Più il tempo passava, più Web aveva paura di essere scaraventato fuori di peso. Il suo atteggiamento rasentava l'insubordinazione e all'HRT non lo avrebbero tollerato, come in qualsiasi altro corpo militare.

«Facciamo così, Web, lascerò che siano loro a decidere.» Indicò gli assaltatori.

Web non se l'era aspettato, ma si girò verso di loro e guardò a uno a uno gli uomini della Hotel e della Gulf. Con la maggior parte di loro aveva già combattuto, prima come tiratore scelto e poi come assaltatore. Il suo sguardo si fermò infine su Romano, che sapeva sarebbe stato accettato dalla sua squadra senza riserve. Lui invece era considerato merce avariata, era quello che era rimasto immobile nel momento decisivo, e tutti i presenti si stavano domandando se c'era la possibilità che gli succedesse di nuovo, magari provocando un'altra carneficina. Web aveva salvato la vita a Romano durante un attacco a un centro di addestramento di paramilitari nel Montana. Romano gli aveva restituito il favore un anno dopo quand'erano in Medio Oriente per una missione di scorta e un terrorista a bordo di un autobus rubato aveva cercato di travolgere il corteo di automobili che stavano scortando. L'autobus avrebbe certamente travolto Web, se Romano non lo avesse catapultato qualche metro più in là con uno spintone per poi piantare una pallottola calibro 45 tra gli occhi del fanatico. Era a questi ricordi che si stava aggrappando in quel momento, mentre sentiva che anche gli altri del gruppo attendevano una risposta da Romano.

Romano gli posò una mano sulla spalla e si girò verso gli altri. «A Web London affiderei la mia vita a occhi chiusi in qualsiasi momento, in qualsiasi posto» dichiarò.

Bastarono quelle poche parole, pronunciate da un commilitone temuto e rispettato come Paul Romano, perché la decisione fosse subito unanime. Quand'ebbero finito di prepararsi, Pritchard organizzò una breve riunione per dare le ultime istruzioni.

«Non c'è bisogno di dire» esordì «che questa missione è critica. Tutte le nostre missioni sono critiche. So che ognuno di voi si comporterà nella maniera più professionale possibile e farà del suo meglio.» Il tono della voce era teso, l'espressione nervosa, e i suoi modi tradivano un'ansia inconcepibile in un ufficiale per cui il pericolo era diventato di normale routine.

Web e Romano si scambiarono uno sguardo. Un preambolo di quel genere era un po' strano, neanche si stesse rivolgendo a una scolaresca prima di una partita di football.

Finalmente Pritchard sbuffò. «E va bene, lasciamo perdere queste stronzate e veniamo al sodo. Questa notte ci troveremo di fronte il gruppo che è sospettato d'aver massacrato la Charlie Team. La nostra speranza è di colpirli di sorpresa. Rapidi e incisivi e senza neanche sparare un colpo.» Fece una pausa e guardò ancora una volta i suoi uomini schierati. «Conoscete la procedura. Non è la prima volta che abbiamo a che fare con questa Free Society, sono gli stessi di Richmond. Quella volta c'era la Charlie e qualcuno pensa che quanto avvenuto in quel cortile sia stata un'azione di rappresaglia.

«Non risulta che ci siano ostaggi. La situazione logistica è un po' complessa, ma abbiamo affrontato di molto peggio. Quando arriveremo noi, ci saranno i furgoni già pronti e passeremo subito all'azione.» Pritchard fece qualche passo, poi si fermò. «Se questa notte dovrete sparare, sparerete. Se rispondono al fuoco, non devo sprecare il fiato per dirvi che cosa dovete fare. Ma non vi permetto di fare idiozie. L'ultima cosa che vogliamo è che domani mattina gli organi d'informazione ci mettano in croce perché abbiamo ammazzato dei poco di buono quando non ce n'era alcun bisogno. Se questi sono coinvolti nell'imboscata alla Charlie, prendiamoli e lasciamo che siano processati in un tribunale. Non vi salti in mente, sia ben chiaro, di mettervi a sparare perché pensate che sono sospettati d'aver ucciso sei dei nostri. Voi non siete dei boia. Voi siete una forza di polizia e non vi macchierete di una simile barbarie.» Fece un'altra pausa e parve frugare con lo sguardo nell'animo dei suoi uomini, soffermandosi forse in particolare su Web.

«Andiamo» concluse.

Mentre uscivano in fila indiana. Web gli si avvicinò.

«Jack, c'è una cosa che vorrei capire. Se sei così preoccupato che qualcuno dei nostri decida che è l'occasione buona per saldare qualche conto in sospeso, perché è stata chiamata l'HRT? Hai detto che non ci sono ostaggi, dunque poteva andare una squadra SWAT insieme alla polizia locale, perché noi?»

«Siamo sempre un reparto dell'FBI, Web, anche se da come certa gente si comporta ogni tanto ce lo dimentichiamo.»

«Questo vuol dire che l'ordine è arrivato dall'alto?»

«È la procedura e tu lo sai meglio di me.»

«Ma date le circostanze non hai chiesto l'esonero dell'HRT per questa volta?»

«Se vuoi saperlo, sì, perché personalmente sono dell'opinione che non dovremmo andarci noi. Non così presto, dopo aver perso sei dei nostri. E sono d'accordo con te sul fatto che una squadra SWAT sarebbe stata più che adatta.»

«E hanno insistito lo stesso?»

«Te l'ho già detto, siamo un reparto dell'FBI e io ubbidisco agli ordini che ricevo. Adesso che sai come stanno le cose, vuoi tirarti indietro?»

«Ci vediamo all'OK Corral.»

Pochi minuti dopo erano in viaggio per la Andrews Air Force Base, pronti per andare in battaglia.

Da un collega Web aveva saputo che il Bureau aveva pensato di eseguire una perquisizione nella sede della Free Society, ma aveva poi deciso di rimandarla a dopo l'intervento dell'HRT, una volta neutralizzata ogni eventuale resistenza da parte del gruppo. Ci mancava solo che un agente venisse freddato mentre cercava di eseguire un mandato autorizzato da un tribunale. Alla decisione aveva contribuito non poco la registrazione in cui si vedevano scaricare da un camion intestato a Silas Free le mitragliatrici usate per decimare un reparto federale.

Durante la breve e scomoda trasferta a bordo di un aereo militare da trasporto, Web e Romano lessero i cinque paragrafi del piano operativo e ascoltarono i particolari che il comandante riferì loro a voce. Con gli uomini della Free Society non ci sarebbero state trattative e richieste di resa: questa scelta operativa era stata esclusa in partenza dopo l'episodio alla scuola di Richmond e il massacro della Charlie Team. Colpendo senza preavviso si sarebbe ridotto al minimo il rischio di perdite, almeno così avevano concluso nelle alte sfere, e Web non aveva niente da obiettare. L'assenza di ostaggi rendeva l'operazione più semplice da una parte e più complicata dall'altra, poiché non si capiva per quale motivo non fosse stata fatta intervenire una squadra SWAT dell'FBI. Web si augurava che quella scelta fosse stata dettata, da una parte, dal genere di pericolosi criminali che costituivano gli adepti della Free Society e, dall'altra, dal desiderio nascosto di vendicarsi. Ma la situazione era anomala e lui era turbato.

Da qualche mese il ricostituito gruppo della Free Society era stato segnalato a sessanta chilometri a ovest di Danville, in Virginia, in una zona di fitta vegetazione. Da allora la nuova sede del gruppo era sorvegliata dagli uomini delle squadre Whiskey e X-Ray e per questo si poteva dire che i piani per l'attacco erano già pronti da tempo. Per questa operazione gli agenti si erano preparati con insolita energia durante le esercitazioni dell'assalto simulato. Per quanto nessuno di loro avrebbe mai aperto il fuoco se non in caso di grave pericolo per un altro membro della squadra o un ostaggio innocente, non c'era uno che in cuor suo non desiderasse incontrare resistenza. Web non escludeva che persino il comandante Jack Pritchard, a dispetto del suo rigoroso discorsetto sul rispetto delle procedure, stesse in realtà pregando che qualcuno di quei criminali facesse la prima mossa.

Dalla base militare dov'erano atterrati, proseguirono a bordo dei loro furgoni fino al punto di raccolta, dove le operazioni dell'HRT sarebbero state coordinate con quelle della polizia locale. Quando scorse Percy Bates scendere da una delle auto del Bureau per conferire con Pritchard, Web fece in modo di non farsi riconoscere, chinandosi a trafficare con il proprio equipaggiamento. C'erano molte ragioni per cui voleva evitare un confronto con Bates in quel momento, prima fra tutte il timore di non saper resistere alla tentazione di tirargli un cazzotto in piena faccia per non averlo avvertito dell'assalto. Bates stava probabilmente cercando di proteggerlo, ma Web avrebbe preferito un comportamento più onesto da parte sua.

I furgoni ripartirono per percorrere le strette strade di campagna, ciascuno diretto al proprio obiettivo. La Hotel avrebbe raggiunto il quartier generale della Free Society da dietro, mentre la Gulf si sarebbe schierata sul lato sinistro. Data la topografia del luogo, le squadre d'assalto avrebbero dovuto attraversare nell'oscurità un tratto di bosco con l'aiuto dei visori notturni. Prima che il Suburban li scaricasse a terra, Romano si fece il segno della croce. Per poco Web non commentò come era solito fare con il povero Danny Garcia, ma pensò che sarebbe stato di cattivo gusto. Tuttavia il gesto di Romano gli aveva messo addosso una certa irrequietezza, perché cominciava a sembrargli tutto un po' troppo familiare, e per la prima volta gli venne da chiedersi se fosse nelle condizioni psicofisiche adatte per partecipare all'operazione. Poi gli sportelli si aprirono e prima che potesse analizzare più a fondo il suo disagio, scese con gli altri nel bosco e, qualche passo più avanti, si fermò accovacciandosi a esaminare il tratto di terreno che aveva davanti a sé.

Attraverso l'auricolare ascoltò i tiratori scelti che li informavano sulla situazione. Web riconobbe la voce di Ken McCarthy della X-Ray. Come nome in codice aveva scelto Sierra Uno, perché occupava il posto di osservazione più alto. Probabilmente era a cavalcioni del tronco di una delle querce secolari che circondavano l'obiettivo e da lassù dominava l'intero quartiere generale, godeva della miglior visuale di tiro possibile e offriva il minimo bersaglio. Era appurato che quelli della Free Society si trovavano in sede. Molti per la verità ci vivevano. I tiratori scelti ne avevano contati almeno dieci. Gli edifici erano quattro, all'interno di una recinzione, tre adibiti a dormitorio e uno, simile a un capannone, usato per le riunioni della banda e per le loro attività quotidiane, probabilmente la costruzione di bombe e l'elaborazione di complotti su come assassinare degli innocenti, pensò Web. Le armi che si erano viste erano soprattutto pistole e fucili, ma McCarthy aveva anche riferito di un giovane, forse non ancora maggiorenne, armato di MP5. Per loro fortuna non c'erano cani da guardia.

All'esterno si trovavano due sentinelle, ai due ingressi principali e sul retro, armate solo di pistola e con l'aria di annoiarsi a morte, aveva sottolineato con malignità McCarthy. Per consuetudine alle sentinelle venivano assegnati nomi di identificazione dal tiratore scelto che le aveva viste per primo. Così quella all'ingresso principale si chiamava Pale Shaq, per la sua lieve somiglianza con il grande giocatore di basket, anche se naturalmente era di razza bianca; quella che sorvegliava l'ingresso sul retro era stata ribattezzata Gameboy, perché McCarthy aveva visto un gameboy spuntargli dalla tasca. Le due guardie erano munite di cellulari o walkie-talkie, un ostacolo all'operazione che non andava sottovalutato, giacché entrambe avrebbero potuto dare l'allarme praticamente in tempo reale.

Gli uomini della Hotel Team si aprirono a ventaglio procedendo nel bosco con la massima cautela. Sopra le tute di volo indossavano una mimetica verde e portavano visori notturni. Sebbene il recinto non fosse ancora visibile, in quella vegetazione così fitta era possibile che ci fossero altre sentinelle nascoste o trappole sfuggite alla sorveglianza dei tiratori scelti. Web avanzava guardando attraverso il suo visore, che illuminava la notte come se fosse giorno, ma tenendo sempre un occhio chiuso per evitare di rimanere abbagliato quando se lo fosse tolto. Alla fermata successiva, si sfilò gli occhiali e batté rapidamente le palpebre per ridurre gli effetti fastidiosi. Già cominciava a dolergli la testa. Al momento dell'assalto Romano sarebbe stato sulla destra e lui in coda. Anche se Romano non si era esercitato con gli altri della squadra, era lo stesso il miglior elemento del gruppo. Web passò la mano lungo la canna dell'MP5. Non aveva portato l'SR75, perché, dopo averlo usato in quel cortile, aveva scoperto di non avere più molta voglia di sentirselo tra le mani. Toccò la 45 nella fondina e poi le altre due pistole infilate nelle bandoliere che gli attraversavano il petto sopra il Kevlar e sorrise quando si accorse che Romano lo stava guardando e gli mostrava il pollice alzato. Il battito cardiaco di Web non era ancora sceso a sessantaquattro pulsazioni al minuto. Si passò le dita sul palmo dell'altra mano e scoprì che stava sudando nonostante la temperatura piuttosto bassa. Vero è che trenta chili di attrezzatura e il giubbotto antiproiettile facevano in fretta a trasformarsi in una piccola sauna personale. Aveva caricatori per le pistole appesi al cinturone e munizioni per l'MP5 nei tasconi sulle cosce, insieme alle granate e ad altri oggetti che non sapeva se avrebbe utilizzato, ma che non poteva non portare con sé. Sperava tuttavia che il sudore non fosse il segnale di un pericoloso nervosismo che avrebbe potuto farlo inceppare proprio nel momento in cui doveva funzionare perfettamente.

Avanzarono di nuovo avvicinandosi ai margini del bosco. Attraverso il visore Web vide apparire gli edifici del complesso. Grazie a un gergo particolare le comunicazioni erano concise e non potevano dare adito a equivoci: il primo livello di un obiettivo era Alfa e il secondo era Bravo. Il lato anteriore di un edificio era bianco; quello destro rosso; quello sinistro verde; il retro nero. Tutte le aperture, porte e finestre, venivano numerate a partire dalla più lontana sulla sinistra. Dunque

Gameboy si trovava all'esterno del recinto nella posizione Alfa nero tre, mentre Pale Shaq era ad Alfa bianco quattro. Studiando Gameboy attraverso il suo visore, Web giunse rapidamente alla conclusione che non solo non era militarmente addestrato, ma addirittura abbastanza sbadato. Ebbe la riprova di aver giudicato bene il suo uomo quando lo vide togliersi di tasca il gameboy per mettersi a giocare.

Nell'edificio principale c'erano delle luci accese, sicuramente alimentate da generatori portatili perché non c'erano linee elettriche visibili all'esterno. Se l'energia elettrica fosse arrivata da fuori, gli uomini dell'HRT avrebbero individuato il trasformatore e lo avrebbero disattivato un attimo prima di dare l'assalto. Il buio improvviso disorientava gli avversari e offriva all'HRT il vantaggio necessario per avere il sopravvento senza perdita di vite umane.

Poiché c'erano solo quattro squadre per l'assalto, i tiratori scelti si sarebbero tenuti pronti a intervenire in caso di bisogno. Oltre ai fucili di precisione, ciascuno di loro era equipaggiato anche con un CAR-16 d'assalto, munito di telescopio notturno. Il piano prevedeva un attacco sincronizzato davanti e su un lato, in maniera da imprigionare gli uomini della Free Society all'interno dell'edificio principale. Conclusa questa operazione, sarebbero intervenuti gli agenti speciali dell'FBI a leggere i diritti ed eseguire i mandati di perquisizione. La fase conclusiva dell'intera operazione sarebbero stati il processo e la successiva condanna.

Questa volta però non si poteva sottovalutare un aspetto delicato dell'operazione. I Free non potevano infatti non sapere di essere sorvegliati dall'FBI. Stavano in aperta campagna, dove la notizia della presenza di sconosciuti si diffondeva molto rapidamente e il Bureau teneva d'occhio il complesso già da qualche tempo. Era giusto quindi presumere che la loro arma principale, l'elemento sorpresa, sarebbe risultata meno efficace del solito.

Dopo la fatale débâcle toccata alla Charlie Team, questa volta per misura precauzionale avevano portato anche due ingombranti ma potenti rilevatori termici. Romano da una parte e uno dei suoi colleghi della Gulf dall'altra esaminarono gli edifici servendosi di questi sofisticati apparecchi in grado di vedere persino attraverso le pareti e restituire l'immagine prodotta dal calore di chiunque fosse in agguato, armato di fionda o di mitragliatrice. Romano completò l'ispezione e diede l'okay. L'unico edificio nel quale era stata accertata la presenza di persone era quello principale. Gli altri erano vuoti. Forse l'operazione si sarebbe conclusa senza spargimento di sangue.

Web si guardò intorno servendosi del visore notturno e notò delle lucette sparse tra gli alberi. Quelle luci pulsanti erano i tiratori scelti muniti di lucciole, segnalatori a raggi infrarossi delle dimensioni di un accendino. Lampeggiavano a intervalli di due secondi ma erano individuabili solo con i visori notturni. In quel modo i tiratori potevano tenersi in contatto senza tradire la loro posizione. Naturalmente se c'era il sospetto che anche gli avversari disponessero di dispositivi per la visione notturna, le lucciole non venivano usate. Le squadre d'assalto non li usavano mai. Ogni lucina corrispondeva a un amico in compagnia del suo calibro 308 ed era confortante la loro presenza quando non si sapeva se si stava per entrare in una sala da tè o in un vespaio. La bilancia pendeva decisamente verso la seconda possibilità.

Con il pollice, Web caricò il suo MP5, quindi tornò a concentrarsi per rallentare il battito cardiaco. I rumori del bosco, soprattutto di scoiattoli e uccelli che si spostavano da un ramo all'altro disturbati dagli uomini che avevano invaso il loro territorio con un sofisticato arsenale da guerra, avevano un piacevole effetto calmante su Web, se non altro servivano a farlo sentire ancora parte del pianeta Terra, a contatto con degli esseri viventi, nonostante la missione di morte che si accingeva a compiere.

A quel punto il piano entrava in una fase critica. I tiratori scelti non avrebbero aperto il fuoco sulle guardie. Uccidere a sangue freddo qualcuno che non era ancora stato nemmeno incriminato non era consentito a dei rappresentanti delle forze dell'ordine; avrebbero dovuto esserci degli ostaggi e la posta in gioco avrebbe dovuto essere particolarmente alta perché Washington autorizzasse una deroga a questo ferreo principio. Come minimo avrebbero dovuto dare ufficialmente il loro benestare il direttore dell'FBI e il procuratore generale. In questo caso era previsto che le guardie venissero assalite e neutralizzate prima che avessero la possibilità di avvertire dell'attacco imminente. Un'alternativa sarebbe stata quella di un'azione diversiva con l'impiego di esplosivo, attirando per esempio le guardie nel bosco dove gli assaltatori avrebbero teso loro un'imboscata mimetizzati sotto i Ghillie; ma le informazioni raccolte durante il periodo di sorveglianza, secondo le quali le guardie sarebbero state rese inoffensive senza difficoltà, avevano indotto gli strateghi a scegliere la via più facile. E avrebbe potuto anche funzionare, pensava Web.

Se avessero trovato gli ingressi sbarrati, avrebbero usato l'esplosivo per aprirsi la strada. Così facendo avrebbero avvertito della loro presenza il resto del gruppo dei Free, ma a quel punto gli uomini dell'HRT sarebbero già stati all'interno della casa e lo scontro a fuoco ormai terminato; questo naturalmente se non fosse accaduto qualcosa di assolutamente straordinario e Web non si sentiva di escluderlo. Non più. La Hotel avrebbe attaccato da dietro e la Gulf da un lato, secondo la procedura standard per cui venivano evitati attacchi da fronti opposti per non rischiare di spararsi a vicenda.

Con una certa tensione Web sentì Romano chiedere al TOC l'autorizzazione a intervenire e ottenerla immediatamente.

Quando Romano diede il segnale, Web partì con lui sulla sinistra mentre gli altri due della sua unità scivolavano sulla destra. Un minuto dopo erano ai fianchi di Gameboy, ancora tutto preso dal suo videogioco. Alzò gli occhi e si ritrovò con le canne di due pistole calibro 45 ficcate nelle orecchie. Prima di poter dire "bah", era disteso per terra, con polsi e caviglie ammanettati e una corta catena plastificata agganciata alle due paia di manette che lo immobilizzavano in una posa quasi fetale, come un vitello in un rodeo. Contemporaneamente, sulla bocca gli fu messo un pezzo di adesivo. Gli presero la pistola, il cellulare e il coltello che trovarono in un fodero legato a un polpaccio. Web non lo separò dal suo prezioso gameboy.

Passarono oltre i dormitori del gruppo e si avvicinarono all'obiettivo, accovacciandosi davanti alla porta posteriore dell'edificio principale. Romano provò prima a toccare la porta, poi tentò di girare la maniglia. Web lo vide fare una smorfia. Era chiusa a chiave. Romano fece intervenire il guastatore, che in pochi attimi sistemò la carica, srotolò il cavo e programmò il detonatore mentre il resto della squadra gli copriva le spalle.

A questo punto Romano informò il TOC che erano alla fase verde e ricevette l'autorizzazione a procedere. Trenta secondi dopo fecero lo stesso i membri della Gulf, il che significava che anche Pale Shaq era stato immobilizzato. Il TOC comunicò di avere la situazione sotto controllo e Web sentì un brivido percorrergli la schiena. "Già, avevi detto così anche alla Charlie, vero?"

I tiratori scelti si unirono agli uomini della Gulf sul lato dell'edificio e Ken McCarthy abbandonò la sua posizione per unirsi alle squadre d'assalto. Web non poteva vedere l'espressione di Ken, ma era sicuro che fosse rimasto di stucco nel trovarlo lì. Era il momento di sbarazzarsi degli occhiali per la visione notturna, perché con le vampate delle armi da fuoco e gli esplosivi sarebbero stati inutili, ma soprattutto perché in una situazione di luce così intensa rendevano ciechi e indifesi. Da quel momento in avanti tutti avrebbero dovuto affidarsi solo ai propri sensi.

Cominciò il conto alla rovescia. Il battito cardiaco di Web sembrava rallentare a ogni numero in meno. Quando il TOC arrivò al tre, Web era pronto. Al due tutti gli uomini distolsero lo sguardo dal bersaglio per non essere accecati dalla deflagrazione. Contemporaneamente staccarono il dito dal grilletto per evitare spari accidentali. "Si va, ragazzi" pensò Web.

La carica esplose e la porta piombò verso l'interno aprendo la via a Web e agli altri.

«Bomba!» gridò Romano mentre staccava la linguetta a una granata e la lanciava in fondo al corridoio. Tre secondi dopo un bagliore da un milione di candele imbiancò le pareti, che tremarono sotto l'impatto di un boato da centottanta decibel.

Alla destra di Romano, Web scrutava ogni angolo a caccia di eventuali insidie. Da un piccolo locale partiva un corridoio sulla sinistra. Dalle informazioni raccolte, confermate dal rilevatore termico, risultava che il gruppo era riunito nel locale principale sulla sinistra, nell'ala posteriore dell'edificio. Era una stanza spaziosa e a pianta rettangolare, quindi non avrebbero dovuto bonificare nicchie e angoli, ma era comunque uno spazio notevole, dodici metri per dodici circa, e senza dubbio c'erano mobili e altro dietro cui nascondersi. Lasciarono un uomo di guardia nel locale in cui erano entrati, sia per difendere il terreno appena conquistato, sia per proteggerli da dietro, mentre il resto della squadra imboccò il corridoio correndo.

Fino a quel momento non avevano visto nessuno, ma dalla sala principale giungevano delle grida. Ancora una svolta nel corridoio e si sarebbero trovati di fronte alla doppia porta che costituiva il loro obiettivo successivo.

«Bomba!» gridò Web. Strappò la linguetta e scagliò la granata dietro l'angolo. Chi si fosse appostato lì per tendere loro un agguato, adesso sarebbe stato come minimo cieco e sordo.

Quando raggiunsero la porta, nessuno perse tempo a controllare se fosse chiusa a chiave. Romano attaccò sullo stipite una carica adesiva che consisteva di un pezzo di gomma da copertone largo due centimetri e lungo quindici, al quale era applicata una striscia di C4. A una estremità c'era la capsula per la detonazione. Gli uomini si allontanarono e Romano bisbigliò qualcosa al microfono. Pochi istanti dopo la carica esplose e la porta crollò verso l'interno.

In quell'istante preciso una parete laterale della stanza principale si sbriciolò in un boato e dallo squarcio fece irruzione la Gulf Team. La carica che avevano applicato al muro esterno, una striscia di piombo e schiuma a forma di V piena di materiale esplosivo, aveva spazzato via praticamente tutta la parete, scagliando calcinacci nella stanza. Uno dei Free era già riverso al suolo e gridava di dolore con le mani sulla testa insanguinata.

Dalla porta irruppero gli uomini della Hotel che bonificarono all'istante le zone pericolose, vale a dire in pratica ogni spazio dove qualcuno potesse trovare riparo e sparare sulle forze dell'ordine.

«Bomba!» gridò Romano mentre correva lungo il lato destro della stanza. Pochi istanti dopo ci furono un'altra deflagrazione e una vampata accecante. La stanza si riempì di fumo e delle urla concitate dei Free che si scavalcavano l'un l'altro nel tentativo di scappare. Non era stato sparato ancora un solo colpo e Web cominciava a pensare che forse, una volta tanto, avrebbero portato a termine l'operazione senza spargimento di sangue. Procedette alle spalle di Romano, gli occhi attenti a ogni possibile movimento. Vide uomini giovani e anziani nascosti sotto le poltrone rovesciate, distesi per terra o rannicchiati contro le pareti, proteggersi occhi e orecchie, storditi dall'impeto dell'assalto. Le plafoniere erano state distrutte dagli uomini dell'HRT nel momento stesso dell'irruzione, perciò da qualche istante tutto avveniva nell'oscurità totale, interrotta solo dall'eventuale scoppio delle granate.

«FBI! A terra. Mani dietro la testa. Dita incrociate. Avanti! Subito! In posizione o siete morti!» Tutto questo Romano lo gridò in un ruggito con un forte accento di Brooklyn.

I Free che Web stava sorvegliando in quel momento cominciarono a ubbidire all'ordine, con movimenti meccanici dovuti allo stupore che provavano. Fu allora che si udì il primo sparo, seguito da un secondo, e una pallottola andò a conficcarsi nella parete a pochi centimetri dalla testa di Web. Con la coda dell'occhio vide un Free che si stava rialzando da terra puntando nella sua direzione un MP5. Romano doveva aver visto la stessa cosa, perché spararono insieme, una raffica ciascuno. Otto proiettili colpirono il bersaglio alla testa o al torace rispedendolo lungo e disteso sul pavimento. Da lì non si mosse più.

Gli altri, accecati, disorientati, ma anche infuriati per la morte del loro compagno, misero mano alle armi e aprirono il fuoco cercando riparo dovunque ci fosse qualcosa dietro cui nascondersi. Lo stesso fecero gli uomini dell'HRT, che da militari esperti, ben protetti e muniti di armi potenti ebbero subito la meglio su un gruppo male assortito di giovani e anziani sprovvisti di giubbotti antiproiettile, dotati di armi convenzionali e per di più in inferiorità numerica. La battaglia durò molto poco. I Free commisero l'errore di guardare i loro avversari negli occhi, mentre Web e i suoi osservavano mani e armi scaricando un colpo dopo l'altro e avanzando dopo ogni raffica in cerca di nuovi bersagli. I Free sparavano in modo convulso e casuale, il più delle volte a vuoto, mentre gli uomini dell'HRT miravano con precisione e andavano sempre a segno, obbedendo a un disegno che conoscevano a memoria. Due agenti furono colpiti, più che altro per caso, ma i proiettili di munizioni del tutto comuni non riuscirono a penetrare i Kevlar di ultima generazione; sebbene il bruciore fosse intenso, sul corpo avevano soltanto un livido. Quanto agli uomini dell'HRT, che miravano alla testa e al petto, ogni pallottola che sparavano chiudeva definitivamente il conto con il proprio bersaglio.

Neutralizzata la reazione del nemico, Web decise che non ci sarebbe stata una carneficina, spostò il selettore del suo MP5 sull'automatico e scaricò tutte le munizioni contro tavoli e sedie, provocando una grandine di schegge e pezzetti di metallo, poi crivellò le pareti a una velocità di quasi novecento colpi al minuto. L'HRT non sparava colpi di avvertimento, ma nei manuali non c'era scritto che bisognasse sterminare un nemico in netta inferiorità numerica senza un buon motivo. I Free superstiti non rappresentavano più un pericolo per nessuno, avevano solo bisogno di un'ultima spintarella per arrendersi. Anche Romano scaricò le sue munizioni su mobili e pareti e la tempesta di piombo ebbe l'effetto di spegnere ogni velleità nei sopravvissuti, che, distesi per terra con le mani sopra la testa, si guardavano bene dal muoversi. Web e Romano ricaricavano in perfetta sincronia le loro armi dopo averle scaricate.

Aprirono il fuoco di nuovo, sempre sparando sopra la testa dei superstiti e smisero solo quando anche l'ultimo della banda si fu deciso a prendere l'unica decisione sensata. Due di loro uscirono strisciando dal cumulo di sedie e tavoli a pezzi e di cadaveri dei compagni, con le mani alzate e disarmate. Piagnucolavano, in stato di choc. Un altro sedeva fissandosi le mani, rosse per aver toccato lo squarcio che aveva nella gamba e dal quale il sangue sgorgava fuori abbondante. Aveva la maglietta sporca di vomito. Un agente lo ammanettò, poi lo aiutò a distendersi, si mise una mascherina e un paio di guanti chirurgici e cominciò a medicargli la ferita. Intanto furono mandati a chiamare i paramedici, che accompagnavano sempre gli agenti dell'HRT in tutte le missioni con un furgone attrezzato per il soccorso ai feriti. Web osservò per qualche istante il lavoro del collega e concluse che il ferito se la sarebbe cavata, anche se probabilmente avrebbe trascorso dietro le sbarre il resto della vita.

Mentre Romano e un altro collega ammanettavano i primi due che si erano arresi, gli altri controllavano rapidamente che i morti fossero davvero tali. Web abbassò finalmente il fucile e fece un respiro profondo. Osservò il campo di battaglia e si soffermò sui sopravvissuti. Alcuni probabilmente non erano neanche maggiorenni, tutti in maglietta e jeans e stivali sporchi di terra. Notò la peluria infantile sul mento di uno di loro, l'acne sulle guance di un altro. Due degli uomini uccisi erano abbastanza vecchi da poter essere dei nonni e forse erano stati loro a reclutare i propri nipoti per entrare nel gruppo... e morirci. Si domandò che senso avesse prendersela con dei poveracci come quelli, un branco di zoticoni armati di doppietta e con la testa ottenebrata da idee balorde, che avevano trovato il modo di realizzare i loro incubi peggiori e diventarne vittime. Contò otto cadaveri nel fiume di sangue che veniva velocemente assorbito dalla moquette da poco prezzo. E per quanto i Free potessero non dirsi d'accordo, tutto il sangue, a qualunque gruppo etnico appartenesse, scorreva rosso. Almeno in quel senso siamo tutti uguali.

Si appoggiò alla parete mentre da lontano giungeva l'ululato delle sirene. Non era stato uno scontro alla pari. Ma non lo era stato nemmeno la volta precedente. Una parte di lui avrebbe dovuto provare una certa soddisfazione, invece Web London si sentiva solo nauseato. Uccidere non era mai facile e forse era questo che lo distingueva da uomini come Ernest B. Free.

«Da dove arrivavano quegli spari?» gli chiese Romano avvicinandosi a lui.

Web poté solo scuotere la testa.

«Merda» imprecò il collega. «Non immaginavo certo che finisse così.»

Web notò il foro da proiettile nella tuta mimetica di Romano, attraverso il quale si vedeva un pezzetto del Kevlar. Il foro era più o meno all'altezza dell'ombelico. Romano se ne accorse e alzò le spalle come se si trattasse di una puntura di zanzara.

«Un paio di centimetri più giù e Angie avrebbe dovuto cercarsi un altro per divertirsi» commentò.

Web si sforzò di ricordare con precisione che cosa avesse visto e udito e soprattutto quando. Di una cosa era certo: sarebbero stati investiti da una raffica di domande e a nessuna sarebbe stato facile rispondere. Gli echeggiavano nelle orecchie gli ammonimenti di Pritchard. Avevano appena annientato un consistente numero di aderenti alla Free Society, il gruppo sospettato di aver attirato in un'imboscata e falcidiato una squadra dell'HRT. Adesso lui e i suoi compagni avevano aperto il fuoco su un branco di ragazzi e vecchietti perché da una fonte misteriosa erano venuti alcuni spari e perché Web aveva visto uno di quei fanatici alzarsi da terra e puntargli contro un'arma. La sua reazione era stata assolutamente legittima, ma non sarebbe stato difficile far apparire il suo operato sotto una luce diversa e negativa. A Washington c'erano più portavoce tendenziosi e manipolatori dei media pro capite che in qualsiasi altra parte del pianeta.

Udì un rumore di passi in corridoio. Presto sarebbero arrivati i "regolari", cioè i Bates di questo mondo. Avrebbero cercato loro di capire che cos'era successo. Romano aveva ragione, il compito dell'HRT si esauriva in assalti, arresti ed eventualmente qualche esecuzione sommaria. Questa volta però a finire sul patibolo potevano essere loro. Web cominciò a provare una sensazione che non conosceva quando volavano le pallottole: la paura.

Più di mille metri dietro il recinto, fra gli alberi del bosco e oltre il perimetro allestito dall'HRT, una sagoma si sollevò da terra, dando l'impressione che un tratto di sottobosco vivesse di vita propria. Poi la montagnola assunse la fisionomia di un uomo che si rialzava stringendo nella destra il fucile di precisione con mirino telescopico. Era lo stesso fucile che aveva usato per uccidere Chris Miller davanti alla casa di Randall Cove, a Fredericksburg. All'FBI probabilmente credevano che il vero bersaglio fosse Web London, ma si sbagliavano. La morte di Miller era uno dei molti modi con cui destabilizzare la vita di Web London. E ciò che aveva appena fatto, scatenare uno scontro a fuoco tra quei molluschi della Free Society e gli uomini dell'HRT, era un ulteriore contributo alle crescenti angosce del signor London. L'uomo si chinò a ripiegare il telo coperto di terriccio, fango, escrementi e foglie grazie al quale si era confuso nel sottobosco diventando invisibile. Era il suo Ghillie personale. Da tempo era arrivato alla conclusione che bisognava copiare solo i migliori e, almeno per ora, l'HRT era in testa alla classifica. E Web London era considerato il migliore di quel reparto d'élite. La sua posizione di massimo prestigio ne faceva il principale punto di riferimento per Clyde Macy. Per lui era una questione personale. Molto personale. Appese il telo allo zaino e si allontanò senza far rumore. A dispetto della sua proverbiale imperturbabilità, si concesse un sorriso. Missione compiuta.

44

Poiché non era riuscito a risalire al gruppo che forniva Oxy e gli altri farmaci prescrivibili ai distributori della zona di Washington, Randall Cove aveva cambiato strategia e aveva deciso di partire dal destinatario per risalire al mittente. Aveva sfruttato quanto gli aveva rivelato T per agganciare un racket che secondo lui ultimamente aveva spacciato quel genere di sostanze. Sorprendenti i risultati che si possono ottenere da un informatore quando lo si tiene appeso per un piede sopra uno strapiombo di trenta metri! Cove aveva calcolato che prima o poi avrebbero dovuto rifornirsi di merce e il suo nuovo piano lo aveva condotto lì quella notte nella speranza di aver puntato sul cavallo giusto e poter intascare una sostanziosa vincita.

Il bosco era fitto e Cove si muoveva tra gli alberi il più silenziosamente possibile. Si fermò dietro l'ultima fila di alberi, acquattato, a esaminare la situazione. I veicoli erano parcheggiati su una strada sterrata che si snodava nella vegetazione vicino alla frontiera tra Kentucky e Virginia. Se avesse avuto dei rinforzi a disposizione, se ne sarebbe servito senza farsi pregare. Aveva pensato di portare con sé Venables, ma Sonny aveva già fatto abbastanza, aveva moglie e figli ed era prossimo alla pensione. Cove non lo avrebbe privato del suo futuro. Era un uomo coraggioso, abituato alle situazioni di grande pericolo, ma c'era lo stesso una linea che divideva il coraggio dall'idiozia e Cove era sempre stato dalla parte giusta.

Abbassò la testa quando vide alcuni uomini fermarsi intorno a uno dei veicoli. Si portò al viso il binocolo per la visione notturna e osservò con interesse le confezioni incellofanate che gli uomini stavano trasportando e che confermavano i suoi sospetti: non bustine di cocaina, bensì sacchetti che, tutti insieme, dovevano contenere alcune decine di migliaia di pillole. Scattò qualche foto con la macchina a raggi infrarossi e meditò sul da farsi. Erano almeno cinque gli uomini che era riuscito a vedere ed erano tutti armati. Non poteva eseguire un arresto senza mettersi in serio pericolo. Ma mentre cercava una soluzione ai suoi problemi, non si accorse che il vento cambiava leggermente direzione. Non se ne accorse, per la precisione, fino a quando il cane che se ne stava accucciato dall'altra parte del camion sbucò all'improvviso per lanciarsi di corsa verso di lui.

Cove soffocò un'imprecazione, girò sui tacchi e fuggì nel bosco. Ma il cane era più veloce e guadagnava terreno a ogni passo. Lui invece sentiva le ginocchia pesanti perché non erano più adatte a fare sforzi come quello. E udì anche qualcos'altro che gli fece perdere le speranze: il rumore di animali bipedi che gli correvano dietro.

Lo avevano bloccato prendendolo tra due fuochi. Il cane emerse dalla vegetazione con le zanne scoperte. Cove prese rapidamente la mira e gli sparò alla testa. Fu l'ultima volta che fece fuoco, perché si trovò circondato da una siepe di pistole. Allora alzò la sua in segno di resa.

«Lasciala cadere» gli ordinò uno degli uomini e Cove ubbidì.

Gli altri si fecero avanti e uno di loro lo perquisì e trovò l'altra pistola che teneva nascosta nella manica della giacca. Gli portò via anche la macchina fotografica.

Nemo Strait si inginocchiò di fianco al cane e lo toccò con delicatezza. Poi alzò gli occhi su Cove guardandolo come se avesse appena tagliato la gola a sua madre. Si rialzò e andò a piazzarglisi davanti con la pistola spianata.

«Ce l'avevo da sei anni, quel cane. Era una gran brava bestia.»

Cove non disse niente. Uno lo colpì alla schiena con la pistola, ma ottenne solo un grugnito.

Strait gli sputò in faccia. «Mi maledico per non essermi assicurato che fossi morto quando abbiamo spinto la tua macchina giù per quella massicciata. Avresti dovuto capire che quello era stato il giorno più fortunato della tua vita e avresti dovuto levare le tende.»

Cove continuava a tacere, ma si avvicinò impercettibilmente a Strait. Guardò gli altri. Gli acquirenti di quei medicinali da usare come droghe venivano dalla città ed erano tutti neri. E tuttavia non c'era nessuno dei fratelli della sua razza a cui Cove avrebbe potuto chiedere aiuto in quell'occasione. Nel mondo della criminalità il denaro è più potente di qualunque gruppo di appartenenza.

Strait si girò a guardare il rimorchio sul quale si trovava Bobby Lee, poi sorrise al suo prigioniero.

«Tu proprio non puoi fare a meno di impicciarti degli affari degli altri, vero?» Toccò la guancia di Cove con la canna della pistola, poi lo colpì con forza. «Rispondimi quando ti faccio una domanda.»

E Cove rispose sputandogli in faccia.

Strait si ripulì e gli puntò la pistola alla tempia.

«Fai ciao ciao con la manina.»

Il coltello uscì dalla stessa manica in cui Cove aveva nascosto la seconda pistola. Nessuno aveva controllato se aveva altre armi. Mirò al cuore, ma scivolò sul terreno umido e Strait fu più veloce di quanto avesse previsto e la lama penetrò solo nella spalla. Strait cadde all'indietro con il coltello conficcato nel corpo.

Per una frazione di secondo fu come se tutti i rumori del mondo fossero scomparsi. In quell'attimo Cove vide sua moglie e i suoi figli che gli correvano incontro attraverso un campo di fiori bellissimi e i loro sorrisi e gli abbracci spazzarono via tutte le cose brutte che gli erano accadute. E non erano poche.

Poi le armi fecero fuoco. Colpito più volte, Cove si accasciò. Contemporaneamente tutti gli uomini che lo avevano circondato levarono lo sguardo al cielo, da cui giungeva il rumore pulsante di un elicottero. Poco dopo le cime degli alberi furono illuminate da un faro.

«Vediamo di sbrigarci» disse Strait rialzandosi come se nulla fosse.

Nonostante la ferita, si allontanò tenendo tra le braccia il cane morto. In meno di un minuto erano tutti scomparsi, ma l'elicottero sorvolò la zona senza nemmeno accennare a un atterraggio: il velivolo stava riportando a casa un gruppo di uomini d'affari dopo una riunione che era durata più del previsto.

Quando nel bosco calò il silenzio, si udì un flebile gemito. Randall Cove cercò di rimettersi in piedi, ma per quanto fosse forte, non ci riuscì. Il giubbotto che indossava aveva assorbito tre dei cinque proiettili, ma due l'avevano colpito ferendolo gravemente. Ricadde al suolo in una pozza di sangue.

Si era fatto tardi e Claire Daniels era ancora allo studio. La porta era chiusa a chiave e nell'edificio c'era un servizio di sorveglianza, perciò si sentiva più al sicuro lì che in albergo. Il suo amico farmacologo l'aveva richiamata a proposito della strana pillola che aveva trovato nel flacone di Web. Claire aveva pensato che potesse essere un forte barbiturico perché ancora non aveva escluso l'eventualità che fosse stata un'interazione tra farmaci diversi a bloccare Web in quel vicolo. La telefonata aveva spazzato via quell'ipotesi.

«È un placebo» le aveva riferito l'amico. «Come quelli che usano nei gruppi di controllo per i test sui farmaci.»

Un placebo? Claire era sbalordita. Tutte le altre pillole erano quello che sembravano.

Rifletté sull'inatteso colpo di scena e su quali alternative le restassero per fare una diagnosi plausibile. Si rifiutava di credere che Kevin Westbrook avesse lanciato su Web una maledizione, quando gli aveva detto: "Cuoci all'inferno". Eppure quelle parole avevano avuto su di lui un effetto preciso. Possibile che fosse stata solo una crisi di nervi?

Tornò a esaminare gli album di Kevin. Quello in cui il bambino azionava il telecomando era stato sequestrato dall'FBI e non ce n'erano altri simili. Riesaminò quelli che aveva, molti dei quali eseguiti con una tecnica pregevole. Quel ragazzino aveva un notevole talento artistico.

Da nessuna parte aveva trovato la scritta "cuoci all'inferno". Ma era improbabile che ci fosse. Meditò di nuovo su quelle parole dal sapore antiquato, un'imprecazione di un'altra epoca, forse risalente ai tempi della Guerra civile. "Avanti tutta e che cuociano all'inferno", o qualcosa del genere, si diceva che avesse esclamato l'ammiraglio Farragut durante una battaglia navale del conflitto fratricida.

Claire trascrisse la frase. Guerra civile. Schiavitù. Bianchi e neri. Razzisti bianchi. Corrugò la fronte concentrandosi sulle associazioni di idee che scaturivano da quel corso di pensieri e improvvisamente trovò una chiave. Subito dopo pensò che l'ipotesi fosse troppo stravagante.

La Free Society? Cuoci all'inferno. I suoi occhi si posarono sul computer. Non lo poteva escludere. Qualche clic del mouse e dopo pochi minuti ebbe la risposta. La Free Society aveva un sito web, uno stomachevole strumento di propaganda colmo di odio razziale che serviva presumibilmente per reclutare ignoranti e sanguinari. Quando lo vide, il respiro le si fermò in gola.

Proprio in quel momento nell'ufficio piombò il buio assoluto. La coincidenza del black-out con quanto aveva appena saputo le strappò un grido. Andò immediatamente al telefono e chiamò la postazione della guardia giurata.

«Non è la centralina del palazzo, dottoressa» le rispose in tono rassicurante il poliziotto dopo aver sentito che cosa era accaduto. «Quaggiù la luce c'è. Probabilmente da lei è scattato un interruttore. Vuole che salga?»

Claire guardò dalla finestra e vide che nelle case vicine le finestre erano illuminate. «No, non serve, grazie. Credo di avere una torcia. Se è solo un interruttore, posso fare da me.»

Riappese, frugò nella scrivania e finalmente trovò la torcia, poi uscì dall'ufficio nella reception. Trovò la porta del locale in cui si trovava il contatore, ma non riuscì ad aprirla. Era chiusa a chiave. Strano, pensò, ma poi ricordò che nello stesso posto c'erano le centraline del telefono e dell'impianto d'allarme, che non dovevano essere accessibili agli estranei. Come avrebbe fatto a ripristinare la corrente elettrica, allora? Pensò che forse era il caso di prendere la sua roba e tornare in albergo, ma tutti i suoi appunti erano nello studio e non aveva un computer portatile per poter accedere a Internet dalla sua stanza d'albergo.

Illuminò la serratura. Le sembrava abbastanza semplice. Andò nel cucinino e trovò un cacciavite. Tornò alla porta dello sgabuzzino, si bloccò la torcia sotto l'ascella e cominciò ad armeggiare con la serratura. Dopo cinque minuti, più per fortuna che per abilità, riuscì finalmente ad aprire. Illuminò l'interno e individuò velocemente il contatore, constatando che era effettivamente scattato un interruttore salvavita. Lo azionò e le luci si riaccesero. Stava per chiudere la porta quando notò qualcos'altro. Alle linee di alimentazione era collegato un piccolo congegno. Claire non sapeva molto di impianti elettrici, ma quella scatoletta sembrava che non c'entrasse proprio nulla.

Forse per via di ciò che aveva appena scoperto, o forse perché stava diventando un po' paranoica, le venne subito un sospetto. Corse nel suo studio, senza accorgersi del minuscolo dispositivo che, montato sullo stipite, veniva azionato tutte le volte che qualcuno apriva la porta della centralina.

In ufficio si guardò intorno, il suo sguardo andò dal pavimento alle pareti e finalmente al soffitto. Spostò la poltrona della scrivania, si tolse le scarpe e ci montò sopra per arrivare fino al rilevatore di fumo. Dopo aver frequentato per tanti anni le forze dell'ordine, sapeva quali erano i nascondigli preferiti in cui installare delle microspie. Sfilò l'apparecchio dal suo alloggiamento nel soffitto e trovò un filo che non sarebbe dovuto esserci. Stavano spiando solo lei, o c'erano altre microspie per tutto lo studio?

Lasciò il rilevatore sospeso a mezz'aria, scese dalla poltrona e corse nell'ufficio accanto, che era quello di O'Bannon. La porta era chiusa a chiave, ma la serratura era identica a quella dello sgabuzzino delle centraline. Usando il cacciavite, riuscì ad aprire anche questa. Entrò, accese la luce e guardò in alto. Anche lì c'era un rilevatore di fumo. Lo staccò e trovò lo stesso filo sospetto. Stava per andare a controllare nel locale successivo, quando notò l'incartamento aperto sulla scrivania.

Era contro i suoi principi etici e professionali mettere il naso nelle pratiche di un collega, ma le circostanze erano del tutto eccezionali, si giustificò.

Il nome era quello di Deborah Riner. Web gliene aveva parlato, era la vedova di uno degli uomini della sua squadra. Scorse velocemente le numerose pagine, constatando che la Riner era in cura da O'Bannon già da tempo e che i loro incontri avvenivano con molta frequenza. La sorprese il gran numero di appunti relativi a sedute di ipnosi. O'Bannon aveva praticamente ipnotizzato la Riner tutte le volte che aveva messo piede nel suo studio.

Un'ipotesi veramente orribile cominciò a delinearsi nella

470

mente di Claire quando notò le date degli appuntamenti. Quella che le balzò subito all'occhio corrispondeva a tre giorni prima del massacro della squadra di Web in quel cortile.

Posò gli appunti e si avvicinò allo schedario. Anche quello era chiuso a chiave, ma con una serratura molto semplice che fu in grado di forzare in un attimo con il suo cacciavite, ora senza più alcuna remora. Cominciò a tirar fuori le cartelle di O'Bannon, trovando i nomi di molti agenti e relative consorti appartenenti a numerose sezioni del Bureau. Esaminò frettolosamente qualche pagina. Come era successo con la Riner, O'Bannon li aveva sottoposti tutti a un numero incredibile di sedute ipnotiche.

La sua mente cominciò a correre. L'ipnosi era una tecnica singolare che, in circostanze molto rare, si poteva utilizzare per indurre qualcuno a fare e dire cose che nello stato di coscienza non avrebbe mai fatto. Ma era anche un sistema per soggiogare una persona, creando una condizione di pace e fiducia interiore per poi carpire informazioni su quello che faceva... o, nel caso delle mogli, su quello che faceva il marito. Era possibile che O'Bannon avesse usato l'ipnosi per estorcere a Debbie Riner informazioni sulle attività del marito, approfittando della sua vulnerabilità. E se Teddy Riner si era confidato con la moglie, era possibile che O'Bannon avesse saputo qual era l'obiettivo dell'imminente missione dell'HRT e anche la data precisa. E c'erano agenti che, andando contro il regolamento che lo vietava in maniera categorica, informavano la moglie delle loro missioni, per il quieto vivere, se non altro. Ma sarebbe bastato anche solo un accenno involontario che in seguito una moglie sotto ipnosi avrebbe potuto inconsapevolmente riferire.

Sarebbe stato molto semplice per uno psichiatra esperto come Ed O'Bannon. E, come aveva fatto lei con Web, O'Bannon avrebbe potuto chiudere la sua seduta con una suggestione postipnotica, così da cancellare dalla mente del soggetto il ricordo di qualunque particolare sospetto del colloquio avvenuto durante l'ipnosi... e persino il fatto stesso di essere stato ipnotizzato. "Mio Dio" pensò Claire "Debbie Riner potrebbe aver involontariamente contribuito all'assassinio di suo marito."

Contemporaneamente tutte le conversazioni riservate intercorse tra paziente e medico erano state intercettate da una microspia. Seppure restando sul vago, Web aveva lasciato intendere che c'era qualcosa che non andava al Bureau e, se i suoi sospetti fossero stati confermati, allora era probabile che O'Bannon fosse responsabile di molti di quei problemi.

Mentre guardava lo schedario, si rese conto che qualcosa mancava. Sotto la lettera "L" c'erano diversi fascicoli, ma era rimasto anche uno spazio vuoto. Era forse quello della cartella clinica di Web? Quello che le aveva consegnato O'Bannon, però, non era abbastanza voluminoso da riempire uno spazio come quello, a meno che non le avesse passato tutto l'incartamento. Possibile che le avesse nascosto una parte delle informazioni sul suo ex paziente? O'Bannon era un uomo con una grande fiducia in se stesso, persino arrogante a volte, convinto che non esistesse al mondo nessuno più intelligente o esperto di lui. Era possibile che le nascondesse dei dati solo per vanità, creandole ostacoli per sembrare migliore di lei; ma forse aveva un motivo più importante che andava oltre il suo orgoglio professionale...

Si mise subito a perquisire lo studio del collega. Cercò nella scrivania e in tutti i posti dove potevano essere state nascoste le carte mancanti. Non trovò niente. Poi guardò il soffitto. Salì di nuovo sulla poltrona e, con la torcia in mano, sollevò uno dei pannelli della controsoffittatura. In punta di piedi sbirciò all'interno illuminando l'intercapedine con la torcia e quasi subito scorse una piccola scatola appoggiata sul telaio metallico che reggeva i pannelli. Spostò la poltrona in corrispondenza della scatola e la recuperò. Dentro c'era il resto della cartella clinica di Web e, appena cominciò a esaminarla, si rese conto di aver trovato un tesoro. Lesse con stupore crescente, continuando a scuotere la testa.

Conosceva la mania di organizzazione di O'Bannon, una specie di ossessione della quale avevano riso insieme in passato. Tra le altre cose conservava appunti meticolosi, criptici e indecifrabili per i non addetti ai lavori, ma più che eloquenti per Claire. Web era stato ripetutamente ipnotizzato, più spesso di Debbie Riner, quando era entrato in terapia dopo la morte della madre. Ogni volta O'Bannon aveva utilizzato una suggestione postipnotica, proprio come aveva fatto lei. Trasecolò scoprendo che durante una delle sedute ipnotiche, Web aveva rivelato a O'Bannon l'episodio della morte del patrigno, descrivendolo nei particolari. Gli appunti erano quasi in codice, ma Claire individuò i riferimenti a "Stockton", "soffitta" e "CARISSIMO PAPÀ" scritto in lettere maiuscole, quanto bastava per convincerla che anche O'Bannon conosceva la storia di Web. Adesso acquistava un senso la reazione di Web durante la loro seduta quando, sotto ipnosi, le aveva gridato: "Lo sai già, dannazione!". Dal suo inconscio era già emersa quella verità una volta, ma davanti a O'Bannon, non con lei. Negli appunti si faceva riferimento anche all'uso dei placebo. Era presumibile che servissero a valutare quanto le suggestioni di O'Bannon riuscissero a influenzare l'inconscio di Web. E in effetti, come lesse più avanti, O'Bannon aveva scritto che il placebo era stato associato a una suggestione ipnotica con la quale Web era stato persuaso che quei sonniferi erano i più efficaci esistenti in commercio. Il paziente aveva poi riferito che le pillole funzionavano a meraviglia.

E allora finalmente Claire capì che cosa era avvenuto in quel vicolo. Il piano era ingegnoso perché aggirava il problema di indurre Web a fare qualcosa che non voleva fare, per esempio uccidere qualcuno a sangue freddo, spingendolo viceversa a non fare qualcosa.

Avrebbe dovuto chiamare Web al più presto per metterlo al corrente di quanto aveva capito e per chiedere il suo aiuto, ma non poteva certo farlo da lì, con tutte quelle microspie in giro per lo studio. Avrebbe dovuto chiamarlo da fuori.

Continuò a sfogliare l'incartamento. Nell'ultima pagina era illustrato l'aspetto più inquietante dei rapporti tra medico e paziente, dal quale si deduceva che O'Bannon aveva creato delle condizioni tali per cui era quasi sicuro che Web si sarebbe comportato secondo le istruzioni ricevute. Nella sua maniera ermetica, O'Bannon aveva scritto di aver stabilito un eccellente rapporto di fiducia con Web. Aggiungeva che uno psichiatra (saggiamente O'Bannon rimaneva sul generale) avrebbe potuto creare una suggestione ipnotica nella quale porsi come una figura paterna capace di proteggere Web dal patrigno. E se lui non avesse ubbidito agli ordini ricevuti dallo psichiatra, allora il patrigno sarebbe tornato per ucciderlo; anzi, la sua sola salvezza era nell'eseguire puntualmente le istruzioni che gli venivano impartite. O'Bannon concludeva che Web era particolarmente ricettivo alle suggestioni postipnotiche e che questo aspetto poteva creare un problema di sicurezza. Conoscendo bene il quadro psicologico di Web, Claire sapeva che non avrebbe mai potuto opporsi all'ordine che gli era stato dato. Ciononostante Web era riuscito a sottrarsi temporaneamente alla suggestione postipnotica per entrare in quel cortile e neutralizzare i nidi di mitragliatrici, infrangendo la potente barriera mentale che avrebbe dovuto impedirglielo. Quella doveva essere stata l'impresa più straordinaria che Web aveva compiuto quella notte.

Doveva ammettere che O'Bannon aveva scritto il suo rapporto con notevole perizia in maniera che sembrassero tutte ipotesi e teorie e non dati di fatto. Tanta cura le consigliava di agire con grande prudenza. O'Bannon aveva previsto praticamente ogni possibile sviluppo, ma non che lei avrebbe scoperto quanto lui aveva già saputo sondando le stanze segrete dell'inconscio di Web. Capiva solo adesso perché O'Bannon ci teneva tanto che Web restasse suo paziente.

Era ora di avvertire le persone che avrebbero saputo come meglio affrontare la nuova situazione che si era creata. Lei non si sentiva all'altezza.

Si girò per tornare nel suo ufficio, prendere le sue cose e uscire. L'uomo la stava fissando in silenzio. Lei alzò la mano in cui stringeva il cacciavite, ma lui le puntò contro una pistola.

Ed O'Bannon non sembrava avere problemi a usarla.

45

Di ritorno a Quantico, Web si liberò dell'equipaggiamento e fece rapporto insieme agli altri della squadra. Non furono in grado di spiegare molto. Web riteneva che gli spari fossero venuti dall'esterno dell'edificio. In questo caso, si sarebbero dovuti trovare i proiettili dentro la casa, ma per accertarlo sarebbe stato necessario attendere l'analisi delle pallottole conficcate nelle pareti. Se gli spari erano venuti da fuori, i tiratori scelti dovevano aver notato qualcosa, giacché avevano praticamente circondato la casa. Per quel che Web ne sapeva, nessuno era uscito dall'edificio, quindi se qualcuno aveva sparato dall'esterno, doveva essere già appostato prima del loro arrivo... e ancora una volta questo indicava la presenza di una talpa che aveva avvertito dell'assalto. Le prospettive erano tutt'altro che rose.

Gli investigatori del WFO stavano passando al setaccio il quartier generale della Free Society in cerca di ulteriori indizi che collegassero l'organizzazione all'agguato in cui era stata sterminata la Charlie Team. Web sperava che venisse trovato qualcosa con cui spiegare l'intera vicenda, ma ne dubitava fortemente: com'era possibile che dei ragazzi imberbi e dei vecchietti avessero il cuore così colmo di odio?

Dopo aver fatto una doccia ed essersi cambiati d'abito, Web e Romano stavano uscendo dalla palazzina del comando quando, in corridoio, furono intercettati da Bates, che fece loro segno di seguirlo in un ufficio vuoto.

«Devo avere qualche influenza negativa, Perce» esordì Web, scherzando solo in parte. Cominciava davvero a chiedersi se non fosse divenuto un portaiella.

«Sarebbe stato così se avessimo perso qualcuno dei nostri, non qualcuno dei loro» obiettò Romano. «Io non chiederò mai scusa per essere uscito da una missione tutto intero. È come pilotare un aereo, dico io: qualunque atterraggio è buono.»

«Chiudete un po' la bocca tutti e due» tagliò corto Bates e fu subito ubbidito. «I media ci scuoieranno per questa storia, ma sono grane che si possono risolvere. Quello che non posso risolvere è il problema della presenza di due insubordinati.»

«Erano a corto di uomini, Perce» si giustificò Web. «E non riesco a credere che tu non mi abbia avvertito. Sono stato io a dirti di quella telecamera.»

Bates lo guardò diritto negli occhi. «Non te l'ho detto, Web, proprio per impedire che succedesse quello che è successo.»

Web non si lasciò intimorire. «Che io fossi stato presente o no, il risultato non sarebbe cambiato. Se ti sparano addosso, tu rispondi al fuoco. E io non potevo permettere che i miei compagni andassero in missione con la squadra incompleta. Potrai anche sbattermi fuori dal Bureau se vuoi, ma lo rifarei subito.»

Continuarono a fissarsi finché non si calmarono entrambi.

Finalmente Bates si sedette scuotendo la testa. Invitò i due subalterni a fare altrettanto. «Non so poi perché me la prenda tanto» brontolò. «Peggio di così non potrebbe andare.»

«Se eri tanto preoccupato che potesse succedere una cosa del genere, perché non hai mandato una SWAT?» volle sapere Web.

«L'ordine non è venuto da me. Arrivava dall'alto.»

«Alto quanto?»

«Non ti riguarda.»

«Se è il mio culo che deve finire sulla graticola, mi riguarda eccome.»

Bates si limitò a scuotere caparbiamente la testa.

«Se i colpi arrivavano da fuori, vuol dire che qualcuno sapeva dell'assalto» sottolineò Romano.

«Molto perspicace, Romano» lo schernì Bates. «Ricordami di propormi per una promozione.»

«La fuga di notizie può arrivare da qualsiasi livello, no?» domandò Web. «Alto o basso.»

«Dacci un taglio, Web.»

«Allora non hai proprio niente da dirci?»

«Per la verità la missione non è stata un fallimento totale.» Aprì una cartelletta posata su una scrivania alle sue spalle. «Abbiamo trovato qualche dato interessante sui Free. Tra i morti c'è anche Silas Free. Insieme a loro ci hanno rimesso la pelle alcuni ultrasessantenni e quattro ragazzi, nemmeno maggiorenni. Credo che, dopo lo scontro a fuoco in quella scuola, l'organizzazione abbia cominciato ad avere gravi problemi di reclutamento.»

«Nessuna traccia di Ernest B. Free» notò Web. «Ho controllato.»

«No, Ernie non c'era.» Bates prese alcuni fogli dalla cartelletta. «Ma, nascosti in un vano sotto il pavimento di uno degli edifici, abbiamo trovato materiale per la costruzione di ordigni e tre fascicoli riguardanti rispettivamente il giudice Leadbetter, Scott Wingo e Fred Watkins.»

«Più che una pista, è un'autostrada» si compiacque Romano.

«E non è tutto. Abbiamo anche trovato Oxycontin, Percocet e Percodan per un valore al dettaglio di circa diecimila dollari.»

«I Free sarebbero degli spacciatori?» si meravigliò Web.

«Dopo essere rimasti a corto di iscritti, probabilmente sono rimasti anche a corto di fondi. L'Oxy rende parecchio nelle zone rurali. C'è una logica.»

«Diavolo, pensi che questo possa essere il collegamento sul quale stava indagando Cove? I Free allestiscono una finta centrale operativa a Washington e passano l'informazione a Cove per attirare l'HRT in una trappola.»

Bates stava già annuendo. «E probabilmente sono stati loro a fare pressione su Westbrook e gli altri narcotrafficanti perché si unissero in un'unica organizzazione.»

Anche Web era convinto che avessero imboccato la strada giusta, tuttavia c'era ancora qualcosa che non quadrava.

«E abbiamo trovato anche questo» continuò Bates. «Un registro con tutti i membri passati e attuali della Free Society.» Alzò gli occhi su Web. «Indovina chi abbiamo trovato tra gli ex iscritti.»

Web scosse la testa. «Sono troppo stanco per pensare. Dimmelo tu.»

«Clyde Macy.»

Web scordò all'istante l'Oxycontin. «Mi stai prendendo in giro.»

«Lo è stato per dieci anni, se n'è andato due mesi dopo la sparatoria a Richmond. I Free erano molto precisi nell'archiviazione dei loro dati, forse per poter ricattare gli ex membri nei periodi di magra. Una specie di polizza d'assicurazione.»

«Macy lascia la Free Society e si mette a fare il sicario per un nero del ghetto di Washington. Secondo te la sua è stata una conversione religiosa o ha semplicemente accettato il primo lavoro che gli è stato offerto?»

«Non ne ho idea. E abbiamo perso le sue tracce. Abbiamo invece una traccia grossa così del suo socio.»

«Quale socio?»

«Antoine Peebles. Ritrovato cadavere ieri sera con un colpo d'arma da fuoco alla testa.»

«Credi che dietro ci sia Westbrook?»

«Avrebbe senso, anche se in questo caso, finora, non c'è niente che abbia senso.»

Dopo una rapida riflessione, Web decise di non rivelare a Bates che Claire era stata aggredita da qualcuno che si era finto Big F. Non pensava che il gigante nero fosse responsabile della morte di Peebles, ma non aveva motivo di dargli una mano e parlandone a Bates rischiava di creare più confusione che altro.

Allungò il braccio. «Posso dare un'occhiata?»

Bates lo fissò per un lungo momento. «Certo. Ma se vedi qualcosa di strano, ti sarei grato se me ne informassi prima di uscire da quest'ufficio.»

Mentre Romano usciva per incontrarsi con un membro della Hotel, Web cominciò a sfogliare le pagine del dossier. Trovò la foto di un Macy più giovane, in posa con indosso una tuta da combattimento, una mitragliatrice in una mano e un fucile nell'altra. L'espressione truce avrebbe probabilmente terrorizzato un orso. Trovò anche le multe per eccesso di velocità di cui Bates gli aveva accennato. «Un tipo del genere e tutto quello che abbiamo trovato contro di lui sono multe per eccesso di velocità?» domandò poco convinto.

«Così è la vita. O è molto fortunato o molto attento, o entrambe le cose» fu la risposta di Bates.

«Che cosa si sa del camion con il quale sono state trasportate le mitragliatrici?»

«Si sa che fu veramente Silas Free a noleggiarlo. Abbiamo sentito l'agenzia. Si ricordano di lui. Ma una settimana dopo averlo noleggiato, ha presentato denuncia di furto.»

«Comodo» commentò Web.

«Per la verità è uno stratagemma molto diffuso. Noleggi un veicolo e poi dici che te l'hanno rubato, intanto lo tieni nascosto da qualche parte per riempirlo di esplosivi o, in questo caso, mitragliatrici.»

«Il camion a noleggio è la prova concreta della responsabilità dei Free in quello che è accaduto alla Charlie Team.»

«E dopo quello che è successo oggi, ne avremo bisogno» aggiunse in tono tetro Bates.

Poi Web girò un'altra pagina e gli si seccò improvvisamente la bocca. Alzò gli occhi su Bates mostrandogli il foglio. «Questo che cos'è?»

«Oh, davvero carino. È una lettera della Free Society. Una circolare con la quale tenevano informati i membri delle loro belle imprese, cioè bastonate e omicidi vari. È una cosa abbastanza recente, perché non ne avevo mai sentito parlare. Hanno persino un sito web, da non crederci.»

Web non lo aveva nemmeno ascoltato. I suoi occhi erano incollati sull'intestazione della newsletter che occupava la parte superiore della pagina iniziale.

"Cuoci all'inferno." Così si chiamava il bollettino della Free Society. Ed erano le stesse parole che aveva usato Kevin Westbrook nel vicolo.

Quando tornò con Romano alla Corvette, Web era ancora immerso nei suoi pensieri. Le informazioni che aveva appena avuto erano confuse, come quando di un incubo si ricorda solo l'atmosfera inquietante, ma non il soggetto in sé. Sentiva che in quel caos si annidava qualcosa di terribile, ma non riusciva a individuarlo.

Web ripose la sua attrezzatura nel bagagliaio della Corvette e fece per salire.

Romano lo osservava con la più tenera espressione di solidarietà di cui fosse capace. «Ehi, Web, ho pensato che in tanti anni che lavoriamo insieme non ti ho mai lasciato guidare questo gioiellino.»

«Cosa?» ribatté Web confuso.

«Perché non guidi tu fino alla fattoria? Credimi, quando ti senti una merda, non c'è niente come una corsa su questa macchina per tirarti su il morale.»

«Grazie, Paulie, ma non credo che sia il caso.»

Per tutta risposta Romano gli lanciò le chiavi, che Web afferrò al volo.

«È come una bottiglia di vino di qualità, Web, devi metterti comodo e godertela.» Romano girò intorno alla macchina per sedersi sul lato del passeggero. «Coraggio» apostrofò l'amico. «Non si fa aspettare una bella donna.»

«Non dirmi che hai dato un nome anche alla macchina come fai con le armi.»

«Sali, sali.» Gli strizzò l'occhio. «Se sei un uomo.»

Prima che arrivassero all'autostrada, Romano alzò il dito indice. «Allora, regola numero uno, falle anche solo un graffietto grande così e userò il tuo culo per giocarci a palla.»

«Dopo che per otto anni sei saltato giù dagli elicotteri con me nel cuore della notte e con qualche chilo di esplosivo appeso alle chiappe mi aspetterei un po' più di fiducia riguardo al modo in cui guiderò questa tua stupida carriola.»

«Regola numero due, chiamala di nuovo stupida carriola e ti spacco la faccia. Si chiama Destiny.»

«Destiny?»

«Destiny.»

Quando raggiunsero l'interstatale 95, Web imboccò la carreggiata in direzione sud superando un poliziotto della stradale che stava multando un automobilista. Era ancora abbastanza presto e poiché viaggiavano in senso opposto rispetto al traffico, erano praticamente soli.

«Okay, adesso non c'è traffico e hai davanti un lungo rettilineo» disse Romano. «O ne approfitti per lanciarla, o ce l'avrai floscio in eterno.»

Web gli lanciò un'occhiata e pigiò sull'acceleratore. La macchina schizzò in avanti con un ruggito e l'accelerazione lo schiacciò contro il sedile. Sfrecciarono superando l'unico veicolo in marcia nella loro direzione. «Non male, Paulie, ma non ho ancora schiacciato il pedale fino in fondo. Vediamo che cosa sa fare davvero.»

Web diede altro gas e affrontò a tutta birra una curva. Controllò Romano con la coda dell'occhio. Era calmo e guardava davanti a sé, come se guidare a quella velocità fosse per lui una cosa normale. E poteva anche darsi. Web superò i duecento chilometri orari e, mentre si avvicinava la curva, gli alberi ai lati della strada si fusero in un'unica macchia verde e sfuocata. Non avrebbero mai potuto affrontare una curva a quella velocità. Web guardò di nuovo Romano e vide una goccia di sudore imperlargli la fronte. Quell'unica goccia valeva dieci milioni di dollari.

Ancora un secondo e si sarebbero schiantati contro una muraglia di conifere.

«Va bene, va bene» esclamò Romano. «Adesso puoi rallentare.»

«Vuoi dire rallentare Destiny?»

«Rallenta senza tante storie!»

Web frenò e imboccò la curva a una velocità accettabile.

«Rallenta di più, ho appena cambiato l'olio.»

«Scommetto che a Destiny piace avermi a bordo. È stato bello anche per te?» Web decelerò ancora di più, infilò l'uscita successiva e parcheggiò davanti a una tavola calda. Entrarono e ordinarono un caffè.

Quando la cameriera si fu allontanata dal loro tavolo, Web si sporse verso l'amico. «Spero che tu sia pronto alla valanga di critiche che ci travolgerà dopo questa missione.» Romano si strinse nelle spalle senza rispondere. «Non sarà una passeggiata, lo sai.»

«Non me ne potrebbe importare di meno. Quelle teste di cazzo se la sono meritata. Per aver massacrato la Charlie.»

«Non sono ancora stati incriminati, Paulie.»

«Gli alti papaveri del Bureau non avrebbero autorizzato l'assalto se non fossero stati maledettamente sicuri che i colpevoli sono loro.» Poi abbozzò una smorfia. «O almeno lo spero» aggiunse in tono meno convinto.

«La cosa che mi lascia perplesso è che dovremmo credere che quelli che abbiamo appena fatto fuori siano stati così abili da preparare una trappola con una serie di mitragliatrici telecomandate usando armi rubate all'esercito e organizzando tutto quanto senza che nessuno si accorgesse di niente. Come se non bastasse, avrebbero assassinato un giudice, un procuratore e un avvocato usando materiale esplosivo ultramoderno, e per un soffio non hanno fatto fuori anche Billy Canfield, te e me. Ora mi vengono a dire che sarebbero stati loro a orchestrare anche un'operazione di spaccio di droga su grande scala nel Distretto di Columbia. E tutto questo per vendicarsi di qualcosa successo anni fa? Paulie, la maggior parte di quelli che abbiamo fatto fuori oggi era ancora alle elementari quando Ernie e i suoi si barricarono in quella scuola. Le loro stupide guardie giocavano ai videogame e di tutte le armi a loro disposizione, solo una era semiautomatica. Non mi tornano i conti, Paulie. O mi manca qualcosa.»

«Hai ragione, i conti non tornano» convenne Romano. «Ma ci sono prove concrete, Web, ce ne sono abbastanza per vincere in un tribunale. E perché prendersela a cuore per questi coglioni?»

«Hai ragione, perché prendersi a cuore la sorte dei Free? Un branco di gonzi che cascano proprio a fagiolo. E tutti sono convinti che sono stati loro a far evadere Ernest Free da un carcere di massima sicurezza a tremila chilometri da qui. Il quale Ernest, però, non era al loro quartier generale. E secondo me quei bifolchi avevano più probabilità di fare irruzione nella Casa Bianca che di tirare Ernest fuori di galera.»

«Va bene, ci sei riuscito» ribatté Romano. «Adesso sono tutto orecchi. Che cos'hai in mente?»

«Mi chiedo perché un narcotrafficante patentato con un pelo sullo stomaco lungo così dovrebbe venire a raccontare a me di quel tunnel. E mi chiedo anche come mai un camion registrato a nome di Silas B. Free, di cui in seguito è stato denunciato il furto, viene ripreso da una telecamera della sorveglianza proprio dove noi pensiamo che siano state scaricate le mitragliatrici dopo aver saputo dei tunnel. Tu non sai della denuncia di furto perché Bates me l'ha detto quando eri già uscito. Ma forse Silas diceva la verità. Forse il camion era già stato veramente rubato. D'altra parte, come dici tu, qui tutti i fili si sbrogliano e almeno in apparenza il quadro si completa. Potrebbe fare la gioia di un pubblico ministero, ma io non credo che nemmeno il vecchio Silas possa essere così idiota e non credo neanche che il mio caro amico Francis Westbrook sia un'anima pia in vena di fare beneficenza.» Guardò attraverso il vetro sporco i primi raggi di sole rischiarare il cielo. Come sarebbe stato bello se tutti i tasselli del puzzle si fossero incastrati così alla perfezione! Tornò a guardare Romano. «L'istinto mi dice che ci hanno appena rifilato la panzana più grossa che si sia mai vista e noi ce la siamo bevuta tutta fino all'ultima goccia. Io credo che qualcuno voleva che facessimo a pezzi i Free e che noi lo abbiamo appena accontentato.»

46

Da East Winds, Web cercò Claire sul cellulare, ma lei non rispose. Provò allo studio, ma non ebbe maggior fortuna. Chiamò allora l'albergo dove alloggiava. Niente da fare nemmeno lì. Posò il telefono, ma non era tranquillo. Meditò se fare una corsa all'albergo. Forse era solo sotto la doccia. Le avrebbe concesso un po' di tempo.

A quel punto Web e Romano decisero di dormire per qualche ora. Dopo di che salirono alla villa a dare il cambio agli agenti che li avevano sostituiti durante la loro assenza. Gwen li accolse sulla soglia. Era molto pallida.

«Abbiamo visto il notiziario» annunciò. Li fece accomodare in un salotto.

«Billy dov'è?» chiese Web.

«Di sopra. Se ne sta a letto. Erano anni che non vedeva quel nastro. Io non sapevo nemmeno che fosse là in mezzo.» Web notò che aveva gli occhi arrossati.

«È tutta colpa mia, Gwen, non so come mi sia venuto in mente di mettermi a guardare quel nastro in casa vostra.»

«Web, prima o poi doveva succedere.»

«C'è niente che possiamo fare?»

«Avete fatto fin troppo.»

Si voltarono tutti insieme verso la porta dov'era fermo Billy a piedi scalzi, con la camicia che gli pendeva fuori da un paio di vecchi jeans. I capelli in disordine contribuivano a creare la generale impressione di una persona sconvolta. Si accese una sigaretta e andò a sedersi davanti ai due agenti, guardandoli attraverso il fumo e usando una mano come posacenere.

Gwen non gli chiese di non fumare. Web sentì che lui puzzava di alcol. Doveva essersene accorta anche sua moglie, che si alzò dalla poltrona per andargli vicino. Lui la fermò alzando una mano.

«Abbiamo visto la TV» disse Billy.

«È quello che ci stava dicendo Gwen» rispose Web.

Billy socchiuse gli occhi, quasi dovesse sforzarsi per guardarlo, sebbene fosse distante non più di due metri. «Li avete uccisi tutti?»

«Non tutti. Molti.» Web resse il suo sguardo. Si domandava se Billy volesse congratularsi con loro perché avevano decimato quei razzisti assassini o buttarli fuori di casa per non averli sterminati tutti.

«Che effetto fa?»

«Billy!» protestò Gwen. «Non puoi chiedere una cosa del genere. Stiamo parlando di persone uccise.»

«So tutto di persone uccise, tesoro» ribatté lui mentre le rivolgeva un sorriso di ghiaccio.

«Un effetto orribile» rispose Web. «L'effetto è sempre orribile. Quelli erano perlopiù ragazzini imberbi o nonni.»

«Mio figlio aveva dieci anni.» Lo disse senza emozione, come enunciando un fatto inoppugnabile.

«Lo so.»

«Ma ho capito. Non è facile uccidere qualcuno se non hai un animo perverso. È difficile solo per le persone perbene.» Indicò Web e poi Romano. «Persone come voi.»

Gwen si intromise di nuovo, ma questa volta non permise a Billy di fermarla. Gli passò un braccio intorno alle spalle. «Torniamo di sopra.»

Billy la ignorò. «Alla TV hanno detto che Ernest B. Free non era tra i cadaveri. È vero?»

Web annuì e Billy sorrise. «La fortuna continua ad arridere a quel figlio di puttana, eh?»

«Così sembra. Ma se aveva in programma di tornare dal suo gruppo, dovrà rivolgersi altrove.»

Billy rifletté. «È già qualcosa.» Alzò gli occhi su Gwen. «Strait dov'è?»

Gwen parve contenta che avesse cambiato argomento. «Sta tornando dallla fiera dei cavalli. Sarà qui stasera. Ha chiamato quand'era già in viaggio. È andata molto bene. Tutti i puledri sono stati venduti e per il prezzo che avevamo stabilito.»

«Ah, allora bisogna proprio festeggiare!» Billy si rivolse a Web e a Romano. «Vi va? Facciamo così, aspettiamo che torni Nemo e poi organizziamo una festicciola qui in casa. Che ve ne pare?»

«Non è che abbiamo molta voglia di fare festa, Billy» obiettò Gwen.

«Be', io ne ho voglia. Abbiamo venduto i cavalli, i Free sono morti e dobbiamo salutare Web e Paul con tutti gli onori che meritano. Immagino che ora che quei ragazzi non ci sono più, noi non avremo più bisogno di protezione, giusto? Potreste anche fare i bagagli e andarvene già adesso!»

«Billy, ti prego…»

Che Gwen e Billy fossero fuori pericolo era molto discutibile, ma Web lo tenne per sé. «Facciamo così, Billy» rispose. «Lasciaci restare ancora un paio di giorni e questa sera verremo alla tua festa.»

Gwen lo guardò attonita mentre Billy si limitò ad annuire sogghignando e facendo l'ultimo tiro dalla sigaretta. Se la spense nel palmo senza batter ciglio. Fu allora che Web notò per la prima volta le sue mani, grandi, muscolose, con la pelle dura e macchiata da qualche misteriosa sostanza. Poi ricordò il suo laboratorio da imbalsamatore. Uccideva e impagliava.

«Ci vediamo stasera, allora» concluse Billy.

Gwen li accompagnò fuori e a bassa voce invitò Web a non sentirsi in obbligo.

«A stasera, Gwen» fu la risposta di lui e lei chiuse lentamente la porta alle loro spalle.

«Ma che cosa cavolo gli ha preso a quei due?» sbottò Romano.

Prima che Web potesse rispondere, gli squillò il telefono. Sperava che fosse Claire, invece era Bates.

«È ora che leviate le tende da East Winds» esordì Bates.

«Puoi richiamare i tuoi uomini, ma i Canfield hanno chiesto a me e Romano di restare.»

«Scherzi?»

«No, e credo che sia una buona idea, per la verità. Al quartier generale della Free Society non c'è più nessuno, ma ancora non sappiamo se ci sono altri adepti in circolazione. E comunque Ernie è ancora uccel di bosco.»

«Questo è vero. D'accordo, restate pure, ma fatemi sapere se succede qualcosa e fatemelo sapere immediatamente, non secondo il fuso orario di Web London.»

«Promesso. Notizie di Cove?»

«Niente. Sembra scomparso dalla faccia della terra.»

Web pensò a Claire. «E non è il solo.»

Mentre Web decimava la Free Society, Claire Daniels ascoltava un suono indistinto di voci che discutevano o per meglio dire litigavano, presumibilmente per lei. Era bendata e il bavaglio che le avevano legato intorno alla bocca le faceva male. Riconosceva la voce di Ed O'Bannon e ogni volta che la sentiva le si accapponava la pelle. Quel bastardo l'aveva tenuta sempre sotto tiro mentre scendeva con lei nel garage sotterraneo, poi le aveva legato braccia e gambe con del nastro adesivo e l'aveva buttata nel bagagliaio della sua automobile. Non aveva idea di dove fosse. Cercava di non piangere e non riusciva a smettere di pensare con orrore di aver lavorato per tutto quel tempo gomito a gomito con quel mostro senza mai sospettare nulla.

La discussione cessò e sentì che qualcuno si stava avvicinando. Riuscì solo a pensare che di lì a pochi attimi le avrebbero puntato un'altra pistola alla testa e che questa volta l'avrebbero senz'altro uccisa. Poi fu brutalmente sollevata di peso. Qualcuno se la caricò su una spalla e doveva essere molto forte perché non gli venne nemmeno il fiatone; dove il suo addome aderiva al corpo di lui, si sentiva come schiacciata contro una corazza. Trascorsero alcuni minuti, poi fu rimessa a terra e, quando sentì il rumore di metalli che cozzavano, capì di essere di nuovo nel bagagliaio di un'automobile. Bendata e sballottata da un posto all'altro, aveva perso completamente il senso dell'orientamento e dell'equilibrio e le stava venendo la nausea. Quando il veicolo si mosse, cercò di decifrare i rumori nella speranza di avere qualche indizio su dove fossero, ma ci rinunciò presto: era tutto troppo confuso e ovattato. Stavano viaggiando più o meno da un'ora quando dai movimenti dell'automobile le parve di capire che avevano abbandonato i lunghi rettilinei pianeggianti per imboccare una strada tortuosa e parecchio sconnessa. Erano in campagna? La stavano portando in qualche zona boscosa isolata per ucciderla e poi abbandonare il suo cadavere in balia di animali, insetti e intemperie? Quando aveva lavorato per le forze dell'ordine, Claire aveva visto i resti di una donna che era stata violentata, assassinata e poi abbandonata per due settimane nella foresta. Di lei erano rimaste praticamente solo le ossa. Lo spettacolo delle sue spoglie le aveva dato il voltastomaco. Le sarebbe toccata la stessa fine?

Il veicolo rallentò e, dopo una curva ad angolo retto, ridusse ulteriormente la velocità. Ora stavano percorrendo strade dissestate e Claire veniva sbattuta da una parte all'altra del bagagliaio. Quando cozzò con la testa per la seconda volta, il dolore fu abbastanza intenso da farla piangere. L'auto si fermò e il motore venne spento. Poi si udì il rumore delle portiere che venivano aperte. Si fece coraggio. Udì dei passi avvicinarsi al bagagliaio. La tensione aumentò, la sensazione di impotenza e disperazione l'attanagliò come mai avrebbe creduto fosse possibile. Che cosa si provava nel momento del trapasso? E con una pallottola nella testa si soffriva o no? Web era stato ferito due volte, lui sì che sapeva che cosa volesse dire pensare di essere alla fine. Ma era ancora vivo, perché lui era un sopravvissuto. Aveva avuto una vita molto più travagliata di quella di Claire, che dava consigli alle persone in difficoltà ma, a parte un divorzio molto poco traumatico, non aveva avuto nessun vero problema fino a quel momento. Per la prima volta in vita sua si chiese che cosa, a parte i suoi diplomi, le dava il diritto di dire agli altri come affrontare i loro "problemi". Trattenne il fiato quando aprirono il bagagliaio e due mani nerborute la sollevarono per portarla via. Non erano le mani di O'Bannon, Claire sapeva che era un uomo dalla forza fisica molto modesta. Sentì intorno a sé la presenza della foresta e pensò agli animali che la popolano, predatori che forse si sarebbero presto cibati del suo cadavere. All'inizio cercò di trattenere le lacrime, poi decise che era del tutto inutile e pianse liberamente, tanto quella era gente a cui non importava nulla.

Il terreno su cui camminava l'uomo che la stava trasportando era accidentato, lo sentì inciampare un paio di volte, finché il suolo diventò più regolare: a giudicare dalla diversa andatura e dal rumore dei passi ora forse si trovavano su un fondo di mattoni o pietra. Poi si sentì il suono di una chiave che apriva una porta. Si sorprese, perché era convinta di essere in mezzo al nulla e pensò che dovesse trattarsi di uno chalet o un capanno, ma udì un rumore di macchine e un gorgoglio di acqua corrente. Era vicino a qualche fiume o torrente? C'era una diga nelle vicinanze o un impianto di depurazione? Avevano scelto un bacino idrico per sbarazzarsi del suo cadavere? Poi sentì che percorrevano un dislivello, forse stavano salendo o forse scendendo; data la confusione in cui si trovava ormai da ore non riusciva a capirlo. Temeva di dare di stomaco, per nulla aiutata dalla spalla d'acciaio che glielo schiacciava. Avvertiva anche il forte odore di una sostanza chimica che le sembrava di conoscere, ma che non riusciva a identificare. Pensò per un attimo che avrebbe potuto vendicarsi vomitando addosso al suo sequestratore, ma avrebbe anche potuto indurlo ad anticipare l'ora della sua morte.

Venne aperta un'altra porta e presumibilmente passarono in un altro locale. L'uomo si abbassò per depositarla su qualcosa di soffice, forse un materasso. Durante il trasporto, la sottana le si era raggomitolata intorno alle cosce e con le mani legate non aveva modo di sistemarsi. I muscoli le si tesero involontariamente quando le mani di lui le risalirono le gambe e per un attimo ebbe il terrore che intendesse concludere con uno stupro la serie di abusi che aveva perpetrato fino a quel momento su di lei. Ma lo sconosciuto si limitò a riaggiustarle la gonna.

Poi le mani legate le furono agganciate a qualcosa dietro la testa. Udendo lo scatto metallico, pensò che avessero usato un paio di manette per assicurarla alla testiera del letto o magari a un anello imbullonato nella parete. Appena l'uomo si fu allontanato da lei, provò a tirare. Non accadde assolutamente nulla: qualunque cosa fosse l'oggetto a cui era stata ammanettata, non avrebbe ceduto.

«Più tardi avrai da bere e da mangiare. Per adesso rilassati.» Non riconobbe la voce. Il suo sequestratore non rise del sarcasmo implicito nelle parole che aveva appena pronunciato, ma nel timbro della sua voce Claire riconobbe una sorta di divertimento.

La porta si chiuse e Claire fu di nuovo sola. Sola, per la precisione, fino a quando non sentì qualcuno che si muoveva in fondo alla stanza.

«Sta bene, signora?» chiese Kevin Westbrook.

47

Web era preoccupato. Claire non aveva richiamato e all'albergo non c'era. Telefonò a casa sua ma non rispose nemmeno lì. Allo studio non l'avevano vista, ma era anche il suo giorno di riposo e non aveva appuntamenti. Chissà, forse era solo uscita per fare una passeggiata. Ma perché non l'aveva avvertito? E se era in giro, perché non rispondeva al cellulare? L'istinto gli diceva che era successo qualcosa.

Lasciò Romano a East Winds e corse all'albergo. Non era un posto dove si prendeva necessariamente nota dell'andirivieni degli ospiti, ma pensò di provare lo stesso. Gli impiegati che avrebbero potuto averla vista rientrare la sera precedente non erano in servizio e nessuna delle persone con cui parlò ricordava una donna rispondente alla sua descrizione. Nel parcheggio la sua automobile non c'era.

Web provò a casa sua, trovò una delle finestre sul retro aperta ed entrò da quella parte. Controllò attentamente senza trovare alcun indizio che potesse indicargli dove cercarla. L'indirizzo e il numero di telefono della figlia, che erano annotati nella sua agenda, erano di una località in California, quindi poteva escludere che Claire avesse deciso di fare un salto da lei in giornata. Non era il caso di telefonare alla figlia: una chiamata da parte di un agente dell'FBI l'avrebbe messa inutilmente in ansia, se poi fosse risultato che non era accaduto niente di strano. Uscì e andò allo studio. O'Bannon non c'era. Parlò con un'altra psichiatra, che non aveva idea di dove si trovasse Claire.

Scese nell'atrio e mostrò il distintivo al custode prima di

chiedergli se era successo qualcosa di particolare la sera precedente. Alla vista della tessera dell'FBI, la guardia giurata scattò sull'attenti e s'affrettò a sfogliare il registro.

«Qui c'è scritto che la dottoressa Daniels ha chiamato la sicurezza a mezzanotte e mezzo ieri sera per avvertire che nel suo ufficio si erano spente tutte le luci e la guardia le ha risposto che l'impianto elettrico centrale funzionava regolarmente e che doveva essere scattato l'interruttore del suo ufficio. Il mio collega ha chiesto se aveva bisogno di assistenza e la dottoressa ha risposto di no. Non c'è altro.» Alzò gli occhi. «Vuole che faccia qualcosa?»

Lo stava pregando con lo sguardo di assegnargli un incarico. Era armato e probabilmente sarebbe stato più opportuno che non lo fosse, rifletté Web.

«So che scrivete su un registro i nomi dei visitatori che entrano ed escono. Ho firmato anch'io.»

Web attese paziente per qualche secondo, ma la giovane guardia non ci arrivava.

«Posso vedere quel registro?» si decise a chiedere.

Il ragazzo quasi saltò in piedi. Web si era accorto del modo in cui l'aveva fissato ed era possibile che lo avesse riconosciuto considerate le volte che era apparso in TV di recente. Probabilmente pensava che Web non fosse del tutto a posto con la testa e fosse meglio assecondarlo per non rischiare di finire male. Al momento Web era ben contento di sfruttare una situazione del genere.

«Certo, signore.»

Prese il registro e lo consegnò a Web, che ne sfogliò rapidamente le pagine. C'erano stati numerosi pazienti allo studio, il giorno prima, ma gli appuntamenti erano terminati alle sei.

«Che cosa succede dopo gli orari di visita? Qual è la procedura?»

«Be', c'è un sistema a codice e le porte si bloccano automaticamente alle sei. Se si vuole entrare dopo quell'ora, il dottore deve chiamare qui per avvertire la guardia e quando il paziente è nell'atrio, noi chiamiamo su e il dottore deve scendere di persona a prenderlo. Oppure il paziente usa il citofono esterno, si identifica e dice chi è il medico che deve vedere. Noi chiamiamo di sopra e il dottore scende. Se il dottore non risponde o non aspetta nessuno, il visitatore non entra. Questa è la regola. Ci sono anche alcuni funzionari del governo qui dentro. Credo che abbiano a che fare con il Pentagono» aggiunse con una punta di orgoglio. «Il sistema di sicurezza è molto rigoroso.»

«Certamente» ribatté Web in tono distratto mentre continuava a leggere il registro. «C'è un garage sotterraneo?» Lui aveva sempre parcheggiato davanti all'ingresso.

«Sì, signore, ma ci si può accedere solo utilizzando le tessere magnetiche che sono a disposizione del personale.»

Web prese mentalmente nota di controllare se la Volvo di Claire era dabbasso. «Invece i residenti possono entrare e uscire usando l'ascensore del garage senza passare per il controllo nell'atrio.»

«Sì, ma solo i residenti.»

«La porta dell'ascensore di sotto è di quelle standard?»

Il giovane annuì.

«Mettiamo che qualcuno entri in garage senza la macchina. Potrebbe salire in ascensore senza una tessera magnetica?»

«Non dopo l'orario di chiusura.»

«E durante le ore d'ufficio?»

«Be', sarebbe possibile» ammise la guardia con un tremito nella voce, come se l'osservazione di Web avesse distrutto in un sol colpo tutta la sua vita professionale.

«Eh già. Potrei parlare con la guardia che era di servizio ieri notte? Quella che ha risposto alla chiamata di Claire?»

«Tommy Gaines. Siamo amici. Siamo stati assunti insieme, appena usciti dal liceo. Lui fa il turno dalle dieci alle sei.» Sorrise. «Starà probabilmente dormendo.»

«Chiamalo» gli ordinò Web in un tono che lo indusse a ubbidire con la massima celerità.

Appena Tommy fu in linea, Web prese il ricevitore dalla mano della guardia e si identificò. Gaines si risvegliò del tutto. «In che cosa posso aiutarla?»

Web gli spiegò che cosa cercava. «Immagino che tu non abbia visto Claire Daniels uscire» concluse poi.

«Non l'ho vista, infatti. Ho pensato che fosse passata dal garage sotterraneo come sempre. Per un anno ho fatto il turno di giorno, quindi so chi era. Era molto cortese.»

«Non è ancora morta, figliolo.»

«No, signore, non intendevo in quel senso.»

«Qui c'è scritto che ieri ha chiamato verso mezzanotte e mezzo. Lavorava spesso fino a tardi?»

«Be', io non potrei saperlo comunque, dato che non doveva necessariamente passare per l'atrio.»

«Capisco. Volevo solo sapere se era già capitato che si trattenesse fino a così tardi. Ti è sembrata strana quando ha chiamato?»

«Era spaventata. Ma immagino che lo sarei anch'io se mi si spegnessero le luci all'improvviso e lei era una donna sola in uno studio deserto.»

«Giusto. L'hai sentita dire testualmente che era sola?»

«Cosa? Be', ora che ci penso, no. Ma ho avuto questa impressione, visto che mi ha chiamato.»

«E quaggiù le luci funzionavano regolarmente?»

«Sì. E vedevo che anche negli edifici di fronte le luci erano accese. È per questo che le ho detto che doveva essere scattato l'interruttore del suo circuito. Vede, qui tutte le unità abitative hanno una centralina. In questo modo se ci sono delle ristrutturazioni da fare o se per qualsiasi motivo bisogna togliere la luce, lo si può fare senza lasciare al buio tutto l'edificio. C'è anche un interruttore generale per l'intero impianto, ma quello è chiuso a chiave in un locale dove può entrare soltanto il tecnico addetto alla manutenzione.»

«E tu le hai detto che saresti salito, ma lei ti ha risposto che non ce n'era bisogno e che avrebbe controllato da sola.»

«È così.»

«E poi non l'hai più sentita?»

«No.»

Web rifletté per un momento. Ora le luci nello studio di Claire funzionavano. Ma valeva la pena di andare a dare un'occhiata.

«Oh, agente London» riprese Gaines. «Ora che ci penso, una ventina di minuti dopo la chiamata della dottoressa, ho notato qualcosa.»

«Che cosa? Dimmi tutto per filo e per segno, Tommy.»

«Be', è entrato in funzione un ascensore. A volte capita, dopo l'orario di lavoro, ma soltanto se qualcuno ha una tessera magnetica per farlo funzionare.»

«Da dove partiva la cabina?»

«Dal garage. Stava salendo. L'ho visto sul quadrante dell'atrio. Io stavo facendo i miei giri di controllo e l'ho notato.»

«Forse era Claire Daniels che se ne andava» intervenne la giovane guardia di fronte a Web.

«Gli ascensori, specialmente dopo l'orario di lavoro, sono programmati perché tornino al pianterreno» obiettò Web scuotendo la testa. «Se fosse stata Claire a chiamare l'ascensore, sarebbe partita dall'atrio, non dal garage.»

«Oh, è vero» ammise il giovane avvilito.

Tommy Gaines aveva sentito. «Ho pensato anch'io che fosse la dottoressa Daniels» disse «perché aveva appena chiamato e, dato che si erano spente le luci nel suo studio, magari aveva deciso di tornare a casa. Ma ha ragione sull'ascensore. Dev'essere stato chiamato da qualcuno che era al P2; io sono passato lì davanti per caso mentre l'ascensore saliva e mi sono messo in testa che doveva averlo chiamato la dottoressa Daniels.»

«Ma hai visto dove si è fermato?»

«No, io ho finito il mio giro d'ispezione e non ho visto né dove si è fermato né quando è tornato giù. Ma chiunque fosse, non è uscito nell'atrio, altrimenti l'avrei visto. Mi spiace» aggiunse «ma più di così non so dirle.»

«Tutto a posto, Tommy, mi sei stato di grande aiuto.» Web si girò verso il suo collega in servizio. «E anche tu.»

Mentre attendeva l'ascensore per salire, rifletté sulla strana coincidenza di qualcuno che saliva venti minuti dopo che Claire aveva chiamato la guardia. O era un altro dottore che aveva deciso di fare le ore piccole, o era successo qualcosa. Date le circostanze, la seconda ipotesi era la più probabile.

Giunto allo studio di Claire, chiese alla stessa donna che lo aveva aiutato in precedenza, se poteva vedere il locale che conteneva la centralina.

«È da quella parte, credo» rispose lei.

«Grazie.»

«Pensa che possa essere successo qualcosa a Claire?» chiese, in ansia.

«Sono sicuro di no.»

Lo sgabuzzino era chiuso a chiave. Web si guardò intorno, ma la donna era tornata nel suo ufficio. Ricorse ancora una volta al suo piccolo kit da scasso e in pochi attimi lo aprì. La prima cosa che lo colpì fu lo spazio vuoto lasciato da qualcosa che era stato tolto dalla parete. Sul quadro comandi era chiaro che mancasse una parte e per terra c'erano pezzetti di materiale isolante. Web non poteva stabilire se la rimozione era avvenuta da poco e poté solo sperare che non risalisse alla notte precedente. Mentre esaminava il vano, i suoi occhi esperti notarono ciò che era sfuggito a Claire: il dispositivo inserito nello stipite, simile a quelli che si installano nelle abitazioni per far scattare gli allarmi quando una porta viene aperta e i contatti vengono interrotti. Web aveva visto spesso congegni di quel genere, ma mai montati sulla porta di una centralina elettrica in un palazzo di uffici. Andò a controllare la porta d'ingresso dello studio medico di Claire e non trovò né pulsanti, né fotocellule. Perché munire di un allarme la porta di una centralina elettrica e non quella di un ufficio? Si sentì raggelare mentre osservava le numerose porte che si aprivano in quel corridoio. Claire gli aveva detto che erano molti gli agenti dell'FBI e relativi coniugi, nonché membri di altre sezioni delle forze dell'ordine, a rivolgersi al suo studio per consulenze e terapie. Dunque in quelle stanze si discuteva di informazioni intime e spesso riservatissime.

«Merda...» imprecò correndo alla porta di Claire. Era chiusa a chiave. Forzò anche quella. Entrò e vide la torcia sul pavimento. Stava per perquisire la scrivania quando alzò la testa e vide il rilevatore di fumo che pendeva dal soffitto. Alzò la mano, ma la tolse subito: potenziale luogo di un crimine, impronte digitali, non contaminare le prove. Chiamò Bates, gli spiegò la situazione e l'FBI diramò un allarme per Claire. Bates e una squadra di tecnici della Scientifica lo raggiunsero in meno di mezz'ora.

Tre ore dopo tutto lo studio era stato meticolosamente perquisito e il personale interrogato. Web trascorse tutto il tempo in sala d'aspetto. Quando Bates riemerse dall'ufficio, era pallido.

«Non riesco a crederci, Web, proprio non riesco.»

«I rilevatori di fumo erano tutte microspie, vero?»

Bates annuì. «E c'erano anche delle telecamere nascoste.»

«Tecnologia PLC?»

Bates annuì di nuovo. «Quelle che usano le spie. Roba all'avanguardia.»

«Suppongo che abbiamo appena trovato la nostra talpa.»

Bates scorse con lo sguardo l'elenco che aveva in mano. «Immagino che scorrendo i nomi uno per uno non si trovi nulla di strano, un agente qui, una moglie là. Ma abbiamo controllato alla centrale dove conservano tutta la documentazione perché è l'assicurazione del Bureau a pagare le fatture. Sembra impossibile, ma sono quasi duecento, fra agenti, consorti e altro personale del Bureau, i pazienti di questo studio. E parlo di gente a tutti i livelli, dal fattorino ai massimi dirigenti. Se aggiungiamo quelli che vengono da altre agenzie, come la DEA, i servizi segreti, la polizia metropolitana... Ma ti rendi conto?»

«Mi rendo conto che se rivolgersi a uno strizzacervelli non era già visto di buon occhio, adesso il capitolo verrà definitivamente chiuso.»

«O'Bannon aveva autorizzazioni di alto livello. Ex militare, consulente interno del Bureau per un lungo periodo, solido come una roccia. Almeno così credevamo.»

«Un mare di dati riservati.» Web scosse la testa. «Debbie Riner, Angie Romano e tutti gli altri. Si sa che gli agenti non devono rivelare nulla alle proprie mogli, ma si sa anche che sono cose che succedono. Stiamo parlando pur sempre di esseri umani.»

«Probabilmente è così che si è saputo che avreste assaltato quella casa proprio quella notte e anche qual era la squadra a cui era stata assegnata la missione. L'attacco era preordinato, quindi c'è stato un intervallo di tempo tra il momento della decisione e l'ordine esecutivo, il tempo sufficiente perché qualche gentile signora si sia lasciata scappare qualcosa con O'Bannon, dopodiché, bum, l'indiscrezione arriva dove non dovrebbe grazie alla microspia nel suo studio.» Bates si coprì il volto con la mano. «E adesso come faccio a raccontare a Debbie Riner che potrebbe essere stata lei stessa la causa della morte di suo marito?»

«Non lo fai e basta, Perce» ribatté con fermezza Web. «Semplicemente non glielo dici.»

«Ma se non glielo dico io, lo verrà a sapere da qualcun altro.

E, Gesù, pensa che queste informazioni potrebbero essere utilizzate per ricattare qualcuno. Come facciamo a sapere che non sia già successo?»

«Guardiamo in faccia la realtà, Perce, questo è un polpo pieno di tentacoli in continua crescita.» Web si guardò intorno. «Tutto il personale è presente?»

«Manca solo Claire Daniels.»

«E O'Bannon?»

Bates si sedette. «A quanto pare c'era dentro fino al collo. I suoi archivi sono vuoti. Abbiamo controllato a casa sua e non c'è più niente nemmeno lì. Lo stiamo facendo cercare, ma se tutto questo è successo la notte scorsa, ha un enorme vantaggio su di noi. Se ha usato un aereo privato, potrebbe essere già all'estero.» Bates si passò una mano sulla testa. «È un incubo. Ti rendi conto di che cosa succederà quando gli organi di stampa lo verranno a sapere? C'è di mezzo la credibilità stessa del Bureau.»

«Ma se riusciamo a inchiodare le persone che stanno dietro a questo complotto potremmo recuperarne un bel po'.»

«O'Bannon non starà certo ad aspettare che arriviamo noi ad arrestarlo.»

«Non mi riferivo a O'Bannon.»

«A chi, allora?»

«Prima di tutto voglio farti una domanda che probabilmente ti farà venire la voglia di prendermi a pugni, ma ho bisogno di una risposta sincera per poterti aiutare.»

«Chiedi, Web.»

«C'è qualche possibilità che O'Bannon lavorasse in combutta con la direzione del Bureau e che le microspie fossero state installate perché si potessero conoscere i problemi della manovalanza?»

«Ci ho pensato anch'io, per la verità. E la risposta è no. Il fatto è che qui vengono anche i generali a cinque stelle, non solo i soldatini. E quando dico generali, comprese le rispettive consorti, per la precisione, sto parlando di funzionari che, se si venissero a sapere le cose che raccontano al loro medico, potrebbero andare a fondo tirandosi dietro il Bureau al completo.»

«Va bene, partiamo allora dal presupposto che a orchestrare tutto questo sistema di intercettazione sia stato O'Bannon. Ma perché? Certo non per divertirsi. Per profitto, dunque. Perché alla fin fine tutto si riduce sempre al vile denaro. Vende informazioni a un sacco di gente e il risultato è che molte operazioni delle forze dell'ordine vanno a farsi benedire. E può darsi che qualcuno abbia acquistato informazioni da O'Bannon per tendere la trappola alla Charlie. Come hai detto tu, potrebbe aver saputo i particolari di quella missione da una delle mogli che erano in cura da lui. Ecco su chi voglio mettere le mani io.»

«Ma io credevo che l'avessimo già fatto. I Free. Li abbiamo già presi.»

«Ah, ne sei convinto?»

«Tu no?»

«A me sembra tutto troppo bello e perfetto. Abbiamo nient'altro su Claire?»

«Qualcosa, e non è confortante. Meno di mezz'ora dopo che le luci si erano spente nel suo studio, nel garage sotterraneo è arrivato O'Bannon. Ha usato la sua tessera per entrare ed è per questo che sappiamo che era lui e a che ora è arrivato.»

Web annuì con una stretta al cuore. «Claire fa scattare l'allarme, O'Bannon ha probabilmente un ricevitore a casa e gli arriva il segnale, così si precipita qui.»

«E trova Claire.»

«Già.»

«Mi spiace, Web.»

Web tornò a East Winds in uno stato di depressione totale. Le nuvole che si addensavano sulla reputazione del Bureau erano decisamente nere, ma la sola cosa che contava per lui era ritrovare Claire viva.

Quando apparve in cima alle scale dell'ex rimessa delle carrozze, Romano smise di pulire le pistole e lo guardò perplesso. «Ti vedo abbacchiato.»

Web si sedette di fronte a lui. «Ho fatto un casino, Paulie.»

«Non sarà la prima volta.» Romano sorrise, ma Web non era dell'umore adatto. Romano posò la pistola. «Coraggio, sentiamo» lo esortò.

«Claire Daniels.»

«La tua strizza.»

«La mia psichiatra.» Fece una pausa, prima di aggiungere: «E mia amica». Sospirò. «Certi tizi l'hanno minacciata, ma poi l'hanno lasciata andare. Sono collegati al mio caso, dunque la sua vita è stata messa in pericolo per causa mia. Si rivolge a me perché io l'aiuti e io che cosa faccio? Niente.»

«Le avevi offerto protezione?»

«Sì, ma non ha voluto. Ha pensato che le minacce non avrebbero avuto un seguito e mi ha esposto una tesi molto razionale. Ora si scopre che questo O'Bannon, un suo collega, intercettava tutte le sedute terapeutiche degli psichiatri del suo studio raccogliendo informazioni sui pazienti. Molti di quei pazienti sono agenti che lavorano al Bureau. Altri sono persone a loro legate in vario modo» aggiunse. Non sapeva se Angie avesse informato Romano delle sue sedute con O'Bannon, ma non voleva essere lui a rivelarglielo. «Poi vendeva le informazioni al più alto offerente, che se ne serviva per mandare all'aria le missioni delle forze dell'ordine.»

«Porca merda! Pensi che ci fosse di mezzo anche Claire?»

«No! Sembra invece che abbia scoperto involontariamente la verità e ora è scomparsa.»

«Forse si sta nascondendo.»

«Si sarebbe fatta viva.» Web chiuse i pugni. «Dannazione, sono stato un idiota a non metterla sotto protezione giorno e notte. Ora è troppo tardi.»

«Non esserne così sicuro. Da quel poco che ho visto, è una che sa il fatto suo: abbiamo chiacchierato un po' mentre venivamo qui alla fattoria e mi è sembrata molto sveglia.»

«Vuoi dire che hai cercato di strapparle una consulenza gratis?»

«Non stavo cercando niente del genere, però... abbiamo tutti i nostri problemi, no? Parlando con Claire, ho capito certe cose. Prendiamo me e Angie.»

Web lo guardò con molto interesse, se non altro per distrarsi dalle sue vive preoccupazioni per Claire. «D'accordo, sentiamo.»

Ora che aveva tirato in ballo quell'argomento, Romano era improvvisamente imbarazzato. «Lei vuole che io la smetta con l'HRT. È stanca che io non sia mai a casa. Ma qui non c'è niente di nuovo, immagino.» Poi, abbassando la voce, aggiunse: «E i ragazzi diventano grandi e hanno bisogno di un padre che gli stia vicino più di un mese l'anno».

«È quello che ha detto lei?»

Romano distolse lo sguardo. «No, è quello che dico io.»

«Dunque stai davvero meditando di appendere il cinturone al chiodo?»

«Tu ci pensi mai?»

«Non molto tempo fa ho parlato con Debbie Riner» ribatté Web. «Mi ha detto più o meno le stesse cose su Teddy. Ma per me è diverso, Paulie, io non ho moglie e figli.»

Romano si sporse in avanti. «Vedi, il fatto è che in questi ultimi otto anni ho saltato otto Natali, tutte e due le Prime Comunioni dei miei ragazzi, persino Halloween, un paio di Ringraziamenti e… la nascita di mio figlio Robbie! Come se non bastasse non saprei dirti quanti compleanni, partite di base-ball e di calcio e altre occasioni speciali. Gesù, sembra quasi che i miei figli siano sorpresi quando sono a casa, Web, invece che quando non mi trovano, perché per loro è normale che io non ci sia.»

Si toccò vicino all'ombelico. «E quel colpo che mi sono preso qui? Ho un bel livido e mi ha fatto molto male per un po', ma se fosse stato davvero due centimetri più in basso o mezzo metro più in alto e la pallottola mi avesse trapassato la testa? Addio papà. E sai che cos'è peggio? Che non avrebbe fatto una gran differenza per Angie e i ragazzi, perché il papà che non c'è più non c'era mai stato. E allora come va a finire? Che Angie si risposa e i ragazzi hanno finalmente un padre vero e si dimenticano di quel Paul Romano che c'era stato prima. E non lo sopporto, Web, mi manda in bestia ogni volta che ci penso… merda!»

Gli si erano inumiditi gli occhi e vedere uno degli uomini più forti che avesse mai conosciuto messo in ginocchio dall'amore per la famiglia fu per Web un grave colpo, più doloroso di quelli che Francis Westbrook sarebbe stato in grado di infliggergli. Romano si girò velocemente dall'altra parte per asciugarsi il viso.

Web lo afferrò per una spalla. «Non succederà, Paulie. Tu sei un bravo padre. I tuoi ragazzi non ti dimenticheranno mai.» Appena lo ebbe detto, se ne rese conto: lui aveva dimenticato suo padre, lo aveva totalmente cancellato dalla sua vita e dalla sua memoria. Una festa di compleanno, il sesto. Claire aveva detto che si stava divertendo con suo padre, che se la ridevano. Poi erano arrivati gli sbirri. «E stai facendo del bene anche al tuo paese, non te lo dimenticare» aggiunse. «A nessuno importa più di servire la patria. Tutti si lamentano delle cose che non vanno come dovrebbero, ma non alzano un dito per migliorarle. Però appena hanno bisogno di te, guai se non ci sei.»

«Sì, servire il mio paese... e far fuori un branco di campagnoli minorenni e vecchi contadini che non sarebbero stati capaci di colpire la Statua della Libertà da un metro di distanza con un bazooka.»

Web tacque perché non avrebbe saputo che cosa ribattere.

Romano tornò a guardarlo. «Su con il morale, Web, Claire si rifarà viva. E poi chissà, magari tu e lei potreste diventare qualcosa di più che amici. Costruire insieme una vita vera.»

«Tu non pensi che sia troppo tardi?» A lui pareva un'impresa senza speranza.

«Senti, se non è troppo tardi per me, di sicuro non lo è nemmeno per te.»

A Web sembrò che il tono di voce dell'amico non fosse troppo convinto e per un po' rifletterono in silenzio sulle rispettive esistenze.

Finalmente Web si alzò. «Sai, Paulie? Siamo messi tutti e due da far schifo. E sai un'altra cosa?»

«Che cosa?»

«Adesso ho veramente una gran voglia di andare alla festa di stasera.»

48

Percy Bates era al centro strategico del WFO quando entrò Buck Winters con la sua solita scorta di angeli custodi e altre persone al seguito. Bates riconobbe un giovane avvocato del Bureau e un investigatore dell'Ufficio di responsabilità professionale, la sezione che esamina eventuali mancanze da parte dei membri dell'FBI. Si sedettero tutti davanti a Bates con esagerata solennità.

Winters prese a tamburellare sul tavolo. «Come va l'inchiesta, Perce?»

«Molto bene direi» rispose Bates. Guardò gli altri. «A che cosa si deve questo schieramento? Avete aperto un'inchiesta per conto vostro?»

«Hai avuto notizie di Randall Cove ultimamente?»

Bates guardò di nuovo il suo entourage. «Con tutto il rispetto, Buck, sei sicuro che sia giusto che questa gente senta quel nome?»

«Sono tutti autorizzati, Perce. Fidati di me. Sono autorizzati a fare molte cose.» Winters lo guardò diritto negli occhi. «È un disastro, lo sai?»

«Senti, l'HRT è entrata in azione dietro specifico ordine. Gli hanno sparato addosso e hanno risposto al fuoco. La procedura è stata seguita. Nella Costituzione non c'è scritto da nessuna parte che i nostri devono starsene lì a farsi sparare addosso senza reagire.»

«Non stavo parlando del massacro della Free Society.»

«Ehi, Buck, vacci piano. Non c'è stato nessun massacro. Anche i Free erano armati e hanno usato le armi contro di noi.»

«Otto morti, vecchi e ragazzini, e nemmeno una perdita tra i nostri. Secondo te i mass media come presenteranno la situazione?»

Bates posò sul tavolo il foglio che aveva in mano e vi batté sopra il palmo schiacciando gli ultimi residui di pazienza. «Se il Bureau reagirà nascondendo la testa sotto la sabbia come fa di solito e lasciando che si sprechino le invenzioni e le esagerazioni su questo episodio saremo messi in croce. Che cosa dovremmo fare per dare una buona immagine di noi stessi? Perdere qualche agente in ogni missione?»

«Un'altra Waco» commentò scuotendo la testa l'avvocato.

«Ma mi faccia il piacere!» esplose Bates. «Lei non sa nemmeno di che cosa sta parlando. All'epoca di Waco lei era ancora all'università a farsi delle seghe.»

«Come stavo dicendo» riprese con calma Winters «non mi riferivo specificamente ai Free.»

«A che cosa, allora?»

«Oh, non so, forse al fatto che tutto il sistema di sicurezza dell'FBI è andato a puttane.»

Bates fece un lungo respiro. «Per via dello studio dello psicanalista?»

«E già, Perce!» esclamò Winters. «Perché Dio solo sa da quanto tempo agenti, segretarie, tecnici e un sacco di altri dipendenti del Bureau con qualche problema alle rotelle della testa sono andati a spifferare i fatti loro in quel posto. E qualcuno è passato con l'aspirapolvere a tirar su tutto per farne Dio solo sa che cosa.»

«Stiamo cercando O'Bannon.»

«Ma il danno ormai è fatto.»

«Sempre meglio che si sia scoperto tutto.»

«Così possiamo chiudere le stalle quando i buoi sono scappati, certo. Immagino che tu sappia che io già molto tempo fa mi sono ufficialmente dichiarato contrario all'uso di psichiatri e psicologi esterni, proprio per questi problemi di sicurezza.»

Bates lo osservò in silenzio. "Dunque hai intenzione di usare questo disastro per salire di qualche altro gradino, vero, Buck? Arrivare magari all'ufficio del direttore?" «No, Buck, per la verità non lo sapevo.»

«È tutto scritto» si compiacque Winters. «Controlla.»

«Sono sicuro che è così, Buck. Tu sei sempre stato il migliore in assoluto quando si tratta di mettere qualcosa agli atti.» "Ma come agente dell'FBI, le tue qualità si fermano lì."

«Cadrà qualche testa per questa storia.»

"Ma non la tua."

«Dunque, cos'è questa storia che London avrebbe partecipato all'assalto? Ti prego, dimmi che è un errore.»

«C'era» ammise Bates.

Winters parve sul punto di dare di nuovo in escandescenze, ma poi Bates vide una malcelata soddisfazione dipingersi sul volto del suo superiore e finalmente capì dove voleva andare a parare.

«Adesso gli organi d'informazione ci metteranno in croce» dichiarò Winters «"L'HRT placa la sua sete di vendetta infierendo su vecchi e ragazzini." I titoli che troveremo domani saranno tutti di questo tenore. Allora ascoltami bene, Bates, e prendi nota: London ha chiuso. Con effetto immediato.» E per rendere l'idea, Winters prese una matita che c'era sul tavolo e la spezzò.

«Non lo puoi fare, Buck. È ancora sotto inchiesta.»

«Sì che lo posso fare. Era in convalescenza e ufficialmente sospeso in attesa degli esiti dell'inchiesta.» Chiamò con un gesto uno dei suoi aiutanti, che gli consegnò un incartamento. Con tutta calma, Winters inforcò un paio di occhiali da lettura e aprì il dossier. «E adesso ho anche scoperto che mentre era in licenza, pagata, è stato assegnato a un servizio di protezione a un certo William Canfield, gestore di un allevamento di cavalli nella contea di Fauquier. Chi l'ha autorizzato?»

«Io. Il figlio di Canfield fu ucciso dai seguaci della Free Society a Richmond. Tre persone collegate a quell'episodio sono state assassinate e noi crediamo che gli autori degli omicidi siano i Free. Ma sai già tutto al riguardo. Non volevamo che Canfield diventasse la vittima numero quattro. Web era a disposizione e Canfield si fida di lui. Anzi, si dà il caso che Web gli abbia salvato la vita. A lui e a me. Dunque è sembrata la persona più adatta.»

«Non fa onore al buon giudizio del signor Canfield.»

«Ed eravamo in possesso di una prova certa che collegava un camion noleggiato da Silas Free alle mitragliatrici usate per l'imboscata all'HRT. Avevamo mille ragioni per attaccare il loro quartier generale e l'operazione ha avuto l'okay dalle autorità competenti. Controlla.»

«Questo lo so. Per la verità ci ho messo anche la mia firma.»

«La tua?» sbottò meravigliato Bates. «Io per la verità volevo una squadra SWAT, Buck. Non sarai stato tu a insistere perché la missione fosse affidata all'HRT, vero?» Winters non rispose. In quel momento Bates comprese perché era stata impiegata l'HRT. Winters aveva sperato che accadesse un incidente da sfruttare nella sua crociata contro il reparto. Ma c'era anche un'altra realtà: poiché Winters era stato così furbo, lui non sarebbe mai stato in grado di dimostrarlo.

«Non sono stato avvertito della presenza di Web London» riprese Winters.

«È una circostanza che si è verificata solo in un secondo tempo» rispose Bates con qualche indecisione. A quel proposito non aveva scusanti e lo sapeva.

«Oh, grazie per la spiegazione, così sì che è tutto chiaro. E chi ha autorizzato London a partecipare all'assalto?»

«Il suo comandante, Jack Pritchard, immagino.»

«Allora è fuori. Con effetto immediato.»

Bates si alzò. «Dio mio, Buck, non puoi comportarti così. Pritchard si è fatto ventitré anni al Bureau. È uno dei migliori che abbiamo avuto.»

«Non più. Da questo momento è uno dei peggiori. E sarà debitamente annotato sul suo stato di servizio. E raccomanderò che gli venga tolto tutto, pensione compresa, per insubordinazione, e una mezza dozzina di altre imputazioni. Stai pur certo che non sarà difficile scaricarlo quando scoppierà questo scandalo. Ci sarà un grande bisogno di capri espiatori.»

«Ti prego, Buck, non lo fare. Ammetto che per una volta ha fatto qualcosa che esulava dalle sue competenze, ma ha una lista di encomi più alta di me. Ha rischiato la vita tante di quelle volte che ne ho perso il conto. Ha moglie e cinque figli, due dei quali al college. Così lo rovini. Lo uccidi.»

Winters posò il suo incartamento. «Facciamo così, Perce. Siccome mi sei simpatico e ti stimo, proviamo a metterci d'accordo.»

Bates tornò a sedersi, subito sospettoso. «Quale accordo?»

«Se Pritchard resta, London se ne va. Niente domande, niente discussioni, niente difese. Se ne va e basta. Che cosa ne dici?»

Percy Bates lo fissò in silenzio. Buck Winters tacque in attesa della sua risposta.

Per anni Claire aveva digrignato i denti con tale foga che il suo dentista era stato costretto a farle un apparecchio da portare di notte per evitare di danneggiarseli. Nemmeno lei era mai riuscita a capire quale fosse l'origine di quell'evidente sintomo di ansia, ma fu felice del suo tic nervoso quando sputò gli ultimi brandelli del bavaglio che era riuscita a lacerare. Non era invece in grado di togliersi la benda dagli occhi perché aveva le mani agganciate sopra la testa. Aveva cercato di sfregare la benda contro il muro, ma quando si era resa conto che riusciva soltanto a strapparsi i capelli, aveva rinunciato, sfinita.

«Non si preoccupi, signora, i miei occhi vedranno anche per lei» la rincuorò Kevin. «Hanno rinchiuso anche me, ma ci sto lavorando.»

Ora che non aveva più il bavaglio, Claire poteva parlare con il ragazzo, di cui aveva intuito l'identità.

«Web London mi ha parlato di te» gli disse. «Sono stata a casa tua. Ho parlato a Jerome.»

«Scommetto che sono preoccupati» ribatté Kevin in tono ansioso. «La nonna sarà quasi morta di preoccupazione.»

«Stanno bene, Kevin, però è vero che sono preoccupati. Jerome ti vuole molto bene.»

«Lui è sempre buono con me. Lui e anche la nonna.»

«Sai dove sei?»

«No.»

«Io sento odore di sostanze chimiche» disse lei fiutando l'aria. «Come se fossimo in una tintoria o in un laboratorio.» Cercò di ricostruire i particolari del tragitto per arrivare fin lì. La sensazione generale era stata quella di strade di campagna, non sempre asfaltate.

«Da quanto sei qui?»

«Non lo so. Ho perso la nozione del tempo.»

«È venuto nessuno a trovarti?»

«Sempre lo stesso uomo. Non so chi sia. Lui mi tratta bene.

Ma mi ucciderà, gliel'ho letto negli occhi. Sono quelli buoni i più pericolosi. Quelli che urlano e fanno la faccia feroce, no, mille volte meglio loro di quelli buoni e gentili.»

Se non avesse avuto il suo bel daffare a tenere a bada la paura di finire uccisa a sua volta, Claire avrebbe forse sorriso della maturità che quel bambino aveva dimostrato nel suo giudizio sulla natura umana.

«Com'è che sei finito in questa storia?»

«Per soldi» rispose Kevin con franchezza.

«Abbiamo visto il tuo disegno, quello del telecomando.»

«Io non sapevo che cosa sarebbe successo. Nessuno mi ha avvertito. Mi hanno dato il telecomando e mi hanno detto che cosa dovevo dire.»

«"Cuoci all'inferno?"»

«Sì. Poi dovevo seguirli nel vicolo e, quando ero vicino al cortile, dovevo schiacciare il telecomando. Ho visto quell'uomo, Web, che si bloccava come paralizzato e gli altri che entravano correndo nel cortile. Web non ha visto che ero dietro di lui. Si è alzato e ha seguito i suoi compagni. Ma camminava come un ubriaco. Io ho schiacciato il bottone e sono rimasto indietro.»

«Non sei andato via perché volevi vedere che cosa succedeva, vero?»

«Quella gente non mi ha mai parlato delle mitragliatrici. Lo giuro sulla tomba di mia mamma, lo giuro!»

«Ti credo, Kevin.»

«Io dovevo tornare indietro, ma non ci riuscivo. Vedere tutta quella gente morire in quel modo. E poi Web che gridava. Mi ha fatto una paura che per poco ci resto. Lui mi ha salvato il culo. Io sarei corso là fuori se lui non mi avesse fermato e adesso sarei morto anch'io.»

«Web ha detto che qualcuno ti ha scambiato con un altro.»

«È vero. Non so perché.»

Claire fece un sospiro e si sentì invadere di nuovo i polmoni da quel forte odore. Da qualche minuto aveva riconosciuto l'odore di cloro, ma non le veniva in mente da dove potesse venire. Si sentiva completamente impotente.

49

Web e Romano incontrarono Nemo Strait sulla strada per la villa.

«Che ti è successo?» gli chiese Romano. Strait aveva un braccio al collo.

«Mi sono fatto disarcionare da un quadrupede bastardo che poi mi ha preso a calci. Ho temuto che mi avesse infilato la clavicola in gola.»

«Niente di rotto?» s'informò Web.

«Mi hanno fatto una lastra all'ospedale, giù nel Kentucky, e non hanno trovato niente, ma per precauzione mi hanno fasciato. Billy non la prenderà bene.»

All'ingresso furono accolti dal padrone di casa. Web si meravigliò della trasformazione di Billy, molto elegante nel blazer blu, con i capelli perfettamente pettinati e la barba fatta. Ciononostante, mentre entrava, sentì il puzzo del suo alito: Billy aveva cominciato i festeggiamenti prima che arrivassero gli ospiti.

Furono condotti al piano inferiore.

Davanti al bancone del bar c'erano due uomini che Web non conosceva, entrambi vestiti con abiti firmati: Armani, Bruno Magli, Tag Heuer al polso e catene d'oro massiccio al collo, visibili perché la camicia aveva due bottoni di troppo slacciati. Abbronzatissimi, in forma fisica perfetta, unghie curatissime, capelli freschi di parrucchiere, la prima impressione che fecero su Web fu che fossero gay.

Billy li presentò agli agenti. «Questi sono due nuovi amici, Giles e Harvey Ransome: sono fratelli, non sposati.» Fu l'unico a ridere della propria battuta. «Sono i miei vicini di casa. Finalmente sono riuscito a farli venire a bere un bicchiere con noi.»

Web e Romano si scambiarono una rapida occhiata.

«Questi sono Web London e Paul… no, facciamo Paulie» si corresse Billy con una strizzata d'occhio. «Dell'FBI.»

I fratelli Ransome stavano quasi per darsela a gambe. In particolare Harvey Ransome, a giudizio di Web, sembrò sul punto di svenire.

Gli porse la mano. «Stasera siamo fuori servizio.»

I fratelli accettarono con titubanza la stretta, come se temessero d'essere ammanettati.

«Billy non ci aveva detto che avremmo trovato l'FBI» commentò Giles rivolgendo uno sguardo torvo al padrone di casa.

«Mi piacciono le sorprese» scherzò Billy. «Sempre piaciute, fin da quando ero bambino.» Poi si rivolse a Strait. «Che diavolo ti è successo?»

«Mi ha pestato un cavallo.»

«Questo è il direttore del mio allevamento, Nemo Strait» annunciò Billy ai fratelli Ransome. «Mi ha appena fatto guadagnare un piccolo tesoro vendendo alcuni dei miei cavalli nel Kentucky a qualche pollo.»

«Abbiamo avuto fortuna» minimizzò Strait.

«Ehi, ma che razza di ospite sono?» sbottò Billy. «Non vi ho ancora offerto niente da bere.» Si rivolse a Web e Romano. «So che voi due preferite la birra. E tu, Nemo?»

«Whisky con acqua. Non c'è niente di meglio per ammazzare il dolore.»

Billy passò dietro il banco. «Ti faccio compagnia.» Alzò gli occhi verso le scale. «Oh, giusto in tempo per il primo giro!»

Web si girò aspettandosi di vedere Gwen. Invece era Percy Bates.

«Billy è stato tanto gentile da invitare anche me» spiegò Bates scendendo per unirsi agli altri. Rivolse un sorriso a Web, nel quale l'agente dell'HRT notò qualcosa che non gli piacque per niente.

Quando tutti ebbero un bicchiere in mano, si divisero in gruppetti. Web cercò invano di carpire ai fratelli Ransome qualche informazione sulle misteriose attività di Southern

Belle, incontrando un muro di reticenza che aumentò i suoi sospetti. Nemo e Romano si attardarono insieme davanti alla collezione di fucili di Canfield, il quale, in disparte, sorseggiava l'aperitivo assorto nei propri pensieri.

Tutti si voltarono quando sulle scale apparve Gwen. Se Billy era insolitamente elegante, sua moglie sembrava pronta per una prima a Hollywood. Indossava un vestito da sera rosso, lungo, attillato, con uno spacco che le arrivava a metà coscia, accendendo la fantasia degli uomini in sala. L'abito senza spalline metteva in mostra le sue spalle abbronzate e muscolose, ma comunque femminili. La scollatura profonda e conturbante, i capelli raccolti sulla nuca, una scelta sapiente dei gioielli, un trucco leggero e un paio di scarpe con i tacchi alti completavano l'effetto.

Scese le scale nel silenzio assoluto, tanto che Web sentì Romano bisbigliare: «Amore» nella sua lingua natia, prima di mandar giù un sorso di birra.

«Adesso la festa può veramente incominciare» annunciò Billy. «Tu che cosa bevi, Gwen?»

«Ginger ale.»

Billy glielo versò.

«Incantevole» dichiarò Harvey.

«Divina» fece eco Giles.

«Ed è anche mia moglie» precisò Billy andando a portarle il bicchiere. «Hai visto Nemo? Si è fatto strapazzare da un cavallo.»

Web notò che Gwen evitava di guardare in direzione del direttore. «Ho visto.» Rivolse invece un cenno ai Ransome. «Non credo che ci conosciamo» disse con una certa freddezza.

Harvey e Giles si sfidarono praticamente a duello per guadagnarsi l'onore di farsi conoscere per primo.

Web osservò la scena con interesse. Gwen era senza dubbio una donna di eccezionale bellezza, ciononostante il modo in cui era vestita e il suo atteggiamento gli sembravano in contrasto con la Gwen Canfield che aveva conosciuto in jeans e stivali. Forse il suo primo giudizio era sbagliato.

Non si era accorto che Bates gli si era avvicinato e la sua voce lo colse un po' di sorpresa.

«Una festa d'addio, mi sembra di capire.»

«Già, il caso è chiuso. I buoni vincono di nuovo» commentò

Web con una punta di acidità. «È il momento di prendersi una sbornia e scambiarsi pacche sulla schiena… fino a quando non saremo di nuovo sommersi dalla merda quotidiana.»

«Dobbiamo parlare più tardi. È importante.»

Agli occhi di chi non lo conosceva, Bates poteva sembrare sereno, ma non riuscì a ingannare Web, che lo conosceva troppo bene per non accorgersi del peso che si portava dentro.

«Non dirmi che ho vinto alla lotteria.»

«Immagino che dipenda da come guardi le cose. Lascerò decidere a te. Vuoi che usciamo e ne discutiamo subito?»

Web lo guardò negli occhi. Dunque la faccenda era davvero seria. «No, Perce, per ora voglio godermi la mia birra e scambiare due chiacchiere con una bella donna, molto bella.»

Lasciò Bates e riuscì a strappare Gwen ai fratelli Ransome. Gwen si sedette con lui in un angolo e, tenendosi il bicchiere in grembo, si girò a guardare il marito.

«Sono già quasi sei ore che festeggia.»

«Me ne sono accorto.» Web cercò di nascondere il piacere che provava nel guardarla e credette di esserci riuscito finché lei non gli rivolse un sorriso malizioso.

«Sono abiti un po' diversi da quelli con cui sei abituato a vedermi, lo so» commentò mentre un lieve rossore le si accendeva sulle guance.

«Che cosa vuoi che ti dica? Sono solo contento che non ci siano altre donne, perché si troverebbero davvero nei guai. Non solo farebbero tappezzeria, ma scomparirebbero persino agli occhi degli uomini presenti.»

Lei gli toccò la mano. «Sei gentile. La verità è che mi sento a disagio in questo vestito, ho sempre paura di cadere e fare la figura dell'imbranata. E queste scarpe italiane saranno anche belle da vedere, ma sono assolutamente impossibili da portare. Il mal di piedi mi sta uccidendo.»

«E allora perché?»

«Per far piacere a Billy. Oh, non è il genere d'uomo che ordina alla moglie come deve vestirsi» s'affrettò ad aggiungere. «Anzi, tutto il contrario, caso mai sono io a vestire lui. Ma mi voleva da mozzare il fiato. Così ha detto.»

Web alzò il bicchiere. «Missione compiuta. Ti ha spiegato perché?»

«No, Web. Ora come ora non so proprio che cosa gli passi per il cervello.»

«Forse è una reazione a quel dannato nastro. Ti chiedo scusa di nuovo.»

Gwen scosse la testa. «Non credo che sia solo quello. C'è qualcosa che cova da tempo. In questi ultimi mesi Billy è cambiato e non capisco che cosa ci sia sotto.»

Web ebbe l'impressione che in realtà lo sapesse, ma non avesse intenzione di rivelarlo a uno sconosciuto.

«Si comporta in maniera sempre più bizzarra.»

«Per esempio?»

«Be', questa ossessione per gli animali imbalsamati, per esempio, sempre dabbasso a trafficare. Se sapessi quanto lo trovo ripugnante.»

«Macabro lo è senz'altro.»

«E si è messo a bere parecchio, troppo persino per un bevitore come lui.» Gwen abbassò la voce. «Sai che cosa mi ha detto mentre ci vestivamo?» Bevve un sorso di ginger ale. «Ha detto che dovrebbero infilzare le teste dei membri della Free Society su dei pali e portarli in corteo come si faceva cent'anni fa.»

«Perché? Per dare un esempio?»

«No.»

Alzarono lo sguardo tutti e due contemporaneamente. Billy si era avvicinato a loro. Scolò il bicchiere di whisky. «No, perché il posto migliore dove mettere i tuoi nemici è davanti ai tuoi occhi, per sapere esattamente dove sono.»

«Non è sempre facile» obiettò Web.

Billy sorrise. «Infatti. Ed è per questo che spesso sono i nemici ad avere il coltello dalla parte del manico.» Fu solo per un secondo, ma Web era quasi sicuro che nel pronunciare quelle parole avesse guardato Nemo Strait.

Billy levò il bicchiere che teneva in mano. «Pronto per il bis?»

«Non ho ancora finito, grazie.»

«Be', fammi sapere. E tu, Gwen?»

«Vestita così in mezzo a tutti questi uomini credo sia il caso che rimanga sobria, questa sera» rispose lei con un sorriso malizioso.

Per la cronaca, notò Web, suo marito non ricambiò il sorriso.

Poco prima che salissero per la cena, Web udì un grido e si voltò di scatto. La vetrina dei fucili era aperta e Harvey e Giles stavano osservando, ancora evidentemente scossi, il fantoccio che rappresentava lo schiavo in fuga. Nel vederli portarsi la mano al petto e strabuzzare gli occhi, Billy si appoggiò alla parete sganasciandosi dalle risate. Web non seppe trattenere un sorriso.

Dopo la cena, il caffè e il sorso di brandy che Billy pretese che tutti assaggiassero, gli ospiti si congedarono. Gwen abbracciò Web premendogli il seno morbido contro il petto muscoloso. Ebbe l'impressione che le mani di lei lo trattenessero qualche secondo di troppo. Non sapendo bene come interpretare quello slancio, farfugliò un saluto e si affrettò a raggiungere Romano, che era già uscito.

Davanti alla villa Strait salì sul suo fuoristrada e partì guidando con una mano sola. Harvey e Giles Ransome salirono a bordo di una limousine. Si erano resi ridicoli con tutte le loro smancerie, secondo il giudizio di Web, ma Gwen era stata all'altezza della situazione. In quel momento era senza dubbio di sopra a sfilarsi le scarpe che le facevano male e il vestito in cui si sentiva a disagio. Chissà, forse era nuda... Web alzò involontariamente lo sguardo verso le finestre del primo piano.

Bates gli si avvicinò. «Romano, io e Web dobbiamo parlare.»

Sentendo il tono della sua voce, Romano si girò e, senza fiatare, s'incamminò da solo verso l'ex rimessa.

Web e Bates rimasero soli. «Avanti» lo esortò Web. «Che cosa c'è?»

Bates glielo spiegò e Web lo ascoltò in silenzio finché non ebbe finito.

«E Romano?» chiese poi.

«Buck non ha parlato di lui, quindi ne deduco che sia a posto.»

«Meglio così.»

«Non so che cosa fare, Web. Sono tra l'incudine e il martello.»

«No, non c'è problema. Ti facilito io il compito. Do le dimissioni.»

«Mi prendi in giro?»

«Percy, è ora che mi occupi d'altro; non sono più un ragazzo e, a essere sincero, mi piacerebbe sapere che effetto fa avere un lavoro per il quale non ti sparano addosso.»

514

«Possiamo opporci, Web, combattere. Winters non ha l'ultima parola.»

«Sono stanco di combattere, Perce.»

Bates fece una smorfia, era visibilmente addolorato. «Non volevo che finisse così.»

«Finirò il lavoro quassù con Romano e poi mi cercherò qualcos'altro da fare.»

«Dopo quello che è successo con la Free Society, ti renderai conto anche tu del clamore che susciterà la tua decisione. Lasciando l'HRT proprio in questo momento ti vedranno tutti come un capro espiatorio. Non sarà piacevole. I mass media ti prenderanno d'assalto.»

«C'è stato un momento in cui ne avrei sofferto, ma adesso non più.»

Per qualche secondo restarono a guardarsi, tutti e due impreparati all'improvvisa fine di un pluriennale sodalizio nella lotta in difesa della Costituzione. Poi Web si girò e s'incamminò.

50

Erano le due di notte. Gli unici movimenti che si sentivano a East Winds erano quelli dei cavalli nei recinti e degli animali selvatici nella foresta circostante. Poi a essi si aggiunse quello di qualcuno che camminava sul sentiero tra gli alberi.

C'era una sola luce accesa nella casa e nel riquadro della finestra si intravedeva la silhouette di un uomo.

Nemo Strait si stava appoggiando una lattina di birra fredda alla spalla ferita. Il metallo gelido a contatto della pelle gli strappò una smorfia. Indossava solo maglietta e boxer; le gambe muscolose ne avevano lacerato gli orli. Si sedette sul letto, prese la pistola semiautomatica e riempì con destrezza il caricatore, ma potendo usare una sola mano non riuscì ad armarla per far salire un colpo in canna. Frustrato, posò l'arma sul comodino e bevve un altro sorso.

Nemo Strait era per natura un guerriero e al momento erano molte le cose che lo preoccupavano. Non aveva ancora smesso di pensare all'elicottero sbucato dal nulla sopra la boscaglia. Aveva seguito la rotta del velivolo: non era atterrato nei paraggi e non gli era sembrato che appartenesse alla polizia. Aveva meditato se tornare indietro ad accertarsi che Cove fosse veramente morto, ma poi si era convinto che sarebbe stata una fatica inutile: gli avevano piantato cinque pallottole in corpo, nessuno sarebbe potuto uscirne fuori vivo e, anche se fosse sopravvissuto, sarebbe stato poco più che un vegetale e non avrebbe potuto raccontare a nessuno che cos'era successo. Ma Strait non era tranquillo lo stesso e aveva seguito con la massima attenzione tutti i telegiornali nella speranza di sentire la notizia del ritrovamento del cadavere di un agente dell'FBI. E avrebbe deside- rato sentir dire che non c'erano indizi su chi fosse l'assassino. Si massaggiò la spalla. Aveva perso sangue nel bosco, natural- mente, ma per poter risalire a lui dovevano confrontarlo con un campione del suo DNA e non gli risultava che la polizia o l'FBI ne avessero. Forse l'esercito!, ma dopo venticinque anni, conser- vavano ancora qualcosa di lui? E anche se avevano dei campio- ni, potevano essere ancora utilizzati? Ne dubitava. In ogni caso si avvicinava il momento di alzare i tacchi. Aveva portato a ter- mine tutto ciò che si era prefissato e con la transazione del gior- no prima aveva incassato abbastanza denaro da potersi ritirare a vita privata dove avesse desiderato. Aveva pensato di acqui- stare una casa in montagna e passare il resto dei suoi giorni a pescare e godersi il suo gruzzolo, ma adesso stava rivedendo i suoi piani, pensando che forse sarebbe stato meglio trasferirsi in qualche altro paese. Be', aveva sentito dire che la Grecia era il paradiso dei pescatori.

Non udì la porta sul retro aprirsi. Era stata una giornata lunga e l'antidolorifico stava esaurendo i suoi effetti. Bevve un altro sorso di birra e si asciugò le labbra.

La porta della sua camera cominciò lentamente ad aprirsi. Entrò una persona. Strait accese la radio accanto al letto, sinto- nizzata su una stazione che trasmetteva musica. La persona si avvicinò. Finalmente Strait si decise ad alzare lo sguardo.

«Credevo che stasera non saresti venuta. Che pensassi che con un braccio solo non sarei servito a molto.» Bevve un altro sorso di birra e posò la lattina.

Gwen lo guardava dall'alto. Indossava ancora il vestito ros- so della festa, ma aveva sostituito un paio di sandali alle scarpe con i tacchi alti; quando avanzò di un passo ancora, il braccia- letto d'oro che portava alla caviglia mandò un lieve luccichio.

Posò lo sguardo sulla sua spalla. «Ti fa molto male?»

«Tutte le volte che respiro.»

«Chi è stato?»

«Bobby Lee.»

«Non è uno che scalcia.»

«Tutti i cavalli scalciano.»

«Dimenticavo che sei un esperto» disse con un sorriso di- vertito.

«Ci sono cresciuto, con quelle bestiacce. Voglio dire che non sono cose che si imparano in un anno. E nemmeno in dieci. Guarda Billy, e lui è uno che impara in fretta. Ancora non sa praticamente niente su come si gestisce un allevamento di cavalli.»

«Hai ragione. È per questo che abbiamo assunto te e i tuoi bravi ragazzi.» Gwen fece una pausa. «Tu sei il nostro cavaliere bianco, Nemo.»

Strait si accese una sigaretta. «Sì, come no.» Lei lo sorprese sfilandogli la lattina dalla mano per berne un sorso.

«Non hai niente di più forte?»

«Bourbon.»

«Prendilo.»

Mentre lui tirava fuori bottiglia e bicchieri, lei si sedette sul letto. Si passò una mano sul polpaccio e toccò il braccialetto, un regalo di Billy. Portava incisi i loro nomi. Strait le porse un bicchiere pieno e lei lo svuotò in un sorso per poi chiedergli di riempirlo di nuovo.

«Vacci piano con quella roba, Gwen. Non è tè.»

«Per me sì. E poi io non ho bevuto alla festa. Sono una brava ragazza.»

Lo sguardo di Strait la percorse dalla testa ai piedi, soffermandosi sul seno formoso e sulle gambe nude. «Ti sarebbero saltati tutti addosso volentieri.»

Gwen non sorrise del complimento. «Non tutti.»

«Povero Billy, ha anche lui i suoi anni, non gli funziona più a comando. Oddio, ci sto arrivando anch'io più velocemente di quanto desideri.»

«Non c'entra niente l'età.» Gli prese la sigaretta per fare un tiro e gliela restituì. «È quando suo marito non la tocca più da anni, che una donna va a cercare altrove.» Gli scoccò un'occhiata. «Spero che tu sappia qual è il tuo ruolo qui.»

Lui alzò le spalle. «Bisogna prendere quello che passa il convento. Ma non è giusto che lui incolpi ancora te per quello che è successo a vostro figlio.»

«Ne ha tutti i diritti. Sono stata io a volere che David frequentasse quella scuola.»

«Ma sei stata tu a ordinare a quei pazzi fanatici di mettere la scuola a ferro e fuoco?»

«No, e non sono stata io a chiedere all'FBI di mandare una squadra di vigliacchi e incompetenti che non hanno saputo proteggere mio figlio.»

«Deve aver fatto uno strano effetto aver avuto l'FBI proprio qui alla fattoria.»

«Lo sapevamo che poteva succedere.»

Strait sorrise. «Sono venuti qui a proteggerti.»

«Da noi stessi, già» soggiunse Gwen in tono aspro.

«Comunque quel piccolo ordigno che ho fatto saltare nel telefono di Billy quando Web l'ha scagliato fuori dall'automobile li ha depistati.»

«Guarda che Web London è molto più intelligente di quel che credi.»

«Oh, so che è intelligente. Non ho sottovalutato nessuno, credimi.»

Gwen bevve un sorso del secondo bourbon, si sfilò i sandali e si sdraiò sul letto.

Lui le accarezzò i capelli. «Mi sei mancata, signora.»

«Billy non si accorge di niente, ma è un po' difficile muoversi con disinvoltura quando hai l'FBI che circola per tutta la fattoria.»

«Adesso comunque sono rimasti solo Web e Romano» ribatté Strait. «Anche quello non è male, ex SWAT e Delta; quello può diventare una spina nel fianco. Gliel'ho letto negli occhi.»

Gwen rotolò a pancia in giù e si appoggiò sui gomiti per guardarlo. Lui aveva gli occhi inchiodati sulla sua scollatura, che in quella posizione non lasciava niente all'immaginazione.

«Volevo chiederti dei rimorchi.»

La domanda di Gwen lo distolse dalla contemplazione.

«Che cosa vuoi sapere?»

«Sono cresciuta in un allevamento di cavalli anch'io, Nemo. Tu hai fatto modificare alcuni di quei rimorchi in un modo un po' speciale e voglio che mi spieghi perché.»

Lui fece un sorriso sornione. «Un uomo non può avere un segreto?»

Lei si alzò sulle ginocchia per avvicinarsi. Cominciò a baciargli il collo e la mano di lui salì prima sul suo seno e poi scivolò sulle natiche. Le sollevò il vestito e scoprì che era senza mutandine.

«Ottima idea. Nello stato in cui sono, non sarò costretto a strappartele di dosso.»

Lei mugolò con le labbra contro l'orecchio di lui inarcandosi sotto le sue carezze. Gli toccò il viso e poi scese al colletto della maglietta. Quindi, con uno scatto fulmineo gliela strappò completamente e si scostò.

Colto totalmente alla sprovvista, per poco Strait non ruzzolò giù dal letto.

Lei guardava la benda insanguinata che aveva sulla spalla.

«Strano livido ti ha lasciato quel cavallo» commentò.

Si fissarono. Poi, prima che lui potesse fermarla, Gwen afferrò la pistola, inserì il colpo in canna e mirò a vari punti della stanza. Infine si rigirò l'arma tra le mani.

«Questo aggeggio è sbilanciato, Nemo, e faresti bene a procurarti un mirino al litio. Guarda che fa una gran differenza di notte.»

Sulla fronte di Strait spuntò una goccia di sudore. «La maneggi con molta disinvoltura.»

«Nel Kentucky non mi sono occupata solo di cavalli. Mio padre e i miei fratelli erano membri attivi dell'NRA, la National Rifle Association. Sarei entrata nei fucilieri anch'io, se i miei genitori non avessero ritenuto che quell'associazione fosse poco adatta a una fanciulla.»

«Ah, ma questa è una bella notizia» ribatté lui. «Ne sono membro anch'io.» Emise un sospiro di sollievo quando la vide inserire la sicura, pur continuando a tenere la pistola tra le mani.

«Allora, di che si tratta?» volle sapere lei. «Droga?»

«Senti, baby, perché non ci beviamo un bicchierino e…»

Lei gli puntò contro la pistola e tolse la sicura. «Sono venuta qui a fotterti, Nemo, non a farmi fottere. È tardi e comincio a essere stanca. Se questa sera vuoi il dolcetto prima di dormire, non farmi perdere altro tempo.»

«Va bene, va bene. Mamma mia, che caratterino…» Nemo ingoiò un rapido sorso e si passò la mano sulla bocca. «In un certo senso è come dici tu, si tratta di droga, ma di un tipo particolare. È un medicinale due volte più potente della morfina. Niente impianti di trasformazione, niente problemi di frontiera. Basta rubarlo o metterti d'accordo con qualcuno che lavora nel giro farmaceutico. Si chiama Oxycontin ed era diffuso in campagna, ma io lo sto distribuendo nelle grandi città. È ora che anche noialtri campagnoli ne traiamo un piccolo profitto.»

«E tu hai come base East Winds e usi i nostri rimorchi per trasferire la tua merce.»

«Prima usavamo soprattutto pick-up, luoghi prestabiliti per le consegne e persino le poste. Solo dopo mi è venuta l'idea di usare i rimorchi dei cavalli. Non facciamo che andare avanti e indietro da uno Stato all'altro con quegli animali e se qualche sbirro ci ferma per controllare documenti e autorizzazioni per rimorchi e cavalli, l'odore li tiene alla larga e non mi risulta che ci siano cani addestrati a trovare quella sostanza. Ho tenuto in costante movimento uomini e mezzi in modo che tu e Billy non vi accorgeste di niente. Il carico che abbiamo portato nel Kentucky è stato il più grosso, finora.»

Alzò la birra come in un brindisi.

Gwen gli guardò la ferita. «Un successo che ha avuto conseguenze.»

«Be', se fai qualcosa di illegale devi essere pronto ad affrontare qualche rischio.»

«E questo rischio era rappresentato da uno dei tuoi acquirenti o dalla concorrenza?»

«Andiamo, cara, che cosa t'importa?»

«Hai ragione, in entrambi i casi hai messo in pericolo noi. Mi pare che tu dovessi lavorare per noi, Nemo. A tempo pieno.»

«Bisogna pur pensare anche agli affarucci personali. E questo era troppo allettante per lasciarselo scappare. Non penserai che mi spaccherò la schiena ad allevare cavalli per il resto della vita, spero.»

«Io ti ho assunto per uno scopo preciso, confidando nelle tue notevoli doti e nella tua esperienza.»

«Giusto; per il fatto che ho una testa che funziona sulle spalle, che conosco persone a cui non fa orrore ammazzare la gente e che so preparare piccoli ordigni molto sofisticati. Mi sembra di aver fatto tutto quello che mi avevi chiesto, baby.» Contò sulla punta delle dita. «Un giudice federale, un procuratore, un avvocato difensore.»

«Leadbetter, Watkins e Wingo. Un giudice senza spina dorsale, un pubblico ministero senza fegato e un penalista pronto a difendere in tribunale anche l'assassino di sua madre se avesse abbastanza soldi. Credo che eliminando questi individui disgustosi abbiamo reso un servizio alla società.»

«Senza dubbio. E come ciliegina sulla torta abbiamo preso in giro quelli dell'HRT mandandoli a far fuori quel branco di bifolchi della Free Society. Gesù, abbiamo persino gabbato un agente infiltrato dei più scaltri facendogli credere di aver scoperto il più fantastico giro di narcotraffico del pianeta. Gli abbiamo montato una messinscena che sembrava tirata fuori pari pari dalla *Stangata*.» La guardò e diventò serio. «Allora, signora, mi sembra di aver fatto il mio dovere. Quindi quello che faccio del mio tempo libero sono affari miei. Non sono il tuo schiavo, Gwen.»

Lei continuò a tenerlo sotto tiro. «Web London è ancora vivo.»

«Perché me l'hai chiesto tu. Volevi che passasse da vigliacco. Abbiamo avuto fortuna quando ho scoperto che lo strizzacervelli che lo aveva in cura era una mia vecchia conoscenza dei tempi del Vietnam. Così adesso tutti credono che Web sia marcio fin nell'anima. Tutto questo ha richiesto molto lavoro di preparazione e ci ha esposti a tanti rischi. Permettimi però di dire con orgoglio che abbiamo compiuto la missione rasentando la perfezione e tu hai avuto ciò che volevi per pochi spiccioli per il semplice motivo che non mi va giù quello che è successo a tuo figlio.» Le rivolse un'espressione addolorata. «E non mi pare di averti sentito nemmeno dire grazie.»

«Grazie» disse allora lei, gelida e con un'espressione indefinibile. «Quanto hai ricavato dalla vendita della droga?»

Sorpreso, lui abbassò la lattina. «Perché?»

«Dopo quello che hai chiesto a me e quello che abbiamo investito in questo allevamento, Billy e io siamo al verde. Presto verranno a prendere la sua collezione di auto d'epoca, perché abbiamo usato anche quella come garanzia per un prestito. Ci farebbe comodo un po' di contante, perché dobbiamo vendere e levare l'ancora anche noi, specialmente adesso che tu ti sei procurato quella ferita, grazie alla quale devo presumere che presto o tardi qualcuno verrà a bussare alla nostra porta con domande per le quali non ho risposte. E francamente non ne posso più di questo posto. Credo che la nostra prossima tappa sarà un'isoletta dove non fa mai freddo e non ci sono telefoni.»

«Vorresti che ti dessi una parte dei soldi che io ho guadagnato con la droga?» domandò lui incredulo.

«Non è che lo vorrei. Lo esigo.»

Nemo spalancò le braccia. «Ma tesoro, io stavo solo scherzando!» esclamò nel tono più sincero di questo mondo. «Abbiamo fatto un po' di soldi con quegli splendidi esemplari di un anno.»

Lei rise con sarcasmo. «Questo posto non ha mai fruttato un solo centesimo prima che lo acquistassimo noi e non ne frutterà ora. Con o senza splendidi esemplari.»

«Che cosa vuoi da me?»

«È molto semplice. Voglio che tu mi dica quanto hai guadagnato vendendo la droga.»

Lui esitò per un momento prima di rispondere. «Per la verità non molto.»

Lei mosse la pistola per ricordargli che lo teneva sotto tiro. «Quanto?»

«E va bene, un milione circa. Contenta?»

Gwen impugnò la pistola anche con l'altra mano e gliela puntò con molta cura alla testa. «Ultima occasione. Quanto, Nemo?»

«Ehi, ehi, non c'è bisogno che ti scaldi tanto.» Nemo sbuffò alzando gli occhi al soffitto. «Decine di milioni.»

«Allora voglio il venti per cento. Poi ciascuno per la sua strada.»

«Il venti per cento… cazzo!»

«Da versare su un conto estero. Sono sicura che un esperto uomo d'affari come te ha aperto qualche conto segreto in qualche altro paese, dove nascondere i suoi milioni. Oh, pardon… le sue decine di milioni.»

«Ehi, piano… ci sono stati anche dei costi.»

«Sicuro. Avrai probabilmente pagato i tuoi uomini in pillole; scemi come sono avranno persino pensato che fosse un buon affare. E siccome smerciando farmaci hai sostenuto meno spese e hai corso meno rischi, immagino che i margini di profitto siano stati notevoli e non credo che pagherai le tasse sul reddito. Per finire, hai condotto i tuoi affari usando per i tuoi fini personali e per attività estranee all'allevamento dei cavalli attrezzature e manodopera che abbiamo pagato noi.

Dunque il tuo investimento di capitale dev'essere stato ben poca cosa e questo ha ulteriormente aumentato il ricavo. Perciò, sì, voglio la mia parte. Diciamo che si tratta delle spese di noleggio per attrezzature e uomini. E ritieniti fortunato che sia solo il venti per cento.» Inclinò la testa in una posa seducente. «In verità sei fortunato che in questo momento mi senta così generosa.»

Strait scosse la testa. «Dico, oltre che fuciliere tuo padre era anche commercialista?»

«Finora a me e a Billy è andata abbastanza male, mi sembra, se dopo aver perso un figlio di soli dieci anni abbiamo anche perso tutti i soldi investiti nell'allevamento. Abbiamo diritto a un risarcimento.»

«E se io dico di no?»

«Ti ammazzo.»

«A sangue freddo. Una donna religiosa come te?»

«Prego per mio figlio tutti i giorni, ma non posso dire che la mia fede in Dio sia incrollabile. E poi posso sempre chiamare gli sbirri.»

Nemo sorrise. «Per raccontargli che cosa? Che traffico droga? Ah, già, e che ho ucciso alcune persone per conto tuo, vero? Che cosa potrebbe convincermi che sapresti farlo?»

«Il semplice fatto che non me ne frega più niente. Questa è la mia forza. Io non ho più niente da perdere perché ho già perso tutto.»

«E Billy?»

«Lui non sa niente. E adesso siamo al venticinque per cento.»

«Ehi, merda…»

Tenendolo sotto tiro, Gwen si aprì la lampo del vestito lasciandolo cadere per terra. Agitò la pistola mentre liberava i piedi dall'indumento. Adesso era completamente nuda. «Questo è il bastone» lo provocò indicando la pistola «e quello che vedi ora è la carota. E adesso conto fino a tre. Uno, due…»

«Ci sto!» proruppe Nemo Strait allungando le braccia verso di lei.

Dopo il sesso rimasero tutti e due sdraiati senza fiato. Riverso sul letto, Strait si massaggiò la spalla dolente mentre Gwen faceva qualche esercizio per sciogliersi le gambe. Le avrebbero fatto male per un paio di giorni per la posizione innaturale che le aveva fatto assumere Nemo, ma era un dolore inebriante, di quelli che suo marito le negava ormai da troppo tempo. E le faceva mancare non solo il sesso ma anche l'affetto, il che era ancora peggio. In pubblico si fingeva amorevole, ma in privato la ignorava. Non la trattava mai male, anzi: il suo atteggiamento era di estrema diffidenza e profonda malinconia. Tanta indifferenza era per lei motivo di grande angoscia.

Si sistemò contro la testiera, accese una sigaretta e mandò cerchi di fumo verso il soffitto. Rimase così per un'oretta. Poi posò una mano sul petto villoso di Strait e lo svegliò dolcemente.

«È stato bellissimo, Nemo.»

Lui si limitò a grugnire.

«Credi di poterlo fare di nuovo prima che faccia giorno?»

Lui aprì un occhio. «Dannazione, donna, non ho diciannove anni e ho un'ala spezzata. Se ti procuri un po' di Viagra, magari ce la faccio.»

«Credevo che fossi stufo di pillole.»

Lui sollevò la testa dal guanciale per guardarla. «Ehi, non è che per caso ti andrebbe di venire in Grecia con me, vero? Ce la spasseremmo un sacco. Garantisco io.»

«Non ne dubito, ma il mio posto è accanto a mio marito, che lui lo voglia, o no.»

Lui appoggiò di nuovo la nuca. «Sapevo che avresti risposto così.»

«E poi in realtà stai solo cercando di soffiarmi il mio venticinque per cento.»

«Va bene, rinuncio.»

«Nemo?»

«Sì?»

«Che cosa credi che sia successo a Ernest B. Free?»

Lui si mise a sedere, usò la sigaretta di lei per accendersene una, poi le passò un braccio intorno alla vita.

«E chi lo sa? Mi piacerebbe molto saperlo. Ci sono rimasto come un baccalà anch'io. Pensavo che fosse al loro quartier generale, ma non c'era. A meno che i federali raccontino balle, ma perché dovrebbero? Se lo avessero preso, lo direbbero al mondo intero. E il tizio che ho usato per incastrare i Free facendo trovare al loro rifugio un po' di droga e qualche documento falso sul giudice e i due avvocati conosce il vecchio Ernie, quindi se fosse stato là me lo avrebbe riferito. Anche se lo avessero nascosto più che bene.»

Lei gli passò le dita tra i capelli. «Web e Romano stanno per andarsene.»

«Sì, lo so. Non li rimpiangerò. Mi rovinano la piazza, anche se è stato un piacere incredibile fargli passare sotto il naso cinquantamila pasticche rubate. Ma se devo dire la verità, quei due mi piacevano, a modo loro. Se avessero scoperto che cosa stavamo tramando alle loro spalle, avrebbero fatto di tutto per schiaffarci nel braccio della morte di qualche prigione, ma a parte questo particolare non mi dispiacerebbe stappare qualche bottiglia con loro di tanto in tanto.»

S'interruppe e osservò incuriosito l'espressione dura di Gwen.

«Io odio Web London» dichiarò lei.

«Senti, Gwen, so cos'è successo a tuo figlio e tutto il…»

Lei, in preda a un attacco isterico, cominciò a sferrare pugni al materasso. «Solo vedere la sua faccia mi fa venire la nausea. Loro sono peggio dei Free. Sembra che debbano salvare il mondo e subito dei poveri innocenti cominciano a morire. Mi avevano giurato che, quando fossero arrivati gli uomini dell'HRT, non sarebbe più morto nessuno. E poi ti portano in trionfo Web London come se fosse un eroe mentre mio figlio finisce sotto terra. Mi piacerebbe farli fuori tutti con le mie mani.»

Nuda, muscolosa e snella, inginocchiata sul letto con i capelli davanti al viso, sembrava una pantera pronta a spiccare un balzo fatale. Vagando con lo sguardo, i suoi occhi si soffermarono sulla pistola che aveva lasciato sul comodino. Strait se ne accorse e tentò di precederla, ma lei fu più veloce. Afferrò l'arma e la puntò in giro sotto lo sguardo nervoso di Strait. Finalmente rivolse la canna su di sé. La guardò come se non sapesse bene di cosa si trattasse. Il suo indice s'avvicinò al grilletto.

«Perché allora non lo fai?» la incitò lui con gli occhi fissi sulla pistola. «Uccidi Web. Si sa che gli incidenti, grandi e piccoli, sono all'ordine del giorno nei grandi allevamenti come questo.»

Gwen rifletté per qualche istante e finalmente la sua espressione cupa si distese in un sorriso.

«Forse lo farò» mormorò posando la pistola.

«Ma sta' attenta a non sbagliare, perché siamo in dirittura d'arrivo.»

Lei s'infilò sotto le coperte, gli si rannicchiò contro, gli baciò la guancia, infilò una mano sotto il lenzuolo e lo accarezzò. «Ancora una volta sola» gli sussurrò con un'eco gutturale. Spinse indietro il lenzuolo, diede un'occhiata e sorrise. «Chi avrebbe bisogno del Viagra, Nemo?»

«Donna, tu con me sai suonare i tasti giusti.»

Anche senza l'aiuto del famoso farmaco, Strait la seppe soddisfare ancora una volta.

Più tardi la guardò rivestirsi. «Che tigre…»

Lei chiuse la lampo del vestito e lo guardò con i sandali in mano. Strait si alzò, recuperò la maglietta per mettersela, ma ridotta com'era preferì rinunciare.

«Progetti per domani mattina?» gli chiese lei.

«Sai com'è la vita qui alla fattoria, c'è sempre qualcosa da fare.»

Gwen si girò per andarsene.

«Senti, Gwen, non è niente di personale, ma non fa bene tenersi troppo odio dentro. Bisogna sfogarlo prima o poi, altrimenti ti mangia il cuore. Io mi sentivo così quando la mia ex si è presa i bambini. Ma viene il momento in cui bisogna metterci una pietra sopra.»

Lei si girò lentamente. «Quando avrai visto il tuo unico figlio a terra morto con un buco nel petto, Nemo, e poi a causa di questo perderai l'unica altra persona che hai mai amato al mondo, quando cadrai nella disperazione più nera e riuscirai a precipitare ancora più giù… allora potrai venire a parlarmi di metterci una pietra sopra.»

51

Claire si svegliò di soprassalto. Avvertì la pressione di dita sulla pelle e stava per colpire alla cieca quando una voce glielo impedì.

«Sono io, Claire» sussurrò Kevin togliendole la benda.

Non c'era luce, perciò Claire dovette abituarsi all'oscurità. Di fianco a lei Kevin stava trafficando con le manette con le quali era appesa al muro.

«Credevo che ti avessero legato.»

Lui sorrise e le mostrò un pezzetto di metallo. «Lo ero. Ma ho tirato fuori questo da uno dei pennarelli che mi hanno dato per disegnare. L'ho usato per aprire le manette. Ci so fare.»

«Lo vedo.»

«Dammi solo un minuto e libero anche te.»

Impiegò meno di quel che aveva detto. Claire si massaggiò i polsi e si sedette, lanciando un'occhiata alla porta. «Sarà chiusa a chiave, vero?» chiese.

«Sempre. Ma forse ora no, se credono che siamo incatenati.»

«Giusto.» Claire si alzò e si concesse qualche momento per ritrovare l'equilibrio dopo essere rimasta così a lungo semisdraiata nel buio totale. Si guardò intorno. «Non c'è niente che si possa usare come arma nel caso ci sia qualcuno dall'altra parte?» chiese sottovoce.

Kevin andò alla branda, la sollevò e svitò due delle gambe metalliche. Ne tenne una per sé e porse l'altra a Claire.

«Tu colpisci in alto e io picchio in basso» le disse.

Claire annuì, poco convinta di essere veramente capace di colpire qualcuno.

«Solo se cercano di farci del male, va bene?» le concesse Kevin, notando la sua esitazione.

«D'accordo» rispose lei in un tono molto più deciso.

La porta era chiusa a chiave. Ascoltarono per un po', ma non udirono rumori dall'altra parte, anche se in quel momento il rombo delle macchine era meno forte del solito. «Mi sa che da qui non usciamo se non ci fanno uscire loro» concluse Claire.

Kevin, che stava esaminando la porta, indietreggiò di un passo. «Prima non l'avevo notato.»

«Che cosa?»

«Che i cardini della porta sono da questa parte.»

Gli occhi di Claire si illuminarono di speranza, ma fu solo per un istante. «Ma abbiamo bisogno di un cacciavite e un martello per sfilarli.»

«Il martello c'è.» Le mostrò la gamba di metallo che aveva in mano. «E lì c'è il cacciavite.»

Kevin indicò il gancio al quale erano appese le manette. Con l'aiuto di Claire, svitò il gancio dal muro e le mostrò un anello delle manette. «Guarda qui. Questo lato può andare bene come cacciavite.»

«Complimenti, Kevin» rispose Claire con sincera ammirazione. Si sentiva un po' in imbarazzo a starsene lì ad aspettare inerte che fosse quel bambino a tirar fuori un coniglio dopo l'altro dal suo cilindro magico.

Impiegarono un po' di tempo perché continuavano a fermarsi ad ascoltare nel caso arrivasse qualcuno, ma alla fine sfilarono i cardini, spostarono la porta e uscirono dal ripostiglio. Erano sempre al buio e dovettero procedere a tentoni, tastando le pareti di uno stretto corridoio. Lì l'odore di cloro era più intenso. Dovettero forzare una seconda porta chiusa a chiave, che Kevin riuscì ad aprire usando il fermaglio ricavato dal pennarello. La terza porta per fortuna era aperta.

Claire si riempì i polmoni d'aria. Kevin le sorrise. «È bello essere di nuovo fuori» sospirò.

«Sarà anche bello, ma vediamo di allontanarci da qui prima che vengano a richiuderci di nuovo.»

Arrivati in fondo alla vasca coperta della piscina, s'infilarono tra i cespugli e scesero per un sentierino erboso. Giunti quasi alla fine del sentiero, Claire scorse un edificio. Era una villa padronale. Ricordò di averla già vista. Erano a East Winds!

«Oh, mio Dio» si lasciò sfuggire.

«Sss» l'ammonì Kevin.

«So dove siamo» gli bisbigliò lei all'orecchio. «Ho qui degli amici, dobbiamo andare a cercarli.» Il problema era che, al buio, non sapeva da quale parte si trovasse la dépendance dove alloggiavano Web e Romano, nemmeno tenendo la villa come punto di riferimento.

«Ma se stanno nel posto dove ci hanno tenuti prigionieri, come fai a dire che sono tuoi amici?»

«Lo so, fidati. Andiamo.» Lo prese per mano e s'incamminarono in quella che Claire sperava fosse la direzione giusta. Ma ben prima di arrivare all'ex rimessa si bloccarono nell'udire il rumore di un veicolo che si avvicinava. Corsero a rifugiarsi tra i cespugli e spiarono la strada da lì. Claire provò una stretta al cuore: era un furgone, non la Mach di Web o la Corvette di Romano. Il suo cuore rallentò i battiti quando il furgone si fermò e ne scesero alcuni uomini armati. Evidentemente la loro fuga era stata scoperta. Corse con Kevin a cercare riparo dove la vegetazione era più fitta, tanto che di lì a poco Claire perse completamente l'orientamento.

Finalmente si fermarono a riprendere fiato. Kevin si guardò intorno. «Non ho mai visto tanti alberi tutti insieme. Non si capisce da che parte uscire.»

Claire annuì mentre cercava di riprendere il controllo dei nervi. «Lo so io.» Stava scrutando il sottobosco cercando di decidere in che direzione riprendere la marcia, quando udirono dei passi. Claire s'affrettò a stringere Kevin contro di sé, acquattandosi sotto un cespuglio.

La persona che passò sul sentiero non si accorse di loro. Claire sbirciò da dietro le foglie. Non conosceva Gwen Canfield e non avrebbe mai immaginato perché una donna in abito da sera stesse attraversando a piedi nudi il bosco a quell'ora. Dovette comunque farsi forza per non chiedere aiuto a quella sconosciuta: non sapeva chi fossero i loro sequestratori e non poteva escludere che quella donna fosse una di loro.

Quando Gwen scomparve alla vista, Claire e Kevin ripartirono e giunsero finalmente a una casa immersa nel buio, ma davanti c'era parcheggiato un fuoristrada, quindi Claire dubitava che fosse la dépendance. Si stava chiedendo se cercare di entrare di soppiatto e usare un telefono per chiamare la polizia, quando un uomo uscì di corsa, balzò sul veicolo e si allontanò in tutta fretta.

«Credo che quella persona abbia appena scoperto che siamo scappati» bisbigliò a Kevin. «Vieni.»

Corsero verso la casa. Nella fretta l'uomo aveva lasciato la porta aperta. Stavano per entrare, quando udirono un rumore che li lasciò impietriti.

«Sta tornando» esclamò Kevin. Si buttarono nella boscaglia nel momento in cui riappariva il fuoristrada.

Dovendosi fare largo nel fitto della vegetazione, Claire perse le scarpe e si strappò i vestiti con i rovi. Giunsero in una piccola radura e si fermarono a riprendere fiato, ma furono costretti a rimettersi a correre quasi subito da un rumore di passi che arrivavano di corsa.

Attraversarono a perdifiato un altro tratto scoperto e Claire girò in direzione di una sagoma scura che aveva visto a poca distanza.

«Presto» incitò Kevin. «Rifugiamoci là dentro.»

Montarono su una piattaforma di carico ed entrarono nella casa delle scimmie da un'apertura nel muro. All'interno, in un'atmosfera di totale abbandono, Claire rabbrividì davanti alle gabbie arrugginite, mentre Kevin si tappava il naso.

«Che puzza qui dentro!» borbottò il bambino.

Lo scalpiccio degli inseguitori era sempre più vicino, accompagnato dall'abbaiare dei cani. «Da quella parte» disse Claire trafelata. Montò su una cassa, sollevò Kevin da terra e lo issò in un buco nella parete dove probabilmente un tempo era incassato un ventilatore. «Resta lì e non fare rumore» gli raccomandò.

«Tu dove vai?»

«Non lontano. Ma se mi trovano, qualunque cosa dicano, tu non uscire da lì. Hai capito?»

Kevin annuì lentamente. «Claire...» Lei si girò. «Sta' attenta, ti prego.»

Gli rivolse un sorriso triste, gli strinse la mano e ridiscese. Si guardò intorno per un momento, poi sgusciò fuori da un'altra apertura nel muro posteriore. All'esterno i latrati dei cani erano ancora più minacciosi. Probabilmente avevano fatto annusare agli animali qualcosa di lei e Kevin. Si strappò un pezzo di vestito, prese un sasso, vi legò intorno la stoffa e lo scagliò il più lontano possibile dalla casa delle scimmie. Poi scappò nella direzione opposta. Raggiunse di nuovo il bosco, scivolò lungo un pendio e si fermò solo quando fu in fondo. Cercò di stabilire da che parte giungessero i rumori degli uomini e dei cani, ma date le caratteristiche del luogo, si sentiva l'eco di latrati e passi tutto attorno. Guadò un ruscello, scivolando nell'acqua e inzuppandosi da capo a piedi. Riuscì ad arrampicarsi sul basso argine dell'altra sponda e si ritrovò su uno spiazzo pianeggiante. Ormai era così stanca da doversi imporre di non lasciarsi cadere a terra in attesa che la trovassero. Facendosi forza, si costrinse a riprendere la corsa e, quando arrivò a un'altra salita ripida, s'inerpicò aggrappandosi a cespugli e arbusti. Quando fu in cima scorse una luce in lontananza, poi ne vide apparire un'altra e un'altra ancora, a due a due. Una strada. Fece qualche respiro profondo e ripartì a passo sostenuto. Aveva i piedi insanguinati, ma non lasciò che il dolore la rallentasse. Doveva cercare aiuto. Doveva salvare Kevin.

Ora inseguitori e cani non si sentivano più e cominciò a sperare di avercela fatta davvero. Fece gli ultimi metri strisciando faticosamente i piedi per terra e si sedette per un momento nel fossato che fiancheggiava la strada abbandonandosi al pianto, un po' per la fatica e la paura, in parte per l'emozione della ritrovata libertà. Quando sentì il rumore di un veicolo in arrivo, corse fuori sbracciandosi e invocando aiuto.

Lì per lì parve che il veicolo non avesse alcuna intenzione di fermarsi, considerato anche com'era ridotta, scarmigliata e isterica come una evasa dal manicomio. Ma finalmente il veicolo rallentò e si fermò. Corse ad aprire la portiera. La prima cosa che vide fu Kevin seduto sul sedile anteriore, legato e imbavagliato. La seconda fu Nemo Strait che le puntava contro una pistola.

«Ehi dottoressa» l'apostrofò lui. «Vuole un passaggio?»

Allungò le gambe e rabbrividì involontariamente. Durante la notte la temperatura era scesa e aveva la sensazione che l'umidità gli fosse penetrata nelle ossa. Si strinse meglio la coperta intorno alle spalle. Francis Westbrook non era abituato a dormire all'addiaccio. Era la prima volta che faceva un'esperienza molto simile a un'azione di guerra e non si stava divertendo molto. Bevve dell'acqua e fece capolino dal suo nascondiglio. Presto si sarebbe levato il sole. Non aveva dormito particolarmente bene; per la verità non dormiva più sul serio da quando era scomparso Kevin. E fino a quel momento aveva ricevuto una sola, merdosa telefonata. Aveva incontrato London, secondo le loro istruzioni, e gli aveva riferito dei tunnel sotterranei, come gli era stato richiesto. Nel frattempo aveva anche sistemato un affaruccio in sospeso con Toona. Contrariamente a quanto aveva detto a Web, sapeva perdonare chi rubava un po' di roba per sé e faceva la cresta sugli introiti, perché se non chiudevi un occhio, in un mestiere così, non trovavi nessuno disposto a lavorare per te. Molto semplice. Ma non avrebbe mai potuto tollerare i traditori. Macy l'aveva informato di quello che stava facendo Toona, lui aveva controllato e ne aveva avuta la conferma, dunque Toona meritava di diventare quello che il suo nome suggeriva: pappa per pesci. Ecco la dimostrazione che qualche volta la vita sa anche essere giusta.

Da voci di strada aveva saputo che Peebles era stato ucciso. Del resto quel ragazzo non aveva mai avuto le qualità giuste. Il guaio era che, sebbene troppo tardi, aveva saputo anche che Peebles stava tentando di spodestarlo e di riunire sotto di sé gli altri racket della zona. Era stato un fulmine a ciel sereno. Non aveva mai pensato che il vecchio Twan avesse il fegato di tentare di fargli le scarpe. Macy invece era semplicemente scomparso. Il suo tradimento lo aveva fatto veramente arrabbiare, soprattutto con se stesso, per essere stato così idiota da fidarsi di un bianco.

D'altra parte chi aveva ucciso Twan stava facendo la posta anche a lui. Per questo doveva rimanere nascosto e contare solo su se stesso finché la matassa non si fosse sbrogliata. Contare solo su se stesso, già, come ai vecchi tempi. Aveva un paio di pistole, qualche caricatore, un migliaio di dollari in tasca. Aveva abbandonato la Navigator e sapeva che gli sbirri lo stavano ancora cercando. Che facessero pure. Aveva visto le pattuglie dei federali, ma aveva abbastanza esperienza da sapere come far scomparire persino il suo corpo ingombrante, mime-tizzandolo nell'ambiente circostante. Certo che ne aveva viste di cose strane, da quelle parti, e aveva sentito abbaiare i cani in lontananza e i cani erano una grossa rogna. Allora si era raggomitolato ancora di più in fondo al suo nascondiglio e si era avvolto nella coperta cosparsa di ramoscelli e foglie in attesa che i latrati smettessero. Da quel che aveva potuto dedur-re, London era ancora nei paraggi e se per London quel posto era importante, lo era anche per lui. Controllò la pistola, bevve un altro sorso d'acqua, ascoltò i grilli e si domandò che cosa gli avrebbe portato il nuovo giorno. Forse Kevin.

Ed O'Bannon camminava avanti e indietro nel poco spazio che aveva a disposizione. Non fumava da anni, eppure in quelle ultime due ore aveva fatto fuori quasi un pacchetto intero. Aveva sempre messo in conto l'eventualità di essere scoperto, ma con il passare del tempo, visto che tutto filava per il verso giusto, le sue preoccupazioni erano diminuite, mentre il suo conto in banca lievitava. Sentì arrivare qualcuno e si girò verso la porta. Indietreggiò. Quando vide chi era, fece un sospiro di sollievo.

«Piacere di rivederti, dottore.»

O'Bannon strinse la mano a Nemo Strait.

«Non ero sicuro che ce l'avresti fatta, Nemo.»

«Quando mai ti ho abbandonato?»

«Devo scomparire. I federali stanno blindando tutte le vie d'uscita dal paese.»

«Su con il morale. Abbiamo mille modi per farti uscire e abbiamo gli aerei, i documenti e il personale per portarti fuori.» Gli mostrò le carte che aveva in mano. «A Rio via Messico e da Rio a Johannesburg. Poi spetterà a te scegliere tra Australia e Nuova Zelanda. Sono molti quelli che ti hanno preceduto. Ma magari ti va di tornare nel Sudest asiatico, il nostro antico amore.»

Vedendo i documenti, O'Bannon si sentì carico di ottimismo. Sorrise e si accese un'altra sigaretta. «Mi sembra che siano passati cent'anni.»

«Ah, ma io non dimentico che mi hai salvato dopo che i vietcong mi avevano frullato il cervello.»

«Deprogrammazione» annuì O'Bannon. «Un'operazione che non è poi così difficile per chi conosce le tecniche giuste.»

«Meno male che tu le conoscevi» ribatté Strait. Nel suo sorriso brillò una luce maligna. «Senza sottovalutare quella piccola attività con cui arrotondavi lo stipendio.»

O'Bannon si strinse nelle spalle. «Tutti facevano girare un po' di pillole del benessere, a quei tempi.»

«Oh, sì, verissimo, del resto non me le facevo mancare nemmeno io.»

«Devo concederti che la tua idea di mettere delle microspie nel mio studio per raccogliere informazioni da rivendere è stata un vero colpo di genio.»

Strait sorrise. «Non è giusto che i federali abbiano tutte queste risorse e noi niente. Bisognava pur pareggiare i conti. E con questo sistema non si poteva che vincere. Tu procuravi le informazioni, io avevo le persone a cui servivano per condurre i loro affari, me compreso. Tu fai i soldi, io faccio i soldi e i federali se la prendono in quel posto. Che cosa c'è di più bello?»

Quando Gwen gli aveva illustrato il suo piano per vendicarsi delle persone che riteneva responsabili della morte del figlio, Strait aveva indagato sull'HRT e su Web London. L'essere cresciuto in una fattoria dove si allevavano cavalli aveva fatto di lui una persona estremamente metodica. Finché non era stato catturato dai vietcong, Strait era stato un soldato eccellente, in grado di guidare con coraggio e pugno di ferro la sua compagnia nelle situazioni più infernali, un merito per il quale, per quanto a lui importasse poco, portava a testimonianza una sfilza di medaglie. Poi aveva scoperto che il dottore Ed O'Bannon che aveva conosciuto in Vietnam era lo stesso che aveva in cura Web London. Da lì era nata l'idea di incastrare in un colpo solo sia London sia l'HRT, perché sapeva per esperienza che cosa era capace di fare Ed O'Bannon con la mente degli altri. All'inizio O'Bannon non aveva voluto sentirne parlare, ma dopo che Strait aveva saputo quanti altri membri delle forze dell'ordine aveva lui come pazienti, era tornato alla carica offrendogli di dividere i profitti alla pari. Con quell'incentivo O'Bannon aveva accettato senza ulteriori tentennamenti. Il trascorrere degli anni non aveva diminuito l'avidità dello psichiatra ed era stato così che, grazie ad alcuni dei suoi colloqui privati con i pazienti, Strait aveva ottenuto le informazioni che gli erano servite a tendere la trappola in cui avevano perso la vita gli uomini dell'HRT. A O'Bannon non aveva mai confidato niente del suo traffico di Oxycontin, sapendo bene che avrebbe preteso una fetta della torta. Lui invece aveva già per socia Gwen Canfield, che s'intascava il venticinque per cento! Ma doveva ammettere che la sera precedente ricompensava quell'esborso ingente.

«Devo ammettere d'essere rimasto sorpreso quando mi hai consegnato Claire Daniels» riprese Strait. «Già quando mi avevi informato che London si era rivolto a lei per la sua terapia avevo capito che prima o poi ci avrebbe creato dei problemi.»

«Ho cercato di convincerlo a restare con me, ma, come ho detto, non avrei potuto insistere troppo senza destare sospetti. Naturalmente le ho nascosto il grosso dei miei appunti! Quanto al resto, non potevo che rivolgermi a te.»

«Hai fatto la cosa giusta. Te lo garantisco, non testimonierà mai in tribunale contro di te.»

O' Bannon scosse la testa. «È difficile credere che sia finita.»

«Be', finché è durata, ne è valsa la pena.»

«È stato un bel lavoro» sospirò O'Bannon.

«Immagino che neppure tu ami molto il nostro governo federale.»

«Dopo quello che ho visto in Vietnam? No. E lavorare per il Bureau non mi ha fatto cambiare idea.»

«Comunque, scommetto che hai messo via un bel gruzzoletto per la pensione.»

O'Bannon annuì. «Puoi starne certo.»

«Voglio solo ringraziarti per tutto l'aiuto che mi hai dato. Con London sei stato perfetto.»

«Credimi, con i suoi precedenti è stato facile. Non ho avuto nemmeno bisogno di farmaci.» Sorrise. «Si fidava ciecamente di me.»

Strait sbadigliò e si strofinò gli occhi.

«Ore piccole?» chiese O'Bannon.

«Piccolissime. Per la verità non ho chiuso occhio.»

Qualcuno bussò piano alla porta.

«Avanti» disse Strait. Poi si rivolse a O'Bannon. «È il mio braccio destro, penserà lui a farti sparire.»

Entrò Clyde Macy.

«Ho preso questo ragazzo sotto la mia ala protettrice già da molto tempo» aggiunse Strait. «Gli ho fatto riconoscere i suoi errori, non è vero?»

«È stato il padre che non ho mai avuto» ribatté Macy.

Strait rise. «Hai detto bene. Se vuoi crederci, questo ragazzo ha creato un racket di narcotrafficanti neri a Washington città e ha scaricato addosso a loro la responsabilità di tutto quello che abbiamo fatto noi. Uno del gruppo, un certo Antoine Peebles, stava cercando di soffiare il giro a un certo Westbrook. Così Mace è stato al suo gioco per il tempo che ci era necessario perché Peebles ci desse una mano, dopodiché lo ha fatto fuori.»

«E perché?» domandò O'Bannon disorientato.

«Perché ne avevo voglia» rispose Macy serafico. «Era un'operazione che avevo progettato io e l'ho portata a termine con successo.»

Strait ridacchiò. «Poi ha fatto in modo che quelli dell'HRT e quelli della Free Society finissero nelle fogne insieme. Il suo contributo è impagabile. Va bene, Mace, basta chiacchiere. Questo è Ed O'Bannon, l'amico di cui ti ho parlato.» Consegnò allo psichiatra i documenti, gli diede una pacca sulla spalla e gli strinse la mano.

«Sul serio, dottore, sei stato grande. Grazie di nuovo e, mi raccomando, non sprecare un solo momento della tua bella vita da fuggiasco.»

Con questo augurio Strait si congedò. Aveva appena chiuso la porta alle sue spalle quando udì il primo colpo ovattato. Subito dopo il secondo. Gesù, quel Macy era l'efficienza personificata. Aveva imparato bene i suoi insegnamenti. Certo, aveva anche qualche difetto: l'eccessiva competitività nei confronti dell'FBI talvolta era un impiccio e sicuramente le concessioni che gli aveva fatto erano molto rischiose, ma nel complesso Strait sapeva che non avrebbe potuto realizzare il suo grandioso progetto senza l'aiuto di Clyde Macy.

Personalmente non aveva niente contro Ed O'Bannon, ma uno dei suoi principi fondamentali era lasciare le cose a posto dietro di sé e O'Bannon rappresentava un elemento di disordine. Ed O'Bannon era ormai un problema risolto ma adesso c'era da affrontare gli altri due: Kevin Westbrook e Claire Daniels. Erano scappati una volta, ma non avrebbero avuto l'occasione di rifarlo. Dopodiché sarebbe stato il momento di chiudere bottega. Le isole greche lo stavano aspettando. Non male per un ragazzo nato con le pezze al culo e sopravvissuto solo grazie al proprio ingegno. L'America era davvero il paese delle occasioni.

Mentre saliva sul fuoristrada, Nemo Strait si domandò se in Grecia ci fossero allevamenti di cavalli. Sperava di no.

Alla dépendance, Web aprì gli occhi e si guardò intorno. Non sentiva Romano e quando controllò l'orologio capì perché: non erano ancora le sei. Si alzò, aprì la finestra e si riempì i polmoni dell'aria fresca del primo mattino. Stranamente aveva riposato bene. Presto avrebbe lasciato quel posto e il suo stato d'animo al riguardo era contraddittorio.

Soprattutto, però, pensava a Claire. L'esperienza gli diceva che c'erano ben poche probabilità che fosse ancora viva e la prospettiva di non vederla mai più lo addolorava.

Mentre guardava fuori, scorse Gwen che arrivava a bordo di una jeep scoperta. Si fermò nel cortile lastricato davanti all'ex rimessa e scese. Era in tenuta da monta: maglione, jeans e stivali. I lunghi capelli le incorniciavano con grazia il viso. Era a capo scoperto.

Prima che entrasse, Web si sporse dalla finestra. «L'assegno dell'affitto è nella cassetta della posta!» le gridò. «Lo sfratto è sospeso.»

Lei alzò la testa, sorrise e lo salutò con la mano. «Pensavo di andare a fare un'ultima cavalcata.» Guardò il cielo che si andava rischiarando. «Quando avremo sellato, sarà l'ora più bella per fare una passeggiata. Ci stai, signor London?» Gli rivolse un sorriso che avrebbe convinto anche il più indeciso degli uomini.

Quando andarono a sellare i cavalli, Gwen assegnò a Web un roano più piccolo di Baron che si chiamava Comet. Gli spiegò che Boo aveva un'infezione a una zampa.

«Spero che non sia niente di grave.»

«Non temere, i cavalli sono molto resistenti.»

Cavalcarono per un'ora e mezzo e per tutto il tempo Gwen non riuscì a pensare ad altro che alla difficoltà del suo proposi-

to: non aveva mai ucciso nessuno. Sì, quello della notte precedente, con Nemo Strait, era stato un bluff, ma adesso ne sarebbe
stata davvero capace? Guardava Web che cavalcava al suo fianco
e cercava di vederlo come il suo peggior nemico, il suo incubo
più orribile. Ma le era difficile. Per anni aveva sognato di sterminare quei presunti paladini della Costituzione che, a detta di tutti, non avevano uguali al mondo e che avrebbero salvato la vita a
suo figlio e agli altri ostaggi. Quel giorno glielo avevano detto e
ripetuto tante volte che piano piano le sue paure erano scomparse e aveva cominciato a crederci davvero. Era stato come sentirsi
dire che hai il cancro ma che è assolutamente curabile e tu te ne
convinci fino al momento in cui inchiodano il coperchio della bara in cui ti hanno sistemato. Sì, bisognava ammettere che avevano quasi compiuto la loro missione di salvare gli ostaggi, in effetti ne era morto solo uno, guarda caso suo figlio. E con il cuore
pieno di odio era stata costretta a vedere e rivedere il volto di
Web London alla televisione, su quotidiani e riviste, aveva dovuto ascoltare fino alla nausea il racconto delle sue gesta eroiche nei
più nauseanti particolari, fino alla consegna di una medaglia
dalle mani del presidente. Non aveva pensato alle orrende ferite
che aveva riportato, all'impresa quasi titanica di tornare a occupare a tutti gli effetti il suo posto nel reparto. Di tutto questo a lei
non importava niente. La sola cosa che le interessava era che Web
fosse ancora vivo. Mentre suo figlio era morto. Bell'eroe!

Sì, la vista di suo figlio ucciso accanto a Web London aveva fatto scattare qualcosa nel suo cervello. Ricordava persino
il crepitio che aveva percorso tutti i nervi del suo corpo come
una scarica elettrica; e da allora non era più stata la stessa.
Da allora non c'era più stato un solo giorno in cui non aveva
rivisto il corpo insanguinato di suo figlio riverso al suolo. Né
avrebbe mai più dimenticato l'immagine di quegli uomini in
tenuta da guerra che facevano irruzione per salvare suo figlio e portavano fuori tutti i bambini ancora vivi eccetto lui.
Lo guardò ancora una volta e gli vide assumere lentamente
contorni sempre più scuri, come se si stesse trasformando
nella rappresentazione fisica di tutto il male che le aveva fatto. Era rimasto solo lui. Sì, poteva ucciderlo. E forse sarebbe
finalmente uscita dall'incubo in cui era vissuta per tutti quegli anni.

«Dunque partirete domani, immagino.»

«Così pare.»

Gwen sorrise e si spinse all'indietro una ciocca di capelli. Stringeva con forza le redini per timore che cominciassero a tremarle le mani. «Fatto un buon lavoro?»

«Più o meno. Billy come sta?»

«Bene, grazie. Ha i suoi alti e bassi, come tutti.»

«Tu non mi sembri così volubile. Dai l'impressione di avere un carattere più forte.»

«Le apparenze ingannano.»

«Bella festa quella di ieri.»

«Billy ha il pallino per queste cose, anche se non mi aspettavo di trovare i fratelli Ransome.»

«Non avrai pensato che si chiamino davvero così, vero?»

«Nemmeno per un istante.»

«Appena li ho visti ho pensato che fossero gay. Ma solo fino a quando non sei entrata tu. Poi è stato chiaro quali fossero le loro preferenze in quanto a sesso.»

Gwen rise. «Lo prendo come un complimento.»

Passarono davanti al boschetto in cui si trovava la cappella.

«Oggi niente preghiera?»

«No.» Gwen preferì guardare dall'altra parte. Non era giornata di preghiera, ma si segnò. "Perdonami, Signore, per quello che sto per fare." E mentre formulava in silenzio quelle parole già sapeva che la sua preghiera non avrebbe potuto essere esaudita.

Arrivarono ai piedi di un poggio in cima al quale crescevano degli alberi. Non lo aveva mai portato in quell'angolo della tenuta perché forse in cuor suo già sapeva che quel giorno sarebbe arrivato.

Spronò Baron e affrontò la ripida salita. Web non si lasciò distanziare e lanciò Comet al galoppo, arrivando in vetta in un tumultuoso testa a testa con Gwen. Quando giunsero alla macchia di alberi e fermarono i cavalli ansimanti, Gwen non poté nascondere la sua sincera ammirazione.

«Sono impressionata.»

«Be', ho avuto un'ottima maestra.»

«Siamo vicini alla torretta, da là la vista è ancora migliore.»

Web non le aveva confidato di esserci già salito con Romano quando avevano spiato i movimenti di casa Ransome. «Non vedo l'ora di ammirarla.»

Giunsero alla torretta, legarono i cavalli a un paletto di legno e li lasciarono a brucare mentre salivano in cima a guardare l'alba e il risveglio del bosco.

«Non so che cosa si potrebbe chiedere di più» commentò Web.

«Sembrerebbe, vero?» ironizzò Gwen.

Lui si appoggiò al parapetto per guardarla.

«Problemi tra te e Billy?»

«È così evidente?»

«Ho visto di peggio.»

«Davvero? E se ti dicessi che non hai la più pallida idea di che cosa stai parlando?» ribatté lei con impeto improvviso.

Web rimase calmo. «Ci stavo appunto pensando. Questa è una cosa che non abbiamo mai veramente fatto. Parlare.»

Lei evitò il suo sguardo. «Per la verità ho parlato più con te che con molta altra gente. E ti conosco appena.»

«Di sciocchezze, forse. E comunque non è così difficile conoscermi a fondo.»

«Non mi sento ancora completamente a mio agio con te, Web.»

«Già, ma ormai stiamo per dirci addio. Non credo che le nostre strade si incroceranno di nuovo. Ma forse è meglio così.»

«Forse» gli concesse lei. «Non sono nemmeno sicura che io e Billy resteremo qui ancora a lungo.»

«Io credevo che questo fosse un paradiso per voi due» si meravigliò Web. «Perché andarsene? Avrete anche i vostri problemi, ma qui siete felici. O no? Non è questa la vita che volevate?»

«Per raggiungere la felicità entrano in gioco anche molti altri fattori» obiettò lei. «Alcuni più evidenti di altri.»

«Questo è un campo nel quale temo di non poterti essere d'aiuto. Non sono un esperto di felicità, Gwen.»

Lei gli rivolse uno sguardo curioso. «Nemmeno io.» Per un lungo momento rimasero in silenzio, un po' imbarazzati entrambi.

«Ma tu meriti di essere felice, Gwen.»

«Perché?» chiese lei.

«Per tutto quello che hai sofferto. Sarebbe una forma di giustizia... ammesso che la vita sappia essere giusta.»

«Tu hai mai sofferto?» C'era una sfumatura polemica nel tono della sua voce, che si affrettò a nascondere dietro un'espressione benevola. Voleva sentirgli dire di sì, ma sapeva che le pene di lui non avrebbero mai potuto competere con le sue.

«Ho avuto la mia dose di brutti momenti. La mia infanzia non è stata proprio felice e nella vita adulta la situazione non è cambiata molto.»

«Mi sono sempre chiesta perché lo fate. Perché recitate il ruolo dei buoni.» Lo aveva sfidato rimanendo assolutamente impassibile.

«Faccio le cose che faccio perché è necessario e la maggior parte delle persone o non può, o non vuole farle. Vorrei tanto che quelli come me non servissero più, ma mi sembra che non sia ancora giunto il momento.» Abbassò gli occhi. «Non ho mai avuto l'occasione di parlartene, ma potrei non averne un'altra.» Fece un respiro. «Quello che è successo a Richmond... Quella fu la mia prima volta in una squadra d'assalto, quelle che vengono mandate a salvare gli ostaggi.» Fece una pausa. «Dopo la figuraccia di Waco, l'FBI decise di agire con la massima cautela. Non sto dicendo che fosse giusto o sbagliato, solo che era diverso. Da allora dobbiamo aspettare che i negoziatori ascoltino tutte le balle che i sequestratori dicono al telefono. Sembrava che bisognasse attendere che qualcuno venisse ammazzato prima che noi potessimo intervenire, e inevitabilmente entravamo in azione sempre in ritardo. Ma queste erano le nuove regole e dovevamo rispettarle.» Scosse la testa. «Quando i Free sospesero le trattative, capii subito che stava succedendo qualcosa. Me lo sentivo. Ero stato un tiratore scelto per molti anni e avevo visto situazioni del genere abbastanza spesso da sviluppare quasi un sesto senso.» La guardò. «Non te ne avevo mai parlato. Hai voglia di ascoltare?»

«Sì» rispose Gwen troppo velocemente per darsi il tempo di riflettere.

«A Billy qualcosa avevo detto quando venne a trovarmi in ospedale.»

«Io non ho mai potuto, mi dispiace.»

«Non mi aspettavo che lo facessi. Anzi, mi ha molto sorpreso vedere Billy.» Parve prendersi qualche momento per riordinare i pensieri. Frattanto Gwen contemplava le pendici del Blue Ridge in lontananza. Ora che ci pensava, non aveva nessuna voglia di ascoltarlo, ma ormai non poteva più impedirglielo.

«Eravamo arrivati alla porta della palestra» disse Web. «Io ho guardato attraverso il vetro. Tuo figlio mio vide.»

«Non lo sapevo…» mormorò lei, stupefatta.

«Non l'avevo mai detto a nessuno, nemmeno a Billy. Non trovavo mai il momento giusto.»

«Come ti era sembrato?» domandò lei lentamente. Mentre aspettava la risposta sentiva il cuore pulsarle nelle orecchie.

«Spaventato, Gwen. Ma anche forte, risoluto. Non è una cosa facile per un bambino di dieci anni nelle mani di un branco di psicopatici armati fino ai denti. Ora so da chi David aveva ereditato quella forza d'animo.»

«Va' avanti» lo esortò lei sottovoce.

«Gli feci cenno di restare calmo. Gli mostrai il pollice alzato perché volevo che avesse fiducia. Se avesse reagito in maniera inconsulta, probabilmente l'avrebbero freddato all'istante.»

«E lui?»

«Era intelligente» rispose Web. «Sapeva che cosa stavo cercando di fare. Aveva capito, Gwen. In una situazione critica come quella, mostrò un coraggio incredibile.»

Gwen vide che gli luccicavano gli occhi. Cercò di dire qualcosa, ma aveva la bocca impastata. Le sembrava che le parole di Web stessero spazzando via tutti quei terribili anni di rimpianti.

«Stavamo per entrare. Un'azione pulita, niente esplosivi. Avevamo visto dov'erano posizionati tutti i sequestratori. Li avremmo uccisi tutti contemporaneamente. Cominciammo il conto alla rovescia e fu lì che successe.»

«Che cosa? Che cosa successe?»

«Un suono che veniva da dentro. Come un uccello o un fischio, un allarme, non so. Un suono forte, acuto, e il momento non sarebbe potuto essere dei peggiori. I sequestratori si allarmarono subito e quando attaccammo, aprirono il fuoco. Non so perché spararono a David, ma lui fu il primo a cadere.»

Ora Gwen non guardava più dalla sua parte. I suoi occhi sembravano inchiodati sulla catena montuosa. "Un fischio?"

«Lo stavo guardando nel momento in cui fu colpito.» Adesso la voce di Web era percorsa da un tremito. «Vidi la sua faccia. I suoi occhi.» Web abbassò le palpebre, sotto le quali spuntarono due lacrime. «Erano ancora fissi su di me.»

Ora anche Gwen piangeva, ancora girata dall'altra parte. «E che espressione aveva?»

«Di una persona tradita» mormorò Web. Si portò una mano alla cicatrice. «La ferita alla faccia, le due pallottole... niente mi ha fatto male quanto l'espressione di tuo figlio... Tradito.»

Gwen aveva preso a tremare violentemente. Piangeva a dirotto, sostenendosi contro il parapetto. Ma ancora non riusciva a girarsi verso di lui. "Un fischio."

«Forse è per questo che ho disubbidito agli ordini quando ho voluto partecipare all'assalto al quartier generale della Free Society. Mi è costato la carriera, Gwen, mi hanno costretto a lasciare il Bureau, ma lo rifarei subito. Forse perché questo è l'unico modo in cui mi sembra di poter rimediare a quanto è successo. Vedi, tuo figlio meritava di più di quanto io potessi offrirgli. È una cosa a cui penso ogni giorno e non ho ancora smesso di soffrire per non essere stato capace di salvarlo. Non mi aspetto di essere perdonato, ma volevo che tu lo sapessi.»

«È ora che torniamo indietro» mormorò lei.

Gwen fu la prima a scendere e si avvicinò a Comet invece che a Baron. Sollevò una zampa anteriore del cavallo. Aveva i nervi a fior di pelle, le orecchie che le pulsavano. Faticava a reggersi in piedi, ma sapeva di doverlo fare, nonostante le sue rivelazioni, doveva farlo per forza. Aveva aspettato abbastanza. Chiuse gli occhi e li riaprì.

«Qualche problema?» s'informò Web.

Lei non aveva la forza di guardarlo. «Mi era sembrato che zoppicasse, ma mi pare che vada tutto bene. Lo terrò d'occhio.»

Accarezzò il collo a Comet e, approfittando di un momento in cui Web non guardava, infilò l'oggetto che aveva nell'altra mano sotto la sella.

«Allora, questo è il tuo esame di maturità» annunciò. «Scenderemo al galoppo fino a quegli alberi, ma poi dovrai rallentare subito il cavallo perché il sentiero che dobbiamo imboccare nel bosco è molto stretto e potremo proseguire solo al passo. Capito?»

«Perfettamente.»

«Allora andiamo.»

Montarono entrambi.

«Vuoi andare avanti tu?» chiese Web mentre si sistemava in sella.

«No, voglio restare dietro per controllare come cammina Comet…»

Il cavallo sgroppò cogliendo Web alla sprovvista e partì al galoppo giù per la discesa, puntando decisamente in direzione del bosco.

«Web!» gridò Gwen spronando Baron e lanciandosi all'inseguimento, ma contemporaneamente trattenendo il proprio cavallo per restare a una certa distanza. Vide Web perdere una staffa e quasi cadere dalla sella. Perse le redini e afferrò con tutte e due le mani il pomello ma, completamente ignaro, a ogni sobbalzo conficcava più in profondità nel dorso di Comet la puntina che Gwen gli aveva infilato sotto la sella.

Web non si girò mai indietro, ma se lo avesse fatto, avrebbe visto una donna dilaniata da un terribile conflitto interiore. Gwen Canfield desiderava con tutto il cuore che cavallo e cavaliere andassero a sbattere contro gli alberi. Voleva vedere con i propri occhi Web London morire, spegnersi davanti a lei. Voleva liberarsi del dolore che l'aveva tormentata per tanti anni. Non lo sopportava più. E perché il suo desiderio si realizzasse, non doveva far altro che attendere qualche istante ancora. Invece frustò Baron e partì per raggiungerlo. Ancora una ventina di metri e Web sarebbe finito contro gli alberi e Comet stava mantenendo fede al nome che gli era stato assegnato. A quindici metri Gwen cominciò a scivolare un po' sul fianco. A dieci cominciò a sporgersi. Ormai aveva legato il proprio destino a quello di Web, perché se non fosse riuscita a fermare Comet, anche lei sarebbe piombata contro quel muro di tronchi.

A cinque metri riuscì ad allungarsi abbastanza da afferrare le redini di Comet. E allora tirò con tutte le forze che le venivano dall'angoscia di tanti anni, riuscendo ad arrestare in piena corsa un cavallo da cinque quintali e impedendogli di schiantarsi contro gli alberi.

Ansimante, guardò Web che non si muoveva, semiaccasciato sulla sella. Finalmente lui si girò dalla sua parte, ma rimase in silenzio. Eppure in quel momento Gwen si sentì improvvisamente leggera, come se si fosse liberata d'incanto del peso di tutte le pene del mondo. Si era spesso raffigurata la sua disperazione come un parassita insinuatosi per sempre nella sua anima, e invece ora era scomparso, come un pugno di sabbia disperso dal vento. E le sembrava impossibile che essersi finalmente liberata di tutto l'odio che aveva covato dentro le provocasse un senso così inebriante di liberazione. Ma la vita non aveva ancora smesso di essere crudele con Gwen, perché adesso l'odio era stato sostituito da qualcosa di ancora più corrosivo: il rimorso.

52

Quando lasciò Web alla dépendance, Gwen si accomiatò in maniera stranamente laconica. Lui cercò di ringraziarla per avergli salvato la vita, ma lei se ne andò dando l'impressione di non volerlo ascoltare. Strana donna, Gwen Canfield. Forse si considerava in qualche modo responsabile di quanto era successo con Comet.

In ogni caso Web era riuscito finalmente a rivelarle qualcosa che si era tenuto dentro per tutti quegli anni. Si chiese se dovesse fare altrettanto con Billy, ma forse sarebbe stato meglio per lui ascoltare quei particolari dalla bocca della moglie... ammesso che lei decidesse di riferirglieli.

Entrò e trovò Romano che faceva colazione. «Ti vedo un po' sbattuto» commentò l'amico.

«Una cavalcata pesante.»

«Dunque, qui abbiamo ufficialmente chiuso, giusto? Vedi, Angie è tornata e il suo umore non è dei migliori. Sarà meglio che faccia un salto a casa a sentire le sue menate.»

«Sì, qui non abbiamo altro da fare.»

«Ehi, Web, facciamo una gara fino a Quantico, così vediamo come va la tua Mach.»

«Paulie, l'ultima cosa al mondo di cui ho bisogno è una multa per eccesso...» Si bloccò sotto lo sguardo attonito di Romano.

«Che c'è? Non sarà la fine del mondo farsi fermare per aver schiacciato un po' troppo sull'acceleratore. Gli mostri il tesserino e vedrai che ti lasciano andare. Siamo tra colleghi, no?»

Web prese il cellulare e compose un numero. Chiese di Percy Bates, ma non era in ufficio.

«Dove lo posso trovare? Sono Web London.»

Web conosceva la segretaria di Bates, June, che riconobbe la sua voce. «So che sei tu, Web. Mi spiace per quello che è successo.»

«Dimmi di Perce.»

«Per la verità si è preso un paio di giorni. Quelli delle pubbliche relazioni lo stavano soffocando. Vogliono delle dichiarazioni da te, ma Perce si è opposto. Hai visto la TV o i giornali?»

«No.»

«Be', qualcuno potrebbe pensare che abbiamo ucciso il Papa per sbaglio, a giudicare dal clamore generale.»

«Sono morte molte persone, June…»

«Quando della gente armata spara ad altra gente, c'è il rischio che qualcuno si faccia male, Web» dichiarò lei determinata a difendere il Bureau. «Comunque, Perce ha detto che sarebbe stato via un paio di giorni. So che era molto addolorato per quello che ti è successo.»

«Ma può darsi che non sia tutto perduto, June.»

«Lo spero tanto. Dimmi, come posso aiutarti?»

«Clyde Macy. Era lo scagnozzo di uno dei narcotrafficanti locali. Ho visto alcune multe per eccesso di velocità nel suo dossier. Voglio sapere esattamente dove gli sono state fatte le contravvenzioni e quando.»

«Per saperlo devo chiamare un collega, ma ci metto solo qualche minuto.»

Web le diede il numero a cui richiamarlo. Come promesso, June si rifece viva di lì a poco. Gli comunicò le informazioni che desiderava, Web la ringraziò, spense il telefono e si girò verso Romano, che lo osservava con aria smarrita.

«E allora?» chiese Romano.

«Clyde Macy ha preso tre multe per eccesso di velocità nell'arco di sei mesi. Ci ha quasi rimesso la patente.»

«Sai che novità. Ha il piede pesante.»

«Sai dove le ha prese?»

«Dove?»

«Due a un chilometro e mezzo da Southern Belle e una a meno di cento metri dall'ingresso. Nel verbale si cita persino il cancello di ingresso come punto di riferimento.»

«Dunque, immagino che non tornerò a casa da Angie oggi?»

«Certo che ci torni. Ma stasera andiamo a far visita a Southern Belle.»

Fecero i bagagli e salirono in macchina.

«Gli dici che ce ne andiamo?» chiese Romano accennando con il mento alla villa.

«Lo sanno già.» Web si girò a guardare l'elegante edificio di pietra. «Buona fortuna, Gwen» mormorò.

Mentre scendevano per il viale, incrociarono Nemo che sopraggiungeva a bordo del suo fuoristrada. L'uomo rallentò e si fermò alla loro altezza. A Web parve molto sorpreso di vederlo.

«Ehi, ci facciamo una birra?» propose.

La Corvette aveva il tettuccio aperto e Romano si era issato a sedere sullo schienale. «Tienimela in fresco per la prossima volta.»

Strait gli sorrise puntandogli il dito. «Contaci, Delta.»

«Grazie per il tuo aiuto, Nemo» disse Web.

«Immagino che chiudiate bottega.»

«Così sembra, ma tu dài un occhiata ai Canfield. Ernie è ancora in libertà.»

«Ci starò attento.»

Web e Romano ripartirono e Nemo rimase per un po' a guardarli con aria pensierosa, prima di riprendere in direzione della villa. Evidentemente la tigre si stava perdendo d'animo.

Angie Romano non era di buon umore. Aveva dovuto badare da sola ai ragazzi e la gita nel Mississippi non era stata molto piacevole. Web fece per abbracciarla quando tornò a prelevare Romano, ma rinunciò di fronte alla sua espressione furiosa, nel timore che gli spezzasse un braccio se ci avesse provato.

Così il campione più stimato della Hotel Team e il solo sopravvissuto della Charlie salirono sulla Mach e lasciarono nottetempo la casa per quella che sarebbe forse stata l'ultima operazione che avrebbero fatto insieme. Web non aveva detto a Romano di aver dato le dimissioni dal Bureau, ma lui lo aveva scoperto appena rincasato. Era molto contrariato di non averlo saputo direttamente dall'amico, ma ce l'aveva soprattutto con il Bureau.

«Gli hai dato tutto quello che avevi e questo... questo è il ringraziamento. Mi verrebbe voglia di mettermi a lavorare per qualche trafficante colombiano, per ripicca. Almeno con quelli sai sempre da che parte stai.»

«Non ci pensare, Paulie. E poi, se tutto andrà per il meglio, metterò su la mia agenzia di sorveglianza e tu potrai venire a lavorare per me.»

«Sì, quando comincerò a portare reggiseno e mutandine di pizzo.»

A scarso di equivoci, si sarebbero presentati a Southern Belle armati di pistole calibro 45, MP5, giubbotti antiproiettile e persino con i loro 308 di precisione. Non potevano chiedere rinforzi al Bureau perché non avevano niente da segnalare se non qualche multa per eccesso di velocità e fumose teorie. D'altra parte il fatto che Web non fosse più in veste ufficiale aveva un lato positivo: a volte un onesto cittadino può introdursi in certi posti e fare cose che invece sono vietate a un tutore dell'ordine. Web aveva avuto qualche dubbio sull'opportunità di farsi accompagnare da Romano, ma quando aveva espresso le sue perplessità al compagno, si era sentito rispondere che in tal caso non ci sarebbe potuto andare nemmeno lui, perché si sarebbe ritrovato con una pallottola in corpo. Così Web aveva deciso di non metterlo alla prova.

Fermò la Mach su una strada sterrata che correva lungo il confine tra le tenute di East Winds e Southern Belle e da lì proseguirono a piedi attraverso la fitta boscaglia.

«Questi dannati occhiali mi fanno sempre venire il mal di testa» si lamentò Romano alludendo al visore notturno. «Li odio. Pesano una tonnellata. E non riesci nemmeno a sparare quando li porti. A che cosa cavolo servono allora?»

«Allora toglieteli, Paulie, o smettila di brontolare, perché così sei tu a far venire il mal di testa a me.» Tuttavia, anche Web se li tolse e si massaggiò il collo.

«Senza copertura, mi sento nudo e nervoso, Web» commentò Romano, ma Web sapeva che stava scherzando perché non c'era nulla al mondo che lo spaventasse davvero. A parte Angie, naturalmente.

«Ti passerà.»

«Ehi, Web, ancora non mi hai detto che cosa ti aspetti di trovare.»

«Qualunque cosa sia, sarà sempre più di quello che sappiamo adesso.» Non potendo più contare sulle risorse del Bureau, Web non aveva dati su Harvey e Giles Ransome. Avrebbe potuto chiedere ad Ann Lyle, ma in quel momento preferiva evitare di parlare con lei. Ora che era stato cacciato dall'HRT, era sicuro che Ann avrebbe avuto una crisi di pianto.

Poco più avanti videro spuntare le sagome degli edifici che avevano già visto dalla torretta d'osservazione. Web fermò Romano alzando la mano e proseguì da solo. Sorrise quando arrivò ai margini del bosco. Aveva scelto una sera di intensa attività: accanto a una costruzione che sembrava un magazzino era fermo un autocarro con la rampa di carico abbassata. Controllò attentamente gli uomini che stavano scaricando, ma non vide armi di nessun genere. Vide un carrello elevatore che trasportava al magazzino una cassa voluminosa. Quando la porta si aprì, Web cercò di capire che cosa stesse succedendo all'interno, ma dal punto in cui si trovava gli era impossibile. Riuscì a vedere solo una luce accecante prima che il portellone scorrevole si richiudesse. Non molto lontano c'era anche un rimorchio per il trasporto dei cavalli con un uomo che vi armeggiava intorno. Da dove si trovava non riusciva a capire se a bordo ci fosse un animale o no.

Chiamò Romano con il walkie-talkie e un minuto dopo il compagno lo raggiunse accovacciandosi accanto a lui. Osservò la scena e chiese a Web in un bisbiglio che cosa ne pensasse.

«Potrebbe essere qualsiasi cosa, dagli stupefacenti ai ricambi di automobili rubate, non ne ho idea.»

In quel momento il portellone si aprì di nuovo e uscì il carrello elevatore. Fu allora che udirono la donna gridare. Un urlo che si levò acuto nel cielo. Web e Romano si scambiarono un'occhiata.

«O forse una tratta di bianche» sibilò Romano.

Regolando i rispettivi MP5 sul fuoco automatico uscirono dal bosco. Ciascuno teneva il calcio della propria arma appoggiato al fianco destro e reggeva la canna tra indice e medio.

Raggiunsero il magazzino senza essere visti. Web individuò un'entrata laterale e la indicò a Romano, che annuì. A gesti spiegò al compagno quali erano le sue intenzioni nel linguaggio speciale degli assaltatori. Assomigliava alle comunicazioni che avvengono tra lanciatore e ricevitore in una partita di baseball. La differenza sostanziale era che le palle con cui giocavano loro avevano più... penetrazione.

Web provò la porta. Non era chiusa a chiave. Aprì uno spiraglio. Poi udirono di nuovo il grido, questa volta strozzato, come se la donna avesse qualcosa infilato in bocca.

Web e Romano fecero irruzione con le armi spianate, valutarono in un attimo la situazione, e tuonarono: «FBI! Tutti per terra, mani dietro la nuca. Ubbidite immediatamente o siete morti!».

Altre grida si levarono un po' ovunque mentre le persone presenti nel magazzino si buttavano a terra. Web colse un movimento fulmineo alla sua sinistra e si girò di scatto. Era Romano che era piombato su Harvey Ransome, che non aveva ubbidito al comando di Web.

Harvey si bloccò con un plico di fogli in mano al centro del magazzino trasformato in camera da letto.

Sul letto, al centro dello stanzone, c'erano tre belle ragazze completamente nude e un giovane in piena erezione.

«Cosa diavolo succede qui?» strepitò Harvey. Quando vide che si trattava di Web, impallidì.

Intanto Web e Romano facevano mentalmente l'inventario di quello che avevano di fronte: cineprese, proiettori, generatori, staffe, giraffe, operatori, attrezzeria di scena, quattro set diversi che comprendevano oltre alla camera da letto un ufficio, l'abitacolo di una limousine e, sorprendentemente, una chiesa. Dunque era quella l'attività che si svolgeva a Southern Belle? Si giravano film pornografici? Le grida che avevano sentito erano di piacere?

Web abbassò l'arma mentre Harvey avanzava verso di lui con il copione in mano.

«Che storia sarebbe, Web?»

Lui scosse violentemente la testa come per tornare in sé e rivolse al presunto produttore uno sguardo di fuoco. «Dimmelo tu.»

«Guarda che qui è tutto perfettamente legale. Puoi controllare. Abbiamo i permessi necessari.» Indicò il gruppo nudo sul lettone. «E quelli sono attori professionisti, tutti maggiorenni. Puoi controllare anche quello.»

Romano si avvicinò al letto per primo, seguito da Web.

Le giovani donne li guardarono con aria di sfida, mentre il ragazzo cercava di nascondere sotto il lenzuolo il poco che era rimasto della rigogliosa erezione di poco prima.

Le donne non fecero niente per coprirsi alla presenza dei due sconosciuti armati fino ai denti.

«Siete qui di vostra volontà?» chiese Romano.

«Puoi scommetterci, dolcezza» rispose una delle tre, che aveva un seno così abbondante da nasconderle quasi completamente l'addome. «Vuoi partecipare anche tu? Potrei mostrarti quanto so essere volontaria.» Romano arrossì, e tutte e tre le ragazze scoppiarono a ridere.

«Hai un gingillo grosso come quello che hai in mano anche là sotto?» l'apostrofò una delle ragazze.

«Web» chiamò Romano a disagio. «Che cosa ci facciamo qui?»

Giles si avvicinò al fratello. «Mi appello al Primo emendamento, Web. Sarà meglio che ve ne andiate subito, altrimenti trascineremo voi e tutto il Bureau in tribunale e vi terremo sulla graticola per anni spellandovi vivi.»

«Se è tutto in regola come dici, allora perché usate la fattoria come copertura?»

«Dobbiamo pensare ai vicini. Se sanno che cosa facciamo in realtà, ci piantano un sacco di grane. Sono ricchi e conoscono persone potenti nell'amministrazione pubblica che potrebbero renderci la vita un inferno.»

«Noi vogliamo solo essere lasciati in pace per poter praticare la nostra arte» dichiarò Harvey.

«Arte?» ripeté Web. Indicò gli attori nudi. «Scoparsi delle Barbie con le tette pompate su un set da quattro soldi sarebbe arte?»

Una delle ragazze si alzò, tutta nuda. Probabilmente non aveva nemmeno vent'anni. «Perché tu chi ti credi di essere?»

«Senza offesa, signorina, ma a me piace dire pane al pane e vino al vino.»

«Tu non sai nemmeno di che cosa stai parlando.»

«Sì, ha ragione, e scommetto che sua madre è davvero orgogliosa di lei, vero?» ribatté Web.

Harvey gli posò una mano sulla spalla. «Senti, Web, ribadisco che qui è tutto in regola. Paghiamo le tasse, abbiamo tutti i libri contabili. Guarda tu stesso. Noi ce ne stiamo qui buoni buoni. Io e mio fratello abbiamo fatto questo lavoro per trent'anni in California.»

«E allora perché siete venuti qui?»

«Perché qui la campagna è splendida e non ne potevamo più di Los Angeles» rispose Giles.

Romano guardò gli attori. «Dubito che quelli lì si siano goduti molto il panorama.»

«Noi non vogliamo guai, Web» riprese Harvey. «Come ho detto, se finiamo in tribunale vinceremo senz'altro. Ma noi non vogliamo andare in tribunale. Non facciamo male a nessuno. Per quanto non vogliano ammetterlo, sono molti quelli che comprano i nostri prodotti. E non si tratta solo di gente con gusti strani, sai? Ci sono anche madri e padri di buona famiglia. Sai come si dice, no? Il sesso fa bene all'anima e guardare dei professionisti che fanno sesso fa ancora meglio.»

«È fantasia, nient'altro che fantasia» fece eco Giles. «Noi ci limitiamo a dare alla gente quello che vuole.»

«D'accordo, d'accordo, ho capito.» Per forza i fratelli sbavavano davanti a Gwen Canfield. Chissà che cosa avrebbero dato per averla in una delle loro produzioni.

«Sentite, c'è niente che possiamo fare per voi?» si offrì Harvey. «Per ringraziarvi, come dire, di non aver fatto scoppiare uno scandalo.»

«Tanto per mettere le cose in chiaro, Harv, controllerò di certo. E se mi hai cacciato delle balle, se solo uno di questi tuoi cosiddetti attori è minorenne, torno qui. E se ti viene in mente di tagliare la corda nel frattempo, non ci provare, perché vi faremo sorvegliare.»

«D'accordo, mi sembra giusto.»

«E adesso vediamo quello che puoi fare per me.»

«Ti ascolto.»

«Smettila di passare con i tuoi velivoli su East Winds. Dai fastidio ad alcuni miei amici.»

Harvey gli porse la mano. «Hai la mia parola.»

Web non gliela strinse. Guardò invece le ragazze. «E voi signorine avete tutta la mia solidarietà.»

Romano e Web si avviarono all'uscita accompagnati da qualche risata.

«Questa sì che è stata una missione di straordinario successo» commentò Romano.

«Chiudi il becco, Paulie» lo ammonì Web.

Prima di rientrare nel bosco, Web deviò in direzione dell'uomo che aveva visto poco prima vicino al rimorchio. Indossava abiti da lavoro. Parve allarmarsi quando vide le armi dei due agenti, ma si tranquillizzò dopo che Romano gli ebbe mostrato il distintivo.

«Sentite, io voglio restarne fuori» si affrettò a dire. «È stata una stupidaggine venire a lavorare per questa gente.»

«Immagino che lei faccia parte della copertura, giusto?»

L'uomo, che era sulla cinquantina, rivolse lo sguardo in direzione del magazzino, o per meglio dire dello studio cinematografico. «Ci sono molte cose da coprire qua attorno. Se la mia povera moglie fosse ancora tra noi, mi scuoierebbe vivo, ma mi pagano il doppio del salario normale.»

«Avrebbe dovuto sentire odore di bruciato» lo rimproverò Web.

«Lo so, lo so, ma a tutti fa comodo qualche spicciolo in più e io è un pezzo che mi rompo la schiena. Anche troppo.»

Web guardò nel rimorchio. L'uomo aveva appena caricato un cavallo.

«Va da qualche parte?»

«Sì, devo fare un viaggio piuttosto lungo. Vado a vendere quell'animale. Devo far credere che qui sappiamo quello che facciamo. Ma quel puledro è davvero in gamba.»

Web si avvicinò di più. «Davvero? Mi sembra un po' basso.»

L'uomo lo guardò come se fosse matto. «Basso? È alto un metro e cinquanta. Non è poco per un puledro di un anno.»

Web guardò dentro il rimorchio. Sopra la testa del cavallo c'era uno spazio libero di mezzo metro. Si girò. «Ma questo rimorchio è speciale?»

«Come sarebbe a dire "speciale"?»

«Parlo delle dimensioni. È più alto del normale?»

«No, questo è un normalissimo Townsmand di dimensioni standard.»

«Questo è standard? E quel cavallo è alto un metro e cinquanta? È sicuro»

«Santo cielo, è il mio mestiere.»

Web illuminò l'interno del rimorchio con la torcia.

«Se questo è un rimorchio standard, come mai là sotto non ci sono gli stipi per l'attrezzatura?»

L'uomo allungò il collo per vedere dove stava indicando Web con il fascio di luce della torcia. «Be', per prima cosa, figliolo, non si mette niente dove un cavallo potrebbe urtare con le zampe; una botta a una zampa e addio vendita.»

«Si possono mettere delle imbottiture» replicò Web.

«E in secondo luogo...» continuò indicandogli il gavone esterno dov'erano riposti finimenti, medicinali, corde, coperte e altro ancora. «In secondo luogo là c'è tutto il posto che si vuole per l'attrezzatura, dunque perché mettere qualcosa all'interno con il rischio che il cavallo si faccia male alle zampe?» Poi tornò a guardare Web come se stesse parlando a un ritardato.

Web non lo stava più ascoltando perché nella sua mente stava elaborando un'ipotesi che, se confermata, avrebbe gettato nuova luce su quanto era avvenuto. Si frugò in tasca e prese alcune foto che aveva conservato in una busta, foto che gli aveva dato Bates. Ne scelse una e la illuminò mostrandola a Romano. «Il tizio a cui hai consegnato il bambino quella notte...» disse. «È questo per caso? Immaginatelo con i capelli biondi tagliati corti, non rasato. So che è difficile identificarlo perché aveva gli occhiali scuri. Ma tu provaci.»

Romano studiò la foto, poi si girò a guardare Web a bocca aperta. «Credo che sia lui.»

Web partì immediatamente di corsa in direzione degli alberi e Romano gli fu subito dietro.

«Che cosa ti ha preso?»

Web non rispose. Continuò a correre.

53

La porta del locale sotterraneo si aprì ed entrò Nemo Strait. Claire e Kevin erano ammanettati a un anello imbullonato alla parete e avevano le gambe legate. Strait aveva ordinato che fossero imbavagliati, ma non bendati. «Hai visto troppo, dottoressa» aveva spiegato a Claire. «Ma ormai non ha importanza.» Il significato sinistro di quelle parole le aveva provocato un brivido freddo.

Alle spalle di Strait entrarono degli uomini con in mano coperte e funi.

Claire cercò di chiamare aiuto, ma il bavaglio le consentiva solo di emettere suoni strozzati. Lottò invano contro gli uomini. Kevin si limitò a guardare in silenzio i suoi sequestratori, come se avesse accettato il suo destino.

«Sbrighiamoci» disse Nemo Strait. «Non abbiamo tutta la notte e c'è molto da fare.» Accarezzò affettuosamente i capelli del bambino mentre veniva portato fuori.

Web controllò dentro tutte le finestre sul retro dell'abitazione di Nemo Strait. Davanti alla casa non c'era il suo fuoristrada, ma Web non voleva correre rischi. Romano stava ispezionando dall'altra parte. Al termine Romano scosse la testa. «Niente. Qui è vuoto.»

«Non per molto» ribatté Web.

In venti secondi aveva fatto scattare la serratura sul retro e furono dentro. Perquisirono accuratamente tutta l'abitazione e arrivarono alla camera da letto.

«Che cosa stiamo cercando?»

Web era nel guardaroba e non rispose subito. Pochi istanti dopo uscì con una vecchia scatola da scarpe. «Forse lo sapremo guardando qui dentro.»

Si sedette vicino al letto e cominciò a esaminare alcune vecchie foto. Ne prese una. «Ecco. Ricordi che Strait ha detto che, di ritorno dal Vietnam, aveva fatto il secondino in un riformatorio?»

«E allora?»

«Allora indovina chi era detenuto nello stesso carcere giovanile per aver aperto la zucca della nonna con una mannaia? Ho visto il fascicolo quando mi sono incontrato con Bates al WFO.»

«Di chi stai parlando?»

«Di Clyde Macy. Quello della foto che ti ho mostrato. Quello che si è fatto passare per un agente dell'FBI. Perché poi non te l'ho mostrata prima, non lo capisco. Adesso sono pronto a scommettere che se controllassimo le date, risulterebbe che Macy e Strait erano in quel carcere nello stesso periodo.»

«Ma poi Macy è entrato nella Free Society.»

«E forse Strait lo ha trovato e convinto a lavorare per lui.»

«Ma tu hai detto che Macy faceva il sicario per Westbrook.»

«Io credo che Macy sia soprattutto uno psicopatico con l'ambizione di fare il poliziotto. Credo che si sia infiltrato nell'organizzazione di Westbrook per conto di Strait.»

«Strait?»

«Strait sta allargando la sua attività nel commercio di Oxycontin. Usa i rimorchi dei cavalli per trasportare la droga. Quello che abbiamo visto a Southern Belle mi ha aperto gli occhi. Strait usa un Townsmand uguale a quello, ma chissà perché all'interno è molto più basso. La verità è che ha fatto costruire un doppio fondo, creando un'intercapedine in cui nascondere la merce. È per questo che sul suo rimorchio il cavallo tocca il soffitto con la testa. In più ha fatto installare altri contenitori per aumentare ulteriormente lo spazio di carico. E le multe? Macy non stava andando a Southern Belle, stava venendo qui. E scommetto che è stato lui a scoprire che Toona passava informazioni a Cove. Se ne è servito per architettare la trappola contro di noi e poi l'ha detto a Westbrook, che ha ucciso Toona.»

«Pensi che possa essere stato Macy a sparare i primi colpi al quartier generale della Free Society?»

«Sì, e dev'essere stato lui a piazzare la partita di farmaci e le altre prove incriminanti a nostro uso e consumo. E sicuramente sarà stato lui a rubare il camion noleggiato da Silas. Scommetto anche che è stato lui a uccidere Chris Miller davanti alla casa di Cove. Strait poi è un ex militare e probabilmente sapeva come trovare quelle mitragliatrici e ha le nozioni sufficienti per confezionare bombe.»

«Ma questo significa che hanno organizzato insieme la trappola in cui è caduta la Charlie. Perché?»

Mentre parlava Web aveva continuato a passare in rassegna le fotografie e in quel momento si fermò a fissarne una. «Figlio di puttana…»

«Chi?»

Web gliela mostrò. C'era Strait in divisa, ai tempi del Vietnam. Accanto a lui stava un uomo che Romano non poteva riconoscere, ma che Web conosceva benissimo. Sebbene fosse molto più giovane, non era cambiato molto.

«Ed O'Bannon. È lui lo psichiatra militare che aiutò Strait dopo la sua fuga dal Vietnam.»

«Gesù.»

«E questo significa che sono stati loro a prendere Claire e persino Kevin. Li avranno nascosti da qualche parte qui attorno. La fattoria è il luogo perfetto.»

«Continuo a non capire, Web. Perché Strait, O'Bannon e Macy hanno voluto sterminare la Charlie Team? Non ha senso.»

Per quanto si sforzasse Web non riusciva a trovare una risposta plausibile. Almeno finché non abbassò lo sguardo sul pavimento. Allora posò la scatola e si piegò lentamente per raccogliere l'oggetto che spuntava appena da sotto il letto, dov'era caduto.

Si rialzò tenendo fra due dita la cavigliera e la illuminò con la torcia. Ma sapeva già a chi apparteneva. Disfò il letto strappando via coperta e lenzuola ed esaminò i guanciali con attenzione. Gli ci volle un attimo per trovare i lunghi capelli biondi.

Si girò verso Romano con un'espressione di pietra. «Gwen.»

Il rimorchio era stato avvicinato al locale di servizio della piscina. La rampa era abbassata e uno degli uomini di Strait aveva tolto il fascione di metallo che nascondeva il doppio fondo, un'intercapedine abbastanza spaziosa da contenere un notevole quantitativo di pillole… e anche i corpi di una donna e un bambino.

Strait dirigeva le operazioni di trasferimento di Claire e Kevin, che lottavano con tutte le loro forze e facevano rumore… troppo rumore.

«Aprite la vasca» ordinò. «Sarà più facile se prima li affoghiamo. Così non dobbiamo sparargli; sarà un lavoretto più pulito.»

Strait aprì la copertura della vasca mentre i suoi uomini cominciarono a liberare parzialmente Claire e Kevin da legacci e coperte e a trascinarli verso l'acqua.

Fu allora che si udì la voce.

«Che cosa diavolo state facendo?»

Strait e i suoi si voltarono. Gwen impugnava una pistola.

«Ehi, Gwen, come mai in piedi?» domandò Strait come se nulla fosse.

«Chi sono quei due, Nemo?» chiese lei.

«Un paio di problemucci di cui mi devo sbarazzare. Poi potremo metterci in marcia verso il tramonto.»

«Avete intenzione di ucciderli?»

«No, ho intenzione di lasciare che depongano in tribunale contro di me e mi facciano condannare a morte.»

Alcuni degli uomini risero. Strait si avvicinò a Gwen.

«Voglio farti una domanda, Gwen. Tu hai detto che ti saresti occupata di London, ma l'ho visto partire da qui oggi e mi è sembrato che respirasse regolarmente.»

«Ho cambiato idea.»

«Oh, ma guarda, hai cambiato idea. Vuoi dire che ti sei fatta prendere dalla fifa. Me l'aspettavo. Quando si viene al dunque, Gwen, non hai abbastanza fegato. È per questo che hai bisogno di uomini come me.»

«Voglio che tu te ne vada. Ora. Con tutta la tua gente.»

«È quello che intendo fare, tranquilla.»

«No, voglio dire che ve ne andate senza risolvere i vostri "problemucci".»

Strait le sorrise. «Oh, ma tesoro, sai che non posso.»

«Ti do un vantaggio di dodici ore prima di lasciarli liberi.»

«E poi? Ci sarebbero molte spiegazioni da dare. Vorresti occupartene tu?»

«Non ti permetterò di ucciderli, Nemo. Ci sono già stati abbastanza morti. Ed è colpa mia. Avevi ragione, avrei dovuto liberarmi del mio odio molto tempo fa, ma ogni volta che ci provavo rivedevo mio figlio morto.»

«Vedi, il guaio è che se li lascio qui e loro parlano, la polizia non smetterà mai di darmi la caccia. Se invece li uccido e me la filo, nessuno saprà mai niente. E fa una grossa differenza, perché quando mi sistemo da qualche parte, mi piace restarci e non ho voglia di passare gli anni della pensione in fuga dall'FBI.»

Rivolse uno sguardo a uno dei suoi uomini, che cominciò a spostarsi alle spalle di Gwen.

Gwen puntò la pistola alla testa di Strait. «Te lo dico per l'ultima volta. Vattene.»

«E la tua parte dei soldi che ho guadagnato con la droga?»

«È roba tua, non voglio entrarci. Penserò io alla polizia. Vattene!»

«Maledizione, donna, che cosa ti ha preso? Hai visto la Madonna o che cosa?»

«Fuori da casa mia, Strait! Ora!»

«Attenta, Gwen!» urlò Web.

La sua voce li colse tutti di sorpresa. L'uomo che ora si trovava dietro Gwen sparò, ma mancò il bersaglio perché lei si chinò reagendo istintivamente alle parole dell'agente.

Non sbagliò invece il fucile di Web, e l'uomo precipitò nella vasca insanguinando l'acqua.

Nemo e gli altri si misero al riparo del rimorchio e aprirono il fuoco da lì, mentre Gwen scompariva tra i cespugli.

Lasciata l'abitazione di Strait, Web e Romano si erano recati alle scuderie, dove Web voleva dare un'occhiata a Comet. Come aveva sospettato, trovò il segno della puntura sulla schiena del cavallo. Gwen aveva avuto intenzione di ucciderlo, ma poi aveva cambiato idea. Per via di quello che lui le aveva confessato? Se così fosse stato, Web rimpianse di non essersi chiarito con lei molti anni prima. Non aveva prove, ma era chiaro che Gwen avesse assoldato Nemo e i suoi per vendicare la morte del figlio.

E che poi fosse stata la freddezza di Billy Canfield a spingerla nel letto di Strait era una questione irrilevante.

Stavano andando alla villa quando avevano udito dei rumori provenire dalla zona della piscina; si erano precipitati da quella parte ed erano giunti in tempo per udire lo scambio di battute tra Gwen e Strait. Adesso erano impegnati in un violento scontro a fuoco e senza la possibilità di chiamare rinforzi. E poi c'era il problema di Claire e Kevin, in mezzo a due fuochi.

Era una circostanza che Strait non mancò di volgere a proprio vantaggio. «Ehi, Web!» chiamò. «Perché non vieni fuori? Ti conviene farlo, se non vuoi che riempia di piombo la donna e il bambino.»

Web e Romano si scambiarono un'occhiata. Strait non sapeva della presenza di Romano, che fece un cenno affermativo e partì verso sinistra. Web si spostò di qualche metro a destra.

«Arrenditi, Nemo, non hai speranze e sta per arrivare la cavalleria.»

«L'hai detto, sono un disperato che non ha più nulla da perdere!» Strait sparò un colpo in direzione di Kevin e Claire e il proiettile passò a pochi centimetri dalla testa di lei.

«Nemo, uccidere altre due persone non ti servirà a nulla!» gridò Web.

Strait rise. «Ma non può nemmeno peggiorare la mia situazione.»

«Va bene, Nemo! C'è solo una cosa che non sono riuscito a capire. Perché hai scambiato i bambini nel vicolo?»

«Cosa? Vuoi che mi rovini con le mie mani?» urlò Strait di rimando e rise di nuovo.

«Guardati intorno, Nemo. Ho già tutte le prove che mi servono.»

«Quindi se ti accontento dirai una buona parola per me al giudice, è così?» Strait rise di nuovo.

«Male non farebbe.»

«Be', Web, nel mio mestiere ci si trova a fare amicizia con individui molto interessanti. E ce n'è uno in particolare che ha obiettivi molto precisi ed è il tipo di persona che è meglio non contrariare. Conviene tenerselo buono, se mi capisci.»

«Clyde Macy?»

«Io non faccio nomi, Web. Non sono una spia.»

«Allora lascia che ti aiuti. Macy ha sempre sognato di fare lo sbirro. Muore dalla voglia di dimostrare quanto è bravo, di vestirsi da agente dell'FBI. Così entra in scena travestito e ci soffia il bambino. Giusto per far vedere che ne è capace.»

«Posso dirti, Web, che saresti un ottimo investigatore.»

«Ma forse tu non eri altrettanto fiducioso. Avevi bisogno di Kevin e non potevi correre il rischio che il tuo piano fallisse solo perché Macy non riusciva nel suo giochetto. Dovevi usare Kevin prima nel vicolo per far ricadere i sospetti su Big F e poi per ricattarlo. Così l'hai sostituito con un altro ragazzino. In questo modo Macy si è tolto la soddisfazione di prendersi gioco del Bureau e tu non hai mai corso il pericolo di perdere Kevin. È così?»

«Mi sa che non lo sapremo mai.»

«Dov'è l'altro bambino?»

«Come ho già detto, temo che non lo sapremo mai.»

Dal walkie-talkie di Web arrivò il segnale. Romano era in posizione.

«È la tua ultima occasione, Nemo!» gridò Web. «Hai cinque secondi per arrenderti.»

Non contò fino a cinque. Aprì il fuoco con l'MP5, crivellando il rimorchio dietro il quale si riparavano Nemo e i suoi uomini.

Gli assediati si buttarono per terra nello stesso momento in cui alle loro spalle arrivava Romano. Uno degli uomini di Strait lo vide e si girò per fare fuoco, ma fu fermato da due proiettili che gli penetrarono nel cranio, appena sopra gli occhi.

«Buttate le armi a terra. Subito!» intimò Romano.

Web lo vide, ma Romano no perché era di spalle: uno sbuffo di condensa che si alzava nell'aria nei pressi del bosco. Condensa che la bassa temperatura faceva uscire dalla canna di un fucile. Era un errore che fa spesso chi sa qualcosa di guerriglia, ma non conosce i piccoli particolari che fanno la differenza tra un dilettante e un professionista. Quando era un tiratore scelto, Web soffiava sulla canna per eliminare la condensa.

«Ore sei, Romano!»

Ma era troppo tardi. La pallottola colpì Romano alla base della spina dorsale e l'impatto lo fece cadere.

«Paulie!» esclamò Web.

Uno degli uomini rotolò per terra uscendo allo scoperto e

puntando la pistola contro Romano, ma Web lo freddò con un colpo di 308. Si appoggiò la MP5 al fianco mentre estraeva la 45.

«Romano!»

Con immenso sollievo lo vide rialzarsi. Sebbene il proiettile fosse penetrato attraverso il suo Kevlar, non era riuscito a superare Link, la terza calibro 45 che lui teneva dietro la schiena in una fondina speciale.

Un'altra pallottola si conficcò a terra vicino a Web, che si tuffò mentre Romano trovava rifugio tra i cespugli. Strait approfittò dell'occasione buona per correre fuori, afferrare Claire e trascinarla sul furgone al quale era agganciato il rimorchio.

Web vide la manovra e sparò alle ruote. Con un'imprecazione, Strait portò via Claire trascinandola nell'oscurità.

«Paulie» chiamò Web parlando al walkie-talkie. «Paulie, stai bene?» Trascorsero alcuni secondi di ansia durante i quali non udì niente. Poi Romano finalmente rispose con una voce un po' tremante, ma lo spirito era quello solito. «Quel deficiente che mi ha sparato non sa un cazzo di balistica. Ha mirato troppo in basso.»

«Buon per te. Ho visto la condensa della canna quand'era troppo tardi. Scommetto che là fuori c'è Macy. Strait ha preso Claire. Io vado a cercarli. Kevin Westbrook è ancora alla piscina.»

«Qui penso a tutto io, Web.»

«Sicuro?»

«Che diamine, sono solo quattro contro uno. Fila.»

Web chiuse la comunicazione e si lanciò sulle tracce di Strait e Claire.

Romano aveva perso il suo MP5 e il fucile di precisione non sarebbe stato molto efficace a una distanza così ravvicinata. Estrasse le sue calibro 45 e, prendendo a prestito il rituale di Web, ne accarezzò una come gesto portafortuna. A dispetto della spavalderia dimostrata poco prima, quattro contro uno non era una situazione incoraggiante, senza contare il cecchino che lo aveva colpito. Tenendosi dietro i cespugli, girò intorno alla zona della piscina. Partì qualche colpo, ma lui non rispose al fuoco, perché stavano sparando alla cieca e dalle fiammate poteva individuare dove fossero i suoi avversari. Continuò ad avanzare prendendo debitamente nota delle varie posizioni. Aveva a che fare con dei dilettanti, ma anche ai dilettanti può capitare un colpo fortunato, soprattutto quando sono in superiorità numerica. Finalmente scorse il bambino vicino alla vasca. Era immobile e Romano stava già pensando che fosse rimasto ferito, quando lo vide alzare leggermente la testa. Si munì allora degli occhiali per la visione notturna e capì finalmente qual era il problema di Kevin: aveva le gambe ancora legate.

Romano ripartì, questa volta allontanandosi dai suoi nemici. Voleva guadagnare una certa distanza per poter usare il fucile. Con il mirino a raggi infrarossi aveva bisogno solo di uno spicchio minuscolo di testa per andare a bersaglio. Il suo piano era da manuale: individuare le armi del nemico dal calore che emanavano, spostarsi continuamente, attaccarli su un fianco, ucciderne uno o due e seminare il panico tra i superstiti inducendoli ad arrendersi o a cercare di fuggire per colpirli con il fucile di precisione.

«Ehi, Romano» lo apostrofò una voce. «Vieni fuori ora e senza fucile.»

Romano tacque. Stava cercando di stabilire con precisione da dove venisse la voce per poterla mettere a tacere. Gli era sembrato di riconoscere il mozzo di stalla che aveva atterrato il primo giorno alla fattoria, ma non ne era certo.

«Romano, spero che tu mi stia ascoltando. Perché hai cinque secondi per venire fuori o pianto una pallottola nella testa del ragazzino.»

Romano imprecò sommessamente mentre si avvicinava alla fonte della voce. Per nessuna cosa al mondo avrebbe lasciato morire quel bambino, ma se fosse uscito allo scoperto, avrebbero perso la vita entrambi, lui e Kevin Westbrook. Sapendo che sarebbe stato inutile ubbidire, la sua unica alternativa era di ucciderli tutti prima che Kevin fosse sacrificato, per quanto l'impresa fosse difficile.

«Scusami, figliolo» mormorò mentre avanzava e prendeva posizione per sparare.

L'uomo che gli aveva parlato era veramente quello con cui si era scontrato alle scuderie. Veniva avanti strisciando, con una pistola in pugno. Si fermò, contò mentalmente fino a cinque e chiamò di nuovo. «Ultima possibilità, HRT.» Attese un momento, si alzò e, rimanendo al riparo dei cespugli, mirò alla testa di

Kevin Westbrook. Non era un abile tiratore, ma per quell'esecuzione non ci sarebbe stato bisogno di una grande esperienza.

Un istante dopo, travolto dalla massa enorme che gli piombò addosso dal nulla, rovinò a terra vicino al bordo della piscina, completamente senza fiato. Il suo aggressore raggiunse Kevin in due rapide falcate, lo sollevò da terra e lo strinse sotto il braccio enorme. Poi Francis Westbrook sparì nella notte con suo figlio, lasciandosi dietro una raffica di colpi di pistola.

Un altro individuo uscì dall'oscurità puntando un'arma alla schiena di Westbrook. Stava per premere il grilletto quando Romano lo uccise con un colpo alla testa. Romano non sapeva che il gigante era Francis Westbrook, ma non sarebbe rimasto immobile a guardare una di quelle canaglie sparare a un uomo alle spalle. Avendo salvato la vita al gigante, però, aveva rivelato la propria posizione. Un colpo lo raggiunse a una gamba e, prima che riuscisse a mettersi in salvo, si trovò circondato. Tre uomini lo trasportarono ai bordi della vasca e lo lasciarono cadere sul selciato.

«Scarsi questi guerrieri dell'HRT» commentò uno dei tre. Romano cominciò a irritarsi.

«Sparagli in quella testa di cazzo» disse un altro. E Romano sentì che il sangue gli stava salendo alla testa.

«Io dico che dobbiamo tenerlo sott'acqua e annegarlo piano piano.»

L'ultimo a parlare era quello che Westbrook aveva scaraventato a terra e a cui lui aveva dato una piccola lezione il primo giorno a East Winds. Respirava ancora con affanno e aveva del sangue intorno al naso.

«Tu che ne dici, Romano?» gli chiese toccandolo nel fianco con la punta dello stivale.

«Mi sembra una buona idea» rispose Romano. Poi, come un fulmine, si lanciò su di lui affondandogli un pugno nel ventre flaccido e precipitarono insieme in acqua. Romano riempì d'aria i polmoni e trascinò con sé la sua vittima verso il fondo. Gli altri due reagirono come aveva previsto. Spararono nell'acqua. Ma le pallottole perdevano efficacia prima di arrivare fino a lui.

Poi uno dei due ebbe un'idea che gli sembrava brillante e corse ad azionare il meccanismo che copriva la vasca. Intanto, sott'acqua, Romano estrasse uno dei suoi pugnali e tagliò la

gola all'avversario. Il sangue si sparse salendo verso la superficie. Romano afferrò il cadavere per le gambe e lo spinse al-
l'insù facendogli sbattere la testa contro la copertura, come se
stesse cercando di emergere per prendere fiato. Udì allora
quello che aveva sperato: spari che miravano alla testa. Ritirò
giù il cadavere, si spostò di qualche metro e lo spinse ancora
verso l'alto. Di nuovo spararono al morto, sollevando piccoli
spruzzi d'acqua tutto attorno. Ora erano senza dubbio convinti di averlo ucciso, o almeno così si augurava: da quell'errore dipendeva la sua sopravvivenza.

Mandò il corpo a fondo e lo abbandonò nell'acqua; lo vide
scendere lentamente e adagiarsi accanto a quello che lo aveva
preceduto, l'uomo che Web aveva ucciso. A questo punto Romano si liberò dell'aria che ancora gli restava nei polmoni, si
diede una spinta verso l'alto e andò ad agganciare il braccio al
filtro del bocchettone per il ricambio dell'acqua, come se ci fosse rimasto impigliato dopo che lo avevano ucciso sparandogli
alla testa. Mentre la copertura veniva tolta, sperò che i suoi avversari non si rendessero conto dell'incongruenza: un cadavere
che galleggiava e gli altri due sdraiati sul fondo. Se avessero
aperto il fuoco in quel momento, era spacciato. Ma ebbe fortuna. La copertura lo trascinò per qualche centimetro, ma lui non
mosse un muscolo. Non ancora. Quando le mani lo afferrarono
sotto le ascelle per tirarlo fuori, continuò a restare immobile. Lo
posarono a faccia in giù di fianco alla vasca. Poi le sentì. Le
sentì lui e le sentirono i suoi due avversari. Le sirene. Qualcuno
aveva chiamato la polizia.

«Filiamocela» disse uno dei due.

Furono le sue ultime parole. Romano balzò in piedi e li
colpì entrambi al petto con i due coltelli che teneva nascosti
nelle maniche. Le lame affondarono fino all'impugnatura.

Piombarono nell'acqua con gli occhi sgranati. Romano guardò
il campo di battaglia, poi si strappò la camicia, spezzò un ramo-
scello e confezionò un laccio emostatico con cui fermare l'emor-
ragia dalla ferita alla gamba. Quindi ripescò Link, la pistola che
aveva fermato il proiettile diretto alla sua colonna vertebrale. Se
la rigirò nella mano. Il colpo l'aveva resa inutilizzabile.

«Merda» disse.

54

Web inseguiva Strait e Claire aiutandosi di tanto in tanto con gli occhiali per la visione notturna, ma dove si trovava l'oscurità era totale e persino uno strumento così sofisticato aveva bisogno di un minimo di luce per poter funzionare a dovere. Si affidava comunque più all'udito che alla vista, ma non osava sparare perché avrebbe potuto facilmente colpire Claire.

Nei pressi della casa delle scimmie rallentò e quando vide apparire la sagoma della costruzione si fermò. Era già sinistra di giorno, ma di notte metteva i brividi. Il problema era che, se Strait si fosse appostato là dentro e lui fosse passato oltre senza controllare, sarebbe potuto cadere in un'imboscata.

Avanzò quindi stringendo il suo MP5. Entrò dal lato sud camminando sui detriti sparsi sul pavimento di quell'antica prigione di animali. Fasci di luce lunare rischiaravano l'interno della costruzione passando dagli squarci nel tetto. Il chiarore irreale che imbiancava a intervalli regolari le vecchie gabbie metteva a dura prova persino i nervi saldi di Web.

Muoversi lì dentro senza fare rumore era impossibile e lo sguardo di Web andava in tutte le direzioni nella speranza di cogliere qualche segnale e avere il tempo necessario per salvare la propria vita e quella di Claire. E non doveva prestare attenzione solo a Strait, perché nei paraggi c'era anche Macy, con le sue inquietanti conoscenze di tattica militare.

S'accovacciò di scatto quando udì uno scricchiolio alla sua sinistra. Con gli occhiali scrutò una gabbia dopo l'altra e guardò anche sopra di sé, dove c'era una passerella. Fu allora che udì il grido strozzato.

Rotolò su se stesso e il proiettile si conficcò nel suolo. Balzò in piedi pronto a sparare. Gli era sembrato di riconoscere la voce di Claire, pochi istanti prima. Poi udì dei fruscii all'altra estremità del laboratorio, seguiti dallo scalpiccio di passi in corsa. Stava per lanciarsi all'inseguimento, quando notò quel particolare che lo aveva già salvato una volta: la condensa di una canna di fucile. Si abbassò prima che il colpo partisse e il proiettile rimbalzò sibilando su una delle gabbie e s'infilò in un muro.

Buono a sapersi: se quello era Macy, ancora non si era reso conto del suo errore.

Scaricò una raffica nella direzione da cui era venuto lo sparo, facendo schizzare nell'aria pezzi di metallo e detriti. Quando si fermò per inserire un caricatore nuovo, sentì un altro paio di piedi in fuga. Si lanciò fuori per riprendere l'inseguimento, ben felice di lasciarsi alle spalle la casa delle scimmie.

Aveva l'impressione di guadagnare terreno, quando avvertì la presenza di qualcosa sulla sua sinistra e si tuffò di nuovo a terra. Il proiettile si conficcò in un albero appena dietro di lui.

Colpo di fucile, non di pistola. Era di nuovo Macy, allora, e non Strait. Era rimasto probabilmente indietro per coprire le spalle al suo capo. «Il dilettante contro il professionista» mormorò Web. «Va bene, vediamo come va a finire.»

Web era rimasto assolutamente immobile. In uno scontro a due, il primo dei contendenti che si fosse mosso si sarebbe reso fatalmente visibile. Per questo aveva imparato a rimanere sdraiato come morto in attesa di uccidere il suo avversario. Era in grado di rallentare le pulsazioni e persino di controllare la vescica per poter restare a lungo senza dover orinare. Era come un anaconda nascosto nell'erba in attesa del giaguaro. Quando il felino arrivava, il serpente lo aggrediva uccidendolo.

Durante l'attesa si domandò come avesse fatto Macy a stargli dietro. Poi cominciò a fare ipotesi sul suo armamento. Bates gli aveva fornito qualche informazione supplementare sull'attacco al quartier generale della Free Society. Dal muro erano stati prelevati due colpi calibro 308. Se Macy disponeva delle stesse armi in dotazione all'HRT, era possibile che avesse un equipaggiamento simile al suo. Ricordò la fotografia di Macy in tenuta paramilitare. Sì, c'era indubbiamente una certa dose di fanatismo militaresco in quell'uomo.

Strisciò sul ventre senza quasi fare rumore. C'era qualcosa che voleva stabilire e il modo migliore era tradendo la sua posizione.

Quando sentì il colpo di fucile, ebbe la conferma che cercava. Anche Macy aveva un mirino a raggi infrarossi.

Si mise gli occhiali per la visione notturna e scrutò la zona. Fu allora che lo vide. Solo per un istante, ma gli bastò. Gli bastava sempre.

Clyde Macy era soddisfatto della sua strategia. Sapeva che gli uomini dell'HRT erano molto abili, ma aveva sempre sospettato che fossero sopravvalutati. Del resto ne aveva avuto la riprova quando aveva penetrato il cordone di sicurezza che il Bureau aveva stretto intorno al quartier generale dei Free. E ne aveva colpito uno alla piscina, forse solo ferito, ma intanto lo aveva centrato. Quando Strait era scappato con Claire, Macy, come ogni leale luogotenente che si rispetti, lo aveva seguito per coprirgli le spalle. Strait era stato buono con lui, accogliendolo sotto la sua ala al carcere. E quando Macy, uscito dal riformatorio, si era lasciato irretire dai Free, era stato di nuovo Strait che, dopo averlo rintracciato, lo aveva convinto a lasciare quel branco di dilettanti. Il fiasco dell'operazione di Richmond gli aveva aperto gli occhi. "E poi" aveva sottolineato Strait "non ti pagano un centesimo aspettandosi invece che tu metta a loro disposizione tutto te stesso. Per che cosa? Per il privilegio di frequentare una manica di idioti."

E lui aveva seguito i suoi buoni consigli e aveva lavorato con Strait per alcuni anni. L'operazione attualmente in corso era stata la più redditizia. Avevano messo insieme una fortuna smerciando droga e Macy aveva avuto persino l'occasione di giocare un brutto scherzo alla Free Society. Quel tiro mancino ai danni loro e l'omicidio del vecchio Twan erano stati i momenti più esaltanti della sua nuova carriera. Ora che i loro piani stavano sfumando alla stessa velocità con cui le sirene si avvicinavano, gli restava un ultimo obiettivo. Uccidere London. Avrebbe dimostrato così la sua evidente superiorità. In un certo senso si era preparato per tutta la vita a quel momento.

Si infilò gli occhiali per la visione notturna, li attivò ed esaminò la zona dove aveva visto London per l'ultima volta. La sua decantata professionalità lasciava alquanto a desiderare, se aveva cominciato a muoversi in quel modo. Era troppo sicuro di sé e tutt'a un tratto si trovava ad affrontare un nemico più abile di lui. E adesso era venuto il momento della resa dei conti. Stava formulando quel pensiero, quando inquadrò un raggio verde. Per un secondo rimase attonito, perché non sapeva che cosa fosse. Poi si rese conto che doveva essere un riflesso del visore di London. Prese la mira, e posò il dito sul grilletto. Rimase perfettamente immobile. Poi fece fuoco. Il suo proiettile centrò in pieno la fonte del raggio, che si spense. Fu solo allora che Macy si rese conto che il suo visore, regolato alla massima potenza, produceva un raggio sicuramente identico. Ma era appena riuscito a uccidere London. Era stato una frazione di secondo più veloce e per questo ora lui era vivo e London no.

Prima che Macy potesse riprendere a respirare, il proiettile lo colpì al centro della fronte. Per un microsecondo la sua mente non reagì al fatto che metà della sua testa non c'era più. Poi il fucile gli scivolò dalle mani e Clyde Macy piombò a terra.

Web si alzò da dietro una piccola berma appena a sinistra dello spuntone di legno a cui aveva appeso il suo visore notturno regolato sulla massima potenza. Non aveva avuto bisogno di vedere il raggio verde emesso dallo stesso strumento in dotazione a Macy. Appena lui aveva fatto fuoco su quella che credeva fosse la testa di Web, la fiammata aveva tradito la sua posizione. Un attimo dopo era tutto finito. Risultato finale: professionista, uno; dilettante, zero.

Non ebbe tempo di riflettere sul suo successo perché il rumore di passi nel sottobosco lo costrinse a tuffarsi di nuovo per terra puntando il suo 308. Quando i due sbucarono dagli alberi, esitò per un momento, poi si alzò sulle ginocchia e puntò l'arma al petto dell'uomo.

«Metti giù la pistola Francis!»

Westbrook trasecolò e si guardò attorno nel buio. Attraverso il mirino Web vide distintamente il gigante spingere Kevin dietro di sé per fargli scudo con il proprio corpo.

«Sono Web London, Francis. Metti giù quella pistola. Subito!»

«Resta dietro di me, Kevin» disse Westbrook indietreggiando nella direzione opposta rispetto a quella da cui era venuta la voce di Web.

«Per l'ultima volta, Francis, butta a terra la pistola e poi mettiti giù anche tu. Oppure ti metto giù io.»

«Porto Kevin via da qui, Web. Solo questo voglio fare. Nessun problema, nessun problema.»

Web mirò a un ramo tre metri sopra la testa di Westbrook. Il ramo, spezzato di netto in due, cadde dietro di loro. Era il primo colpo di avvertimento che Web sparava in tutta la carriera. Kevin lanciò un grido, ma Westbrook non reagì, continuando a indietreggiare. Poi fece una cosa sorprendente: lasciò cadere la pistola e si caricò Kevin sulle spalle. Quindi riprese a retrocedere.

«Nessun problema, HRT. Me ne vado. Ho ancora una cosa da fare.»

Web sparò un altro colpo per terra, alla sua sinistra: un secondo avvertimento. Che cosa diavolo gli aveva preso? Spara a quell'uomo. È un criminale. Un assassino.

«Nessun problema» ripeteva Westbrook. «Vado via e porto via il ragazzo con me.»

Questa volta Web mirò alla testa. Poi si rese conto che, dato il tipo di munizione che stava usando, non avrebbe potuto fare fuoco su Westbrook, perché il proiettile avrebbe trapassato il gigante e colpito Kevin. Avrebbe potuto sparargli alle gambe per fermarlo. Allora cambiò posizione preparandosi a farlo, quando udì Kevin.

«Ti prego, non sparare a mio fratello! Ti prego. Mi sta solo aiutando.»

Nel mirino telescopico Web vedeva il viso del ragazzino accanto a quello del padre. Era aggrappato con entrambe le braccia al collo taurino del genitore, con gli occhi pieni di terrore, le lacrime che gli rigavano le guance. Francis Westbrook era calmo, come se fosse pronto ad affrontare la morte. Web ricordò tutte le ferite che aveva sull'addome. Evidentemente l'aveva già vista in faccia più di una volta. Il suo indice sfiorò il grilletto. Se lo avesse ferito a una gamba, Kevin avrebbe potuto almeno andarlo a trovare in prigione. Era la cosa giusta da fare. Lui era un poliziotto. Quell'uomo era un criminale. Così funzionavano le cose. Non c'erano eccezioni. Non c'era niente da decidere. C'era solo da sparare.

Ma mentre passavano i minuti padre e figlio si inoltravano sempre più nel fitto del bosco. L'indice di Web si allontanò dal grilletto. «Portalo a casa sua, Francis!» gridò. «E poi è meglio che ti metti a correre come un demonio, perché quanto è vero Iddio verrò a cercarti, figlio di un cane!»

55

Anche Strait aveva sentito le sirene e non riusciva a credere come le cose fossero precipitate così velocemente. Era la storia della sua vita. Puntò la pistola alla testa di Claire e le sciolse il bavaglio. L'aveva già slegata per potersela portare dietro.

«Ho paura che tu sarai il mio lasciapassare per uscire di qui, cara signora. E potrebbe anche non essere sufficiente. Ma perché non ti faccia delle illusioni, se si mette male per me, io sparo a te.»

«Perché?»

«Perché sono incazzato, ecco perché. Perché mi sono fatto un culo così per niente, ecco perché. E adesso andiamo.» La strattonò trascinandola verso le scuderie. C'erano degli automezzi che forse avrebbe potuto usare per scappare dalla fattoria. Si stavano avvicinando da est e quando vide il tetto del grande fienile, sorrise soddisfatto. La tenuta era grande e la struttura complessa: niente di più facile che sgattaiolare via da dietro mentre gli sbirri arrivavano dal lato opposto. Prima che ci capissero qualcosa, avrebbe avuto tutto il tempo per abbandonare il furgone, passare dal piccolo rifugio che aveva allestito per un'emergenza come quella attuale e far perdere le sue tracce prendendo il largo non con tutto il gruzzolo, ma comunque con una buona parte.

Superarono un dislivello e scesero verso le scuderie. L'uomo emerse dalle tenebre. Lì per lì Strait pensò che fosse Macy, ma poi le nuvole passarono e la luna illuminò il volto di Billy Canfield. Aveva un fucile da caccia in mano. Strait si spostò immediatamente dietro Claire, puntandole la pistola alla testa.

«Togliti di mezzo» ordinò al suo ex principale. «Non ho tempo per te.»

«Come mai? Perché stanno arrivando gli sbirri? Perché guarda che stanno arrivando, sì, li ho chiamati io.»

Strait scosse la testa con un ghigno malvagio. «E perché l'avresti fatto?»

«Non so che cosa diavolo hai combinato qui alla mia fattoria, ma so che andavi a letto con mia moglie. Pensavi che fossi un imbecille?»

«Be', qualcuno doveva pure scoparsela, Billy, dato che non lo facevi tu.»

«Questi sono affari miei» tuonò Canfield. «Non tuoi.»

«Oh, anche miei, stanne certo, e lascia che ti dica che sono stati affari molto gradevoli. Non sai che cosa ti sei perso, vecchio mio.»

Canfield alzò il fucile.

«Sì, spara pure, Billy, chissà che bella rosa di pallettoni fa quel tuo gingillo, di sicuro abbastanza larga da ammazzare anche la signora qui presente.»

Si guardarono per un po' in silenzio prima che Strait si rendesse conto del vantaggio che aveva.

Sempre facendosi scudo con Claire, puntò la pistola su di lui preparandosi a fare fuoco.

«Billy!»

Strait si girò in tempo per vedere Gwen che arrivava in sella a Baron. Gridò, spinse via Claire e sparò due colpi in rapida successione. Poi una pallottola lo colpì alla testa facendolo stramazzare come un sasso.

Dal bosco era sbucato Web, aveva capito la situazione in pochi istanti e aveva fatto fuoco. Baron si impennò e quando atterrò piantò gli zoccoli anteriori nel corpo di Strait.

Web fu subito da Claire. Non perse tempo a controllare Strait, sapeva che era morto.

«Tutto bene?» chiese alla donna.

Lei annuì, si mise a sedere e cominciò a piangere. Web la prese tra le braccia, poi si accorse che Billy Canfield si stava chinando su una sagoma scura. Lo vide cadere sulle ginocchia. Allora si alzò e lo raggiunse. Per terra, Gwen aveva il petto coperto da una macchia di sangue: una delle due pallottole esplose da Strait aveva raggiunto l'obiettivo.

Gwen alzò gli occhi su di loro. Respirava con molta fatica. Web le strappò la camicetta per controllare la ferita. Poi la ricoprì lentamente e lei capì la verità solo guardandolo in faccia.

Gli prese la mano e gliela tenne stretta. «Ho tanta paura, Web.»

Web si inginocchiò accanto a Billy, che assisteva ammutolito all'agonia della moglie.

«Non sei sola, Gwen.» Non sapeva che cos'altro dire. Avrebbe voluto odiare quella donna per tutto quello che aveva fatto a se stessa, a Teddy Riner e agli altri. Ma non ci riusciva. E non era solo perché aveva salvato la vita a lui, a Claire e a Kevin. Era perché non sapeva che cosa avrebbe fatto se si fosse trovato nei suoi panni, a nutrire dentro di sé per tutti quegli anni un odio e un furore così intensi. Forse avrebbe agito allo stesso modo, poteva solo sperare che non sarebbe stato così.

«Non ho paura di morire, Web. Ho paura di non vedere David.» Le sue parole erano confuse, dalla bocca gli usciva un rivolo di sangue, ma Web aveva capito.

Paradiso e inferno: che cosa le sarebbe toccato?

Gli occhi le si stavano appannando e Web sentì che la sua stretta si allentava.

«David» mormorò con un filo di voce. «David.» E guardò il cielo. «Perdonami, Padre, perché ho peccato...» Un singhiozzo le impedì di proseguire.

Web si sentì stringere il cuore. Mentre già cercava di resistere all'angoscia che gli provocava lo spettacolo di quella morte così triste, vide Paul Romano zoppicare verso di loro. Li aveva raggiunti usando il furgone che c'era vicino alla piscina, nonostante avesse le gomme a terra.

Web si alzò per corrergli incontro. «Stai bene?» gli chiese preoccupato nel vedere la gamba insanguinata.

«È solo un graffio. Grazie di avermelo chiesto.»

«Paulie, sei in grado di prendere l'ultima confessione di Gwen?»

«Che cosa?»

«Gwen sta morendo. Voglio che l'aiuti a confessarsi per l'ultima volta.»

Romano indietreggiò di un passo. «Sei ammattito? Ti sembro un prete?»

«Sta morendo, Paulie, non si accorgerà che non sei un sacerdote. È convinta di andare all'inferno e di non rivedere più suo figlio.»

«Questa è la donna che ha ordinato lo sterminio della Charlie Team e tu vorresti che io la perdonassi dopo tutto il male che ha fatto?»

«Sì, è importante.»

«No, mai.»

«Romano, ti prego. Ce la farai.»

Lui alzò gli occhi per un istante. «Tu come lo sai?»

«Paulie, per piacere, so che non ho il diritto di chiedertelo, ma per favore, non c'è molto tempo. È la cosa giusta da fare.» Poi, disperato, aggiunse: «Dio capirà».

Finalmente Romano scosse la testa e, sempre zoppicando, raggiunse Gwen. Si inginocchiò, le prese la mano, fece il segno della croce sopra di lei e le chiese se voleva confessarsi. Lei rispose debolmente di sì.

Quando ebbe finito, Romano si rialzò.

Web si chinò nuovamente accanto a lei. I suoi occhi stavano diventando vitrei, ma per un breve momento ancora riuscì a metterli a fuoco su di lui e a rivolgergli persino un vago sorriso come per ringraziarlo, mentre con ogni respiro buttava altro sangue fuori dal proprio corpo. La somiglianza tra la sua ferita e quella che era costata la vita a suo figlio era sorprendente.

In un moto di rinnovata energia, afferrò la mano di Web. «Mi dispiace, Web... Puoi perdonarmi?»

Lui guardò i suoi begli occhi spegnersi velocemente. E in quegli occhi e nei tratti del viso di quella donna vide qualcosa di diverso: vide un bambino che aveva creduto in lui e che lui aveva tradito.

«Ti perdono» disse e sperò che, dovunque fosse, David Canfield potesse fare lo stesso con lui.

Si rialzò lasciando la mano di Gwen a Billy, che tornò a inginocchiarsi accanto alla moglie. Web guardò il petto di Gwen alzarsi e riabbassarsi a velocità sempre crescente e poi, infine, fermarsi.

Stringendosi al cuore la mano inerte, Billy cominciò a piangere sommessamente sul corpo della moglie, mentre Web aiutava Claire a rimettersi in piedi e offriva una spalla a Romano. Poi tutti e tre si incamminarono.

Il colpo di fucile li fece sobbalzare simultaneamente. Quando si girarono, Billy si stava allontanando dal corpo di Strait e un filo di fumo usciva dalle canne del suo fucile.

56

Per qualche giorno East Winds fu invasa da poliziotti e agenti dell'FBI chiamati a raccogliere prove, portare via i cadaveri e cercare di ricostruire una vicenda molto complessa, anche se per comporre il quadro completo ci sarebbe voluto ancora molto tempo. Una macabra appendice a tanti tragici eventi fu il ritrovamento in una fossa scavata nei boschi di East Winds del corpo del bambino che era stato sostituito a Kevin nel vicolo. Risultò che era scappato di casa dall'Ohio. Un destino crudele aveva voluto che si imbattesse in Nemo Strait e Clyde Macy, che senza dubbio lo avevano convinto con la promessa di un guadagno facile.

Attraversando la tenuta, Web scuoteva la testa al pensiero che quell'atmosfera bucolica fosse stata squassata dalle deflagrazioni delle armi. Bates era rientrato precipitosamente dalla sua breve vacanza per sovrintendere alle operazioni. Romano era in ospedale per la ferita alla gamba, ma il proiettile non aveva danneggiato né ossa né arterie e i medici, per un paziente della sua tempra fisica, confidavano in un recupero rapido e completo. Web però era sicuro che Angie gli avrebbe fatto vedere i sorci verdi per essersi quasi fatto ammazzare. Se qualcuno doveva uccidere Romano, era chiaro che Angie rivendicasse per sé tanto onore.

Era quasi arrivato alla villa, quando Bates uscì dalla porta principale. Billy Canfield era sotto il portico con lo sguardo perso nel vuoto. A quell'uomo non era rimasto più niente, pensò Web. Bates lo vide e lo raggiunse.

«Gesù, che casino» mormorò.

«Ormai è abbastanza chiaro che era un casino già da parecchio tempo.»

«In verità hai ragione. Abbiamo trovato dei documenti a casa di Strait e siamo risaliti ai suoi fornitori. La pallottola che ha ucciso Antoine Peebles è stata sparata da una delle pistole di Macy. Abbiamo ritrovato anche Ed O'Bannon. In un cassonetto. Ucciso dalla stessa arma. E il fucile che Macy ha usato contro di te è lo stesso che ha ucciso il giudice Leadbetter e Chris Miller.»

«Non è bello quando l'arte della balistica fa due più due e tutti i conti tornano?»

«Ah, abbiamo anche ricontrollato la registrazione della sparatoria a Richmond, come avevi chiesto tu.»

Web si voltò a fissarlo. «Che cosa avete scoperto?»

«Avevi ragione, c'è stato qualcosa. Un telefono che squillava.»

«Non era uno squillo di telefono. Era più simile a...»

«Un fischio? Hai ragione. Perché era un cellulare. Sai che puoi scegliere il tipo di suoneria che preferisci. Era stato selezionato un fischio di uccello. Nessuno l'aveva mai notato prima. Non ci serviva per incriminare Ernie Free.»

«Di chi era il telefono?»

«Di David Canfield. Un cellulare che gli aveva dato la madre per le emergenze.»

Web ascoltò quelle parole incredulo, mentre Bates annuiva tristemente.

«Era Gwen che lo chiamava. Non le ha mai risposto. Lei deve aver pensato che fosse l'unico modo per potergli parlare, data la situazione. Aveva solo scelto il momento peggiore. Lei naturalmente non poteva sapere quando l'HRT avrebbe attaccato.»

«Dunque pensi che sia per questo che i telefoni sono stati un filo conduttore in tutti gli omicidi?»

«Non lo sapremo mai di sicuro, ma così sembrerebbe. Forse ha pensato che, poiché non aveva potuto parlare al figlio, i telefoni dovessero essere l'ultima cosa che i tre che aveva condannato a morte avrebbero usato. Ha anche lasciato una dichiarazione scritta che scagiona Billy. Credo che Gwen pensasse che non sarebbe sopravvissuta, e aveva ragione. Abbiamo avuto conferma dell'estraneità di Billy da altre fonti e siamo anche riusciti a pizzicare alcuni degli uomini di Strait che quella notte non erano alla fattoria. Hanno vuotato il sacco.»

«Bene. Quell'uomo ha sofferto abbastanza.»

Bates scosse la testa. «Pare anche che Gwen non fosse nel giro della droga, ma mi sembra di capire che avesse mangiato la foglia e avesse preteso una percentuale. Gesù, e pensare che sembrava così perfetta!»

«Era perfetta» ribatté con decisione Web. «È stata la morte del figlio a sconvolgerle la vita.» Sospirò. «Guarda, io ho tutte le ragioni al mondo per odiare quella donna ma la sola cosa che provo è dispiacere. Mi dispiace che non sia riuscita a superare quella tragedia e io non riesco a smettere di pensare che se avessi salvato suo figlio, nulla di tutto questo sarebbe mai successo. Che forse io ho fatto molto più male che bene.»

«Sei ingiusto con te stesso, Web. Questa è una responsabilità che non puoi assumerti.»

«Ma la vita non è stata giusta nemmeno con Gwen Canfield, mi sembra.»

Camminarono per un po' in silenzio.

«Be', se vuoi una buona notizia, sei stato riammesso al Bureau e, se dovessi pretenderlo, Buck Winters ti presenterà le sue scuse formali. E io sono qui che aspetto che tu gliele chieda.»

Web scosse la testa. «Ho bisogno di tempo per pensarci, Perce.»

«Sulle scuse di Buck?»

«Sul fatto di rientrare al Bureau.»

«Mi prendi in giro!» proruppe Bates. «Andiamo, Web, tu e il Bureau siete una cosa sola.»

«Lo so ed è questo il problema.»

«Be', prenditi pure tutto il tempo che vuoi. Dopo quello che è successo l'ordine ufficiale al Bureau è che tu abbia tutto quello che chiedi.»

«Molto carino da parte loro.»

«Romano come sta?»

«Ringhia e impreca, quindi sta benissimo.»

Si fermarono a guardare da lontano la villa. Billy Canfield stava rientrando in quel momento.

«Per lui sì che provo compassione» commentò Bates. «Ha perso tutto.»

Web annuì.

«Ricordi alla festa quando ha detto che i nemici vanno tenuti sempre sotto controllo per sapere dove sono e che cosa fanno?» Bates si guardò intorno. «Be', i suoi nemici erano dappertutto e lui non lo sapeva.»

«Già.»

«Ti serve un passaggio?»

«Credo che resterò qui ancora un po'.»

Si scambiarono una stretta di mano. «Grazie di tutto, Web» disse Bates.

Si girò e si incamminò da solo. Web fece qualche passo ancora, poi tutt'a un tratto si fermò, girò su se stesso, guardò in direzione di Bates e poi verso la villa. All'improvviso partì di corsa in direzione dell'elegante edificio di pietra. Irruppe dalla porta principale, scese le scale e puntò direttamente verso il laboratorio di Billy. Era chiuso a chiave. In pochi secondi fece scattare la serratura, entrò e trovò subito quello che cercava. Prese il flacone e corse alla vetrina delle armi. Trovò il pulsante nascosto e aprì l'anta. Staccò la torcia appesa alla parete ed entrò. Nel vano segreto appese la torcia a un chiodo in maniera da illuminare il manichino. Per prima cosa tolse al pupazzo parrucca e baffi. Quindi svitò il tappo del flacone e versò l'acquaragia sul volto del manichino. La vernice venne via in pochi attimi e la pelle da scura diventò bianca. Adesso la testa era priva di capelli e baffi e aveva ripreso il suo colore originale; Web fece un passo indietro. Conosceva così bene quel volto che non poteva non meravigliarsi dell'abilità con cui Canfield, con qualche tocco da maestro, era riuscito a camuffarlo. Almeno su quello Billy era stato fedele ai suoi principi: aveva tenuto il suo vero nemico sempre vicino a sé, dove poterlo sorvegliare tutti i giorni.

Web stava guardando in faccia Ernest B. Free per la prima volta dai tempi della sparatoria a Richmond.

«Ricordi i tizi di cui ti parlavo?»

Web si girò di scatto, sorpreso di udire la voce di Billy Canfield.

«Quelli che mi avevano offerto tutti quei soldi perché trasportassi la loro merce? Ricordi che te ne ho parlato? Erano italiani.»

582

«Sì, me lo ricordo.»

Canfield sembrava assorto, gli parlava senza nemmeno guardarlo. Il suo sguardo era invece rivolto a Ernie, forse in ammirazione del proprio lavoro.

«Ebbene, non ti ho detto tutta la verità, perché una volta accettai là loro offerta e furono molto soddisfatti di me. Poi, dopo quello che successe, dopo la morte di mio figlio, circa quattro mesi fa vennero qui e mi offrirono una sorta di ricompensa in segno di apprezzamento per la lealtà dimostrata verso la loro famiglia.»

«Far evadere Ernest Free e consegnartelo?»

«Vedi, gli italiani tengono in gran conto la famiglia e dopo quello che l'uomo aveva fatto a mio figlio...» Billy si interruppe e si strofinò gli occhi. «Comunque... immagino che Gwen ti abbia fatto vedere quella casetta che durante la Guerra civile fungeva da ospedale.»

«Sì.»

«È lì che me lo sono lavorato. Mandai Strait e i suoi a prelevare dei cavalli e misi Gwen su un aereo spedendola a trovare la sua famiglia nel Kentucky, per poter lavorare senza essere disturbato. Usai gli stessi strumenti chirurgici dei tempi della Guerra civile.» Andò a posare la mano su una spalla di Free. «Per prima cosa gli ho tagliato la lingua perché la smettesse di urlare. Devo dire che me l'aspettavo da un piccolo verme come lui. Gli piaceva far soffrire gli altri, ma quanto a provare un po' di dolore ... Bah. Poi sai che cosa ho fatto?»

«Dimmelo tu.»

Billy sorrise compiaciuto. «L'ho sventrato come si fa con i cervi. Prima gli ho tagliato le palle. Vedi, ho pensato che una persona capace di fare quello che aveva fatto lui a un bambino non ha il diritto di chiamarsi uomo, perciò che bisogno aveva delle palle? Capisci la logica?»

Web tacque, ma sebbene non gli sembrasse che Billy fosse armato, la sua mano scivolò sul calcio della pistola.

Billy inclinò la testa osservando la sua opera da diverse angolazioni. «Io non sono una persona istruita, non ho letto molti libri, ma, se me lo consenti, mi è sembrato di vedere una certa giustizia divina nel rinchiudere per sempre Ernie B. Free in una stanzetta che serviva agli schiavi durante la loro fuga verso la libertà. Vederlo chiuso qui dentro privato della sua libertà per sempre. Io poi sapevo dove trovarlo ogni minuto, ogni giorno, e potevo esibirlo ai miei ospiti per spaventarli, come si fa con i fenomeni da baraccone al luna park.» Guardò Web con l'espressione di un pazzo. «A te sembra giusto?»

Ancora una volta Web rimase in silenzio.

Continuando a fissarlo, Billy annuì. «Lo farei di nuovo, sai? Senza pensarci due volte.»

«Dimmi una cosa, Billy. Che effetto ti ha fatto uccidere un uomo?»

Canfield lo osservò senza parlare per quella che sembrò un'eternità. «Uno schifo» rispose poi.

«Almeno è servito a calmare un po' il tuo dolore?»

«Per niente. E adesso non mi è rimasto più nulla.» Gli tremarono le labbra. «L'ho tagliata fuori dalla mia vita, sai? Mia moglie. L'ho spinta nel letto di Strait, con la mia indifferenza. Sapeva che lo avevo capito, ma io non ho mai detto niente e questo probabilmente l'ha fatta soffrire più che se l'avessi picchiata. Proprio quando aveva più bisogno di me io non c'ero. Forse se ci fossi stato, sarebbe riuscita a superare quei momenti così spaventosi.»

«Può darsi, Billy» replicò Web. «Ma ora non lo sapremo mai.»

Udirono dei passi che scendevano le scale e uscirono tutti e due. Era Bates. Si stupì di trovare Web.

«Avevo ancora alcune cose da chiederle, Billy.» Bates era colpito dal pallore di Web. «Ti senti bene?» Il suo sguardo passò dall'uno all'altro, sempre più sconcertato. «Ma che cosa sta succedendo?»

«Va tutto bene» lo tranquillizzò Web prendendolo sotto braccio. «Perché non interroghi Billy in un altro momento? Credo che abbia bisogno di restare solo.» Guardò Canfield ancora una volta, poi sospinse Bates verso le scale.

Erano appena saliti al pianterreno quando udirono la deflagrazione. Era quella del Churchill da collezione.

Web ne era certo.

57

Web passò a trovare Kevin Westbrook due giorni dopo il suicidio di Billy Canfield. Il ragazzino era tornato da sua nonna e da Jerome, grazie all'intervento del padre. Sotto sotto Web sperava che Francis Westbrook ce la facesse a uscire dal giro. Almeno ne aveva tenuto fuori il figlio. La nonna, che gli disse di chiamarsi Rosa, era raggiante e lo obbligò a restare a pranzo. Come promesso, Web le restituì la foto di Kevin e riportò al bambino gli album che Claire aveva preso. Fece anche una lunga chiacchierata con Jerome.

«Non sono riuscito a vederlo» gli riferì il ragazzo parlando di Big F. «All'improvviso Kevin è ricomparso come se fosse piovuto dal cielo.»

«E come va con il tuo grande cookie?»

Jerome sorrise. «È in forno e sto per cuocerlo.»

Prima che Web se ne andasse, Kevin gli regalò un suo disegno. C'erano un bambino e un uomo.

«Questi siete tu e tuo fratello?» chiese Web.

«No, siamo tu e io» rispose Kevin e poi lo abbracciò.

Quando fu tornato all'automobile, trasalì nel trovare un foglietto sotto la spazzola del tergicristallo. Lesse il messaggio e guardò immediatamente in tutte le direzioni con una mano già sul calcio della pistola. Ma cercarlo era ovviamente inutile. Rilesse le poche parole: "A buon rendere. Big F".

Un'altra buona notizia era stata il ritrovamento di Randall Cove grazie ad alcuni bambini che giocavano nel bosco. Era stato ricoverato in un ospedale locale e registrato come NN perché non aveva documenti addosso. Era rimasto incosciente per alcuni giorni e quando finalmente si era ripreso, era stato avvertito il Bureau. I medici avevano detto che si sarebbe ripreso completamente.

Web andò a trovarlo quando fu trasferito a Washington. Cove era tutto bendato, molto dimagrito e d'umore non particolarmente socievole, però era vivo. Web gli disse che ne era molto felice, ottenendo un ringhio per risposta.

«Ci sono passato anch'io» aggiunse Web «solo che io ci ho rimesso mezza faccia. Tu te la sei cavata meglio.»

«Sarà questione di punti di vista» brontolò Cove.

«Dicono che le ferite da proiettile forgiano il carattere.»

«Allora io avrò abbastanza carattere per il resto della vita.»

«Per quanto hanno detto che devi restare qui?» volle sapere Web.

«Credi che lo vengano a raccontare a me? Io sono solo il paziente. Ma giuro che se mi piantano in corpo un altro ago, ci sarà qualcun altro qui dentro che dovrà leccarsi le ferite.»

«Anche a me gli ospedali non piacciono.»

«D'altra parte se non avessi avuto il Kevlar, adesso sarei all'obitorio. Ho due lividi sul petto che penso mi resteranno per sempre.»

«Regola numero uno, mirare sempre alla testa.»

«Meno male che non hanno letto anche loro il tuo manuale. Dunque, hai smantellato il racket dell'Oxy?»

«Lo abbiamo smantellato.»

«E hai liquidato Strait.»

Web annuì. «E poi Billy Canfield l'ha impallinato con la sua doppietta. Non credo che fosse necessario, ma probabilmente l'ha fatto star meglio. Anche se, nel suo caso, non molto meglio, in realtà.»

Cove annuì. «Credo di capire.»

Web si alzò per andarsene.

«Ehi, Web, ti sono debitore. E parecchio.»

«Nossignore, nessuno mi deve niente.»

«Non fare il modesto. Sei stato tu a far saltare il banco.»

«Io ho fatto solo il mio mestiere. E a dirti la verità, comincio a esserne un po' stanco.» Si strinsero la mano. «Riguardati, Cove. E quando ti lasceranno uscire da qui, fatti assegnare dal Bureau un bell'incarico tranquillo in ufficio, dove le uniche cose brutte che la gente può spararti addosso sono dei rapporti.»

«Rapporti? Mi sembra una cosa un po' pallosa.»

«Già, lo penso anch'io.»

La serata era tiepida e Claire Daniels indossava un grazioso vestitino e un paio di sandali. La cena era stata gustosa, il vino un accompagnamento piacevole, le luci soffuse e invitanti. Web non aveva idea del perché si trovasse lì a guardare Claire, seduta davanti a lui sul divano accanto al caminetto spento.

«Tutto passato?» le chiese.

«Non credo che passerà mai del tutto. Dal punto di vista professionale, sì. Temevo che questa cosa con O'Bannon potesse avere conseguenze devastanti sul mio lavoro, ma il telefono non ha mai smesso di squillare.»

«Sono molte le persone che hanno bisogno di una buona strizza… scusa, volevo dire psichiatra.»

«Per la verità ho deciso di rallentare con il lavoro.»

«Priorità diverse?»

«Qualcosa del genere. Però ho visto Romano.»

«So che l'hanno dimesso dall'ospedale. Sei stata a casa sua?»

«No. È venuto lui da me. Con Angie. Gli ha detto che andava dallo psichiatra. Li sto aiutando a risolvere certi problemi. Mi hanno detto loro che avrei potuto parlartene liberamente.»

Web bevve un sorso di vino. «Già, e chi non ha qualche problema?»

«Non mi meraviglierei che Romano lasciasse l'HRT.»

«Vedremo.»

«E tu?» domandò lei.

«Vedremo.»

Claire posò il bicchiere. «Volevo ringraziarti per avermi salvato la vita, Web. È una delle ragioni per cui ti ho invitato a cena stasera.»

«Ordinaria amministrazione» scherzò lui. «Salvare ostaggi è il mio mestiere.» Ma la sua giovialità durò poco. «Non c'è di che, Claire. Posso solo dire che sono contento di essermi trovato al posto giusto nel momento giusto.» La guardò inarcando un sopracciglio. «Hai detto una delle ragioni. E le altre?»

«Stai cercando di leggere tra le righe?» Claire rifiutò di incrociare il suo sguardo e Web capì che si sentiva a disagio nonostante i modi scherzosi.

«Che cosa c'è, Claire?»

«Presto consegnerò il mio rapporto all'FBI, quello con il mio parere sulla crisi psicomotoria che hai avuto in quel vicolo. Ma prima volevo discuterne con te.»

«Va bene, ti ascolto.»

«Io credo che O'Bannon ti abbia programmato a reagire a una suggestione postipnotica, un ordine, una sorta di istruzione con la quale impedirti di svolgere il tuo lavoro.»

«Ma sei stata tu a dirmi che con l'ipnosi non si può imporre a una persona di fare qualcosa che non vuole fare.»

«È vero, ma le eccezioni esistono sempre. Se la persona che viene ipnotizzata ha un rapporto molto forte con quella che la ipnotizza o se questa persona è vista come un'autorità, è possibile che il soggetto sia indotto ad azioni che sfuggono alle sue inibizioni morali, arrivando persino a fare del male al prossimo. La logica su cui si basa la suggestione potrebbe essere che il soggetto non si aspetta che una figura autorevole gli faccia fare qualcosa di sbagliato. Tutto si fonda in definitiva sulla fiducia e, secondo gli appunti che ha lasciato, O'Bannon aveva stabilito un rapporto di grande fiducia con te.»

«E come si passa dalla fiducia a una crisi di paralisi? Mi ha fatto il lavaggio del cervello? Tipo "Va' e uccidi"?»

«Il lavaggio del cervello è una pratica molto diversa dall'ipnosi, richiede molto tempo e si tratta in realtà di un indottrinamento ottenuto tramite privazione del sonno, torture fisiche e manipolazione mentale. L'effetto è di cambiare la personalità di un individuo, trasformarlo in qualcosa di completamente diverso, spezzare la sua forza di volontà, il suo spirito, e rimodellarlo secondo le proprie esigenze. O'Bannon ha invece insinuato un ordine nel tuo inconscio. La reazione veniva innescata quando sentivi pronunciare la frase "Cuoci all'inferno".

"Io penso che la suggestione ti sia arrivata tramite il bambino nel vicolo. Se ricordi, è stato allora che ti sei bloccato. Negli appunti di O'Bannon c'era la storia della gara con i Taser che mi avevi raccontato. Dunque era sicuro che la reazione fisica per cui eri stato programmato ti avrebbe paralizzato. "Cuoci all'inferno" serviva a predisporti alla paralisi, che avresti avuto nel momento in cui avresti ricevuto la comunicazione via radio. Bloccato come se fossi stato colpito da una freccetta di Taser.»

Web scosse la testa. «O'Bannon è riuscito a fare tutto questo alla mia mente?»

«Web, io credo che tu sia sonnambulo» rispose Claire. «I sonnambuli sono particolarmente vulnerabili alle suggestioni ipnotiche. Eppure tu eri quasi riuscito a sottrarti a quella suggestione. Sono sicura che non fosse previsto che ti alzassi ed entrassi in quel cortile. Se può farti stare meglio, sappi che ciò è stato reso possibile dalla tua grande forza di volontà. È stata probabilmente la tua impresa più straordinaria di quella notte.»

«E hanno scelto la frase "Cuoci all'inferno" per aggiungere un'altra prova incriminante ai danni della Free Society, perché questo era il nome della loro newsletter.»

«Sì. Quando ho trovato quella scritta nel loro sito web, molte cose si sono chiarite.»

«Non è facile accettare tutto questo, Claire.»

Lei si sporse in avanti con le mani posate in grembo. A un tratto Web si sentì come allo studio, durante una visita terapeutica. «Web, ho qualcos'altro da dirti, qualcosa di ancora più sconcertante. Avrei dovuto parlartene prima, ma non ero sicura che fossi pronto e con tutto quello che era successo, be', suppongo di aver avuto un po' di paura. Io non sono come te, non sono molto coraggiosa. Al tuo confronto, per la verità, vorrei sapere chi possa dirsi coraggioso.»

Lui ignorò il complimento. «Che cosa devi dirmi?»

«Quando ti ho ipnotizzato non ho saputo solo che tuo padre è stato arrestato il giorno del tuo sesto compleanno, ma molto di più. Non ho potuto parlartene subito perché sarebbe stato troppo traumatico.»

«Parlarmi di che cosa? Io non ricordo niente di quella festa, solo che c'è stata e comunque è un ricordo un po' confuso.»

«Ti prego, ascoltami con molta attenzione.»

Lui si alzò con un gesto esasperato. «Mi sembrava che mi avessi detto che avrei avuto il completo controllo della situazione. Che mi sarei trovato a un più alto livello di consapevolezza. Dannazione, l'hai detto tu, Claire. Mi hai mentito?»

«Di solito è così, Web, ma con te ho dovuto agire in maniera diversa. Per un'ottima ragione.»

«La sola ragione per cui io ti ho permesso di frugare nella mia mente, cara signora, è che mi avevi garantito che a dirigere le operazioni sarei stato io.» Web tornò a sedersi a pugni stretti, per dominare il tremito alle mani. Che cosa le aveva confessato oltre a quel disastroso compleanno?

«Ci sono occasioni in cui è meglio che il paziente sotto ipnosi non ricordi quello che è avvenuto. È una decisione che non prendo alla leggera e non l'ho fatto nemmeno con te.»

Non poteva che ammirarla. Nei modi e nella voce sapeva mostrarsi padrona di sé e della situazione. Non sapeva se baciarla o prenderla a schiaffi.

«Di preciso, Claire, che cosa mi hai fatto?»

«Ti ho dato una suggestione postipnotica.» Abbassò lo sguardo. «Ho usato la stessa tecnica a cui O'Bannon è ricorso per farti paralizzare in quel vicolo, così che tu non ricordassi parte della seduta ipnotica.»

«Ma che bella cosa che ho scoperto, Claire, fantastico. Scopro di essere come un pezzo di argilla, ciascuno mi può modellare come più gli pare, sono un povero mentecatto sonnambulo con il cervello in balia del primo che ci ficca dentro il naso, giusto?»

«Web, ho fatto solo quello che ho pensato fosse…»

«Che cosa?» esplose spazientito Web. «Di che cosa stai parlando?»

«È una cosa che riguarda tua madre e il tuo patrigno. Le circostanze della sua morte, per la precisione.»

Per un istante il suo volto avvampò. Subito dopo Web ebbe paura. Sentiva di odiarla. «Ti ho già spiegato come è morto. È caduto. È tutto scritto nella tua preziosa cartella clinica. Vattela a rileggere.»

«È vero, è caduto. Ma non era solo. Non mi hai raccontato di una pila di vestiti vicino alla botola della soffitta?»

«Non ci sono più» rispose lui. «È da molto tempo che non ci sono più.»

«Erano il nascondiglio perfetto per un ragazzo terrorizzato che subiva gli abusi del patrigno.»

«Stai parlando di me?»

«Un nascondiglio perfetto che ti aveva preparato tua madre. Lei sapeva che Stockton saliva in soffitta a prendere la roba.»

«E allora? Anch'io lo sapevo. Questo te l'ho detto mentre non ero ipnotizzato.»

«Mi hai anche parlato di certi rotoli di una vecchia moquette.» Fece una pausa prima di aggiungere in tono più sommesso: «Mi hai detto che erano duri come ferro».

Web si alzò e cominciò a indietreggiare come un bambino spaventato. «Va bene, Claire, adesso cominci davvero a esagerare.»

«È stata lei a fartelo fare, Web. È stato il suo modo di salvarti da un patrigno violento.»

Web si sedette per terra e si prese la testa tra le mani. «Non ci capisco più niente, Claire. Niente!»

«Non l'hai ucciso tu, Web» rispose lei con un sospiro. «Tu l'hai colpito con il rotolo di moquette e lui è caduto. Ma tua madre...»

«Taci!» gridò lui. «Taci, ti prego! Non voglio sentire altre fandonie.»

«Web, ti sto dicendo la verità. Altrimenti come potrei saperlo?»

«Sono io a non saperlo!» proruppe lui. «Io non so niente!»

Claire si inginocchiò davanti a lui e gli prese una mano. «Dopo tutto quello che hai fatto per me, non sai quanto questa situazione mi faccia stare male. Ma ti supplico di credere che quello che ho fatto, l'ho fatto solo per aiutarti. È stato difficile anche per me. Lo capisci questo? Riesci a crederlo? A fidarti?»

Lui si rialzò così bruscamente che lei quasi cadde all'indietro. Andò verso la porta.

«Web» cercò di fermarlo lei. «Ti prego...»

Lui uscì e lei gli corse dietro con il viso rigato di lacrime.

Lo raggiunse quando Web era già in macchina e aveva acceso il motore.

«Web, non può finire in questo modo.»

Lui abbassò il finestrino. «Vado via per un po', Claire.»

«Via?» ripeté lei sconcertata. «Via dove?»

«Vado a trovare mio padre. Perché non analizzi questo mentre non ci sono?»

Diede gas e partì sotto un cielo plumbeo per l'imminente temporale. Prima di scomparire nell'oscurità, si guardò indietro e per un attimo ancora vide Claire Daniels ferma sul marciapiede nella luce della sua bella casa. Poi guardò diritto davanti a sé e proseguì per la sua strada.

RINGRAZIAMENTI

Ai miei buoni amici Philip Edney e Neal Schiff dell'FBI per il loro aiuto e i loro consigli. Grazie per l'enorme disponibilità.

Grazie all'agente speciale W.K. Walker per l'aiuto e la consulenza che mi ha fornito.

Al dottor Steve Sobelman per la preziosa assistenza che mi ha dato riguardo agli aspetti psicologici del romanzo e per essere un uomo eccezionale e un caro amico. Steve, ti vorremmo bene comunque, anche se non fossi sposato con quella donna favolosa che è tua moglie, Sloane Brown.

Un ringraziamento ai miei splendidi amici Kelly e Scott Adams per tutto quello che mi hanno insegnato sull'allevamento e l'addestramento dei cavalli e per aver camminato con me per chilometri nella neve. Kelly, grazie anche di avermi insegnato a cavalcare Boo. Tornerò!

Al mio nuovo amico, dottor Stephen P. Long, per l'aiuto che mi ha dato a proposito dell'Oxycontin di cui si parla nel libro. Steve, le tue osservazioni sono state interessanti e puntuali.

A Lisa Vance e Lucy Childs per avermi mantenuto sulla retta via, letterariamente parlando ovviamente.

Ad Art e Lynette per tutto quello che fanno per noi.

A Steve Jennings per aver riletto ogni pagina con il suo "occhio di falco".

Alla dottoressa Catherine Broome per avermi illustrato con pazienza procedure complicate in modo che potessero risultare comprensibili anche a uno come me.

Ad Aaron Priest per tutti i tuoi impagabili consigli. Ti sono debitore.

A Frances Jalet-Miller per il superbo lavoro di editing. Questa volta ti sei superata, Francie! E a Rob McMahon per i suoi saggi commenti.

A Deborah Hocutt per aver decisamente migliorato la mia vita. E a suo marito Daniel per aver progettato un sito web fantastico.

A Michelle perché sa tenere sulla retta via il nostro pazzesco mondo.

A tutte le splendide persone della famiglia Warner Books, fra gli altri Larry, Maureen, Jamie, Tina, Emi, Martha, Karen, Jackie Joiner e Jackie Meyer, Bob Castillo, Susanna Einstein, Kelly Leonard e Maja Thomas: siete i migliori.

E per finire al mio amico Chris Whitcomb, agente operativo dell'Hostage Rescue Team, che è anche un fantastico scrittore e una delle persone più straordinarie che io abbia conosciuto. Chris, senza di te, non avrei potuto scrivere questo romanzo. Sei andato ben oltre il tuo dovere nell'offrirmi il tuo aiuto e io non lo dimenticherò. Ti auguro un grande successo come scrittore, lo meriti.

DAVID BALDACCI

IL POTERE ASSOLUTO

Luther Whitney, ladro d'appartamenti, assiste involontariamente ai giochi erotici della moglie di un uomo d'affari con il presidente degli Stati Uniti. La passione presto degenera in follia omicida, lasciando la donna senza vita. Whitney fugge, ma gli uomini del presidente capiscono che c'è stato un testimone del delitto, un testimone troppo scomodo. E la caccia sarà spietata.

(n.837), pp. 504, cod. 444292, € 8,40

IL CONTROLLO TOTALE

La felicità di Sidney Archer viene bruscamente interrotta da un incidente aereo in cui trova la morte il marito Jason. E, quel che è peggio, l'Fbi sospetta proprio Jason di aver sabotato il velivolo. Ma Sidney non crede a questa versione e inizia una sua personale ricerca della verità. Una verità che appare sempre più inquietante...

(n. 882), pp. 496, cod. 445380, € 8,40

DAVID BALDACCI

IL BIGLIETTO VINCENTE

LuAnn, giovane madre disoccupata, crede di avere trovato la soluzione a tutti i suoi problemi quando un uomo misterioso le offre il biglietto vincente di una lotteria milionaria. Quale sarà il prezzo da pagare la donna lo scoprirà al rientro a casa: il suo uomo giace in un lago di sangue, e la polizia la sta braccando, stringendo attorno a lei una trappola mortale...

(n. 993), pp. 528, cod. 447086, € 7,80

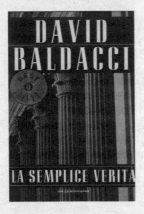

LA SEMPLICE VERITÀ

Dopo venticinque anni di carcere, Rufus Harms scopre di essere stato drogato prima di commettere l'omicidio per cui è stato condannato. Presenta ricorso in appello, ma tutti coloro che hanno a che fare con il suo caso vengono assassinati. Rufus decide di evadere e di mettersi alla caccia della verità. Fino ad arrivare a un'agghiacciante scoperta...

(n.1084), pp. 432, cod. 448149, € 7,80

DAVID BALDACCI

SOTTO PRESSIONE

Faith Lockhart sa molte cose sulla corruzione dilagante tra influenti politici, e intorno a lei si consuma una feroce lotta tra Cia e Fbi. Per Faith inizia una fuga irta di pericoli, accompagnata da un investigatore privato, Lee Adams. Fra agguati e colpi di scena, tra i due nascerà un sentimento più forte della semplice solidarietà tra braccati.

(n.1182), pp. 406, cod. 449886, € 8,40

MAI LONTANO
DA QUI

Due ragazzini di città, rimasti orfani del padre, si trasferiscono in Virginia, nella fattoria della bisnonna. E qui scoprono il senso della natura e della radici familiari mentre imparano a lottare per i prorpi ideali. Un romanzo suggestivo e autobiografico, capace di restituire tutta la forza e l'intensità di sentimenti che niente e nessuno può contrastare.

(n. 1201), pp. 308, cod. 449930, € 8,40

Questo volume è stato stampato
presso Mondadori Printing S.p.A.
Via Bianca di Savoia n. 12 – Milano
Stabilimento NSM
Viale De Gasperi n. 120 – Cles (TN)
Stampato in Italia. Printed in Italy

I MITI
Periodico quindicinale:
N. 106 del 28/1/2003
Direttore responsabile: Stefano Magagnoli
Registr. Trib. di Milano n. 560 del 17/9/1999

ISSN 1123-8356

51788
2003